CW00400833

Julie Orringer est née en 1973. Elle a grandi à La Nouvelle-Orléans et étudié à Stanford University. Ses nouvelles ont paru dans *The Paris Review* et *Zoetrope*. Son premier livre, *Comment respirer sous l'eau*, a été salué par la critique. Elle vit aujourd'hui à Brooklyn.

DU MÊME AUTEUR

Comment respirer sous l'eau
*Éditions de l'Olivier, 2005*

Julie Orringer

# LE PONT INVISIBLE

ROMAN

*Traduit de l'anglais (États-Unis)*
*par Josée Kamoun*

*Éditions de l'Olivier*

TEXTE INTÉGRAL

TITRE ORIGINAL
*The Invisible Bridge*
ÉDITEUR ORIGINAL
Riverhead, 2010
© Julie Orringer, 2010

ISBN 978-2-7578-4329-1
(ISBN 978-2-87929-523-7, 1re publication)

© Éditions de l'Olivier, 2013, pour l'édition en langue française

Le Code de la propriété intellectuelle interdit les copies ou reproductions destinées à une utilisation collective. Toute représentation ou reproduction intégrale ou partielle faite par quelque procédé que ce soit, sans le consentement de l'auteur ou de ses ayants cause, est illicite et constitue une contrefaçon sanctionnée par les articles L.335-2 et suivants du Code de la propriété intellectuelle.

*Pour les frères Zahav*

« *O tempora ! O mores ! O mekkora nagy córesz.*
Ô temps ! Ô mœurs ! Ô terrible *tsuris.* »

*Soucis du marais*
Journal du STO hongrois
camp de Bánhida, 1939

« La canonnade en Bulgarie, intense, gronde,
percute la montagne, hésite, puis s'effondre ;
chaos d'hommes, de bêtes, de pensées, d'attelages,
la route cabrée hennit sous la crinière des nuages.
Mais ton image demeure dans ce grand bousculement,
au fond de moi lumineuse, et stable éternellement,
tel l'ange qui fait silence devant le monde détruit,
l'insecte qui fait le mort au creux de l'arbre pourri. »

Miklós Radnóti, *Razglednice*, août 1944
(Traduction de Jean-Luc Moreau)

« C'est
Comme si je gisais
Sous le ciel
Bas et respirais
Par le chas d'une aiguille. »

W.G. Sebald, *Irraconté*

# Première partie
# Rue des Écoles

# Chapitre 1

# Une lettre

Un jour, il lui raconterait que leur histoire avait commencé à l'Opéra royal, la veille de son départ à Paris par l'Express de l'Europe de l'Ouest. C'était en 1937 ; en septembre ; une soirée froide pour la saison. Son frère avait tenu à l'emmener à l'Opéra pour fêter l'événement. On donnait *Tosca*, et ils avaient des places au poulailler. Ils n'avaient donc pas droit aux grandes portes de marbre cintrées, à la façade aux chapiteaux corinthiens, à l'entablement héroïque. Il leur fallut entrer par une humble porte latérale, où un individu rougeaud contrôlait les billets sur un plancher éraflé, devant des affiches de spectacles qui s'effritaient sur les murs. Des filles en robe au genou montaient les escaliers au bras de jeunes gens en costume élimé ; des retraités se chamaillaient avec leurs épouses chenues au fil des cinq volées de marches. Là-haut, c'était un joyeux brouhaha ; un salon de rafraîchissements tendu de miroirs avec des banquettes de bois, dans un nuage de fumée de cigarette. Tout au fond, une porte débouchait sur la salle de concert, immense caverne éclairée à l'électricité, avec une Olympe au plafond et des balcons à festons dorés. András n'avait jamais imaginé qu'il viendrait voir un opéra ici, et il n'y serait jamais venu, en effet, si Tibor n'avait pas pris les billets. Mais Tibor considérait qu'on ne saurait vivre à Budapest sans assister au moins une fois à une représentation de Puccini à l'Operaház, et penché sur le garde-corps, il était en train de lui désigner la loge de l'amiral Horthy, avec pour unique occupant, ce soir-là, un général d'âge vénérable en dolman de hussard. Bien plus bas, des ouvreurs en smoking conduisaient à leur place des hommes et des femmes, ceux-là en habit, celles-ci des brillants plein la chevelure.

– Ah, si Mátyás voyait ça… dit András.

– Il le verra, Andráska. Il viendra à Budapest sitôt son baccalauréat en poche, et au bout d'un an, il en aura marre de cette ville.

András ne put s'empêcher de sourire. Tibor et lui avaient emménagé dans la capitale dès leur sortie du gimnázium de Debrecen. Ils avaient grandi à Konyár, minuscule village des plaines de l'Est, et pour eux aussi, Budapest figurait naguère le nombril du monde. À présent, Tibor projetait d'aller faire des études de médecine en Italie, et András, installé dans la capitale depuis un an, partait étudier à Paris. Jusqu'au jour où l'École spéciale d'architecture l'avait sollicité, ils avaient toujours cru que Tibor serait le premier à quitter le pays. En effet, depuis trois ans, celui-ci travaillait le jour comme vendeur dans une boutique de chaussures de Váci utca pour réunir de quoi payer ses études, et potassait ses livres de médecine la nuit avec l'énergie du désespoir. Lorsque András était venu habiter chez lui, un an plus tôt, il semblait déjà sur le départ. Reçu à ses examens, il s'était inscrit à l'école de médecine de Modène. Il pensait obtenir son admission et son visa d'étudiant en six mois. Mais l'école l'avait mis sur liste d'attente avec d'autres postulants étrangers, et on lui avait expliqué qu'il lui faudrait peut-être patienter un an ou deux avant d'être intégré.

Tibor n'avait pas soufflé mot de sa situation depuis qu'András s'était vu attribuer une bourse, et n'avait jamais laissé paraître la moindre envie à son égard. Au contraire, il avait offert ces billets d'opéra et aidé son frère dans ses projets. Maintenant que les lumières s'éteignaient et que l'orchestre s'accordait, András se sentait rougir intérieurement : dans la situation inverse, il se serait certes réjoui pour son frère, mais il aurait sans doute eu du mal à dissimuler sa jalousie.

D'une porte latérale dans la fosse d'orchestre surgit un grand échalas à la chevelure en flammèches blanches, qui s'avança dans la lumière d'un projecteur ; il se dirigea vers le podium sous les acclamations du public et dut saluer trois fois et lever les mains dans un geste de capitulation pour obtenir le silence ; alors, il se tourna vers les musiciens en levant sa baguette. Après un instant de palpitation muette, une lame de fond venue des cuivres et des cordes envahit la poitrine d'András, gonflant sa cage thoracique à la faire exploser. Le rideau de velours se leva, découvrant l'intérieur d'une cathédrale italienne reproduite dans ses moindres détails avec une exactitude scrupuleuse. Des vitraux diffusaient une lumière d'ambre et d'azur et une Marie Madeleine encore inachevée se profilait, fresque fantomatique, sur un mur de plâtre. Un prisonnier en pyjama rayé se glissa dans l'église pour se tapir dans les ténèbres d'une chapelle latérale. Un peintre entra à son tour pour travailler à sa fresque, suivi du sacristain bien décidé à lui faire nettoyer brosses et chiffons avant l'office suivant. Enfin arriva la diva Tosca, ses jupons carmin dansant sur ses chevilles. Le chant prit son essor et s'envola jusqu'au plafond peint de l'Operaház : la clarinette du peintre Cavaradossi dans sa tessiture de ténor, la basse ronde du fugitif Angelotti, et le soprano sensuel et abricoté de la diva Tosca, jouée par la vraie diva hongroise, Zsuzsa Toronyi. Le son était si matériel, si tangible, qu'il aurait suffi de se pencher au balcon pour en attraper de pleines poignées, se dit András : tout l'édifice s'était fait instrument ; il lui donnait du volume, le parachevait, l'amplifiait, lui prêtait sa forme architecturale.

– Je ne suis pas près d'oublier ça, chuchota-t-il à son frère.

– Tu n'as pas intérêt, lui chuchota Tibor en retour. Je compte bien que tu m'emmènes à l'Opéra quand je viendrai te voir à Paris.

À l'entracte, ils allèrent boire du café dans de petites tasses au salon de rafraîchissements, et discutèrent de ce qu'ils venaient de voir. Fallait-il comprendre le refus du peintre de trahir son amie comme un acte de loyauté et d'abnégation, ou comme une bravade pour la gloriole ? L'héroïsme avec lequel il subissait ensuite la torture était-il une sublimation de son amour charnel pour Tosca ? Quant à Tosca elle-même, aurait-elle poignardé Scarpia si sa profession ne l'avait pas rompue aux pratiques du mélodrame ? Cet échange procurait à András un plaisir doux-amer ; enfant, il avait passé des heures à écouter Tibor débattre de philosophie, de sport et de littérature avec ses camarades, et il languissait du jour où il pourrait enfin dire à son frère quelque chose de spirituel, d'incisif. À présent qu'ils se retrouvaient sur un pied d'égalité ou presque, voilà qu'un train allait l'emporter à des centaines de kilomètres.

– Qu'est-ce que tu as ? demanda Tibor, en posant sa main sur la manche de son cadet.

– C'est la fumée, dit András, qui détourna les yeux en toussant.

Il fut soulagé lorsque les lumières baissèrent, annonçant la fin de l'entracte.

Après le troisième acte et les innombrables rappels – qui avaient vu Tosca et Cavaradossi renaître comme par miracle, et l'affreux Scarpia sourire benoîtement en recevant une brassée de roses rouges –, András et Tibor se dirigèrent d'un pas décidé vers la sortie en fendant la foule dans les escaliers. Dans le ciel nocturne une pâle gerbe d'étoiles piquetait le lavis des lumières de la ville. Tibor prit son frère par le bras et l'entraîna du côté d'Andrássy út, où les trois grandes arches de marbre de l'entrée principale livraient passage aux spectateurs de l'orchestre et du premier balcon.

– Je veux que tu jettes un coup d'œil au grand foyer, on va dire à l'ouvreur qu'on a oublié quelque chose dans la salle.

András franchit à sa suite l'arche centrale et se retrouva sous le lustre monumental du hall d'entrée, où un escalier de marbre à double volée s'élevait vers la galerie. Des hommes et des femmes en tenue de soirée étaient en train de le descendre, mais András n'avait d'yeux que pour l'architecture : les moulures à godrons qui bordaient l'escalier, les entretoises au-dessus, les chapiteaux corinthiens roses soutenant la galerie. C'était Miklós Ybl, un Hongrois originaire de Székesfehérvár, qui avait remporté le concours d'architectes pour l'Opéra ; à l'occasion de ses huit ans, le père d'András lui avait offert le livre de ses dessins d'architecture, et l'enfant était souvent resté des après-midi entiers à étudier cet édifice. Pris dans le flot du public qui quittait la salle, il leva les yeux vers la coupole, tentant de réconcilier la version en trois dimensions avec les dessins de son souvenir, si absorbé qu'il ne vit pas que quelqu'un s'était arrêté devant lui et lui adressait la parole. Il dut cligner les yeux et faire le point sur la dame, sorte de colombe majestueuse, un manteau sombre sur les épaules, qui lui semblait dire « pardon ». Il s'inclina et s'effaça pour lui laisser le passage.

– Mais non, mais non, ne bougez pas, surtout. Quelle chance pour moi de tomber sur vous ; je n'aurais jamais deviné comment vous trouver sinon.

Il fit un effort pour se rappeler où et quand il avait bien pu la rencontrer. Une rivière de diamants scintillait à son cou, de sa pelisse s'échappaient les flots de soie vieux rose de sa jupe. Ses cheveux bruns étaient coiffés

17

en un casque aux bouclettes serrées. Elle lui prit le bras et l'entraîna sur le parvis.

— C'était bien vous, à la banque, l'autre jour, n'est-ce pas ? Le jeune homme à l'enveloppe pleine de francs ?

Maintenant, il la reconnaissait. C'était Elza Hász, l'épouse du directeur de la banque. Il l'avait déjà vue à la grande synagogue de Dohány utca, où Tibor et lui assistaient parfois à l'office du vendredi soir. L'autre jour, à la banque, il l'avait bousculée en traversant le hall d'entrée ; elle en avait laissé tomber son carton à chapeaux rayé, et lui son enveloppe – de sorte que les billets vert et rose étaient allés virevolter à leurs pieds comme des confettis. Il avait épousseté le carton à chapeaux, le lui avait rendu, puis il l'avait regardée disparaître par une porte surmontée d'un panneau Privé.

— Vous semblez être de l'âge de mon fils, était-elle en train de lui dire. Et si j'en juge par les billets que vous veniez de changer, vous partez faire vos études à Paris.

— Demain après-midi, répondit-il.

— Il faut que vous me rendiez un grand service. Mon fils est aux Beaux-Arts, et j'aimerais que vous lui apportiez un paquet. Cela vous ennuierait-il beaucoup ?

Il mit un instant à lui répondre. Accepter d'acheminer un paquet jusqu'à Paris signifierait qu'il partait pour de bon, qu'il se disposait à quitter ses parents et son pays pour pénétrer en Europe de l'Ouest, vaste terra incognita.

— Où habite-t-il, votre fils ?

— Mais au Quartier latin, bien sûr ! dit la dame en riant. Dans un galetas de peintre, sous les toits, et non dans une ravissante villa comme notre Cavaradossi. Enfin, il me dit tout de même qu'il a l'eau chaude et la vue sur le Panthéon. Ah, voilà la voiture !

Une berline grise venait de s'arrêter le long du trottoir, et Mme Hász fit signe au chauffeur.

— Passez demain avant midi, au 26 Benczúr utca. J'aurai tout fait préparer.

18

Et serrant le col de son manteau contre sa gorge, elle se précipita dans la voiture sans se retourner vers lui.

– Eh bien ! s'exclama Tibor qui avait rejoint son frère sur les marches. Si tu me racontais de quoi il s'agit ?

– Je vais jouer la valise diplomatique, Mme Hász veut que je porte un paquet à son fils, qui vit à Paris. On s'est rencontrés à la banque, le jour où j'étais allé changer mes pengő.

– Et tu as accepté ?

– J'ai accepté.

Tibor soupira, son regard effleurant les tramways jaunes qui longeaient le boulevard.

– Qu'est-ce que je vais me barber sans toi, ici, Andráska !

– Allons donc. D'ici une semaine, tu auras une petite amie.

– Tu parles ! Les filles sont folles des vendeurs de chaussures sans le sou.

András sourit.

– Enfin, tu t'attendris un peu sur toi-même ! Je commençais à t'en vouloir d'être aussi généreux, d'avoir un tel sang-froid.

– J'en suis loin, je te tuerais si je m'écoutais. Mais à quoi bon ? Du coup, ni toi ni moi ne partirions à l'étranger.

Il sourit à son tour, mais son regard était grave derrière ses lunettes à monture d'argent. Il glissa le bras sous celui de son frère et l'entraîna en fredonnant quelques mesures de l'ouverture. Ils n'étaient qu'à deux ou trois rues de leur immeuble ; lorsqu'ils arrivèrent devant l'entrée, ils s'arrêtèrent pour humer une dernière fois l'air de la nuit avant de monter dans leur appartement. Avec les lumières de la ville, le ciel était orange pâle au-dessus de l'Opéra ; on entendait la cloche des tramways résonner sur le boulevard. Dans la pénombre, András trouva Tibor beau comme une légende du cinéma, avec son chapeau crânement incliné sur le côté et son écharpe de soie blanche flottant sur son épaule. Pendant un moment, il vit en lui un homme prêt à s'engager dans une vie passionnante et peu conformiste, un homme bien mieux fait que lui, András, pour sauter d'une voiture de train en terre étrangère et s'y faire sa place. Puis il battit des paupières, tira la clef de sa poche et un instant plus tard ils grimpaient les escaliers quatre à quatre comme deux collégiens.

Mme Hász demeurait près du Városliget, le parc de la ville au château de conte de fées et aux immenses bains rococo en plein air. L'hôtel particulier de Benczúr utca était une villa princière, une meringue de stuc, entourée sur trois côtés de jardins dérobés où des arbres palissés dépassaient d'un mur de pierre blanche. András distingua le chuintement ténu d'une fontaine, le froissement d'un râteau. Adresse insolite pour des juifs, songea-t-il. Pourtant, à l'entrée, il vit une mézouza clouée au chambranle, cylindre d'argent ceint d'un rameau de lierre doré. Lorsqu'il appuya sur la sonnette, un carillon de cinq notes résonna à l'intérieur. Il entendit des pas claquer sur le marbre, et le bruit de lourds verrous qu'on tirait. Une domestique aux cheveux argentés lui ouvrit la porte et l'introduisit dans un hall surmonté d'une coupole, avec un sol de marbre rose, une table marquetée et une gerbe d'arums dans un vase de Chine.

– Madame est au salon, lui dit la bonne.

Il la suivit sous les voûtes d'un couloir et ils s'arrêtèrent devant une porte derrière laquelle on entendait des voix féminines crescendo, puis decrescendo. Il ne saisissait pas leurs paroles, mais il était clair qu'elles n'étaient pas d'accord. L'une des deux voix monta, monta puis baissa, l'autre, plus posée que la première, monta, insista, et se tut.

– Attendez un instant, dit la bonne qui entra l'annoncer.

À ces mots, il y eut une brève et ultime passe d'armes, comme si le différend portait sur András lui-même. Puis la bonne reparut et le fit entrer dans une vaste et belle pièce bien éclairée, qui sentait la fleur et les toasts beurrés. Sur le sol, des tapis persans rose et or ; des sièges tendus de damas blanc étaient en grande conversation avec une paire de canapés rose saumon, et sur une table basse trônait un bouquet de roses jaunes. Mme Hász s'était levée de son siège, dans un coin de la pièce. À une écritoire, près de la fenêtre, une dame d'âge mûr était assise en robe de veuve, une mantille noire sur la tête. Elle tenait à la main une lettre cachetée, qu'elle posa sur une pile de livres et cala avec un presse-papiers de verre par-dessus. Mme Hász traversa la pièce pour venir à la rencontre d'András et lui tendit une longue main froide.

– Merci d'être venu. Voici ma belle-mère, Mme Hász mère, dit-elle avec un geste de la tête en direction de la dame en noir, une personne menue au visage profondément ridé, qu'András trouva jolie malgré son aura de chagrin – ses grands yeux gris diffusaient une douleur muette.

Il s'inclina et prononça la formule cérémonieuse : *Kezét csókolom*, je vous baise la main.

Mme Hász mère le gratifia d'un signe de tête en retour.

– Alors vous avez accepté de porter un paquet à József ? C'est très gentil de votre part. Je suis convaincue pourtant que vous avez bien d'autres soucis en tête.

– Pensez-vous.

– Nous n'allons pas vous retenir longtemps, reprit Mme Hász jeune. Simon est en train de ranger les dernières bricoles. Je vais sonner pour qu'on vous apporte une collation en attendant, vous m'avez l'air affamé.

– Oh non, ne vous dérangez pas, je vous en prie.

À vrai dire, l'odeur des toasts venait de rappeler à András qu'il n'avait rien mangé de la matinée ; seulement, il redoutait qu'absorber la moindre nourriture dans cette demeure ne relevât d'un cérémonial au long cours, dont les règles lui échapperaient. En outre, il était pressé ; son train partait dans trois heures.

– Les jeunes gens ont toujours un petit creux à l'estomac, dit Mme Hász jeune, en faisant signe à la bonne, qu'elle renvoya après lui avoir donné ses instructions.

Mme Hász mère abandonna sa chaise devant l'écritoire et fit signe à András de la rejoindre sur le canapé saumon. Il s'exécuta, inquiet à l'idée que ses pantalons laissent une trace sur la soie claire ; il lui aurait fallu une gamme de vêtements bien différents, se dit-il, pour passer une heure dans cette maison en toute quiétude. Mme Hász mère croisa ses mains fines sur ses genoux et lui demanda ce qu'il allait étudier à Paris.

– L'architecture, répondit-il.

– Vraiment ? Alors vous serez camarades d'études, József et vous, aux Beaux-Arts ?

– Moi je serai à l'École spéciale, dit András. Pas aux Beaux-Arts.

Mme Hász jeune s'installa sur le canapé opposé.

– L'École spéciale ? Je n'ai jamais entendu József prononcer ce nom-là.

– C'est plutôt une école professionnelle. En tout cas, c'est ce que j'ai cru comprendre. Je vais bénéficier d'une bourse Izraelita Hitközség. Un hasard heureux, en somme.

– Un hasard ?

Et András d'expliquer. Le rédacteur en chef de la revue *Passé et Avenir*, qui l'employait, avait soumis quelques-uns de ses dessins de couverture pour une exposition à Paris. Une exposition de jeunes artistes prometteurs de la Mitteleuropa. Ses couvertures avaient été sélectionnées puis exposées ; un professeur de l'École spéciale s'était renseigné sur lui. Le rédacteur en chef lui avait expliqué qu'András voulait devenir architecte, mais qu'il était difficile pour un jeune juif de s'inscrire en architecture dans une faculté hongroise. Un numerus clausus obsolète, qui avait limité le quota des juifs à six pour cent dans les années vingt, pesait encore sur les pratiques d'inscription des universités hongroises. Le professeur de l'École spéciale avait écrit aux uns et aux autres, il avait demandé à son comité de sélection de trouver une place à András pour l'année à venir. L'association de la communauté juive de Budapest, l'Izraelita Hitközség, avait financé les droits d'inscription, le gîte et le couvert. Tout s'était passé en l'espace de quelques semaines, le projet menaçant de capoter à tout instant. Mais il avait abouti, et András partait. Ses cours commençaient dans six jours.

– Ah, s'exclama Mme Hász jeune. Quelle chance ! Et avec une bourse, encore !

Mais à ces derniers mots, elle baissa les yeux, et il éprouva de nouveau ce qu'il éprouvait à l'école de Debrecen : une honte subite, comme si on venait de le déshabiller. Plusieurs fois, il était allé passer un après-midi, le week-end, chez des camarades qui habitaient en ville, dont les parents étaient avocats ou banquiers et qui n'étaient pas obligés de loger chez les pauvres de la ville ; des camarades qui n'avaient pas à partager leur lit avec leur frère, qui portaient des chemises empesées et rentraient manger chez eux tous les jours. Tantôt les mères le traitaient avec une sollicitude apitoyée, tantôt avec une politesse distante, et il avait toujours cette même impression d'être mis à nu. À présent, il se força à regarder la mère de József en lui répondant :

– Oui, c'est une grande chance.

– Et où allez-vous habiter, à Paris ?

Il frotta ses paumes moites sur ses genoux.

– Au Quartier latin, je suppose.

– Mais à votre arrivée ?

– Je vais demander où les étudiants prennent une chambre, sans doute.

– Allons donc, dit Mme Hász mère, en posant sa main sur celle du jeune homme. Vous irez chez József, voilà tout.

Mme Hász jeune toussota et se lissa les cheveux.

– Il vaudrait mieux ne pas nous engager pour József, dit-elle. Il n'est pas certain qu'il ait une chambre d'amis.

– Quelle snob vous faites, Elza, reprit la vieille dame. M. Lévi rend service à József. Alors József peut bien lui offrir un canapé, quelques jours au moins. Nous allons lui envoyer un télégramme cet après-midi.

– Voici les sandwiches, dit sa belle-fille, visiblement soulagée par cette diversion.

La bonne arrivait en effet avec une table roulante. Outre le service à thé, on y avait posé un présentoir de verre avec une pile de sandwiches d'une blancheur neigeuse. Des pincettes étaient posées sur le socle, comme pour suggérer qu'aucune main humaine ne touchât des sandwiches aussi éthérés. La vieille Mme Hász, s'emparant des pincettes, étagea des sandwiches sur l'assiette d'András, qui n'aurait jamais osé se servir aussi généreusement. Sur ce, Mme Hász jeune en prit un avec les doigts, et il s'autorisa à attaquer l'un des siens, du fromage blanc à l'aneth entre deux tranches de pain de mie moelleux dont on avait retiré la croûte. Des lamelles de poivron jaune, d'une finesse translucide, étaient la seule marque que ces sandwiches avaient été préparés en Hongrie.

Tandis que Mme Hász jeune lui servait une tasse de thé, l'aînée était retournée à son écritoire pour y prendre une carte vierge, lui demandant d'y inscrire son nom et les détails utiles de son voyage. Elle allait télégraphier à József, qui irait le chercher à la gare. Elle lui tendit un stylo au corps de verre et à plume d'or, si fin qu'il eut peur de s'en servir. Penché sur la table basse, il écrivit en majuscules, dans la terreur de casser le stylo ou de faire un pâté sur le tapis persan. Ce furent ses doigts qu'il tacha, ce dont il ne s'aperçut qu'en lançant un

24

regard sur son ultime sandwich : le pain était maculé de violet. Combien de temps lui faudrait-il attendre que le dénommé Simon apparaisse avec le colis destiné à József ? Des coups de marteau retentirent tout au fond du couloir ; il espéra qu'on était en train de clouer la caisse.

Apparemment, la vieille Mme Hász était enchantée de voir qu'il avait mangé tous ses sandwiches. Elle lui adressa un de ses sourires gravés dans la mélancolie.

– Alors ce sera la première fois que vous allez à Paris ?

– Oui, dit András. C'est la première fois que je quitte mon pays.

– Il ne faut pas vous laisser rebuter par l'abord de mon petit-fils, reprit-elle. C'est un gentil garçon, qui gagne à être connu.

– József est un parfait gentleman, intervint Mme Hász jeune, en rougissant jusqu'à la racine de ses cheveux aux boucles serrées.

– C'est très gentil à vous de lui télégraphier mon arrivée, remercia András.

– Mais je vous en prie, fit Mme Hász mère.

Elle rédigea l'adresse de József sur une nouvelle carte et la tendit à András ; un instant plus tard, un majordome en livrée entrait dans le salon, une énorme caisse de bois dans les bras.

– Merci, Simon, dit Mme Hász jeune. Vous pouvez la laisser là.

L'homme posa la caisse sur le tapis et se retira. András jeta un coup d'œil à la pendule dorée sur la cheminée.

– Merci pour les sandwiches. Il serait temps que j'y aille, à présent.

– Un moment, je vous en prie, dit la vieille Mme Hász. J'ai encore quelque chose à vous demander.

Elle retourna à son écritoire et prit la lettre cachetée sous le presse-papiers.

– Excusez-moi, monsieur Lévi, dit Mme Hász jeune, qui se leva et traversa la pièce pour aller à la rencontre de sa belle-mère et poser la main sur son bras. Nous avons déjà fait le tour de la question.

– Alors je ne me répéterai pas, répondit l'aînée en baissant la voix. Retirez votre main, Elza, je vous en prie.

Celle-ci secoua la tête.

– György me donnerait raison. Ce n'est pas prudent.

– Mon fils est un brave homme, mais il ne sait pas toujours ce qui est prudent et ce qui ne l'est pas.

La vieille dame dégagea son bras sans brusquerie et retourna vers le canapé saumon pour tendre l'enveloppe à András. On pouvait y lire le nom C. Morgenstern, suivi d'une adresse à Paris.

– C'est un message pour un ami de la famille, expliqua-t-elle, les yeux fixés sur András. Vous allez peut-être penser que je prends des précautions excessives, mais il est certaines affaires pour lesquelles je ne fais pas confiance à la Poste hongroise. Les objets se perdent, vous savez, ils tombent entre des mains malveillantes.

Tout en parlant, elle le dévisageait, comme pour lui signifier de ne pas lui faire préciser ce qu'elle voulait dire, ni quelles affaires délicates requéraient de telles précautions.

– Si vous le voulez bien, je préférerais que vous n'en disiez rien à personne, et surtout pas à mon petit-fils. Il vous suffira d'acheter un timbre en arrivant à Paris et de glisser la lettre dans la première boîte venue. Vous me rendrez un immense service.

András glissa l'enveloppe dans sa poche de poitrine.

– C'est chose bien facile.

Mme Hász jeune était figée devant l'écritoire, le feu aux joues sous son voile de poudre. Elle avait gardé une main sur la pile de livres, comme si elle avait le pouvoir de rappeler la lettre à travers la pièce et de la reprendre. Mais il n'y avait plus rien à faire, András le voyait bien. La vieille dame avait gagné, quant à la plus jeune, il ne lui restait plus qu'à faire comme si de rien n'était. Elle se ressaisit et, lissant sa jupe grise, retourna auprès d'András.

— Eh bien, dit-elle en croisant les bras, affaire conclue, je crois. J'espère que mon fils vous sera utile à Paris.

— J'en suis persuadé, répondit András. C'est cette caisse que vous voulez que je lui apporte ?

— C'est bien elle, répondit-elle en la désignant de la main.

La caisse était si grosse qu'on aurait pu y loger deux paniers de pique-nique. En la soulevant, András sentit ses entrailles se crisper. Il fit quelques pas mal assurés vers la porte.

— Grands dieux, dit Mme Hász jeune, vous allez y arriver ?

András se risqua à hocher la tête sans souffler mot.

— Oh non, il ne faut pas que vous fassiez d'efforts excessifs.

Elle appuya sur un bouton dans le mur, et un instant plus tard, Simon reparaissait. Il prit la caisse des mains d'András et se dirigea à grands pas vers l'entrée de la maison. András le suivit et la vieille Mme Hász l'accompagna dans l'allée du jardin, où la longue voiture grise l'attendait déjà. Apparemment, les deux femmes avaient décidé de le faire raccompagner chez lui. C'était une voiture de marque anglaise, une Bentley. Si seulement Tibor l'avait vue !

Mme Hász mère posa la main sur sa manche.

— Merci pour tout, lui dit-elle.

— Mais je vous en prie, fit András, qui s'inclina pour la saluer.

Elle lui serra le bras et rentra dans la maison ; la porte se referma sur elle sans un bruit. Comme la voiture démarrait, il se surprit à se tordre le cou pour jeter un dernier regard à la maison. Il en scruta les fenêtres, sans savoir au juste ce qu'il s'attendait à y voir. Pas le moindre mouvement, pas le moindre rideau qui palpitât, pas de visage qui se montrât. Il se figurait Mme Hász jeune revenue au salon dans un mutisme excédé, et sa belle-mère se retranchant au plus profond de la demeure couleur de meringue, dans une pièce encombrée de meubles qui semblaient l'étouffer, une pièce dont la vue extérieure ne la consolait pas. Il se retourna et, posant le bras sur la caisse destinée à József, donna pour la dernière fois son adresse de Hársfa utca.

# Chapitre 2

# L'Express de l'Europe de l'Ouest

Bien entendu, il parla de la lettre à Tibor ; comment lui cacher un pareil secret ? Dans la chambre qu'ils partageaient, son frère leva l'enveloppe vers la lumière ; elle était cachetée par un sceau de cire rouge au chiffre de Mme Hász mère.

– Qu'est-ce que tu en dis ? s'enquit András.

– Des intrigues dignes d'un opéra, répondit Tibor avec un sourire. La flamme secrète d'une vieille dame aggrave sa défiance envers la Poste. Ce doit être un ancien soupirant, ce Morgenstern qui habite rue de Sévigné. Et voilà que tu viens d'entrer dans le jeu de leurs amours.

András glissa la lettre dans sa valise, en se recommandant intérieurement de ne pas l'y oublier. Puis il consulta pour la cinquantième fois son pense-bête et découvrit qu'il ne lui restait plus qu'à partir pour Paris. Voulant économiser la course en taxi, les deux frères empruntèrent une brouette à l'épicier du coin et c'est ainsi qu'ils poussèrent la valise d'András et l'énorme caisse de József jusqu'à la gare Nyugati. Au guichet, un litige les attendait : apparemment, le passeport d'András avait un aspect trop neuf pour être authentique. Il fallut faire venir un employé des douanes, puis son supérieur hiérarchique et enfin un *über*-fonctionnaire vêtu d'un pardessus constellé de boutons dorés, qui tança ses subalternes pour l'avoir arraché à ses devoirs. L'incident était clos. Mais quelques minutes plus tard, en fouillant

29

dans sa sacoche de cuir, András réussit à faire tomber le passeport entre le quai et le train. Plein de sollicitude, un monsieur leur prêta son parapluie, avec lequel Tibor fit glisser l'objet jusqu'à un endroit accessible.

— Eh bien, ma foi, il a l'air authentique, à présent, commenta-t-il en tendant le livret à son frère : le passeport était maculé de crasse et déchiré au coin où Tibor l'avait embroché. András le remit dans sa poche, et ils allèrent se présenter à la porte de la voiture de troisième classe, où un contrôleur en képi rouge et or accueillait les passagers.

— Bon, dit Tibor, il est sûrement l'heure que tu cherches ta place.

Ses yeux s'embuaient derrière ses lunettes, il posa la main sur le bras d'András.

— À partir de maintenant, conserve-le précieusement, ce passeport.

— Ne t'inquiète pas, dit András sans faire mine de monter dans le train.

La magnifique ville de Paris l'attendait ; il avait un tel trac que la tête lui tournait tout à coup.

— En voiture tout le monde, lança le contrôleur.

Tibor embrassa András sur les deux joues et le serra contre lui longuement. Lorsqu'ils partaient en pension, leur père leur mettait toujours une main sur la tête pour dire la prière des voyageurs avant de les laisser monter en voiture ; à présent Tibor récitait à voix basse les mots de cette prière : « Dieu guide tes pas vers la sérénité, qu'il te garde de tomber entre les mains de tes ennemis. Puisse-t-il t'épargner toute infortune terrestre et t'accorder sa miséricorde, et celle de tous ceux que tu croiseras. » Il embrassa András une fois de plus.

— Quand tu reviendras, lui dit-il, tu seras un homme du monde, un architecte. Je compte bien que tu me construises une maison, tu m'entends ?

András ne pouvait plus parler. Il poussa un long

soupir, les yeux fixés sur le ciment lisse du quai, où des étiquettes à bagages étaient venues se coller dans une profusion cosmopolite – Allemagne, France, Italie. Ses liens avec son frère étaient d'une nature viscérale, vasculaire, des liens de frères siamois ; se séparer sur ce quai lui semblait tout aussi impensable que de cesser de respirer. Le train siffla.

Tibor retira ses lunettes et écrasa une larme.

– Ça suffit, dit-il. On se revoit bientôt, vas-y, maintenant.

Peu après la tombée de la nuit, András se prit à regarder par la vitre une petite ville aux panneaux et enseignes tout en allemand. Le train avait dû passer la frontière à son insu. Pendant qu'il dormait, son recueil de poèmes de Petőfi sur les genoux, ils avaient quitté l'îlot enclavé qu'était la Hongrie pour entrer dans le vaste monde. Il mit ses mains en visière contre la vitre, cherchant des passants autrichiens dans les petites rues, mais il n'en vit aucun. Peu à peu, les maisons se firent plus petites et se raréfièrent, la ville alla se perdre dans le paysage. Des granges autrichiennes, spectrales sous le clair de lune, des vaches autrichiennes, un char à bœufs autrichien, avec une montagne de foin argenté. Au loin, contre le ciel bleu nuit, le bleu plus soutenu des montagnes. Il baissa la vitre de quelques centimètres ; l'air était vif, il sentait le feu de bois.

Il éprouvait la sensation étrange de ne plus savoir qui il était, d'avoir quitté les territoires cartographiés de sa propre existence. C'était tout le contraire de ce qu'il ressentait quand il rentrait chez ses parents à Konyár. Lors de ces retours dans le berceau familial, il se faisait l'effet de plonger en lui-même, dans la quintessence de son être, miniature au centre des poupées russes de sa mère sur le bord de la fenêtre de la cuisine. Mais qui croyait-il être, à présent, cet András Lévi, dans ce train qui traversait l'Autriche en direction de l'ouest ?

Avant de quitter Budapest, il avait à peine réfléchi à son peu de préparation pour une aventure pareille : cinq ans d'études dans une école d'architecture à Paris. Encore, à Vienne ou à Prague, il aurait pu s'en sortir. Il avait toujours eu de très bonnes notes en allemand, langue qu'il apprenait depuis ses douze ans. Mais c'était Paris et son École spéciale qui le réclamaient, et désormais, il lui faudrait se débrouiller avec ses deux ans de français, dont il ne lui restait que quelques rudiments : les aliments, les parties du corps, quelques formules de politesse. Comme tous les garçons de son lycée, à Debrecen, il avait mémorisé les noms français des positions sexuelles représentées sur une série de vieilles photos que les élèves se repassaient de génération en génération : *la croupade, les ciseaux, à la grecque*\*[1]. Les cartes postales étaient si vieilles, elles avaient été si souvent manipulées, que ces couples aux corps imbriqués n'étaient plus que des spectres d'argent, et encore, à condition de les mettre dans la lumière sous un certain angle. Que savait-il d'autre, en français ? Et au fait, que savait-il de la France ? Il savait que la Méditerranée la baignait au sud, l'Atlantique à l'ouest. Il avait une vague notion des mouvements de troupes pendant la Grande Guerre. Il connaissait comme il se doit l'existence des cathédrales gothiques, Reims, Chartres, Notre-Dame de Paris. Il connaissait l'existence du Sacré-Cœur et du Louvre. Et puis c'était à peu près tout. Au cours des quelques semaines qu'il avait eues pour ses préparatifs, il avait trituré les pages d'une antique méthode achetée deux sous chez un bouquiniste de Szent István körút et datant sans doute d'avant la Grande Guerre. On y

1. Les mots en italique suivis d'un astérisque sont en français dans le texte.

trouvait des phrases du genre : *Où pourrai-je louer un équipage de chevaux ?* et *Je suis hongrois, mais mon ami est prussien.*

La semaine précédente, il était rentré chez lui à Konyár pour faire ses adieux à ses parents, et tout d'un coup, en se promenant dans le verger avec son père, après dîner, il s'était ouvert de ses inquiétudes auprès de celui-ci. Lui qui s'était promis de n'en rien faire ! Par un accord tacite les garçons et leur père considéraient que, en vrais Hongrois, ils ne devaient jamais montrer le moindre signe de faiblesse, fût-ce dans les circonstances les plus difficiles. Mais entre les rangées de pommiers, entravé dans sa marche par l'herbe haute, il avait ressenti l'urgence de parler. Pourquoi, s'était-il demandé à haute voix, pourquoi s'était-il tant distingué parmi tous les artistes ayant envoyé une œuvre à l'exposition parisienne ? Pourquoi le comité de sélection avait-il décidé de lui accorder sa préférence, à lui plutôt qu'à un autre ? À supposer que les pièces envoyées aient eu un insigne mérite, comment affirmer qu'il allait en produire d'autres de même qualité, ou encore, considération plus pertinente, qu'il allait réussir dans des études d'architecture, discipline fondamentalement différente de toutes celles qu'il avait pratiquées jusque-là ? Au mieux, expliqua-t-il à son père, il profitait d'une confiance mal placée, au pire, il n'était qu'un imposteur.

Son père éclata de rire.

— Un imposteur ? Toi qui me lisais le livre sur Miklós Ybl à l'âge de huit ans ?

— Aimer l'art est une chose, s'y illustrer en est une autre.

— Il fut un temps où les hommes étudiaient l'architecture parce qu'ils y voyaient une noble occupation.

— Il en est de plus nobles. La médecine, par exemple.

— Ça, c'est le talent de ton frère. Tu as le tien, et

en plus, à présent, tu vas avoir du temps et de l'argent pour le cultiver.

– Et si j'échoue ?

– Eh bien alors, tu auras quelque chose à raconter.

András ramassa une branche et se mit à fouetter les hautes herbes.

– J'ai l'impression d'être un égoïste. Partir étudier à Paris, et aux frais de quelqu'un d'autre, qui plus est.

– Tu partirais à mes frais si j'en avais les moyens, tu peux me croire. Je ne veux pas que tu estimes être un égoïste.

– Et si tu attrapes une pneumonie, comme l'hiver dernier ? La scierie ne va pas se diriger toute seule.

– Pourquoi pas ? J'ai le contremaître et cinq bons scieurs. Et puis Mátyás n'est pas loin, s'il fallait du renfort.

– Mátyás, ce petit corbeau ? (András secoua la tête.) Il faudrait déjà que tu l'attrapes, et quand bien même, tu aurais vraiment de la chance si tu pouvais en tirer quoi que ce soit.

– Oh ça, le faire travailler, j'y arriverais, c'est plutôt que je n'y tiens pas. Ce petit misérable aura assez de mal à décrocher ses diplômes avec toutes les bêtises qu'il a faites cette année. Tu sais qu'il est entré dans une espèce de troupe de danseurs ? Il se produit dans un club, le soir, si bien que le matin, il sèche les cours.

– Je suis au courant. Raison de plus pour que je n'aille pas étudier si loin. Quand il sera à Budapest, il faudra que quelqu'un veille sur lui.

– Ce n'est pas ta faute si tu ne peux pas rester à Budapest pour tes études. Tu es tributaire des circonstances. Je sais ce que c'est. Mais il faut bien que tu fasses avec ce que tu as.

András comprit de quoi parlait son père. Celui-ci avait étudié à la yeshiva de Prague et se destinait à être rabbin, lorsque son propre père était mort prématurément ; par la suite, entre vingt et trente ans, le cortège de drames qu'il avait connu aurait poussé un homme plus faible au désespoir. Et puis sa chance avait tourné, de telle sorte que les gens du village étaient convaincus que le Tout-Puissant lui témoignait sa miséricorde et sa faveur. Mais András savait que tout ce qu'il lui était advenu de bon, il ne le devait qu'à sa persévérance et son opiniâtreté.

– C'est une bénédiction que tu partes à Paris, dit son père. Il vaut mieux que tu quittes ce pays où les juifs se font forcément l'effet d'être des citoyens de second ordre. Et ça ne va pas s'arranger après ton départ, je t'en réponds, même si l'on peut espérer que ça ne s'aggrave pas.

À présent, dans la pénombre de cette voiture en route vers l'ouest, les mots lui revenaient en mémoire. L'inquiétude qu'il avait exprimée à son père en cachait une autre, il le comprenait. Il se rappela un fait divers, lu dans le journal peu de temps auparavant, une histoire abominable qui s'était passée en Pologne, dans la ville de Sandomierz. Au milieu de la nuit, on avait fracassé les vitrines du quartier juif pour y jeter de petits projectiles enveloppés dans du papier. En ouvrant les paquets, les commerçants avaient découvert des sabots de chèvre sciés, accompagnés de l'inscription : « Les juifs ont des pieds fourchus. »

Rien de tel ne s'était jamais produit à Konyár. Juifs et non-juifs y vivaient en assez bonne intelligence depuis des siècles. Mais le ver était dans le fruit, András le savait. À l'école primaire de Konyár, ses camarades le traitaient de *Zsidócska*, petit juif ; quand il allait se baigner avec eux, il avait honte d'être circoncis. Un jour, ils l'avaient maîtrisé pour enfoncer un petit bout de saucisse de porc entre ses mâchoires serrées. Les aînés de ces garçons avaient tourmenté Tibor, leurs cadets avaient attendu Mátyás sur le chemin de l'école. Maintenant qu'ils étaient des hommes, ces enfants de

Konyár, comment lisaient-ils ces faits divers polonais ? Ce qui était pour lui une atrocité, y voyaient-ils une simple licence, voire un acte légitime ? Il appuya la tête contre la fraîcheur de la vitre et se perdit dans le paysage étranger, découvrant avec étonnement sa grande ressemblance avec le plat pays de ses origines.

Le train s'arrêta en gare de Vienne, une gare d'une majesté inédite pour lui. La façade, haute de dix étages, se composait de panneaux vitrés montés sur une armature de métal doré ; les piliers s'ornaient de rinceaux, de fleurs et de chérubins qui auraient mieux convenu à un boudoir qu'à une gare. András descendit du wagon, alléché par une odeur de pain qui le mena tout droit au chariot où une dame à coiffe blanche vendait des bretzels. Mais elle refusa ses pengő et ses francs, lui expliquant ce qu'il lui fallait faire dans un allemand têtu, en lui montrant du doigt le guichet du bureau de change. Or il y avait à ce guichet une longue file d'attente qui serpentait jusqu'au coin d'un quai. Il considéra la pendule et la pile de bretzels. Cela faisait huit heures qu'il avait dégusté les délicats sandwiches de la demeure de Benczúr utca.

Il sentit qu'on lui tapait sur l'épaule et découvrit en se retournant le monsieur de la gare Nyugati, celui qui avait prêté son parapluie à Tibor pour leur permettre de récupérer le passeport. L'homme était vêtu d'un complet de voyage gris et d'un pardessus léger ; une chaîne de montre à l'éclat patiné dépassait de son gousset. Il était grand et corpulent, les ondulations de sa chevelure sombre dégageaient un vaste front bombé. Il avait à la main une serviette luisante et un numéro de la *Revue du cinéma\**.

— Permettez-moi de vous offrir un bretzel, j'ai de la monnaie locale.

— Mais vous avez déjà été si gentil, objecta András.

L'homme s'avança et prit deux bretzels, dont ils

se régalèrent sur un banc voisin. Il tira de sa poche un mouchoir brodé à ses initiales, qu'il déplia sur ses genoux.

– Je préfère de loin un bretzel qui sort du four à ce qu'on sert au wagon-restaurant, commenta-t-il. Et puis les passagers de première sont souvent des raseurs de première.

András acquiesça sans rien dire, tout en mangeant. Le bretzel était encore chaud ; le sel lui pétillait sur la langue.

– Vous allez au-delà de Vienne, je suppose, ajouta l'homme.

– À Paris, risqua András. Je pars faire mes études.

L'homme tourna vers lui des yeux encadrés de rides profondes et l'observa avec attention un bon moment.

– Futur savant, homme de loi ?

– Architecte.

– À la bonne heure. Voilà un art appliqué.

– Et vous ? Quelle est votre destination ?

– La même que la vôtre. Je dirige un théâtre, à Paris, le Sarah-Bernhardt. Il serait d'ailleurs plus juste de dire que c'est le théâtre qui me dirige – maîtresse exigeante, hélas. Le théâtre, c'est un art qui n'a rien d'un art appliqué, on peut le dire.

– Faut-il que l'art le soit ?

– Certes non, dit l'homme en riant. Vous allez au théâtre ?

– Pas assez souvent.

– Il faudra venir au Sarah-Bernhardt, alors. Présentez ma carte au guichet et dites que vous venez de ma part. Dites que vous êtes mon *compatriote\**.

Il tira une carte de visite d'un étui en or et la lui tendit : *Novak Zoltán, metteur en scène. Théâtre Sarah-Bernhardt*.

András avait entendu parler de Sarah Bernhardt, mais il n'en savait pas grand-chose.

– Est-ce que Mme Sarah Bernhardt y jouait ? Ou même (il hésita) y joue encore ?

L'homme replia le papier qui enveloppait son bretzel.

– Elle y a joué. Pendant bien des années. À l'époque, il s'appelait le Théâtre de la Ville. Mais c'était avant mon arrivée. Mme Bernhardt est morte depuis long-temps, hélas.

– Je suis ignare, dit András.

– Pas du tout. Vous me rappelez ce que j'étais à votre âge, quand je suis arrivé à Paris. Tout se passera très bien pour vous. Vous êtes un jeune homme de bonne famille. J'ai bien vu comment votre frère veillait sur vous, à la gare. Gardez ma carte, en tout cas. Zoltán Novak.

– András Lévi.

Ils se serrèrent la main, puis retournèrent à leurs voi-tures respectives, Novak dans son wagon-lit de première, András à la frugalité de sa troisième classe.

Il lui fallut encore deux jours pour arriver à Paris, deux jours à traverser l'Allemagne en s'enfonçant à la source même de cette terreur croissante qui irradiait l'Europe. À Stuttgart, le train s'arrêta le temps de réparer une avarie mécanique, et András avait tellement faim que la tête lui tournait. Il se résolut donc à changer un peu de francs en Reichsmark pour acheter quelque chose à manger. Au bureau de change, une matrone plus ou moins édentée, en tunique grise, lui fit signer un papier où il s'engageait à dépenser tout l'argent changé à l'intérieur des frontières allemandes. Il voulut entrer dans un café proche de la gare pour y prendre un sandwich, mais sur la porte, on avait affiché un petit panneau écrit en lettres gothiques : « On ne sert pas les juifs. » De l'autre côté de la porte vitrée, une jeune fille lisait un illustré derrière le présentoir à gâteaux. Elle devait avoir quinze ou seize ans et portait un mouchoir blanc sur la tête, une fine chaîne d'or autour du cou. Elle leva les yeux et lui sourit. Il recula d'un pas, regardant les marks dans sa main – sur une face, l'aigle à deux têtes tenant entre ses serres une croix gammée dans une couronne de lauriers, sur l'autre le profil, moustachu, de Paul von Hindenburg –, puis de nouveau la fille de la boutique. Ses Reichsmark ne représentaient que quelques gouttes dans le réseau sanguin de cette vaste économie, mais tout à coup, il ressentait l'urgence de s'en débarrasser ; il refusait de manger les aliments qu'ils lui auraient permis d'acheter, quand bien même il aurait trouvé une boutique où les juifs n'étaient pas *unerwünscht*, indésirables. Aussitôt, après s'être assuré qu'on ne le voyait pas, il s'agenouilla et fit tomber les pièces par la bouche sonore d'une buse de délestage. Ensuite, il remonta dans le train sans avoir rien mangé, et ce fut la faim au ventre qu'il parcourut les dernières centaines de kilomètres en terre allemande. Sur le quai de la moindre gare, des drapeaux nazis flottaient dans le sillage du train. Le drapeau rouge à croix gammée cascadait sur la façade des immeubles ; il décorait les auvents, apparaissait en réduction entre les mains des écoliers qui circulaient d'un pas martial dans une cour d'école, le long des voies. Lorsqu'ils passèrent enfin la frontière pour entrer en France, András eut l'impression qu'il retenait son souffle depuis des heures.

Ils traversèrent des campagnes vallonnées, des hameaux aux maisons à colombages et d'interminables banlieues plates, puis enfin les arrondissements extérieurs de Paris, pour entrer en gare à onze heures du soir. Encombré par son pardessus, sa serviette de cuir et son carton à dessin, András s'avança dans le couloir et descendit sur le quai. Sur le mur d'en face, un panneau de quinze mètres de haut montrait de jeunes soldats à l'air grave, éblouis par la détermination, qui partaient pour la Grande Guerre. Sur un autre mur, une série de bannières en tissu célébraient une bataille plus récente – qui avait dû se dérouler en Espagne, à en juger par les uniformes. Au-dessus des haut-parleurs grésillaient en français, tandis que sur le quai, dans la foule des voyageurs, le timbre assourdi du français, les intonations chantantes de l'italien entraient en résonance avec les accents plus gutturaux de l'allemand, du polonais et du tchèque. András scrutait la cohue pour y apercevoir un jeune homme en pardessus coûteux qui chercherait lui-même quelqu'un. Il n'avait pas demandé à quoi ressemblait József, ni qu'on lui montre une photo ; il ne lui était pas venu à l'esprit qu'ils puissent avoir du mal à se reconnaître. Il y avait de plus en plus de passagers sur le quai, de plus en plus de Parisiens venus les accueillir, mais de József, nulle trace. Au milieu de cette pagaille, András aperçut Zoltán Novak ; une femme en manteau à col de fourrure, coiffée d'un élégant chapeau, se jeta à son cou ; il l'embrassa et l'entraîna dans la gare, suivi par des porteurs lestés de ses bagages.

András alla récupérer sa valise et l'énorme caisse destinée à József, puis il resta à attendre, alors que la foule se densifiait, pour se dissiper ensuite. Quant au jeune homme à la démarche vive, futur mentor de sa vie parisienne, il ne se montrait pas. András s'assit sur la malle de bois ; la tête lui tournait tout à coup. Il lui fallait trouver où dormir ; il lui fallait manger. Dans quelques jours à peine, il devrait se présenter à l'École spéciale pour y entreprendre ses études. À la lumière des phares de voitures, dehors, il avisa une rangée de portes signalant SORTIE ; un quart d'heure s'écoula, puis un autre, et toujours pas de József en vue.

Plongeant la main dans sa poche de poitrine, il en sortit la carte épaisse où Mme Hász mère avait écrit l'adresse de son petit-fils. C'était la seule indication qu'il possédait. Pour six francs, il recruta un porteur à face de morse qui l'aida à charger sa valise et la caisse dans un taxi. Il donna au chauffeur l'adresse de József et ils démarrèrent en trombe pour le Quartier latin. En chemin, le chauffeur l'abreuva de propos facétieux dans un français auquel il ne comprit goutte.

Il voyait à peine les quartiers qu'ils traversaient. Dans le halo des lampadaires, le brouillard roulait en volutes, le vent rabattait des feuilles mouillées contre les vitres de la voiture. Les immeubles éclairés d'or défilaient, flous ; les rues étaient pleines de fêtards du samedi soir, hommes et femmes mollement enlacés. Le taxi franchit à toute allure un fleuve qui ne pouvait être que la Seine, et le temps d'un éclair, András se prit à imaginer qu'ils passaient le Danube, qu'il était de retour à Budapest, et que, dans quelques instants, il se retrouverait à l'appartement de Hársfa utca, où il n'aurait plus qu'à grimper l'escalier pour se glisser dans le lit auprès de Tibor. C'est alors que le taxi s'arrêta devant un grand immeuble gris et que le chauffeur sortit décharger ses bagages. András fouilla dans sa poche pour lui donner un pourboire, le chauffeur souleva son chapeau, prit les francs qu'András lui tendait et dit quelque chose qui sonnait comme *bocsánat* (« désolé », en hongrois) mais qui, András le comprit par la suite, signifiait « bonne chance ». Là-dessus la voiture démarra, l'abandonnant sur un trottoir du Quartier latin.

# Chapitre 3

# Le Quartier latin

József Hász habitait un immeuble de six étages en pierre de taille, doté de hautes fenêtres aux garde-corps ouvragés. Au dernier étage, elles brillaient de tous leurs feux, laissant échapper des bourrasques de jazz hot, cornet, piano, saxophone en chamaille. Comme András s'approchait de la porte pour sonner, il la trouva grande ouverte ; dans le hall d'entrée de l'immeuble, des jeunes femmes en fourreau de soie buvaient du champagne et fumaient des cigarettes à la violette. Sous leur regard indifférent, il traîna ses bagages à l'intérieur et les poussa contre le mur. La gorge nouée, il s'approcha de l'une d'entre elles et posa la main sur sa manche ; elle le considéra d'un œil faussement farouche et haussa un sourcil fardé.

– József Hász ?

La fille lui désigna de l'index le sommet de l'escalier en colimaçon.

– *Là-bas. En haut*\*, dit-elle.

Il tira sa valise et l'énorme caisse dans l'ascenseur et monta. Arrivé au dernier étage il découvrit une foule d'hommes et de femmes, nimbés de fumée et de jazz. À croire que tout le Quartier latin s'était donné rendez-vous chez József Hász. Laissant ses bagages sur le palier, András entra dans l'appartement et réitéra sa question sur le maître des lieux à une série de bambocheurs ivres. Après avoir déambulé dans un labyrinthe de pièces hautes de plafond, il se retrouva sur un balcon avec József lui-même, jeune homme grand et délié, vêtu d'une veste en velours. Celui-ci le considéra de ses grands yeux gris, avec une perplexité où le champagne avait sa part, et lui posa une question en français en levant son verre.

András secoua la tête.

– J'ai le regret de vous dire qu'il va falloir me parler en hongrois, pour l'instant.

József plissa les yeux.

– Et qui êtes-vous donc, monsieur le Hongrois ?

– András Lévi, le Hongrois que votre mère annonce dans son télégramme.

– Quel télégramme ?

– Votre mère ne vous a pas télégraphié ?

– Oh bon Dieu, c'est vrai ! Ingrid me l'a dit !

József mit la main sur l'épaule d'András, puis, en se penchant par l'embrasure de la porte-fenêtre, il appela :

– Ingrid !

Une blonde en collant pailleté vint se camper sur le balcon, main sur la hanche. Ils échangèrent quelques mots en français, à la suite desquels elle tira de son justaucorps un télégramme encore sous enveloppe. József l'ouvrit, le lut, regarda András, le relut et éclata d'un rire inextinguible.

– Mon pauvre ami, s'exclama-t-il, j'étais censé vous attendre à la gare il y a deux heures !

– En effet, c'était prévu.

– Vous avez dû avoir envie de me tuer !

– J'étudie la question, répondit András.

Ses tempes battaient la mesure, ses yeux le piquaient, la faim lui retournait les entrailles. Il se rendait compte qu'il ne pourrait pas s'installer chez József Hász, mais il ne se voyait guère ressortir maintenant pour chercher un gîte.

– Enfin, pour le moment, vous vous êtes plutôt

bien débrouillé sans moi. Vous voilà arrivé ici, où il y a assez de champagne pour toute la nuit, et bien d'autres plaisirs pour qui veut les cueillir – à bon entendeur salut.

– Tout ce qu'il me faut, c'est un coin tranquille pour dormir. Donnez-moi une couverture et fichez-moi n'importe où.

– Un coin tranquille, j'ai bien peur qu'il n'y en ait pas ; il va vous falloir boire un verre, plutôt. Ingrid va vous servir, suivez-moi. »

Il entraîna András à l'intérieur, où il le confia à la jeune femme, laquelle dénicha la dernière flûte à champagne propre de l'immeuble, qu'elle remplit à ras bord du liquide pétillant. Quant à elle, elle se contenta de la bouteille ; elle porta un toast à András, lui donna un long baiser au goût de fumée et l'entraîna dans le grand salon où un pianiste faisait semblant de connaître *Downtown Uproar*, sur quoi les fêtards venaient de se mettre à danser.

Le lendemain matin, il s'éveilla dans un canapé sous une fenêtre, la tête entourée d'une combinaison de soie, le cerveau embrumé, la chemise déboutonnée, la veste roulée en boule sous sa nuque, des fourmis dans le bras gauche. Quelqu'un avait posé un édredon sur lui, ouvert les rideaux, et un cube de soleil lui dégringolait sur la poitrine. Il leva les yeux au plafond ; au milieu d'une rosace de plâtre fleurie, un lustre en laiton au socle cannelé s'épanouissait en rameaux porteurs d'ampoules flamme. Paris ! se dit-il en se redressant sur les coudes. La pièce était jonchée des reliefs de la fête, elle sentait le champagne renversé et les fleurs fanées. Il se souvenait vaguement d'un long tête-à-tête avec Ingrid, puis d'un concours de beuveries avec József et un Américain à la vaste carrure ; après, c'était le noir complet. On avait rentré sa valise, ainsi que la caisse destinée à József, et on les avait placées près de la cheminée. Quant au maître des lieux, il était invisible. András se laissa rouler au bas du canapé et, s'aventurant dans le couloir, trouva une salle de bains au carrelage blanc, où il se rasa devant le lavabo et prit un bain dans la baignoire à pieds de lion – l'eau chaude coulait directement du robinet. Il enfila ensuite sa seule chemise propre, son pantalon et sa veste, et il était à la recherche de ses chaussures dans la grande pièce, lorsqu'il entendit la clef tourner dans la serrure. C'était Hász, qui apportait un carton de gâteaux ainsi que le journal. Il jeta la boîte sur un guéridon et observa :

– Déjà levé ?

– Qu'est-ce que c'est que ça ? répondit András en lorgnant le carton entouré d'un ruban.

– Ça, c'est pour soigner ta gueule de bois.

En ouvrant la boîte, András découvrit une demi-douzaine de pâtisseries encore chaudes nichées dans du papier de soie. Jusque-là, il avait refoulé l'idée même qu'il crevait de faim. Il dévora un pain au chocolat et la moitié d'un autre avant de penser à en offrir à son hôte, qui déclina la proposition en riant.

– Ça fait une éternité que je suis debout, moi. J'ai déjà déjeuné et lu les nouvelles. L'Espagne est un champ de ruines, la France refuse encore d'y envoyer des troupes. Mais deux reines de beauté s'affrontent pour le titre de Miss Europe, une ravissante brunette pour l'Espagne, Mlle de Los Reyes, et la mystérieuse Mlle Betoulinsky pour la Russie, dit-il en lançant le journal à András.

En première page, deux beautés lisses et polaires en robe du soir blanche regardaient le lecteur.

– Elle me plaît, la de Los Reyes, dit András. Quelle bouche !

– Elle a une tête de franquiste, répondit József. Moi je préfère l'autre.

46

Il défit son écharpe de soie orange et se carra dans le canapé, bras étendus contre le dossier incurvé.

– Non, mais regarde-moi dans quel état est cet appartement – et la bonne ne vient pas avant demain matin ! Il va encore falloir que je dîne en ville ce soir.

– Tu devrais ouvrir la caisse. Je suis sûr que ta mère t'envoie des douceurs.

– La caisse ! Je l'avais complètement oubliée !

Il alla la chercher dans le coin de la pièce et en fit sauter le couvercle avec un couteau à beurre. Elle contenait une boîte en fer avec des biscuits aux amandes, une autre avec des rugelach, une troisième où une linzertorte entière avait été casée de justesse ; un assortiment de sous-vêtements en laine pour l'hiver ; une pochette de papier à lettres avec des enveloppes libellées à l'adresse de ses parents ; une liste de cousins auxquels rendre visite ; une liste d'articles à procurer à sa mère (dont des articles de lingerie) ; des jumelles de théâtre neuves ; une paire de chaussures fabriquées sur mesure par son bottier de Váci utca, dont les talents étaient sans pair chez les cordonniers parisiens, expliqua József à András.

– Mon frère travaille chez un chausseur de Váci utca, risqua András, en nommant la boutique.

– Non, ça n'est pas le même, dit József avec un soupçon de condescendance dans la voix. (Il se coupa une tranche de linzertorte, qu'il déclara parfaite.) Tu es un chic type, Lévi, de m'avoir trimballé ces gâteaux à travers l'Europe, dit-il. Qu'est-ce que je peux faire pour te rendre la pareille ?

– M'expliquer comment m'établir ici.

– Tu es sûr de vouloir de mes conseils ? Je suis un bon à rien, moi, un libertin.

– Je n'ai malheureusement pas le choix, dit András. Je ne connais personne d'autre à Paris.

– Tant mieux pour toi, alors.

Pendant qu'ils dévoraient la tarte à même la boîte,

József lui recommanda une pension juive et une boutique de fournitures d'art, ainsi qu'un club d'étudiants où il pourrait manger pour pas cher. Certes, lui-même ne le fréquentait pas, précisa-t-il (en général, il se faisait livrer ses repas par un restaurant du boulevard Saint-Germain), mais il avait des amis qui le trouvaient honnête. Quant au fait qu'András était inscrit à l'École spéciale et non aux Beaux-Arts, il le regrettait, car ils ne seraient pas camarades d'études, mais ce n'était pas forcément plus mal pour András : il échapperait ainsi à sa mauvaise influence notoire. À présent que la question de l'établissement à Paris était réglée, n'aurait-il pas envie d'en griller une sur le balcon pour voir sa nouvelle ville ?

András traversa la chambre dans le sillage de József et sortit par les hautes portes-fenêtres. La matinée était froide, et le brouillard de la veille s'était mué en un crachin ténu ; le soleil brillait comme une pièce d'argent derrière une trame de nuages.

– Te voilà chez toi, dans la plus belle ville du monde. Ce dôme, là, c'est le Panthéon. Là-bas, c'est la Sorbonne. À gauche, c'est Saint-Étienne-du-Mont, et en te penchant par là, tu apercevras un tout petit bout de Notre-Dame.

Mains en appui sur la rambarde, András regarda, dépaysé, l'océan d'immeubles gris sous le froid rideau de brume, les cheminées attroupées sur les toits comme autant d'oiseaux bizarres, et la tache verte d'un parc esquissée derrière un bataillon de toits en zinc. Tout là-bas vers l'ouest, ses contours gommés par la distance, la tour Eiffel se dressait, son sommet se confondant avec le ciel. Entre lui et ce monument, il y avait des milliers de rues, de boutiques et d'êtres humains inconnus, sur un espace si vaste que la tour paraissait fluette avec sa dentelle de fer contre les nuées gris ardoise.

– Eh bien ? s'enquit József.

– Il y a de quoi faire, non ?

– Il y a de quoi s'occuper, en effet. D'ailleurs, il faut que je file dans quelques minutes. Je déjeune avec une Russe nommée Mlle Betoulinsky, dit-il en resserrant sa cravate avec un clin d'œil.

– Tu veux dire la fille d'hier soir, celle avec les paillettes ?

– Oh que non, dit József, son visage se fendant peu à peu d'un sourire. Ça, c'est un tout autre genre de donzelle.

– Si jamais tu en as une de trop...

– Pas question, mon cher. Il me les faut toutes, je le crains.

Il rentra dans le séjour, remit son écharpe en soie orange et enfila une veste vague en lainage gris fumée. Il s'empara de la serviette d'András, celui-ci récupéra sa valise, puis ils prirent l'ascenseur.

– J'aurais bien voulu t'accompagner à cette pension, mais je suis déjà en retard à mon rendez-vous, dit József, quand ils eurent sorti les bagages sur le trottoir. Mais tiens, voilà l'argent du taxi. Si, si, j'y tiens ! Et passe boire un verre un de ces jours, hein ? Raconte-moi comment tu te débrouilles.

Il lança une tape sur l'épaule d'András, lui serra la main et partit vers le Panthéon en sifflotant.

Mme V, propriétaire de la pension, possédait quelques mots de hongrois qui ne leur furent d'aucun secours, une foule de mots yiddish inintelligibles, mais aucune chambre vacante pour András. Elle réussit tout de même à lui faire comprendre qu'il pourrait passer la nuit sur le canapé du palier, à l'étage, s'il le souhaitait, mais qu'il aurait tout intérêt à sortir immédiatement se chercher un vrai gîte. Mal débarrassé des vapeurs de la nuit, András s'aventura par les rues du Quartier latin, et se retrouva au milieu d'étudiants artistement échevelés, avec cartables en toile, cartons à dessin, vélos, piles de tracts, boîtes de gâteaux, paniers à provisions et bouquets de fleurs. Il se sentait endimanché, provincial, dans ces vêtements mêmes dont il croyait qu'ils lui conféraient élégance et urbanité, une semaine plus tôt, à Budapest. Il s'installa sur le banc glacé d'un petit square minable pour chercher dans son glossaire comment dire « prix », « chambre », « étudiant », « combien ». Mais c'était une chose de comprendre ces mots, et une tout autre chose de tirer une sonnette et de s'enquérir d'une chambre en français. Il erra de Saint-Michel à Saint-Germain, puis de la rue du Cardinal-Lemoine à la rue Clovis, maudissant une fois de plus son inattention au cours de français, couvrant un minuscule carnet de son écriture minuscule pour y consigner l'adresse de diverses *chambres à louer**. Avant même d'avoir rassemblé le courage de tirer la moindre sonnette, il se sentit épuisé ; peu après la tombée de la nuit, il se replia vers la pension, vaincu.

Cette nuit-là, tandis qu'il s'efforçait de trouver une position confortable sur le canapé vert du palier, des jeunes gens venus des quatre coins d'Europe discutèrent, se querellèrent et burent bien au-delà de minuit. Aucun d'entre eux ne parlait hongrois, aucun n'eut l'air de s'apercevoir qu'il y avait un nouveau venu parmi eux. Dans d'autres circonstances, il se serait peut-être levé pour se joindre à eux, mais il était tellement fatigué qu'il pouvait tout juste se tourner sous la couverture. Le canapé, meuble grêle et mal capitonné, aux accoudoirs en bois, lui semblait un véritable instrument de torture. Les jeunes gens enfin couchés, des rats sortirent des lambris pour se lancer dans de nocturnes rapines ; ils coururent jusqu'au bout du couloir et volèrent le pain qu'il avait mis de côté au dîner. L'odeur des souliers moisis, des hommes mal lavés, et du graillon le hanta jusque dans ses rêves. Lorsqu'il se réveilla, courbatu et épuisé, il décida qu'une nuit suffisait. Il écumerait le quartier ce matin même et se renseignerait à la première pancarte annonçant une chambre à louer.

Rue des Écoles, près d'une petite place pavée où se dressait un vaste marronnier, il trouva un immeuble affichant le panneau désormais familier : « *Chambre à louer* \*». Il frappa à la porte rouge et croisa les bras, tentant d'ignorer la montée d'anxiété dans sa poitrine. La porte s'ouvrit et une petite femme trapue aux sourcils épais, la bouche réprobatrice, s'y encadra. Elle portait des lunettes à monture noire, qui lui faisaient des yeux minuscules et lointains, ceux d'une autre femme, plus petite. Ses cheveux gris frisés étaient aplatis d'un côté, comme si elle sortait d'une sieste dans une bergère à oreilles. Poing sur la hanche elle le dévisageait. Rassemblant tout son courage, il expliqua en trébuchant copieusement sur les mots ce qu'il cherchait, non sans lui désigner le panneau à la fenêtre.

La concierge comprit. Elle lui fit signe de la suivre dans un étroit couloir carrelé qui menait à un escalier en colimaçon, éclairé par une faîtière. Lorsqu'ils ne purent plus monter plus haut, elle l'entraîna au bout d'un nouveau corridor, jusqu'à une chambre de bonne tout en longueur, dotée d'un lit en fer, d'une cuvette en faïence sur une sellette, d'une table, et d'une chaise en bois peinte en vert. Deux tabatières donnaient sur la rue des Écoles, l'une ouverte, sur la corniche de laquelle un nid abandonné contenait les restes de trois œufs bleus. Dans la cheminée, il y avait une grille rouillée, une fourchette cassée, une croûte de pain antédiluvienne. La concierge haussa les épaules et annonça un prix. András se creusa la tête pour retrouver les chiffres français, puis proposa la moitié. La concierge cracha par terre, tapa des pieds, l'incendia en français, puis finit par accepter son offre.

Ainsi commença sa vie parisienne. Il avait une adresse, une clef en laiton, une vue. Sa vue, comme celle de

51

József, comprenait le Panthéon et le pâle clocher de Saint-Étienne-du-Mont. De l'autre côté de la rue, c'était le Collège de France, et bientôt, il saurait s'y référer pour situer son immeuble : *34, rue des Écoles, en face du Collège de France*. À deux rues de là, c'était la Sorbonne. Et plus loin, sur le boulevard Raspail, se trouvait l'École spéciale d'architecture, où les cours commençaient lundi. Une fois qu'il eut nettoyé la chambre de fond en comble et rangé ses vêtements dans un cageot à pommes, il compta son argent et se fit une liste de provisions. Il descendit dans les boutiques du quartier et s'offrit un pot de confiture de groseilles, une boîte de thé bon marché, une boîte de sucre, une passoire, un sachet de noix, un petit pot de beurre, une longue baguette, et – seule folle dépense – une minuscule pépite de fromage.

Quel plaisir de faire tourner la clef dans la serrure, d'ouvrir la porte de sa chambre à soi ! Il plaça les provisions sur le bord de la fenêtre et étala ses fournitures de dessin sur la table. Puis il s'assit, tailla un crayon avec son couteau, et crayonna la vue sur le Panthéon au recto d'une carte vierge. Au verso, il écrivit sa première missive de Paris. *Cher Tibor, j'y suis ! J'ai déniché une déplorable chambre sous les toits, c'est tout ce que j'espérais. Lundi les cours débutent. Hourra.* Liberté, égalité, fraternité\*! *Bons baisers, András*. Il ne lui manquait plus qu'un timbre. Il songea à en emprunter un à la concierge, sachant qu'il y avait une boîte aux lettres au coin de la rue. Comme il essayait de se rappeler son emplacement précis, il revit l'enveloppe cachetée à la cire, au chiffre de Mme Hász mère : il avait oublié sa promesse ! La missive à C. Morgenstern, rue de Sévigné, était encore dans la valise. Il sortit celle-ci de sous le lit, redoutant presque que la lettre ait disparu, mais elle se trouvait toujours dans la poche où il l'avait glissée, son cachet intact. Il dégringola l'escalier pour frapper chez la concierge, et, à l'aide de son glossaire et de toute une série de gestes signifiant l'urgence, lui quémanda deux timbres. Après quelques tâtonnements, il repéra la *boîte aux lettres*\* et y mit la carte destinée à Tibor. Puis, imaginant le plaisir d'un vieux monsieur à la chevelure argentée, au courrier du lendemain, il glissa la lettre de Mme Hász dans l'obscurité anonyme de la boîte.

# Chapitre 4

# L'École spéciale

Pour se rendre à l'École, il lui fallait traverser les jardins du Luxembourg, longer le palais ouvragé, le grand bassin et les parterres, avec leur profusion de gueules-de-loup et de soucis. Des enfants faisaient voguer leurs élégants voiliers, et András pensa avec une fierté indignée aux petits bateaux bricolés qu'il poussait avec ses frères sur le réservoir de la scierie, à Konyár. Il y avait des bancs verts et des tilleuls impeccablement taillés, un manège avec des chevaux de bois aux couleurs vives. À l'autre bout du parc, il distinguait comme un hameau de maisons de poupées en planches, puis en s'approchant, il entendit bourdonner des abeilles. Penché sur l'essaim, un apiculteur au visage protégé par un masque grillagé effectuait une fumigation.

András prit la rue de Vaugirard, bordée de boutiques de fournitures pour le dessin, de cafés étroits et de bouquinistes, et déboucha sur le large boulevard Raspail aux façades majestueuses. Déjà, il se sentait un peu plus parisien qu'à son arrivée. La clef de sa chambre en sautoir autour du cou, un exemplaire de *L'Œuvre* sous le bras, il avait noué son écharpe comme József, et portait sa serviette de cuir en bandoulière à la façon des étudiants du Quartier latin. Sa vie à Budapest, son emploi au journal *Passé et Avenir*, sa chambre de Hársfa utca, le tintement familier de la cloche du tramway, tout cela semblait désormais appartenir à un autre univers. Avec un pincement de nostalgie inattendu, il se figura Tibor à la terrasse de leur café préféré, d'où l'on voyait la statue de Jókai Mór, romancier célèbre qui, pendant la révolution de 1848, avait échappé aux Autrichiens en revêtant les habits de sa femme. Pendant ce temps, à Debrecen, Mátyás devait être en train de crayonner dans ses carnets au lieu d'apprendre les déclinaisons latines comme ses camarades. Et leurs parents ? Il leur écrirait ce soir, sans faute. Il tâta la montre en argent au fond de sa poche. Son père la lui avait fait remettre en état avant son départ ; c'était un bel objet ancien, avec des chiffres de cuivre effilés, des aiguilles de métal iridescent, bleu profond. Le mécanisme fonctionnait toujours aussi bien que du temps de son grand-père. Il se revoyait sur les genoux de son père, en train de la remonter en prenant garde de ne pas trop tendre les ressorts – tout comme son père lui-même avant lui. Et voici que cette montre se retrouvait à Paris, en 1937, dans un monde où il était devenu possible de parcourir douze cents kilomètres en quelques jours à peine, d'envoyer un télégramme en quelques minutes et de transmettre un message radio dans l'instant par la voie des airs. Quelle époque pour étudier l'architecture ! Les édifices qu'il dessinerait seraient les vaisseaux qui emporteraient les hommes vers l'horizon du nouveau siècle, et au-delà, aux confins du nouveau millénaire.

En attendant, il venait de dépasser l'École et dut revenir sur ses pas. Des flots de jeunes gens entraient par de hautes portes bleues dans un immeuble néoclassique gris, qui portait le nom de l'École gravé dans la pierre de sa corniche. L'École spéciale d'architecture ! Elle le réclamait, elle l'avait choisi sur son travail, et il était là. Il grimpa les premières marches quatre à quatre et franchit les portes bleues. Sur le mur du hall d'entrée, il vit une plaque commémorative flanquée de deux bustes en bas-relief dorés : celui d'Émile Trélat, fondateur de l'École, et celui de Gaston Trélat, son fils, qui lui avait succédé au fauteuil de directeur ; Émile et Gaston Trélat. Des noms qu'il se rappellerait toujours. Il déglutit deux fois, se lissa les cheveux, et entra dans le bureau des inscriptions.

La jeune femme qui y officiait semblait tout droit sortie d'un rêve. Elle avait la peau couleur brou de noix, et sa chevelure coupée ras luisait comme du satin. Elle le regardait avec sympathie, ses yeux frangés de cils noirs plantés dans les siens. Il ne lui vint même pas à l'idée qu'il pourrait parler. Jamais il n'avait vu une femme aussi belle, ni vu en vrai une personne d'origine africaine. Et voilà que cette magnifique Française noire était en train de lui poser une question qu'il ne comprenait pas ; il lui marmonna en réponse un des rares mots qu'il possédait, « désolé », et écrivit son nom sur une feuille de papier, qu'il poussa vers elle. La jeune femme feuilleta une pile d'enveloppes épaisses et en tira celle qui portait inscrit tout en haut le nom Lévi, en majuscules bien formées.

Il la remercia dans son français hésitant, elle lui répondit « je vous en prie ». Il serait resté planté là, les yeux écarquillés, si un groupe d'étudiants n'était pas arrivé alors pour la saluer joyeusement et se pencher par-dessus le bureau pour l'embrasser sur les deux joues. *Eh, Lucia ! Ça va, bellissima\* ?* András les laissa passer devant lui, son enveloppe serrée contre la poitrine, et il sortit dans le grand hall. Tout le monde s'était rassemblé sous la verrière car on venait d'afficher la composition des ateliers. Il s'assit sur une banquette basse et ouvrit l'enveloppe pour y trouver l'intitulé des cours.

### COURS PROFESSEURS
Histoire de l'architecture A. Perret
Statique V. Le Bourgeois
Atelier P. Vágo
Dessin M. Labelle

En toute simplicité, comme s'il était parfaitement naturel qu'András étudie ces matières sous la houlette d'architectes célèbres ! Il y avait une longue liste de lectures imposées et de fournitures, ainsi qu'une petite carte où on (qui ?) avait écrit en hongrois qu'András, en sa qualité de boursier, était autorisé à se procurer livres et matériels divers aux frais de l'école, dans une librairie du boulevard Saint-Michel.

Il lut et relut ce dernier message, puis jeta un coup d'œil autour de lui, tentant d'en repérer l'auteur. La foule des étudiants ne recelait aucun indice en ce sens. Il n'en voyait pas un seul qui ait l'air d'un Hongrois, même de loin. Tous étaient au contraire désespérément, intégralement parisiens. Mais là-bas, dans un coin, un trio de jeunes gens indécis parcouraient l'atrium du regard, eux aussi. Il vit tout de suite qu'il s'agissait d'étudiants de première année, et les noms inscrits sur leurs classeurs les désignaient comme juifs : Rosen, Polaner, Ben Yakov. Il leur adressa un petit geste de la main, auquel ils répondirent par un hochement de tête – reconnaissance mutuelle et tacite. Le plus grand lui fit signe de les rejoindre.

C'était Rosen, un type dégingandé, tignasse rousse et taches de rousseur, avec une vague ébauche de bouc au menton. Il le prit par l'épaule et lui présenta Ben Yakov, qui ressemblait au bel acteur Pierre Fresnay, ainsi que Polaner, un petit gars frêle, les cheveux coupés ras, les doigts fins et longs. András les salua tous et répéta son propre nom, puis les garçons reprirent leur conversation en français à toute allure, conversation dont il s'efforça de trouver le fil. Rosen semblait être le meneur du petit groupe ; en tout cas, c'était lui qui menait la conversation, et les autres l'écoutaient et réagissaient. Polaner paraissait nerveux ; il déboutonnait et reboutonnait le dernier bouton de son antique veste en velours. Le beau Ben Yakov lorgnait un groupe de jeunes filles ; l'une d'entre elles lui fit un signe de la main, auquel il répondit. Puis il se pencha entre Polaner et Rosen pour lancer une plaisanterie, leste sans nul doute, car ils éclatèrent de rire tous les trois. András avait le plus grand mal à suivre ce que disaient ces trois étudiants qui, d'ailleurs, s'adressaient très peu à lui, et pourtant il éprouvait un vif désir de faire leur connaissance. Lorsqu'ils allèrent consulter les listes des ateliers, il découvrit avec joie qu'ils étaient dans le même groupe.

Peu après, les étudiants se dirigèrent vers une cour entourée de murs, où de grands arbres ombrageaient des rangées de bancs de bois. L'un des étudiants installa un pupitre devant, au milieu d'un espace pavé, tandis que ses camarades allaient s'asseoir sur les bancs. Le bourdonnement d'une circulation trépidante leur parvenait de l'autre côté du mur. Mais András était à l'intérieur, assis parmi ces trois garçons dont il connaissait le nom ; il faisait partie des étudiants, sa place était entre les murs. Il essayait de bien saisir ses impressions pour pouvoir les écrire à Tibor, à Mátyás, mais avant qu'il ait pu trouver les mots, une porte s'ouvrit sur le côté de l'édifice, et un homme en jaillit à grandes enjambées. On aurait dit un capitaine de l'armée ; il était vêtu d'une longue capote grise doublée de rouge et arborait une petite barbe en pointe, avec une moustache cirée. Ses yeux étaient des fentes à l'expression farouche, derrière un pince-nez sans monture. Il avait une canne dans une main, et dans l'autre ce qui semblait être un bloc de pierre grise mal équarrie. Tout autre que lui aurait ployé sous le fardeau, se disait András, mais cet homme traversa la cour bien droit, le menton haut, dans une posture martiale. Il s'avança vers le pupitre et posa dessus le bloc de pierre qui fit un bruit sourd.

– Garde-à-vous ! brailla-t-il.

Les étudiants se turent et obtempérèrent. Ils redressèrent le dos, comme mus par des fils invisibles. Discrètement, un jeune homme en chemise de travail élimée se glissa aux côtés d'András, sur le banc, et se pencha vers son oreille.

– C'est Auguste Perret, lui dit-il en hongrois. Il a été mon professeur, il sera désormais le vôtre.

András le considéra avec un étonnement soulagé.

– Alors, c'est vous qui avez mis le message dans mon enveloppe ?

– Écoutez, moi je vais traduire.

András écouta. Au pupitre, Auguste Perret souleva le bloc gris des deux mains et posa une question. Selon l'interprète d'András, il venait de demander ce que c'était que ce matériau. Vous, là, devant ? Du béton, c'est exact. Du béton armé. Quand ils arriveraient au terme de leurs cinq années d'études, ils connaîtraient tous en détail ce qu'il fallait savoir sur le béton armé. Pourquoi ? Parce qu'il représentait l'avenir de la cité moderne. On ferait des immeubles qui surpasseraient en hauteur et en solidité tout ce qui avait été construit jusque-là. En hauteur et en solidité, oui ; en beauté, aussi. Ici, à l'École spéciale, on ne se laissait pas séduire par la beauté, cependant. C'était bon pour la jeunesse dorée, celle qui étudiait à l'autre école, cette institution aristocratique où elle s'initiait au dessin d'art. Mais à l'École spéciale, on s'intéressait à la vraie architecture, aux immeubles habitables. Si leurs lignes étaient belles, tant mieux. Mais il fallait que ce fût une beauté accessible à l'homme du commun. Les élèves et leurs professeurs étaient là parce qu'ils croyaient en l'architecture comme art démocratique ; parce qu'ils n'établissaient pas de hiérarchie entre la forme et la fonction. Parce que, hommes de l'avant-garde, ils avaient secoué le joug de la tradition aristocratique et pensaient désormais en toute indépendance. Que celui qui voulait bâtir Versailles se lève à présent, et passe ces portes. L'autre école n'était qu'à trois stations de métro.

Le professeur marqua un temps, bras tendu vers le portail, les yeux fixés sur les rangées d'étudiants.

– Alors, personne ? cria-t-il.

Personne ne bougea. Le professeur se dressait devant eux, comme statufié. András avait l'impression d'être lui-même dans un tableau, figé pour l'éternité par le défi de Perret. Les gens l'admireraient dans les musées au fil des siècles à venir, assis sur son banc, légèrement penché vers cet homme en capote, cet homme à barbe blanche, ce général des architectes.

– Il fait ce discours tous les ans, lui souffla le Hongrois. Maintenant, il va parler de vos devoirs envers les étudiants qui viendront après vous.

*Les étudiants qui viendront après vous*\*, poursuivit le professeur, et le Hongrois traduisit. Ces étudiants compteraient sur eux pour travailler avec zèle. Si eux-mêmes flanchaient, ils échoueraient à leur tour. À l'École spéciale, on apprenait de ses prédécesseurs, on apprenait le travail d'équipe, parce qu'une vie d'architecte impliquait une collaboration étroite avec autrui. On pouvait avoir sa vision à soi, mais sans l'aide de ses confrères, cette vision ne valait pas le papier sur lequel la tracer. Dans cette école, Émile Trélat avait instruit Robert Mallet-Stevens, Mallet-Stevens Fernand Fenzy, Fernand Fenzy Pierre Vágo, et Pierre Vágo les instruirait.

À ces mots, le professeur désigna quelqu'un dans l'auditoire, et le jeune homme aux côtés d'András se leva et s'inclina avec déférence. Il rejoignit le professeur Perret au pupitre et prit la parole en français. Pierre Vágo. Cet homme qui venait de lui assurer la traduction simultanée, ce jeune homme aux habits fripés, à la chemise tachée d'encre, c'était le P. Vágo annoncé sur la liste des professeurs. Il serait son chef d'atelier. Son maître. Un Hongrois ! András crut qu'il allait s'évanouir. Pour la première fois, il se dit qu'il avait peut-être une chance de survivre, ici, à l'École spéciale. Il avait beaucoup de mal à se concentrer sur ce que Pierre Vágo était en train de dire dans un français élégant, avec une pointe d'accent. C'était bien lui qui lui avait écrit ce billet en hongrois glissé dans l'enveloppe de papier kraft. C'était sans doute lui, aussi, qui était cause de sa présence ici.

– Hé, lui lança Rosen, *regarde-toi\**.

Sous le coup de l'émotion, il s'était mis à saigner du nez. Il y avait des taches rouge vif sur sa chemise blanche. Polaner le regarda d'un air soucieux et lui tendit son mouchoir. Ben Yakov pâlit et détourna les yeux. András prit le mouchoir, qu'il appuya contre son nez. Rosen lui fit pencher la tête en arrière. Quelques étudiants se retournèrent pour voir ce qui se passait. András saignait dans le mouchoir, et il se fichait pas mal qu'on le regarde, il n'avait jamais été aussi heureux de sa vie.

Un peu plus tard, après la grande réunion, après que son nez eut cessé de saigner et qu'il eut troqué son mouchoir propre contre celui qu'il avait maculé, après la première réunion des groupes d'atelier, après avoir échangé son adresse avec Rosen, Polaner et Ben Yakov, il se retrouva dans le bureau encombré de Vágo, assis sur un tabouret de bois à côté de la table à dessin. Sur les murs s'étalaient des esquisses et des plans, des aquarelles en noir et blanc représentant des édifices aussi beaux qu'impossibles, le dessin à l'échelle d'une ville vue de très haut. Il y avait une pile de vêtements tachés de peinture dans un coin, un cadre de vélo tordu et rouillé contre le mur ; les étagères accueillaient des livres anciens et des magazines sur papier glacé, une théière, un modèle réduit d'avion en bois et une statuette à deux sous d'une fille aux jambes maigres. Vágo lui-même était assis dans un fauteuil pivotant, doigts croisés derrière la nuque.

– Alors vous voilà fraîchement arrivé de Budapest ? lui dit-il. Je suis heureux que vous soyez là. Je ne savais pas si vous pourriez vous présenter à temps, dans des délais si courts. Mais il fallait que je tente le coup. C'est tout de même barbare, ces préjugés qui font décider de qui pourra apprendre quoi, où et comment. La Hongrie n'est plus un pays pour les hommes comme nous.

– Mais, pardonnez-moi, professeur, demanda András, vous êtes juif ?

– Non, catholique. J'ai fait mes études à Rome, répondit Vágo en roulant le *r* à l'italienne.

– Qu'est-ce que ça peut donc vous faire, monsieur ?

– Je ne devrais pas m'en préoccuper ?

– Beaucoup ne s'en préoccupent guère.

Vágo haussa les épaules.

– Certains si.

Il ouvrit un sous-main qui contenait des reproductions en couleurs des couvertures d'András pour *Passé et Avenir* ; c'étaient des gravures sur linoléum représentant un scribe en train d'encrer un rouleau ; un père et ses fils à la synagogue ; une femme allumant deux chandelles fuselées. András avait l'impression de voir son travail pour la première fois. Les sujets lui parurent mièvres, la composition convenue et puérile. Il n'arrivait pas à croire que ces dessins lui aient valu son inscription à l'École. Il n'avait même pas pu joindre à son dossier le carton de dessins qu'il soumettait aux écoles hongroises – des dessins détaillés du Parlement, du palais, des intérieurs d'églises ou de bibliothèques rendus avec la plus grande précision, sur lesquels il avait travaillé comme un forçat, à son bureau du journal. Mais il soupçonnait fort que ces travaux eux-mêmes auraient semblé gauches et amateurs comparés à l'œuvre de Vágo, ces plans impeccables et ces élévations somptueuses punaisés aux murs.

– Je suis ici pour apprendre, monsieur, dit-il. J'ai exécuté ces gravures il y a bien longtemps.

– C'est un excellent travail, expliqua Vágo. Il y a une précision, une exactitude dans la perspective, qu'on trouve rarement chez un artiste encore autodidacte. Vous avez une grande habileté naturelle, c'est l'évidence même. Vos compositions sont asymétriques, mais équilibrées. Le thème est ancien, la ligne est moderne. Il y a là des qualités majeures pour étudier l'architecture.

András attrapa l'une des couvertures, celle où l'on voyait un homme en prière avec ses enfants. Il en avait gravé l'original sur linoléum à la lueur de la chandelle, dans la chambre de Hársfa utca. Il ne s'en était pas rendu compte alors, et c'était pourtant flagrant, songea-t-il, l'homme au talit était son père et les garçons ses frères.

– Beau travail, commenta Vágo. Et je n'ai pas été le seul à le penser.

– Ce n'est pas de l'architecture, remarqua András, en lui rendant la couverture.

– Vous l'apprendrez, l'architecture. Et en attendant, vous allez apprendre le français, c'est le seul moyen de survivre ici. Je peux vous aider, mais je ne peux pas vous traduire tous les cours. Vous viendrez donc ici tous les matins, une heure avant le début des ateliers, et vous pratiquerez votre français avec moi.

– Ici, avec vous, monsieur ?

– Oui, à partir de maintenant, nous ne parlerons plus que français. Et pour l'amour du ciel, cessez de m'appeler monsieur comme si j'étais un officier de l'armée.

Ses yeux prirent une expression sérieuse mais sa bouche se tordit vers la gauche en une moue typiquement française.

– *L'architecture n'est pas un jeu d'enfants\**, dit-il d'une voix grave et sonore qui reproduisait parfaitement le ton et le timbre du professeur Perret. *L'architecture, c'est l'art le plus sérieux de tous\**.

– *L'art le plus sérieux de tous\**, répéta András avec la même gravité.

– *Non, non\**, s'écria Vágo. Il n'y a que moi qui ai le droit d'imiter M. le directeur. Vous êtes prié de vous exprimer comme András, l'humble étudiant. *Je m'appelle András, humble étudiant*, dit Vágo. Répétez, s'il vous plaît.

– Je m'appelle András, humble étudiant.

– M. Vágo va m'apprendre un français parfait.

– M. Vágo va m'apprendre un français parfait.

– Je répéterai tout ce qu'il dit.

– Je répéterai tout ce qu'il dit.

– Mais pas en prenant la voix de M. le directeur.

– Mais pas en prenant la voix de M. le directeur.

– Permettez-moi de vous poser une question, dit Vágo, en hongrois cette fois, et avec un air sérieux. Est-ce que j'ai bien fait de vous attirer ici ? Est-ce que vous ressentez une solitude terrible ? Est-ce que tout ça est écrasant ?

– C'est écrasant, en effet, mais je me surprends à être bizarrement heureux.

– J'étais très malheureux quand je suis arrivé, dit Vágo, en se calant dans son siège. Trois semaines après la fin des cours à Rome, je suis arrivé ici pour étudier aux Beaux-Arts. Mais ce n'était pas une école pour un tempérament comme le mien. Les premiers mois ont été abominables. Je détestais Paris du fond du cœur.

Il regarda par la fenêtre de son bureau l'après-midi gris et froid.

– Tous les jours je me baladais, je m'imprégnais – la Bastille, les Tuileries, le Luxembourg, Notre-Dame et l'Opéra – et je maudissais chaque pierre sur mon passage. Au bout d'un moment, j'ai quitté les Beaux-Arts pour l'École spéciale. Et là, je suis tombé amoureux de Paris. À présent, je n'imaginerais pas vivre ailleurs. Au bout d'un moment, c'est ce que vous éprouverez vous-même.

– Je commence déjà à l'éprouver.

– Attendez, dit Vágo avec un petit sourire. Ça ne fera que s'aggraver.

Tous les matins, il descendait acheter son pain et un croissant à la petite boulangerie voisine, et son journal au kiosque du coin où, lorsqu'il laissait tomber ses pièces dans la main du propriétaire, ce dernier le gratifiait d'un merci sonore et chantant. De retour dans sa chambre, il mangeait son croissant et buvait du thé sucré dans le pot de confiture vide. Il regardait les photos du journal, tentant de suivre les derniers développements de la guerre d'Espagne, où le *Frente Popular* était en train de céder du terrain aux nationalistes. Il refusait de s'acheter un journal hongrois expatrié pour combler ses lacunes ; l'urgence des nouvelles était telle que la traduction devenait plus facile. Tous les jours, c'étaient de nouveaux récits d'atrocités, adolescents fusillés dans des fossés, vieillards passés au fil de la baïonnette dans une oliveraie, villages pilonnés à la bombe incendiaire. L'Italie accusait la France de violer son propre embargo sur les armes ; de vastes cargaisons de munitions soviétiques étaient acheminées aux républicains, tandis que, dans l'autre camp, l'Allemagne avait porté à dix mille hommes l'effectif de ses légions Condor. András lisait ces nouvelles avec un désespoir croissant, parfois jaloux des jeunes gens qui s'étaient sauvés de chez eux pour combattre aux côtés des républicains. Tout le monde était dans le bain, à présent, il le savait. Dire autre chose, c'était nier la réalité.

La tête pleine des horreurs de la guerre d'Espagne, il foulait les trottoirs jonchés de feuilles mortes pour se rendre à l'École, et tâchait de se distraire en se répétant des termes d'architecture en français. *Toit, fenêtre, porte, mur, corniche, balcon, balustrade, souche de cheminée\**. À l'école, il apprit la différence entre stéréobate et stylobate, base et entablement ; il apprit lesquels de ses professeurs préféraient en secret l'esthétique au pratique, et lesquels ne juraient que par le béton armé cher à Perret. Avec sa classe de statique, il visita la Sainte-

Chapelle, où il apprit que les ingénieurs du XIIᵉ siècle avaient trouvé moyen de renforcer l'édifice à l'aide de tiges de fer et d'une armature métallique dissimulée dans le cadre des vitraux qui se dressaient sur toute la hauteur de la chapelle. À l'heure où la lumière du matin tombait en filaments bleus et rouges à travers le vitrail, il se retrouva au centre de la nef et connut une forme d'exaltation sacrée. Peu lui importait qu'il s'agît d'une église catholique, où les vitraux représentaient le Christ et tous ses saints. Ce qu'il ressentait devait moins à la religion qu'à l'harmonie dans la conception et au parfait alliage de la forme et de la fonction dans la construction. Un haut espace vertical pour suggérer la voie qui mène à Dieu et à une connaissance approfondie des mystères. Et cela, les architectes l'avaient réalisé des siècles auparavant.

Fidèle à sa parole, Pierre Vágo instruisit András une heure tous les matins. Son français scolaire lui revint très vite, et au bout d'un mois, il avait acquis bien plus de connaissances qu'auprès de son professeur au lycée. Vers la mi-octobre, les leçons n'étaient plus que de longues conversations : Vágo s'y entendait pour trouver des sujets qui fassent parler son élève. Il le questionnait sur ses années à Konyár et à Debrecen, sur ce qu'il y avait étudié, les amis qu'il y avait, l'endroit où il vivait, ses amours. András lui parla d'Éva Kereny, la fille qui l'avait embrassé un beau jour dans les jardins du musée Déri, à Debrecen, pour le repousser cruellement ensuite ; il lui raconta l'histoire de l'unique paire de bas de soie de sa mère, cadeau qu'il lui avait offert pour Hanoukka avec l'argent gagné à exécuter les dessins de ses camarades. (Entre les frères, c'était à qui lui ferait le plus beau cadeau, mais la joie enfantine qui s'était peinte sur son visage à la vue des bas de soie avait valu à András une victoire incontestée. Et ce soir-là, Tibor s'était assis sur sa poitrine pour lui écraser le visage contre le sol gelé – vengeance d'aîné !) Vágo, qui était fils unique, semblait aimer les histoires concernant Mátyás et Tibor ; il les lui faisait réciter comme des chansons de geste et lui faisait traduire leurs lettres en français. Il s'intéressait tout particulièrement au désir exprimé par Tibor d'aller étudier la médecine en Italie. À Rome, il avait connu un jeune homme dont le père était professeur de médecine à la faculté de Modène. Il déclara qu'il allait écrire quelques lettres : on verrait bien.

Sur le moment, András n'y accorda guère d'attention : il savait que Vágo était très occupé, et que le courrier international mettait une éternité ; par ailleurs, le monsieur de Modène n'était pas obligé de partager les convictions de Pierre sur la nécessité d'instruire les jeunes juifs hongrois. Pourtant, un beau matin, Vágo l'accueillit une lettre à la main ; il venait d'apprendre que le professeur Turano réussirait peut-être à faire inscrire Tibor dès janvier.

– Oh, mon Dieu ! s'exclama András. C'est un miracle ! Comment avez-vous fait ?

– J'ai estimé mon entregent à sa juste valeur, répondit Vágo en souriant.

– Il faut que j'envoie tout de suite un pli à Tibor. Où est-ce que je peux télégraphier ?

Vágo le freina d'un geste.

– Je me garderais de l'avertir tout de suite, expliqua-t-il. Ce n'est encore qu'une possibilité. Il ne faut pas lui donner de faux espoirs.

– Quelles sont ses chances d'après vous ? Que dit le professeur Turano ?

– Il dit qu'il va devoir demander une dérogation au bureau des inscriptions, dans la mesure où il s'agit d'un cas particulier.

– Vous me le direz, dès que vous aurez des nouvelles ?

– Naturellement.

Mais András avait absolument besoin de partager ce

début de bonne nouvelle avec quelqu'un, alors ce soir-là, il en parla à Rosen, Polaner et Ben Yakov pendant le dîner à leur club d'étudiants rue des Écoles, celui-là même que lui avait recommandé József lors de son arrivée. Pour cent vingt-cinq francs la semaine, ils y prenaient des repas quotidiens à base d'un maximum de patates, fayots et chou ; on les servait dans une bruyante caverne au sous-sol, sur de longues tables où des milliers d'étudiants avaient gravé leurs noms. András leur rapporta sa nouvelle dans son français à l'accent hongrois, en criant pour se faire entendre dans le vacarme. Les autres levèrent leurs verres pour souhaiter bonne chance à Tibor.

Les verres vidés, Rosen remarqua :

– Suave ironie du sort. Parce qu'il est juif, il va devoir quitter une monarchie constitutionnelle pour étudier la médecine dans une dictature fasciste. Du moins, il ne sera pas obligé de nous rejoindre dans cette belle démocratie où les jeunes gens intelligents exercent leur liberté d'expression dans un tel abandon.

Il regardait Polaner du coin de l'œil, mais celui-ci baissa les yeux sur ses mains blanches et soignées.

– Tu fais allusion à quoi, là ? demanda Ben Yakov.

– À rien du tout, dit Polaner.

– Qu'est-ce qui s'est passé ? insista Ben Yakov, qui ne supportait pas d'être tenu à l'écart d'un potin.

– Je vais te le dire, moi, ce qui s'est passé, répondit Rosen. Sur le chemin de l'école, hier, Polaner a cassé la poignée de son carton à dessin, et on a été obligés de la faire tenir avec une ficelle. On était en retard au premier cours, vous vous en souvenez, les gars qui sont arrivés à dix heures et demie, c'était nous. On a donc dû se mettre au fond, à côté de Lemarque, un deuxième année, un salaud de blond, le faux-jeton de l'atelier. Raconte-leur, Polaner, ce qu'il a dit quand on s'est glissés dans la rangée.

69

Polaner posa sa cuillère à côté de son bol de soupe.

– Ce que tu as cru entendre.

– Il a dit « sales juifs », je l'ai entendu comme je t'entends.

Ben Yakov regarda Polaner.

– C'est vrai ?

– Je ne sais pas, répliqua Polaner, il a dit quelque chose, mais je n'ai pas entendu quoi.

– On l'a entendu tous les deux, et tout le monde l'a entendu.

– Tu fais du délire de persécution, dit Polaner, ses paupières délicates soudain cramoisies. Les gens se sont retournés parce qu'on était en retard, pas parce qu'on est juifs.

– Ça ne pose peut-être pas de problèmes là d'où tu viens, mais ici, c'est inadmissible, reprit Rosen.

– Je refuse d'en parler.

– De toute façon, qu'est-ce qu'on peut y faire ? remarqua Ben Yakov. Des idiots, il y en aura toujours.

– On peut lui donner une leçon, dit Rosen. Voilà ce qu'on peut faire.

– Non, fit Polaner. Je ne veux pas avoir d'ennuis pour une phrase dont on n'est même pas sûrs qu'elle ait été dite. Moi, tout ce que je veux, c'est faire profil bas. Je veux étudier et avoir mon diplôme. Vous comprenez ?

András comprenait, en tout cas. Il se souvenait de ce qu'il éprouvait à l'école de Konyár, le désir de devenir invisible. Mais il n'aurait jamais imaginé qu'un de ses camarades de classe juif, ou lui-même, du reste, le ressentirait à Paris.

– Je comprends, dit-il. N'empêche qu'il ne faudrait pas que Lemarque se figure (il avait le plus grand mal à trouver ses mots en français), se croie autorisé à employer une formule pareille – à supposer qu'il l'ait fait.

– Lévi sait ce que je veux dire, poursuivit Rosen. (Là-dessus, il prit son menton dans sa main, et contempla

70

son bol de soupe.) D'un autre côté, je ne vois pas trop ce qu'on est censés faire. Si on va le dire à quelqu'un, ce sera notre parole contre celle de Lemarque. Et il a beaucoup d'amis, chez les quatrième et cinquième année.

Polaner repoussa son bol.

– Il faut que je retourne à l'atelier, j'ai prévu de travailler toute la nuit.

– Allez, Eli, dit Rosen, te fâche pas.

– Je ne me fâche pas, je ne veux pas d'ennuis, c'est tout.

Polaner coiffa son chapeau, passa son écharpe autour de son cou, et sous le regard des trois autres, les épaules voûtées dans sa veste en velours élimée, il se faufila à travers le labyrinthe des tables.

– Tu me crois, hein ? demanda Rosen à András. Je sais ce que j'ai entendu.

– Je te crois, mais je conviens aussi qu'il n'y a rien à faire.

– On ne parlait pas de ton frère, il y a un instant ? tenta Ben Yakov. C'était un sujet de conversation qui m'allait mieux.

– C'est juste, acquiesça Rosen. J'ai changé de sujet, et voilà.

András haussa les épaules.

– Selon Vágo, il est trop tôt pour se réjouir, ça ne va peut-être pas se faire.

– Mais il y a des chances ? reprit Rosen.

– Oui, et alors, comme tu l'as fait remarquer, il s'installera dans une dictature fasciste. Il est donc difficile de savoir ce qu'il faut espérer. Les scénarios sont tous plus compliqués les uns que les autres.

– Ce qu'on peut espérer, c'est la Palestine, dit Rosen. Un État juif, voilà. Je souhaite que ton frère se retrouve à étudier en Italie sous Mussolini. Qu'il décroche son diplôme au nez et à la barbe du Duce. Et pendant ce temps-là, vous et moi, on décroche notre diplôme d'architecte ici à Paris. Après quoi, on émigre tous. D'accord ?

– Je ne suis pas sioniste, répondit András. Ma patrie, c'est la Hongrie.

– N'empêche que tu n'y es pas, pour le moment, si ? dit Rosen.

À cela, András ne trouva rien à répondre.

Les deux semaines qui suivirent, il attendit des nouvelles de Modène. Au cours de statique, il calcula la répartition des poids sur l'arche du pont au Double, espérant trouver un dérivatif dans la symétrie des équations. Au cours de dessin, il entreprit une reproduction à l'échelle de la gare d'Orsay et s'absorba dans la mesure complexe des cadrans (d'horloge) de sa façade, et de sa série de portes cintrées. À l'atelier, il tenait Lemarque à l'œil : le type jetait souvent à Polaner des regards impénétrables, mais il ne disait rien qu'on aurait pu juger vexatoire. Tous les matins, dans le bureau de Vágo, András lorgnait les lettres arrivées sur la table, guettant celle qui porterait un cachet italien ; les jours passaient, la lettre ne venait pas.

Et puis, un après-midi qu'il se trouvait à l'atelier, en train d'effacer des traces de crayon impalpables sur son dessin de la gare d'Orsay, la belle Lucia du bureau d'accueil parut, apportant une feuille pliée en deux, qu'elle donna à l'étudiant de cinquième année responsable de la séance, sur quoi elle ressortit sans accorder le moindre regard aux autres élèves.

– Lévi, dit l'étudiant responsable, un garçon à l'expression austère et à la tignasse blonde et rêche comme une balle de paille. Tu es convoqué au bureau du Colonel.

Les bavardages cessèrent aussitôt. Les crayons en restèrent suspendus. Le Colonel, c'était le surnom que l'école donnait à Auguste Perret. Tous les regards se tournèrent vers András ; Lemarque lui décocha un sourire de ses lèvres minces. András ramassa ses crayons en vitesse ; il se demandait ce que Perret lui voulait. Il lui vint à l'esprit que le professeur était peut-être intervenu dans l'inscription de Tibor ; Vágo avait pu s'assurer son soutien. Peut-être avait-il usé de son influence auprès d'amis étrangers, auquel cas il allait personnellement lui annoncer la bonne nouvelle.

András grimpa quatre à quatre les escaliers qui menaient aux bureaux personnels des professeurs, et s'arrêta devant la porte de Perret. Elle était close, mais on entendait le directeur s'entretenir à mi-voix avec Pierre Vágo. András frappa. Vágo lui dit d'entrer. Dans un faisceau de lumière, près d'une haute fenêtre donnant sur le boulevard Raspail, se tenait le professeur Perret, en bras de chemise. Vágo était adossé à son bureau, une lettre à la main.

– Bonjour, András, lui dit Perret en se tournant vers lui.

Il l'invita d'un geste à s'asseoir dans une chauffeuse en cuir, ce qu'András fit, en laissant glisser son cartable au sol. Contrairement au bureau de Vágo, avec ses dizaines de dessins au mur, ses statues à deux sous et sa table de travail encombrée de projets, celui de Perret n'était qu'ordre et austérité. Trois crayons parallèles sur le maroquin de la table ; des étagères sur lesquelles s'alignaient des plans soigneusement roulés ; et sous une vitrine, une maquette de l'Opéra Garnier, d'un blanc immaculé.

Perret s'éclaircit la voix.

– Nous venons de recevoir des nouvelles assez inquiétantes de Hongrie, dit-il. Assez inquiétantes, vraiment. Il serait peut-être plus commode que le professeur Vágo vous explique la situation en hongrois, même s'il paraît que vous avez fait des progrès considérables en français.

Il avait perdu son timbre martial et avait un regard si plein de gentillesse et de regret que le jeune homme sentit ses mains se glacer.

– C'est assez compliqué, dit Vágo en hongrois. Je vais vous expliquer. J'ai reçu des nouvelles du père de mon ami, le professeur. Une place vient de se libérer pour votre frère à la faculté de médecine de Modène.

Vágo marqua un temps. András retenait son souffle en attendant la suite.

– Le professeur Turano a écrit à l'association juive qui vous verse votre bourse. Il voulait savoir si on pouvait aussi trouver des fonds pour Tibor. Mais sa requête s'est heurtée à un refus navré. De nouvelles restrictions viennent d'être imposées cette semaine, en Hongrie. À ce jour, aucune organisation ne peut plus envoyer d'argent aux étudiants juifs à l'étranger. Votre bourse Hitközség a été gelée par le gouvernement.

András cilla en le regardant : qu'est-ce que ça voulait dire ?

– Ce n'est pas seulement un problème pour Tibor, poursuivit Vágo en le fixant dans les yeux. C'est aussi un problème pour vous. En un mot, votre bourse ne vous sera plus versée. D'ailleurs, mon jeune ami, pour être honnête, elle ne l'a jamais été. Ne voyant pas paraître le premier chèque, j'ai payé votre scolarité de ma poche, en pensant qu'il s'agissait d'un retard.

Il marqua un temps et jeta un coup d'œil au professeur Perret, qui l'observait alors qu'il annonçait ces nouvelles en hongrois.

– M. Perret ne sait pas d'où venait cet argent et il n'a pas besoin de le savoir, donc ne manifestez aucune surprise, s'il vous plaît. Je lui ai dit que tout allait bien. Seulement voilà, je ne suis pas riche, et à mon grand regret, je n'ai pas les moyens de payer vos cours un mois de plus.

András sentit un bloc de glace remonter lentement dans sa poitrine. Ses frais de scolarité n'étaient plus pris en charge ; ils ne l'avaient jamais été. Tout à coup, il comprenait la gentillesse et la consternation de Perret.

– Nous voyons en vous un étudiant brillant, nous ne voulons pas vous perdre, lui dit le directeur. Est-ce que votre famille pourrait vous aider ?

– Ma famille ? répondit András, son filet de voix allant se perdre dans la pièce haute de plafond.

Il revoyait son père empiler des planches de chêne dans la scierie, sa mère préparer un ragoût de patates au paprika sur le fourneau de la cuisine extérieure. Il repensait aux bas de soie qu'il lui avait offerts dix ans plus tôt – qu'elle avait pliés en un carré bien chaste, rangés dans du papier et qu'elle n'avait jamais portés que pour aller à la synagogue.

– Mes parents ne disposent pas de sommes pareilles, avoua-t-il.

– C'est terrible, dit Perret. Je voudrais bien que nous puissions faire quelque chose. Avant la crise économique, nous arrivions à distribuer de nombreuses bourses, mais aujourd'hui… (Il regarda par la fenêtre les nuages bas et caressa sa barbe militaire.) Vos dépenses sont payées jusqu'à la fin du mois, et nous allons voir ce que nous pouvons faire d'ici là, mais j'ai bien peur de ne pas pouvoir vous donner beaucoup d'espoir.

András se traduisit mentalement cette dernière formule.

– Quant à votre frère, reprit Vágo, c'est fichtrement dommage. Turano tenait beaucoup à l'aider.

András tentait de se ressaisir. Il était très important qu'ils comprennent la situation de Tibor, la question des fonds.

– Ça ne fait rien, dit-il en s'efforçant de dominer le tremblement de sa voix. La bourse n'a pas d'importance – pour Tibor, je veux dire. Cela fait six ans qu'il met de l'argent de côté. Il doit en avoir assez pour payer son billet de train et sa première année d'études. Je vais lui envoyer un câble ce soir. Est-ce que le père de votre ami pourrait lui garder sa place ?

– Je pense, répondit Vágo. Je vais lui écrire tout de

suite si vous croyez que les choses demeurent possibles. Mais peut-être que votre frère pourrait vous aider, lui, s'il a mis de l'argent de côté ?

András fit non de la tête.

– Je ne peux pas lui en parler. Il n'en a pas assez épargné pour deux.

– Je le regrette profondément, répéta Perret, qui vint serrer la main d'András. Le professeur Vágo me dit que vous êtes un jeune homme plein de ressource. Peut-être trouverez-vous moyen de vous en sortir. De mon côté, je vais voir ce que je peux faire.

C'était la première fois que Perret avait un contact physique avec lui. On aurait dit qu'András venait d'apprendre qu'il avait une maladie incurable et que, devant l'ombre d'une mort imminente, le maître faisait fi de tout cérémonial. Il le reconduisit à la porte du bureau avec une tape dans le dos, et lui lança un « Courage ! » ponctué du salut militaire, avant de le laisser dans le couloir.

András s'enfonça dans la lumière poussiéreuse de la cage d'escalier, il passa devant la classe où son dessin de la gare d'Orsay traînait sur la table, abandonné, puis devant la belle Lucia dans le bureau d'accueil, et enfin il franchit les portes bleues de cette école qu'il s'était mis à considérer comme la sienne. Il prit le boulevard Raspail jusqu'à la première poste, et demanda un formulaire de télégramme. Sur les lignes bleues serrées, il rédigea le message composé en chemin :

PLACE ASSURÉE À LA FACULTÉ DE MÉDECINE DE MODÈNE GRÂCE AMI DE VÁGO. OBTIENS PASSEPORT ET VISA IMMÉDIATEMENT. HOURRA.

Pendant un instant, aveuglé par sa déconvenue personnelle, il songea à omettre le « hourra ». Mais au dernier moment, il le laissa, en payant dix centimes de plus, puis il reprit le boulevard. Les voitures circulaient toujours à vive allure, la lumière de l'après-midi descendait comme à l'accoutumée, les piétons, sur les trottoirs, se hâtaient avec leurs provisions, leurs dessins, leurs livres – la ville était totalement indifférente à ce qui venait de se passer dans un bureau de l'École spéciale.

Sans rien voir, sans penser à rien, il tourna rue de Fleurus et déboucha dans le jardin du Luxembourg, où il trouva un banc vert à l'ombre d'un platane. De là on apercevait les ruches ; l'apiculteur masqué inspectait les rayons de l'une d'entre elles. Les abeilles agglutinées sur sa tête, ses bras et ses jambes le constellaient de taches noires. Groggy, abruties par la fumée, elles évoluaient sur son corps comme des vaches au pâturage. Il l'avait appris à l'école, certaines abeilles peuvent changer de nature si les circonstances l'exigent. Quand une reine meurt, une autre peut prendre sa place ; elle se dépouille alors de son ancienne vie, endosse un nouveau corps, un nouveau rôle. Désormais, elle peut pondre et collaborer à la santé de l'essaim avec ses suivantes. Lui, András, était né juif, et il s'enveloppait dans cette identité depuis vingt-deux ans. À huit jours il avait été circoncis ; dans la cour de l'école, il avait dû supporter les brimades de ses camarades, et la réprobation de ses maîtres pour ses absences du samedi. Pour Yom Kippour il jeûnait, le jour du shabbat il allait à la synagogue ; à treize ans il avait étudié la Torah et était devenu un homme selon la loi juive. À Debrecen, il fréquentait le lycée juif, et ensuite, il avait pris un emploi dans un magazine juif. Il habitait avec Tibor dans le quartier juif de Budapest, où ils fréquentaient la synagogue de Dohány utca. Là-dessus, il avait croisé le spectre du numerus clausus et quitté famille et patrie pour venir vivre à Paris. Or, même ici, on trouvait des hommes comme Lemarque, des groupes d'étudiants manifestaient contre les juifs, et les journaux antisémites ne manquaient pas. Et voilà qu'à présent, il avait un fardeau de plus à porter, un *tsuris* de plus. En cet instant, assis sur son banc au Luxembourg, il se demandait quel effet ça ferait d'abandonner son identité juive, d'enlever l'habit de sa religion comme on le fait d'un manteau trop lourd par temps chaud. Il se revoyait à la Sainte-Chapelle, en septembre, dans la quiétude du lieu, et les quelques répons qu'il connaissait de la messe lui revinrent en mémoire : *Kyrie eleison, Christe eleison*. Seigneur, prends pitié, Christ, prends pitié de nous.

Un moment, les choses lui parurent simples, claires : se faire chrétien ; et pas simplement chrétien, mais catholique, comme ceux qui avaient conçu la Sainte-Chapelle et Notre-Dame, le temple Mátyás et la basilique Szent István à Budapest. Se dépouiller de son ancienne vie, endosser une nouvelle histoire. Recevoir ce qui lui avait été refusé. Recevoir de la pitié.

Mais tout en pensant à l'idée de « pitié », ce fut le mot yiddish *rachmones* qui lui vint à l'esprit ; *rachmones*, de l'hébreu *rechem*, qui veut dire « sein maternel ». *Rachmones*, la compassion profonde, intangible, celle de la mère pour l'enfant. Il la demandait dans ses prières, tous les ans, à la synagogue de Konyár, la veille de Yom Kippour. Il demandait que ses fautes lui soient pardonnées, il jeûnait, et tous les Kippour, la fête s'achevait en lui donnant le sentiment que son être avait été lavé. Tous les ans, il éprouvait le besoin que son âme rende des comptes, le besoin de pardonner comme d'être pardonné. Tous les ans, ses frères l'encadraient à la synagogue, Mátyás à gauche, petit bonhomme farouche, Tibor à droite, mince adolescent à la voix grave. Leur père était auprès d'eux, sous le talit familial, et derrière le rideau isolant les femmes, leur mère – patiente, indulgente, solide, sa présence ne faisant aucun doute alors même qu'elle leur était invisible. Il ne pouvait pas davantage cesser d'être juif que d'être ce frère pour ses frères, ce fils pour ses parents.

Il se leva avec un dernier regard en direction de l'apiculteur, et traversa le jardin pour rentrer chez lui. Il ne pensait plus à ce qui venait de se produire, mais à ce qu'il allait faire à présent : trouver du travail, un moyen de gagner l'argent nécessaire à sa scolarité. Il n'était pas français ? Et après : à Budapest, des milliers de gens travaillaient au noir, et personne n'y voyait rien à redire. Demain samedi, les bureaux seraient fermés, mais pas les boutiques ni les restaurants… les boulangeries, les librairies, les boutiques de fournitures de dessin, les tailleurs pour hommes et les brasseries. Si Tibor arrivait à travailler à plein temps chez un chausseur tout en étudiant la nuit, il n'y avait pas de raison qu'il n'en fasse pas autant. Quand il arriva rue des Écoles, il était déjà en train de mettre au point la formule adéquate : Je cherche du travail. Soit en hongrois, *Állást keresek*, soit en français, *Je cherche… je cherche\*…* du travail. Ah oui, il se souvenait du mot : *un boulot\**.

# Chapitre 5

# Le Théâtre Sarah-Bernhardt

Cet automne-là, tous les soirs à neuf heures – sauf le lundi – on jouait *La Mère*, la dernière pièce de Bertolt Brecht, au Sarah-Bernhardt. Le théâtre se situait place du Châtelet, au centre même de Paris. Il offrait au public cinq balcons de sièges luxueux, et la sensation exaltante que la voix de Mlle Bernhardt avait naguère résonné entre ses murs et fait vibrer le grand lustre au bout de sa chaîne. Quelque part dans ses entrailles se trouvaient encore la loge lambrissée de crème et d'or, et la baignoire dorée où elle prenait, disait-on, des bains de champagne. Le premier samedi de novembre, la troupe s'était vu convoquer en urgence pour une répétition : la comédienne qui tenait le rôle-titre, Mme Villareal-Bloch, venait d'être frappée d'une extinction de voix gravissime que tout le monde attribuait, sans le dire, à sa liaison avec un jeune attaché de presse brésilien. Dans ces circonstances vaguement embarrassantes, Marcelle Gérard, sa doublure, avait dû reprendre le rôle au débotté. Elle arpentait sa loge avec fureur. Claudine Villareal-Bloch, lui faire un coup pareil ! Ce devait être pour l'humilier car celle-ci savait fort bien que, froissée de n'avoir pas décroché le rôle, elle n'avait pas appris le texte. Ce matin-là, à la répétition, elle avait oublié ses répliques et bafouillé avec un amateurisme flagrant. Au bout du couloir, dans son bureau, Zoltán Novak buvait sec : qu'adviendrait-il si la pièce devait être interrompue, si Marcelle Gérard restait figée sur scène comme ce matin ? On attendait un ministre à la prochaine représentation, c'était dire la notoriété que Brecht avait atteinte, mais c'était dire aussi à quel point la situation était critique. Si la pièce faisait un four, le blâme lui en reviendrait à lui, Zoltán Novak le Hongrois. Échouer n'est pas français.

Il avait envie de fumer, il en mourait d'envie. Seulement il ne pouvait pas. La veille, lorsqu'il avait appris l'indisposition de Mme Villareal-Bloch, sa femme lui avait caché ses cigarettes, sachant qu'il risquait d'en abuser. Elle lui avait fait jurer de ne pas en acheter et lui avait promis qu'elle reniflerait ses vêtements pour s'assurer qu'il ne fumait pas. En manque de nicotine, il tournait comme un lion en cage dans son bureau, quand l'assistant de production vint lui transmettre une liste de messages urgents. Le régisseur signalait la disparition des pelles des ouvriers, à la scène 3 : fallait-il s'en passer ou en racheter ? Le nom de Mme Gérard était devenu Guérard dans la distribution du programme, fallait-il faire réimprimer avant demain soir ? Et puis enfin, il y avait un jeune homme à la porte qui cherchait du travail. Il prétendait connaître Monsieur, en tout cas c'était ce qu'on avait cru comprendre – il parlait un français approximatif. Son nom ? Un truc étranger. Lévi, Anndrache.

Acheter des pelles – oui. Faire réimprimer le programme – non, trop cher. Quant à connaître un Lévi Anndrache – non, il n'en connaissait pas. Mais quand bien même, la dernière chose qu'il avait à offrir à qui que ce soit, seigneur Dieu, c'était bien un emploi.

András se figurait qu'il arriverait à l'École porteur de nouvelles triomphales pour le professeur Vágo – il avait trouvé du travail, se débrouillait pour payer ses frais de scolarité, et restait donc parmi eux. Au lieu de quoi, en ce lundi matin, il cheminait d'un pas lourd sur le boulevard Raspail, le dépit lui faisant donner des coups de pied dans les brindilles qui jonchaient le trottoir. Il avait passé son week-end à écumer le Quartier latin pour chercher du travail, à la grande et à la petite porte, dans les boulangeries et les garages. Il avait même eu le toupet de pousser la porte d'un graphiste, en manches de chemise devant sa table à dessin. L'homme l'avait regardé avec une commisération perplexe en lui disant de repasser quand il aurait son diplôme. András était reparti, la faim au ventre, sous la pluie froide, sans s'avouer battu pour autant. Il avait traversé la Seine dans un brouillard, se demandant à qui faire appel ; en levant les yeux, il s'était aperçu qu'il était parvenu place du Châtelet. Il avait alors eu l'idée de se présenter au Théâtre Sarah-Bernhardt et de demander à voir Zoltán Novak, puisque ce dernier l'avait invité à le faire. En outre, c'était le bon moment ; à sept heures et demie du soir, Novak pouvait fort bien être arrivé. Seulement, au Sarah-Bernhardt, un jeune homme l'avait éconduit – poliment, certes, avec moult regrets et dans un flot d'amabilités. Il venait de parler à M. Zoltán Novak, à qui son nom ne disait rien. András avait passé le reste de la soirée et toute la journée du lendemain à poursuivre ses recherches, mais la chance ne lui avait pas souri. En fin de compte, il s'était retrouvé chez lui, assis à la table près de la fenêtre, un télégramme de son frère à la main.

INCROYABLE ! MA GRATITUDE ÉTERNELLE À TOI ET À VÁGO. DEMANDERAI MON VISA ÉTUDIANT DEMAIN. MODÈNE ! HOURRA, TIBOR.

Il aurait donné n'importe quoi pour le voir, Tibor, pour lui raconter ce qui venait de se produire, pour avoir son avis. Mais Tibor était à Budapest, soit à mille deux cents kilomètres d'ici. Ce n'était pas le genre de conseil qu'on prodigue par télégramme, et une lettre prendrait bien trop longtemps. Bien sûr, il en avait parlé à Rosen, Polaner et Ben Yakov, le soir même, à la cantine étudiante, et leur colère lui avait fait chaud au cœur, leur sympathie l'avait ragaillardi, mais ils ne pouvaient pas lui être d'un grand secours. Et de toute façon, ils n'étaient pas son frère. Ils ne pouvaient pas comprendre comme Tibor ce que cette bourse signifiait pour lui, ni les conséquences de sa perte.

À sept heures du matin, l'École spéciale était déserte, les ateliers silencieux, la cour vide ; le grand amphithéâtre résonnait. Il savait qu'il trouverait toujours quelques élèves endormis à leur bureau s'il jetait un coup d'œil, des étudiants qui auraient passé la nuit à travailler sur leur dessin ou leur maquette en buvant café sur café et en fumant cigarette sur cigarette. Les nuits blanches étaient banales à l'École. Le bruit courait qu'il existait des cachets pour aiguiser l'esprit et se maintenir éveillé des jours entiers, voire des semaines. Des rumeurs circulaient sur des trouvailles artistiques survenues au bout de soixante-douze heures de veille. On colportait aussi des récits d'effondrements catastrophiques. L'un des studios était surnommé l'« atelier du suicide ». Les anciens racontaient aux nouveaux qu'un élève s'y était brûlé la cervelle parce que son rival avait remporté le prix de l'Amphithéâtre. Dans cet atelier-là, en face du tableau noir, on voyait le trou d'une déflagration dans la brique. Lorsque András avait questionné Vágo sur le suicide en question, le maître lui avait confié avoir entendu l'histoire lui-même du temps où il était élève, sans que personne ait jamais pu la confirmer. Elle servait surtout à inciter les jeunes à la prudence.

Il y avait de la lumière dans le bureau de Vágo, un carré jaune, qu'András voyait depuis la cour. Il grimpa les trois étages à toute vitesse et frappa. Au bout d'un silence qui lui parut fort long, Vágo vint ouvrir en chaussettes ; il se frottait les yeux de ses doigts tachés d'encre, col ouvert, cheveux en bataille.

– Toi, dit-il en hongrois.

Un petit mot, dans cette langue, porteur du sel de l'affection. *Te.*

– Moi, dit András. Je suis encore là, pour le moment.

Vágo le fit entrer et l'invita à s'asseoir sur son tabouret habituel, puis il s'éclipsa quelques minutes. Quand il revint, on aurait dit qu'il s'était débarbouillé à l'eau chaude, puis essuyé dans une serviette rêche. Il sentait le savon à la pierre ponce, celui qu'on prenait pour enlever les taches d'encre.

– Alors ? dit-il en s'asseyant à son bureau.

– Tibor vous remercie du fond du cœur. Il demande un visa tout de suite.

– J'ai déjà écrit au professeur Turano.

– Merci. Sincèrement.

– Et vous, comment ça va ?

– Pas très bien, vous pensez.

– Vous vous inquiétez pour le paiement de votre scolarité.

– Vous ne vous inquiéteriez pas, à ma place ?

Vágo repoussa son siège et se mit à la fenêtre. Un instant plus tard, il se retourna et passa la main dans ses cheveux.

– Écoutez, je n'ai pas très envie de vous apprendre le français, ce matin. Si nous allions faire un peu de terrain, à la place ? Il nous reste une bonne heure et demie avant le début de l'atelier.

– C'est vous le maître, dit András.

Vágo prit son manteau à la patère de bois et l'enfila. Il poussa András devant lui dans l'escalier, et lui fit franchir les portes bleues. Sur le boulevard, il chercha de la monnaie au fond de sa poche, et entraîna le jeune homme dans l'escalier du métro Raspail, au moment où la rame entrait dans la station ; ils allèrent jusqu'à La Motte-Picquet, où ils prirent la ligne 8, puis la 10 à Michel-Ange-Molitor. Enfin, à l'obscure station Billancourt, le maître fit descendre son élève qu'il emmena sur un boulevard extérieur. Il faisait plus frais qu'intra-muros. Les commerçants étaient en train de laver à grande eau les trottoirs devant leurs boutiques en prévision des affaires matinales ; des laveurs de vitres avaient entrepris de nettoyer les devantures du boulevard. Une ribambelle de fillettes en court manteau de laine noir passèrent d'un pas vif, à leur tête une matrone, plume au chapeau.

– On n'est plus très loin, dit Vágo.

Ils tournèrent dans une petite rue commerçante, puis empruntèrent une longue rue résidentielle, puis une autre, plus étroite, bordée de duplex gris et de robustes maisons aux toits rouges, qui cédèrent tout à coup la place à un immeuble-paquebot blanc effilé, se dressant à l'étroit confluent de deux rues. Les appartements avaient des hublots en guise de fenêtres et des loggias fermées par des portes vitrées coulissantes, comme sur un vrai transatlantique. Il s'élançait dans le matin, derrière une proue de fenêtres en arrondi et des arcades en béton armé, blanches comme du lait.

– Architecte ? demanda Vágo.

– Pingusson, répondit András.

Quelques semaines plus tôt, ils étaient allés voir son œuvre au pavillon du dessin industriel de l'Exposition universelle ; l'étudiant de cinquième année qui leur servait de guide ne tarissait pas d'éloges sur la simplicité des lignes chez Pingusson, et son traitement très personnel des proportions.

– Exact, dit Vágo. Je l'ai rencontré en Russie, il y a cinq ans, lors d'un congrès d'architectes et nous sommes devenus amis. Il a écrit des passages bien sentis dans *L'Architecture d'aujourd'hui*. Des articles qui ont poussé les lecteurs à acheter ce magazine qui n'en était qu'à ses débuts. C'est aussi un joueur de poker enragé. Nous avons nos habitudes, le samedi soir. Il arrive que le professeur Perret nous rende visite. Il joue comme un pied, mais il aime bien bavarder.

– Je m'en doute, ponctua András.

– Eh bien, justement, samedi dernier, de quoi croyez-vous que nous ayons parlé ?

András haussa les épaules.

– Vous ne devinez pas ?

– De la guerre d'Espagne ?

– Non, mon jeune ami. Nous avons parlé de vous. De ce qui vous arrive. Votre bourse. Votre absence de fonds personnels. Pendant ce temps-là, Perret versait du champagne à flots. Un Canard-Duchêne 1926 mémorable qu'un client venait de lui offrir. Or Georges-Henri – Pingusson, je veux dire – est un homme d'une intelligence hors du commun. Il est l'auteur de nombreux édifices d'une grande beauté à travers Paris, et sa maison est pleine des trophées qu'il a reçus en récompense de son talent. Il est ingénieur, en plus d'être architecte, vous savez. Il joue au poker comme un homme de chiffres. Seulement, quand il boit du champagne, il donne dans le panache et le romantisme. Sur le coup de minuit, le voilà qui jette son chéquier sur la table en disant à Perret que s'il perd la main suivante, il s'engage à payer une partie de vos frais de scolarité.

András regarda Vágo avec ébahissement.

– Et alors ?

– C'est Perret qui a perdu, bien sûr. Je ne crois pas l'avoir déjà vu battre Pingusson. Mais le champagne avait fait son œuvre. Il est malin, notre Perret. Au fond, il est même plus malin que Pingusson.

– Comment ça ?

– Un peu plus tard, alors que nous attendions un taxi dans la rue, Perret, sobre tel le chameau, se met à secouer la tête. « C'est tellement dommage, pour le petit Lévi, c'est tragique ! » Et Georges-Henri, dans les vignes du Seigneur, se met quasiment à genoux sur le trottoir, suppliant Perret de le laisser vous faire un prêt. Cinquante pour cent des frais, pas un centime de moins. « Si le petit réussit à trouver l'autre moitié, qu'il reste à l'École. »

– Vous n'êtes pas sérieux, tout de même ?

– Oh, que si.

– Mais le lendemain matin, il était dégrisé ?

– Prudent, Perret lui avait fait coucher, la veille, ses dispositions par écrit. Pingusson est son obligé, d'ailleurs ; il lui a rendu de fiers services.

– Et quelle garantie veut-il, pour ce prêt ?

– Aucune. Perret lui a dit que vous étiez un gentleman et que vous gagneriez beaucoup d'argent une fois sorti de l'École.

– Cinquante pour cent, répéta András. Bon Dieu. Et de Pingusson, encore. (Il regarda de nouveau l'immeuble profilé, sa proue blanche élancée.) Dites-moi que ce n'est pas une plaisanterie.

– Ce n'en est pas une, j'ai la lettre signée sur mon bureau.

– Mais ça représente des milliers de francs.

– Perret est convaincu que vous méritez qu'on vous aide.

András sentit sa gorge se nouer. Il n'allait pas pleurer, non, pas là au coin de ces rues de Boulogne-Billancourt. Il racla sa semelle contre le trottoir. Il devait bien y avoir moyen de réunir l'autre moitié de la somme. Si Perret avait fait des miracles, s'il lui avait procuré un apport ex nihilo, s'il le considérait comme un gentleman, alors il fallait qu'il relève le défi de Pingusson, c'était bien le moins. Il allait faire tout son possible. Combien de temps avait-il passé à chercher du travail ? Quelques jours ? Quatorze heures ? Paris était une grande ville. Il y trouverait du travail. Il le fallait.

Il y avait des moments où il semblait qu'un fantôme bienveillant logeait au Théâtre Sarah-Bernhardt, de sorte que les pièces qui auraient dû faire un four passaient la rampe. Le soir de la première avec Marcelle Gérard dans le rôle-titre, on avait frôlé la catastrophe. Une heure avant le lever du rideau, la comédienne avait fait irruption dans le bureau de Novak en menaçant de tout laisser choir. Elle n'était pas prête, disait-elle. Elle allait se ridiculiser aux yeux du public, des critiques et du ministre. Novak lui avait pris les mains en tentant de la raisonner : elle était capable de jouer ce rôle, il en était sûr ; à l'audition, elle s'était montrée irréprochable. S'il lui avait préféré Claudine Villareal-Bloch, c'était pour ne pas être accusé de favoritisme envers elle. Certes, leur liaison appartenait à un passé lointain, n'empêche qu'on en parlait encore ; il redoutait que sa femme n'ait vent de la chose à une période où leurs rapports étaient déjà tendus. Elle le comprenait, cela, tout de même ; ils en avaient déjà parlé au moment où il avait pris sa décision, n'est-ce pas ? Il ne la laisserait jamais monter sur scène ce soir s'il ne pensait pas qu'elle serait parfaite. Ses appréhensions étaient classiques, du reste. Sarah Bernhardt elle-même n'avait-elle pas surmonté une crise de trac alors qu'elle interprétait Phèdre, en 1879 ? Dès que Marcelle Gérard serait sur les planches, elle incarnerait tout ce que Brecht mettait dans le rôle, il en était sûr et certain. Elle le savait bien, non ? Mais quand il eut fini, elle avait déjà retiré ses mains ; elle était partie s'enfermer dans sa loge sans un mot, abandonnant Novak à son sort.

Peut-être était-ce l'angoisse sincère du metteur en scène qui avait fait sortir le spectre de Sarah Bernhard des murs du théâtre, ce soir-là ; peut-être était-ce celle, collective, de la troupe et des techniciens, éclairagistes, ouvreuses, portiers, costumières, et jusqu'à la demoiselle du vestiaire. Toujours est-il qu'à neuf heures, les états d'âme de Marcelle Gérard s'étaient envolés. Le ministre avait pris place dans sa loge, où il sirotait discrètement une flasque d'argent. Lady Mendl et l'honorable Mrs Reginald Fellowes l'accompagnaient, lady Mendl coiffée de plumes de paon, Daisy Fellowes resplendissante dans un tailleur de soie vert jade signé Schiaparelli. Depuis la guerre d'Espagne, le théâtre communiste faisait recette en France. La salle était bondée. Les lumières s'éteignirent, et Marcelle Gérard entra en scène, le timbre aussi grave que celui de mademoiselle Sarah elle-même. Depuis les coulisses où il s'était posté, Novak la regarda créer une Mère qui éclipsait l'interprétation de Claudine Villareal-Bloch, avec ses affres de femme amoureuse. Il poussa un soupir de soulagement si agréable, si profond, qu'il remercia intérieurement sa femme de l'avoir privé du réconfort des cigarettes qui lui bridaient la poitrine. Avec un peu de chance, il venait d'en finir avec le tabac. Toutes ces cures à Budapest avaient dû faire le ménage dans ses poumons, balayer le sang et la douleur qui les obstruaient. La pièce ne serait pas un four. Et puis qui sait, le théâtre survivrait peut-être, finalement, malgré les colonnes de rouge qui s'allongeaient de semaine en semaine dans les registres des comptes, et les dettes qui s'alourdissaient.

Après avoir reçu les félicitations du ministre à la fin de la pièce, et avoir transmis ses compliments à une Marcelle Gérard rougissante et hors d'haleine, il se sentit d'humeur si joviale qu'il accepta deux coupes de champagne et les descendit cul sec dans le couloir, devant les loges. Avant son départ, l'actrice l'appela dans son saint des saints et lui planta un baiser sur la bouche, un seul, quasi chaste, pour lui signifier que tout était pardonné. À minuit, il sortit dans une brume légère et piquante. Sa femme l'attendrait dans leur chambre, cheveux lâchés, une odeur de lavande sur la peau. Mais il n'avait pas fait trois pas que quelqu'un arrivait en courant derrière lui et lui saisissait le bras ; il en laissa tomber sa serviette. D'une manière générale, il était prudent, mais ce soir le champagne lui avait fait baisser la garde. Réagissant avec un instinct affûté pendant la guerre, il fit volte-face et frappa son assaillant à l'estomac. Un jeune homme brun s'écroula sur le trottoir, le souffle coupé. Novak se baissa pour ramasser sa serviette, et c'est seulement alors qu'il entendit le garçon articuler d'une voix étranglée *Novak-úr. Novak-úr*. Son nom, assorti de la particule honorifique en hongrois. Le visage de l'inconnu lui disait vaguement quelque chose, d'ailleurs. Il l'aida à se relever et chassa les feuilles mortes collées à sa manche. Le jeune homme se tâtait précautionneusement les côtes.

– Qu'est-ce qui vous a pris d'arriver sur moi par-derrière, comme ça ? lui dit Novak en hongrois, tout en tâchant de mieux voir son visage.

– Vous avez refusé de me recevoir dans votre bureau, parvint à articuler l'inconnu.

– J'aurais dû ? Je vous connais ?

– András Lévi, haleta le jeune homme.

Anndrash Lévi, le garçon du train ! Il revoyait son désarroi en gare de Vienne, sa gratitude devant le bretzel offert. Et voilà qu'il venait de mettre un direct à ce malheureux ! Il secoua la tête avec un rire grave et confus.

– Monsieur Lévi, mes plus plates excuses.

– Grand merci, dit le jeune homme avec amertume. (Il continuait à se frotter les côtes.)

– Je vous ai jeté dans le caniveau, reprit Novak, désemparé.

– Ça va aller.

– Faites-moi donc un bout de conduite, j'habite à deux pas.

Chemin faisant, András lui confia toute son histoire : comment il avait obtenu une bourse, comment il l'avait perdue, et l'offre de Pingusson pour finir. Voilà ce qui l'avait fait revenir. Il fallait qu'il tente de revoir Novak. Il ne rechignerait pas à la besogne : cirer les chaussures de la troupe, balayer les planchers, vider les poubelles, il ferait n'importe quoi. Il fallait absolument qu'il se débrouille pour gagner sa moitié des droits de scolarité. Le premier terme surviendrait dans trois semaines.

Tout en parlant, ils étaient arrivés au pied de l'immeuble de Novak, rue de Sèvres. Là-haut, de la lumière filtrait à travers les rideaux tirés de la chambre. La brume qui tombait avait humidifié les cheveux du metteur en scène et déposait des perles sur les manches de son manteau. À ses côtés, Lévi frissonnait dans sa veste légère. Novak se prit à penser au registre qu'il avait refermé avant de monter voir le spectacle. Les chiffres rouges bien formés du comptable attestaient que le théâtre se trouvait dans une situation critique ; encore quelques semaines de pertes, et il n'y aurait plus qu'à fermer. Mais enfin, avec Marcelle Gérard dans le rôle de la Mère, allez savoir ! Il n'ignorait rien de ce qui se passait en Europe de l'Est ; ces vivres qu'on coupait à András n'étaient que le symptôme d'une maladie plus grave. En Hongrie, dans sa jeunesse, il avait vu de jeune juifs brillants écartés de l'université par le numerus clausus ; que ce jeune homme soit obligé de déclarer forfait après être venu de si loin, c'était un crime. Certes, le Théâtre Sarah-Bernhardt n'avait rien d'une association philanthropique, mais le garçon ne demandait pas l'aumône. Il cherchait une embauche. Il était prêt à faire n'importe quoi. Quoi de plus conforme à l'esprit de Brecht que de donner du travail à qui en avait besoin ? Et puis, Sarah Bernhardt elle-même était bien juive, après tout. Elle avait pour mère une courtisane judéo-hollandaise, et la judéité se transmet par la mère. Novak était bien placé pour le savoir. Baptisé à l'église, élevé dans des écoles catholiques, il était de mère juive, lui aussi.

– Soit, mon jeune ami, répondit-il en posant sa main sur l'épaule d'András. Passez donc me voir au théâtre, demain après-midi.

Le sourire de gratitude qui illumina le visage du jeune homme lui envoya une décharge d'appréhension. Quelle confiance, quelle espérance ! Ce que le monde allait faire à un garçon comme András Lévi, il ne voulait pas le savoir.

# Chapitre 6
# Au travail

*La Mère* comportait vingt-sept rôles, neuf rôles féminins et dix-huit masculins. La troupe donnait sept
représentations par semaine sur six jours. En coulisses,
les acteurs avaient peu de temps à eux, et leurs besoins
défiaient l'imagination. Il fallait raccommoder et nettoyer leurs costumes, promener leurs chiens de manchon, poster leurs lettres, leur servir du thé quand ils
avaient un chat dans la gorge, commander leur dîner ;
de temps en temps ils requéraient aussi les services d'un
dentiste ou d'un médecin. Ils devaient filer leur texte,
s'accorder de petites siestes réparatrices. Cultiver leurs
histoires d'amour à la ville. Deux des acteurs étaient
ainsi amoureux de deux des actrices, mais chacune
préférait le soupirant de l'autre. Les billets circulaient
à tire-d'aile entre le quatuor ; on offrait des fleurs, on
en recevait, on en mettait en pièces ; on envoyait des
chocolats et on en croquait.

C'est dans ce capharnaüm qu'András descendit, prêt
à travailler, et l'assistant du régisseur le mit en effet
aussitôt au travail : si M. Hammond cassait un de ses
lacets, András devrait lui en trouver un de rechange.
Si le bichon de Mme Pillol réclamait à manger, il
s'en chargerait. Il faudrait faire passer des messages,
entre le directeur et les premiers rôles, entre les deux
couples d'amoureux. Lorsque Claudine Villareal-Bloch,
supplantée, vint réclamer son rôle, il fallut désamor-

cer son agressivité sous les louanges. (De fait, confia l'assistant du régisseur à András, il n'était pas question de la reprendre ; Marcelle Gérard triomphait, et pour la première fois depuis cinq ans, le Sarah-Bernhardt refusait du monde tous les soirs.) András voyait mal comment tout ça avait pu s'accomplir avant qu'on ne l'engage. Au début de la représentation, le jour de son arrivée, il était trop épuisé pour regarder la pièce en coulisses. Il s'endormit en toute innocence sur un canapé qui apparaissait au deuxième acte, et fut tiré de son sommeil en sursaut lorsque deux machinistes le hissèrent sur leurs épaules pour le transporter sur le plateau. Il n'eut que le temps de se carapater à la fin du premier acte, au moment où les acteurs quittaient la scène, et fut aussitôt l'objet d'innombrables demandes d'assistance.

Il resta au théâtre bien après la fin de la représentation. Claudel, l'assistant du metteur en scène, lui avait dit de ne jamais partir avant que le dernier acteur ne soit rentré chez lui ; ce soir-là, c'était Marcelle Gérard qui traînait. À la fin de la soirée, il était devant la porte de sa loge, attendant qu'elle ait fini de bavarder avec Zoltán Novak. Même à travers la porte, et même à ce débit, il détectait l'émoi qui passait dans la voix de l'actrice. Cet émoi lui plaisait, et il songeait qu'il ferait volontiers quelque chose pour elle, avant de rentrer. Enfin, M. Novak sortit, un vague souci lui plissant le front. Il eut l'air surpris de le trouver là.

– Il est minuit, mon garçon, lui lança-t-il. Grand temps de rentrer chez vous.

– M. Claudel m'a expliqué qu'il fallait que je reste jusqu'à ce que tous les acteurs soient partis.

– Aha. Eh bien, bravo. Et voici pour votre dîner, c'est une avance sur la paie de la semaine.

Il tendit à András quelques billets pliés.

– Vous vous achèterez quelque chose de plus substantiel qu'un bretzel, dit-il, et il se dirigea vers son bureau en se massant la nuque.

András déplia les billets : deux cent cinquante francs ; de quoi se payer deux semaines de cantine. Il émit un discret sifflement de soulagement et fourra les billets dans la poche de sa veste.

Mme Gérard sortit de sa loge, son visage large était pâle, quelconque, sans le maquillage de scène. Elle portait une mallette et avait noué son écharpe serré comme pour lui tenir chaud sur le chemin du retour, sans doute long. Mais Claudel ayant donné pour consigne d'appeler un taxi à Mme Gérard, András lui demanda de l'attendre à l'entrée des artistes pendant qu'il en hélait un sur le quai de Gesvres. À présent tous les collectionneurs d'autographes étaient partis. Elle en avait signé plus d'une centaine après la pièce. András lui prit le bras pour l'amener au bord du trottoir ; il sentait son manteau de tweed, élimé au coude. Elle s'arrêta devant la porte ouverte de son taxi et croisa le regard d'András, son écharpe lui encadrant le visage. Elle avait un grand front bombé, des sourcils étroits ; sa charpente solide lui donnait un air de noblesse qui lui aurait valu des rôles de reine, mais ne la desservait pas non plus dans celui de la Mère prolétaire.

– Vous êtes nouveau, lui dit-elle. Comment vous appelez-vous ?

– András Lévi, répondit-il en s'inclinant légèrement.

Elle répéta son nom deux fois, comme pour le fixer dans sa mémoire.

– Je suis heureuse de faire votre connaissance, monsieur Lévi. Merci de vous être occupé de la voiture.

Elle y grimpa, tira son manteau sur ses jambes, et ferma la portière.

Tout en suivant des yeux le taxi qui filait quai de Gesvres vers le pont d'Arcole, András se mit à rejouer le bref script de leur conversation. Dans sa tête, il l'entendait déclarer « je suis heureuse de faire votre connaissance », ce qui se dit *örülök, hogy megismerhetem* en hongrois. Comment se faisait-il que, derrière son « heureuse », il ait entendu comme un écho de *örülök* ? Était-il possible qu'un Hongrois se cache derrière chaque Parisien ? Cette idée le fit rire à haute voix : toutes ces dames de la rive droite en manteau de fourrure, ces habitués des théâtres avec leurs longues autos, ces étudiants amateurs de jazz en veste élimée, dégustant leur pot-au-feu et leur baguette avec une secrète envie de paprika et de pain de campagne. Il franchit la Seine, le cœur de plus en plus léger. Il avait un boulot. Il allait les gagner, ses cinquante pour cent. Des crayons tout neufs bien taillés l'attendaient sur sa table, et il n'était pas exclu qu'il parvienne à finir ses dessins de la gare d'Orsay avant le lendemain.

Il travailla d'arrache-pied toute la nuit et réussit à garder les yeux ouverts pendant les cours de la matinée ; ensuite, il s'effondra dans un coin de la bibliothèque et dormit plusieurs heures. À son réveil, un message était épinglé à son revers, où il reconnut l'écriture de Rosen. *Rendez-vous à cinq heures à la Colombe bleue, espèce de feignasse.* Il se redressa, s'enfonça les jointures dans les orbites et tira la montre de son père : quatre heures ! Dans trois heures il faudrait reprendre le travail. Il n'avait qu'une envie, rentrer se coucher. Il sortit dans le couloir en traînant les pieds et se dirigea vers les toilettes, où il découvrit qu'on lui avait barbouillé une moustache à la Clark Gable sur la lèvre supérieure. Sans s'en soucier, il se peigna avec les doigts et rajusta sa veste.

La Colombe bleue était à une bonne demi-heure à pied, sur le boulevard Raspail, de l'autre côté du Quartier latin. Il arriva le premier et prit une table au fond, près du bar, où il commanda ce qu'il y avait de moins cher, un thé. On le lui servit accompagné de deux sablés surmontés d'une amande. C'était pour cela que les étudiants aimaient bien la Colombe bleue, établissement généreux. Au Quartier latin, il était rarissime que la maison offre des biscuits avec le thé, surtout des sablés aux amandes. Le temps qu'il finisse thé et biscuits, Rosen, Polaner et Ben Yakov étaient là. Ils déroulèrent leurs écharpes et approchèrent des sièges de la table.

Rosen embrassa András sur les deux joues.

– Superbe moustache, lui dit-il.

– On t'a cru mort, raconta Ben Yakov. Ou du moins tombé dans le coma.

– J'étais presque mort.

– On avait parié, reprit Ben Yakov. Rosen avait parié que tu dormirais toute la nuit, moi que tu nous rejoindrais ici, Polaner n'avait rien parié du tout parce qu'il est à sec.

Polaner rougit. Des trois garçons, c'était celui dont la famille était la plus riche, à ceci près que le royaume familial consistait en une affaire de vêtements à Cracovie, et que son père n'avait pas la moindre idée du coût de la vie parisienne. L'allocation mensuelle qu'il envoyait à son fils ne suffisait pas à couvrir ses frais de nourriture et d'habillement. Mais celui-ci, conscient de contracter une dette croissante envers lui, ne se résolvait pas à lui demander davantage. Enfant privilégié, il n'avait jamais travaillé et n'envisageait apparemment pas de prendre un boulot pour arrondir ses fins de mois. Lui, il commandait de l'eau chaude dans les cafés, bouchait les trous de ses chaussures avec des restes du papier mâché utilisé pour les maquettes, et récupérait le pain du dîner.

Avec sa liasse de billets en poche, András savait que c'était à lui de payer la tournée. Ils prirent des whiskys-soda dans des verres minuscules – le drink des vedettes d'Hollywood. Ils maudirent le gouvernement hongrois qui tentait de leur arracher la compagnie d'András, et ils burent à son nouvel emploi de truchement d'acteurs amoureux et de promeneur de chiens de comédiens. Quand ils eurent descendu leurs verres, ils commandèrent une autre théière.

– Ben Yakov a rendez-vous, ce soir, annonça Rosen.

– Comment ça, rendez-vous ? demanda András.

– Rendez-vous avec une femme, rendez-vous galant, peut-être.

– Qui est-ce ?

– La belle Lucia, rien que ça ! dit Rosen.

Ben Yakov croisa les doigts et les retourna d'un air de triomphe sans autre commentaire. Ils en restèrent soufflés. Lucia, ils l'admiraient tous, pour sa voix grave au timbre velouté, sa peau acajou poli. La nuit, dans son lit, chacun l'avait imaginée retirant sa robe et sa combinaison pour apparaître nue dans la pénombre de sa chambre. Le jour, elle les intimidait par son talent en atelier, car elle ne se contentait pas de travailler au bureau d'accueil ; elle était en quatrième année et comptait parmi les meilleurs élèves de sa classe ; on disait même que Mallet-Stevens avait fait le plus grand cas de son travail.

– À la santé de Ben Yakov, dit András en levant son verre.

– À sa santé ! répétèrent les deux autres.

Ben Yakov fit mine de les arrêter du geste, avec une modestie feinte.

– Naturellement, reprit Rosen, il se gardera bien de nous tenir au courant. Les liaisons de M. Ben Yakov ne regardent que lui.

– Contrairement à celles de M. Rosen, repartit l'intéressé. Celles de M. Rosen s'étalent sur la place publique. Mesdames, si vous saviez...

– Nous sommes dans la ville de l'amour. On devrait

tous baiser, dit crûment Rosen. Qu'est-ce qu'il y a, Polaner, je te choque ?

– Je ne t'écoute pas, répondit celui-ci.

– Polaner est un gentleman, expliqua Ben Yakov. Les gentlemen ne baisent pas.

– Au contraire, s'exclama András, ce sont de grands baiseurs. Je viens de terminer *Les Liaisons dangereuses*, les gentilshommes y baisent à chaque page.

– Toi, je ne suis pas sûr que tu aies voix au chapitre, dit Rosen. Polaner a une *petite amie** dans son pays, au moins. Il a une promise à Cracovie, n'est-ce pas ?

Il poussa du coude Polaner qui rougit de nouveau. Il leur avait parlé en passant des lettres de cette fille de fabricant de lainage que son père souhaitait le voir épouser.

– Il l'a déjà fait, lui, même s'il n'aime pas en parler, tandis que toi, András, jamais.

– Même pas vrai, mentit András.

– Paris est plein de filles, dit Rosen. Il faut qu'on te ménage un rendez-vous, avec une professionnelle, je veux dire.

– Mais qui paiera ? s'enquit Ben Yakov.

– Il fut un temps où les artistes avaient des mécènes, répondit Rosen. Où sont-ils, nos mécènes ?

Il se leva et répéta sa question à haute et intelligible voix pour que toute la salle en profite. D'autres clients levèrent leurs verres, mais il ne se trouva aucun mécène parmi eux – tous étaient étudiants comme eux, consommateurs de thé-biscuits, lecteurs de journaux de gauche, et vêtus de pardessus élimés.

– Enfin, j'ai un boulot, dit András.

– Fais des économies, alors, mets de l'argent de côté. Tu ne vas pas rester puceau toute ta vie ! conclut Rosen.

Au travail, tel un aide-cuisinier qui prépare un banquet de douze services, il n'avait pas un instant de répit ; il enchaînait les tâches, le tout sous la pression croissante des délais. Claudel, l'assistant du régisseur, était basque ; quand il piquait un coup de sang, il avait tendance à utiliser les accessoires comme projectiles, qu'il fallait réparer ensuite. Résultat, l'accessoiriste avait claqué la porte, et les objets étaient en piteux état. Claudel terrorisait les souffleurs et les machinistes, l'assistant du metteur en scène et la costumière ; il terrorisait même son propre supérieur, M. d'Aubigné, le régisseur, lequel redoutait trop son courroux pour se plaindre à M. Novak. Mais surtout, Claudel terrorisait András, qui mettait un point d'honneur à être disponible en permanence pour lui. András savait que l'homme n'y entendait pas malice : c'était un perfectionniste et n'importe quel perfectionniste aurait perdu la tête devant un tel capharnaüm. Les messages se perdaient ; désormais orphelins, les accessoires se promenaient au petit bonheur ; des pièces de costumes manquaient en place ; personne ne savait combien de temps il restait jusqu'au rideau ou jusqu'à la fin de l'entracte. Que les représentations puissent continuer dans cette pagaille tenait du miracle. Au cours de sa première semaine, András installa des casiers à courrier pour le régisseur, son assistant, le metteur en scène, la troupe et les techniciens. Il acheta deux pendules à bon marché et les posa, l'une côté cour et l'autre côté jardin ; il bricola des étagères rudimentaires sur lesquelles il aligna les accessoires, en mentionnant pour chacun l'acte et la scène où on en aurait besoin. Au bout de quelques jours, une certaine sérénité régnait dans les coulisses. On parvenait à jouer des actes entiers sans faire exploser Claudel. Les machinistes firent part de cette amélioration au metteur en scène, qui en fit part à Zoltán Novak, lequel félicita András. Enhardi par son succès, ce dernier réclama et obtint un crédit de soixante-quinze francs par semaine pour fournir café, lait et biscuits au chocolat, pain et confiture à toute l'équipe. Il vit bientôt son casier se remplir de messages reconnaissants.

Mme Gérard semblait s'intéresser tout particulièrement à lui. Elle ne l'appelait plus seulement pour lui confier une commission, mais pour le plaisir de sa compagnie. Après la représentation, quand le reste de la troupe était parti, elle aimait bien qu'il vienne s'asseoir dans sa loge pour bavarder avec elle pendant qu'elle se démaquillait. Elle faisait durer l'opération si longtemps qu'il en vint à se demander si elle n'appréhendait pas de rentrer chez elle. Elle vivait seule, il le savait, mais il ne savait pas où. Il se figurait un appartement aux murs vieux rose, tapissés de vieilles affiches de spectacles. Elle évoquait peu sa vie privée, sauf pour lui dire qu'il avait vu juste quant à ses origines. Elle était née à Budapest, et sa mère lui avait appris le hongrois et le français. Mais elle exigeait qu'András lui parlât français, car pour apprendre une langue, disait-elle, rien ne valait la pratique. Elle voulait qu'il lui racontât Budapest, son emploi au journal *Passé et Avenir*, sa famille. Il lui confia la passion de Mátyás pour la danse, et le départ imminent de Tibor pour Modène.

– Et il connaît l'italien, Tibor ? lui demanda-t-elle en s'enduisant le front de cold-cream. Il l'a appris ?

– Il va l'apprendre plus vite que je n'ai appris le français. À l'école, il a eu le premier prix de latin trois ans de suite.

– Et il a hâte de partir ?

– Terriblement hâte, mais il devra attendre janvier.

– Et à quoi s'intéresse-t-il, à part à la médecine ?

– À la politique, à la marche du monde.

– Bah, c'est pardonnable chez un jeune homme. Et à quoi d'autre ? Que fait-il de ses loisirs ? A-t-il une amie ? Est-ce qu'il va devoir laisser quelqu'un en quittant Budapest ?

András fit non de la tête.

– Il travaille jour et nuit, il n'a aucun loisir.

– Eh bien ! dit Mme Gérard en passant une éponge de velours rose sur ses joues. (Elle se tourna vers lui avec une expression de curiosité perplexe, ses fins sourcils dessinant deux arcs jumeaux :) Et vous, s'enquit-elle, vous devez bien avoir une petite amie ?

Il rougit jusqu'à la racine des cheveux. Il n'avait jamais abordé ce sujet avec une femme adulte, fût-elle sa propre mère.

– Pas l'ombre d'une, répondit-il.

– Je vois, dit Mme Gérard. Alors, peut-être n'aurez-vous rien contre l'idée de déjeuner chez une amie à moi. Il s'agit d'une Hongroise de ma connaissance, professeur de danse talentueux, qui a une fille de quelques années de moins que vous, une très belle fille, nommée Elisabet. C'est une grande blonde, brillante à l'école, très douée en maths. Je crois bien qu'elle a remporté un tournoi de la ville de Paris, la pauvrette. Je suis sûre qu'elle parle un peu hongrois, tout en étant résolument française. Elle pourrait vous présenter ses amies.

Une grande blonde, résolument française, parlant hongrois et susceptible de lui montrer un autre visage de Paris : ça ne se refusait pas. Les paroles de Rosen lui revenaient en mémoire : il n'allait pas rester puceau toute sa vie. Il s'entendit répondre qu'il serait ravi d'accepter cette invitation à déjeuner. Marcelle Gérard lui consigna aussitôt l'adresse au dos d'une de ses propres cartes de visite.

– Dimanche à midi, lui dit-elle. Je ne pourrai pas y être moi-même, je suis déjà invitée ailleurs. Mais je vous assure que vous n'avez rien à craindre d'Elisabet ou de sa mère. Elles n'habitent pas très loin d'ici, conclut-elle en lui tendant la carte. Dans le Marais.

Il jeta un coup d'œil à l'adresse pour savoir si c'était dans la partie du Marais qu'il avait visitée au cours d'histoire ; et là, il eut un sursaut de mémoire et dut relire le libellé : *Morgenstern, 39, rue de Sévigné.*

– Morgenstern, lut-il à haute voix.

– Oui, l'immeuble est à l'angle de la rue d'Ormesson.

Mme Gérard sembla s'apercevoir qu'András avait un drôle d'air.

– Quelque chose qui vous gêne, cher ami ?

Il éprouva un instant le désir de lui raconter sa visite à l'hôtel particulier de Benczúr utca, de lui parler de la lettre qu'il avait acheminée à Paris, mais il se rappela que Mme Hász mère lui avait intimé la discrétion et il se ressaisit promptement.

– Du tout, répondit-il. C'est seulement qu'il y a bien longtemps que je ne me suis pas trouvé dans la bonne société.

– Vous ferez merveille, dit Mme Gérard. Vous êtes bien plus distingué que la plupart des gentlemen de ma connaissance.

Elle se leva en le gratifiant de son sourire de reine, numéro de grande dame exécuté à son seul usage. Et puis, elle croisa son peignoir de Chine autour d'elle et se retira derrière les tilleuls dorés de son paravent.

Ce soir-là, assis sur son lit, il regarda la carte et l'adresse. Il savait que la communauté hongroise à Paris n'était pas innombrable et que Mme Gérard y avait des relations, mais pour autant, cette coïncidence devait avoir un sens plus profond. Il était sûr de ne pas se tromper, il n'avait pas oublié le nom de Morgenstern, ni l'adresse, rue de Sévigné. Il éprouvait un frisson d'excitation à l'idée de vérifier l'hypothèse de Tibor, selon laquelle la lettre aurait été destinée à l'ancien amant de Mme Hász mère. Lorsqu'il arriverait chez les Morgenstern, rencontrerait-il un monsieur à la chevelure argentée – beau-père de Mme Morgenstern, peut-être ? Qui était donc le mystérieux C ? Quel était le rapport entre les Hász de Budapest et un professeur de danse du Marais ? Comment se retiendrait-il de parler de tout cela lorsqu'il retrouverait József Hász ?

Mais les jours suivants, il n'eut guère le loisir de penser à cette visite qui se rapprochait. Il n'y avait plus qu'un mois avant la fin du trimestre, et dans trois semaines, ce serait le passage en revue des travaux d'automne des étudiants. Il avait pour projet une maquette de la gare d'Orsay, exécutée d'après son propre dessin à l'échelle. Il venait de finir les plans ; restait à construire la maquette. Il lui faudrait acheter les matériaux, consulter les cartes topographiques pour pouvoir confectionner sa base, fabriquer des gabarits pour les éléments de la maquette, découper ces éléments, dessiner les fenêtres cintrées, les cadrans des horloges et les détails de la pierre de taille, avant d'assembler le tout à la dernière minute. Il avait passé la semaine à l'atelier, entouré de ses plans. La nuit, après le travail, la préparation de son examen de statique l'absorbait tout entier ; l'après-midi, il suivait une série de conférences de Perret sur la malheureuse abbaye de Fonthill, cathédrale pastiche du xixe siècle, dont le clocher s'était écroulé trois fois tant elle avait été mal conçue et bâtie à la va-vite avec des matériaux de mauvaise qualité.

Le samedi après-midi, un seul mystère subsistait dans son esprit : à la veille du déjeuner comment avait-il pu omettre de porter son unique chemise blanche à la blanchisserie et de mettre ne serait-ce que quelques francs de côté pour ne pas arriver les mains vides ? S'étant ouvert de son problème auprès de Mme Gérard, il se retrouva dans l'atelier de la costumière, Mme Courbet, qui avait confectionné tous les bleus de travail et les uniformes de soldats pour la pièce. Pendant que la révolution se déployait sur scène, elle se consacrait à un tout autre combat : cinquante tutus pour un récital enfantin qui aurait lieu cet hiver au Sarah-Bernhardt. András la découvrit au milieu d'une tornade de tulle blanc et de minuscules fleurs de soie, sa machine à coudre roulant son tonnerre à l'épicentre d'un cumulus neigeux. C'était un petit moineau de femme qui avait passé cinquante ans, toujours habillée de vêtements à la coupe impeccable ; aujourd'hui, elle était vêtue d'une robe de lainage vert aux reflets givrés, et tenait à la main une bobine de fil argenté. Elle retira ses bésicles sans monture pour regarder András.

– Ah, ce jeune monsieur Lévi. M. Claudel se plaint encore ? Une couture qui a craqué ? lui lança-t-elle avec une petite moue ironique.

– Non, en fait, c'est pour moi. Je crois qu'il me faudrait une chemise.

– Une chemise ? Vous allez faire de la figuration dans la pièce ?

– Non, dit-il en rougissant. J'ai besoin d'une chemise pour aller déjeuner en ville, demain.

– Je vois, fit-elle en posant son fil et en croisant les bras. Ce n'est pas mon travail, en principe.

– Je suis confus de vous déranger alors que vous avez déjà tellement à faire.

– C'est Mme Gérard qui vous envoie, non ?

Il dut en convenir.

– Cette femme ! s'exclama Mme Courbet. (Mais elle se leva de son tabouret et le toisa.) Je ne ferais pas ça pour n'importe qui, dit-elle, mais vous êtes un brave jeune homme. On vous fait trimer comme un galérien pour une misère, et vous n'avez jamais été désinvolte envers moi. Je n'en dirais pas autant de tout le monde…

Elle prit un mètre à ruban sur une table et se fixa une pelote à épingles au poignet.

– Bon, poursuivit-elle, il vous faut une chemise d'homme classique, de l'oxford blanc uni. Rien de fantaisie.

En deux temps trois mouvements, elle avait pris ses mesures, encolure, carrure, longueur de bras. Puis elle se dirigea vers un meuble marqué CHEMISES et en tira un joli modèle blanc à col empesé. Elle montra à András que le vêtement comportait une pochette intérieure pour loger un tube d'hémoglobine : dans une de leurs pièces, le mari se faisait trucider soir après soir par l'amant jaloux de sa femme. Mme Courbet avait donc dû fabriquer tout un stock de chemises. Dans le tiroir marqué CRVT, elle choisit une cravate bleue à décor de perdrix.

— Voilà une cravate d'aristocrate, lui dit-elle, une cravate de riche, taillée dans un tombé.

Elle retourna l'accessoire pour lui montrer comment elle avait cousu le morceau de soie sur une doublure de simple coton. András la noua sur sa chemise, et la costumière posa quelques épingles pour la retouche. À la fin de la soirée, elle lui remettait le tout dans un sachet en papier kraft.

— Surtout, ne dites à personne comment vous vous êtes procuré ça. Je ne tiens pas à ce que ça se sache.

Là-dessus, elle lui pinça affectueusement l'oreille en prenant congé de lui.

Comme il sortait, pris d'une inspiration subite, il passa par la grande porte où Pély, le concierge, était en train de balayer le hall de marbre. Comme d'habitude, il avait aligné les bouquets de la semaine précédente devant les portes ; le lendemain, le fleuriste viendrait les chercher et les remplacerait par des fleurs fraîches. András leva son chapeau pour saluer Pély.

— Si personne ne les récupère, ces fleurs, je peux les prendre ?

— Bien sûr ! Prenez-les toutes, prenez-en tant que vous voulez.

Il en ramassa une brassée extravagante – roses, lilas, chrysanthèmes, rameaux de baies rouges, rouges-gorges factices sur des branchages verts, bouquets de fougère duveteux. Il ne serait pas dit qu'il se présenterait les mains vides chez les Morgenstern, rue de Sévigné. Pas lui, non !

# Chapitre 7

# Un déjeuner

Quelques semaines plus tôt, András avait étudié l'architecture du Marais au cours de Perret. Ils étaient sortis tout spécialement voir l'hôtel de Sens, qui datait du XVe siècle, avec ses tourelles, ses gargouilles léonines, son enchevêtrement de toits et sa façade étroite et surchargée. András s'attendait à ce que Perret en fasse une critique en règle, prétexte à un discours sur les vertus de la simplicité. Mais il avait au contraire parlé de la solidité de l'édifice, de l'habileté des ouvriers qui lui avait permis de durer si longtemps. Le maître promenait sa main sur les pierres de la grande entrée pour montrer avec quel soin les maçons avaient taillé les voussoirs gothiques. C'est alors que deux juifs orthodoxes étaient apparus dans la rue, encadrant un groupe d'écoliers coiffés d'une yamourlka. Les deux groupes d'élèves s'étaient croisés en se dévisageant. Les gamins échangeaient des commentaires à voix basse sur la capote militaire de Perret ; certains s'attardaient comme pour entendre la suite du discours de ce personnage. Un gamin lui fit un prompt salut militaire, et son maître le réprimanda en yiddish.

Et voici qu'András passait derrière l'hôtel de Sens et ses jardins impeccablement entretenus, ses topiaires et ses parterres plantés de choux violets frisés pour l'hiver. Son fardeau végétal dans les bras, il se faufilait dans la circulation de la rue de Rivoli. Les rues du Marais lui faisaient l'effet d'un décor de cinéma. Dans *Cinéscope* et *Le Film complet* il avait vu des villes en miniature construites à l'intérieur de studios de cinéma, à Los Angeles ; ici, le ciel d'hiver bleu pâle ressemblait à la coupole d'un de ces studios ; il n'aurait pas été autrement surpris de croiser des personnages en costumes médiévaux entre ces immeubles, dans le sillage de metteurs en scène armés d'un porte-voix, et de cameramen à l'attirail sophistiqué. Il y avait des boucheries casher, des librairies hébraïques, des synagogues, et toutes les enseignes étaient en yiddish : on se serait cru dans une enclave étrangère au sein même de Paris. Pourtant, il n'y avait pas de graffitis antisémites, comme on en trouvait régulièrement dans le quartier juif de Budapest. Les murs étaient intacts, parfois couverts de réclames pour des savonnettes, des chocolats, des cigarettes. Comme il entrait dans le grand corridor de la rue de Sévigné, un taxi le frôla en rugissant et faillit le renverser. Il reprit son équilibre, fit passer son bouquet monumental sur son autre bras et vérifia l'adresse sur la carte de Mme Gérard.

Sur le trottoir d'en face, une boutique faisait l'angle de la rue ; son enseigne de bois ciré représentait une petite ballerine ; au-dessous, il put lire Cours de Danse, Mme Morgenstern. Il traversa. Des brise-bise couraient sur toute la vitrine et, en se dressant sur la pointe des pieds, il vit une salle vide au parquet de bois blond. Le mur du fond était entièrement tendu de miroirs et des barres en bois ciré couraient le long des autres. Dans un coin, un piano droit était tapi comme une bête trapue, avec, à côté de lui, un gramophone désuet posé sur une table, son pavillon en corolle, d'un noir lustré, accrochant la lumière. Des particules de poussière diffuses planaient dans le silence de midi, et leur tourbillon évoquait le mouvement, la musique comme si la danse continuait de vivre dans cette salle après les cours.

On entrait dans l'immeuble par une porte verte agrémentée d'une vitre plombée. Il sonna et attendit. Par le panneau transparent, il vit une forte femme descendre l'escalier. Elle lui ouvrit, le poing sur la hanche, et l'évalua du regard. Elle avait le teint rougeaud, un fichu sur la tête et dégageait une forte odeur de paprika, comme les paysannes venues porter leurs légumes et leur lait de chèvre au marché de Debrecen.

— Madame Morgenstern ? dit-il avec une hésitation dans la voix : elle ne ressemblait guère à un professeur de danse.

— Ha, non. Entrez donc, répliqua la matrone en hongrois. Et fermez la porte derrière vous, vous allez faire pénétrer le froid.

Il avait donc subi son inspection avec succès. Et c'était tant mieux, car avec les odeurs de cuisine qui lui parvenaient, l'affamé qu'il était sentait la tête lui tourner. Il s'avança, elle lui prit son manteau et son chapeau, tout en discourant dans un hongrois volubile. Mais quel immense bouquet, elle allait voir si elle trouvait un vase assez grand là-haut. Le déjeuner était presque prêt. Elle avait fait du chou farci, espérons qu'il aimait ça parce qu'il n'y avait rien d'autre, enfin rien d'autre que des spaetzle, de la compote de fruits, quelques morceaux de poulet froid et un strudel aux noix. Il la suivit dans l'escalier. Elle s'appelait Mme Apfel. Au premier étage, elle l'introduisit dans un grand salon aux tapis persans et aux meubles sombres où elle lui dit d'attendre Mme Morgenstern.

Il s'assit sur un divan de velours gris et inspira profondément. Sous l'odeur entêtante du chou, il distingua l'arôme citronné astringent de l'encaustique, ainsi qu'un vague effluve de réglisse. Devant lui, sur un guéridon sculpté, était posée une bonbonnière de verre taillé en forme de nid, avec des œufs en sucre rose et mauve dedans. Il en prit un et le mangea : il était à l'anis. Il rajusta sa cravate pour s'assurer que la doublure de coton n'était pas visible. Au bout d'un moment, il entendit des talons claquer dans le couloir. Une ombre menue voltigea sur le mur et une jeune fille entra, un vase en verre bleu à la main, où se dressait une véritable forêt de fleurs, de rameaux, de rouges-gorges artificiels, les belles-de-jour commençant à noircir et les roses penchant la tête. Derrière ce massif de fleurs défraîchies, la jeune fille regardait András, une frange de cheveux sombres retombant sur son front comme une aile.

– Merci pour les fleurs, dit-elle en français.

Comme elle posait le vase sur la desserte, il s'aperçut que ce n'était pas une jeune fille ; ses traits avaient le modelé plus délié de la femme, et sa posture très droite indiquait des décennies de pratique de la danse. Mais elle était petite et leste, et ses mains sur le grand vase de verre bleu étaient celles d'une enfant. À la regarder disposer les fleurs, il se sentit envahi par une gêne. Pourquoi ces rouges-gorges ? Pourquoi ces branches ? Pourquoi n'avoir pas acheté quelque chose de simple chez le fleuriste du coin, une botte de marguerites, un brassée de lupins ? Et qu'est-ce que ça pouvait coûter, deux francs ? La sylphide lui rendit son sourire par-dessus son épaule, et vint lui serrer la main.

– Claire Morgenstern, lui dit-elle. C'est un plaisir de vous rencontrer enfin, monsieur Lévi. Mme Gérard ne tarit pas d'éloges sur vous.

Il prit sa main, s'efforçant de ne pas la dévisager. Elle paraissait tellement plus jeune que ce qu'il s'était figuré. Il l'avait crue du même âge que Mme Gérard, mais elle ne pouvait guère avoir plus de trente ans. Elle avait une beauté discrète stupéfiante, une ossature délicate, une bouche semblable à un fruit rose et lisse, de grands yeux gris intelligents. Claire Morgenstern. Telle était donc l'explication de l'initiale C, qu'il avait attribuée au vénérable soupirant de Mme Hász mère. Ses grands yeux gris étaient le reflet même de ceux de Mme Hász, et le chagrin sans tapage qu'il y lisait le reflet même du chagrin de Mme Hász. Il fallait que Claire soit sa fille ! Pendant un long moment, András fut incapable d'articuler un mot.

– Le plaisir de faire votre connaissance, balbutia-t-il enfin, dans un français précipité et raide, entendant son erreur dès qu'il eut ouvert la bouche.

Trop tard, il se rappela de se lever, et tout en cherchant désespérément ses mots, il continua dans la même veine en bafouillant : « Merci pour l'invitation de moi », avant de se rasseoir.

Mme Morgenstern s'installa sur une chauffeuse auprès de lui.

– Vous préférez parler hongrois ? lui dit-elle en hongrois. Nous le pouvons, si vous voulez.

Il la regarda comme du fond d'un puits.

– Le français m'ira très bien, lui assura-t-il en hongrois, puis en français.

– Très bien alors. Il va falloir que vous me racontiez à quoi ressemble la Hongrie, ces temps-ci. Ça fait bien longtemps que je n'y suis pas retournée, et Elisabet n'y est jamais allée, elle.

Comme surgie par enchantement au simple énoncé de son nom, une grande jeune fille à la mine sévère entra dans la pièce avec un pichet de thé glacé. Elle avait la carrure de ces nageuses qu'il admirait au Palatinus Strand de Budapest. Elle lui lança un bref regard de dédain et d'impatience, tout en remplissant son verre.

– Je vous présente mon Elisabet, dit Mme Morgenstern. Elisabet, je te présente András.

András n'arrivait pas à se convaincre que cette personne était la fille de Mme Morgenstern : entre ses mains, le pichet avait l'air d'un jouet. Pendant qu'il buvait son thé, son regard passait de la mère à la fille, l'une remuant son breuvage avec une longue cuillère, l'autre qui, ayant posé le pichet sur la table, s'était laissée tomber dans un fauteuil à oreilles avec un coup d'œil sur sa montre.

— Si nous ne mangeons pas tout de suite, je vais rater la séance, dit-elle. J'ai rendez-vous avec Marthe dans une heure.

— Quel film allez-vous voir ? demanda András.

— Ça ne vous dirait rien, c'est en français.

— Mais je parle français, protesta-t-il.

— May jou pargl fronseï, contrefit-elle, avec un sourire ironique.

Mme Morgenstern ferma les yeux.

— Elisabet.

— Quoi ?

— Tu sais bien, quoi.

— Je veux aller au cinéma, c'est tout, dit Elisabet en tambourinant des talons sur le tapis. (Puis, le menton levé vers András, elle lui décocha :) Oh la belle cravate !

Il baissa la tête. Quand il s'était penché pour prendre son verre de thé, sa cravate s'était retournée et la doublure de coton se révélait désormais à la face du monde, tandis que les perdrix dorées volaient à l'abri des regards contre son plastron. Rouge de confusion, il la remit à l'endroit et fixa son verre.

— Le déjeuner est servi, cria la rubiconde Mme Apfel sur le seuil de la porte, en repoussant son fichu. Venez tout de suite, le chou va refroidir.

On passa dans une vraie salle à manger, avec des vaisseliers en bois ciré et une nappe blanche sur la table, qui lui rappela la maison de Benczúr utca. Mais ici, on ne lui servit pas de sandwiches exsangues ; la table était chargée de plats : chou farci, poulet, spaetzle ; il y en avait bien pour huit personnes, alors qu'ils étaient trois. Mme Morgenstern se mit en bout de table, et András et Elisabet se firent face. Mme Apfel servit le chou farci et les spaetzle, et András, heureux de cette diversion, glissa sa serviette dans le col de sa chemise

116

et se mit à manger. Elisabet regardait son assiette en fronçant les sourcils ; elle poussa le chou de côté et se mit à grignoter les spaetzle une par une.

– Il paraît que vous aimez les maths, dit-il en s'adressant au crâne d'Elisabet, penchée sur son assiette.

Elle se redressa.

– C'est ma mère qui vous a dit ça ?

– Non, c'est Mme Gérard. Elle m'a dit que vous aviez remporté un tournoi.

– Les maths, au lycée, c'est à la portée de tout le monde.

– Vous auriez envie d'en faire à l'université ?

– Encore faudrait-il que j'aille à l'université, répondit-elle en haussant les épaules.

– Chérie, tu ne peux pas te nourrir uniquement de spaetzle, dit calmement Mme Morgenstern en regardant l'assiette de sa fille. Tu aimais bien le chou farci, autrefois.

– C'est cruel de manger de la viande, dit la jeune fille en levant les yeux vers András. J'ai vu comment on abat les vaches. On leur plante un couteau dans le cou et on tire vers le bas, comme ça le sang gicle ; au cours de sciences naturelles, nous sommes allées dans un *shochet*. C'est barbare.

– On ne peut pas dire ça, corrigea András. Mes frères et moi, on connaissait le boucher casher du village, c'était un ami de notre père, et il était très doux avec les animaux.

Elisabet lui lança un regard éloquent.

– Et vous pouvez m'expliquer comment on abat une vache en douceur ? Qu'est-ce qu'il faisait ? Il la tuait de caresses ?

– Il utilisait la méthode traditionnelle, répliqua András plus vivement qu'il ne l'aurait voulu. Il les égorgeait d'un seul coup de lame ; elles ne devaient pas souffrir plus d'une seconde.

117

Mme Morgenstern reposa ses couverts et porta sa serviette à ses lèvres comme si elle se sentait mal. L'expression d'Elisabet se fit discrètement triomphale. Mme Apfel était à la porte avec un pichet d'eau, attendant la suite des événements.

— Continuez, dit la jeune fille. Qu'est-ce qu'il faisait après leur avoir coupé la gorge ?

— Le chapitre est clos, je crois, répondit-il.

— Non, s'il vous plaît, j'aimerais connaître la suite, maintenant.

— Ça suffit, Elisabet, dit Mme Morgenstern.

— Mais la conversation commence tout juste à être intéressante.

— Suffit, j'ai dit.

Elisabet froissa sa serviette et la jeta sur la table.

— J'ai fini, déclara-t-elle. Tu peux rester là à manger de la viande avec ton invité, moi je vais au cinéma avec Marthe.

Elle repoussa sa chaise et se leva, manquant de renverser Mme Apfel avec son pichet, puis elle sortit et on l'entendit aller et venir dans une pièce éloignée. Quelques instants plus tard, son pas lourd ébranlait l'escalier. La porte du studio claqua, sa fenêtre à meneaux fit entendre ses grelots.

À table, Mme Morgenstern se prit le front dans une main.

— Je vous prie de m'excuser, monsieur Lévi.

— Ne vous excusez surtout pas, dit-il. (À dire vrai, il n'était nullement fâché de rester en tête à tête avec son hôtesse.) Ne vous inquiétez pas pour moi, c'était un sujet de conversation abominable. C'est moi qui m'excuse.

— Il n'y a pas de quoi, Elisabet est invivable, parfois, voilà tout. Quand elle est fâchée contre moi, je ne peux plus rien en tirer.

— Et pourquoi se fâche-t-elle contre vous ?

Elle haussa les épaules avec un demi-sourire.

– C'est compliqué, j'en ai peur. Je suis sa mère, elle a seize ans, elle n'aime pas que je me mêle de sa vie sociale. Et il ne faut surtout pas lui rappeler que nous sommes hongroises : elle tient les Hongrois pour des arriérés.

– Je l'ai pensé, moi aussi, parfois. D'ailleurs, tout récemment, j'ai déployé des efforts considérables pour devenir français.

– Votre français est excellent, au fait.

– Mais non, il est abominable, et je crains fort de n'avoir pas contribué à faire revenir votre fille sur l'idée que magyar rime avec barbare.

Mme Morgenstern sourit sous cape.

– Vous avez réagi assez vivement sur cette affaire de boucherie.

– Vous voudrez bien m'en excuser, dit András, gagné par le rire, lui aussi. Je n'aurais jamais dû aborder ce sujet à table.

– Alors, c'est vrai, vous connaissez effectivement le boucher de votre village ?

– Pour ça, oui, et je l'ai vu au travail. Mais Elisabet avait raison, en réalité c'était épouvantable.

– Vous avez dû grandir… à la campagne ?

– À Konyár, près de Debrecen.

– À Konyár ? Mais c'est tout juste à vingt kilomètres de Kaba, le pays de ma mère.

Une ombre fugitive passa sur le visage de Mme Morgenstern.

– Votre mère, mais… elle n'habite plus là.

– Non, elle vit à Budapest. (Elle marqua une pause, puis relança la conversation sur l'histoire familiale d'András :) Alors vous êtes un Hadjú, vous aussi, un enfant des plaines ?

– Tout à fait. Mon père possède une scierie à Konyár.

Ainsi donc, elle ne voulait pas parler d'elle, elle n'aborderait pas le sujet de sa propre famille. Il était sur le point de mentionner la lettre, de lui dire *j'ai été présenté à votre mère*, mais ce n'était plus le moment, et d'une certaine façon, la perspective de ne parler que de Konyár le soulageait. Depuis qu'il était arrivé à Paris et qu'il maîtrisait assez de français pour évoquer ses origines, il disait qu'il était de Budapest. Konyár n'aurait rien évoqué à personne. Et pour ceux à qui le nom disait quelque chose, József Hász, Pierre Vágo, c'était un patelin perdu et arriéré, dont il avait bien de la chance de s'être échappé. Le nom lui-même était ridicule, il sonnait comme la chute d'une histoire grivoise, il évoquait un diable jaillissant de sa boîte. N'empêche qu'il était bel et bien de Konyár, de cette maison au sol en terre battue, le long des voies ferrées.

— Pour tout vous dire, mon père est presque une célébrité, là-bas.

— Vraiment ? Et à quel titre ?

— Pour ses malheurs, répondit András, qui ajouta, sur un coup d'audace : Vous voulez que je vous raconte son histoire comme on la raconte au pays ?

— Je vous en prie, dit-elle, croisant les mains, suspendue à son récit.

Et il lui narra l'histoire comme il l'avait toujours entendue. Avant de posséder la scierie, son père avait connu une série de drames qui lui avait valu le surnom de Béla le Bienheureux. Pendant qu'il était à la yeshiva de Prague, son propre père était tombé malade et il était mort dès son retour. La vigne dont il avait hérité avait périclité à cause du mildiou. Sa première femme était morte en couches, ainsi que la petite fille qu'elle avait mise au monde. Peu après, c'était sa maison qui brûlait de fond en comble. Ses trois frères s'étaient fait tuer à la Grande Guerre, sa mère n'avait pas résisté au chagrin, elle s'était jetée dans la Tisza. À trente ans c'était un homme sinistré, sans le sou, qui avait perdu toute sa famille. Pendant un certain temps, il vécut de la charité des juifs de Konyár ; il couchait à la synagogue orthodoxe et mangeait les restes qu'on lui donnait. Et puis, à la fin d'un été de sécheresse, un rabbin ukrainien célèbre pour ses guérisons miraculeuses arriva parmi eux et s'établit à la synagogue. Il étudiait la Torah avec les hommes du village, arbitrait les querelles, célébrait les mariages, accordait les divorces, priait pour avoir de la pluie, dansait dans la cour avec ses disciples. Un matin, il s'approcha du père d'András, qui dormait dans le sanctuaire. On lui avait raconté l'histoire de cet infortuné, que tout le village croyait sous le coup d'une malédiction ; on le considérait d'ailleurs avec une certaine gratitude : attirant le mauvais œil, il le détournait des autres ! Le rabbin réveilla Béla en le bénissant, et ce dernier leva les yeux vers lui, muet de terreur, à la vue de cet homme émacié, à la barbe d'un blanc neigeux, aux sourcils proéminents et broussailleux, qui abritaient des yeux d'un noir liquide.

– Écoute-moi bien, Béla Lévi, chuchota le rabbin dans le demi-jour de la synagogue. Tu n'es pas ensorcelé. Dieu exige les choses les plus difficiles de ceux qu'il aime le plus. Tu vas jeûner deux jours durant et tu prendras un bain rituel, après quoi tu accepteras la première offre qu'on te fera.

À supposer que Béla le Bienheureux ait cru aux miracles, son infortune personnelle l'aurait rendu sceptique.

– J'ai bien trop faim pour jeûner, objecta-t-il.

– La faim rend le jeûne plus facile, dit le rabbin.

– Comment sais-tu que je ne suis pas victime d'une malédiction ?

– C'est une question que je préfère ne pas me poser. Il y a des choses que je sais, voilà tout.

Là-dessus, le rabbin bénit de nouveau Béla et l'abandonna dans le sanctuaire.

Qu'avait-il à perdre ? Il jeûna deux jours et alla se

baigner dans la rivière, le soir. Le lendemain matin, il se dirigea vers les voies ferrées, la faim au ventre, et cueillit une pomme à un pommier rabougri, près d'une chaumière de brique blanche. Le propriétaire de la scierie, un juif orthodoxe, sortit et lui demanda ce qui lui prenait d'agir ainsi.

– J'avais une vigne, autrefois, et je t'aurais laissé cueillir mon raisin. Quand j'avais une maison, je t'y aurais accueilli de bon cœur, et ma femme t'aurait donné à manger. Aujourd'hui je n'ai plus ni vigne ni maison. Je n'ai plus de femme, je n'ai rien à manger. Mais il me reste mes deux bras pour travailler.

– Il n'y a pas de travail pour toi ici, dit l'homme avec douceur. Mais entre manger un morceau.

Il s'appelait Zindel Kohn. Sa femme, Gitta, posa du pain et du fromage devant Béla le Bienheureux. Béla mangea avec Zindel Kohn et Gitta, et leurs cinq petits ; et pendant qu'il mangeait, il se dit pour la première fois que le reste de sa vie ne serait peut-être pas à l'image de son passé de misère. Jamais il n'aurait imaginé que cette maison puisse devenir la sienne, que ses enfants à venir puissent manger du pain et du fromage à cette table. Pourtant, à la fin de l'après-midi, il avait du travail car l'ouvrier qui tenait la scie mécanique chez Zindel Kohn avait décidé de suivre le rabbin ukrainien, et il était parti sans un mot, le matin même.

Six ans plus tard, Zindel Kohn s'installait à Debrecen avec femme et enfants, et Béla le Bienheureux reprenait la scierie. Il épousa une fille aux cheveux noirs nommée Flóra qui lui donna trois fils, et lorsque l'aîné atteignit l'âge de dix ans, Béla avait mis assez d'argent de côté pour racheter la scierie. C'était une bonne affaire. Les gens de Konyár avaient besoin de matériaux de construction et de bois de chauffage en toute saison. Bientôt, rares furent ceux qui se souvenaient que son surnom lui avait été attribué par antiphrase. L'histoire serait même sortie des mémoires si le rabbin ukrainien n'était pas revenu les voir. C'était au plus noir de la crise économique, à la veille des grandes fêtes juives. L'homme vint passer la soirée chez Béla, et il lui demanda s'il pouvait raconter son histoire à la synagogue, car cela ne ferait pas de mal aux juifs de Konyár de savoir tout ce que Dieu pouvait accomplir pour ses enfants lorsqu'ils refusaient de se laisser aller au désespoir. Béla y consentit. Le rabbin raconta son histoire, et les juifs écoutèrent. Et Béla eut beau dire qu'il devait tout ce qu'il lui était arrivé à leur générosité, ils ne purent s'empêcher de voir en lui un saint homme. Quand ils passaient devant chez lui, ils touchaient les murs pour se porter bonheur ; ils lui demandaient d'être le parrain de leurs enfants. Tous croyaient qu'il entretenait des rapports privilégiés avec le divin.

– Vous avez dû le croire vous-même quand vous étiez enfant, dit Mme Morgenstern.

– Si je le croyais ! Plus encore que tous les autres enfants. Je le croyais invincible. Parfois je regrette d'avoir perdu cette illusion.

– Ah oui, je comprends.

– Mes parents se font vieux, je n'aime pas penser qu'ils vont se retrouver tout seuls à Konyár. L'an dernier mon père a attrapé une pneumonie et il n'a pas pu travailler pendant un mois. (Il ne l'avait dit à personne, à Paris.) Mon petit frère est encore au lycée, à quelques heures de Konyár, mais sa vie le monopolise. Et voilà que mon frère aîné s'en va aussi, il part faire ses études de médecine en Italie.

De nouveau, une ombre traversa le visage de Mme Morgenstern, comme si elle éprouvait un élancement douloureux au plus profond d'elle-même.

– Ma mère vieillit, elle aussi. Cela fait longtemps que je ne l'ai pas vue, très longtemps.

Elle se tut et son regard glissa de la table aux hautes

fenêtres, qui donnaient à l'ouest. La lumière de fin d'automne éclaira obliquement son visage et souligna l'arc de sa bouche.

– Pardonnez-moi, fit-elle en esquissant un pauvre sourire.

Il lui tendit son mouchoir et elle s'en tamponna les yeux. Il dut se retenir de la toucher, de suivre du bout du doigt le dessin de sa nuque jusqu'à la naissance de son dos.

– Je m'attarde peut-être indûment, lui dit-il.

– Mais non, répondit-elle, je vous en prie, vous n'avez même pas pris de dessert.

Comme si elle écoutait derrière la porte de la salle à manger, Mme Apfel surgit avec le strudel aux noix. András avait retrouvé l'appétit. Pour tout dire, il dévorait. Il mangea trois tranches de strudel et but du café au lait. Pendant ce temps, il parla de ses études, du professeur Vágo, de la balade à Boulogne-Billancourt. Il se sentait plus à l'aise avec Claire Morgenstern qu'avec Mme Gérard. Elle avait une façon bien à elle de ménager une pause attentive avant de répondre ; elle rentrait les lèvres d'un air pensif, et quand elle parlait, sa voix était basse et engageante. Après déjeuner, ils passèrent au salon et regardèrent son album de cartes postales. Ses amies danseuses étaient allées jusqu'à Chicago et au Caire. Il y avait même une carte d'Afrique coloriée à la main ; trois animaux qui ressemblaient à des chevreuils, en plus menu, plus gracieux, avec de longues cornes recourbées au bout et des yeux en amande. Ça s'appelait des gazelles, en français.

– Gazelle, répéta András, je vais essayer de m'en souvenir.

– Oui, essayez, dit Mme Morgenstern en souriant. La prochaine fois, je vous interroge.

Au déclin de l'après-midi, elle se leva et le raccompagna dans le couloir, où son manteau et son chapeau étaient pendus à une patère de bois ciré. Elle les lui tendit et lui restitua son mouchoir. Comme elle le devançait dans l'escalier, elle lui fit remarquer au passage les photos d'anciennes élèves, petites filles nimbées de tulle éthéré ou drapées dans la soie comme des sylphides, jeunes ballerines auréolées de la magie fugace du costume, du maquillage, des éclairages de scène. Visages graves, bras pâles et nus comme des rameaux d'hiver. Il se serait volontiers attardé à les regarder : l'une de ces photos représentait peut-être Mme Morgenstern enfant.

— Merci pour tout, lui dit-il au bas des marches.

— Je vous en prie, c'est moi qui vous remercie, répondit-elle en lui posant sa main fine sur le bras. C'est très gentil de votre part, d'être resté.

Au contact de sa main, il rougit si violemment qu'il sentit le sang battre à ses tempes. Elle ouvrit la porte et sortit sur le seuil, dans l'après-midi froid. Il ne put même pas la regarder pour lui dire au revoir. *La prochaine fois, je vous interroge.* Et pourtant elle lui avait rendu son mouchoir comme si leurs routes avaient peu de chances de se recroiser. Il adressa son au revoir à des pieds chaussés d'escarpins couleur fauve. Puis il se retourna et elle ferma la porte derrière lui. Sans réfléchir, il partit par où il était venu, en direction de la Seine, et se retrouva pont Marie. Là, il s'arrêta contre le parapet et prit le mouchoir. Le coin avec lequel elle s'était essuyé les yeux était encore humide. Il le porta à sa bouche ; il avait le goût du sel de ses larmes.

# Chapitre 8

# La gare d'Orsay

Cette nuit-là, il ne parvint pas à trouver le sommeil. Il ne pouvait s'empêcher de passer en revue les moindres détails de l'après-midi chez les Morgenstern. Son bouquet piteux, qui lui avait paru encore bien plus piteux lorsqu'elle l'avait apporté au salon dans le vase bleu. L'instant où il avait compris qu'elle devait être la fille de Mme Hász mère, l'agitation où cette découverte l'avait plongé. Le fait qu'il lui ait dit *Le plaisir de faire votre connaissance* et *Merci pour l'invitation de moi*. Cette façon qu'elle avait de se tenir bien droite, comme si elle dansait en permanence, jusqu'à ce moment à table où, après le départ d'Elisabet, elle avait ployé le dos et laissé voir le rang de perles qu'était sa colonne vertébrale, ce désir qu'il avait éprouvé de la toucher, alors. La manière dont elle l'écoutait raconter l'histoire de son père. La chaleur toute proche de son épaule pendant qu'ils feuilletaient ensemble l'album de cartes postales, sur le canapé. L'instant où, sur le seuil de la porte, elle avait posé la main sur son bras. Il tentait de recréer son image dans sa tête, la grande mèche sombre qui tombait sur son front, les yeux gris qui lui mangeaient le visage, le dessin précis de son menton, ses lèvres qu'elle rentrait quand elle réfléchissait à ce qu'on venait de lui dire. Mais à partir de ces éléments disparates, il ne parvenait pas à composer une image cohérente. Elle se retournait vers lui pour lui sourire par-dessus son épaule, espiègle et sagace à la fois… Mais quelle folie le prenait ? Où avait-il la tête ? Lui András, étudiant, vingt-deux ans, logeant dans un galetas sans chauffage où il buvait du thé dans un pot à confiture, faute de pouvoir s'acheter du café – et une tasse – se laisser aller à divaguer sur une femme comme Claire Morgenstern ? Ridicule ! Et pourtant, elle ne l'avait pas renvoyé, elle avait continué de lui parler, il l'avait fait rire, elle avait accepté son mouchoir, elle lui avait touché le bras en un geste confiant et intime.

Des heures durant il se retourna dans son lit, tentant de la chasser de son esprit. Lorsque, derrière la lucarne, le carré de ciel s'éclaira de gris-bleu, il eut envie de pleurer. Il n'avait pas fermé l'œil de la nuit et il allait devoir partir sans tarder pour l'école, puis pour le théâtre, où Mme Gérard voudrait savoir comment s'était déroulée sa visite. On était lundi matin, une semaine toute neuve commençait, la nuit s'achevait. Il ne lui restait plus qu'à se lever et à lui écrire cette lettre qu'il lui devait, cette lettre qu'il posterait en sortant. Il prit un vieux brouillon de dessin et tenta :

*Chère Madame Morgenstern*
*Merci pour le*

Pour le quoi, au fait ? Pour cet agréable après-midi ? Mais que c'était donc plat ! À croire qu'il s'était agi d'un après-midi banal. Or précisément… Mais qu'était-il censé écrire ? Il voulait la remercier pour son hospitalité, certes. Sauf qu'entre les lignes, il voulait lui envoyer un message codé pour lui dire ce qu'il avait ressenti et ressentait encore – ce courant électrique qui passait entre eux – et qu'il prenait au mot son idée de se revoir. Il raya son début, et reprit :

*Chère Madame Morgenstern,*
 *Pour ridicule que cela vous paraisse, je ne cesse
de penser à vous depuis que nous nous sommes
quittés. J'ai envie de vous prendre dans mes bras,
j'ai envie de vous dire mille choses et de vous poser
mille questions. J'ai envie de toucher votre gorge, j'ai
envie de déboutonner cette perle qui ferme votre col.*

Et puis après ? Que ferait-il encore si cela lui était
accordé ? Dans une bouffée de délire, il revit les vieilles
cartes postales représentant des positions érotiques com-
pliquées, ces images de couples que le miroitement de
la lumière, sous certains angles, faisait s'imbriquer. Il
se revoyait dans les vestiaires, au gymnase, avec quatre
autres garçons, tous recroquevillés sur leur carte, short
sur les chevilles, chacun livré à sa souffrance solitaire
devant ces images intermittentes. La sienne montrait une
femme couchée sur un divan, ses jambes dessinant un
V en l'air. Elle portait un déshabillé victorien qui lui
découvrait les bras et les épaules, et retombait de part
et d'autre de ses cuisses nues tendues vers le plafond.
Un homme était penché sur elle, occupé à lui faire ce
que eux-mêmes les victoriens faisaient.
 Rouge de honte et de désir, il barra sa deuxième
version et recommença. Il trempa sa plume et en fit
tomber l'excès d'encre.

*Chère Madame Morgenstern,*
 *Merci pour votre hospitalité et le plaisir de votre
compagnie. Je suis trop mal logé pour me permettre
de vous rendre votre invitation, mais si je puis vous
être utile d'une manière ou d'une autre, je vous en
prie, n'hésitez pas à faire appel à moi. En attendant, je
conserve l'espoir que les circonstances nous réunissent.*
 *Meilleures salutations,*
 *András Lévi*

Il lut et relut son brouillon ; devrait-il faire l'effort d'écrire en français plutôt qu'en hongrois ? En français, il n'était pas à l'abri d'une faute idiote. Il recopia donc son texte au propre sur une feuille de fin papier blanc, qu'il plia en deux et enferma aussitôt dans une enveloppe pour ne pas être tenté d'en reconsidérer la moindre syllabe. Puis il posta la missive dans la boîte aux lettres même où il avait glissé celle écrite par la mère de Mme Morgenstern.

Cette semaine-là, il fut bien content d'avoir pour tâche contraignante et minutieuse la construction de sa maquette. À l'atelier, il découpa une base en carton-pâte pour lui servir de socle. Il délimita d'un fin trait de crayon l'empreinte de l'édifice sur sa base. Sur un autre morceau de carton-pâte, il traça les quatre élévations en suivant point par point son dessin à l'échelle. Son instrument favori était une règle en cellulose quasi transparente, qui lui permettait de voir les perpendiculaires aux lignes qu'il était en train de tracer. Cette règle graduée au millimètre près était un îlot de précision dans la mer de tâches qu'il lui restait à accomplir, une étroite zone de certitude au milieu de son désarroi. Toutes les pièces de la maquette étaient faites de matériaux solides, qu'on n'achetait pas au rabais et qu'on ne pouvait remplacer par d'autres, plus légers ; personne n'avait oublié ce qui était arrivé à Polaner lors de la première semaine de cours. Pour faire durer son allocation trop chiche, il avait remplacé le carton-pâte par du bristol. Pendant le commentaire du professeur Vágo, lorsque celui-ci avait tapoté le toit de la maquette avec son crayon mécanique, un mur s'était affaissé, mettant à genoux tout le château de cartes. Le carton-pâte coûtait cher. András n'avait pas droit à l'erreur, ni dans son dessin à l'encre ni dans la découpe. Travailler aux côtés de Rosen, Ben Yakov et Polaner le réconfortait un peu ; ils avaient respectivement choisi l'École militaire, la rotonde de la Villette et le Théâtre de l'Odéon. Même ce faux-jeton de Lemarque leur procurait une distraction bienvenue ; il avait entrepris la maquette du Cirque d'Hiver, avec ses vingt-deux côtés, et on l'entendait régulièrement jurer en les montant un par un sur le carton.

Au cours de statique, régnait l'ordre clair et net des mathématiques : l'équation à trois inconnues pour calculer le nombre et l'épaisseur des tiges d'acier par mètre cube de béton, les kilos qu'une colonne pouvait soutenir, la répartition précise du poids sur une couronne d'arche. Sur l'estrade, couvrant d'un labyrinthe de calculs un tableau noir qui s'écaillait sur son pourtour, Victor Le Bourgeois officiait, bohème échevelé et pourtant professeur de statique, architecte en activité et ingénieur, qui, tout comme Vágo, passait pour un proche de Pingusson. Son négligé se lisait dans son pantalon déchiré au genou, sa veste blanchie de craie en permanence, son auréole de cheveux roux hirsutes, et sa tendance à remettre n'importe où l'éponge du tableau. Mais lorsqu'il s'employait à faire le lien entre les abstractions mathématiques et la réalité tangible des matériaux de construction, on oubliait son apparence chaotique. C'était bien volontiers qu'András le suivait dans un dédale de calculs où le problème de Mme Morgenstern ne se posait pas, faute de pouvoir se réduire à une équation.

Au théâtre, il connut le soulagement de pouvoir prononcer son nom devant Mme Gérard. Pendant l'entracte, à la représentation de mardi soir, il lui apporta une tasse de café bien fort et attendit à la porte de sa loge qu'elle l'ait bue. Elle l'observait, sous l'arc harmonieux de ses sourcils, majestueuse, même avec son tablier taché de suie et son fichu sur la tête.

– Je n'ai pas encore eu de nouvelles de Mme Morgenstern, dit-elle. Comment était ce déjeuner ?

– C'était très agrément, répondit András, qui rectifia en rougissant : Agréable, veux-je dire.

– Très agréable, veut-il dire, répéta-t-elle.

– Oui, très.

Son français semblait avoir abandonné András.

– Ha ha ! s'exclama Mme Gérard, comme si elle l'entendait à demi-mot.

Il rougit violemment ; elle devait se dire qu'il s'était passé quelque chose entre lui et Elisabet, ce qui en soi n'était pas tout à fait faux, mais pas dans le sens où elle se le figurait néanmoins.

– Mme Morgenstern est très gentille, dit-il.

– Et mademoiselle ?

– Mademoiselle est très… (Il déglutit, le regard rivé à la rampe lumineuse du miroir de loge :) Très grande.

Mme Gérard éclata de rire.

– Très grande ! répéta-t-elle. En effet, et très affirmée. Je la connais depuis qu'elle est tout enfant, et elle parlait à ses poupées sur un ton tellement autoritaire – je me disais qu'elles allaient se mettre à pleurer. Mais il ne faut pas avoir peur d'elle ; elle est inoffensive, je vous assure.

Avant qu'il ait pu protester qu'il n'avait pas peur d'elle, la double sonnerie signala la fin imminente de l'entracte. Madame devait changer de costume, et András avait des choses à faire avant le début du troisième acte. Une fois les acteurs sur scène, il sentit le temps se tarir comme un filet d'eau polaire. Il ne pensait plus qu'à la lettre qu'il avait écrite et au temps que la réponse mettrait à lui parvenir. En admettant que sa lettre soit arrivée au courrier de l'après-midi, Mme Morgenstern avait pu lui poster sa réponse aujourd'hui même. Dans ce cas, il pourrait la recevoir demain, et alors, il n'était pas déraisonnable d'imaginer qu'elle l'invitât de nouveau à déjeuner le prochain week-end.

Le lendemain soir, quand la pièce s'acheva enfin et qu'il eut lui-même accompli toutes ses tâches, il rentra en courant rue des Écoles. Il voyait déjà l'enveloppe luisant dans l'obscurité de l'entrée, son papier crème portant l'écriture régulière et soignée de Mme Morgenstern, telle qu'il l'avait vue sur les légendes de son album. *De Marie, au Maroc* ; *De Marcel, à Rome*. Qui était Marcel, s'était demandé András. Et qu'est-ce qu'il avait bien pu lui écrire de Rome ?

Comme il ouvrait la grande porte rouge avec son passe, il aperçut immédiatement l'enveloppe, sur la console. Laissant la porte se rabattre derrière lui, il s'approcha. Ce n'était pas l'enveloppe blanc crème au parfum de lilas dont il avait rêvé, mais une enveloppe brune et fripée, libellée par son frère Mátyás. Contrairement à Tibor, Mátyás écrivait rarement, et seulement des lettres factuelles, réduites au minimum. Or celle-ci était lourde, il avait fallu l'affranchir au double du tarif ordinaire. Il craignit tout d'abord qu'il ne fût arrivé quelque chose à ses parents, que son père ait été blessé, que sa mère ait attrapé la grippe, mais sa seconde pensée fut qu'il avait été ridicule d'espérer une réponse de Mme Morgenstern.

Une fois dans sa chambre, il alluma une de ses précieuses bougies et s'assit à sa table. Il ouvrit soigneusement l'enveloppe avec son canif. Elle contenait une liasse de cinq feuillets, soit la lettre la plus longue que Mátyás lui ait jamais adressée. L'écriture elle-même était grosse, peu soignée et constellée de pâtés. Il en lut fébrilement les premières lignes redoutant qu'elles ne contiennent de mauvaises nouvelles de ses parents, mais il n'en était rien. D'ailleurs, dans ce cas, Tibor lui aurait envoyé un télégramme. Non, la lettre ne parlait que de Mátyás lui-même. Il avait appris que, grâce à András, Tibor pourrait commencer ses études de médecine à Modène, en janvier. *Félicitations à mes deux frères*, disait le benjamin, à András qui avait su faire jouer ses relations haut placées, et à Tibor qui finirait ainsi par quitter la Hongrie. Quant à lui, Mátyás, une chose était sûre, il se retrouvait l'héritier par défaut d'une scierie rurale et il lui faudrait bien rester au pays tout seul. Si András se figurait que c'était facile d'entendre leurs parents s'extasier sur ses passionnantes études, ses succès à l'école, sur le fait que Tibor allait maintenant devenir médecin, quels fils magnifiques, etc. ! Est-ce qu'András avait oublié que lui, Mátyás, nourrissait également l'espoir d'étudier à l'étranger ? Avait-il oublié tout ce qu'il lui avait confié ? Se figurait-il qu'il allait renoncer à ses propres projets ? Dans ce cas, il se trompait lourdement. Car le petit frère mettait de l'argent de côté ; s'il en avait assez avant le baccalauréat, il ne se fatiguerait pas à le passer. Il s'enfuirait en Amérique, à New York, et il monterait sur les planches. Il trouverait moyen de se débrouiller. En Amérique, il ne fallait rien d'autre que du cran et la volonté de travailler. Une fois qu'il aurait quitté la Hongrie, András et Tibor n'auraient qu'à s'occuper de la scierie et de leurs parents, parce que lui, en tout cas, ne reviendrait jamais dans ce pays.

À la fin de la dernière page, et d'une main plus calme – à croire qu'il avait laissé la lettre reposer un moment pour la reprendre une fois sa colère passée –, Mátyás plein de remords avait écrit : *J'espère que tu vas bien*. András émit un petit rire épuisé. *J'espère que tu vas bien !* Il se serait attendu à lire : *Tu peux crever*.

Il prit une feuille de papier sur le bureau et se mit en devoir de répondre. *Cher Mátyás, écrivit-il. Si ça peut te consoler, je me suis senti malheureux cent fois depuis mon arrivée, et je me sens malheureux en ce moment même. Crois-moi, tout n'a pas été rose. Quant à toi, je ne doute pas un instant que tu passeras ton bac et que tu iras en Amérique si tel est ton désir. (Mais je préférerais de loin que tu viennes me rejoindre à Paris.) Je ne m'attends pas à ce que tu prennes la succession d'apa, et apa non plus, d'ailleurs. Il souhaite que tu finisses tes études.* N'empêche que Mátyás avait raison de soulever la question ; il avait raison d'être en colère, il n'y avait pas de solution facile. Il pensa à Claire Morgenstern disant de sa mère, *Cela fait longtemps que je ne l'ai pas vue, très longtemps,* la mine assombrie, le regard chargé d'un chagrin qui semblait faire écho à celui qu'il avait perçu dans la physionomie de la vieille dame. Qu'est-ce qui avait bien pu les séparer ? Qu'est-ce qui retenait Mme Morgenstern loin des siens ? Non sans effort, il revint à sa lettre. *J'espère que tu ne m'en voudras pas trop longtemps, Mátyáska, mais ta colère te fait honneur. Elle prouve que tu es un bon fils. Quand j'aurai fini mes études, je reviendrai en Hongrie, et que Dieu garde anya et apa en bonne santé assez longtemps pour que je puisse alors leur être utile.* D'ici là, il s'inquiéterait de leur sort tout comme ses frères. *D'ici là, je compte sur toi pour que tu te montres brillant et courageux dans tout ce que tu entreprendras, comme toujours. Affectueux baisers, András.*

Il posta sa réponse le lendemain matin, en souhaitant que la journée lui apportât des nouvelles de Mme Morgenstern. Mais ce soir-là, quand il rentra du théâtre, il n'y avait pas de lettre dans le hall. Qu'est-ce qui pouvait bien lui faire espérer qu'elle lui écrive, d'ailleurs ? Leur commerce social était achevé. Il avait accepté son hospitalité, il lui avait envoyé ses remerciements. S'il s'était figuré avoir noué un lien avec elle, il s'était trompé. Du reste, s'il était censé nouer un lien quelconque, c'était avec sa fille, pas avec elle. Cette nuit-là, frissonnant et ne pouvant davantage trouver le sommeil, il maudit ses espoirs ridicules. Au matin, une fine couche de glace s'était formée dans sa bassine, et il dut la casser avec le gant de toilette et s'asperger d'une eau glacée, qui lui brûla le visage. La boulangère lui donna des miches de pain de campagne qui sortaient du four en les lui faisant payer au prix du pain rassis. Ce serait un des hivers les plus froids qu'on ait jamais vus, lui dit-elle. Il aurait bien besoin d'un manteau plus chaud et d'un cache-nez en laine, il le savait ; et aussi de faire ressemeler ses chaussures. Au-dessus de ses moyens, tout ça.

Toute la semaine, la température continua de chuter. À l'école, les radiateurs ne diffusaient qu'une piètre chaleur sans rayonnement. Les cinquième année les accaparaient, pendant que les première année se gelaient le long des fenêtres. András passa des heures de désespoir sur sa maquette de la gare d'Orsay, laquelle était déjà menacée d'obsolescence. C'était encore la gare de départ pour le Sud-Ouest, mais ses quais étaient trop courts pour les nouveaux trains. La dernière fois qu'il était allé prendre ses mesures, elle lui avait paru délabrée, à l'abandon ; plusieurs de ses immenses fenêtres avaient des carreaux cassés, sa succession d'arcades était piquetée de moisissures. L'idée qu'il était en train d'en préserver le souvenir sur carton-pâte ne le réjouissait pas ; sa maquette n'était qu'un hommage ténu à une relique en bien triste état. Le vendredi, il rentra chez lui tout seul, trop démoralisé pour rejoindre les autres à la Colombe bleue. Et là, sur la table du vestibule, il trouva une enveloppe blanche à son nom – la réponse qu'il avait attendue toute la semaine. Il déchira l'enveloppe illico. *András, vous êtes le bienvenu chez nous. Revenez nous voir un de ces jours, s'il vous plaît. Très cordialement à vous. C. Morgenstern.* Pas plus. Pas compromettant. *Revenez nous voir un de ces jours.* Mais encore ? Il s'assit dans l'escalier et laissa tomber sa tête sur ses genoux. Dire qu'il avait attendu ça toute la semaine ! *Très cordialement à vous*. Son cœur continuait de battre la chamade, comme s'il pouvait encore se produire quelque chose de magnifique. Sur sa langue, la honte lui faisait l'effet d'un éclat de métal incandescent.

Après le théâtre, ce soir-là, il ne put affronter l'idée de rentrer dans sa chambre minuscule, de se coucher dans ce lit où il venait de passer cinq nuits blanches à penser à Claire Morgenstern. Il partit donc vagabonder dans le Marais, en serrant son manteau contre lui. Suivre un itinéraire inconnu au fil des rues de la rive droite le requinqua ; il adorait se perdre pour se retrouver et découvrir des ruelles aux noms étranges, rue des Mauvais-Garçons, rue des Guillemites, rue des Blancs-Manteaux. L'air sentait l'hiver, mais pas comme celui de Budapest qui sentait le feu de charbon et l'approche de la neige. L'odeur de Paris était tout à la fois plus humide, plus fumée, plus suave : décoction de feuilles de marronnier dans le caniveau, parfum brun et sucré des marrons chauds, effluve chimique de l'essence sur les boulevards. Partout s'étalaient des réclames pour les patinoires, l'une au bois de Boulogne, l'autre au bois de Vincennes. Il n'aurait jamais cru que Paris connaissait des hivers assez froids pour patiner, et pourtant les affiches claironnaient que les deux lacs étaient gelés. La première représentait un trio d'ours polaires en train de virevolter sur la glace, la seconde une petite fille en jupette rouge, les mains dans son manchon, qui tendait en arrière sa jambe fine.

Rue des Rosiers, devant l'une de ces affiches, un homme et une femme s'embrassaient à pleine bouche, chacun fourrant ses mains sous le manteau de l'autre. Ils lui rappelèrent un jeu d'enfants, à Konyár. Derrière la boulangerie, le mur de pierre blanche était toujours chaud à cause du four. En hiver, les garçons s'y retrouvaient, après l'école, pour embrásser la fille du boulanger. Son visage était constellé de taches de rousseur, on aurait dit des graines de sésame. Pour dix fillér, elle plaquait les garçons contre le mur et les embrassait à leur couper le souffle. Pour cinq fillér, on pouvait la regarder embrasser un autre garçon. Elle voulait gagner de quoi s'acheter une paire de patins à glace. Elle se nommait Orsolya, mais on ne l'appelait jamais autrement que Korcsolya, qui veut dire « patin » en hongrois. András l'avait embrassée une fois et, dos à la chaleur du mur, il avait senti la langue de la petite explorer la sienne. Il ne devait pas avoir plus de huit ans, et Orsolya dix. Trois de ses camarades de classe le regardaient en l'encourageant de la voix et du geste. Au milieu du baiser, il avait ouvert les yeux. Elle aussi gardait les yeux ouverts, absente, concentrée sur autre chose, les patins, peut-être. Il n'avait jamais oublié le jour où il était sorti de chez lui pour la voir patiner sur le réservoir de la scierie, l'éclair d'argent brillant à ses pieds, clin d'œil moqueur, adieu inflexible aux baisers stipendiés. Cet hiver-là, elle avait failli mourir de froid, à patiner par tous les temps. « Elle va passer au travers de la glace, un de ces jours, cette enfant », prédisait la mère d'András en la voyant virevolter sous une giboulée de début mars. Mais elle n'était pas passée au travers. Elle avait survécu et, l'hiver suivant, elle était de retour sur le réservoir, après quoi elle était partie au cours complémentaire. Il la revoyait dans sa jupe rouge à travers la brume grise, inaccessible, seule.

Il s'enfonça dans les profondeurs de ce vieux quartier, vers la rue de Sévigné, c'est-à-dire vers l'immeuble de Mme Morgenstern. Il ne l'avait pas fait sciemment, mais voilà qu'il se trouvait devant maintenant. Sur le trottoir d'en face, il resta à se balancer sur les talons. Il était presque minuit, tout était éteint à l'étage. Il traversa la rue et regarda par-dessus les brise-bise du studio plongé dans le noir. Il aperçut le vieux phono avec son pavillon en forme de liseron, luisant d'un éclat noir et brutal dans un coin ; le piano, dont le rictus horizontal découvrait les touches. Il frissonna dans son manteau et se figura les petites ballerines tout en rose sur le parquet blond. Il faisait un froid mordant, un froid aveuglant. Qu'est-ce qu'il fichait là, sur ce trottoir, à minuit ? Il n'y avait qu'une explication à sa conduite : il était pris de folie. Saisir sa chance de devenir un homme et un artiste tout à la fois, la pression était trop forte, ses nerfs avaient lâché. Il appuya le front contre le mur froid de l'entrée et tenta de maîtriser ses halètements ; dans un instant, il aurait chassé cette folie de son cerveau, il rentrerait chez lui. C'est alors qu'il leva les yeux et découvrit ce qu'il était venu chercher sans en avoir conscience. Là, dans l'entrée, à l'intérieur d'une boîte vitrée comme celles qui servent à afficher la carte des restaurants, un rectangle blanc portait l'inscription : *Horaire des cours*.

Son emploi du temps, le déroulement de sa vie. Il était là, écrit de sa main même. Le matin était consacré aux cours particuliers, le début d'après-midi aux classes de débutantes, puis c'étaient les intermédiaires et les avancées. Le mercredi et le vendredi matin, elle ne travaillait pas, ni le dimanche après-midi. À présent, du moins, il savait quand venir l'épier par la vitre. Demain, c'était bien trop loin, mais il faudrait malgré tout se résoudre à attendre jusque-là.

Le lendemain, il essaya de ne pas penser à elle. Il se rendit à l'atelier, où ils se retrouvaient tous pour travailler, le samedi ; il avança sur sa maquette, plaisanta avec Rosen, apprit que Ben Yakov était toujours sous le charme de la belle Lucia, partagea son pain de campagne avec Polaner. Vers midi, n'y tenant plus, il fonça jusqu'au métro Raspail et descendit à Châtelet. De là, il courut rue de Sévigné, si vite qu'il arriva hors d'haleine et en nage dans le froid de l'hiver. Il jeta un coup d'œil par-dessus les brise-bise. Un essaim de petites ballerines étaient en train de ranger leurs chaussons dans des sachets en toile, puis elles se mirent en rang pour sortir, leurs chaussures de ville à la main. Devant le studio, sous la marquise, se pressaient les mères et les gouvernantes, les premières en manteau de fourrure, les secondes en manteau de lainage. Deux ou trois petites filles s'échappèrent pour aller acheter des bonbons à la confiserie d'en face. András attendit que la foule se disperse et la vit dans l'entrée : Mme Morgenstern en jupe noire de répétition et cache-cœur gris, les cheveux ramassés en un chignon souple sur la nuque. Quand il ne resta plus qu'une seule fillette à attendre encore ses parents, elle sortit sur le seuil en la tenant par la main. Elle touchait à peine le trottoir de ses chaussons, comme pour ne pas les abîmer sur les pavés. András mourut d'envie de prendre ses jambes à son cou.

Mais la petite fille l'avait vu. Elle lâcha la main de Mme Morgenstern et courut vers lui, en plissant les paupières, comme si elle n'était pas sûre de le reconnaître. Quand elle fut assez près pour lui toucher la manche, elle s'arrêta net et fit demi-tour. Ses épaules se soulevaient sous le drap bleu de son manteau.

– Je croyais que c'était mon papa, expliqua-t-elle.

Madame Morgenstern leva les yeux pour s'excuser auprès du monsieur pris pour le papa ; quand elle vit qu'il s'agissait d'András, elle tira sur son cache-cœur en un geste de timidité si enfantin que celui-ci sentit sa poitrine prendre feu. Il franchit les quelques pavés qui les séparaient et, n'osant lui serrer la main ni la regarder, il fixa le trottoir, mains dans les poches, où il découvrit une pièce de dix centimes, la monnaie du pain acheté le matin.

– Regarde ce que j'ai trouvé, dit-il en se baissant pour la donner à la fillette.

Celle-ci la prit et la fit tourner dans ses petits doigts.

– Vous l'avez trouvée ? Peut-être que quelqu'un l'a perdue.

– Je l'ai trouvée dans ma poche, c'est pour toi. Quand tu iras faire des commissions avec ta maman, tu t'achèteras des bonbons, ou bien un ruban pour tes cheveux.

L'enfant soupira et fourra la pièce dans une petite poche de son sac.

– Un ruban pour mes cheveux, dit-elle. Les bonbons, je n'ai pas le droit d'en manger, c'est mauvais pour les dents.

Mme Morgenstern lui mit une main sur l'épaule, et l'entraîna vers la porte.

– On va attendre près du poêle. Il fait meilleur.

Elle se retourna vers András pour lui signifier que cette invite s'adressait aussi à lui ; il la suivit jusqu'au poêle de fonte imposant qui trônait dans un coin du studio. On entendait siffler le feu derrière la paroi de verre réfractaire, et la petite fille se baissa pour contempler les flammes.

– Quelle surprise ! fit Mme Morgenstern en tournant ses yeux gris vers lui.

– J'étais sorti me promener, répondit-il avec trop d'empressement. J'étudie le quartier.

– M. Lévi est étudiant en architecture, dit Mme Morgenstern à la fillette. Un jour, il nous dessinera des immeubles magnifiques.

– Mon papa, il est médecin, répondit la petite distraitement, sans les regarder.

András se chauffait les mains devant le poêle, à côté de Mme Morgenstern, leurs doigts proches à se toucher. Il observait les ongles de la jeune femme, ses phalanges effilées, ses os de mésange sous la peau. Elle surprit son regard, et il se détourna. Ils se chauffèrent les mains sans rien dire en attendant le père de la fillette, qui surgit comme par enchantement quelques minutes plus tard ; c'était un petit bonhomme moustachu, monocle à l'œil, trousse de médecin à la main.

– Sophie, où sont tes lunettes ? dit-il avec réprobation.

La petite pêcha une paire de bésicles à monture dorée au fond de son sac.

– Madame, je vous en prie, si la chose est possible, assurez-vous qu'elle met ses lunettes.

– J'y veillerai, dit Mme Morgenstern en souriant.

– Mais elles glissent quand je danse, protesta l'enfant.

– Dis au revoir, Sophie, reprit le médecin, nous allons être en retard pour le déjeuner.

Sur le seuil, la fillette se retourna et leur fit un signe de la main. Puis elle disparut avec son père : András et Mme Morgenstern étaient seuls. Elle alla ramasser de menus objets oubliés par les petites – gants dépareillés, barrette, cache-nez rouge – et les plaça dans une corbeille, à côté du piano, avec la mention *Objets trouvés*.

– Je voulais vous remercier encore, dit András pour rompre un silence qui devenait insupportable, mais la phrase sortit en hongrois sur un ton plus bourru qu'il ne l'aurait voulu, une sorte de grognement paysan.

Il s'éclaircit la voix et répéta la formule en français, cette fois.

– Je vous en prie, András, répondit-elle en hongrois, le rire aux lèvres. Vous m'avez écrit un message adorable, et du reste, vous n'aviez même pas à me remercier. Je suis sûre que l'après-midi n'a rien eu d'idyllique, pour vous.

Il ne pouvait lui dire quel après-midi il avait passé, ni quelle semaine il venait de vivre, d'ailleurs. Il triturait son chapeau, les yeux rivés sur le parquet. Au-dessus, on entendait un pas lourd, Mme Apfel, ou Elisabet.

– Est-ce que nous avons réussi à vous rebuter de façon définitive ? demanda-t-elle. Est-ce que vous seriez libre demain ? Elisabet a invité une amie à déjeuner, et peut-être que nous irons patiner au bois de Vincennes après.

– Je n'ai pas de patins, souffla-t-il.

– Nous non plus, nous les louons. C'est très agréable, ça vous plaira.

*C'est très agréable, ça vous plaira.* Comme si ces choses-là se réalisaient ! Alors il dit oui, et elles se réalisèrent.

# Chapitre 9

# Au bois de Vincennes

Ce dimanche-là, il ne se présenta pas en cravate, ni avec une brassée de fleurs flétries. Il avait mis une de ses vieilles chemises préférées, et il apporta une bouteille de vin, ainsi qu'une tarte aux poires achetée à la pâtisserie du coin. Tout comme la première fois, Mme Apfel leur servit un festin : un gratin de pommes de terre aux œufs, dit *rakott krumpli*, une soupière de potage aux carottes, un hachis de chou rouge et pommes parfumé au carvi, une miche de pain noir avec trois fromages différents. Mme Morgenstern était d'humeur sereine ; elle semblait soulagée par la présence de l'amie d'Elisabet, une grosse fille aux sourcils épais, vêtue d'une robe de laine marron – cette Marthe avec qui sa fille était allée au cinéma la semaine précédente. Elle fit parler Elisabet du lycée : telle fille s'était ridiculisée au cours de géographie, telle autre avait été choisie comme soliste à la chorale, une autre encore partait en Suisse aux sports d'hiver, pendant les vacances de Noël. De temps en temps, Elisabet jetait un coup d'œil à András comme pour souligner que leur conversation l'excluait. Dehors, il s'était mis à tomber de légers flocons. Il avait hâte de sortir. Il respira lorsque la tarte aux poires fut coupée et mangée : ils purent enfin enfiler leurs manteaux.

À deux heures et demie, ils descendirent dans le métro pour aller au bois, et une fois sur place, Elisabet et Marthe partirent en avant, bras dessus bras dessous, tandis que Mme Morgenstern suivait avec András. Elle lui parla de ses élèves et du gala d'hiver, dans quelques jours ; elle lui parla de la vague de froid. Elle était coiffée d'un chapeau-cloche rouge qui lui emboîtait le visage ; des mèches folles s'en échappaient, des flocons s'accumulaient dessus.

Dans le bois enneigé, entre les ormes et les chênes dépouillés et les sapins couverts de givre, les allées débordaient de promeneurs qui portaient leurs patins à la main. Depuis le lac leur parvenaient les cris des patineurs et le crissement des lames sur la glace. Bientôt, entre les arbres, le lac gelé s'offrit à leurs yeux, avec ses petites îles et ses rives clôturées, noires de Parisiens. Sur la glace, des hommes et des femmes emmitouflés, l'air sérieux, évoluaient lentement autour des îlots. Un chalet pourvu d'une marquise festonnée se dressait sur un talus, avec un panneau en lettres rouges annonçant qu'on y louait des patins pour trois francs. Elisabet et Marthe les y conduisirent et ils firent la queue au comptoir. András tint absolument à louer les patins pour tout le monde en s'efforçant de ne pas penser à ce trou de douze francs dans le budget de sa semaine à venir. Sur un banc vert humide, ils troquèrent leurs chaussures de ville contre les patins, puis descendirent maladroitement vers le lac sur un tapis en caoutchouc.

András s'avança sur la glace et décrivit une série de boucles vers l'île la plus grande, pour tester son équilibre et le fil des patins. Il n'avait que cinq ans lorsque Tibor lui avait appris à patiner ; tous les jours, ils allaient sur le réservoir, à Konyár, chaussés des patins bricolés par leur père avec des bouts de bois et du gros fil de fer. Du temps qu'ils étaient pensionnaires à Debrecen, ils fréquentaient la patinoire ovale de Piac utca, réfrigérée par des tuyaux souterrains et polie comme un miroir. Patins aux pieds, András était léger, agile, plus rapide que ses frères et ses camarades. En ce moment même, sur ces patins de location émoussés, il se sentait pousser des ailes. Il glissait entre ces patineurs en manteau sombre, et les pans de sa veste se soulevaient, son chapeau menaçait de s'envoler. S'il avait pris le temps de jeter un coup d'œil, il aurait saisi l'envie dans le regard des jeunes gens, la curiosité dans celui des jeunes filles, et la réprobation dans celui des gens d'âge mûr. Mais il ne ressentait rien d'autre que cette pure euphorie à voler sur la glace, en faisant jaillir des étincelles entre ses lames et le sol givré. Il fit tout le tour de la grande île et revint se placer entre mère et fille avec une telle précision qu'elles s'immobilisèrent sur place, le souffle coupé.

– Ça ne vous ferait rien de regarder où vous allez ? siffla Elisabet, en français. Vous allez faire mal à quelqu'un.

Elle prit Marthe par le bras, et elles passèrent devant lui avec une bourrade, le laissant patiner de conserve avec Mme Morgenstern, à travers un voile de neige en suspension.

– Vous avez le pied ailé, lui dit-elle, avec un sourire fugace, de sous son chapeau.

– Sur glace, peut-être, répondit-il en rougissant, mais je n'ai jamais été très bon en sport.

– Pourtant on vous imaginerait bon danseur.

– Je ne suis pas danseur du tout.

Elle rit et s'élança devant lui. Dans la lumière grise de l'après-midi, le lac lui évoquait les estampes japonaises de l'Exposition universelle ; les sapins déployaient leur ramure noire contre le lavis du ciel ; les talus étaient des colombes blotties les unes contre les autres pour se tenir chaud. Mme Morgenstern évoluait avec aisance sur la glace, la tête bien droite, les bras en demi-couronne, comme pour danser. Ils firent le tour du lac sans qu'elle trébuche ni qu'elle s'appuie sur lui. Lorsqu'elle heurtait un branchage et perdait l'équilibre, elle se rattrapait sur son autre patin sans même le regarder. Mais au moment où ils passaient au large de la petite île pour la deuxième fois, elle se rabattit insensiblement vers lui.

– Mon frère et moi, nous allions patiner à Budapest, dit-elle. Nous allions au Városliget, pas très loin de chez nous. Il y a un beau lac au pied du château de Vajdahunyad, vous connaissez ?

– Oh que oui !

Il n'avait jamais eu de quoi s'en offrir l'entrée, du temps qu'il habitait Budapest, mais Tibor et lui y étaient allés bien souvent, le soir, regarder les patineurs. Le château alliait mille siècles d'architecture et avait été construit quarante ans plus tôt pour célébrer le millénaire de la Hongrie. Sur toute la longueur de l'édifice, des motifs décoratifs romans, gothiques, Renaissance et baroques se fondaient les uns dans les autres. À longer la façade, on croyait traverser les siècles. Le château était éclairé par en dessous, et il y avait toujours de la musique. Il les imaginait tous deux enfants, Mme Morgenstern et son frère – le père de József ? –, projetant leurs ombres brunes sur celle, plus claire, du château.

– Il patinait bien, votre frère ?

Elle se mit à rire en secouant la tête.

– Nous ne patinions pas très bien ni l'un ni l'autre, mais nous nous amusions beaucoup. Parfois je proposais à mes amies de venir avec nous, nous nous tenions toutes par la main et mon frère nous menait comme une file de canetons en bois. Il avait dix ans de plus que moi, et bien plus de patience.

Elle patinait lèvres serrées, mains dans les manches de son manteau. Il ne s'éloignait pas d'elle, regardant son profil à la dérobée, sous le bord du chapeau.

– Je peux vous apprendre une valse si vous voulez, dit-il.

– Oh non, je n'arriverai jamais à faire quelque chose de compliqué.

– Ça ne l'est pas, lui assura-t-il en prenant un peu de champ pour lui faire voir les pas.

C'était une valse simple, apprise à Debrecen quand il avait dix ans : trois pas en avant, une longue boucle, et un tour. Trois pas en arrière, encore une boucle, et un tour. Elle répéta les pas en le suivant à mesure qu'il les exécutait. Puis il se tourna vers elle et, après avoir inspiré profondément, posa la main sur sa taille. Elle l'enlaça, sa main gantée trouvant la sienne. Il fredonna quelques mesures de *Brin de muguet* et l'entraîna dans la valse. Au début, elle hésitait un peu, surtout au moment de tourner, mais bientôt elle évolua avec toute la légèreté qu'il lui avait supposée, sa main s'appuyant sur la sienne. Rosen, Polaner et Ben Yakov auraient bien ri de le voir danser de cette façon devant tout le monde, mais il s'en fichait. Pendant quelques instants, le temps que dura la chanson dans sa tête, cette femme au pied léger et coiffée d'un chapeau-cloche valsa serrée contre lui, sa main enfermée dans la sienne. Il effleurait de sa bouche le bord de son chapeau où les flocons tissaient une voilette humide. Il sentait contre son cou le souffle de la jeune femme. Elle leva les yeux vers lui, leurs regards se croisèrent, il détourna le sien. Pas question d'oublier que ses sentiments étaient sans espoir ; c'était une femme, elle avait une vie compliquée, un métier, une fille au lycée. La valse s'acheva, la chanson s'était tue dans sa tête. Il lâcha la jeune femme et se retrouva les bras ballants ; elle se mit à patiner à ses côtés. Ils firent deux fois le tour de l'île avant qu'elle ne rompe le silence.

– Vous me donnez la nostalgie de la Hongrie. Cela fait plus de seize ans que je n'y suis pas retournée – depuis la naissance d'Elisabet.

Il suivit son regard sur la glace : loin devant, on apercevait, manteau vert et manteau marron, Elisabet et Marthe. Elisabet montrait quelque chose du doigt sur la berge, la silhouette noire d'un chien qui courait après une autre, plus petite et plus fugitive.

– Parfois je me dis que je reverrai mon pays un jour, murmura-t-elle. Mais le plus souvent, je crois que je n'y retournerai jamais.

– Bien sûr que si, vous y retournerez, dit András, surpris par la fermeté de sa propre voix.

Il lui prit le bras, qu'elle ne retira pas. Au contraire, elle sortit la main qu'elle avait fourrée dans sa manche, et la lui posa sur le bras. Il frissonna, lui qui s'était habitué au froid. Ils patinèrent ainsi sans rien dire, le temps de faire une fois de plus le tour de l'îlot. C'est alors qu'une voix leur parvint, sonore et familière. C'était Mme Gérard, qui les appelait. *Andráska, Klárika*. Leurs diminutifs hongrois, comme s'ils n'avaient jamais quitté Budapest. Elle glissa vers eux, arborant un nouveau manteau à col de fourrure et une toque, suivie par trois comédiens de la troupe. Les deux amies tombèrent dans les bras l'une de l'autre en riant ; elles s'extasièrent sur la beauté de la neige et s'étonnèrent de l'affluence sur le lac gelé.

– Klárika, ma chérie, comme je suis heureuse de te voir. Et voilà Andráska. Et c'est bien Elisabet, là-bas ?

Elle eut un sourire en coin, ponctué d'un clin d'œil à András. Puis elle appela Elisabet et Marthe. Comme les jeunes filles se plaignaient d'avoir froid, elle invita tout le monde à boire un chocolat chaud au café du Chalet. Ils prirent place à une longue table de bois et burent leur chocolat dans des tasses en faïence. András trouvait confortable de les laisser parler, de laisser leur conversation se fondre dans celle des autres patineurs attablés. L'exaltation qu'il avait ressentie juste avant l'arrivée de Mme Gérard se dissipait déjà ; Mme Morgenstern lui semblait de nouveau terriblement lointaine.

Lorsqu'ils eurent fini leur boisson, il alla récupérer leurs chaussures au vestiaire, puis ils reprirent l'allée par laquelle ils étaient venus. Guettant le moment où il pourrait donner le bras à Mme Morgenstern, il laissa du champ aux autres pour se retrouver seul avec elle. Mais ce fut Marthe qui vint marcher à sa hauteur. Dans le froid qui s'aigrissait, elle paraissait décidée et sévère.

— C'est sans espoir, vous savez, elle ne veut de vous à aucun prix.

— Qui ? s'exclama-t-il, alarmé d'être aussi transparent.

— Elisabet ! Elle vous fait dire d'arrêter de la regarder tout le temps. Vous croyez que ça l'amuse d'être lorgnée par un Hongrois ridicule ?

Il soupira et, jetant un coup d'œil vers l'avant, aperçut Elisabet avec Mme Gérard, son manteau vert lui balayant les mollets. Elle se pencha pour dire quelque chose à l'actrice, qui se mit à rire à gorge déployée.

— Vous ne l'intéressez pas, reprit Marthe, elle a déjà un ami. Alors pas la peine de revenir chez elle. Et inutile de faire du charme à sa mère.

Il s'éclaircit la voix.

— Très bien, dit-il. Merci de me prévenir.

Elle lui répondit d'un signe de tête très officiel.

— C'est mon devoir, je suis l'amie d'Elisabet.

Ils avaient atteint la lisière du bois, et Mme Morgenstern fut de nouveau à ses côtés, leurs manches se frôlant. Ils s'arrêtèrent devant la bouche de métro, d'où l'on entendait gronder les rames.

— Vous ne venez pas avec nous ? lui demanda-t-elle.

— Non, venez avec nous, proposa Mme Gérard. On va prendre un taxi, on vous déposera chez vous !

Il faisait froid et la nuit tombait, mais il ne supportait pas l'idée de rouler dans un métro bondé avec Elisabet, Marthe et Mme Morgenstern, ni celle de s'engouffrer dans un taxi tout aussi surpeuplé avec Mme Gérard et les autres. Il voulait être seul, regagner son quartier par ses propres moyens, s'enfermer dans sa chambre.

— Je préfère rentrer à pied, je crois.

– Mais vous reviendrez dimanche prochain ? lui lança Mme Morgenstern en le regardant par en dessous (leur course en patins lui avait rosi les joues). À vrai dire, j'espère bien que vous allez en prendre l'habitude.

Que répondre ?

– Oui, oui, je viendrai, assura-t-il.

# Chapitre 10

# Rue de Sévigné

C'est ainsi qu'András eut toujours son couvert mis le dimanche, rue de Sévigné. Le protocole fut vite établi : il arrivait et échangeait de menus propos avec Mme Morgenstern ; Elisabet le regardait avec réprobation, elle moquait son accent, ses vêtements ; mais faute de parvenir à le piquer comme lors du premier déjeuner, elle se lassait et sortait avec Marthe, qui cultivait à l'endroit du jeune homme le même souverain mépris. Elisabet partie, il se retrouvait en tête à tête avec Mme Morgenstern pour écouter des disques sur le phonographe, regarder des revues d'art, des cartes postales, lire de la poésie afin d'enrichir son français, ou parler de sa propre famille, de son passé. Parfois, il tentait de la faire parler des siens, de ce frère qu'elle n'avait pas vu depuis des années, des événements nébuleux qui avaient présidé à la naissance d'Elisabet et à son propre exil parisien. Mais c'était un sujet qu'elle éludait avec art ; elle savait repousser ses questions précises comme les mains indiscrètes d'un partenaire de danse indésirable. Et s'il rougissait quand elle venait s'asseoir auprès de lui, s'il bredouillait quand elle lui faisait un compliment, elle ne laissait en rien paraître qu'elle l'avait remarqué.

Bientôt, il connut la forme exacte de ses ongles, la coupe et l'étoffe de toutes ses robes d'hiver, le motif de dentelle qui bordait ses mouchoirs de poche. Il savait qu'elle poivrait volontiers ses œufs, qu'elle ne supportait

pas le lait et que, dans la baguette, elle préférait le qui-
gnon. Il savait qu'elle était allée à Bruxelles et à Florence
– mais ignorait avec qui –, il savait que les os de son
pied droit la faisaient souffrir lorsque le temps tournait
à la pluie. Elle connaissait des sautes d'humeur, mais
tempérait sa mélancolie par l'autodérision, en passant
des niaiseries américaines sur le phono ou en montrant
à András des photos cocasses de ses petites élèves en
costume de scène. Il savait que son ballet préféré était
*Apollon*, et celui qu'elle aimait le moins *La Sylphide*,
car on le dansait trop souvent, dans des mises en scène
en général peu inspirées. Il se considérait comme hon-
teusement ignare en matière de danse classique, mais
apparemment, elle s'en fichait. Elle mettait des musiques
de ballet sur le phono et lui décrivait ce qui se passait sur
scène pendant les crescendo et les diminuendo ; parfois,
elle roulait le tapis du salon pour exécuter la chorégraphie en miniature à son seul bénéfice, les joues rosies
par le plaisir de danser. Et de son côté, il l'emmenait
visiter le Marais en lui narrant l'histoire architecturale
des édifices parmi lesquels elle vivait : l'hôtel Carna-
valet, qui datait du xvi$^e$ siècle, avec ses bas-reliefs des
quatre saisons, l'hôtel Amelot de Bisseuil, dont la porte
cochère ornée de têtes de Méduse s'était régulièrement
ouverte pour livrer passage à Beaumarchais, la synagogue de Guimard, rue Pavée, avec sa façade ondulée
qui évoquait les rouleaux déployés de la Torah. Elle
s'exclamait, ne comprenant pas pourquoi elle n'avait
jamais rien remarqué de tout cela : il soulevait le voile
et lui découvrait une dimension de son quartier qu'elle
aurait continué d'ignorer sans lui.

Malgré cette invitation permanente, il vivait dans la
crainte : un dimanche, il trouverait un autre homme à
la table, un capitaine moustachu, un médecin en gilet
de tweed, un chorégraphe moscovite talentueux, bref
un quadragénaire doté d'une aisance mondaine qu'il

n'atteindrait jamais, expert dans ces domaines qui font un homme de bonne compagnie – le vin, la musique, tout ce qui amuse une femme. Pourtant ce terrifiant rival ne se manifesta jamais, du moins pas un dimanche après-midi. Cette plage de l'emploi du temps des Morgenstern mère et fille n'appartenait qu'à lui.

En dehors des moments passés rue de Sévigné, la vie continuait comme à l'accoutumée, ou ce qu'il percevait comme l'accoutumée ; c'était une vie d'étudiant en architecture à Paris. Sa maquette serait bientôt achevée, il en avait déjà découpé les murs dans du carton-pâte blanc rigide et s'apprêtait à les monter. Bien qu'elle fût à peu près aussi grande qu'une valise, il la rapportait tous les jours chez lui. En effet, il venait de se produire une série de déprédations et de vols – à l'encontre exclusive, semblait-il, des étudiants juifs de l'école. Ainsi, on avait renversé une bouteille d'encre sur les épures très avancées de Jean Isenberg, qui était en troisième année ; quant à Anne-Laure Bauer, une fille de quatrième année, on lui avait volé ses coûteux manuels de statique à la veille d'un examen. Jusque-là, András et ses amis avaient été épargnés, mais Rosen ne doutait pas que l'un d'entre eux serait bientôt en butte à ces brimades. Les professeurs avaient convoqué une assemblée générale et promis des sanctions sévères aux coupables ; ils avaient lancé un appel à témoins, mais personne ne s'était présenté. À la Colombe bleue, Rosen avança l'hypothèse suivante : plusieurs étudiants étaient notoirement affiliés au front de la jeunesse et à un groupe appelé Grand Occident, dont le nationalisme affiché n'était que le faux nez de l'antisémitisme.

– Ce fourbe de Lemarque, il en fait partie, du front, c'est un espion, dit-il devant son thé-sablés. Je vous parie que c'est lui qui a fait le coup.

– Ça ne peut pas être Lemarque, dit Polaner.

– Et pourquoi ?

Polaner rougit légèrement et croisa ses mains fines et blanches sur ses genoux.

– Il m'a aidé dans un travail.

– Voyez-vous ça ! dit Rosen. Eh bien, crois-moi, gare à tes fesses. Ça ne lui ferait ni chaud ni froid de te couper la gorge, à ce petit salopard.

– Tu n'auras jamais d'amis si tu t'en prends à tout le monde, comme ça, intervint le diplomate Ben Yakov, dont le souci majeur était de collectionner les admirateurs – des deux sexes.

– Et alors ? fit Rosen. On n'est pas à un goûter d'enfants, ici.

András était de son avis sans le dire. Il faisait des réserves sur Lemarque depuis l'incident ambigu avec Polaner. Il le tenait à l'œil et il ne lui avait pas échappé que Lemarque regardait Polaner avec un mélange de fascination et de répulsion, ou comme s'il jouissait du dégoût qu'il lui inspirait. Il avait des façons insinuantes et multipliait les prétextes pour lui parler en cours. Est-ce qu'il pouvait lui prêter son rapporteur ? Est-ce qu'il avait trouvé la solution du problème de statique et voulait bien lui laisser y jeter un coup d'œil ? Il avait ramassé cette écharpe dans la cour, est-ce qu'elle était à lui ? Polaner ne semblait pas envisager un instant que les mobiles de Lemarque ne soient pas ceux d'un ami. Mais András, lui, n'avait aucune confiance dans ce personnage, ni dans ses acolytes à la cantine, avec leurs yeux en fente, leurs cigarettes allemandes, leurs chemises boutonnées jusqu'en haut et leurs vestes achetées dans les surplus militaires. On aurait dit qu'ils se préparaient à en découdre. Contrairement aux autres, ils portaient les cheveux coupés très court et ciraient leurs chaussures. András avait entendu certains étudiants les surnommer « la garde », par dérision. Et puis il y en avait qui arboraient des signes plus discrets de leur appartenance politique et affectaient purement et simplement de ne pas voir András, Rosen, Ben Yakov et Polaner quand ils les croisaient dans les couloirs ou la cour.

— Ce qu'il faut, c'est qu'on infiltre ces groupes, dit Rosen. Le front de la jeunesse, Grand Occident. Il faut qu'on aille à leurs meetings, qu'on sache ce qu'ils mijotent.

— Alors là, bravo ! fit Ben Yakov. Ils vont nous découvrir et nous égorger.

— Mais qu'est-ce que vous voulez qu'ils mijotent ? demanda Polaner, qui commençait à se fâcher. Vous ne vous figurez tout de même pas qu'ils fomentent un pogrom à Paris ?

— Et pourquoi pas ? répondit Rosen. Tu crois qu'ils n'y ont pas pensé ?

— On ne pourrait pas parler d'autre chose ? s'enquit Ben Yakov.

Rosen repoussa sa tasse.

— Oh si, dit-il. Parle-nous donc de ta dernière conquête. Qu'est-ce qu'il pourrait bien y avoir de plus important ou de plus urgent ?

Ben Yakov ne fit que rire de cette pique, ce qui mit Rosen au comble de l'exaspération. Il se leva, jeta de l'argent sur la table, et, son manteau sur les épaules, se dirigea vers la sortie. András prit son chapeau et le suivit. Il avait horreur de voir un ami partir en colère. Il le rattrapa sur le boulevard Saint-Germain, au niveau de la rue Saint-Jacques, où ils attendirent que le feu passe au rouge.

— Tu ne trouves pas que je raconte des bêtises, toi ? dit Rosen, mains enfoncées dans les poches, en le regardant bien en face.

— Non, commença András, qui cherchait ses mots en français. Tu essaies simplement d'avoir quelques coups d'avance.

— Ah, tu es joueur d'échecs, dit Rosen, dont le visage s'éclaira.

– On y jouait avec mes frères. Moi, je n'étais pas très bon. Mon frère aîné avait assimilé tout un bouquin de défenses écrit par un champion russe. Je n'ai jamais pu faire le poids contre lui.

– Tu n'aurais pas pu le lire, ce bouquin, toi aussi ?

– Il aurait déjà fallu que je mette la main dessus, il l'avait bien caché.

– C'est sans doute ce que j'essaie de faire, moi, dénicher le bouquin.

– Tu n'auras pas beaucoup de mal, ils ont mis des affiches pour les meetings du front de la jeunesse dans tout le Quartier latin.

Ils étaient arrivés au bout de la rue Saint-Jacques et traversèrent le Petit-Pont dans le crépuscule. Les tours de Notre-Dame accrochaient les derniers rayons du soleil au moment où ils entraient dans le square Charlemagne, et ils se dirigèrent vers la cathédrale. Ils contemplèrent les saints à la longue figure qui flanquaient le portail, dont un qui portait sa tête entre les mains.

– Tu sais ce que je veux faire, plus tard ?

– Non, quoi ?

– Partir en Palestine. Construire un temple en pierre de Jérusalem.

Rosen marqua un temps ; il regardait András comme pour le mettre au défi de rire, mais celui-ci ne rit pas. Il pensait à de vieilles photos de Jérusalem qu'ils avaient publiées dans *Passé et Avenir*. Les bâtiments y avaient une permanence quasi *géologique*, on aurait dit qu'ils n'avaient pas été construits par une main humaine. À travers le noir et blanc, leurs pierres semblaient auréolées d'une lumière dorée.

– Je veux bâtir une cité dans le désert, reprit Rosen. Une ville nouvelle à la place de l'ancienne. Elle aura la forme de l'ancienne, mais ses bâtiments seront tout neufs. Le béton armé de Perret, c'est l'idéal en Palestine. Ça n'est pas cher, c'est léger, frais dans la chaleur, plastique au possible.

On aurait cru que, tout en parlant, il voyait sa cité dans le lointain, au cœur des dunes.

– Alors, comme ça, tu es un rêveur, toi, dit András. Je ne m'en serais jamais douté.

Rosen grimaça un sourire.

– Ne va pas le raconter aux autres.

Ils levèrent les yeux de nouveau vers le sommet des tours où la lumière dorée n'était plus qu'un filament.

– Tu voudras bien m'y accompagner, hein, à un de ces meetings du front de la jeunesse ? Pour qu'on voie ce qu'ils trament ?

András hésita. Il essayait d'imaginer ce que Mme Morgenstern penserait d'un acte pareil, de cette infiltration. Il se voyait lui en parler un dimanche après-midi, lui prouver son audace, sa bravoure – sa sottise ?

– Et si on nous démasque ?

– Pas de danger, dit Rosen. Ils ne nous chercheront pas dans leurs rangs.

– Il a lieu quand, ce meeting ?

– T'es un chic type, Lévi.

Ils décidèrent d'infiltrer un meeting de recrutement du Grand Occident : ainsi, ils se perdraient parmi les nouvelles têtes. La réunion aurait lieu ce samedi-là, dans la grande salle, rue de l'Université, à Saint-Germain-des-Prés. Mais auparavant, il faudrait essuyer la critique de fin de trimestre. András avait enfin achevé sa gare d'Orsay, qui lui avait coûté deux nuits blanches d'affilée ; le vendredi matin, blanche et inviolée, elle se dressait sur son socle en carton-pâte. C'était du travail bien fait, il le savait, produit de longues heures d'étude, de mesures laborieuses, d'une construction appliquée. Rosen, Ben Yakov et Polaner n'avaient pas ménagé leur temps non plus. Et sur les tables de l'atelier se dressaient aussi, blancs et fantomatiques, l'École militaire, la rotonde de la Villette et le Théâtre de l'Odéon. Les travaux seraient évalués par leurs pairs, par les étudiants des années supérieures, par leur chef d'atelier, Médard, étudiant de cinquième année, puis enfin par Vágo lui-même. András se croyait blindé par les sempiternelles critiques amicales de son rédacteur en chef, du temps où il travaillait pour *Passé et Avenir* ; il avait essuyé plusieurs remarques à l'École au cours de l'automne, mais jamais aussi virulentes que celles que son rédacteur lui adressait régulièrement.

Toutefois lorsque vint son tour, le commentaire prit d'emblée un caractère assassin. Ses lignes manquaient de précision, ses méthodes de construction péchaient par amateurisme, il n'avait même pas tenté de reproduire les larges ouvertures sur le devant, ni le trait le plus saillant de l'ensemble, la réverbération de la Seine, qui coulait au pied de la gare, sur la haute façade réfléchissante.

– Il a monté une maquette morte, observa un quatrième année, une boîte à chaussures, un cercueil.

Vágo lui-même, qui savait tout le travail qu'András avait consacré à sa maquette, en critiqua le manque de vie. Dans sa chemise de travail maculée de peinture et son gilet, trop élégant en la circonstance, il s'était posté devant l'objet, qu'il toisait sans dissimuler sa déception. Il tira de sa poche un crayon mécanique, dont il tapota le bout contre sa bouche.

– C'est un travail appliqué, lâcha-t-il. On dirait une *Polonaise* de Chopin exécutée par des petites filles pour une audition. Toutes les notes sont là, certes, il ne manque que la qualité artistique.

Sans autre forme de procès. Vágo passa à la maquette suivante, tandis qu'András touchait le fond de l'humiliation et du désespoir. Le maître avait raison : sa reproduction du modèle était totalement dépourvue d'inspiration. Comment cela pouvait-il lui avoir échappé ? Les autres élèves de première année ne s'en tiraient pas mieux – piètre consolation. Où était-il allé chercher son assurance, une demi-heure plus tôt ? Comment avait-il pu croire que tous se récrieraient en déclarant ce travail prometteur d'un brillant avenir ?

L'École spéciale était réputée pour sa grande sévérité en matière de critiques ; rares étaient les première année à sortir indemnes de l'épreuve. Il s'agissait d'un rite d'initiation, on y trempait leur métal pour les préparer aux humiliations à la fois plus graves et plus insidieuses qu'ils subiraient par la suite, quand on s'en prendrait à leurs dessins originaux. N'empêche qu'il ne s'attendait pas à un éreintage aussi féroce, et le pire, c'est qu'il le jugeait justifié. Il avait travaillé comme une brute, mais ça n'avait pas suffi, tant s'en fallait. Et sans qu'il puisse se l'expliquer, cette humiliation lui semblait rejaillir sur ses rapports avec Mme Morgenstern, à croire que l'exécution d'une superbe maquette aurait accru ses titres à se faire aimer d'elle. Et voilà que s'il voulait lui rapporter fidèlement les événements de la journée, il passerait pour un sot prétentieux. Il quitta l'École, l'humeur massacrante, une humeur qui dura toute la nuit et au-delà : il ne s'était pas encore remis de son épreuve lorsqu'il retrouva Rosen pour infiltrer le meeting.

Il avait lieu à deux pas du palais des Beaux-Arts, un peu en amont de la gare d'Orsay. András aurait voulu ne jamais la revoir, cette gare. Il savait fondées les critiques qui lui avaient été adressées : le zèle avec lequel il avait reproduit chaque détail l'avait distrait de l'ensemble, avait dérobé à sa vue ce qui en faisait l'originalité, la vitalité. Erreur classique de première année, lui avait dit Vágo à la sortie. Mais alors, que ne l'avait-il mis en garde dès le début ? À présent, Rosen vouait pareillement l'École militaire, son modèle, aux gémonies. Foudroyant le trottoir du même regard, ils longèrent d'un même pas la rue de l'Université.

La réunion visait à recruter de nouveaux adhérents, ce qui les dispensait de se dissimuler ou de se déguiser ; ils pénétrèrent donc dans la salle avec le reste de l'assistance, des étudiants pour la plupart, à en juger par leur allure. Sur l'estrade à peine surélevée, on vit paraître un homme fin comme une cravache, qui flottait dans son costume gris. Monté à la tribune, il se présenta : « M. Dupuis, secrétaire du président Pemjean lui-même. » Il frappa dans ses mains pour réclamer l'attention, et la salle fit silence. Des militants arpentaient les travées en distribuant le supplément du journal *Le Grand Occident*. Le secrétaire du Président Pemjean Lui-Même annonça que l'assistance y découvrirait le credo de l'organisation, que ses dirigeants ici présents allaient lire. Une demi-douzaine de jeunes gens à la mine sinistre montèrent sur l'estrade, supplément en main. L'un après l'autre, ils lurent qu'on devait absolument écarter les juifs de tous les postes clefs afin qu'ils cessent d'exercer une autorité quelconque sur les Français ; il fallait dissoudre ces impudentes associations juives qui, sous couvert de charité, œuvraient à dominer la planète ; il fallait déchoir de leur citoyenneté française les juifs, qui seraient désormais des étrangers, y compris ceux dont la famille était installée en France depuis plusieurs générations ; tous leurs biens seraient confisqués par l'État.

Chaque article était ponctué d'une salve d'applaudissements. Dans le public, certains braillaient leur approbation, d'autres levaient le poing. Il restait tout de même des spectateurs qui n'étaient pas d'accord, et certains prirent à partie les sympathisants de la cause.

— Et les juifs dont les pères et les frères sont morts pour la France ? cria une voix depuis le balcon.

— Ils sont morts pour leur gloriole, ces sionistes-là, pas pour la gloire de la France, rétorqua le secrétaire du Président Lui-Même. On ne peut pas faire confiance aux israélites pour défendre la France. Il faut leur interdire de prendre les armes.

— Qu'ils meurent, si certains doivent mourir, cria un autre homme.

Rosen enfonçait les doigts dans le dossier du siège devant lui, il en avait les jointures blêmes. András ne voyait pas ce qu'il ferait si son ami se mettait à vociférer, lui aussi.

— Vous êtes ici parce que vous croyez en la pureté de la France, de cette France que vos grands-pères et vos pères ont bâtie, continua le secrétaire. Vous êtes ici pour prêter main-forte à l'épuration de la France. Si vous êtes venus pour autre chose, je vous prie de vider les lieux. Nous ne voulons dans nos rangs que les plus patriotes d'entre vous, les cœurs les plus loyaux.

Le secrétaire attendit. Un grondement sourd naissait dans la salle. L'un des six jeunes gens qui avaient lu les articles s'écria : *Vive la France**.

— Vous allez faire partie d'une alliance internationale... déclara le secrétaire.

Mais sa voix se perdit dans une trépidation subite, un crépitement d'objets en bois. Et puis le bruit cessa comme il avait commencé.

Le secrétaire s'éclaircit la voix, lissa les revers de sa veste, et reprit :

— Vous allez entrer dans...

Cette fois, le bruit se fit plus fort. Il venait de tous les côtés. Dans l'assistance, plusieurs s'étaient levés et faisaient tourner des crécelles. Puis, comme la première fois, lorsque le tintamarre fut à son comble, il s'arrêta.

— J'apprécie votre enthousiasme, messieurs, poursuivit le secrétaire. Mais si vous vouliez bien attendre que...

De nouveau, le bruit explosa, et cette fois il ne cessa plus. Les garçons aux crécelles — ils étaient peut-être vingt ou trente — passaient dans les rangs en faisant bruire leur instrument aussi fort qu'ils pouvaient. András s'aperçut que ces crécelles étaient celles de Pourim, celles qu'on agite à la synagogue pendant la lecture de l'histoire d'Esther, chaque fois que le méchant Aman apparaît dans le texte. Il regarda Rosen : il avait compris, lui aussi. Le secrétaire tapa du poing sur le pupitre. Les six jeunes gens à la figure sinistre s'étaient mis au garde-à-vous, comme pour attendre ses ordres. D'autres garçons se répandirent dans les allées, brandissant de grandes banderoles qu'ils déployèrent et levèrent bien haut. *Ligue internationale contre l'antisémitisme*, disait l'une. *Halte aux hitlériens français*, clamait l'autre. *Liberté, Égalité, Fraternité*, déclarait la troisième. Les porteurs de banderoles hurlèrent une acclamation, et le public rugit en retour, furieux. Le chétif secrétaire du Président Lui-Même était cramoisi. Rosen poussa un cri de guerre, il entraîna András dans les travées, et à eux deux, ils aidèrent à hisser une bannière. Un membre de la Ligue, grand gaillard charpenté qui avait noué un mouchoir tricolore autour de son cou, prit un porte-voix et se mit à crier :

— Français libres, ne laissez pas ces fanatiques vous empoisonner la cervelle !

Le secrétaire grogna un ordre aux six jeunes gens sévères, et aussitôt ce fut la pagaille dans la salle. Les sièges se vidèrent de leurs occupants ; certains tentaient de jeter à bas les bannières, d'autres pourchassaient les joueurs de crécelle. Les six lecteurs des articles de foi se lancèrent aux trousses de celui qui brandissait le haut-parleur, mais ses camarades firent cercle autour de lui, alors qu'il ne cessait de marteler : *Fraternité ! Égalité !* Le secrétaire disparut derrière un rideau au fond de la salle. András sentit une bourrade dans son dos ; il reçut des coups de pied dans les genoux, des coups de coude dans la poitrine. Il ne lâcherait pas la banderole. Il la leva bien haut, en criant : *Halte aux hitlériens français !* Rosen n'était plus à ses côtés, il ne le voyait pas dans la foule. Un garçon tenta de lui arracher la banderole de vive force, mais il se défendit ; un autre le saisit au collet. Il reçut un direct au menton qui l'envoya tituber contre une colonne en crachant du sang. Tout autour de lui, ce n'étaient que horions et vociférations. Il se fraya un chemin vers la sortie en jouant des coudes ; il passait la langue sur ses dents, se demandant s'il faudrait qu'il consulte un dentiste. Dans le vestibule, il découvrit Rosen aux prises avec un colosse chauve, en bleu de travail. Faisant mine de lui prêter main-forte, il attrapa son ami par la taille et l'arracha ainsi à son agresseur, qui fut expédié contre un mur, épaule la première. L'homme en bleu de travail, les bras désormais vides, repartit se jeter dans la mêlée de l'auditorium. András et Rosen sortirent tout chancelants du bâtiment, non sans croiser des flots de policiers se ruant en haut des marches pour mater l'émeute. Lorsqu'ils se furent enfin dégagés de la foule, ils foncèrent rue de Solférino, jusqu'au quai d'Orsay, où ils s'effondrèrent chacun sur un banc, hors d'haleine.

– Alors, comme ça, on n'était pas les seuls, dit Rosen, qui se tâtait les côtes du bout de l'index, tandis qu'András glissait sa langue contre l'intérieur de sa joue.

À l'endroit où il se l'était mordue, elle saignait encore, mais les dents, elles, étaient intactes. Des pas précipités se firent entendre : c'étaient trois membres de la Ligue qui couraient dans la rue, bannière au vent. Ils étaient poursuivis par d'autres jeunes gens, qui avaient eux-mêmes les policiers à leurs trousses.

– Je paierais cher pour revoir la tête que faisait ce secrétaire, dit Rosen.

– Le secrétaire du Président Lui-Même, tu veux dire ?

Rosen s'en tapait sur les cuisses. Mais alors, une ambulance passa à toute allure en direction de la salle, suivie de très près par une seconde. Un instant plus tard, ils virent arriver d'autres ligueurs, pâles et défaits, ceux-là, qui traînaient leurs banderoles sur le trottoir et tenaient leur chapeau à la main. András et Rosen les regardèrent en silence : il s'était produit quelque chose de grave. Un membre de la Ligue avait dû être blessé. András retira son propre chapeau, qu'il posa sur ses genoux ; l'adrénaline qui l'avait porté jusque-là se dissolvait dans une terreur sans fond. Le Grand Occident n'était pas la seule organisation de ce type. En ce moment même, il devait se tenir des douzaines d'autres meetings semblables. Et si de tels meetings se tenaient à Paris, qu'en était-il dans d'autres villes d'Europe moins éclairées ? Il serra sa veste contre lui, ressentant de nouveau le froid. Rosen se leva ; il avait recouvré son calme et son sérieux, lui aussi.

– On verra bien pire, dit-il. On ne perd rien pour attendre.

Le lendemain, rue de Sévigné, Mme Morgenstern et sa fille Elisabet l'écoutèrent sans mot dire raconter les incidents des dernières quarante-huit heures. Il leur parla de la critique de sa maquette, en leur confiant combien son travail était tombé dans sa propre estime, puis il leur relata le meeting. Il avait apporté une coupure tirée de *L'Œuvre* du jour, et la leur lut. L'article évoquait la séance de recrutement houleuse et la mêlée qui s'était ensuivie. Les deux groupes adverses se rejetaient l'initiative des hostilités. Pemjean en profitait pour dénoncer la fourberie et l'agressivité du peuple juif, tandis que pour Gérard Lecache, président de la Ligue internationale contre l'antisémitisme, l'incident trahissait les intentions violentes du Grand Occident. Le journal abandonnait toute prétention à l'objectivité journalistique pour louer le courage maccabéen de la Ligue et accuser le Grand Occident de chauvinisme, d'obscurantisme et de barbarie. En effet, deux membres de la Ligue, roués de coups, se trouvaient toujours hospitalisés à l'Hôtel-Dieu.

– Vous auriez pu vous faire tuer, dit Elisabet avec

son acidité coutumière, mais une expression d'inquiétude sincère était passée dans son regard, fugitive. Qu'est-ce qui vous a pris ? Vous pensiez pouvoir vous attaquer à ces brutes ? À trente contre deux cents ?

– Nous n'étions pas dans la confidence, expliqua András. Nous ne savions pas que la Ligue serait là. Quand ils ont commencé à chahuter, on est entrés dans la danse.

– Bande de polichinelles, tous tant que vous êtes.

Mme Morgenstern fixait András de ses yeux gris.

– Gardez-vous bien d'avoir maille à partir avec la police. N'oubliez pas que vous n'êtes pas chez vous, ici. Il ne faut pas que vous soyez déporté à l'issue d'un incident de ce genre.

– Je sers les idéaux de la France, on ne risque pas de me déporter !

– Bien sûr que si. Et ce serait la fin de vos études. Quoi que vous fassiez par ailleurs, il faut que vous protégiez votre statut d'étudiant en France. Dites-vous que votre présence dans ce pays est un message politique.

– Il ne va pas faire long feu ici, reprit Elisabet, sa première inquiétude envolée. Il se fera virer de l'École spéciale à la fin de l'année. Ses professeurs considèrent qu'il n'a aucun talent, tu ne l'as pas entendu ?

Elle s'extirpa du fauteuil de velours et gagna sa chambre en traînant les pieds. Ils l'entendirent aller et venir pour se préparer. Quelques instants plus tard, elle paraissait dans une robe vert olive, avec un bonnet de laine noire sur la tête. Elle avait tressé ses cheveux et frotté ses joues – on aurait dit qu'elle était allée au grand air. Porte-monnaie dans une main et gants dans l'autre, elle esquissa un au revoir sur le seuil de la porte.

– Ne m'attends pas pour te coucher, lança-t-elle à sa mère. (Puis, comme prise d'une arrière-pensée, elle décocha un regard dédaigneux à András :) Inutile de venir dimanche prochain, champion de France. Je pars skier à Chamonix avec Marthe. D'ailleurs j'aimerais bien ne plus vous voir du tout.

Elle balança son sac sur l'épaule et descendit l'escalier en courant. Ils entendirent la porte claquer et le grelot tintinnabuler derrière elle.

Mme Morgenstern se prit le front à deux mains.

— Vous croyez que ça va durer encore longtemps, cette attitude ? Vous n'étiez pas comme ça, vous, à seize ans ?

— J'étais pire, mais je ne vivais pas chez mes parents, ma mère n'a pas eu à me subir.

— J'ai menacé de la mettre en pension, mais elle sait bien que je n'aurais pas le cœur de le faire. Ni les moyens financiers, du reste.

— Donc elle part à Chamonix… Combien de temps va-t-elle y rester ?

— Dix jours. Ce sera la première fois qu'elle quitte la maison aussi longtemps.

— J'en déduis que je ne te reverrai pas avant le mois de janvier.

Il venait d'employer le « tu » hongrois – tant pis, c'était trop tard –, de toute façon, Mme Morgenstern ne semblait pas s'en être rendu compte. Prétextant qu'il avait du travail, il se leva pour aller chercher son manteau et son chapeau à l'étage, mais elle l'arrêta en posant sa main sur sa manche.

— Vous oubliez le gala d'hiver, dit-elle. Vous viendrez, n'est-ce pas ?

Le gala donné par ses élèves. C'était le jeudi de la semaine suivante, au Sarah-Bernhardt. Il en savait quelque chose puisqu'il en avait conçu l'affiche. Il n'aurait pas cru trouver là un prétexte pour assister au spectacle. Il ne serait pas de service, *La Mère* faisant relâche pendant les vacances. À présent, Mme Morgenstern le considérait d'un air d'anticipation muette, la main qu'elle avait posée sur sa manche le brûlait à travers l'étoffe. La bouche d'András était un désert, ses paumes étaient moites d'une sueur glaciale. Il se répéta que cette invitation était parfaitement anodine : elle s'adressait à l'ami de la famille, soupirant éventuel d'Elisabet, une simple courtoisie. Il réussit à articuler une réponse affirmative, dit qu'il en serait très honoré, sur quoi ils accomplirent leur rite de séparation hebdomadaire, manteau-chapeau-escalier. Mais sur le seuil de l'immeuble, elle soutint son regard plus longtemps que de coutume ; elle avait froncé les sourcils, sa bouche avait pris son expression pensive. À l'instant où il crut qu'elle allait parler, deux fillettes en veste rouge déboulèrent à la poursuite d'un petit chien blanc et passèrent entre eux sur le trottoir. Le charme était rompu. Elle lui fit au revoir de la main et elle rentra, refermant la porte sur elle.

# Chapitre 11

# Les vacances d'hiver

Cette année-là, dans son studio, rue de Sévigné, Claire Morgenstern avait quelque quatre-vingt-quinze élèves entre huit et quatorze ans. Trois des plus âgées partiraient bientôt faire leurs premières armes dans le Ballet russe de Monte-Carlo. Elle préparait le spectacle depuis deux mois déjà ; les costumes étaient prêts, les ballerines avaient appris leurs rôles de flocons de neige, de fruits déguisés et de cygnes, le décor représentant un jardin d'hiver était en cours de finition. Cette semaine-là, on put voir les affiches dessinées par András dans tout Paris : elles représentaient une enfant-flocon de neige exécutant une arabesque contre la nuit étoilée ; sa main droite levée traînait derrière elle les mots *Gala d'hiver* comme une comète. Chaque fois qu'il voyait son œuvre sur le chemin de l'école, en face de la Colombe bleue, à la boulangerie, il entendait Mme Morgenstern lui dire : *Vous viendrez, n'est-ce pas ?*

Le mercredi, soir de la générale, il n'y tint plus. Il arriva au Sarah-Bernhardt à l'heure habituelle, avec un gros feuilleté aux prunes destiné à sustenter la troupe. Des petites filles en tulle gris et blanc se pressaient dans les couloirs, et il dut traverser un blizzard de tutus pour poser son gâteau sur la table, derrière la scène. Tirant son couteau de sa poche, il le débita en menus morceaux. Des flocons de neige se massait le long du rideau, attendant d'entrer en scène. Sans bouger de leur place, les petites,

171

dressées sur leurs pointes de pied, coulaient des regards intéressés au gâteau. András entendit le régisseur appeler le groupe suivant. Mme Morgenstern – Klára, comme disait Mme Gérard – demeurait invisible.

Depuis les coulisses, il suivit la danse des flocons. La fillette que son père était venu chercher en retard y figurait, et lorsqu'elle se précipita dans les coulisses à la fin du ballet, elle appela András pour lui montrer sa nouvelle paire de lunettes à monture souple, dont les branches s'accrochaient derrière les oreilles. Elles ne risquaient plus de tomber quand elle dansait, lui expliqua-t-elle. Comme elle ponctuait cette explication d'une pirouette, il entendit le rire de Mme Morgenstern dans son dos.

– Ah, fit-elle, ces nouvelles lunettes !

András s'accorda un coup d'œil dans sa direction. Elle était en tenue de répétition, sa chevelure sombre tirée en arrière.

– Ingénieux, dit-il en tâchant d'affermir sa voix. Elles ne glissent plus comme ça.

– Et je les enlève quand je veux, répliqua l'enfant. Je les retire pour dormir.

– Bien sûr, acquiesça András. Je ne voulais pas dire que tu les portais tout le temps.

La fillette leva les yeux au ciel en direction de Mme Morgenstern et se rua vers la table où les autres flocons dévoraient le clafoutis aux prunes.

– Quelle surprise ! dit Mme Morgenstern. Je ne vous attendais pas avant demain.

– Je travaille ici, je vous le rappelle, repartit András en croisant les bras. C'est moi qui réponds du confort et du bien-être de la troupe.

– C'est donc vous qui avez apporté ce gâteau…

– Les petites n'ont pas l'air de s'en plaindre.

– Moi, si ; les sucreries en coulisses, c'est défendu chez moi.

Mais elle lui fit un clin d'œil et prit un morceau de gâteau elle-même. Le clafoutis était dense et doré, constellé de demi-mirabelles.

– Mmm, fit-elle, c'est bon, il ne fallait pas. Vous devriez en prendre une part, au moins.

– Ce ne serait guère professionnel, je le crains.

Mme Morgenstern se mit à rire.

– Vous me trouvez en pleine action, c'est dommage. Il faut que je prépare le groupe suivant à entrer en scène.

Elle secoua ses mains, faisant pleuvoir une averse de miettes dorées, et il se surprit à imaginer le goût de la prune sur ses doigts.

– Pardon de vous avoir interrompue, dit-il.

Il allait ajouter « Je m'en vais » et l'abandonner à sa répétition, quand il songea à sa chambre vide et aux longues heures qui le séparaient encore de la soirée du lendemain – sans compter le tunnel qui suivrait ce jour-là, puisqu'il n'aurait plus aucun prétexte pour la voir. Il leva les yeux vers elle.

– Venez boire un verre avec moi ce soir, dit-il.

Elle eut un sursaut.

– Oh non, je ne peux pas.

– Klára, je vous en prie, je ne supporterai pas que vous refusiez.

Elle se frotta le haut des bras, comme si elle avait froid.

– András...

Il nomma un café, dit une heure, et sans lui laisser le temps de décliner la proposition une deuxième fois, il tourna les talons et sortit côté artistes dans la nuit pâle de décembre.

Il faisait sombre au Café bédouin ; les sièges de cuir étaient fendillés, les tentures de velours bleu avaient viré au mauve avec les années. Derrière le bar s'alignaient des rangées de bouteilles en verre taillé, grises de poussière, reliques d'une autre ère de breuvages. András arriva avec une heure d'avance, déjà malade d'impatience, incrédule devant sa propre audace. L'avait-il vraiment invitée à boire un verre avec lui ? L'avait-il appelée par son prénom, en usant de la forme hongroise intime ? Lui avait-il parlé comme si ses sentiments pour elle étaient avouables, voire payés de retour, peut-être ? Quelle suite à son coup d'éclat, à présent ? Si elle venait, elle lui confirmerait qu'il avait bafoué les convenances, voilà tout. Peut-être ajouterait-elle qu'elle ne pourrait plus le recevoir chez elle, le dimanche après-midi. D'un autre côté, il aurait juré qu'elle connaissait ses sentiments depuis des semaines, qu'elle devait les connaître depuis le jour où ils avaient patiné à Vincennes. Il était temps d'être honnêtes l'un envers l'autre ; peut-être était-il même temps d'avouer qu'il avait acheminé une lettre de sa mère depuis la Hongrie. Il fixait la porte, comme pour la faire sortir de ses gonds par le seul pouvoir de sa volonté. Chaque fois qu'une femme entrait, il bondissait de sa chaise. Il secoua la montre paternelle pour s'assurer qu'elle fonctionnait bien, et la remonta pour qu'elle ne retarde pas. Une demi-heure passa, puis une autre. Elle se faisait attendre. Il regarda son verre de whisky vide en se demandant combien de temps il pourrait encore tenir sans qu'on le presse de renouveler sa consommation. Le serveur allait et venait en lui jetant déjà des coups d'œil éloquents. Il commanda donc un autre whisky, qu'il but recroquevillé au-dessus de son verre. Il n'avait jamais connu un tel sentiment de désespoir, d'absurdité. Et puis enfin, la porte s'ouvrit, et elle fut là devant lui, chapeau rouge et redingote grise, hors d'haleine, comme si elle avait couru depuis le théâtre. Il se leva d'un bond.

– J'avais peur de vous avoir manqué, dit-elle avec un soupir de soulagement.

Elle retira son chapeau et se glissa sur la banquette,

en face de lui. Elle portait une veste en gabardine près du corps, fermée au col par une fine broche d'argent en forme de harpe.

– Vous êtes en retard, répondit András, le whisky lui bourdonnant dans la tête comme un essaim d'abeilles.

– La répétition s'est terminée il y a seulement dix minutes ! Vous avez filé sans me laisser le temps de vous dire à quelle heure je pouvais arriver.

– J'avais peur que vous refusiez de me voir.

– Et vous aviez raison, je ne devrais pas être ici.

– Pourquoi êtes-vous venue, alors ? demanda-t-il.

Il tendit le bras par-dessus la table pour lui prendre la main ; ses doigts étaient glacés, mais elle ne le laissa pas les réchauffer. Elle retira sa main sans brusquerie, rougissant contre le col de sa veste.

Le serveur vint prendre la commande, espérant que ce jeune homme serait plus prodigue, maintenant que son amie était là.

– Je bois du whisky. Accompagnez-moi. C'est la boisson des vedettes de cinéma, en Amérique.

– Je ne suis pas d'humeur, dit-elle.

Elle commanda une brunelle, avec un verre d'eau.

– Je ne peux pas rester, ajouta-t-elle après le départ du serveur. Un verre, et je m'en vais.

– J'ai quelque chose à vous dire, annonça András. Voilà pourquoi je vous ai demandé de venir.

– Mais encore ?

– À Budapest, avant mon départ, j'ai rencontré une femme qui s'appelle Elza Hász.

Mme Morgenstern blêmit.

– Oui ? fit-elle.

– J'ai été reçu chez elle, dans sa maison de Benczùr utca. Elle m'avait vu changer des pengő contre des francs à la banque, et elle voulait que j'apporte un colis à son fils, à Paris. Il y avait là une autre dame, plus âgée, qui m'a demandé d'acheminer autre chose encore. C'était une lettre pour un certain C. Morgenstern, rue de Sévigné, sur qui il ne fallait pas que je pose de questions.

Mme Morgenstern était si pâle qu'il crut qu'elle allait défaillir. Lorsque, un instant plus tard, le serveur revint avec leurs verres, elle prit sa prunelle et la vida à moitié.

– Je pense que vous êtes Klára Hász, chuchota-t-il. Ou que vous l'avez été. Et la femme que j'ai rencontrée est votre mère.

Lèvres tremblantes, elle regarda vers la porte. Pendant un moment on aurait cru qu'elle s'apprêtait à fuir. Puis elle s'enfonça dans son siège, comme tétanisée.

– Soit, dit-elle. Racontez-moi ce que vous savez, et dites-moi ce que vous voulez.

Sa voix n'était plus qu'un murmure ; il y entendait surtout de la peur.

– Je ne sais rien, répondit-il en tentant de lui reprendre la main. Je ne veux rien du tout. Je voulais surtout vous dire ce qui s'était passé. Quelle étrange coïncidence, et puis je voulais que vous sachiez que j'avais rencontré votre mère, je n'oublie pas que vous ne l'avez pas vue depuis des années.

– Et vous avez transporté un colis pour mon neveu József ? Vous lui en avez parlé, de cette lettre ? Vous lui avez parlé de moi ?

– Non, pas un mot.

– Dieu merci ! soupira-t-elle. Il ne faut pas, vous comprenez ?

– Non, je ne comprends pas. Je n'ai pas la moindre idée de tout ce que ceci veut dire. Votre mère m'a prié de ne parler de cette lettre à personne, je n'en ai parlé à personne. Personne n'est au courant. Presque personne, plutôt, parce que je l'ai fait voir à mon frère en rentrant chez moi. Il a pensé que c'était une lettre d'amour.

Klára eut un rire triste.

– Une lettre d'amour ! Enfin, si l'on veut.

– J'aimerais quelques éclaircissements.

– C'est une affaire strictement privée. Je suis navrée que vous ayez été mêlé à tout cela. Il m'est impossible d'avoir des contacts directs avec ma famille, à Budapest, et elle ne peut rien m'envoyer directement. József ne doit pas savoir que je suis ici ; vous êtes sûr de ne lui avoir rien dit ?

– Rien du tout. Votre mère me l'avait expressément demandé.

– Je suis désolée d'en faire un tel drame, mais il est très important que vous compreniez. Il s'est passé des choses très graves, à Budapest, quand j'étais jeune fille. Je suis en sécurité, aujourd'hui, mais seulement tant qu'on ne sait pas que je suis ici, ni qui j'étais auparavant.

András répéta son serment. Si son silence la protégeait, il se tairait. Aurait-elle souhaité qu'il scellât sa promesse de son sang, sur la table de marbre gris du bistrot, qu'il se serait exécuté séance tenante. Mais elle finit son verre sans parler ni croiser son regard. Il voyait la harpe d'argent trembler contre sa gorge.

– À quoi ressemblait ma mère ? Ses cheveux sont-ils gris ?

– Ils grisonnent. Elle portait une robe noire. C'est une femme toute menue, comme vous.

Il lui raconta deux ou trois choses de sa visite, il lui décrivit la maison, lui rapporta les propos de sa belle-sœur. Il ne lui parla pas du chagrin de sa mère, de cet air de deuil, comme incrusté en elle, qui le hantait encore – quel bien cela lui aurait-il fait ? Mais il lui parla un peu de József Hász, dit qu'il l'avait hébergé à son arrivée et qu'il lui avait donné quelques conseils pour vivre au Quartier latin.

– Et György ? s'enquit-elle. Le père de József ?

– Votre frère.

– En effet, dit-elle posément. Vous l'avez vu, lui aussi ?

– Non, je ne suis resté qu'une heure, en milieu de

journée. Il devait être au travail. Mais à en juger par la maison, je dirais qu'il est dans l'aisance.

Klára porta la main à sa tempe.

– C'est assez difficile pour moi, d'assimiler tout cela. Je crois que je ne peux pas en entendre davantage pour l'instant, dit-elle, puis elle ajouta : Il est temps que je m'en aille.

Mais en se levant pour mettre son manteau, elle eut un étourdissement et se rattrapa au bord de la table.

– Vous n'avez pas mangé, n'est-ce pas ? demanda-t-il.

– J'ai besoin de me retrouver dans un endroit tranquille.

– Il y a un restaurant…

– Un restaurant, non.

– J'habite à quelques rues d'ici. Montez boire une tasse de thé, et puis je vous raccompagnerai chez vous.

C'est ainsi qu'ils grimpèrent l'escalier de bois sans tapis, jusqu'au nid à courants d'air d'András, tout là-haut, au 34, rue des Écoles. Il lui offrit le fauteuil, mais elle ne voulut pas s'asseoir. Elle se mit à la fenêtre et regarda la rue. En face, sur les marches du Collège de France, des clochards venaient toujours s'installer, même par grand froid. L'un d'entre eux jouait de l'harmonica ; cette musique évoquait à András les vastes prairies vues dans les films américains que projetait le tout petit cinéma de Konyár. Tandis que Klára tendait l'oreille, il alluma du feu sous la grille, y fit dorer quelques tartines et mit de l'eau à bouillir pour le thé. Son seul verre était le pot à confiture dont il se servait depuis le premier matin, mais il avait quelques sucres chapardés dans le bol de la Colombe bleue. Il tendit le verre à Klára, et elle touilla le sucre avec l'unique cuillère du foyer. Il aurait bien voulu qu'elle parlât, qu'elle révélât ce terrible secret du passé, quel qu'il fût. Il ne devinait guère les détails de son histoire, mais il se doutait qu'elle était liée à la naissance d'Elisabet : elle était tombée enceinte, il devait y avoir un amant jaloux, une famille outragée, un scandale inavouable.

La fenêtre fermait mal, un courant d'air passa, faisant frissonner Klára. Elle lui tendit le verre de thé.

– Prends-en, toi aussi, avant qu'il refroidisse, lui dit-elle en hongrois.

Un spasme d'émotion lui noua la gorge : c'était la première fois qu'elle employait le *te*, le « tu » hongrois.

– Non, répondit-il, c'est pour toi (*te*, de nouveau).

Il lui tendit le verre et elle referma les mains sur les siennes. Le thé tremblait entre eux dans le verre. Elle le prit et le posa sur le rebord de la fenêtre. Puis elle s'approcha de lui, l'enlaça et nicha sa tête brune sous son menton. Il se mit à lui caresser le dos, incapable de croire à son bonheur, s'inquiétant de devoir cette proximité à sa révélation, aux émotions qu'elle remuait. Mais en la sentant frissonner contre lui, il oublia ces questions. Il laissa sa main glisser le long de sa cambrure, s'autorisa à suivre l'architecture de sa colonne vertébrale. Elle était si proche de lui qu'il sentait sa respiration haletante lui soulever la poitrine par à-coups. Au bout d'un instant, elle s'écarta en secouant la tête.

Il eut un geste d'impuissance. Mais déjà, elle attrapait son manteau à la patère, nouait son foulard autour de son cou et coiffait le chapeau-cloche rouge.

– Pardonnez-moi, dit-elle. Il faut que j'y aille, pardonnez-moi.

Le lendemain, à sept heures du soir, il partit voir le gala d'hiver. Les familles des ballerines emplissaient le théâtre, foule bavarde et anxieuse. Les parents avaient apporté des roses enrubannées pour leurs filles, les travées étaient tendues de guirlandes de sapin, une odeur de résine et de rose embaumait le théâtre. Elle eut pour effet de tirer András de la brume où il vivait depuis la veille. Klára était en coulisses, dans deux heures, il la verrait.

Dans la fosse d'orchestre, les violons préludèrent, et le rideau se leva, révélant six ballerines en justaucorps blanc garni de tulle dentelé. Elles semblaient léviter au-dessus des planches rehaussées d'argent avec des gestes à la fois oniriques et précis. C'étaient ses gestes à elle, songea-t-il. Elle avait transmis sa vivacité, sa fluidité aux réceptacles en devenir qu'étaient leurs corps. Il se sentait pris dans un rêve étrange. On aurait dit que quelque chose s'était fissuré en lui, la veille. Il ne savait nullement se conduire en pareille situation. Dans sa vie, rien ne l'y avait préparé. Et il ne parvenait pas à imaginer ce qu'elle pouvait bien penser – ce qu'elle pensait de lui après qu'il l'eut caressée de cette façon. Il aurait voulu se ruer dans les coulisses et tirer les choses au clair, advienne que pourrait.

Mais pendant l'entracte, où il aurait effectivement pu foncer dans les coulisses, il fut frappé d'une panique si violente et si glaciale qu'elle lui coupa le souffle. Il descendit aux toilettes et s'enferma dans une cabine pour tenter de calmer son pouls affolé. Il appuya son front contre le marbre frais du mur. Autour de lui, les voix masculines l'apaisèrent ; il y avait là des pères, des voix de pères. À croire que le sien l'attendait à la sortie. Béla le Bienheureux, quoique peu enclin à donner des conseils, lui dirait que faire. Mais lorsqu'il sortit, il ne croisa aucun visage familier ; il se retrouvait seul à Paris, et Klára était là-haut.

Les lumières clignotèrent, c'était la fin de l'entracte. Il regagna sa place à l'instant où la salle plongeait dans l'obscurité. Dans un froissement d'étoffes, on vit poindre les lueurs bleues de la rampe. Un chapelet de notes froides et flûtées, sylvestres, s'éleva de la fosse d'orchestre, et une bourrasque de flocons vint tourbillonner sur le plateau pour entamer son ballet. Il savait que Klára se trouvait derrière le rideau, côté jardin. C'était elle qui avait donné le signal aux musiciens. Les petites dansèrent à la perfection, puis cédèrent la place à de plus grandes, qui cédèrent la leur à de plus grandes encore, comme si elles faisaient leur croissance en coulisses, entre deux ballets. Pourtant, à la fin du spectacle, toutes revinrent saluer, et elles appelèrent leur professeur sur scène.

Celle-ci parut dans une robe noire toute simple, un dahlia rouge orangé derrière l'oreille, à la Mucha. Elle fit une première révérence aux danseuses, puis une seconde au public. Elle salua les musiciens et le chef d'orchestre, sur quoi elle s'éclipsa, pour laisser les ballerines récolter les lauriers des rappels.

András sentit revenir la panique ; elle se rapprochait, tel un mille-pattes. Pour lui échapper, il se dégagea de sa rangée et se précipita dans les coulisses, où une mer de petites filles maquillées s'était refermée sur Klára. Impossible de l'approcher. Mais elle avait l'air de le chercher, lui ou quelqu'un d'autre, son regard passait par-dessus les têtes des fillettes et sondait les coins sombres. Ses yeux glissèrent sur lui sans s'attarder, y revinrent – s'était-elle rembrunie, ou n'était-ce qu'un effet de son imagination ? En tout cas, elle l'avait vu. Il retira son chapeau, dont il se mit à triturer le bord jusqu'à ce que la foule se dissipe un peu. Les parents avaient fait irruption pour remettre des bouquets à leurs filles ; il se maudit de ne pas y avoir pensé. Beaucoup de parents lui avaient apporté des roses, à elle aussi. Elle rentrerait les bras chargés de fleurs, mais aucune ne viendrait de lui. Le père de la petite Sophie, la ballerine aux lunettes, avait apporté une gerbe particulièrement somptueuse à Madame – des roses rouges, ce qu'András ne manqua pas de remarquer. Il la vit cordialement refuser toutes sortes d'invitations à fêter le spectacle : elle était épuisée, il fallait qu'elle se repose à présent. Au bout d'une bonne heure, les petites étaient toutes rentrées chez elles avec leurs parents ; András et Klára se trouvaient donc seuls dans les coulisses. À force de tortiller son chapeau, il l'avait rendu informe. Quant à elle, avec ses brassées de fleurs, impossible de l'enlacer, et même de lui prendre la main.

— Il ne fallait pas m'attendre, lui dit-elle avec un sourire de reproche amusé.

— On vous couvre de roses, répondit-il piteusement.

— Vous avez dîné ?

Il n'avait pas dîné, et l'avoua. Dans la salle des accessoires, ils dénichèrent un panier, il y plaça les roses et posa un torchon dessus pour les protéger du froid. Comme il l'aidait à enfiler son manteau, il s'attira un regard interrogateur de Pély, qui balayait déjà l'averse vespérale de paillettes et de pétales. András lui donna un coup de chapeau, et ils sortirent par-derrière.

Elle lui prit le bras et se laissa conduire jusqu'à un café aux murs blanchis à la chaux, près de la Bastille, Aux Marocaines. Il était souvent passé devant lors de ses balades dans Paris. Sur les tables basses on avait disposé des graines de cardamome ; les murs s'ornaient d'assiettes et de plats. C'était une maison de poupées, un café à la mesure de Klára. Il pouvait – à la rigueur – se permettre de l'y inviter : la semaine précédente, M. Novak lui avait donné une prime pour Noël.

Un serveur en fez les installa côte à côte à une table d'angle. Il y avait au menu des galettes, de l'hydromel, du poisson grillé et des légumes en tajine. Tout en mangeant, ils ne parlèrent que du spectacle, d'Elisabet qui venait de partir avec Marthe pour Chamonix, du travail d'András, de ses examens, qu'il venait de réussir haut la main. Mais il sentait sa chaleur près de lui, ses gestes, son bras qui frôlait le sien. Quand elle buvait, il regardait ses lèvres toucher le bord du verre. Il ne pouvait s'empêcher de contempler le galbe de ses seins sous le drapé de la robe.

Ils conclurent leur dîner par un café fort et de minuscules macarons roses. Ils n'avaient toujours pas reparlé de la veille, ni de leur conversation sur sa famille, ni de ce qui s'était passé entre eux après. Une ou deux fois, il avait cru voir une ombre sur son visage, il s'était attendu à des reproches et des regrets : il n'aurait pas dû lui parler de cette rencontre avec sa mère et sa belle-sœur ; elle craignait de l'avoir induit en erreur par son comportement. Toutefois, ne voyant rien de tel venir, il se demanda si elle souhaitait qu'ils fissent comme si de rien n'était. Ignorant ses protestations, il régla le dîner ; il l'aida à enfiler son manteau et ils gagnèrent la rue de Sévigné. Lesté du lourd panier de fleurs, il se rappelait le bouquet ridicule qu'il lui avait offert au premier déjeuner. Il était loin de se douter de ce qui l'attendait, alors ; rien ne l'avait préparé à ce qu'il vivait depuis – ce désir qui l'avait saisi par surprise, le tourment de cette proximité qui était la leur, le dimanche après-midi, le plaisir coupable d'une familiarité croissante, et puis cet instant inimaginable, la veille, lorsqu'elle l'avait pris par la taille et avait posé la tête sur sa poitrine. Et maintenant ? La soirée finissait ; ils étaient presque arrivés. Une poudre de neige se mit à tomber comme ils tournaient le coin de sa rue.

Sur le seuil, son regard s'assombrit de nouveau. Elle s'appuya à la porte et soupira en regardant ses roses.

– C'est drôle, voilà des années que nous donnons ce spectacle en décembre, et j'éprouve toujours le même contrecoup ensuite : on dirait qu'il n'y a plus rien à espérer. On dirait que tout est fini ! (Elle sourit.) C'est bien excessif, non ?

Il dit dans un long souffle :

– Je suis navré si hier soir…

Elle l'arrêta d'un signe de dénégation : il n'y avait pas lieu de s'excuser.

– Je n'aurais jamais dû vous poser de questions sur votre famille, dit-il. Si vous aviez voulu m'en parler, vous l'auriez fait.

– Sans doute pas, le secret m'est devenu une seconde nature…

Il lui revint un souvenir de sa petite enfance, la fois où il avait passé la nuit dans le verger tandis que Mátyás était couché avec une forte fièvre. Le médecin était venu, on avait appliqué des cataplasmes à l'enfant, on lui avait donné des médicaments, sans résultat ; la fièvre montait dangereusement, tout le monde semblait croire que Mátyás allait mourir. Pendant ce temps, András était caché dans les branches d'un pommier avec son terrible secret : c'était lui qui avait transmis cette mauvaise fièvre à son frère en jouant avec lui, alors que sa mère lui avait bien dit de ne s'approcher du petit à aucun prix. Si Mátyás mourait, ce serait sa faute. Il ne s'était jamais senti aussi seul. À présent, il effleura l'épaule de Klára et la sentit frissonner.

– Vous avez froid.

Elle fit non de la tête. Puis elle prit sa clef dans son petit sac et l'introduisit dans la serrure. Mais ses mains s'étaient mises à trembler et elle se retourna vers lui, visage levé. Alors il se pencha vers elle, en effleurant le coin de ses lèvres de sa bouche.

– Entre, fit-elle. Rien qu'un moment.

Un orage lui battant aux tempes, il entra derrière elle. Il la prit par la taille et l'attira à lui. Elle le regarda, les yeux humides. Il la souleva contre lui et l'embrassa en refermant la porte d'une main. Il l'étreignit et l'embrassa de nouveau ; il retira son veston léger et défit les boutons noirs brillants du manteau de Klára, le dégagea de ses épaules. Dans le vestibule, il l'embrassa et l'embrassa encore, sur la bouche, dans le cou aux frontières de la robe, au creux des seins. Il défit le ruban noir qui ceignait sa taille, la robe tomba à ses pieds, tel un lac sombre, et elle fut devant lui dans sa combinaison rose et ses bas, avec son dahlia rouge orangé dans les cheveux.

Enfouissant les mains dans ses boucles brunes, il

l'attira à lui. Elle l'embrassa et glissa les mains sous sa chemise. Il s'entendit prononcer son nom, caressa le chapelet de sa colonne vertébrale, la courbe de ses hanches. Elle se tendait contre lui. Impossible. Vrai.

Ils montèrent dans sa chambre. Il s'en souviendrait toute sa vie. La gaucherie avec laquelle ils avaient passé la porte, sa conviction qu'elle allait changer d'avis, son incrédulité lorsqu'elle avait retiré la combinaison rose par-dessus sa tête. La dextérité avec laquelle elle l'avait débarrassé de ses ridicules fixe-chaussettes, de ses chaussettes mal ravaudées, de ses sous-vêtements usés jusqu'à la trame. Les courbes à peine esquissées de son corps de danseuse, son nombril si joliment enchâssé, l'ombre entre ses jambes. Le lit et sa fraîche étreinte, son lit à elle. Sa peau soyeuse, ses seins. La certitude humiliante que tout serait fini en un éclair dès l'instant où elle le caresserait ; l'énergie du désespoir avec laquelle il s'était concentré sur autre chose lorsqu'elle l'avait fait. Le verbe « baiser » qui lui était revenu à l'esprit. Trouble vertigineux : pouvoir la toucher. La surprise d'être en elle, dans sa chaleur. Tout aurait pu finir là, Paris, le monde, l'univers – il s'en serait bien moqué, il serait mort heureux : où trouver paradis plus vaste, plus baigné de lumière ?

Ensuite, ils restèrent allongés sur le lit, lui les yeux rivés sur les guirlandes de fleurs et de feuilles du plafond. Elle se tourna sur le côté et posa la main sur sa poitrine. Une somnolence veloutée le clouait au lit, tête sur l'oreiller, son oreiller à elle. Il avait son parfum dans les cheveux, sur les mains, partout.

– Klára, est-ce que je suis mort ? Tu es toujours là ?
– Je suis toujours là, et tu n'es pas mort.
– Qu'est-ce qu'il faut qu'on fasse maintenant ?
– Rien, on va rester couchés un petit moment.
– D'accord, dit-il.

Au bout de quelques minutes, elle retira la main

qu'elle avait posée sur sa poitrine, se retourna, sortit du lit et se dirigea vers le couloir. Un instant plus tard, il entendit des cataractes et le ronflement du chauffe-eau. Lorsqu'elle revint s'encadrer dans la porte, elle avait enfilé un peignoir.

– Viens prendre un bain, lui dit-elle.

Il ne se fit pas prier et la suivit dans la salle de bains aux carreaux blancs, où l'eau fumait dans la baignoire de porcelaine. Époustouflé, il la vit faire glisser son peignoir et grimper dedans. Il aurait pu passer la nuit à la regarder se baigner. Son image s'imprimait, brûlante, sur sa rétine : ses petits seins hauts, les ailes jumelles de ses hanches, son ventre lisse et plat. À présent, à la lumière électrique, il aperçut un détail qui lui avait échappé jusque-là : une cicatrice arrondie, de quelques points, juste au-dessus du triangle net de sa toison. Il s'avança pour la toucher. Il passa la main sur son ventre jusqu'à la cicatrice, et l'effleura de ses doigts.

– J'ai eu un accouchement difficile, dit Klára. À la fin, il a fallu pratiquer une césarienne. Elle était déjà trop pour moi, cette enfant.

Il vint à András la vision spontanée d'une fille de quinze ans, en travail sur une table de métal. L'image le percuta comme un train. Il sentit ses genoux flageoler et dut s'appuyer au mur.

– Viens, dit-elle en lui tendant la main.

Il enjamba le bord de la baignoire et pénétra dans l'eau. Elle prit le gant et le lava des pieds à la tête, versant du shampoing dans ses mains pour lui masser le cuir chevelu. Et puis ils refirent l'amour, lentement, dans la baignoire, et elle lui apprit à la caresser, sur quoi il conclut que sa vie s'arrêtait là, qu'il ne voudrait plus jamais rien faire d'autre jusqu'à la fin de ses jours. Ensuite il la lava comme elle l'avait lavé, centimètre par centimètre, et puis ils retournèrent se coucher en titubant.

Dans sa vie, rien ne l'avait préparé à imaginer qu'on puisse employer son temps comme ils le firent alors. Par la suite, au plus noir des années, il reviendrait bien des fois sur ces dix jours-là, pour se rappeler que, dût-il mourir et sa mort le plonger dans un silence atone plutôt que de l'introduire à une vie de lumière, il aurait tout de même connu ces jours avec Klára Morgenstern.

La pièce de Brecht faisait relâche entre les deux fêtes ; Elisabet allait rester à Chamonix jusqu'au 2 janvier. Le cours de danse était fermé, l'École spéciale en vacances et les camarades d'études d'András rentrés dans leurs foyers. Mme Apfel, quant à elle, s'était rendue chez sa belle-fille à Aix-en-Provence. On ne voyait même plus d'affiches annonçant des meetings antisémites. À toute heure du jour, les rues grouillaient de gens sortis faire des courses ou invités à des réceptions ; Klára elle-même était conviée à une douzaine de festivités, mais elle avait tout annulé. András monta chercher quelques affaires et ses carnets de croquis dans son galetas glacial, puis il referma la porte derrière lui et décampa vers la rue de Sévigné.

Ils partirent en opération ravitaillement : des pommes de terre pour fourrer les crêpes, du poulet rôti froid, du pain, du fromage, du vin, un gâteau. Dans un magasin de musique, rue Montmartre, ils s'offrirent des disques à cinq francs pièce, des opérettes, du jazz américain, des ballets. Les bras chargés et les poches légères, ils rentrèrent chez Klára se mettre en ménage temporaire. Hanoukka commençait le soir même. Ils firent des crêpes aux pommes de terre, et la cuisine s'emplit de l'odeur de l'huile chaude ; ils allumèrent les chandelles. Ils firent l'amour dans la cuisine et dans la chambre, et même une fois, maladroitement, dans l'escalier. Le lendemain, ils se rendirent à l'autre patinoire, celle du bois de Boulogne, où ils risquaient moins de rencontrer des gens de connaissance. Les patineurs du lac étaient vêtus de couleurs vives contre le gris de l'après-midi. Au centre de la glace, il y avait une zone délimitée où les plus virtuoses effectuaient des axels. András et Klára patinèrent jusqu'à en avoir les lèvres violettes. Tous les soirs, ils prenaient un bain ensemble ; tous les matins au réveil, ils faisaient l'amour. Ces jours-là András reçut une fabuleuse éducation à la volupté. La nuit, quand il se réveillait en pensant à Klára, il n'en revenait pas de savoir qu'il lui suffisait de se retourner pour se blottir contre elle. Il l'étonna par ses connaissances culinaires, acquises en observant sa mère. Il savait faire les *palacsinta*, les crêpes fines, fourrées de chocolat, de confiture ou de compote de pommes ; il savait préparer le *paprika burgonya* et les spaetzle, ainsi que le chou rouge aux graines de carvi. Ils s'abîmaient dans de longues siestes glorieuses, ils faisaient l'amour en plein midi, sur le lit blanc de Klára, pendant qu'au-dehors une pluie glaciale dégringolait. Ils faisaient l'amour tard le soir, au studio, sur des tapis qu'ils descendaient de l'appartement. Une fois, en rentrant d'un café, ils firent l'amour contre un mur, dans une ruelle.

Ils fêtèrent le premier de l'an à la Bastille, avec des milliers d'autres Parisiens en liesse. Une fois rentrés, ils burent une bouteille de champagne au salon et festoyèrent de pâté froid, de pain et de fromage, avec des cornichons. Ni l'un ni l'autre ne se résignaient à dormir, sachant que le lendemain verrait le bout de cette guirlande d'heures irréelles. Au point du jour, ne voulant pas se coucher, ils mirent manteaux et chapeaux pour aller jusqu'à la Seine. Le soleil projetait ses rayons dorés sur les arcs-boutants de Notre-Dame, la rue était pleine de taxis qui ramenaient les fêtards somnolents chez eux. Ils s'assirent sur un banc dans le jardin défunt, à la pointe est de l'île Saint-Louis, chacun réchauffant les mains de l'autre avec des baisers ; et en fouillant sa mémoire

András parvint à se rappeler un poème que lui avait appris le professeur Vágo.

D'Anne qui lui jecta de la neige

*Anne par jeu me jeta de la neige*
*Que je cuidoys froide certainement ;*
*Mais estoit feu, l'expérience en ay-je ;*
*Car embrasé je fuz soubdainement.*
*Puis que le feu loge secretement*
*Dedans la neige, où trouveray-je place*
*Pour n'ardre poinct ? Anne, ta seule grâce*
*Esteindre peult le feu que je sens bien,*
*Non poinct par eau, par neige, ne par glace,*
*Mais par sentir un feu pareil au mien.*

Comme elle protestait devant la difficulté de ce français du XVIe siècle après une nuit blanche et de surcroît bien arrosée, il lui en chuchota à l'oreille une traduction spontanée en hongrois.

Quand il se réveilla, cet après-midi-là, Klára dormait profondément à ses côtés, chevelure ébouriffée sur l'oreiller. Il se leva, passa son pantalon, s'aspergea le visage. Sa tête bourdonnait. Il débarrassa les reliefs du pique-nique de la veille au salon, fit du café bien noir à la cuisine, en but lentement une tasse, et se frotta les tempes. Il aurait aimé avoir Klára auprès de lui, mais il ne voulait surtout pas la réveiller. Alors il se servit une seconde tasse de café et partit déambuler dans l'appartement. Il traversa la salle à manger de leur premier déjeuner, le salon où il l'avait vue pour la première fois. Il contempla longuement la salle de bains et son chauffe-eau miraculeux en pensant à toutes les heures qu'ils venaient d'y connaître. Enfin, dans le couloir, il s'arrêta devant la chambre d'Elisabet. Leur itinéraire amoureux ne les y avait jamais conduits et voilà qu'il en poussait la porte. Contre toute attente, la pièce était en ordre ; les robes accrochées, molles, dans la penderie, deux paires de chaussures marron au-dessous, l'une d'elles couleur caramel, l'autre tirant sur le noisette. Sur la commode, une boîte à musique en bois, un motif de tulipes ornant son couvercle ; un peigne d'argent, fiché dans une brosse du même métal ; une fiole de parfum vide luisant d'un éclat jaune-vert. Il ouvrit le tiroir du haut : des culottes et des soutiens-gorge en coton grisâtre. Quelques mouchoirs, quelques rubans effrangés, une règle à calcul cassée, un tube d'époxy roulé jusqu'à l'embouchure, six cigarettes entourées d'une bande de papier.

Il referma le tiroir et s'assit sur une petite chaise, au chevet du lit. Il regarda la courtepointe jaune et la poupée de chiffon qui veillait sur la pièce silencieuse : Elisabet serait furieuse si elle apprenait ce qui s'était passé en son absence. Malgré une pointe de triomphe, l'appréhension le gagnait ; si elle découvrait leur relation, elle ne le supporterait pas. Il ignorait les conséquences de sa colère sur sa mère, mais il n'en savait pas moins que leurs liens étaient bien plus forts que ceux, ténus, entre lui et Klára. La cicatrice de son ventre le lui rappelait chaque fois qu'ils faisaient l'amour.

Il quitta la petite chambre et alla retrouver Klára qui dormait dans le lit en désordre, enserrant son oreiller à lui, nue, jambes emmêlées dans l'édredon. Dans la lumière argentée de cet après-midi d'hiver, une lumière nordique, il aperçut au coin de ses paupières des rides fines comme des cheveux : signes impalpables de son âge. Il l'aimait, il la désirait, il se sentait de nouveau vibrer à sa vue. Il n'hésiterait pas à donner sa vie pour la protéger, il le savait. Il voulait l'emmener à Budapest pour guérir cette terrible blessure mystérieuse qu'elle y avait reçue, la voir entrer dans le salon de Benczúr utca, poser ses mains dans celles de sa mère. Les larmes lui montaient aux yeux quand il se disait qu'il n'avait que vingt-deux ans, qu'il était étudiant et donc bien incapable de lui être de quelque ressource. La vie qu'ils menaient depuis dix jours n'était pas leur vraie vie. Ils n'avaient pas travaillé, ne s'étaient occupés que d'eux-mêmes sans avoir tellement besoin d'argent. Mais l'argent était pour lui un souci permanent. Avant des années il ne percevrait pas de revenus réguliers. À supposer qu'il poursuive ses études sans anicroche, il lui faudrait encore quatre ans et demi pour devenir architecte. Et malgré son jeune âge, il avait assez vécu pour savoir que les choses se déroulent rarement comme prévu.

Il lui toucha l'épaule. Elle ouvrit ses yeux gris et le regarda.

— Qu'est-ce qu'il y a ? demanda-t-elle. Qu'est-ce qui se passe ?

— Il ne se passe rien, répondit-il en s'asseyant auprès d'elle. C'est ce qui va se passer après...

— Oh non, András, dit-elle avec un sourire encore ensommeillé. C'est bien la dernière chose dont j'aie envie de parler en ce moment.

C'était immanquable : chaque fois que l'un des deux soulevait le sujet depuis une semaine, ils éludaient, ils le laissaient s'éloigner en se livrant à de nouveaux plaisirs. Ils n'avaient pas grand mal. Leur vraie vie leur semblait beaucoup moins réelle que celle qu'ils menaient rue de Sévigné. Sauf que cette phase tirait à sa fin et qu'ils ne pouvaient plus ignorer la question.

— Encore six heures, et le quotidien reprend ses droits, dit András.

Elle l'enlaça.

— Je sais bien.

— Je veux tout connaître avec toi. Une vraie vie. Avec l'aide de Dieu ! Je te veux auprès de moi toutes les nuits. Je veux un enfant de toi.

C'était la première fois qu'il disait ces choses à haute voix ; il sentit le sang lui monter aux joues.

Klára garda le silence pendant un long moment. Ses bras retombèrent, elle se cala contre les oreillers et posa la main sur lui.

– J'ai déjà un enfant, lui rappela-t-elle.

– Elisabet n'est plus une enfant.

Car enfin ces souliers délicats au fond de la penderie, la boîte peinte sur la commode. Les cigarettes dissimulées.

– C'est ma fille, dit Klára. C'est pour elle que je vis depuis seize ans. Je ne peux pas m'installer comme ça dans une vie de rechange.

– Je le sais, mais je ne peux pas non plus me passer de te voir.

– Ce serait peut-être mieux, pourtant, répondit-elle en détournant les yeux. (Sa voix n'était plus qu'un murmure :) Peut-être ferions-nous mieux de nous en tenir là. Si la vie allait gâcher ce que nous avons eu...

Mais que serait sa vie sans elle ? Il avait envie de pleurer ou de la prendre par les épaules et de la secouer.

– C'est ce que tu penses depuis le début ? Ce n'était qu'une passade pour toi ? Une passade qui finirait quand nous retournerions à nos vies ?

– Je n'ai jamais réfléchi à la suite, je m'y suis refusée. Mais il le faut bien, à présent.

Il se leva, prit sa chemise et son pantalon sur une chaise. Il n'avait pas le courage de la regarder.

– À quoi bon, dit-il, puisque tu as décidé d'avance que c'est impossible.

– Je t'en prie, András, ne t'en va pas.

– Pourquoi veux-tu que je reste ?

– Ne m'en veux pas. Ne pars pas comme ça.

– Je ne t'en veux pas, dit-il.

Mais il acheva de s'habiller, sortit sa valise de sous le lit et se mit à y ranger les quelques vêtements qu'il avait apportés de la rue de Écoles.

– Il y a des choses que tu ne sais pas sur moi. Des choses qui pourraient te faire peur ou, du moins, altérer tes sentiments à mon égard.

– C'est exact. Et tu ne sais pas non plus tout de moi. Mais quelle importance, maintenant ?

– Ne sois pas cruel. Je suis aussi malheureuse que toi.

Il aurait bien voulu le croire, mais ce n'était guère possible. Il s'était ouvert à elle, et elle, elle avait fait machine arrière. Il plaça ses derniers effets dans la valise, en boucla les serrures et partit dans le vestibule chercher son manteau. Elle le suivit en haut des marches, pieds nus, épaules nues, enveloppée dans le drap comme une statue grecque. Il boutonna son manteau. Il ne parvenait pas à croire qu'une fois descendu l'escalier, une fois la porte passée, il ne saurait pas s'il allait même la revoir. Il posa la main sur son bras, caressa son épaule ; il tira sur un coin du drap, qui dégringola. Dans la pénombre du couloir, elle était nue devant lui. Il n'arrivait pas à la regarder, ne supportait pas de la caresser, de l'embrasser. Il fit donc ce qui lui aurait paru inimaginable un instant plus tôt, il descendit les marches sous le regard des petites ballerines aux costumes éthérés, ouvrit la porte et quitta Klára.

Deuxième partie

Bris de verre

# Chapitre 12
# Un piège

Les cours reprirent le premier lundi de janvier, par une charrette de deux jours. En l'espace de quarante-huit heures, il leur fallut dessiner un espace à vivre de cinquante mètres carrés, indépendant, avec un mur mobile, deux fenêtres, une salle de bains et une minicuisine. Ils devaient soumettre l'élévation de la façade, le plan au sol, ainsi qu'une maquette. Quarante-huit heures pendant lesquelles aucun étudiant dûment motivé n'allait ni manger ni dormir – ni quitter l'atelier. András avala le projet comme une drogue de l'oubli ; il sentait la pression des délais dans ses veines et s'astreignait ainsi à oublier les dix jours passés avec Klára. Penché sur sa table à dessin, il en fit son paysage mental. La critique de sa gare d'Orsay l'avait marqué ; il s'était juré de ne plus jamais être humilié devant ses camarades, cet hypocrite de Lemarque et les rangs des anciens. Vers la fin de sa trentième heure de veille, il regarda son projet et s'aperçut qu'il venait de dessiner la maison de ses parents à Konyár, à quelques détails près : une chambre en moins, une salle de bains en plus, à la place du tub métallique et des cabinets extérieurs, une cuisine intérieure moderne ; l'un des murs était devenu mobile ; il s'ouvrait l'été pour que la maison communique avec le jardin. La façade, lisse et blanche, comportait une fenêtre unique à plusieurs panneaux. Pendant sa deuxième nuit de veille, il incurva le mur mobile ; une fois ouvert, il constituait une niche ombragée. Dans le jardin, il dessina un banc de pierre, un bassin-miroir circulaire. C'était la maison de ses parents, transformée en refuge bucolique. Il avait peur du ridicule, se disait que tout le monde verrait sa proposition pour ce qu'elle était, l'œuvre d'un Hajdú, d'un cul-terreux hongrois, grossier, primaire. Il attendit la dernière minute pour rendre son travail et reçut à sa grande surprise, de la part de Vágo, un signe de tête approbateur, ainsi qu'un paragraphe d'éloges serré, sans compter l'aval que lui maugréèrent tous les cinquième année, y compris les plus coriaces.

Au Sarah-Bernhardt, on démontait les décors de *La Mère* et on procédait à des auditions pour le *Fuente Ovejuna* de Lope de Vega. Malgré les instances de Novak, Mme Gérard refusa de prendre le rôle. Les Ambassadeurs venaient de lui proposer celui de lady Macbeth, et Novak n'avait pas les moyens de lui offrir le même cachet. András remercia le ciel de son départ imminent. Il ne pouvait pas la regarder sans penser à Klára, ni se demander si elle avait deviné ce qui s'était passé entre eux. La veille de son départ pour les Ambassadeurs, il l'aida à débarrasser sa loge ; elle emportait son peignoir chinois, son nécessaire à thé, ses fards ainsi que des centaines de lettres, cartes postales et menus présents d'admirateurs. Pendant qu'ils faisaient les bagages, elle lui parla des membres de sa nouvelle troupe, dont deux avaient tourné dans des films américains ; l'un des deux avec Helen Hayes dans *The Sin of Madelon Claudet*. Il avait du mal à l'écouter, il aurait voulu tout lui raconter. Il n'en avait parlé à personne ; l'aurait-il dit à ses camarades d'études eux-mêmes qu'il aurait eu l'impression de réduire cette liaison à une passade. Mme Gérard, elle, connaissait Klára. Elle saurait à quoi s'en tenir ; peut-être même lui proposerait-elle son aide. Si bien qu'après avoir fermé la porte de la loge, il avoua tout, n'omettant que l'existence de la lettre.

Mme Gérard l'écouta gravement. Quand il eut fini,

elle se leva et se mit à arpenter la carpette verte, devant le miroir, comme pour se remémorer une tirade. Enfin elle se retourna et posa les deux mains sur le dossier du siège.

– Je le savais, dit-elle. Je le savais et j'aurais dû dire quelque chose. Quand je vous ai vus au bois de Vincennes, j'ai compris. Vous vous fichiez pas mal de la fille, vous n'aviez d'yeux que pour Klára. D'ailleurs, j'avoue que malgré mon grand âge, j'en ai été un peu jalouse, dit-elle en détournant le regard, avec un petit rire de regret. Mais je n'aurais jamais cru que vous passeriez à l'acte.

András essuya ses mains sur ses cuisses.

– Je n'aurais jamais dû.

– C'est très bien qu'elle ait mis un terme à l'histoire. Elle savait que c'était une erreur. Elle vous a invité chez elle en pensant que vous pourriez vous lier d'amitié avec sa fille. Vous auriez dû cesser vos visites quand vous avez compris qu'Elisabet ne vous plaisait pas.

– C'était déjà trop tard, je n'en étais plus capable.

– Vous ne connaissez pas Klára, dit Mme Gérard. Comment la connaîtriez-vous en quelques déjeuners du dimanche et une aventure d'une semaine ? Elle n'a jamais rendu un homme heureux. Les occasions de tomber amoureuse ne lui ont pas manqué, et – vous ne m'en voudrez pas si je précise qu'il s'agissait d'hommes mûrs, pas d'un étudiant en première année d'architecture. Elle a eu des cortèges de prétendants, ne vous y trompez pas. Si elle prend un homme au sérieux un jour, c'est qu'elle voudra se marier, qu'elle aura envie de quelqu'un qui lui rende la vie plus facile, qui s'occupe d'elle. Ce que vous n'êtes guère en mesure de faire, mon cher ami.

– Inutile de me le rappeler.

– Mais si, manifestement, il faut que quelqu'un s'en charge.

– Et maintenant, alors ? Je ne peux pas faire comme si rien n'était arrivé !

– Pourquoi pas ? C'est fini entre vous, vous venez de le dire vous-même.

– Ce n'est pas fini pour moi, je ne parviens pas à la chasser de mes pensées.

– Je vous conseille vivement d'essayer, elle ne peut vous faire aucun bien.

– Un point c'est tout, alors ? Je suis censé l'oublier ?

– C'est ce que vous avez de mieux à faire.

– Impossible.

– Pauvre chéri, dit Mme Gérard. Je vous plains. Mais vous vous en remettrez. On s'en remet à votre âge.

Elle se remit à ses bagages, rangeant ses fards or et argent dans une boîte qui comportait des douzaines de petits tiroirs. Un fin sourire entendu aux lèvres, elle fit rouler un tube de rouge entre ses doigts et lui lança :

– Vous venez d'entrer dans un club illustre, savez-vous, à présent que Klára vous a congédié. La plupart des hommes n'arrivent pas jusque-là.

– Je vous en prie. J'ai horreur de vous entendre parler d'elle de cette façon.

– C'est à cause du père de la petite, vous savez. Je pense qu'elle est sans doute encore amoureuse de lui.

– Le père d'Elisabet ? Il vit à Paris, elle le voit toujours ?

– Oh non, il est mort il y a des années si j'ai bien compris. Mais la mort n'est pas un obstacle à l'amour, vous le découvrirez peut-être un jour.

– Qui était-il ?

– Je n'en sais rien, hélas. Klára garde son histoire pour elle.

– C'est donc sans espoir. Il faut que je renonce à elle parce qu'elle est amoureuse d'un mort.

– Prenez-en votre parti : ce fut un joli épisode, la satisfaction d'une curiosité mutuelle.

– Pas pour moi.

Elle pencha la tête sur le côté et le regarda en souriant de ce terrible sourire omniscient.

– Je crains d'être mal placée pour donner des conseils aux jeunes amants – sauf si vous souhaitez qu'on vous débarrasse de vos illusions romantiques.

– Alors vous voudrez bien m'excuser, je vous laisse à vos bagages.

– Mon cher enfant, vous n'avez pas besoin de vous excuser.

Elle se leva, l'embrassa sur les deux joues et le poussa dans le couloir. Il ne lui restait ainsi plus qu'à retourner à son travail, ce qu'il fit dans une consternation muette, en regrettant de lui avoir ouvert son cœur.

Il n'eut qu'une source de réconfort, mais immense ; un télégramme du Budapest lui apprit cette nouvelle sensationnelle : Tibor venait le voir. Ses cours à Modène ne commençaient que fin janvier et, avant de gagner l'Italie, il comptait passer une semaine à Paris. Dès qu'il reçut le télégramme, András se mit à brailler la nouvelle dans la cage d'escalier, si fort que la concierge sortit dans le couloir pour le tancer : il dérangeait les autres locataires. Il la fit taire en lui plantant un baiser sur le front et en lui montrant le message. Tibor allait venir ! Tibor, son frère aîné. La concierge émit l'espoir que ce dernier lui inculquerait les bonnes manières à coups de taloche, et elle le laissa vivre son allégresse tout seul dans le couloir. Il n'avait pas parlé de Klára dans ses lettres et pourtant il avait le sentiment que son frère était au courant, qu'il avait deviné sa détresse, et décidé de venir pour cette raison même.

De chez lui à l'école, et de l'école au théâtre, une seule chose lui occupait l'esprit : le compte à rebours précédant sa visite – plus que trois semaines, plus que deux, plus qu'une. À présent que le rideau était tombé sur *La Mère* et que Mme Gérard était partie, les après-midi se déroulaient avec une lenteur exaspérante. Il avait si bien réorganisé les coulisses qu'il n'y avait presque rien à faire pendant les répétitions ; il déambulait derrière le rideau, redoutant que M. Novak ne s'aperçoive qu'il n'avait plus besoin de lui. Un après-midi, après avoir supervisé la livraison d'un lot de bois pour le décor de *Fuente Ovejuna*, il s'approcha du chef menuisier et lui proposa ses services pour le montage. Celui-ci le mit donc à l'œuvre. L'après-midi, il clouait des planches et, après la fermeture, il étudiait le dessin des nouveaux décors. Il découvrait une autre forme d'architecture, celle du trompe-l'œil. On y aplatissait les perspectives afin de donner l'illusion de la profondeur, on perçait des portes dérobées pour permettre aux acteurs de surgir ou de s'éclipser, on ménageait des pans de décor réversibles et escamotables permettant de créer de nouveaux tableaux. Il se mit à ruminer ces décors la nuit, dans son lit, pour tenter de se distraire de Klára. On pourrait mettre les fausses façades de la ville espagnole sur roulettes pour les faire pivoter, pensait-il, et peindre leur verso pour les scènes d'intérieur. Il fit une série de croquis explicatifs, puis il transforma ses croquis en plans. Au bout de deux semaines, il alla trouver le menuisier et lui montra son travail. Celui-ci lui demanda s'il se figurait qu'il avait un budget d'un million ; et András lui expliqua que l'opération reviendrait moins cher que de fabriquer deux séries de décors. Le chef menuisier se gratta la tête : il allait consulter le décorateur. Ce dernier, un grand type aux épaules tombantes et à la moustache mal taillée, scruta les plans sous son monocle et demanda à András pourquoi il continuait à travailler comme factotum. Ça l'intéresserait, un emploi qui paie le triple du sien ? Il possédait en effet son propre atelier rue des Lombards, où il employait un assistant. Or, justement, le dernier en date venait de finir les Beaux-Arts et s'était établi hors de Paris.

L'emploi intéressait effectivement András. Mais Zoltán Novak lui avait sauvé la vie, et il ne pouvait décemment pas laisser tomber le Sarah-Bernhardt. Il accepta la carte de visite du décorateur et la contempla toute la nuit, sans savoir que faire.

L'après-midi suivant, il alla trouver Novak dans l'intention de jouer cartes sur table. Quand il frappa à la porte de son bureau, il y eut un long silence, puis des éclats de voix masculines ; la porte s'ouvrit brusquement et livra passage à deux hommes en costume rayé, portant une serviette sous le bras. Rouges de colère, comme si Novak les avait insultés en termes orduriers, ils plantèrent leur chapeau sur leur tête et passèrent devant András sans un salut ni un regard. Debout à son bureau, mains sur le buvard, Novak les regarda s'éloigner. Quand ils eurent disparu, il quitta son poste, prit la carafe posée sur une desserte et se servit un verre de whisky. Il jeta un coup d'œil à András par-dessus son épaule et lui désigna un verre ; András refusa d'un geste de la main.

– Je vous en prie, j'insiste, dit Novak.

Il lui versa du whisky et l'allongea avec de l'eau.

András n'avait jamais vu Novak boire avant la nuit tombée. Il accepta le verre et prit place dans un des antiques fauteuils de cuir.

– *Egészségedre*, dit Novak en levant son verre, qu'il but et posa sur le buvard. Est-ce que vous devinez qui vient de sortir ?

– Non, répondit András. Mais je leur ai trouvé la mine sinistre.

– Ce sont nos bailleurs de fonds. Ceux qui ont toujours persuadé la ville de ne pas nous faire fermer.

– Et alors ?

Novak se cala dans son fauteuil et joignit les mains en cloche.

– Cinquante-sept personnes, ils voudraient que je licencie cinquante-sept personnes aujourd'hui même. Dont moi, et vous.

– Tout le monde, quoi.

– Précisément. On nous fait fermer. Jusqu'à la prochaine saison, en tout cas. Ils n'ont plus les moyens de nous entretenir, malgré les bénéfices qu'on a affichés tout l'automne. *La Mère* a fait plus d'entrées que n'importe quel spectacle à Paris, comme vous savez. Mais ça ne suffit pas. Ce théâtre est un gouffre. Vous savez ce que ça me coûte de chauffer cinq étages d'espace ouvert ?

András avala une gorgée de whisky, et sa chaleur trompeuse lui descendit dans la poitrine.

– Qu'est-ce que vous allez faire ? demanda-t-il.

– Et vous, qu'est-ce que vous allez faire ? Et les acteurs ? Et Mme Courbet ? Et Claudel, Pély, et tous les autres ? C'est une catastrophe. On n'est pas les seuls, du reste. Trois autres théâtres vont fermer.

Il s'enfonça dans son siège et se lissa la moustache d'un doigt, tout en parcourant du regard les étagères.

– Pour tout dire, je ne sais pas bien quoi faire. Mme Novak se trouve, selon l'expression consacrée, dans une position intéressante. Ses parents, qui vivent à Budapest, lui manquent. Je suis certain qu'elle verra là le signe qu'il nous faut rentrer.

– Mais vous, vous préféreriez rester.

Novak poussa un soupir qui venait des profondeurs de sa vaste cage thoracique.

– Je comprends les sentiments d'Edith. Nous ne sommes pas chez nous, ici. Nous nous sommes fait une petite place de rien du tout, mais nous n'avons rien à nous. Au bout du compte, nous sommes hongrois, pas français.

– Quand je vous ai rencontré à Vienne, j'ai pensé qu'il n'y avait pas plus parisien que vous.

– Ce qui vous montre bien à quel point vous étiez naïf, dit Novak avec un sourire triste. Et vous, alors ? Je sais qu'il vous faut payer vos études.

András lui parla de la proposition du décorateur, M. Forestier, en lui expliquant qu'il était justement venu lui demander son avis à ce propos.

Novak claqua dans ses mains pour signifier : « Bravo ! »

– Ça aurait été vraiment dommage de vous perdre, mais voilà une chance formidable, et qui tombe à point nommé. N'hésitez pas.

– Je ne pourrai jamais assez vous remercier pour ce que vous avez fait pour moi.

– Vous êtes un chic type, vous avez travaillé dur. Je n'ai jamais regretté de vous avoir embauché.

Il liquida son whisky et repoussa le verre vide sur le bureau.

– Remettez-m'en un, voulez-vous ? Il va falloir que j'annonce la nouvelle aux autres. Vous venez travailler demain, j'espère ? Il y aura beaucoup à faire si on veut fermer ce théâtre. Il faudra dire à Forestier que je ne peux pas vous lâcher avant la fin du mois.

– À demain, comme d'habitude, dit András.

Ce soir-là, il rentra chez lui avec un vide affreux dans la poitrine. Plus de Sarah-Bernhardt, plus de M. Novak. Plus de Claudel, plus de Pély, plus de Marcelle Gérard. Et plus de Klára, plus de Klára. La coquille blanche et dure de sa vie venait d'être percée, l'œuf gobé. Il se retrouvait léger et creux. Creux et léger, il rentra chez lui sans s'en apercevoir, dans la bise de janvier. Au 34, rue des Écoles, il grimpa les marches innombrables. Il n'aurait pas l'énergie d'ouvrir ses bouquins ce soir, ni même de se débarbouiller ou de se mettre en tenue de nuit. Il ne voulait qu'une seule chose : se coucher tout habillé manteau compris, tirer l'édredon par-dessus sa tête et tenir ainsi jusqu'à l'aube. Mais arrivé au dernier étage, il vit un rai de lumière sous sa porte, et quand il posa la main sur la poignée, elle céda. Il la poussa toute grande. Du feu dans la cheminée, du pain et du vin sur la table, et sur l'unique chaise, un livre entre les mains, Klára.

– *Te*, lui dit-il, toi.

– Et toi.

– Comment es-tu entrée ?

– J'ai dit à la concierge que c'était ton anniversaire et que je voulais te faire une surprise.

– Et à ta fille, qu'est-ce que tu lui as dit ?

Elle baissa les yeux sur la couverture de son livre.

– Que j'allais voir un ami.

– Si seulement c'était vrai.

Elle se leva, traversa la pièce et posa les mains sur ses bras.

– András, je t'en prie, ne me parle pas sur ce ton.

Il se détacha d'elle, retira son manteau et son écharpe. Pendant un temps qui lui parut très long, il fut incapable d'articuler un mot. Il s'approcha de la cheminée, bras croisés, contemplant la pyramide de charbons ardents qui s'éboulait.

– C'était déjà assez pénible, de ne pas savoir si je te reverrais un jour. J'avais beau me dire que tout était fini entre nous, je ne parvenais pas à y croire. J'ai fini par me confier à Marcelle, et elle a eu la bonté de m'apprendre que mon désespoir n'avait rien d'unique ; j'appartiens à l'illustre club des hommes que tu as balancés.

Ses yeux gris s'assombrirent.

– Balancés ? Je t'ai balancé, moi, c'est ce que tu ressens ?

– Tu m'as balancé, tu m'as laissé tomber, tu t'es débarrassée de moi, peu importe le mot, il me semble.

– Nous avions conclu que c'était impossible.

– *Tu* avais conclu.

Elle le rejoignit et lui caressa les bras, et quand elle leva les yeux vers lui, ils étaient pleins de larmes ; à son horreur, il sentit les siens s'embuer. C'était Klára, dont il avait porté le nom tout au long de son voyage depuis Budapest ; Klára, dont la voix venait le visiter dans son sommeil.

– Qu'est-ce que tu veux ? murmura-t-il dans sa chevelure. Qu'est-ce qu'il faut que je fasse ?

– J'ai été si malheureuse. Je n'arrive pas à me déprendre de toi. Je veux te connaître, András.

– Moi aussi, je veux te connaître. Ce secret, c'est insupportable.

Mais il savait bien que sa part cachée ajoutait à sa séduction ; il y avait un certain tourment dans l'impossibilité de la connaître, dans les pièces qui se dérobaient derrière celles où elle le recevait.

– Patience. Laisse-moi le temps d'avoir confiance en toi.

– Je sais être patient, répondit-il.

Il la serrait si fort qu'il sentait les os pointus de ses hanches contre lui ; il aurait voulu l'atteindre au plus profond d'elle-même, la saisir au squelette.

– Claire Morgenstern, dit-il. Klárika.

Elle serait sa ruine. Mais comment se détacher d'elle ? Elle était à sa vie ce que la géométrie est à l'architecture, le froid au mois de janvier, le ciel d'hiver à sa fenêtre. Il se pencha vers elle et l'embrassa. Alors, pour la première fois, il l'entraîna dans son lit à lui.

Le lendemain, lorsqu'il sortit dehors, le monde avait changé. L'ennui des heures sans elle s'était dissipé. Par ces retrouvailles charnelles, il était redevenu un homme de chair et de sang. Tout étincelait d'un éclat excessif sous le soleil d'hiver ; chaque détail de la rue venait l'assaillir, comme s'il le voyait pour la première fois. Comment n'avait-il jamais remarqué l'effet de la lumière sur les membres nus des tilleuls, devant son immeuble, son faisceau comme diffracté sur les pavés mouillés, ses blancs éclairs renvoyés par les poignées de portes en laiton, tout au long de la rue ? Le claquement de ses semelles sur le trottoir le dopait. Il s'éprit de la fontaine Médicis, avec sa cascade gelée. Il aurait voulu rendre grâce au monde entier pour le boulevard Raspail, couloir majestueux aux façades haussmanniennes qui le conduisait jour après jour jusqu'aux portes bleues de l'École. Il adorait la cour déserte de l'établissement baignée d'un soleil hivernal, ses bancs verts encore inoccupés, son gazon couvert de givre, ses allées trempées de neige fondue. Sur la branche d'un arbre, un oiseau au poitrail moucheté articulait à la perfection : Klára, Klára.

Il grimpa en vitesse jusqu'à son atelier et chercha parmi les dessins le nouveau projet sur lequel il travaillait avec Polaner. Il se proposait d'y jeter un coup d'œil avant d'aller prendre son cours de français avec Vágo comme tous les matins. Mais les plans en question étaient introuvables. Polaner avait dû les rapporter chez lui. Il s'empara donc d'un manuel de termes architecturaux qu'il étudierait avec Vágo, puis il descendit aux toilettes du rez-de-chaussée. Il poussa la porte dans le noir avec un bruit qui résonna, et tâtonna pour trouver l'interrupteur ; un gémissement étouffé se fit entendre à l'autre bout de la pièce.

Il alluma la lumière. Sur le sol en ciment, contre le mur, entre les lavabos et les urinoirs, il y avait un homme recroquevillé en chien de fusil. Un homme de petit gabarit, avec une veste en velours. À côté de lui, par terre, une liasse de plans, froissés, piétinés.

– Polaner ?

Même bruit : respiration sifflante finissant en gémissement. Et puis, son nom à lui.

András s'agenouilla auprès de son ami. Polaner fuyait son regard ou ne pouvait le soutenir. Tout son visage était tuméfié, nez cassé, paupières violettes enflées. Il serrait les genoux contre la poitrine.

– Oh mon Dieu, s'écria András. Qu'est-ce qui est arrivé ? Qui t'a fait ça ?

Pas de réaction.

– Ne bouge pas, dit András en se relevant tant bien que mal.

Il sortit des toilettes, traversa la cour comme une flèche et monta jusqu'au bureau de Vágo, où il fit irruption sans frapper.

– Lévi, bon Dieu, qu'est-ce qui vous prend ?

– Eli Polaner a été roué de coups. Je viens de le trouver à moitié mort dans les toilettes du rez-de-chaussée.

Ils dégringolèrent l'escalier. Vágo voulait que Polaner lui laisse voir ce qui s'était passé, mais ce dernier restait recroquevillé sur lui-même. András tenta de le raisonner. Lorsque Polaner finit par dégager les bras qui lui cachaient le visage, Vágo étouffa un cri. Polaner se mit à pleurer. Il avait une dent cassée à la mâchoire inférieure, et cracha du sang sur le sol en ciment.

– Restez là tous les deux, dit Vágo. J'appelle une ambulance.

– Non, pas d'ambulance, dit Polaner, mais Vágo s'était déjà élancé dans la cour, la porte des toilettes battant sur son passage.

Polaner roula sur le dos, bras relâchés. Sous la veste en velours, la chemise avait été lacérée. Un mot à l'encre noire lui barrait la poitrine.

*Feygele*. Tantouze juive.

András toucha la chemise déchirée, puis le mot. Polaner grimaça de douleur.

– Qui t'a fait ça ?

– Lemarque, répondit-il, puis il marmonna autre chose, qu'András n'entendit qu'à moitié et ne put traduire : *J'étais coin...*

– Tu étais quoi ?

– J'étais coincé, dit Polaner, qui le répéta jusqu'à ce qu'András comprenne.

Ils l'avaient piégé. Attiré dans un traquenard. Il chuchota :

– Il m'avait dit de venir le retrouver ici hier soir, et puis il est arrivé avec trois autres types.

– Il t'a donné rendez-vous ici, hier soir ? Pour travailler sur les plans ?

– Non, dit Polaner en tournant vers lui ses yeux au beurre noir. Pas pour travailler.

*Feygele.*

András mit du temps à comprendre. Un rendez-vous nocturne : un rendez-vous galant. Telle était donc la raison de son désintérêt pour les femmes de Paris, désintérêt qui n'avait rien à voir avec la petite Polonaise, sa prétendue fiancée qui lui écrivait des lettres.

— Oh mon Dieu ! Je vais le tuer, je vais lui faire avaler toutes ses dents.

Vágo s'engouffra dans les toilettes avec une trousse de première urgence. Une grappe d'étudiants se pressait à sa suite.

— Allez-vous-en, leur cria-t-il par-dessus son épaule, sans effet. Tout de suite ! brailla-t-il en fronçant les sourcils.

Les étudiants reculèrent en murmurant. La porte claqua. Vágo s'agenouilla sur le sol à côté d'András et posa la main sur l'épaule de Polaner.

— L'ambulance arrive, lui dit-il. Ça va aller.

Polaner toussa, crachant du sang. Il essayait de fermer sa chemise avec sa main, mais il était trop faible, son bras retomba sur le sol.

— Dis-lui, pressa András.

— Me dire quoi ? demanda Vágo.

— Qui lui a fait ça.

— Un autre étudiant ? devina Vágo. On va le faire passer en conseil de discipline, il sera renvoyé, et on portera plainte contre lui.

— Non, non, dit Polaner. Si mes parents apprenaient…

C'est alors que Vágo vit le mot tatoué sur la poitrine du jeune homme. Il faillit tomber à la renverse et étouffa une exclamation. Il resta coi un bon moment.

— Bon, bon, finit-il par dire. D'accord.

Il écarta les pans de la chemise en lambeaux pour mieux voir les blessures. La poitrine et le ventre étaient couverts d'ecchymoses. C'était un spectacle insoutenable pour András. Secoué par un haut-le-cœur, il dut appuyer le front contre un lavabo. Vágo retira sa veste et l'étendit sur la poitrine du blessé.

– D'accord. On va vous transporter à l'hôpital et vous soigner. Pour le reste, on verra plus tard.

– Et nos plans ? dit Polaner en mettant la main sur les feuilles de papier à dessin chiffonnées.

– Ne vous inquiétez pas, ça se répare, répondit Vágo.

Il prit les feuilles et les tendit délicatement à András comme s'il y avait le moindre espoir de les récupérer. Puis, entendant la sirène de l'ambulance, il sortit chercher les brancardiers. Deux hommes en blouse blanche apportèrent une civière et hissèrent Polaner dessus ; il s'évanouit sous la douleur. András maintint les portes ouvertes pour leur permettre de passer ; dans la cour, les étudiants s'étaient attroupés. Le bruit s'était répandu parmi eux, alors qu'ils arrivaient aux cours du matin. Les brancardiers durent fendre la foule pour avancer sur les allées pavées.

– Il n'y a rien à voir, criait Vágo. Montez en classe.

Mais il n'était que huit heures moins le quart, et les cours n'avaient pas commencé. Pas un seul étudiant ne s'éloigna avant d'avoir vu la civière hissée dans l'ambulance. András restait devant le portail, tenant les plans comme un animal désarticulé. Vágo lui mit une main sur l'épaule.

– Venez dans mon bureau.

András le suivit. Il savait bien que la cour était celle-là même qu'il avait traversée le matin, avec son gazon couvert de givre et ses bancs verts, ses allées détrempées scintillant au soleil. Il le savait, mais il ne la voyait plus du même œil. Il découvrait avec stupeur que le monde pouvait troquer tant de beauté contre tant de laideur, et cela en l'espace d'une quinzaine de minutes.

Dans son bureau, Vágo le mit au courant des précédents. En février dernier, on avait écrit au stencil et en allemand les mots *ordure* et *porc* sur les projets finaux d'un groupe d'étudiants juifs de cinquième année ; au printemps, un étudiant ivoirien avait été traîné hors de l'atelier et roué de coups dans le cimetière du Montparnasse qui se trouvait juste derrière l'école ; sur sa poitrine, on avait tracé au pinceau une insulte à caractère raciste. Mais aucun des auteurs n'avait été identifié. Si András détenait une information quelconque, il rendrait service à tout le monde.

András hésita. Il avait pris place sur son tabouret habituel et frottait du bout du pouce la montre de son père.

— Qu'est-ce qui va se passer si on les attrape ?

— On les interrogera et on prendra des mesures disciplinaires. On les traînera en justice.

— Et alors leurs amis feront pire. Ils sauront que c'est Polaner qui les a dénoncés.

— Et si on ne fait rien ? demanda Vágo.

András laissa retomber la montre au fond de sa poche. Il réfléchissait à ce que son père lui aurait conseillé en pareille situation. À ce que Tibor lui conseillerait. La question ne se posait pas. Ses hésitations leur paraîtraient lâches.

— Polaner a prononcé le nom de Lemarque, dit-il dans un souffle. (Puis il répéta la phrase plus fort :) Lemarque, avec d'autres, mais je ne sais pas lesquels.

— Fernand Lemarque ?

— C'est ce que dit Polaner, confirma András, qui avoua à Vágo tout ce qu'il savait.

— Très bien, conclut celui-ci. J'en parle à Perret. Pendant ce temps-là (il ouvrit le livre d'architecture à la page qui décrivait les structures internes des toits, poinçons verticaux, contrefiches, arbalétriers en forme de cage thoracique), pendant ce temps-là, reprit-il en l'abandonnant dans le bureau, restez là et travaillez.

Travailler, il en était bien incapable, naturellement ; il ne pouvait chasser de son esprit l'image de Polaner. Il ne cessait de le revoir par terre, la poitrine barrée par cette insulte inscrite à l'encre, les plans chiffonnés auprès de lui. András comprenait le désespoir, la solitude ; il connaissait bien la douleur d'être à plus de mille kilomètres de chez soi ; il savait quel effet cela faisait de porter un secret. Mais fallait-il être dans la misère la plus noire pour voir en Lemarque un amant, quelqu'un avec qui partager un instant d'intimité dans les toilettes des hommes, la nuit !

Il ne s'était pas écoulé cinq minutes que Rosen faisait irruption dans le bureau de Vágo, casquette à la main. Ben Yakov se tenait derrière lui, penaud, comme quelqu'un qui n'a pas réussi à empêcher un esclandre.

– Où il est, ce petit salopard ? braillait Rosen. Où il est, ce fourbe ? S'ils se cachent ici, je vous jure que je les tue tous !

Vágo débaula du bureau de Perret.

– Parlez moins fort. Nous ne sommes pas au cabaret, ici. De qui parlez-vous ?

– Vous le savez très bien, de Fernand Lemarque. C'est lui qui chuchote *sale juif*. C'est lui qui colle des affiches pour le front de la jeunesse. Vous les avez vues : *Jeunes de France, rejoignez-nous*, et toutes ces saletés – et dans la salle des Sociétés savantes, par-dessus le marché. Ils sont antiparlementaires, antisémites, antitout. Il fait partie de leurs mouchards à la petite semaine. Des troisième année, des cinquième année. Il y en a aux Beaux-Arts, il y en a ici et dans d'autres écoles de Paris. Je le sais, je suis allé à leurs meetings. J'ai entendu ce qu'ils veulent nous faire.

– Soit, dit Vágo. Si vous m'en parliez après l'atelier ?

– Après l'atelier ! (Rosen cracha par terre.) Tout de suite ! Je veux faire venir la police.

– Nous l'avons déjà contactée.

– Mon œil, vous n'avez appelé personne. Vous avez peur du scandale.

Sur ces entrefaites, Perret parut dans le couloir, sa cape grise flottant dans son sillage.

– Ça suffit, dit-il. Nous avons la situation en main. Retournez dans votre atelier.

– Pas question ! Je vais le trouver tout seul, ce petit salopard.

– Jeune homme, il y a des aspects de cette situation qui vous échappent, dit Perret. Vous n'êtes pas un cow-boy, nous ne sommes pas au Far West. Ce pays a une justice que nous avons déjà saisie. Si vous refusez de le prendre sur un autre ton et de vous conduire en gentleman, je me verrai contraint de vous faire expulser de l'école.

Rosen tourna les talons et redescendit en jurant entre ses dents. András et Ben Yakov le suivirent à l'atelier, où Vágo les retrouva dix minutes plus tard. À neuf heures, ils reprirent le cours de la veille, comme si dessiner la maison individuelle idéale était la seule chose qui comptait au monde.

À l'hôpital, cet après-midi-là, András, Rosen et Ben Yakov découvrirent Polaner dans une longue salle étroite, inondée de lumière hivernale. Il était couché dans un lit haut, jambes surélevées sur des oreillers, nez plâtré, yeux bordés d'ecchymoses violettes. Fractures du nez et de trois côtes. Contusions multiples au torse et aux jambes. Signes d'hémorragie interne : abdomen enflé, pouls et température instables, flaque de sang sous l'épiderme. Symptômes d'état de choc. Séquelles d'hypothermie. Voilà ce que le docteur leur avait dit. Au pied de son lit, la courbe de sa température et celle de sa tension, ainsi que celle de son pouls, qu'on prenait tous les quarts d'heure. Tandis qu'ils se pressaient autour de lui, il ouvrit ses paupières gonflées, les appela de noms polonais inconnus à leurs oreilles et perdit connaissance. Une infirmière arriva avec deux bouillottes, qu'elle glissa entre les draps. Elle lui prit le pouls, la tension et la température, qu'elle consigna sur le graphe.

– Comment va-t-il ? demanda Rosen en se levant.

– Nous ne le savons pas encore.

– Comment ça, vous ne le savez pas ? On est bien à l'hôpital ? Vous êtes bien infirmière ? C'est pas votre métier, de le savoir ?

– Ça va, Rosen, dit Ben Yakov. Ce n'est pas sa faute.

– Je veux reparler au docteur, dit Rosen.

– Malheureusement, il est parti faire ses visites.

– Mais bon Dieu, c'est notre ami qui est là. Je veux savoir ce qu'il risque exactement, c'est tout.

– J'aimerais pouvoir vous le dire moi-même, répondit l'infirmière.

Rosen se rassit, la tête dans les mains. Il attendit que l'infirmière ait disparu.

– Bon Dieu, je vous jure, je vous jure que si je mets la main sur ces salauds, je me fous pas mal de ce qui m'arrivera, tant pis si je me fais jeter de l'école, et tant pis si je vais en taule, mais ils vont regretter d'être venus au monde. (Il regarda András et Ben Yakov :) Vous allez m'aider à les retrouver, hein ?

– Pour quoi faire, dit Ben Yakov. Leur fracasser le crâne ?

– Oh, je te demande pardon, c'est vrai que tu ne tiens pas à te faire casser ton joli petit nez, toi.

Ben Yakov se leva d'un bond et attrapa Rosen par le plastron.

– Tu crois que ça me fait plaisir de le voir dans cet état ? Tu crois que j'ai pas envie de les tuer, moi aussi ?

Rosen se dégagea.

– Il s'agit pas seulement de lui. Les gars qui lui ont fait ça aimeraient bien nous en faire autant, dit-il, et il prit son manteau et le balança sur son bras. Que vous veniez avec moi ou pas, moi, je vais les chercher. Et quand je les trouverai, il faudra qu'ils répondent de leurs actes.

Il enfonça sa casquette sur sa tête et quitta la salle. Ben Yakov porta la main à sa nuque ; il regardait Polaner. Puis il soupira et se rassit auprès d'András.

– Regarde-le. Nom d'une pipe, pourquoi est-ce qu'il avait rendez-vous avec Lemarque en pleine nuit ? Qu'est-ce qui lui a pris ? Il n'est tout de même pas… ce qu'on a dit.

András observait la poitrine de Polaner qui se soulevait, déplaçant à peine le drap.

– Et quand bien même ? demanda-t-il.

Ben Yakov secoua la tête.

– Tu y crois, toi ?

– Pas impossible.

Ben Yakov posa le menton sur son poing et regarda les barreaux du lit. En cet instant, paupières lourdes, œil humide, lèvres froncées, il ne ressemblait guère à Pierre Fresnay.

– Un jour, commença-t-il, un jour qu'on avait rendez-vous avec toi et Rosen au café, il a dit un truc sur Lemarque. Il a dit que, d'après lui, Lemarque n'était pas antisémite, qu'il se détestait lui-même davantage qu'il ne détestait les juifs, que c'était une posture pour que les gens ne le percent pas à jour.

– Et qu'est-ce que tu as répondu ?

– J'ai dit que Lemarque pouvait bien aller se faire foutre.

– C'est ce que j'aurais dit aussi.

– Non, toi, tu aurais écouté. Tu aurais trouvé quelque chose d'intelligent à répondre. Tu lui aurais demandé ce qui lui faisait dire ça.

– Il est secret, comme type. Il n'en aurait pas forcément dit davantage.

– Mais j'avais quand même deviné qu'il y avait un truc qui clochait. Tu dois bien l'avoir remarqué aussi, toi qui travaillais avec lui sur le projet. Ça se voyait, qu'il manquait de sommeil. Et puis quand Lemarque était dans les parages, il était si discret – encore plus que d'habitude.

András ne savait que dire. Penser à Klára, se réjouir de la visite de Tibor, s'occuper de son travail avait mobilisé toute son attention. La présence de Polaner était tissée dans son quotidien, il en était conscient ; il savait que le jeune homme était circonspect, sur ses gardes, et il lui connaissait même des coups de cafard, mais de là à imaginer qu'il pût souffrir de tourments aussi monumentaux… Si sa liaison avec Klára avait été difficile, combien plus problématique était cette attirance secrète que Polaner éprouvait pour Lemarque ! Il n'avait jamais beaucoup réfléchi pour sa part au sort d'un homme qui préfère les hommes. Certes, les garçonnes et les efféminés ne manquaient pas à Paris. Tout le monde connaissait les clubs et les bals où ils se retrouvaient : le Magic City, le Monocle, le Bal de la Montagne Sainte-Geneviève ; mais ce monde-là semblait bien loin de sa vie. Qu'en savait-il par expérience ? À la pension, il se passait des choses, il y avait des amitiés *particulières*, proches de l'idylle par les intrigues et les trahisons ; et puis il y avait les fois où, avec ses camarades, ils se mettaient en rang, short baissé, pour se branler ensemble dans la pénombre. Il y avait un garçon dont tout le monde disait qu'il aimait les garçons – Willi Mandl, un blond dégingandé qui jouait du piano et portait des chaussettes brodées. Un après-midi, on l'avait vu caresser rêveusement un réticule de soie bleue chez un brocanteur. Mais ces souvenirs se perdaient dans les brumes de l'enfance, ils n'avaient pas d'incidence sur sa vie actuelle.

Polaner ouvrit les yeux et le regarda. András prit Ben Yakov par la manche.

– Polaner, tu m'entends ? dit-il.

– Ils sont là ? demanda Polaner d'une voix à peine audible.

– C'est nous qui sommes là. Rendors-toi, on te lâche pas.

# Chapitre 13

# Le visiteur

András n'était pas revenu gare du Nord depuis son arrivée à Paris, en septembre. À présent, fin janvier, tout en attendant le train de Tibor, il considérait avec stupeur l'ignorance massive qu'il charriait dans ses bagages, quelques mois plus tôt. De l'architecture, il ne savait presque rien, de la ville, rien, et de l'amour, moins que rien. Il n'avait jamais caressé une femme nue. Il ne savait pas le français ; les panneaux SORTIE auraient tout aussi bien pu indiquer PAUVRE NIAIS ! Les événements des jours passés n'avaient fait que lui rappeler sa méconnaissance du monde. Il commençait tout juste à sonder l'abîme de son inexpérience, de ses ténèbres mentales. Il commençait tout juste à le combler. Il avait espéré que, le jour où il reverrait son frère, il se sentirait plus adulte, mieux au fait du vaste monde. Mais le temps lui avait manqué. Tibor devrait le prendre comme il était.

À dix-sept heures quinze, l'express entra en gare, dans un crissement de freins amplifié par la caverne de fer et de verre. Des porteurs abaissèrent les marchepieds et des flots de passagers sortirent, hagards d'avoir voyagé toute la nuit. Des jeunes gens de son âge, en manque de sommeil, l'air indécis dans la lumière hivernale, tâchaient de déchiffrer les panneaux et cherchaient leurs bagages. András scrutait les visages. À les voir défiler sans que Tibor s'annonce, il fut pris d'une inquiétude : et si son frère s'était ravisé ? C'est alors qu'il sentit une main sur son épaule ; quand il se retourna, Tibor Lévi se tenait sur le quai de la gare du Nord.

– Te retrouver ici, qui aurait cru ça ! dit Tibor en le prenant dans ses bras.

András sentit une joyeuse effervescence lui monter dans la poitrine, un soulagement presque irréel. Il tint son frère à bout de bras. Tibor l'examina de la tête aux pieds, et son regard s'arrêta sur ses chaussures trouées.

– Tu as de la chance que ton frère soit vendeur de souliers, ou l'ait été, déclara-t-il. Ces richelieus innommables ne t'auraient pas fait la semaine.

Une fois récupérés les bagages de Tibor, ils prirent un taxi pour rentrer au Quartier latin. András trouva la course étonnamment rapide et directe, ce qui lui fit mesurer combien son premier taxi parisien l'avait escroqué. Les rues défilaient en un éclair, presque trop vite à son goût : il voulait tout montrer en même temps à Tibor. Ils filèrent comme des flèches sur le boulevard de Sébastopol, l'île de la Cité, et un instant plus tard, ils tournaient rue des Écoles. Le Quartier latin faisait le dos rond sous un halo de bruine, ses trottoirs encombrés de parapluies. Ils rentrèrent les bagages en vitesse sous le crachin et les hissèrent jusqu'au galetas. Lorsqu'ils parvinrent sur le seuil, Tibor éclata de rire.

– Quoi ? dit András, très fier de sa chambre minable.

– Exactement ce que j'imaginais, dans les moindres détails.

Pour la première fois, András se sentit parfaitement maître des lieux, comme si, sous le regard de son frère, cet endroit formait une continuité avec ceux où il avait vécu auparavant, avec cette vie qu'il avait laissée derrière lui en gare Nyugati, au mois de septembre.

– Entre, dit-il à son frère. Enlève ton manteau, je vais faire du feu.

Tibor retira son manteau, mais pas question de laisser András allumer le feu. Certes, il venait de passer trois jours dans le train et il était l'invité, mais qu'importe : telle était la règle chez eux, l'aîné s'occupait du cadet. Si András s'était trouvé chez Mátyás, c'était bel et bien lui qui aurait cassé du petit bois et glissé du papier froissé sous les bûches. En quelques minutes, Tibor obtint une flamme régulière. Alors seulement, il retira ses chaussures et se coula dans le lit d'András.

– Ça fait du bien ! s'exclama-t-il, trois jours que je dors assis.

Il remonta le couvre-lit sur ses épaules, et un instant plus tard, il dormait.

András installa ses livres sur la table, dans l'idée de travailler, mais il ne parvint pas à se concentrer. Il voulait des nouvelles de Mátyás et de leurs parents. Des nouvelles de Budapest, aussi. Non pas tant concernant la politique ou les problèmes de la ville – la presse hongroise en était pleine –, mais des nouvelles de leur quartier, des gens qu'il connaissait, des changements minuscules et innombrables qui marquent le passage du temps. Et puis il voulait raconter à Tibor ce qui était arrivé à Polaner, qu'il était retourné voir le matin même. Son ami avait encore plus mauvaise figure, tuméfié, livide, fiévreux, la respiration caverneuse. Des infirmières se penchaient sur lui pour panser ses ecchymoses et lui administrer des sérums qui fassent remonter sa tension. Une équipe de médecins s'était rassemblée à son chevet ; on pesait le pour et le contre d'une intervention. Les signes de l'hémorragie interne étaient toujours là. Certains pensaient qu'elle se résorberait toute seule, alors que les autres étaient partisans d'opérer. András essayait de décoder leurs échanges crépitant de termes anatomiques français, mais il n'en saisissait qu'une partie et l'inquiétude l'empêchait de poser des questions. La pensée qu'on puisse charcuter Polaner lui faisait horreur, et celle que le sang continuât de se répandre dans son corps encore davantage. Ne voulant pas que son ami se vît tout seul s'il venait à se réveiller, il était resté jusqu'à ce que Vágo vînt le relayer. Ce matin-là, il n'avait pas vu Ben Yakov, et personne n'avait eu de nouvelles de Rosen depuis qu'il avait quitté l'hôpital pour se lancer aux trousses de Lemarque.

Il tâcha de se concentrer sur son manuel : une série de problèmes de statique dansait devant ses yeux dans un fourmillement indéchiffrable. Il remit chiffres et lettres en ordre au prix d'un effort de volonté, aligna des colonnes de nombres sur une feuille vierge de papier graphe et calcula les vecteurs force qui s'exerçaient sur cinquante barres d'acier dans un mur porteur en béton armé ; il plaça les points de tension maximale le long d'un arc-boutant de cathédrale, estima l'oscillation au vent d'une structure d'acier hypothétique, haute comme deux fois la tour Eiffel. Chaque édifice doté de sa mathématique interne, les chiffres flottant à l'intérieur des structures. Une heure passa ainsi à résoudre la série de problèmes. Enfin, dans un grognement, Tibor se redressa sur le lit.

– Rhhô, je suis encore à Paris ?

– J'en ai bien peur.

L'aîné tint à inviter son cadet à dîner. Ils allèrent dans un restaurant basque dont on vantait la soupe à la queue de bœuf. Le serveur, carré comme une armoire, vous faisait claquer les assiettes sur les tables et braillait des insultes en direction de la cuisine. La soupe était clairette, la viande trop cuite, mais ils burent du cidre basque qui rendit András sentimental. Enfin son frère était là, ils se trouvaient ensemble, à dîner dans cette ville étrangère, en hommes qu'ils étaient devenus. Leur mère aurait ri aux éclats de les voir attablés dans ce viril estaminet, devant leurs verres de cidre.

– Ne me cache rien, dit András. Comment va anya ? Ses lettres sont trop enjouées. J'ai peur qu'elle ne me dise rien s'il y avait un problème.

– Je suis allé à Konyár le week-end précédant mon départ. Mátyás y était. Anya a essayé de convaincre apa de s'installer à Debrecen pour l'hiver. Elle voudrait avoir un médecin à proximité pour le cas où il contracterait de nouveau une pneumonie. Mais penses-tu ! Il ne veut rien savoir. Il répète qu'il ne tombera pas malade. Comme si ça dépendait de lui. Et quand je me ligue avec anya, il me demande pour qui je me prends en agitant l'index : « Tu n'es pas encore médecin, pour me dire ce que j'ai à faire, Tibi. »

András se mit à rire, pourtant conscient que la question était sérieuse. Ils savaient l'un comme l'autre combien leur père avait été malade et combien leur mère dépendait de lui.

— Qu'est-ce qu'ils vont faire ?

— Rester à Konyár, pour l'instant.

— Et Mátyás ?

Tibor secoua la tête.

— Il s'est passé un truc bizarre, la veille de mon départ. Le soir, Mátyás et moi, on est allés sur le pont du chemin de fer qui enjambe la petite rivière où on pêchait le vairon en été.

— Je vois très bien.

— La nuit était froide, pour se balader dehors. Il y avait du verglas sur le pont. On n'aurait jamais dû passer dessus, au départ. Toujours est-il que, voilà, on est restés là un moment à regarder les étoiles, et puis on s'est mis à parler d'anya et apa, et de ce que Mátyás pourrait avoir à faire si jamais il leur arrivait quelque chose. Il m'en voulait, tu vois, il disait que je lui laissais la responsabilité de tout en partant. J'ai essayé de lui dire qu'il n'y aurait aucun problème et que si jamais il se passait quelque chose de vraiment grave, toi et moi, on reviendrait au pays. Mais il m'a dit qu'on ne reviendrait jamais, que toi tu étais parti pour toujours et que je n'allais pas tarder à faire de même. Et pendant qu'on se disputait au-dessus de la rivière gelée, on a entendu un train arriver.

– Je ne suis pas sûr de vouloir savoir la suite.

– Alors Mátyás dit : « Ne bouge pas. Reste ici, le long de la voie, sur les traverses. On va voir si on arrive à tenir en équilibre quand le train va passer. D'après toi ? T'as pas peur, quand même ? » Et le train est presque sur nous. Or tu le connais, ce pont, András. Les traverses ne dépassent pas de plus d'un mètre de chaque côté des rails, et vingt mètres au-dessous, c'est la rivière. Le voilà qui saute sur une traverse, face au train qui déboule et qui a déjà ses phares sur lui. Je lui braille de se pousser, mais il ne bouge pas. « J'ai pas peur, qu'il s'amène ! », il me répond. Alors j'ai couru vers lui et je l'ai balancé par-dessus mon épaule comme un sac de patates, et je peux te jurer que le verglas était tellement glissant que j'ai bien failli dégringoler et nous tuer tous les deux. Je l'ai dégagé et jeté dans la neige. Une seconde plus tard, le train était passé. Il s'est relevé en riant comme un dément, et je me suis mis sur mes pieds, moi aussi, et je lui ai envoyé un direct au menton. J'avais envie de lui tordre le cou, à ce petit crétin.

– C'est ce que j'aurais fait à ta place.

– Ça m'a démangé, crois-moi.

– Il ne tenait pas à ce que tu partes. Le voilà tout seul là-bas, à présent.

– Tout seul, c'est vite dit. Il mène une vie de bâton de chaise à Debrecen. Pas du tout comme nous à son âge. Le lendemain, on s'est réconciliés, et je suis retourné là-bas avec lui, parce que c'était sur mon chemin pour rentrer à Budapest. Tu le verrais dans la boîte de nuit où il se produit ! Il devrait faire du cinéma. Il est comme Fred Astaire, sauf qu'en plus il te fait des sauts de main arrière et des sauts périlleux. Et on le paie ! Je me réjouirais pour lui si je ne pensais pas qu'il a complètement perdu la tête. Il est à deux doigts de se faire virer de l'école, tu sais. Il a raté le latin et l'histoire, et il s'en sort tout juste dans les autres matières. Dès qu'il aura assez d'argent pour se payer un billet de train et quitter la Hongrie, je suis prêt à parier qu'il arrêtera ses études. Apa et anya ne se font aucune illusion non plus.

– Tu ne leur as pas parlé de l'incident du pont ?

– Tu plaisantes ?

Ils appelèrent le serveur pour lui commander deux autres verres de cidre et, en les attendant, András demanda des nouvelles de leur vieille Hársfa utca et du quartier juif.

– Le coin n'a pas beaucoup changé depuis ton départ. Mais tout le monde redoute de plus en plus qu'Hitler n'entraîne l'Europe dans une nouvelle guerre.

– Et c'est encore les juifs qu'on accusera. Ici en France, du moins.

Le garçon revint avec le cidre basque, et Tibor en savoura une longue gorgée tout en méditant :

– Égalité, fraternité, rien que des mots, alors ? »

András lui raconta le meeting du Grand Occident et ce qui était arrivé à Polaner. Tibor retira ses lunettes, en essuya les verres avec son mouchoir, et les remit.

– Dans le train j'ai parlé avec un homme qui rentrait tout juste de Munich, un journaliste hongrois envoyé spécialement là-bas pour couvrir un meeting. Il avait vu trois hommes se faire battre à mort pour avoir détruit des exemplaires d'un journal antisémite financé par l'État. Des insurgés, selon la presse allemande. L'un d'entre eux était un officier décoré de la Grande Guerre.

András soupira et se frotta le haut du nez.

– Pour Polaner, c'est un cas personnel. On se pose des questions sur ses rapports avec l'un de ses agresseurs.

– Majuscule ou minuscule, la haine est la même, dit Tibor. Sous n'importe quel angle, elle fait horreur.

– J'ai été bien naïf de croire qu'il pouvait en être autrement, ici.

– L'Europe est en pleine mutation. Le tableau se noircit un peu partout. J'espère tout de même que tu n'as pas connu que des moments sinistres.

– Non, répondit András, qui réussit à regarder son aîné avec un petit sourire.

– Mais encore, Andráska ?

– Rien.

– Tu as des secrets ? Tu as une intrigue avec une femme ?

– Il va falloir que tu me paies du raide... dit András.

Dans un bar tout proche, ils commandèrent donc des whiskies. Et là, András raconta tout à Tibor : l'invitation chez les Morgenstern, le nom et l'adresse qui correspondaient à ceux de l'enveloppe. Il lui raconta qu'il était tombé amoureux de Klára et non pas d'Elisabet ; qu'ils n'avaient pas su résister à leur attirance mutuelle. Que Klára ne lui avait rien dit de ce qui l'avait amenée à Paris, ni pourquoi elle devait cacher son identité. Quand il eut terminé, Tibor serra son verre, éberlué.

– Elle a combien d'années de plus que toi ?

Pas moyen de biaiser.

– Neuf ans.

– Bon Dieu ! Tu es amoureux d'une femme. C'est sérieux, ça, András, tu comprends ?

– Sérieux comme la mort.

– Pose ce verre, je te parle.

– Je t'écoute.

– Elle a trente et un ans, ce n'est pas une gamine. Quelles sont tes intentions ?

La gorge d'András se noua.

– Je veux l'épouser.

– Tiens donc ! Et vous vivrez de quoi ?

– J'y ai réfléchi, crois-moi.

– Tu n'auras ton diplôme que dans quatre ans et demi, pas moins. Elle aura trente-six ans. Et quand tu auras l'âge qu'elle a aujourd'hui, elle aura presque quarante ans. Et quand tu en auras quarante...

– Ça va, je sais compter.

– Soit, mais as-tu compté ?

– Elle aura quarante-neuf ans quand j'en aurai quarante, et alors ?

– Qu'est-ce qui se passera quand tu auras quarante ans et qu'une femme de trente s'intéressera à toi ? Tu crois que tu resteras fidèle à la tienne ?

– Tibor, ne te crois pas obligé de jouer ce rôle.

– Et la fille ? Elle sait ce qui se passe entre sa mère et toi ?

András fit non de la tête.

– Elisabet me déteste, elle est odieuse avec Klára. Je ne crois pas qu'elle prendrait la situation du bon côté.

– Et József Hász, il sait que tu es tombé amoureux de sa tante ?

– Non, il ne sait même pas qu'elle est ici. La famille préfère ne pas le mettre au courant, question de confiance, si je comprends bien.

Tibor croisa les mains.

– Seigneur Dieu, András, je ne voudrais pas être à ta place.

– Moi qui espérais que tu me conseillerais.

– Je sais bien ce que je ferais si j'étais toi. Je romprais au plus tôt.

– Tu ne l'as même pas rencontrée.

– Que veux-tu que ça change ?

– Je ne sais pas. J'espérais que tu en aurais envie, ne serait-ce que par curiosité.

– Je suis dévoré de curiosité, mais je ne veux pas être complice de ta ruine, pas même en spectateur.

Là-dessus il appela le garçon pour lui réclamer l'addition et changea de sujet avec autorité.


Le lendemain matin, András emmena Tibor avec lui à l'École spéciale, où ils retrouvèrent Vágo dans son bureau. Lorsqu'ils entrèrent, le professeur était assis à sa table, téléphonant à sa manière singulière, récepteur coincé entre la joue et l'épaule pour pouvoir gesticuler des deux mains. Il esquissait dans le vide la silhouette d'un édifice mal conçu, et puis il effaçait son esquisse d'un revers de manche, ensuite de quoi il construisait un nouvel immeuble, celui-là doté d'une toiture apparemment plate mais qui ne l'était pas tout à fait, de façon à permettre l'écoulement des eaux. Enfin il raccrocha, et András put lui présenter Tibor. Il était là, cet objet de tant de conversations matinales, comme si sa seule évocation l'avait fait surgir magiquement.

– Alors vous partez à Modène ? dit Vágo. Je vous envie. Vous allez adorer l'Italie, et vous ne voudrez même plus rentrer à Budapest.

– Je vous suis très reconnaissant de ce que vous avez fait pour moi. Si jamais je peux vous rendre service…

Vágo balaya l'idée d'un geste de la main.

– Vous vous disposez à être médecin, avec un peu de chance, je me passerai de vos services.

Puis il leur donna des nouvelles de l'hôpital : Polaner s'accrochait à la vie, les médecins avaient décidé de ne pas l'opérer dans l'immédiat. De Lemarque, aucune trace. Rosen avait forcé la porte de son foyer la veille, mais il demeurait introuvable.

Tibor suivit les cours du matin avec son frère. Il l'entendit présenter sa solution au problème de statique concernant l'arc-boutant de la cathédrale, et se prêta au jeu quand András voulut lui montrer ses dessins. Il fit la connaissance de Ben Yakov et Rosen, qui eurent bientôt épuisé les trois mots de hongrois que leur avait appris András. Tibor plaisanta avec eux dans son français sans peur à défaut d'être sans reproche. À midi, comme ils déjeunaient au café de l'école, Rosen parla de son raid à la pension de Lemarque. Il avait l'air épuisé à présent. La colère n'empourprait plus son visage, ses taches de rousseur semblaient lui flotter sur la peau.

– Quel trou à rats, dit-il. Une centaine de chambres

minuscules et sombres, bourrées de types qui puent. Ça puait pire qu'une prison. On l'aurait presque plaint, cet enfoiré, de vivre dans un endroit pareil.

Il se tut le temps d'un large bâillement. Il avait veillé Polaner toute la nuit.

– Et rien ? demanda Ben Yakov. Pas la moindre trace de lui ?

Rosen secoua la tête.

– J'ai passé l'immeuble au peigne fin, de fond en comble. Personne ne l'avait revu. En tout cas, c'est ce qu'ils m'ont dit.

– Et si tu l'avais trouvé ? s'enquit Tibor.

– Qu'est-ce que j'aurais fait, tu veux dire ? Sur le moment, je l'aurais étranglé de mes mains. Mais j'aurais eu bien tort. Il nous faut savoir qui sont ses complices.

La buvette commençait de se dépeupler. Les portes s'ouvraient et se fermaient dans le hall d'entrée, les étudiants regagnaient leur atelier. Tibor les regardait, l'œil grave derrière ses lunettes à monture d'argent.

– À quoi tu penses ? lui demanda András en hongrois.

– À Béla le Bienheureux, répondit Tibor. *Ember embernek farkasa.*

– Parlez français, les Hongrois, dit Rosen. Qu'est-ce que vous racontez ?

– C'est une expression de notre père, indiqua András en répétant la formule.

– Et qu'est-ce que ça veut dire, en langage civilisé ?

– L'homme est un loup pour l'homme.

Ce jour-là, ils étaient attendus à une soirée chez József Hász, boulevard Saint-Jacques. Ce serait la première fois qu'András se rendrait chez lui depuis le début de sa liaison avec Klára et cette idée l'inquiétait un peu. Mais József était venu l'inviter en personne la semaine précédente. Il présentait quelques tableaux à l'exposition des étudiants des Beaux-Arts. Il ne fallait surtout pas y venir, avait-il expliqué. Le vernissage serait barbant à pleurer, mais ensuite, l'événement serait arrosé chez József. András avait hésité, arguant de la présence de son aîné en ville, disant qu'ils n'allaient tout de même pas venir à deux, mais József avait d'autant plus insisté : si Tibor était à Paris pour la première fois, il ne pouvait pas rater une soirée chez lui.

Lorsqu'ils arrivèrent, la compagnie était dans un état d'ébriété avancé. Un trio de poètes s'était installé sur le divan et braillait leurs vers dans une cacophonie à trois voix, tandis qu'une contorsionniste en justaucorps vert faisait son numéro sur le tapis d'Orient. Quant à József, il présidait la table de poker, où il gagnait insolemment alors que les autres joueurs voyaient d'un œil chagrin diminuer leur tas d'argent.

– Voilà les Hongrois ! s'exclama József à leur vue. À présent la partie va commencer pour de bon. Prenez-vous un siège, les hommes, venez jouer.

– Ça va être difficile, dit András. Nous n'avons pas le sou.

József distribuait aussi vite que l'éclair.

– Eh bien mangez, alors. Quand on n'a pas le sou, on a faim, en principe. Vous n'avez pas faim ? Allez faire un tour au buffet, conclut-il sans même lever le nez de ses cartes.

Sur la table, ils trouvèrent des baguettes en abondance, trois rouelles de fromage, des cornichons, des pommes, des figues, un gâteau au chocolat viennois, et six bouteilles de vin.

– Que voilà un sympathique spectacle ! dit Tibor. Dîner à l'œil !

Ils se firent des sandwiches figues-fromage et les emportèrent dans le grand salon où ils virent la contorsionniste devenir cerceau, cloche et nœud coulant, tour à tour. Ensuite, elle prit des poses érotiques avec une autre fille, pendant qu'une troisième les photographiait avec un appareil antique.

Tibor regardait tout cela, comme hypnotisé.

– Il en fait souvent, Hász, des soirées comme ça ?

– Plus souvent que tu croirais.

– Et ils sont combien à vivre dans l'appartement ?

– Il y vit seul.

Tibor siffla, impressionné.

– Et la salle de bains a l'eau chaude.

– Là tu exagères.

– Non, pas du tout. Avec une baignoire en porcelaine, à pieds de lion. Viens voir.

András entraîna son frère dans le couloir jusqu'à la porte de la salle de bains, au fond de l'appartement. Elle était entrouverte, laissant apercevoir un mince pan de porcelaine blanche. La lueur des chandelles y faisait un halo. András poussa la porte, éblouissant du même coup un couple debout contre le mur, la fille échevelée, le chemisier déboutonné au col. Elle avait tendu la main en avant pour se protéger de la lumière et n'était autre qu'Elisabet Morgenstern.

– Excusez-nous, messieurs, dit l'homme en français mais avec un accent américain, le verbe embarrassé par la boisson.

Elisabet avait immédiatement reconnu András.

– Qu'est-ce que vous avez à me regarder comme ça, abruti de Hongrois ! lança-t-elle.

András fit un pas en arrière, entraînant Tibor avec lui. L'homme leur adressa un clin d'œil de triomphe éméché et referma la porte d'un coup de pied.

– Bon, je crois qu'on ira examiner la plomberie plus tard, dit Tibor.

– Ça vaudrait peut-être mieux.

– Et qui est cette douce enfant ? On dirait qu'elle te connaît ?

– Cette douce enfant, c'est Elisabet Morgenstern.

– Elisabet en personne ? La fille de Klára ?

– Celle-là même.

– Et l'homme, qui est-ce ?

– En tout cas, c'est un brave.

– József connaît Elisabet ? Tu crois que le secret est éventé, pour ce qui les concerne ?

András secoua la tête.

– Aucune idée. Apparemment, Elisabet a une vie personnelle quand elle sort. Mais József n'a jamais fait état d'une cousine secrète. Or il n'y aurait pas manqué, il adore les potins.

Le sang lui battait aux tempes ; il se demandait ce qu'il venait de découvrir au juste et ce qu'il dirait à Klára.

Ils retraversèrent la pièce bondée pour s'asseoir sur le divan et regarder les invités jouer aux devinettes. Une fille avait fait main basse sur le manteau d'András et s'en était coiffée en guise de capuchon, tout en mimant le geste de cueillir des fleurs. Les autres lançaient des titres de films qu'András n'avait jamais vus. Il lui fallait encore un verre de vin, et il se disposait à se lever pour se servir lorsque l'amoureux d'Elisabet entra dans la pièce d'un pas mal assuré. C'était un blond, carré d'épaules, vêtu d'une luxueuse veste en mérinos ; il rentra sa chemise dans son pantalon et se lissa les cheveux, puis il leur fit un petit salut de la main et s'assit entre eux sur le divan.

– Comment allez-vous, messieurs ? dit-il dans son français languide. Vous n'avez pas l'air de vous amuser autant que moi, et de loin.

Il avait la voix de ces acteurs hollywoodiens qui faisaient des réclames à la radio.

– C'est de l'amadou, cette petite. Je l'ai rencontrée au ski pendant les vacances d'hiver, et je crois bien que je ne peux plus me passer d'elle.

– Nous partions, dit András.

– Oh que non ! claironna le blond Américain. (Il

tendit le bras devant András pour l'empêcher de bouger.) Défense de partir. On reste tous jusqu'à l'aube.

Elisabet arriva à son tour, secouant ses mains qu'elle venait de laver. Elle s'était recoiffée à la hâte et reboutonnée de travers. Elle appela András d'un geste impatient. Il se leva, s'inclina à demi pour s'excuser et la suivit dans le couloir. Elle le conduisit dans la chambre de József, où un déluge de manteaux avait submergé le lit et se répandait sur le plancher.

— Bon, alors, fit-elle en croisant les bras sur la poitrine. Dites-moi ce que vous avez vu.

— Rien, rien du tout.

— Si vous parlez de Paul à ma mère, je vous tue.

— Quand voulez-vous que je lui en parle, vous m'avez banni de la maison ?

Elle eut une expression avertie.

— Ne faites pas l'innocent avec moi. Je sais très bien que vous n'avez pas passé deux mois à espérer que je tombe amoureuse de vous. Je sais ce qu'il y a entre ma mère et vous. J'ai bien vu comment elle vous regardait. Je ne suis pas naïve, András. Elle ne me dit peut-être pas tout, mais je la connais depuis assez longtemps pour savoir quand elle a un amant. Et puis vous êtes son genre. Un de ses genres, pour mieux dire.

Ce fut à lui de rougir. *J'ai bien vu comment elle vous regardait.* Et lui, comment la regardait-il ?... Il aurait fallu être aveugle pour ne pas s'en rendre compte. Il contemplait l'âtre ; un étui à cigarettes en argent gisait dans les cendres froides, son monogramme illisible.

— Vous savez qu'elle n'aimerait pas vous savoir ici, dit-il. Elle est au courant que vous connaissez József Hász ?

— L'imbécile qui habite ici, vous voulez dire ? Pourquoi ? C'est un criminel notoire ?

— N'exagérons rien, mais il donne parfois des soirées débridées, disons.

– J'ai fait sa connaissance ce soir. Il est aux Beaux-Arts avec Paul.

– Et vous avez rencontré Paul à Chamonix ?

– Je ne vois pas en quoi ça vous regarde. Et je ne plaisante pas, András, il est hors de question que vous disiez un mot de tout ça à ma mère. Elle me bouclerait dans ma chambre pour le restant de mes jours.

Elle tira sur son chemisier et, s'apercevant qu'elle l'avait boutonné de travers, lâcha un mot malséant dans la bouche d'une jeune fille.

– Je ne dirai rien, sur mon honneur, promit-il.

Elle le foudroya du regard, apparemment peu encline à le croire. Mais derrière ce regard dur, il vit un éclair de fragilité ; elle était consciente qu'il possédait la clef de quelque chose qui lui tenait à cœur. Était-ce Paul lui-même, qu'elle aimait, ou bien la liberté de mener sa vie loin du regard maternel ? Dans un cas comme dans l'autre, il pouvait la comprendre. Il réitéra sa promesse. Les épaules crispées de la jeune fille se relâchèrent un peu, et elle poussa un soupir étouffé. Elle se mit en devoir de récupérer deux manteaux dans la pile, et sortit de la pièce en l'effleurant au passage, pour regagner le salon où Paul et Tibor regardaient toujours les charades.

– Il est tard, Paul, dit-elle en lui jetant son manteau sur les genoux. Allons-y.

– Il est tôt. Viens t'asseoir et regarder ces filles avec nous.

– Je peux pas, il faut que je rentre.

– Viens là, ma lionne, dit-il en la prenant par le poignet.

– S'il faut que je rentre toute seule, je rentre toute seule, répondit-elle en se dégageant.

Paul se leva du divan et l'embrassa sur la bouche.

– Têtue comme une mule. J'espère que ce monsieur ne t'a pas manqué de respect, ajouta-t-il avec un clin d'œil complice à András.

– Ce monsieur nourrit le plus grand respect pour mademoiselle, déclara András.

Elisabet leva les yeux au ciel.

– Bon, ça suffit, dit-elle.

Elle enfila son manteau d'un coup d'épaule, lança un dernier regard éloquent à András et se dirigea vers la porte. Paul fit un bref salut militaire et la suivit.

– Eh bien ! s'exclama Tibor. Explique-moi un peu tout ça, veux-tu ?

– Elle m'a supplié de ne pas dire à sa mère que je l'avais vue avec cet homme.

– Et qu'est-ce que tu as répondu ?

– J'ai juré de ne rien répéter.

– Tu ne risques guère d'en avoir l'occasion, de toute façon.

– C'est-à-dire, elle a manifestement compris ce qui se passe entre sa mère et moi.

– Ah, alors voilà le secret éventé.

– Celui-là, en tout cas. Elle n'avait pas l'air étonnée du tout. Elle dit que je suis le genre de sa mère, comprenne qui pourra. En revanche, elle ne semble pas savoir que József est son cousin. (Il soupira.) Tibor, pour l'amour du ciel, dans quoi me suis-je fourré ?

– C'est bien ce que je t'ai demandé, répondit Tibor en passant le bras autour des épaules de son frère.

Un instant plus tard, József Hász parut avec trois coupes de champagne. Il leur en fit passer deux et leur porta un toast.

– Vous vous amusez bien ? Il faut que tout le monde s'amuse.

– Oh que oui, dit András, qui trouvait le champagne bienvenu.

– J'ai vu que vous avez fait la connaissance de Paul, mon ami américain. Son père est un capitaine d'industrie. Dans les pneus automobiles, quelque chose comme ça. Il a une nouvelle dulcinée qui a la langue un peu trop bien pendue à mon goût, mais il en est fou. Il croit peut-être que c'est le comportement normal des Françaises.

— Eh bien, si c'est le comportement normal des Françaises, vos ennuis commencent, messieurs, dit Tibor.

— Aux ennuis, répliqua József, et ils vidèrent leurs coupes cul sec.

Le lendemain, András et Tibor parcoururent les longues salles du musée du Louvre et s'imprégnèrent des ombres veloutées de Rembrandt, des fioritures de Fragonard et des courbes musclées des marbres classiques. Ensuite, ils allèrent se balader sur les quais, jusqu'au pont d'Iéna, et sous les arches monumentales de la tour Eiffel. Puis, ils firent le tour de la gare d'Orsay, et András expliqua la genèse de sa maquette. Enfin, ils revinrent sur leurs pas pour atteindre le Luxembourg, où les ruches étaient plongées dans le silence de l'hibernation. Ils se rendirent à l'hôpital, au chevet de Polaner, que les infirmières soignaient dans son sommeil. Polaner, dont il n'avait toujours pas raconté la terrible histoire à Klára. Ils le regardèrent dormir près d'une heure. András aurait bien aimé qu'il se réveille, qu'il ne soit pas aussi pâle, aussi inerte. Les infirmières le trouvaient mieux, ce jour-là, mais lui ne voyait guère d'amélioration. Après, ils allèrent jusqu'au Sarah-Bernhardt, où Tibor donna un coup de main au déménagement. Ils rangèrent les tasses et les assiettes des goûters, plièrent la table, débarrassèrent les casiers des acteurs de tous leurs vieux messages, rapportèrent les accessoires dans la salle qui leur était réservée et les costumes chez la costumière, Mme Courbet, qui était en train de ranger des vêtements dans ses tiroirs étiquetés avec soin. Claudel fit cadeau d'une boîte de cigares encore à moitié pleine à András – elle avait servi d'accessoire pour une production précédente – et il s'excusa de l'avoir si souvent envoyé au diable. Il espérait que le jeune homme lui pardonnerait à présent qu'ils se retrouvaient tous deux livrés aux caprices du destin.

András lui pardonnait.

— Je savais bien que c'était sans méchanceté, lui dit-il.

— Tu es un brave garçon, répondit Claudel qui l'embrassa sur les deux joues. C'est un bon garçon, répéta-t-il à Tibor. La crème des hommes.

M. Novak les croisa dans le vestibule, au moment où ils sortaient, et les invita dans son bureau. Là il prit trois coupes en cristal taillé pour terminer la dernière bouteille de tokay. Ils burent aux études de Tibor en Italie, et puis à la réouverture du Sarah-Bernhardt un de ces jours, et à celle des trois autres théâtres qui fermaient cette semaine-là.

— Une ville sans théâtre, c'est comme une soirée sans conversation, dit Novak. Si bonnes soient la chère et la boisson, les gens s'y ennuient. C'est d'Aristophane, je crois.

— Merci d'avoir maintenu la tête hors de l'eau à mon frère, fit Tibor.

— Oh, il se serait débrouillé sans moi, répliqua Novak en posant la main sur l'épaule d'András.

— C'est votre parapluie qui lui a sauvé la mise, sans lui, il aurait raté son train et peut-être perdu courage.

— Pas de danger, pas lui, pas notre petit M. Lévi. Il s'en serait tiré. Et vous aussi, jeune homme, vous vous en tirerez très bien, en Italie.

Il gratifia alors Tibor d'une poignée de main et lui souhaita bonne chance.

Il faisait nuit quand ils ressortirent. Ils longèrent le quai de Gesvres et virent frissonner les lumières des ponts et celles des péniches. Le vent s'engouffrait avec violence sur la longueur du fleuve, plaquant le pardessus d'András contre lui. Il savait qu'à cette heure, Klára était au studio et que son cours touchait à sa fin. Sans dire à Tibor où ils allaient, il le pilota rue François-Miron, en direction de la rue de Sévigné, refaisant ainsi le trajet pour la première fois depuis des semaines. Et quand il tourna le coin, il retrouva, ses lumières inondant le macadam, le studio de danse avec ses brise-bise, ainsi que la plaque qui annonçait Cours de Danse, Mme Morgenstern.

La musique du phono leur parvenait en sourdine à travers les vitres ; c'était le Schumann grave et majestueux qu'elle prenait pour les révérences de fin de cours. Il s'agissait en l'occurrence d'un cours intermédiaire, des fillettes de dix ans élancées, à la nuque duveteuse et aux omoplates saillant comme des ailerons sous le justaucorps en coton. Au bout de la salle, Klára leur montrait une série de profondes révérences. Ses cheveux étaient retenus en un chignon souple sur la nuque et elle portait une tenue de répétition en viscose prune, avec un ruban de velours noir autour de la taille. Ses bras étaient souples et vigoureux, ses traits sereins. Elle n'avait besoin de personne, elle s'était construit une vie, qui était celle-ci : les révérences qui clôturaient la journée, et puis, là-haut, sa propre fille, Mme Apfel, la tiédeur de l'appartement qu'elle avait réussi à s'offrir. Et pourtant, de lui, András Lévi, vingt-deux ans, élève à l'École spéciale, elle semblait attendre quelque chose, le luxe de la vulnérabilité, peut-être, l'aiguillon de l'incertitude. En la regardant, il crut que son cœur s'arrêtait de battre dans sa poitrine.

– La voilà, c'est Klára Morgenstern.

– Pour être belle, elle est belle ! s'exclama Tibor.

– Voyons si elle voudra bien dîner avec nous.

– Non, András, pas d'accord.

– Et pourquoi ? Tu es venu voir comment je vis, non ? Eh bien, voilà. Si tu ne fais pas sa connaissance, tu ne sauras rien.

Tibor regarda Klára lever les bras en couronne, imitée par ses élèves, qui s'inclinèrent jusqu'au sol.

– Elle est toute menue, c'est une sylphide !

András essayait de la voir de l'œil de son frère, c'est-à-dire pour la première fois. Il y avait quelque chose d'intrépide, de gamin, dans ses attitudes, comme s'il restait en elle une part d'enfance. Mais son regard était celui d'une femme qui a vu sa vie changer du tout au tout. Voilà ce qui faisait d'elle une nymphe, se dit András : elle incarnait à la fois l'intemporel et la fuite irrévocable du temps. Le morceau touchait à sa fin ; les petites se précipitèrent vers leurs sacs et leurs manteaux. Les deux frères les regardèrent partir. Puis ils se présentèrent devant Klára sur le seuil du studio, où elle frissonnait dans sa robe.

– András ! fit-elle, main tendue.

Elle semblait heureuse de le voir, il en fut soulagé. Il n'était pas sûr de sa réaction en venant la chercher. Mais il se trouvait dans le Marais et s'était arrêté en passant : où était le mal ? C'était un geste anodin, qu'une simple connaissance se serait permis.

– Quelle surprise, ajouta-t-elle. Et qui est ce monsieur ?

– C'est Tibor, mon frère.

Klára prit la main qu'il lui tendait.

– Tibor Lévi, enfin ! J'entends parler de vous depuis des mois. (Elle jeta un coup d'œil vers l'étage, par-dessus son épaule.) Mais qu'est-ce que vous faites ici, tous les deux ? Je me doute que vous n'aviez pas l'intention de prendre un cours de danse.

– Viens dîner avec nous, dit András.

Elle rit, un peu nerveusement.

– Pas dans cette tenue.

– Nous allons boire un verre en t'attendant.

Elle porta une main à sa bouche et se retourna de nouveau pour regarder vers l'escalier. Depuis l'appartement parvenaient des bruits de pas pressés et le froissement de manteaux.

– Ma fille qui me fait des cachotteries dîne en ville avec des amis, ce soir.

– Viens, alors, nous te tiendrons compagnie.

– D'accord. Je vous retrouve où ?

András nomma un restaurant qui servait du pot-au-feu avec de grosses tranches de pain bis. Ils l'adoraient tous deux, ils y étaient allés pendant leurs dix jours de décembre.

– J'y serai dans une demi-heure, dit Klára en s'élançant dans l'escalier.

Le restaurant était installé dans une ancienne forge, et une vague odeur d'escarbilles et de fer y demeurait encore. La forge avait été convertie en four à pain, et on y servait, sur des tables de bois mal équarries, un menu à bon marché. Ils s'attablèrent et commandèrent à boire.

– Donc, c'est ta Klára, dit Tibor en secouant la tête. Elle ne peut pas être la mère de cette fille que nous avons vue à la soirée.

– Et pourtant si, hélas.

– Quel désastre ! Comment a-t-elle fait pour avoir cette enfant ? Elle devait être à peine sortie de l'enfance elle-même.

– Elle avait quinze ans, et je ne sais rien du père, sinon qu'il est mort depuis longtemps. Elle n'aime pas en parler.

Elle entra au moment même où ils commandaient une deuxième tournée. Elle pendit son chapeau rouge et son manteau à une patère proche de leur table, puis s'assit auprès d'eux, passant ses mèches mouillées de pluie derrière son oreille. András sentit la chaleur de ses jambes, tout près des siennes ; il frôla les plis de sa robe sous la table. Elle leva les yeux vers lui et lui demanda ce qui n'allait pas. Évidemment, il ne pouvait guère lui avouer son souci le plus immédiat, à savoir que Tibor ne voyait pas leur liaison d'un bon œil, en théorie du moins. Alors il lui raconta ce qui était arrivé à Polaner, à l'École spéciale.

– Quel cauchemar ! s'exclama-t-elle en se prenant la tête à deux mains. Le pauvre garçon ! Et ses parents ? Quelqu'un leur a écrit ?

– Il nous a demandé de ne pas le faire, il a honte, tu comprends.

– Bien sûr. Mon Dieu !

Ils se turent tous trois. Lorsque András jeta un regard vers Tibor, son aîné lui parut un peu radouci. On aurait dit qu'à l'ombre de ce drame, trancher de la légitimité d'un amour devenait futile, absurde. Tibor posa des questions à Klára sur son cours de danse, elle lui demanda s'il aimait Paris et s'il pourrait visiter l'Italie avant le début des cours.

– Il ne me restera guère le temps de voyager, précisa-t-il. Les cours débutent la semaine prochaine.

– Et par quelle matière commencez-vous ?

– L'anatomie.

– Ça va vous passionner. Moi, j'ai trouvé ça passionnant.

– Vous avez étudié l'anatomie ?

– Oh oui, à Budapest, lors de ma formation de danseuse. J'avais un maître partisan d'enseigner la physique et la mécanique du corps humain. Il nous faisait étudier des livres illustrés de planches anatomiques qui dégoûtaient la majorité des filles, et quelques garçons aussi, même s'ils n'en laissaient rien paraître. Un jour, il nous a emmenés à l'école de médecine de Budapest, pendant une dissection. Il a demandé à un professeur de nous montrer les muscles, les tendons et les os de la jambe et du bras. Puis le dos, la colonne vertébrale. Deux filles se sont évanouies, je me rappelle. Mais moi, j'ai adoré.

Tibor la regarda, admiratif à son corps défendant.

– Et vous pensez que vous dansez mieux depuis ?

– Danser mieux, je ne sais pas, mais j'enseigne mieux.

Ça m'aide à expliquer certaines choses. (Elle devint pensive un instant, triturant l'ourlet de sa serviette.) Vous savez, reprit-elle, j'ai chez moi plusieurs de ces livres d'anatomie, plus qu'il ne m'en faut. Je pourrais vous en offrir un, si vous avez encore de la place dans vos bagages.

– Je ne peux pas accepter, dit Tibor.

Son œil luisait cependant d'une convoitise que son frère connaissait bien : ils avaient hérité du goût de leur père pour les vieux bouquins. L'un comme l'autre, ils avaient passé des heures chez les bouquinistes de Budapest, où Tibor avait regardé quantité de livres anciens d'anatomie, dont il montrait à son frère les gravures en couleurs : courbe esquissée d'un pancréas, nébuleuse d'un poumon. Il se consumait d'envie pour ces tomes somptueux bien trop chers pour lui, même d'occasion.

– Si, j'y tiens, dit Klára. Vous passerez tout à l'heure en choisir un.

C'est ainsi qu'après leur dîner, ils se rendirent rue de Sévigné et montèrent chez Klára. András retrouva le salon où il l'avait vue pour la première fois ; la bonbonnière en forme de nid, avec ses œufs en sucre, le divan de soie grise, le phonographe, les lampes aux abat-jour ambrés, tout le paysage intime de sa vie, qui lui avait été interdit ces dernières semaines. Elle prit trois gros livres d'anatomie reliés de cuir sur une des étagères, les posa sur le bureau et ouvrit leur couverture frappée d'or. Tibor déplia les planches, qui révélèrent les mystères du corps humain en quadrichromie. La gaine des muscles tendus autour des os, la toile d'araignée du système lymphatique, les anneaux reptiliens des intestins, la chambre de l'œil, avec sa petite fenêtre. Le volume le plus beau et le plus lourd était un in-folio du *Corpus humanum* en latin, dédicacé à Klára de la main anguleuse et hardie de son maître de ballet Viktor Romankov : *Sine scientia ars nihil est*, Budapest, 1920.

Elle prit le livre des mains de Tibor, le rangea dans son étui de cuir.

– C'est celui-là que je veux vous donner, dit-elle en le lui mettant dans les bras.

Il rougit et secoua la tête.

– Je ne pourrai jamais accepter…

– Je tiens à ce que vous le preniez, pour vos études.

– Je vais voyager, je ne voudrais pas l'abîmer, dit-il en le lui restituant.

– Si, prenez-le. Vous serez content de l'avoir, et moi je serai contente de le savoir à Modène. Ce n'est pas grand-chose, par rapport à tout ce que vous avez dû faire pour aller là-bas.

Tibor considéra l'ouvrage qu'elle venait de lui remettre, puis leva les yeux vers András, mais celui-ci fuyait son regard. Il savait que, s'il le soutenait, l'enjeu changerait de nature et que, pour son frère, accepter le cadeau reviendrait à cautionner ses relations avec Klára. Il continua donc de fixer le pare-feu aux teintes passées, qui représentait un cavalier cheminant à l'ombre d'un bois. Que Tibor s'abandonne à son seul désir de posséder le magnifique in-folio ! Après un instant d'hésitation, l'aîné exprima sa gratitude sur un ton bourru et permit à Klára d'envelopper le livre dans du papier kraft.

Lors du dernier jour de Tibor à Paris, les deux frères prirent le métro tonitruant, direction Boulogne-Billancourt. La journée était douce pour un mois de janvier ; il faisait sec, sans un souffle de vent. Ils longèrent les avenues calmes, vers le quartier où le paquebot blanc de Pingusson fendait l'air matinal comme pour appareiller. András raconta à Tibor la partie de poker, où les pertes de Perret lui avaient valu un prêt pour ses études ; puis il entraîna son frère plus loin, rue Denfert-Rochereau, où des immeubles signés Le Corbusier, Mallet-Stevens, Raymond Fischer et Pierre Patout dressaient leur force austère et sobre, rayonnant dans le matin diaphane. Depuis sa première visite ici, András était revenu mois après mois dans ce pâté de maisons où les architectes vivants qu'il admirait le plus avaient édifié ces petits sanctuaires à la simplicité et à la beauté. Un jour, il n'y avait pas si longtemps, il était tombé par hasard sur la villa Gordine, œuvre de Perret. C'était un cube vaguement japonisant, construit pour une sculptrice, avec une bande de fenêtres miroir mises en valeur par deux rectangles de briques perpendiculaires. Perret aurait pu faire construire ce qu'il voulait sur n'importe quel terrain à Paris, mais il avait choisi de réaliser cela : une œuvre d'une simplicité spartiate, un espace à échelle humaine, dans une rue minuscule, où une artiste puisse travailler en toute quiétude. Cet immeuble était devenu l'édifice préféré d'András à Boulogne-Billancourt. Les deux frères s'assirent sur le bord du trottoir d'en face, et András parla de Dora Gordine, la sculptrice lettone qui vivait là, et de l'atelier aéré que Perret lui avait dessiné sur l'arrière.

– Tu te rappelles, ces cabanes que tu construisais à Konyár, du temps que tu étais promoteur ?

Promoteur. L'été de ses neuf ans, juste avant de partir en pension à Debrecen, András était devenu entrepreneur en bâtiments pour les enfants du voisinage. Il détenait le monopole du petit bois et il ne lui fallait qu'une demi-journée pour édifier un fort ou un club. Mátyás, qui avait alors quatre ans, lui servait d'assistant. Il l'accompagnait sur les chantiers et lui tendait gravement les clous pendant qu'il assemblait les cabanes. En retour de ses prestations, András se voyait offrir la photo d'un père en soldat, une flottille d'avions de guerre en fer-blanc, un crâne de chat, un bateau en balsa, une souris blanche dans sa cage. Cet été-là, il avait été le gamin le plus riche du village.

– Tu te souviens de ma souris ? Du nom que tu lui avais trouvé ? demanda András.

– Eliahu ha Navi.

– Anya était furieuse, c'était sacrilège, pour elle.

Il sourit et plia les doigts contre le trottoir froid. Les ombres s'allongeaient ; le froid transperçait les couches successives de ses vêtements. Il était sur le point de proposer de lever le siège, quand Tibor s'allongea en appui sur les coudes pour regarder la terrasse du toit avec sa rangée de petits conifères.

– C'était l'année où je suis tombé amoureux pour la première fois de ma vie, je ne te l'ai jamais dit. Tu étais trop jeune pour comprendre, et le temps que tu grandisses, j'étais amoureux d'une autre, Zsuzsanna, celle que j'emmenais au bal quand j'étais au gimnázium. Mais avant elle, il y avait eu Rózsa Geller. Rózsika. J'avais treize ans et elle seize. C'était l'aînée des filles dans la famille qui m'hébergeait, à Debrecen. Cette famille qui a déménagé juste avant ton arrivée.

András entendit un accent insolite dans la voix de Tibor, comme une pointe d'amertume.

– Seize ans, dit-il en sifflant. Une vieille !

– Je la regardais prendre son bain. Elle se baignait dans la cuisine, dans un tub en fer-blanc, et mon lit se trouvait juste derrière le rideau. Le rideau était plein de trous et elle devait bien savoir que je la regardais.

– Et tu voyais tout ?

– Tout. Elle se levait pour se rincer avec un broc en fredonnant *La Marseillaise*.

– Pourquoi *La Marseillaise* ?

– Elle était amoureuse d'un acteur de cinéma français qui avait joué dans des tas de films de guerre.

– Pierre Fresnay.

– Tout juste, il s'appelait comme ça, ce salopard. Comment tu le sais ?

– À cause de mon ami Ben Yakov, il lui ressemble trait pour trait.

– Hmm. Heureusement que je ne le savais pas quand tu me l'as présenté.

– Et alors, qu'est-ce qui s'est passé ?

– Un jour son père m'a pris en flagrant délit. Il m'a battu jusqu'au sang. Il m'a cassé le bras.

– Tu t'es cassé le bras au foot !

– Version officielle. Son père m'a menacé de me dénoncer à la police si je disais la vérité. Ils m'ont chassé de la maison. Je ne l'ai jamais revue.

– Oh bon Dieu, Tibor, j'étais loin de m'en douter !

– C'était le but.

– C'est terrible, tu n'avais que treize ans.

– Et elle en avait seize. Elle était trop maligne pour laisser durer les choses. Elle devait bien savoir que je finirais par me faire prendre. Peut-être qu'elle voulait que je me fasse prendre. (Il se leva en époussetant son pantalon.) Alors tu vois, voilà mon expérience avec les vieilles.

Il y eut un mouvement derrière l'une des fenêtres, l'ombre d'une femme traversant un carré de lumière. András se leva à son tour. Il imaginait la sculptrice se mettant à la fenêtre et les voyant traîner là, comme pour guetter son apparition.

– Je n'ai plus treize ans, ni Klára seize.

– Certes non, vous êtes adultes. Ce qui veut dire que les conséquences seront plus graves si vous perdez la tête.

– Trop tard, dit András, j'ai déjà perdu la tête. Advienne que pourra, je suis à sa merci.

– Alors j'espère qu'elle te montrera quelque merci, dit Tibor, qui employa le mot yiddish *rachmones*, celui-là même qui avait ramené András à lui, trois mois plus tôt, dans le jardin du Luxembourg.

Le lendemain matin, ils se rendirent à la gare de Lyon avec les bagages de Tibor, tout comme ils s'étaient rendus avec ceux d'András à la gare Nyugati, le jour où il avait pris le train pour Paris. À présent, c'était Tibor qui partait tenter l'aventure en terre étrangère, Tibor qui irait étudier, travailler, négocier les zones d'ombre d'une langue qui n'était pas la sienne. Le vent s'engouffrait sur toute la longueur des boulevards, essayant de leur arracher les valises, et la tiédeur de la veille n'était plus qu'un rêve. Paris retrouvait la grisaille de l'arrivée d'András. Il aurait bien voulu avoir un prétexte pour retenir Tibor un jour, une semaine de plus. L'aîné avait raison, bien sûr. Il avait commis une folie en s'engageant dans cette liaison avec Klára Morgenstern. Il s'était aventuré en terrain périlleux, il avançait à pas de fourmi sur un sentier de plus en plus étroit, vers une corniche aveugle. Il n'était pas chaussé ni habillé pour l'entreprise ; il n'avait pas les provisions nécessaires, ni le mental, ni la faculté de prévoir la suite, ni l'expérience. Il n'avait qu'un espoir intrépide, assez proche de celui qui poussait les explorateurs du XVe siècle à quitter hardiment les routes cartographiées. Après lui avoir fait observer combien il était démuni, comment Tibor pouvait-il l'abandonner à son sort ? Comment pouvait-il monter dans ce train et filer vers l'Italie, même si ses études de médecine l'attendaient à sa descente ? Son rôle avait toujours consisté à lui montrer la voie lorsqu'elle était obscure, parfois au sens le plus littéral du terme : dans leur enfance, il arrivait que sa main soit le seul guide du cadet dans les ténèbres. Mais voilà qu'ils étaient arrivés en gare de Lyon. Le train était là, noir, impassible sur ses rails.

— Bon, eh bien j'y vais, moi, dit Tibor.

« Reste », aurait voulu dire András, mais il lança :

— Bonne chance !

— Écris-moi. Et ne va pas t'attirer d'ennuis, tu m'entends ?

— Parfaitement.

— Tant mieux. À bientôt.

« Menteur », aurait voulu dire András.

Tibor lui mit une main sur la manche. On aurait dit qu'il allait ajouter quelque chose, un dernier mot en hongrois, avant de monter à bord de ce train bondé où l'on n'entendait parler que l'italien et le français. Mais il se tut, l'œil sur l'immense bouche de la gare et l'enchevêtrement des rails au-delà. Il s'engagea sur le marchepied et András lui tendit son sac de cuir. Ses lunettes à monture d'argent lui tombèrent sur le nez, il les redressa avec son pouce.

— Écris-moi dès que tu arrives, dit András.

Tibor mit la main à sa casquette et s'engagea dans la voiture de troisième ; il avait disparu.

Lorsque le train démarra, András repassa par les portes qui disaient *Sortie* et déboucha dans une ville où son frère n'était plus. Il avançait, les pieds engoncés dans les richelieus tout neufs que Tibor lui avait apportés de Hongrie. Indifférent aux passants qu'il croisait, à l'endroit où il allait. S'il avait quitté le trottoir pour s'élever dans les airs, s'il avait pu monter dans le vide au-dessus des voitures, entre les immeubles, jusqu'à apercevoir les toits avec leurs cheminées rouges et leur géométrie irrégulière, s'il avait encore grimpé pour se trouver à patauger dans la gadoue des nuages lourds, au ciel d'hiver, il n'aurait éprouvé aucun choc, aucune joie ; ni surprise ni stupeur, rien que cet engourdissement moite de ses membres. Ses pas l'entraînaient toujours plus loin de son frère, toujours vers l'ouest, vers le boulevard Raspail, entre les portes bleues de l'École spéciale.

Une foule d'étudiants se massait dans la cour, par groupes de deux ou trois, tête baissée, silencieux. L'air était plombé. Il régnait une présence noire et palpable, troupeau de corneilles figé dans son vol. Sur un banc plein d'échardes, dans un coin, Perret était assis, la tête dans les mains.

Voici ce qui s'était passé : par un courrier qui avait

mis du temps à lui parvenir, chez ses parents à Bayeux, où il s'était réfugié après l'agression, Lemarque avait appris les blessures de Polaner. La lettre de ses complices lui annonçait qu'il se trouvait à l'hôpital, entre la vie et la mort, souffrant d'hémorragies internes. Ces détails étaient censés le réjouir, lui montrer qu'ils n'avaient pas fait tout cela pour rien et que les conséquences de cette expédition punitive suivaient leur cours. À la réception de cette lettre, Lemarque en avait écrit deux. L'une adressée au directeur de l'École, où il endossait la responsabilité de ce qui s'était passé et dénonçait ses complices, étudiants de troisième et de quatrième année. L'autre à Polaner. Plus tard dans la nuit, après avoir déposé les deux missives sur la table de la cuisine, il était allé se pendre à une poutre dans la grange de ses parents. Son père avait découvert son corps au matin, froid et bleu comme l'aube d'hiver.

# Chapitre 14

# Une coupe de cheveux

Il fut décidé, lors d'une réunion nocturne dans le bureau de Perret tout d'abord, puis à la Colombe bleue plus tard encore, qu'András se chargerait d'annoncer la mort de Lemarque à Polaner. Perret pensait qu'en tant que directeur de l'École, il lui incombait de le faire, mais Vágo argua que, dans cette situation délicate, des mesures exceptionnelles s'imposaient. La nouvelle passerait peut-être mieux si elle était annoncée par un ami. András, Rosen et Ben Yakov en convinrent et choisirent de confier la lettre à András. Bien entendu, on attendrait que les médecins jugent Polaner hors de danger, et il y avait tout lieu de croire que cela ne saurait plus tarder. Au cours de la deuxième semaine d'hospitalisation, les symptômes et les séquelles des hémorragies internes avaient diminué. Le jeune homme n'était plus dans la confusion mentale ; ses ecchymoses et ses bosses s'estompaient ; il parvenait à manger et à boire tout seul. Il serait encore dans un état de faiblesse pendant un bon mois, disaient les médecins, le temps de refaire le sang qu'il avait perdu, mais tous s'accordaient à le déclarer tiré d'affaire. Ce week-end-là, d'ailleurs, András le trouva si bien rétabli qu'il se risqua à aborder l'un des soignants pour lui signaler la mort de Lemarque en choisissant ses mots. Le médecin, un interne à la figure longue, qui avait fait du cas Polaner une question personnelle, exprima des inquiétudes sur les effets possibles

251

du choc. Mais comme on ne pouvait lui cacher la vérité indéfiniment, mieux valait peut-être l'apprendre à Polaner pendant qu'il était encore sous surveillance à l'hôpital.

Le lendemain, assis au chevet de son ami, sur la chaise de métal désormais familière, András se risqua à parler de l'École spéciale pour la première fois depuis l'agression : puisque Polaner récupérait si bien, le docteur envisageait qu'il reprenne progressivement ses études. Avait-il besoin de quelques affaires ? Ses cours de statique, de quoi dessiner, un carnet de croquis ?

Polaner jeta un regard navré à András et ferma les yeux.

— Je ne retournerai pas à l'École, dit-il. Je vais rentrer chez moi, à Cracovie.

András lui posa une main sur le bras.

— Tu es sûr de toi ?

Polaner exhala un long soupir.

— C'est ce qui a été décidé pour moi. C'est ce qu'eux ont décidé.

— Ils n'ont rien décidé du tout. Tu retournes à l'École si tu le veux.

— Impossible, dit Polaner, ses yeux s'emplissant de larmes. Comment veux-tu que j'affronte Lemarque, ou l'un des trois autres ? Je ne peux tout de même pas arriver à l'atelier et m'installer à ma table comme si de rien n'était.

À quoi bon attendre encore ? András sortit la lettre de sa poche et la remit à son ami. Ce dernier regarda longuement l'écriture effilée de Lemarque sur l'enveloppe libellée à son nom. Puis il l'ouvrit et lissa la feuille unique contre sa cuisse. Il lut les six lignes dans lesquelles Lemarque lui faisait ses aveux et lui demandait pardon, pour cette agression tout d'abord, et pour ce qu'il avait résolu de faire. Lorsqu'il eut achevé sa lecture, il replia la lettre et se recoucha sur ses oreillers, les yeux fermés, la poitrine se soulevant et s'abaissant sous les draps.

— Oh mon Dieu, souffla-t-il. C'est comme si je l'avais tué de mes mains.

Jusqu'à cet instant, András pensait avoir touché le fond de sa haine pour Lemarque, il se disait qu'avec la mort de ce dernier, elle avait fait place à une forme de pitié. Mais à voir Polaner souffrir, à voir les traits familiers du visage de son ami se plisser sous le fardeau de cette nouvelle, il se sentit trembler de fureur. Ils étaient bien pires que l'annonce de sa mort, ces aveux de remords et d'amour. À présent, Polaner songerait toute sa vie à ce qu'ils avaient raté, à ce qu'ils auraient pu connaître si le monde n'était pas ce qu'il était. Plus cruel que l'agression, plus cruel que la mort, c'était là comme l'aiguillon de certaines orties urticantes qui poussent dans les plaines du Hadjú : une fois sous la peau, il s'y enfonce toujours plus, répandant son poison des jours, des semaines durant, et la victime est en feu.

András demeura au chevet de Polaner jusqu'à la nuit close, ignorant l'infirmière de salle qui lui rappelait que l'heure des visites était dépassée. Comme elle insistait, il lui dit qu'il faudrait qu'elle appelle la police pour le déloger ; finalement, l'interne à la longue figure intercéda en sa faveur, et il eut la permission de rester toute la nuit et une partie de la matinée. En veillant le malade, il se remémorait ce que ce dernier lui avait dit à la Colombe bleue, en octobre. « Moi, tout ce que je veux, c'est faire profil bas. Je veux étudier et avoir mon diplôme. » Si cela était en son pouvoir, se disait András, il empêcherait la honte et le chagrin de Polaner de le renvoyer chez lui, à Cracovie.

Il s'écoula encore une semaine avant que le convalescent puisse quitter l'hôpital. Ce jour-là, ce fut András qui le ramena dans sa chambre, boulevard Saint-Germain. Il veilla sur la guérison de ses blessures, lui donna à manger, apporta ses vêtements à la blanchisserie, ranima le feu dans la cheminée quand il faiblissait. Un matin, en rentrant de la boulangerie, il trouva Polaner assis dans son lit, avec un carton à dessin sur ses genoux levés ; le couvre-lit était inondé de copeaux de crayon, la chaise auprès du lit, jonchée de fusains. András posa les deux baguettes sur la table sans un mot, prépara du thé et des tartines pour son ami et les lui servit au lit. Ensuite de quoi, il s'installa à table. Toute la matinée, le frottement du crayon de Polaner l'accompagna dans son travail comme une musique.

Un peu plus tard, devant le miroir du bureau, Polaner passa la main sur sa barbe naissante.

– J'ai une tête de repris de justice. On croirait que je sors de prison.

– Tu as bien meilleure mine qu'il y a quelques semaines.

– J'aurais presque envie de me faire couper les cheveux, c'est ridicule, non ?

– Qu'est-ce que ça a de ridicule ?

– Je ne sais pas, tout. D'abord, je ne suis vraiment pas sûr d'avoir la force de m'asseoir dans le fauteuil d'un barbier et de supporter son verbiage.

András s'approcha de lui pour se voir dans la glace. Il était lui-même plus soigné qu'il ne l'avait été depuis des semaines. Klára lui avait coupé les cheveux, la veille ; elle avait su lui donner une allure de gentleman, même si elle aimait qu'il porte les cheveux longs.

– Bon, écoute, si je demandais à une personne de mes amis de venir te couper les cheveux à domicile ? Ça t'épargnerait de faire la causette avec le coiffeur.

– Un ami à toi ? Quel ami ? dit Polaner dans le miroir.

– Une personne très proche.

Polaner se retourna pour regarder András bien en face.

– *Une* amie ?

– Exactement.

– Quelle amie, András ? Il s'en passe, des choses, depuis que je suis cloué au lit.

— J'ai bien peur que ces choses se passent depuis beaucoup plus longtemps. Depuis des mois, à vrai dire.

Polaner lui adressa un petit sourire timide et furtif ; en cet instant, et pour la première fois depuis qu'il avait appris la mort de Lemarque, il semblait redevenu lui-même.

— Et naturellement, tu ne souhaites pas m'en dire davantage ?

— J'en ai trop dit ou pas assez, alors…

Polaner lui désigna une chaise.

— Raconte.

Le lendemain soir, Polaner était assis sur cette même chaise, au milieu de la pièce, une serviette de table sur les épaules, le miroir calé face à lui, et Klára Morgenstern s'affairait avec peigne et ciseaux, tout en lui parlant de sa voix basse et envoûtante. Lorsque András lui avait demandé ce service, elle avait compris d'emblée pourquoi elle devait accepter et avait décommandé son dîner en ville. Et aujourd'hui, comme ils traversaient la Seine pour se rendre chez Polaner, elle avait pressé la main d'András avec une ferveur muette, les yeux baissés : sans doute était-elle en proie au souvenir d'un chagrin du même ordre. Maintenant, debout au coin du feu, il regardait les mèches de cheveux tomber, avec une gratitude muette envers celle ayant compris la nécessité d'accomplir ce geste simple et intime, qui aiderait un homme à recouvrer la santé, dans une mansarde du boulevard Saint-Germain.

# Chapitre 15

# Aux Tuileries

Ce printemps-là, lorsqu'il n'était pas en cours, occupé à soigner Polaner ou en compagnie de Klára, András apprenait à concevoir et construire des décors sous la tutelle de Vincent Forestier. M. Forestier avait son atelier rue des Gravilliers, où il dessinait des plans et fabriquait des maquettes ; pendant des mois, il avait désespérément cherché un apprenti pour l'aider à cette élaboration minutieuse – un vrai travail de bénédictin. L'homme était grand, lourd et mélancolique, les joues perpétuellement envahies d'un commencement de barbe grise ; il avait la manie de ponctuer ce qu'il disait par un haussement de ses vastes épaules, comme s'il accordait lui-même peu de crédit à ses paroles. Mais il apparut bientôt que ce discret était un génie dans son domaine. Dans les contraintes budgétaires les plus strictes et les délais les plus brefs, il vous fabriquait des palais, des rues, des bosquets ombreux dans le style incomparable qui était le sien. Ses décors autorisaient toutes les transformations : la charmille de la reine des fées se métamorphosait en QG du commandant, dans un autre théâtre de la ville, lequel devenait compartiment de train, hutte d'ermite, lit à baldaquin d'un pacha dans un autre théâtre encore. Le décor réversible intérieur-extérieur, dont András avait eu l'idée, n'était pour Forestier que l'enfance de l'art. Véritables puzzles, ses structures se déclinaient en trois ou quatre intérieurs différents selon l'assemblage des parties. Maître de l'illusion d'optique, il faisait grandir ou rapetisser un acteur qui traversait la scène, transformait la nursery en chambre des horreurs, au prix d'un subtil jeu d'éclairages. En projetant des plaques colorisées à la main, il évoquait des villes ou des montagnes lointaines, des présences fantomatiques, les souvenirs de jeunesse d'un personnage. Une lanterne magique qui tournait à la chaleur d'une bougie faisait fuser des vols d'oiseaux à travers une gaze. Tous ces décors cachaient des trappes et des panneaux pivotants, leur surface abritait un intérieur mystérieux qui recelait à son tour d'autres intérieurs gigognes, dont le dernier offrait une ressemblance troublante avec l'extérieur. M. Forestier lui-même avait le talent d'apparaître et de disparaître tel un acteur au milieu d'un décor de sa fabrication ; il surgissait pour assigner une tâche à András et, cinq minutes plus tard, il s'était volatilisé en l'abandonnant à ses difficultés techniques et ses conjectures. Après le tumulte du Sarah-Bernhardt, ce travail lui paraissait parfois bien solitaire. Mais le soir, en repartant chez lui, il se disait que Klára l'attendait peut-être.

Il rentrait toujours très vite, dans l'espoir de la trouver. Le plus souvent, il ne faisait qu'étreindre son fantôme dans le noir, cette ombre qui hantait encore la chambre en l'absence de la femme de chair. Quand il s'écoulait plusieurs jours entre ses visites, il croyait devenir fou. Il savait bien, mais n'aimait pas se l'entendre rappeler, que pendant qu'il suivait ses cours ou s'occupait de Polaner, elle avait une vie personnelle. Elle donnait des dîners, allait au cinéma et au théâtre, fréquentait les clubs de jazz et les vernissages. Il se représentait les visages de ceux qu'elle rencontrait chez ses amis ou recevait chez elle – danseurs et chorégraphes étrangers, jeunes compositeurs, écrivains, acteurs, riches mécènes –, ne doutant pas qu'ils l'éclipseraient bientôt dans son cœur. Si elle s'abstenait de venir rue des Écoles trois soirs de suite, il se disait : *Ça y est*, et passait la journée suivante dans les brumes du désespoir. S'il marchait seul dans la rue, il en voulait à tous les couples qu'il croisait ; essayait-il de tuer le temps au cinéma qu'il maudissait la déesse aux cheveux de jais qu'on voyait quitter furtivement le compartiment de son mari pour se glisser au clair de lune dans la couchette de son amant. Et si, à la fin d'une soirée de ce genre, il apercevait de la lumière à sa fenêtre, rue des Écoles, il montait l'escalier en pensant qu'elle n'était venue que pour rompre définitivement. Alors, il ouvrait la porte et la trouvait assise au coin du feu, en train de lire un roman, de faire l'ourlet d'une tenue de danse ou de préparer du thé ; elle se levait, se pendait à son cou, et il avait honte d'avoir douté d'elle.

À la mi-mai, lorsque les arbres revêtirent leurs pourpoints verts et que la brise de la Seine se fit douce, même la nuit, Klára parut un samedi soir coiffée d'un chapeau neuf, une toque de printemps bleu pâle, ornée d'un ruban bleu plus soutenu. Un chapeau neuf, quoi de plus simple. Un petit rien, un accessoire de mode, l'indice du changement de saison. Certes, depuis la cloche rouge de leurs premières étreintes, l'hiver passé, il lui avait connu toutes sortes de coiffures : le feutre camel à plume noire, le bonnet vert gansé de cuir. Mais contrairement aux autres, cette toque résolument printanière lui remémora le passage du temps : il était encore étudiant et elle encore à l'attendre, ils n'entretenaient qu'une liaison, impalpable, impermanente. Il retira l'épingle en forme de libellule et accrocha le chapeau à la patère, près de la porte, puis il prit les mains de Klára et l'entraîna vers le lit. Elle sourit en l'entourant de ses bras, lui chuchota son nom à l'oreille, mais il lui reprit les mains et s'assit à côté d'elle.

– Quoi ? Qu'est-ce que tu as ?

Impossible de parler, impossible même d'aborder ce qui lui faisait chagrin. Il ne savait comment lui dire que

259

son chapeau lui rappelait que la vie est courte et qu'il ne méritait pas, aujourd'hui plus qu'hier, la femme qu'elle était. Alors il la serra dans ses bras et lui fit l'amour – tant pis s'il ne devait jamais y avoir autre chose entre eux que ces rencontres nocturnes, cette liaison bridée.

Les heures s'envolèrent. Le temps de s'arracher à la chaleur du lit et de s'habiller, il était presque trois heures du matin. Ils descendirent les cinq étages et marchèrent jusqu'au boulevard Saint-Michel pour héler un taxi. Ils se disaient toujours au revoir au même carrefour. Ce carré de trottoir qui lui volait sa bien-aimée soir après soir, il l'avait pris en haine ; le jour, dans le vacarme d'un quotidien indifférent à l'amour, ce n'était pas pareil ; il parvenait presque à y voir un coin de rue comme un autre, sans importance particulière. Mais la nuit, c'était son tourment. Il n'en supportait pas la vue, ni celle de la librairie d'en face, des tilleuls entourés d'une grille, de la pharmacie avec sa croix verte – rien. Il emprunta donc une autre rue avec elle pour rejoindre la Seine.

– Où allons-nous ? lui demanda-t-elle avec un sourire.

– Je te raccompagne chez toi.

– D'accord, la nuit est magnifique.

Elle l'était en effet : une brise de mai soufflait entre les rives du fleuve lorsqu'ils le traversèrent en direction du Marais. Les trottoirs étaient noirs d'hommes et de femmes en tenue de soirée ; personne ne voulait tenir la nuit quitte de ses plaisirs. András entretenait la chimère qu'en arrivant chez Klára, ils monteraient l'escalier et longeraient le couloir sans bruit pour pénétrer dans sa chambre et s'endormir ensemble dans son lit blanc. Mais au 39, l'appartement brillait de tous ses feux. Mme Apfel descendit en trombe au bruit de la clef dans la serrure : Elisabet n'était toujours pas rentrée.

Klára écarquilla des yeux affolés.

– Il est trois heures passées !

– Je le sais bien, dit Mme Apfel en tordant le bord

de son tablier. Je n'avais pas idée d'où aller pour vous trouver.

– Oh mon Dieu, qu'est-ce qui a pu arriver ? Elle n'est jamais rentrée aussi tard.

– Je l'ai cherchée dans tout le quartier, madame.

– Et moi qui suis restée absente tout ce temps ! Oh, mon Dieu ! Trois heures du matin ! Elle m'avait dit qu'elle allait danser avec Marthe !

Klára passa l'heure suivante à donner des coups de téléphone affolés : Marthe n'avait pas vu Elisabet de la soirée, les hôpitaux n'avaient admis aucune malade de ce nom, et la police n'avait reçu aucune plainte où apparaîtrait un signalement qui lui correspondît. Après avoir raccroché, Klára se mit à arpenter la pièce, mains sur la tête.

– Je vais la tuer, s'exclama-t-elle, après quoi elle fondit en larmes. Où est-elle ? Il est presque quatre heures !

András avait bien envisagé qu'elle soit avec son blond Américain et que la raison de son absence soit celle-là même qui faisait que Klára était rentrée si tard. Mais il avait juré de garder le secret ; il hésitait à faire état de ses soupçons. Cependant voir Klára se torturer ainsi était au-dessus de ses forces. En outre, il était peut-être dangereux de tergiverser. Elisabet pouvait être en danger, si on avait versé de la drogue dans son verre au cours d'une de ces soirées échevelées chez József, si elle était toute seule à l'autre bout de Paris après un bal qui avait mal tourné – il fallait qu'il parle.

– Ta fille a un ami, annonça-t-il à Klára. Je les ai vus ensemble à une soirée. Nous n'avons qu'à chercher où il habite et passer chez lui.

Klára plissa les paupières.

– Un ami ? Quel ami ? Quelle soirée ?

– Elle m'a supplié de ne pas te le dire, et je le lui ai promis.

– C'était quand ?

– Il y a des mois, en janvier.

– En janvier ! (Elle s'appuya au divan, comme pour ne pas défaillir.) Tu veux rire, András ?

– Je te demande pardon, j'aurais dû t'en parler plus tôt, mais je ne voulais pas trahir la confiance d'Elisabet.

Son regard étincelait de rage.

– Et comment s'appelle cet individu ?

– Je connais son prénom mais pas son nom. Ton neveu le sait, lui. Nous pouvons aller chez lui, je monte et tu restes dans le taxi.

Elle prit son manteau de demi-saison sur le divan, et un instant plus tard, ils dégringolaient l'escalier. Mais lorsqu'ils ouvrirent la porte, ils se retrouvèrent nez à nez avec Elisabet, chaussures de soirée dans une main, sucre d'orge dans l'autre. Depuis le seuil, Klára lui jeta un long regard ; souliers et friandise disaient clairement qu'elle ne venait pas d'une innocente soirée avec Marthe. Elisabet pour sa part jeta un long regard à András. Qui fut incapable de le soutenir, de sorte qu'elle comprit aussitôt qu'il l'avait trahie. Elle lui lança un coup d'œil où la stupeur le disputait à l'indignation et, les bousculant tous deux au passage, monta en trombe dans l'appartement. Quelques minutes plus tard, la porte de sa chambre claquait.

– On en reparlera, dit Klára, qui abandonna András dans l'entrée.

Il venait de s'attirer leur courroux et leur mépris, à l'une comme à l'autre.

– Je considère qu'il faut que vous sachiez quelle femme est ma mère, dit Elisabet.

Elle était assise sur un banc aux Tuileries, et lui se tenait debout face à elle. Deux jours s'étaient écoulés sans qu'il ait eu de nouvelles de la rue de Sévigné. Et puis, cet après-midi, Elisabet était venue le surprendre dans la cour de l'École spéciale. Aussitôt Ben Yakov

et Rosen en avaient déduit qu'elle devait être la mystérieuse créature qu'András fréquentait, cette femme qu'ils
n'avaient jamais rencontrée jusque-là et dont lui-même
parlait incidemment et dans les termes les plus vagues
à la Colombe bleue. Lorsque, en sortant de l'atelier, ils
l'avaient découverte, bras croisés sur le corsage de sa
robe vert pâle et considérant András d'un air glacial,
Rosen avait sifflé et Ben Yakov haussé un sourcil.

– C'est une amazone ! Quelle note tu lui donnes au lit ?

Seul Polaner savait qu'elle n'était pas l'aimée d'András.
Lui qui, grâce aux bons soins d'András et Klára, ainsi
qu'à l'amitié sans faille de Rosen et Ben Yakov, était
revenu à l'École spéciale assister aux cours. Seul Polaner
était dans la confidence, et s'il n'avait jamais rencontré
Elisabet, il en savait aussi long sur l'histoire et la famille
de Klára qu'András lui-même. De sorte qu'en voyant
cette grande jeune fille puissante qui diffusait une manière
de fluide glacial à l'intention d'András, il avait compris
aussitôt qui elle était. Il avait détourné l'attention de Ben
Yakov et Rosen en leur demandant de l'accompagner
à la buvette de l'école, après quoi il avait bien fallu
abandonner András à son sort.

Alors, elle l'avait entraîné sur le boulevard Raspail
sans un mot, puis jusqu'aux Tuileries, marchant un
mètre devant lui, ses cheveux tirés en une queue-de-
cheval serrée qui battait dans son dos au rythme de
ses pas. Il l'avait suivie, boulevard Raspail, boulevard
Saint-Germain, ils avaient franchi la Seine, étaient arrivés aux Tuileries. Elle le précédait le long des allées
éclaboussées d'or, de lilas, de fuchsia, dans l'entêtante
profusion des fleurs de mai, et ils étaient parvenus au
seul coin inhospitalier du jardin, un banc noir dont la
peinture s'écaillait, un parterre défleuri. Derrière eux
frémissait la circulation de la rue de Rivoli. Elle s'était
assise, bras croisés de nouveau, et lui avait lancé un
regard chargé de haine.

– Il n'y en a pas pour longtemps, avait-elle annoncé.

Et c'est alors qu'elle avait ajouté qu'il lui fallait savoir quelle femme était sa mère.

– Je sais quelle femme elle est, répondit-il.

– Vous lui avez dit la vérité sur Paul et moi, et maintenant je vais vous dire la vérité sur elle.

Elle est furieuse, se rappela-t-il. Elle fera n'importe quoi pour me blesser, elle inventera tout ce qu'elle voudra. Mais en somme, il lui devait de l'écouter puisqu'il l'avait trahie.

– Soit, fit-il. Et que voulez-vous me dire ?

– Vous pensez sans doute être le premier amant de ma mère depuis mon père ?

– Je sais qu'elle a eu une vie compliquée, vous ne m'apprenez rien.

Elle eut un petit rire dur.

– Compliquée ? Je ne dirais pas ça. C'est plutôt une vie simple, une fois qu'on en a compris le schéma. Du plus loin que ma mémoire remonte, j'ai vu de pauvres types quémander ses faveurs. Elle a toujours su s'estimer à sa juste valeur et obtenir d'eux ce qu'elle voulait. Comment croyez-vous qu'elle s'est procuré son appartement et son studio de danse ? En faisant les pointes ?

Pour ne pas la gifler, il enfonçait ses ongles dans la paume de ses mains.

– Ça suffit, je ne veux pas en entendre davantage.

– Il faut bien que quelqu'un vous dise la vérité.

– Votre mère ne me prend pas pour un imbécile, vous seriez bien avisée de faire comme elle.

– Mais vous êtes un imbécile, justement, un pauvre imbécile. Vous n'êtes qu'un jouet pour elle, elle se sert de vous pour rendre un autre homme jaloux. Un homme, un vrai, un adulte, celui-là ; qui a un métier et de l'argent. Tenez, lisez vous-même.

Elle sortit de son cartable d'écolière un paquet d'enveloppes adressées à Klára par une main masculine. Elle en sortit un autre, et puis encore un autre, des liasses de lettres. Elle ouvrit une enveloppe sur le dessus du paquet, en extirpa la lettre et la lut :

– « Ma chère Odette (il l'appelle Odette, du nom de la princesse-cygne, dans le ballet), depuis la nuit dernière, je ne fais que penser à toi. J'ai ton goût sur mes lèvres, mes mains sont pleines de toi, ton parfum flotte dans toute la maison. »

András prit la lettre qu'elle lui tendait. Il y vit les lignes qu'elle venait de lire, l'écriture lui sembla familière, il retourna la feuille pour voir la signature qui se réduisait à une initiale : Z. Le cachet de l'enveloppe remontait à un an.

– Qui croyez-vous que ce soit ? dit Elisabet en le regardant dans les yeux. C'est votre M. Novak, Z, comme Zoltán. Elle est sa maîtresse depuis onze ans, et quand les choses se gâtent entre eux, ce qui arrive de temps en temps, elle se met avec des crétins de votre acabit pour le rendre fou. Il revient toujours. Voilà comment ça se passe. À présent, vous savez.

Il sentit une vague d'aiguilles brûlantes déferler en lui. On aurait dit qu'on avait percé un trou dans ses poumons, il ne pouvait plus respirer.

– Vous avez fini ? demanda-t-il.

Elle se leva, lissa la jupe de la robe vert pâle.

– C'est dur à avaler, je ne dis pas, mais je vous assure que ce n'est pas plus dur que ce qu'elle me fait depuis qu'elle est au courant pour Paul.

Sur ce, elle l'abandonna aux Tuileries avec les lettres de Novak.

Il n'alla pas travailler. Il resta sur le banc, dans ce coin poussiéreux du jardin, et lut les lettres. La plus ancienne était datée de janvier 1927. Il y découvrit comment Klára et Novak s'étaient rencontrés après un spectacle de danse ; il lut la lettre où celui-ci évoquait ses efforts inutiles pour rester fidèle à sa femme, celle où il disait son mélange de jubilation et de culpabilité après sa première escapade avec Klára. Il y avait des allusions cryptées à des endroits où ils avaient sans doute fait l'amour, une loge à l'Opéra, la maison d'un ami à Montmartre, une chambre lors d'une soirée, le bureau de Novak au Sarah-Bernhardt. Il y avait des billets où Novak quémandait un rendez-vous, d'autres où il suppliait Klára de lui refuser le suivant. Il était question de disputes suscitant des crises de conscience chez l'un comme chez l'autre, et puis un silence de près de six mois venait interrompre la correspondance. Ils devaient s'être séparés, elle devait voir un autre homme, car dans les lettres suivantes, Zoltán évoquait avec colère un jeune danseur nommé Marcel. (Le Marcel qui lui avait écrit toutes ces cartes postales de Rome ? songea András.) Il exigeait qu'elle rompe avec lui. Comment imaginer une seconde que les sentiments de ce jeune lézard puissent se comparer aux siens ? Et puis elle avait dû accéder à sa demande, car ensuite, les lettres retrouvaient leur cadence régulière, il y revenait des allusions tendres aux moments passés avec Klára. Il y avait celles où il lui parlait du studio de danse, de l'appartement qu'il lui avait trouvé, des lettres prosaïques autour de trans-actions immobilières. Des messages désespérés où il lui annonçait qu'il allait quitter sa femme et s'installer avec elle rue de Sévigné ; il l'épouserait, il adopterait sa fille. Et après il en venait d'autres où, son ivresse amou-reuse disparue, il expliquait pourquoi il n'en ferait rien. Nouvelle interruption, nouvelles lettres, nouvel amant de Klára, écrivain, celui-là, dont les pièces avaient été jouées au Sarah-Bernhardt. Une certaine semaine, Novak jurait que c'était la goutte d'eau qui faisait déborder le vase, que tout était fini entre eux, et puis la semaine suivante, il la suppliait de lui revenir, et celle d'après, il apparaissait qu'elle l'avait fait. *Quel doux soulagement de t'avoir à moi de nouveau, mes espoirs les plus fous sont comblés.* Enfin, début 1937, sa femme avait appris par leur avocat qu'ils étaient propriétaires d'un bien dont elle ignorait tout jusque-là. Elle l'avait mis au pied du mur, il avait avoué. Elle avait exigé qu'il choisisse. C'est alors qu'il était retourné en Hongrie – soi-disant pour guérir une tuberculose relativement bénigne, mais, en fait, pour choisir entre son couple et sa maîtresse. Il était sans doute sur le chemin du retour lorsque András l'avait rencontré à la gare. Il était bourrelé de remords, honteux d'avoir trompé à la fois Edith et Klára. Il avait rompu avec sa maîtresse et mis son épouse enceinte. La nouvelle était arrivée en décembre. Mais la dernière lettre remontait à une quinzaine de jours : il s'était laissé dire que Klára sortait avec un autre homme, et pas n'importe lequel puisqu'il se serait agi d'András Lévi, le jeune Hongrois qu'il avait embauché au Sarah-Bernhardt à l'automne. Il la sommait de s'expliquer. Il lui demandait de le faire en personne, lui donnant rendez-vous dans un certain hôtel, un certain après-midi. Il l'y attendrait.

András était assis sur son banc, la pile de lettres à côté de lui. Cet après-midi-là, deux semaines plus tôt, que faisait-il ? Était-il à l'École ? Au travail ? Il ne s'en souvenait pas. Avait-elle annulé ses cours de danse ? Était-elle allée au rendez-vous de Novak ? Était-elle avec lui en cet instant même ? Tout à coup, il eut envie d'étrangler quelqu'un. N'importe qui ferait l'affaire, cette matrone couverte de brocart, assise auprès de la fontaine avec son bichon frisé ; cette jeune fille triste sous les tilleuls ; ce policier dont la moustache offrait une ressemblance grotesque avec celle de Novak. Il se leva, fourra les lettres dans son sac et repartit vers la Seine. La nuit était tombée, une nuit humide de printemps. Il traversa au-devant de voitures qui klaxonnèrent furieusement, bouscula des piétons sur les trottoirs, se faufila entre des grappes de clochards sur les ponts.

Il ne savait même pas quelle heure il était, et il s'en fichait. Il était épuisé. Il n'avait rien mangé et n'avait pas faim. Il était trop tard pour aller chez Forestier, mais il n'avait pas envie de rentrer dans sa chambre non plus. Il n'était pas impossible que Klára vînt lui parler, et cette perspective lui était insupportable. Il ne voulait pas l'attaquer sur Novak ; il avait honte d'avoir lu ses lettres, d'avoir laissé Elisabet l'entraîner à le faire. Il fit demi-tour vers la place de la Sorbonne, s'assit au bord de la fontaine et écouta un accordéoniste unijambiste jouer les chansons d'amour les plus amères qu'il ait jamais entendues. Quand la mesure fut comble, il s'enfuit vers le jardin du Luxembourg où il sombra dans un sommeil agité sur un banc, à l'ombre des ormes.

Il s'éveilla un peu plus tard dans le bleu mouillé de l'aube, avec un torticolis abominable. Il se rappela qu'une catastrophe s'était abattue sur lui, la veille. Qui menaçait de nouveau sa conscience. Oui, voilà, Zoltán Novak, les lettres. Il se frotta les yeux et cligna des paupières. Devant lui, sur le gazon, deux minuscules lapins grignotaient du trèfle. Dans le petit jour, leurs oreilles délicates étaient translucides comme des endives ; ils étaient si proches qu'il les entendait grignoter. Le jardin était silencieux, par ailleurs, et il était seul avec ce qu'il avait appris sur Klára, et ne pouvait désapprendre.

Il avait vu juste. Elle était venue à l'appartement, la veille. Elle l'avait cherché dans tout Paris. Il put reconstituer ses faits et gestes au fil des messages de plus en plus anxieux, qu'il découvrit à rebours. D'abord, celui qu'elle avait punaisé sur sa table à dessin, dans l'atelier. *Où es-tu, A ? Je t'ai cherché partout. Viens me voir dès que tu trouveras ce message. K.* Ensuite, celui qu'elle avait laissé au bon M. Forestier. (Ce dernier parut plus inquiet que furieux en le voyant arriver avec l'allure d'un homme qui vient de passer la nuit sur un banc public.) *Comme tu n'étais pas rentré, je suis passée ici te chercher. Je vais voir à l'École. K.* Et enfin, à l'issue de cette journée qui lui parut la plus longue de sa vie, le billet qu'elle avait laissé chez lui, sur la table, dans l'entrée de l'immeuble. *Je suis partie te chercher chez Forestier, K.* Il grimpa les cinq étages et ouvrit la porte. Dans le noir, il entendit le bruit d'une chaise qui tombait, et le pas léger de Klára sur le plancher, et puis elle fut auprès de lui. Il alluma la lumière et retira sa veste d'un coup d'épaule.

— András, oh mon Dieu, qu'est-ce qui t'est arrivé ? Où étais-tu ?

— Je n'ai pas envie de parler, je me couche.

Il ne supportait pas de la regarder, car chaque fois, il voyait les mains de Novak sur elle, la bouche de Novak sur la sienne. *Ton goût.* La nausée le submergea comme une lame de fond. Il s'écroula au pied de son lit. Elle lui mit la main sur l'épaule, mais il se dégagea.

— Qu'est-ce qu'il y a ? Regarde-moi !

Impossible. Il retira sa chemise, son pantalon et se traîna dans son lit, face contre le mur. Il l'entendit se déplacer dans la pièce, derrière lui.

— Tu ne peux pas me faire ça, il faut qu'on parle.

— Va-t'en.

— C'est de la folie, tu te conduis comme un enfant.

— Fous-moi la paix, Klára.

— Pas avant que tu m'aies parlé.

Il s'assit dans son lit, les yeux brûlants. Il ne voulait pas pleurer devant elle. Sans un mot, il se leva, sortit les lettres de son sac et les jeta sur la table.

— Qu'est-ce que c'est que ces lettres ?

— À toi de me le dire.

Elle en prit une.

— Où les as-tu trouvées ?

— Ta fille a eu la bonté de me les confier. Pour me remercier de t'avoir parlé de Paul.

– Quoi ?

– Elle s'est dit que je voudrais peut-être savoir avec qui tu baisais, à part moi.

– Oh, mon Dieu ! Incroyable ! Elle a fait ça ?

– « J'ai ton goût sur mes lèvres, mes mains sont pleines de toi, ton parfum flotte dans toute la maison. » Il prit la lettre sur la pile et la lui tendit. Il y a celle-ci, aussi. « Sans toi ma vie ne serait que ténèbres. » Ou encore : « Le souvenir de la nuit dernière m'a soutenu toute cette affreuse journée. Quand reviendras-tu me voir ? » Et puis celle-ci, qui date d'il y a quinze jours : « Rendez-vous à l'hôtel Saint-Lazare. »

– András, je t'en prie.

– Va te faire foutre, Klára ! Sors de chez moi ! Tu me fais horreur !

– C'est du passé, tout ça, je ne pourrai plus. Je ne l'ai jamais aimé.

– Tu es restée onze ans sa maîtresse en couchant avec lui trois nuits par semaine, tu as quitté deux amants pour lui, tu l'as laissé t'offrir un appartement et un studio de danse, et tu ne l'as jamais aimé ? À supposer que ce soit vrai, si tu crois que ça me remonte le moral…

– Je te l'avais bien dit, souffla-t-elle d'une voix désincarnée par le chagrin. Je te l'avais bien dit qu'il ne fallait pas que tu saches tout de moi.

Il ne put supporter d'en entendre davantage. Il était épuisé, affamé, vidé ; son cerveau n'était plus qu'une marmite carbonisée, où tout avait brûlé. Il ne se souciait même plus vraiment de savoir s'il restait quelque chose entre Klára et Novak, si leur dernière rupture était la bonne ou un simple épisode de plus. L'idée qu'elle ait pu être avec Zoltán Novak, ce type à la moustache odieuse, que celui-ci ait pu poser ses mains sur son corps, ses taches de naissance, ses cicatrices, tout ce qu'il considérait comme son territoire à lui, mais qui, certes, n'appartenait qu'à elle – cette idée lui était insupportable. Et puis il y avait eu les autres, le danseur, le dramaturge, et d'autres encore avant eux, sans nul doute. Tout à coup, ils prenaient corps à ses yeux, ces bataillons d'amants, ces hommes qui l'avaient *connue* avant lui. Il y en avait plein la pièce. Il les voyait dans leurs costumes de ballet, ridicules, dans leurs pardessus coûteux, leurs uniformes chamarrés, les cheveux bien coupés, mal coupés, les chaussures étincelantes ou poussiéreuses, les épaules conquérantes ou voûtées, leur grâce, leur maladresse, toute la gamme de leurs lunettes et puis leur odeur à tous, mélange de cuir, de savon à raser, d'essence de Macassar et de désir mâle à l'état brut. Klára Morgenstern : leur point commun, c'était elle. Malgré les mises en garde de Mme Gérard, il s'était cru unique dans sa vie, sans précédent, mais à la vérité, il n'était qu'un fantassin parmi cette armée d'amants. Tombé au champ d'honneur, d'autres prendraient sa place, et d'autres encore après eux. C'en était trop. Il tira le couvre-lit sur ses épaules et enfouit la tête dans son bras. Elle redit son nom, de sa voix basse si familière. Il resta muet, elle le répéta. Il ne fit pas le moindre bruit. Au bout d'un moment, il l'entendit se lever, mettre son manteau ; puis il entendit la porte s'ouvrir et se fermer. De l'autre côté de la cloison, les nouveaux voisins se mirent à faire l'amour bruyamment. La femme criait d'une voix de contralto haletante, l'homme grognait dans les basses. András enfonça la tête dans son oreiller, fou de douleur, incapable de penser ; il aurait voulu être mort.

# Chapitre 16
## La maison de pierre

Le lendemain matin, il était brûlant de fièvre ; la tête lui tournait, ses draps étaient trempés de sueur ; puis il se mit à grelotter malgré les couvertures, la veste, le manteau et les trois chandails qu'il avait sur lui. Il ne mangea pas, ne se leva pas pour aller travailler, ne put pas davantage se rendre à l'École. Quand la soif le prit, il but le fond de thé à même la bouilloire ; il pissa dans le pot de chambre, sous le lit. Le matin du deuxième jour, lorsque Polaner vint le voir, il n'eut pas la force de lui dire de s'en aller alors qu'il ne voulait qu'une chose : être seul. Ce fut donc au tour de Polaner de jouer les infirmiers. On aurait dit qu'il l'avait fait toute sa vie. Il obligea András à se lever, à faire sa toilette ; il vida le pot de chambre et changea les draps. Il fit du thé bien fort, envoya la concierge chercher de la soupe et obligea András à la manger. Quand le jeune homme fut propre et habillé, qu'il s'allongea, épuisé, dans le lit refait, il lui fit raconter en détail ce qui s'était passé. Il l'écouta avec la plus grande attention et jugea la situation grave, mais pas désespérée. Le plus important pour l'heure, c'était qu'András se rétablisse. Ils avaient deux projets à finir pour l'atelier. S'il n'arrivait pas à se lever et à se remettre à l'ouvrage, Polaner en pâtirait : c'était un travail d'équipe, or ils faisaient équipe, précisément. Et puis, il fallait préparer les examens de statique et d'histoire de l'architecture, qui auraient lieu dans dix jours. Si András échouait, il perdrait sa bourse et serait renvoyé dans son pays. Autre question, moins grave, son emploi : depuis deux jours, il n'avait pas donné signe de vie à M. Forestier.

Polaner annonça qu'il allait chercher leur matériel à l'atelier puisque, lessivé par la fièvre, András ne pouvait marcher jusqu'au boulevard Raspail ; de cette façon, ils pourraient travailler toute la journée à leur projet. Dans le courant de l'après-midi, Polaner passerait à l'atelier du décorateur pour lui porter une lettre d'excuse de la part d'András. Il lui proposerait en outre de remplacer son ami ce soir-là. Pendant ce temps, András élaborerait un calendrier de révisions.

Un ami comme Polaner, il n'en avait jamais eu de meilleur, et n'en aurait jamais. Le lendemain, le problème du boulot était réglé, les projets de fin d'année en voie d'achèvement. Ils devaient construire un bâtiment à usage unique, une salle de concert moderne, et il restait des problèmes à résoudre dans sa conception. Ils avaient choisi de lui donner une forme cylindrique, et il leur fallait imaginer un plafond qui renvoie les sons au public sans écho ni distorsion. Une fois les plans achevés, ils entreprirent l'exécution de la maquette. L'élaboration des formes en carton prit un jour et une nuit. Polaner ne parla pas de rentrer chez lui ; il coucha par terre pour se trouver sur place au réveil d'András.

À dix heures et demie le lendemain, comme il s'apprêtait tout de même à regagner sa chambre, ils entendirent quelqu'un monter dans l'escalier. András eut l'impression qu'on grimpait sur sa colonne vertébrale pour atteindre la cavité noire et dolente de son cœur. Ils entendirent la clef tourner dans la serrure, la porte s'ouvrit lentement : c'était Klára, l'œil sombre sous son chapeau de printemps.

– Excuse-moi, fit-elle. Je ne savais pas que tu avais du monde.

– M. Polaner s'en allait, dit Polaner. M. Lévi m'a assez vu. J'ai sollicité ses méninges toute la nuit sur des questions d'architecture alors qu'il se remettait à peine d'une fièvre.

– D'une fièvre ? Il a vu le médecin ?

– C'est Polaner qui m'a soigné, dit András.

– Je fais un piètre médecin, il a maigri, je crois. Je m'en vais avant d'aggraver les dégâts.

Polaner coiffa son chapeau de printemps, dont la forme et la couleur étaient si chic qu'on ne voyait pas qu'il en avait recousu le bord ; puis il sortit discrètement et ferma la porte sans bruit.

– Une fièvre ? Tu vas mieux, à présent ? demanda Klára.

Il ne répondit pas. Elle s'assit sur la chaise et tâta la maquette de la salle de concert.

– J'aurais dû te dire pour Zoltán. Tu l'as appris d'une façon abominable. Et encore, ça aurait pu être pire. Vous travailliez ensemble, et Marcelle était au courant.

Mme Gérard voyait tout, savait tout ; il détestait cette idée.

– C'était déjà une façon pénible de l'apprendre.

– Je veux que tu saches que c'est fini. Je ne suis pas allée à son rendez-vous, il y a deux semaines, et s'il m'en fixe un autre, je n'irai pas non plus.

– Je suis sûr que tu as dit ça à chaque fois.

– Il faut que tu me croies, András.

– Tu dépends toujours de lui. Tu habites la maison qu'il t'a achetée.

– C'est lui qui a fait la première mise de fonds, mais j'ai payé le reste. Elisabet ne connaît pas le détail de nos arrangements financiers. Peut-être qu'elle refuse de croire que je nous fais vivre. Sinon, elle aurait du mal à justifier sa conduite à mon égard.

– Mais tu l'as aimé, et tu l'aimes encore. Tu as eu cette liaison avec moi pour le rendre jaloux, comme tu l'as fait avec les autres, avec Marcel, et puis Édouard, l'écrivain.

— Il est vrai que, quand Zoltán s'est détourné de moi, je ne suis pas restée à ruminer mon chagrin. Pas longtemps, du moins. La vie continuait pour lui, disait-il, elle a continué pour moi. Mais je ne tenais pas à Marcel ni à Édouard comme je tenais à lui, c'est pourquoi je lui suis revenue.

— Alors c'est bien vrai, tu l'aimes.

Elle soupira.

— Je ne sais pas. Zoltán et moi, nous sommes très proches, ou en tout cas nous l'avons été. Mais nous ne nous sommes jamais donnés l'un à l'autre. Lui ne pouvait pas à cause de ses sentiments pour Edith, et moi non plus, du même coup. Alors à la fin, j'ai décidé que je ne voulais pas jouer les maîtresses toute ma vie. Et lui, que nous ne pouvions pas continuer à nous voir s'il avait un enfant avec Edith.

— Et maintenant ?

— Je ne l'ai pas revu depuis que nous avons pris ces décisions. Depuis novembre.

— Il te manque ?

— Parfois, dit-elle en croisant les mains entre ses genoux. C'était un ami cher. Il m'a été d'un grand secours, avec Elisabet. Elle a de l'affection pour lui, elle aussi, ou du moins elle en a eu. C'est lui qui lui a tenu lieu de père. Lorsque nous avons rompu, elle a eu le sentiment qu'il nous abandonnait toutes deux. Elle me l'a reproché. Je crois qu'elle espérait que c'était lui que je revoyais quand je passais la soirée avec toi.

— Et à présent ? S'il essaie de te revoir ? Vous êtes restés onze ans ensemble, presque le tiers de ta vie.

— C'est fini, András. Tu fais partie de ma vie maintenant.

— Vraiment ? Je croyais plutôt que tu en avais fini

276

avec moi. Je n'étais pas sûr que tu puisses me pardonner de t'avoir caché l'histoire d'Elisabet.

— Je n'en suis pas sûre non plus, dit-elle sans le moindre humour. Elle n'avait pas le droit de te mettre dans cette position, mais puisqu'elle l'avait fait, tu aurais dû m'en aviser immédiatement. Ce garçon a cinq ans de plus qu'elle. C'est un riche Américain qui jette sa gourme en étudiant la peinture aux Beaux-Arts. Il n'est guère susceptible de la traiter avec égard ni de la prendre au sérieux. Et il connaît mon neveu, circonstance aggravante.

— Comment retenir ça contre lui ? Ton neveu connaît à peu près tout individu entre seize et trente ans, au Quartier latin.

— Quoi qu'il en soit, il faut que ça cesse. Inutile de lui donner l'occasion de révéler que ses intentions ne sont pas honorables.

— Mais Elisabet, elle, qu'est-ce qu'elle veut ?

— Là n'est pas la question, j'en ai peur.

— Elle ne verra jamais les choses sous cet angle. Si tu la contres, elle n'en sera que plus résolue.

Klára secoua la tête.

— Ce n'est pas toi qui vas me dire comment élever cette enfant, András.

— Loin de moi cette prétention. Mais je me rappelle bien ce que je ressentais à seize ans.

— Je me suis dit que c'était pour ça que tu avais gardé son secret. Je savais que tu éprouvais une forme d'empathie à son égard, et c'est adorable de ta part. Mais il faut que tu te mettes à ma place, aussi.

— Je vois. Donc tu as mis un terme à la relation entre Elisabet et Paul.

— J'espère bien. Et je l'ai punie pour t'avoir montré ces lettres. (Son front se plissa, mimique familière.) Elle a eu l'air assez contente d'elle quand elle a vu combien j'étais contrariée. Elle m'a dit que je n'avais que ce que

277

je méritais. Je l'ai consignée à la maison. Mme Apfel la surveille en mon absence. Il n'est pas question qu'elle sorte avant de t'avoir écrit une lettre d'excuse.

– Elle ne le fera jamais. Elle préférera sécher sur place plutôt que de s'exécuter.

– Ça la regarde.

Mais il se doutait qu'Elisabet ne respecterait pas longtemps cette assignation à résidence, nonobstant Mme Apfel. Elle trouverait bientôt moyen de s'échapper et risquait fort de partir sans laisser d'adresse. Il ne voulait pas en être responsable.

– Permets-moi de venir lui parler demain.

– Je n'en vois pas l'intérêt.

– Laisse-moi essayer.

– Elle refusera de te voir, elle est d'une humeur massacrante.

– Pas plus que je ne le suis.

– Tu la connais, András, elle peut être odieuse.

– Je sais, mais enfin, ce n'est jamais qu'une gamine.

Klára poussa un profond soupir.

– Et maintenant, dit-elle en levant les yeux vers lui, qu'allons-nous faire, nous deux ?

Il se passa une main dans la nuque. Il se posait la question lui-même.

– Je ne sais pas, Klára, je ne sais pas. Je vais m'asseoir sur le lit, tu peux t'asseoir à côté de moi, si tu veux. (Il attendit qu'elle le rejoigne, et poursuivit :) Je te demande pardon de t'avoir parlé comme je l'ai fait, l'autre soir. J'ai réagi comme si tu m'avais été infidèle, mais ce n'est pas le cas, n'est-ce pas ?

– Non, répondit-elle en posant la main sur son genou, où il la sentit brûler comme un oiseau fiévreux. Ce que je ressens pour toi rend la chose impossible, ou à tout le moins absurde.

– Comment ça se fait, Klára ? Qu'est-ce que tu éprouves pour moi ?

278

– Peut-être qu'il me faudra du temps pour répondre à cette question, dit-elle en souriant.

– Je ne peux pas être ce qu'il a été pour toi. Je ne peux pas te donner un toit ni être un père pour Elisabet.

– J'ai déjà un toit, et Elisabet qui a beau n'être qu'une enfant à bien des égards sera bientôt une adulte. Je n'ai pas les mêmes besoins aujourd'hui qu'hier.

– De quoi as-tu besoin aujourd'hui ?

Elle rentra les lèvres, elle réfléchissait.

– Je n'en suis pas tout à fait certaine, mais apparemment, je ne supporte pas d'être loin de toi. Même quand je suis dans une colère noire contre toi.

– Il y a encore tant de choses que je ne sais pas sur toi.

Il caressait la courbe de sa nuque, il sentait les braises incandescentes de ses vertèbres sous le fin chandail.

– J'espère que la vie nous laissera le temps d'en parler.

Il la renversa sur le lit avec lui, et elle posa sa tête sur son épaule. Il glissa les doigts dans la tiédeur de ses longs cheveux noirs et en retourna les pointes.

– Laisse-moi parler à Elisabet si nous restons ensemble, je ne peux pas supporter l'idée qu'elle me déteste, ni celle de la détester.

– D'accord, accepta Klára. Je te souhaite du plaisir.

Elle roula sur le dos et regarda la soupente, avec ses taches d'eau en forme de poissons, d'éléphants.

– Moi aussi, j'ai fait damner ma mère. Je serais sotte de prétendre le contraire.

– On est tous terribles avec nos parents, à seize ans.

– Pas toi, tu ne l'étais pas, j'en suis certaine, dit-elle en fermant les paupières. Tu aimes tes parents, tu es un bon fils.

– Je suis à Paris, et eux à Konyár.

– Ce n'est pas ta faute. Tes parents ont travaillé dur pour que tu puisses faire des études. Ils voulaient que tu viennes ici. Tu leur écris toutes les semaines. Ils savent que tu les aimes.

Il espérait qu'elle ait raison. Neuf mois qu'il ne les avait pas vus. Pourtant, il sentait un lien entre eux, une fibre lumineuse qui partait de sa poitrine pour parcourir le continent et plonger dans la leur. C'était la première fois qu'il avait vaincu la fièvre sans sa mère. Quand il tombait malade à Debrecen, elle prenait le train pour se rendre à son chevet. Il n'avait jamais achevé une année scolaire sans se dire qu'il retrouverait bientôt son père, qu'il travaillerait à ses côtés à la scierie, se promènerait dans les champs avec lui, le soir. À présent, il y avait un autre fil, celui qui l'unissait à Klára. Et Paris était la ville de cette femme, une ville à des centaines de kilomètres de chez lui. Il sentait s'éveiller une nouvelle douleur, comme une nostalgie, mais venue de plus profond dans son être. Une nostalgie d'un temps où il avait le cœur simple et content, un cœur pas plus gros que les pommes vertes du verger de son père.

Pour la toute première fois, il alla trouver József Hász aux Beaux-Arts. À côté de ce vaste palais urbain, de ce monument de l'art pour l'art, l'École spéciale, avec sa cour et ses ateliers modestes, avait l'air d'une cabane bricolée par des collégiens sur un terrain vague. Il entra par un portail aux efflorescences en fer flanqué de deux figures de pierre intimidantes, puis il traversa un jardin de statuaire hérissé de korês et de kouros droit sortis de son manuel d'histoire de l'art, qui tous fixaient le lointain de leurs yeux en amande sans regard. Il monta l'escalier de marbre d'un édifice romain à trois étages et parvint dans un vestibule peuplé de garçons et de filles habillés avec une désinvolture étudiée. Le nom de József apparaissait sur les listes de répartition des ateliers, un plan du site lui indiqua où le trouver. Il se rendit dans une classe sous une verrière en soupente, qui donnait au nord. Là, parmi les rangées d'étudiants absorbés dans leur travail, József était en train de vernir une toile qui lui sembla tout d'abord représenter trois abeilles écrasées contre une bouche d'égout, mais qui, à y regarder de plus près, figurait trois femmes brunes, en robe jaune à rayures noires.

József ne manifesta guère de surprise à le voir arriver dans son atelier. Il haussa un sourcil détaché et poursuivit son vernis.

– Qu'est-ce que tu fiches ici, Lévi ? Tu n'as pas de travaux à finir, toi ? Tu as décidé de faire l'école buissonnière ? Ou tu es venu me faire boire à cette heure matinale ?

– Je cherche un Américain, ce type qui était à ta soirée ?

– Pourquoi ? Tu veux te battre en duel pour sa sculpturale bonne amie ?

Il renversa d'un coup de pied le chevalet de l'étudiant en face de lui, et ce dernier protesta vigoureusement.

– Quel imbécile tu fais, Hász ! s'exclama Paul, car c'était lui. (On le vit surgir de derrière sa toile, le pinceau chargé d'ocre brun, ses longs traits chevalins crispés par la contrariété.) À cause de toi, j'ai mis une moustache à ma Ménade.

– Elle n'en sera que plus réussie.

– Encore toi, Lévi ! reprit Paul en le saluant de la tête. Tu es élève ici ?

– Non, je suis venu te parler.

– À mon avis il est venu te provoquer en duel, dit József. Il en a après ta belle plante.

– Tu es désopilant, Hász, tu devrais te produire dans les foires.

József lui souffla un baiser et se remit à vernir.

Paul prit András par le bras et l'entraîna vers la porte.

– Quel âne bâté ; il y a des jours où je le supporte et d'autres pas du tout. Justement, aujourd'hui, c'est pas du tout, dit Paul en descendant l'escalier.

– Je suis désolé d'être venu interrompre ton travail, ici. Mais je ne savais pas où te trouver, sinon.

– J'espère que tu es venu m'expliquer ce qui se passe. Ça fait des jours que je n'ai pas vu Elisabet. Je présume que sa mère l'enferme à la maison, depuis cette fameuse nuit. Mais tu en sais peut-être plus long. (Il jeta à András un regard de côté.) J'ai cru comprendre que c'est une affaire qui marche entre Mme Morgenstern et toi.

– Une affaire qui marche, oui, si on veut.

Ils étaient arrivés aux portes de l'édifice et s'assirent sur les degrés de marbre. Paul plongea la main dans sa poche et en tira une cigarette qu'il alluma avec un briquet à ses initiales.

– Alors ? Quoi de neuf ?

– Elisabet a l'interdiction de quitter sa chambre. Sa mère ne veut pas la laisser sortir avant qu'elle me fasse des excuses.

– Des excuses pour quoi ?

– Peu importe, c'est compliqué. Seulement voilà, Elisabet ne s'excusera pas. Elle préférerait mourir.

– Pourquoi donc ?

– Eh bien, à vrai dire, c'est moi qui ai vendu la mèche pour vous deux. Le soir où Elisabet est rentrée si tard, sa mère était folle d'angoisse. Il a bien fallu que je lui dise qu'elle était peut-être avec toi. Alors le pot aux roses a été découvert. Et sa mère n'était pas ravie qu'elle ait un petit ami.

Paul inhala une longue bouffée de cigarette et souffla un nuage gris.

– Honnêtement, je suis soulagé. Ça devenait un peu étouffant, ce secret. Cette fille, j'en suis fou, tu comprends, et j'ai horreur de, comment dit-on en français, *sneaking around*, faire mes coups en douce. Moi, il faut que je sois le cow-boy en blanc. Tu comprends ce que je veux dire ? Tu aimes le western américain ?

– J'en ai vu quelques-uns, mais doublés en hongrois.

Paul se mit à rire.

– Je ne savais pas que ça se faisait.

– Ça se fait.

– Donc tu es venu négocier la paix ? Tu veux nous aider, après avoir tout fait foirer.

– Il y a de ça. Je veux bien jouer les messieurs Bons Offices. Pour regagner sa confiance. Je ne peux pas me permettre qu'elle me haïsse toute ma vie, surtout si sa mère et moi restons ensemble.

– Qu'est-ce que tu proposes, alors ?

– Tu ne peux pas aller la voir, mais moi, si. Je suis certain qu'elle aimerait recevoir de tes nouvelles. Je me disais que tu pourrais me confier un message pour elle.

– Et si sa mère l'apprend ?

– J'ai prévu de le lui dire. Selon moi, elle finira par t'accepter.

Paul tira une longue bouffée de sa cigarette, à l'américaine ; il semblait réfléchir à cette offre. Puis il dit :

– Écoute-moi, Lévi, c'est du sérieux avec cette fille. Elle ne ressemble à personne de ma connaissance. J'espère que ça ne va pas aggraver la situation.

– Au point où on en est, je vois mal comment.

Paul écrasa sa cigarette contre la marche de marbre et balança le mégot d'une pichenette.

– D'accord. Attends-moi là, je vais lui écrire un mot.

Il se leva et tendit la main à András pour l'aider à faire de même. András l'attendit en observant deux pinsons qui cherchaient des graines dans un buisson de roses. Ayant regardé par-dessus son épaule pour s'assurer que personne ne l'observait, il sortit son canif et coupa quelques fleurs. Un morceau de coton arraché à la bride de son sac de toile lui servit de lien. Quelques minutes plus tard, Paul revenait, une enveloppe à la main.

– Voilà la missive, dit-il en la tendant à András. Bonne chance à nous deux.

– *Here goes nothing*, répondit András, car c'était là tout son anglais.

Le lendemain à midi, lorsqu'il arriva, Klára était en train de donner un cours particulier. Ce fut Mme Apfel qui lui ouvrit. Son tablier blanc était taché d'un jus rouge, et elle avait des demi-lunes bleuâtres sous les yeux, comme une femme qui n'a pas dormi depuis des jours. Elle l'accueillit d'un froncement de sourcils las, comme s'il ne pouvait que lui attirer d'autres soucis.

– Je viens voir Elisabet.

Elle secoua la tête.

– Alors rentrez chez vous, ça vaudra mieux.

– J'aimerais lui parler, sa mère est au courant.

– Elisabet refusera de vous voir. Elle s'est enfermée dans sa chambre. Elle refuse de sortir, et même de manger.

– Laissez-moi tenter ma chance. C'est important.

Elle fronça encore davantage ses sourcils roussâtres.

– C'est pas une bonne idée, croyez-moi.

– Préparez-lui un plateau, je vais le lui porter.

– Vous ferez pas mieux que nous autres, dit-elle, tout en le précédant dans l'escalier.

Il la suivit dans la cuisine où un manqué aux myrtilles refroidissait sur la grille. Il resta à en humer l'arôme pendant que Mme Apfel retournait une omelette pour Elisabet. Elle coupa une grosse tranche du gâteau et la posa sur une assiette avec une noix de beurre.

– Elle a rien mangé depuis deux jours. D'ici qu'on appelle le docteur, il y a pas loin.

– Je vais voir ce que je peux faire, promit András.

Il prit le plateau et alla jusqu'à la chambre d'Elisabet, où il heurta deux fois le coin du plateau contre la porte. À l'intérieur, silence.

– Elisabet, c'est András. Je vous apporte votre déjeuner.

Silence.

Il posa le plateau par terre, sortit l'enveloppe de Paul

284

de son sac, l'aplatit et la glissa sous la porte. Pendant un long moment, il n'y eut pas le moindre bruit. Puis, un léger glissement, comme si elle tirait la lettre vers elle. Il tendit l'oreille pour l'entendre froisser le papier. Il l'entendit. Encore un silence. Elle finit par ouvrir, et il entra, déposant le plateau sur son petit bureau. Elle jeta un regard dédaigneux sur la nourriture et ignora András délibérément. Elle avait le cheveu triste et dépeigné, le teint rougeaud, la peau moite. Elle portait une chemise de nuit fripée et des chaussettes rouges pleines de trous aux orteils.

– Fermez la porte, lui dit-elle.

Il obéit.

– Comment avez-vous eu cette lettre ?

– Je suis allé trouver Paul, je me disais qu'il voudrait savoir ce qui vous était arrivé. Je me disais qu'il avait certainement envie de vous écrire.

Elle soupira, parcourue par un frisson, et s'assit sur le lit.

– Qu'est-ce que ça peut faire, ma mère ne me laissera plus jamais sortir. Tout est fini avec Paul.

Quand elle leva les yeux vers lui, András y lut une expression inédite chez elle, un air sombre, épuisé, défait.

– Ce n'est pas du tout ce que pense Paul. Il veut être présenté à votre mère.

– Elle ne voudra jamais, dit Elisabet, les yeux pleins de larmes.

Elle est exactement du même âge que Mátyás, pensait András. Elle a dû percer ses premières dents, faire ses premiers pas en même temps que lui. Elle a dû apprendre à écrire la même année. Mais elle n'a ni frère ni sœur. Elle n'a pas de complice de son âge dans la maison, pas d'allié. Elle n'a personne avec qui diviser l'intensité de la vigilance et de l'amour de sa mère.

– Il veut savoir si vous allez bien. Si vous lui répondez, je lui porterai la lettre.

– Pourquoi le feriez-vous ? J'ai été si odieuse avec vous.

Elle posa la tête sur son genou et se mit à pleurer ; pas de remords, songea-t-il, mais de pur épuisement. Il s'assit sur la chaise du bureau, au chevet du lit, et regarda par la fenêtre ; dans la rue, une série d'affiches faisait de la réclame pour le Jardin des Plantes, et une autre pour le *J'accuse* d'Abel Gance, qui venait de sortir au Grand Rex. Il allait la laisser pleurer tout son saoul. Il resta auprès d'elle sans rien dire, et lorsqu'elle se moucha sur sa manche, repoussant ses cheveux d'une main moite, il lui demanda avec toute la douceur possible :

– Vous ne croyez pas qu'il serait temps de manger quelque chose ?

– Pas faim.

– Oh si, vous avez faim.

Il se tourna vers le plateau et beurra la tranche de gâteau aux myrtilles. Puis il prit la serviette et la lui étala sur les genoux, avant de placer le plateau devant elle sur le lit. Ils demeurèrent sans rien dire. En bas, on entendait un rythme ternaire, un rythme de valse, et la voix de Klára qui comptait les temps pour son élève. Elisabet saisit la fourchette et ne la lâcha pas jusqu'à ce qu'elle ait dévoré tout ce qui se trouvait sur le plateau. Ensuite, elle prit de quoi écrire dans son bureau. Pendant qu'András attendait, elle griffonna quelque chose au crayon sur une page de cahier, qu'elle arracha pour la plier en deux et la fourrer dans la main du jeune homme.

– Tenez, les voilà, vos excuses. Je m'excuse auprès de vous, de ma mère et de Mme Apfel pour avoir été si désagréable tous ces jours-ci. Vous pouvez laisser le billet sur l'écritoire de ma mère, au salon.

– Vous voulez répondre à Paul ?

Elle mordilla le bout du crayon, arracha une nouvelle feuille. Au bout d'un moment, elle jeta un regard torve à András.

– Je ne peux pas écrire si vous me regardez. Allez m'attendre dans une autre pièce, je vous appellerai.

Il rapporta le plateau et les assiettes vides à la cuisine, où Mme Apfel en resta bouche bée. Il posa les excuses d'Elisabet sur la table de Klára, puis il alla dans sa chambre et glissa le petit bouquet de roses dans un verre, au chevet du lit, avec un message de quatre mots. Ensuite il retourna au salon attendre le billet d'Elisabet et ruminer ce qu'il dirait à Klára.

En août, M. Forestier fermait boutique pendant trois semaines. Elisabet partait avec Marthe en Avignon, où la famille de celle-ci possédait une maison de campagne ; elles ne rentreraient pas avant le 1er septembre. De son côté, Mme Apfel repartait chez sa fille à Aix-en-Provence. Klára écrivit donc à András de venir rue de Sévigné en emportant des vêtements pour une douzaine de jours.

Il fit sa valise, la joie l'étouffait. Rue de Sévigné, l'appartement baigné de lumière où il avait vécu avec Klára en décembre. Voilà que deux semaines durant ou presque, il allait être à eux et rien qu'à eux une fois encore. Comme il l'avait espérée, cette période d'intimité avec elle ! Après avoir découvert ses relations avec Novak, il avait passé un mois dans une angoisse quasi permanente ; malgré les propos rassurants de Klára, il vivait dans la terreur que Novak l'appelle et qu'elle le rejoigne. Le mois de juillet se déroulant sans que celui-ci se manifeste ni qu'elle fasse mine de l'abandonner, lui, son inquiétude s'émoussait. Il commençait enfin à faire confiance à Klára, voire à envisager l'avenir avec elle, bien que le détail ne soit pas encore des plus clairs. Il revint passer le dimanche auprès d'elle, avec un plaisir accru : ses prouesses diplomatiques lui valaient la reconnaissance d'Elisabet, bon gré mal gré, et celle-ci pouvait parfois rester une heure en sa compagnie à présent sans l'insulter ou tourner en dérision son français approximatif. Si Klára avait été furieuse en découvrant le rôle de truchement qu'il avait joué dans l'affaire, elle n'en était pas moins impressionnée par le changement opéré chez Elisabet. Il avait par ailleurs plaidé la cause de Paul, de sorte que la mère, amadouée, avait fini par inviter cet ami de sa fille à déjeuner ; sa connaissance de l'art contemporain, sa courtoisie sans affectation et sa patience à toute épreuve avec Elisabet avaient fait bonne impression sur elle.

Or, voici qu'approchait une autre date mémorable : fin août, András aurait vingt-trois ans et ce serait la première fois qu'il fêterait son anniversaire à Paris. Tout en faisant sa valise, il se voyait boire du champagne avec Klára, rue de Sévigné, dans les délices de cette solitude à deux, reprise de leur idylle hivernale. Mais ce matin-là, lorsqu'il arriva chez elle à la première lueur du jour, il trouva une Renault noire garée le long du trottoir, capote rabattue. Deux petites valises attendaient devant, il y avait une écharpe et des lunettes sur le siège du conducteur. Klára parut sur le seuil de l'immeuble, main en visière pour se protéger de la lumière ; elle avait revêtu un cache-poussière, enfilé des bottines en toile et des gants de conduite, ses cheveux étaient ramenés en macarons sur sa nuque.

– Qu'est-ce qui se passe ? s'enquit András.

– Mets tes affaires dans le coffre, on part à Nice, répondit-elle en lui lançant les clefs.

– À Nice ? Dans cette voiture ? On prend le volant ?

– Oui, dans cette voiture.

Il poussa un cri de joie, passa par-dessus l'auto et prit Klára dans ses bras.

– Tu n'as pas fait ça ?

– Si, je l'ai fait. Pour ton anniversaire. On a une petite maison en bord de mer.

Il savait bien qu'en théorie les voitures se louaient, et les maisons aussi, mais il avait beaucoup de mal à croire que Klára soit passée à l'acte et qu'une fois en possession de l'auto, ils n'aient plus qu'à faire le plein et à rouler jusqu'à la maison en question. Pas besoin de batailler avec les bagages à la gare, pas de wagon de troisième classe puant la fumée, les sandwiches et la sueur d'autrui, pas besoin de chercher un taxi ou un fiacre à l'arrivée. En amoureux dans cette petite auto noire qui ressemblait à un scarabée, en amoureux dans la maison : quel luxe, quelle liberté ! Ils casèrent leurs valises, puis Klára noua le foulard et enfila les gants.

– Comment se fait-il que tu saches conduire ? Est-ce que tu sais tout faire ? lui demanda-t-il comme ils se dirigeaient vers la rue des Francs-Bourgeois.

– Presque tout. Je ne parle pas portugais ni japonais ; je ne sais pas faire la brioche et je chante atrocement faux. Mais je sais conduire. Mon père m'a appris quand j'étais enfant. Il me passait le volant à la campagne, près de chez ma grand-mère à Kaba.

– J'espère que tu as conduit depuis.

– Pas souvent. Pourquoi, tu as peur ?

– Je ne sais pas. Je devrais ?

– Tu ne vas pas tarder à le savoir.

Elle prit la rue du Pas-de-la-Mule, tourna boulevard Beaumarchais et se glissa sans effort dans la circulation qui faisait le tour de la Bastille. Elle enfila le boulevard Bourdon, ils franchirent la Seine au pont d'Austerlitz et foncèrent droit vers le sud. Le chapeau d'András menaçait de s'envoler, il devait le maintenir d'une main. Ils traversèrent des faubourgs qui semblaient infinis – qui donc habitait ces banlieues lointaines, ces immeubles à deux étages agrémentés de balcons ? À qui était le linge séchant sur la corde ? – et puis, dans un nimbe doré, ils débouchèrent sur de vertes prairies vallonnées où paissaient des chèvres et des moutons vigoureux, dans une herbe rase. Devant une ferme, des enfants frappaient à coups de bâton et de pelle la carcasse d'une Citroën.

Un troupeau de poulets vint se masser sur la route et Klára dut les effaroucher en cornant *pouët pouët*. De hauts tilleuls duveteux les giflaient au passage, dans un bruissement fugace. Ils s'arrêtèrent pique-niquer le long d'un pré, et mangèrent du poulet froid, des asperges-vinaigrette et de la tarte aux pêches qui attira les guêpes. À Valence, l'orage les prit et ses lames obliques fouaillèrent la voiture avant qu'ils aient pu la recapoter ; ils voulurent poursuivre mais une buée opaque sur le pare-brise les contraignit à attendre l'embellie. Le soleil était couché lorsque, après cinquante kilomètres d'oliveraies, ils grimpèrent une colline pour redescendre vers le bout de la terre. Car tel fut l'effet que produisit sur András cette mer qu'il voyait pour la première fois de sa vie. En approchant, il découvrit une vaste plaine de métal liquide, un infini de bronze en fusion. Mais l'air fraîchissait, et les herbes du bord de la route courbaient leurs épis au vent qui se levait. Klára se gara près d'une plage déserte et coupa le moteur. Aux franges de la mer, une batterie de canons, un rugissement et un cataclysme d'écume. Sans un mot, ils sortirent de la voiture et se dirigèrent vers cette bordure blanche qui s'effilochait.

András retroussa son pantalon et entra dans l'eau. À l'arrivée de la vague, il sentit le sable se dérober sous ses pieds et il dut s'accrocher à Klára pour garder l'équilibre. Il la reconnaissait, la puissance effrayante de ce flux : c'était Klára avec l'attraction qu'elle exerçait sur lui, sa présence inexorable dans sa vie. Avec un rire, elle se laissa tomber à genoux dans les vagues, se laissa rouler par elles jusqu'à ce que sa blouse en devienne translucide. Lorsqu'elle se releva, sa jupe était décorée de sable. Il avait envie de la coucher sur les galets frais et de la prendre là, tout de suite, mais elle s'enfuit vers la voiture en l'appelant.

Ils traversèrent la ville avec ses blancs hôtels et sa courtepointe marine scintillante, puis ils prirent un raidillon si cahoteux, si plein d'ornières que la Renault faillit y laisser ses tripes. En haut de la côte se dressait une petite maison de pierre sèche délabrée, au milieu d'un jardin minuscule entouré d'épineux. La clef se trouvait dans un nid d'oiseau, au-dessus de la porte. Ils traînèrent leurs bagages à l'intérieur et s'effondrèrent sur le lit, trop épuisés pour envisager de faire l'amour ou de se préparer à dîner, ne pensant plus qu'à dormir ! Ils se réveillèrent dans la nuit de velours. Ils allèrent chercher à tâtons des lampes au kérosène et mangèrent le pain et le fromage destinés au petit déjeuner. Un brouillard indolent voilait les étoiles. Klára avait oublié sa chemise de nuit. András se découvrit une allergie à une plante du jardin : ses yeux larmoyaient, il éternuait à répétition. Ils passèrent une nuit agitée, à écouter la porte branler sur ses gonds, le vent sourdre entre le cadre de la fenêtre et l'évier, les insectes nocturnes râler et crisser sans fin. Quand András s'éveilla au gris de l'aube, sa première pensée fut qu'ils pouvaient très bien reprendre la voiture et rentrer à Paris. Mais Klára était là, auprès de lui, quelques grains de sable encore collés aux cheveux follets de ses tempes. Ils étaient à Nice, et il avait vu la Méditerranée. Il sortit pisser sur l'herbe un long jet qui sentait l'asperge. Revenu au lit, il se lova contre elle et sombra enfin dans un profond sommeil, de sorte que lorsqu'il s'éveilla de nouveau, un cube de chaud soleil envahissait le lit à la place de Klára. Bon Dieu, qu'il avait faim ! À croire qu'il n'avait pas mangé depuis une semaine. Dehors, il entendait cliqueter des cisailles. Sans même enfiler une chemise, un pantalon ou un simple caleçon, il sortit et la trouva en train de couper un bouquet d'ombelles hautes sur tige qui ressemblaient à des mouchoirs de dentelle.

– C'est de la carotte sauvage, voilà ce qui t'a fait éternuer cette nuit, expliqua-t-elle.

Elle portait une robe de coton rouge sans manches et

un chapeau de paille. Son bras était doré dans le soleil. Elle s'essuya le front avec un mouchoir et le regarda s'encadrer dans la porte.

– *Au naturel*\*, observa-t-elle.

András plaça sa main en feuille de vigne.

– J'ai l'impression que j'ai fini de jardiner, lança-t-elle avec un sourire.

Il retourna au lit, logé dans une alcôve sous une fenêtre, d'où il voyait une tranche de Méditerranée. Une éternité s'écoula avant qu'elle entre et se lave les mains. Il avait oublié la fringale de son réveil. Il avait oublié le reste du monde. Elle se déchaussa et grimpa à ses côtés, en se penchant sur lui. Ses cheveux étaient encore chauds de tout le soleil emmagasiné, son haleine sucrée d'avoir mangé des fraises du jardin. Le voile rouge de sa robe s'abattit sur les yeux d'András.

Dehors, trois chèvres naines émergèrent de l'épine pour venir manger les ombelles coupées, ainsi que quelques laitues immatures et le mouchoir oublié par Klára. Elles aimaient faire un tour dans ce jardin, intriguées par les objets insolites qui y apparaissaient parfois. Elles reniflèrent les pneus de la Renault. Dans la maison, des éclats de voix humaines leur firent dresser l'oreille. Deux voix qui s'appelaient, se répondaient...

En contrebas de la maison, bien loin, inaudibles à cette hauteur, la ville de Nice et ses plages de sable gris. Là-bas, on pouvait se baigner dans les rouleaux, déjeuner à la terrasse d'un café sur la Promenade, louer un transat sur les galets pour y faire la sieste, musarder sous les arcades d'un hôtel. Pour cinq francs, on pouvait voir un film projeté sur le mur blanc d'un hangar ; on pouvait acheter des brassées de roses et d'œillets au marché aux fleurs, visiter les ruines des thermes à Cimiez, pique-niquer sur la colline dominant le port. Les fournitures d'art coûtaient deux fois moins cher qu'à

Paris. András s'acheta un carnet de croquis et douze bons crayons à mines de densité variable. L'après-midi, Klára faisait ses exercices de barre, il traçait ses plans. Il commença par dessiner la maison, jusqu'à ce qu'il connût chaque pierre de ses murs, chaque angle de son toit. Puis il rasa la maison dans sa tête et se mit à imaginer celle qu'ils pourraient construire à sa place. Le terrain était en pente douce ; elle aurait deux niveaux, l'un invisible depuis la route. Son toit épouserait la pente, il serait couvert de terreau où planter une lavande drue et suave. Cette maison serait en pierre de taille, un calcaire rustique, enchâssée dans la colline comme un roc mis à nu par les vents. Côté mer, il placerait des portes coulissantes. Il y aurait un studio pour Klára et un atelier pour lui. Des salons, des chambres d'amis, des chambres d'enfants pour ceux qui leur viendraient. Une cour pavée sur l'arrière de la maison, de quoi caser une table et des chaises. Un jardin en terrasses pour faire pousser des concombres et des tomates, des aromates de toutes sortes, des courgettes et des melons ; une pergola pour la vigne. Il n'osait imaginer combien coûtait le terrain, ni à combien reviendrait la maison qu'il avait conçue, ni même si la mairie lui délivrerait les permis de construire nécessaires. Cette maison n'existait pas dans un monde régi par les lois de la finance ou les règles d'urbanisme. C'était un parfait fantasme, dont les contours se précisaient au fil de leur séjour. Dans la journée, lorsqu'il arpentait la friche autour du jardin, il disposait mentalement les pièces éclairées par la mer ; la nuit, éveillé aux côtés de Klára, il pavait le patio, entreprenait des travaux de terrassement pour aménager le jardin. Mais il ne lui montrait pas ses dessins, il ne lui disait rien de ce qu'il faisait pendant qu'elle s'exerçait. Quelque chose dans ce projet le rendait circonspect, le portait à se protéger, peut-être était-ce le gouffre entre la permanence harmonieuse qui émanait de la maison et les complications et incertitudes de leurs propres vies.

Dans la maison de pierre sèche, ils vécurent pour la première fois comme mari et femme. Elle allait faire les courses, et ils cuisinaient ensemble ; il lui parlait de ses projets pour la rentrée : être admis comme stagiaire dans le cabinet d'architectes qui employait Pierre Vágo ; elle lui parlait des siens : prendre une assistante parmi les petites venues de l'étranger, afin de lui rendre le même service que Novak et Forestier lui avaient rendu à lui. Ils bavardaient ainsi en descendant la route qui tournicotait vers Nice ; ils bavardaient après le coucher du soleil, dans l'obscurité du jardin, sur les chaises sorties de la maison. Ils se baignaient mutuellement dans un tub en fer-blanc, au beau milieu du plancher. Ils laissaient des légumes et du pain aux chèvres naines, et l'une d'entre elles leur donna du lait. Ils discutaient du nom de leurs futurs enfants ; la fille s'appellerait Adèle et le garçon Tamás. Ils se baignaient dans la mer, mangeaient des glaces au citron et faisaient l'amour. Et sur les routes de terre battue qui longeaient les plages, elle lui apprit à conduire.

Le premier jour, il cala tout le temps ; aveuglé par la colère, il descendit de voiture et l'accusa de lui apprendre de travers, d'essayer de le faire passer pour un idiot. Sans se départir de son calme, elle se faufila sur le siège du conducteur, lui fit un clin d'œil et démarra en l'abandonnant furibond dans un nuage de poussière. Quand il regagna la maison, trois kilomètres plus tard, il était tout contrit et il avait pris un coup de soleil. Le lendemain, il ne cala que deux fois ; le surlendemain pas du tout. Ils descendirent la petite route jusqu'à la promenade des Anglais et roulèrent en bord de mer jusqu'à Cannes. Il adorait sentir la pression des virages, il adorait voir voler au vent l'écharpe blanche de Klára. Au retour, il conduisit plus lentement et ils regardèrent les voiliers filer sur l'eau comme des cerfs-volants. Il réussit à monter la côte capricieuse sans caler une seule fois. Lorsqu'ils arrivèrent à la maison, Klára sortit de l'auto en battant des mains. Ce soir-là, qui était la veille de son anniversaire, il l'emmena en ville boire un verre à l'hôtel du Taureau d'or. Elle portait une robe aigue-marine qui lui dégageait les épaules et une épingle à cheveux scintillante en forme d'étoile de mer. Sa peau avait pris une nuance abricot sur la plage, mais le plus ravissant, c'étaient ses pieds chaussés de sandales espagnoles, ses orteils découverts dans leur beauté timide, leurs ongles telles des pépites de nacre rose. À la terrasse de l'hôtel, il lui confia qu'il l'adorait voir ses pieds nus en public.

— C'est si osé, si excitant, tu parais toute nue.

Elle lui adressa un sourire triste.

— Si tu les avais vus du temps que j'étais sur pointes toute la journée, ils étaient affreux, mes pieds. Tu n'imagines pas comme la danse les déforme, dit-elle, décrivant des cercles avec son verre sur la table, délicatement. Je n'aurais jamais mis de sandales alors, même pour un million de pengő.

— J'aurais donné deux millions de pengő pour te voir en sandales, moi.

— Tu ne les avais pas, tu n'étais qu'un écolier.

— J'aurais trouvé moyen de les gagner.

Elle rit et glissa le doigt sous sa manche pour lui caresser le poignet. C'était une torture pour lui, de passer ces journées ainsi auprès d'elle. Plus il la possédait, plus il avait envie d'elle. Le pire, c'était à la plage, quand elle mettait son maillot noir et son bonnet de bain à rayures blanches. Elle se retournait sur la rabane, et il voyait des grains de sable argentés poudrer le sillon entre ses seins, son mont de Vénus saillant, la peau soyeuse de ses cuisses. Lorsqu'il était sur la plage avec elle, il passait le plus clair de son temps à dissimuler son érection sous un livre ou une serviette. La veille, il l'avait vue exécuter une série de plongeons impeccables ; à présent, le plongeoir se dressait au clair de lune, carcasse fantomatique.

– Je trouve qu'on devrait rester ici pour toujours, lui dit-il. Tu donnerais des cours de danse en ville, et moi je terminerais mes études par correspondance.

Une mélancolie voila soudain ses traits, elle but une gorgée de son verre.

– Tu vas avoir vingt-trois ans, ce qui veut dire que je vais en avoir trente-deux. Plus j'y pense, plus je trouve que c'est vieux pour une femme.

– Qu'est-ce que tu racontes ! La dernière championne de natation hongroise avait trente-trois ans quand elle a remporté la médaille d'or à Munich. Ma mère a eu Mátyás à trente-cinq ans.

– J'ai l'impression d'avoir déjà vécu si longtemps. L'époque où je n'aurais pas porté de sandales pour tous les pengő du monde… (Elle s'interrompit en souriant, mais son regard était lointain.) C'était il y a si longtemps… dix-sept ans !

Sa mélancolie n'avait donc rien à voir avec lui. C'était à sa propre vie qu'elle pensait, au bouleversement causé par sa grossesse. Le voile venait de là. Lorsque le serveur arriva, elle commanda deux absinthes, signe qu'elle était triste et voulait échapper à la pesanteur de la réalité.

Or sur lui, l'absinthe n'avait pas le même effet ; elle lui jouait un sale tour, au contraire. Il s'était dit que ce ne serait peut-être pas le cas à Nice, dans cet hôtel de rêve qui surplombait la mer, mais il découvrit très vite qu'elle était en train de lui ronger le cœur comme à l'accoutumée. Une porte s'ouvrit en lui, et la paranoïa s'y introduisit en force. Si Klára sombrait tout à coup dans la mélancolie, ce n'était pas parce qu'elle avait raté sa carrière de danseuse ; c'était parce qu'elle avait perdu le père d'Elisabet. Son grand amour. Le secret colossal qu'elle ne lui avait jamais révélé. Ses sentiments pour András n'étaient que la balle de cette moisson du cœur. Même sa liaison de onze ans avec Novak avait été impuissante à en rompre le sortilège. Mme Gérard le savait ; Elisabet le savait. Tibor n'avait pas mis une heure à deviner ce qu'il avait été impuissant à reconnaître au fil des mois. Dire qu'il avait passé l'été à redouter Novak, alors que la vraie menace, c'était ce fantôme, seul maître du cœur de Klára ! Elle était à ses côtés dans sa robe de sirène et ses sandales, elle buvait tranquillement son absinthe pour donner à croire qu'elle serait sa femme un jour, et puis voilà qu'elle se laissait happer par Dieu sait quel passé, par *lui*, cet amour sans nom et sans visage : il avait envie de la prendre par les épaules et de la secouer jusqu'à ce qu'elle crie.

— Pour l'amour du ciel, András, ne me regarde pas comme ça !

— Comment, comme ça ?

— Avec une lueur de meurtre.

Ses yeux gris limpides, l'éclat de l'étoile de mer dans ses cheveux, ses mains d'enfant posées sur la table. Il avait peur d'elle, de son pouvoir sur lui, il n'avait jamais eu autant peur de quelqu'un. Il repoussa sa chaise et se dirigea vers le bar où il acheta un paquet de Gauloises, qu'il partit fumer sur la plage. Il trouva une manière de réconfort à ramasser des galets et les envoyer faire des ricochets dans l'écume. Il s'assit sur les lames de bois d'un transat et fuma trois cigarettes à la chaîne. Il se dit qu'il aimerait bien dormir sur la plage cette nuit, avec le bruit des vagues dans le noir, et les échos du bal dans les jardins de l'hôtel. Mais bientôt, la tête plus claire, il réalisa qu'il avait laissé Klára toute seule à leur table. La porte ouverte par l'absinthe se refermait. Sa paranoïa s'émoussait. Il regarda par-dessus son épaule la tache bleu-vert de sa robe de sirène en train de se fondre dans les lumières safranées de l'hôtel.

Il remonta la plage en courant pour la rattraper, mais le temps qu'il arrive, elle avait disparu. Dans le vestibule, le concierge assura qu'il n'avait pas vu passer de dame en vert ; les portiers l'avaient bien vue sortir, mais l'un des deux pensait qu'elle était partie vers la ville, et l'autre dans la direction opposée. Il faisait nuit noire ; elle ne risquait guère d'être partie en ville, songea-t-il, elle n'était pas d'humeur. Il prit l'auto et roula au pas le long de la Promenade. Ses phares ne tardèrent pas à éclairer une torche verte sur le bord de la route. Klára marchait vite, ses sandales soulevaient un nuage de poussière. Elle entourait son corps de ses bras, il vit sa colonne vertébrale, tendre image familière, dégagée par la robe à dos nu. Il stoppa la voiture et bondit pour la rattraper. Elle lui jeta un bref regard, sans cesser d'avancer.

– Klára, dit-il. Klárika.

Elle s'arrêta enfin, bras ballants. Un faisceau de phares éclaboussa sa silhouette : une routière, surgie d'un virage, fonçait vers le centre-ville, ses passagers braillant des chansons dans la nuit. L'auto passée, ne resta plus que le bourdonnement de la mer qui pilonnait la plage. Pendant un long moment, ils n'échangèrent pas un mot. Elle regardait droit devant elle.

– Je te demande pardon, dit-il. Je ne sais pas ce qui m'a pris de te laisser en plan.

– Rentrons à la maison, je ne veux pas parler de ça, ici.

– Ne sois pas fâchée.

– C'est ma faute, je n'aurais pas dû évoquer le passé de cette façon. Ça me navre quand j'y pense, et c'est sûrement pour ça que tu es parti sur la plage.

– C'est l'absinthe, elle me fait perdre la tête.

– Non, ça n'est pas l'absinthe.

– Klára, je t'en prie.

– J'ai froid, je veux rentrer.

Il prit le volant sans tirer satisfaction de sa maîtrise

de la route, et à leur descente de voiture, sa performance ne fut pas applaudie. Klára alla aussitôt s'asseoir sur une chaise, dans le jardin. Il s'assit à côté d'elle.

— Je te demande pardon, je me suis conduit comme un imbécile, comme un égoïste, en t'abandonnant à table.

Elle ne parut pas l'entendre, elle était loin, recroquevillée dans un espace intime où il n'y avait pas de place pour lui.

— Au fond tu es au supplice, toi, depuis le début…

— Mais de quoi tu parles ?

— De tout, de notre relation, de mes silences, de tout ce que je ne t'ai pas dit.

— Cesse de généraliser, c'est exaspérant. Quels silences ? Tes liens avec Novak ? Je croyais pourtant qu'on avait dépassé ce problème, Klára. Qu'est-ce que tu essaies de me dire ?

Elle secoua la tête, puis elle se cacha le visage dans les mains et ses épaules se mirent à trembler.

— Qu'est-ce qui t'arrive ? Ce n'est pas moi qui t'ai mise dans un état pareil en allant fumer sur la plage, tout de même.

— Non, répondit-elle en levant vers lui des yeux baignés de larmes. J'ai simplement compris quelque chose en ton absence.

— Quoi donc ? Dis-le-moi, si tu peux mettre un nom dessus.

— Je gâche tout. Je suis comme ça. Ce qui va bien, je l'abîme, ce qui va mal, je l'aggrave. Je l'ai fait avec ma fille, je l'ai fait avec Zoltán, et voilà que je le fais avec toi. J'ai bien vu ton air malheureux quand tu as quitté la table.

— Ah, je vois. Tout est de ta faute. Tu as obligé Elisabet à avoir des problèmes. Tu as contraint Novak à tromper sa femme. Tu m'as forcé à tomber amoureux de toi. Nous autres, nous n'y sommes pour rien.

— Tu es loin de te douter de tout ce que j'ai fait.

– Alors dis-le-moi, vas-y, je t'écoute.

Elle secoua la tête.

– Eh bien, ne me dis rien. Et après ? (Il se leva, la prit par le bras, et l'amena face à lui.) On fait comment, à présent ? Tu vas me maintenir dans l'ignorance ? Un jour, je vais apprendre la vérité de la bouche de ta fille ?

– Non, souffla-t-elle d'une voix à peine audible. Elisabet ne sait rien.

– Si nous restons ensemble, je dois tout savoir. Il faut que tu te décides, Klára. Si tu veux qu'on continue, il faut que tu sois honnête avec moi.

– Tu me fais mal au bras.

– Qui était-ce ? Dis-moi seulement son nom.

– Qui ?

– L'homme que tu aimais. Le père d'Elisabet.

Elle se dégagea. Au clair de lune, il voyait l'étoffe de sa robe se tendre et se détendre contre ses côtes. Elle avait les yeux pleins de larmes.

– Ne m'agrippe plus jamais de cette façon, dit-elle avant d'éclater en sanglots. Je veux rentrer, András, pardon, mais je veux rentrer à Paris.

Elle grelottait comme si elle venait d'attraper la fièvre dans la fraîcheur de la nuit méditerranéenne. Sa barrette en forme d'étoile de mer scintillait d'un éclat saugrenu, confetti d'un bal de paquebot qu'une brise de mer aurait apporté et qui se serait pris par hasard dans les ondes noires de sa chevelure.

C'était patent, elle venait d'être rattrapée par quelque chose qui s'apparentait à une maladie, elle était exsangue, elle tremblait de tous ses membres. Il le vit bien à la manière dont elle se blottit sous les couvertures une fois au lit, tournée contre le mur, le regard fixe. Elle était fermement décidée à rentrer, et pas plus tard que le lendemain matin. Il resta couché auprès d'elle une heure, les yeux grands ouverts, jusqu'à ce que sa respiration plus régulière lui indique qu'elle s'était endormie. Il n'avait plus le cœur à lui tenir rancune. Si elle voulait rentrer, il la ramènerait. S'il rassemblait leurs affaires tout de suite, ils partiraient à la première heure. En prenant garde de ne pas la réveiller, il se leva sans bruit et entreprit de faire leurs valises, soulagé par cette tâche précise et concrète. Il plia ses petites affaires, ses robes de coton, ses bas, sa lingerie, son maillot noir. Il remit colliers et boucles d'oreilles dans le sachet en satin d'où il l'avait vue les retirer ; il enfila ses paires de ballerines les unes dans les autres, plia justaucorps et jupes ; après quoi il passa une veste et sortit s'asseoir dans le jardin. Dans les hautes herbes, le long de la route, les criquets chantaient en français. À Konyár, les criquets stridulaient plus haut, sur un autre rythme. Mais au firmament les étoiles étaient les mêmes. Il y avait la damoiselle écartelée sur son rocher, la Petite Ourse et le Dragon. Il les avait fait voir à Klára, quelques nuits plus tôt, et elle lui avait demandé de les lui remontrer soir après soir, jusqu'à ce qu'elle les connaisse aussi bien que lui.

Le lendemain matin, ils rentrèrent à Paris. Il l'avait aidée à se lever et à s'habiller dans le matin bleu ; elle avait pleuré en voyant qu'il avait fait les valises.

— Je t'ai gâché tes vacances, et aujourd'hui, c'est ton anniversaire.

— Ça m'est bien égal, partons, la route est longue.

Pendant qu'elle l'attendait dans la voiture, il ferma la petite maison et glissa la clef dans le nid, au-dessus de la porte. Il emprunta pour la dernière fois la route en lacet qui menait à Nice. La mer scintillait d'un éclat métallique, le soleil pailletait sa surface. Il n'avait pas peur au volant, après les leçons qu'elle lui avait données. Il prit la direction de Paris, et elle regarda défiler sans mot dire les champs et les fermes. Lorsqu'ils atteignirent le labyrinthe des faubourgs de la capitale, elle s'était endormie, et il tâcha de se rappeler le chemin pris à l'aller. Les rues avaient une logique propre, et il perdit une heure à tâtonner, jusqu'à ce qu'un agent de police lui indique la porte d'Italie. Il finit par se repérer, traversa la Seine et enchaîna les boulevards familiers qui le menèrent rue de Sévigné. Le soleil était couché, l'ombre avait gagné le studio de danse, il faisait noir dans l'escalier. Klára s'éveilla et se frotta le visage. Il l'aida à monter et lui passa la chemise de nuit oubliée sur le lit. Elle s'allongea sur le dos, les larmes qui lui coulaient sur les tempes noyaient l'oreiller.

– Qu'est-ce que je peux faire pour toi ? dit-il en s'asseyant à son chevet. Tu as besoin de quelque chose ?

– Seulement que tu me laisses. Je veux dormir, c'est tout.

Elle parlait d'une drôle de voix sans timbre. Cette femme si pâle, dans sa chemise de nuit brodée, c'était la sœur fantôme de la Klára qu'il connaissait et qui avait foncé au volant une semaine plus tôt, en cache-poussière et lunettes de conduite. Il était hors de question qu'il rentre chez lui en l'abandonnant dans ce brouillard. Il alla donc chercher sa valise et lui fit une tasse du tilleul qu'elle prenait quand elle avait mal à la tête. Lorsqu'il la lui apporta, elle se dressa dans le lit et lui tendit la main. Il s'approcha d'elle et s'assit à son chevet. Elle soutint son regard, elle avait la poitrine couverte d'une inflammation. Elle posa la tête sur son épaule et lui enlaça la taille.

– Quel anniversaire abominable pour toi.

– Mais non, répondit-il en lui caressant les cheveux. J'ai passé toute la journée avec toi.

– Il y a quelque chose pour toi au studio. C'est ton cadeau.

– Je n'ai pas besoin de cadeau.

– Tant pis.

– Tu me le donneras une autre fois.

– Non, il faut que tu le reçoives le jour de ton anniversaire, puisque nous sommes rentrés. Je descends avec toi.

Elle sortit du lit et le prit par la main. Ils se rendirent dans le studio. Contre l'un des murs, il y avait un objet sous un drap, un objet à peu près de la taille d'un piano droit.

– Grands dieux ! s'exclama-t-il. Qu'est-ce que c'est ?

– Regarde.

– J'ose à peine.

– Ose.

Il souleva un coin du drap. Et là, son plateau de bois ciré légèrement incliné vers la fenêtre, son pied d'acier portant la marque d'un ébéniste réputé, il découvrit une table à dessin artisanale aussi magnifique et professionnelle que celle de Vágo. Le plateau était bordé d'une rainure parfaite pour y mettre les crayons avec, à droite, un encrier encastré. Un tabouret était glissé sous la table, avec des roulettes en laiton luisantes. Il sentit sa gorge se serrer.

– Elle ne te plaît pas ?

Il dut attendre de pouvoir parler.

– C'est trop beau, c'est une vraie table d'architecte. Elle n'est pas faite pour un étudiant.

– Tu la garderas quand tu seras architecte. Mais je voulais que tu l'aies tout de suite.

– Garde-la-moi, dit-il en se tournant vers elle pour poser une main sur sa joue. Si tu décides que nous restons ensemble, je l'emporterai.

Ses lèvres blêmirent et elle ferma les yeux.

– Je t'en prie, je tiens à ce que tu la prennes tout de suite. Elle se démonte, tu peux la transporter dans la voiture.

– Je ne peux pas, pas maintenant.

– András, s'il te plaît.

– Garde-la-moi. Et quand tu auras bien réfléchi, dis-moi si je dois l'accepter. Mais je ne vais pas l'emporter en souvenir de toi. Tu comprends ? Je ne vais pas la prendre pour renoncer à toi.

Elle hocha la tête, les yeux baissés.

— C'est le plus beau cadeau que j'aie jamais reçu.

Ainsi finirent leurs vacances. Septembre approchait. Il le sentit en rentrant chez lui par le pont Marie, avec sa valise qui contenait des vêtements pour douze jours. Septembre lançait à travers la ville ses premiers serpentins de fraîcheur, ses coups de griffe rouges. On sentait son odeur filer sur la Seine comme le parfum d'une fille au seuil d'une fête. Sa pantoufle de satin n'avait pas franchi la porte, mais tout le monde savait qu'elle était là. Elle allait entrer dans un instant. Tout Paris retenait son souffle, suspendu à son arrivée.

# Chapitre 17

# La synagogue de la Victoire

Il aurait donné n'importe quoi pour fêter Rosh Hashana à Konyár, cette année-là ; pour aller à la synagogue avec son père et Mátyás, manger du gâteau au miel à la table de sa mère, se retrouver dans le verger, une main sur le tronc de son pommier favori, celui dont les hautes branches lui avaient toujours donné asile lorsqu'il avait peur, qu'il se sentait esseulé ou déprimé. Au lieu de quoi, là-haut dans son galetas, il attendait Polaner pour se rendre à la synagogue, rue de la Victoire. Quatre semaines s'étaient écoulées depuis son dernier échange avec Klára, et alors que l'année juive touchait à sa fin, l'Europe entière semblait au bord du gouffre. Dès qu'il avait repris ses esprits, au retour de Nice, dès qu'il avait lu les lettres qui l'attendaient, parcouru ses journaux habituels, il s'était rendu compte qu'il se passait des choses plus dramatiques que le silence de Klára Morgenstern sur les arcanes de son histoire. Hitler, qui avait bafoué le traité de Versailles en annexant l'Autriche au printemps, jetait à présent son dévolu sur la partie frontalière de la Tchécoslovaquie, la barrière montagneuse des Sudètes, avec ses fortifications, ses usines d'armement, ses filatures et ses mines. *Que penses-tu de la dernière lubie du chancelier ?* lui écrivait Tibor depuis Modène. *S'il se figure que l'Angleterre et la France vont rester les bras croisés pendant qu'il dépouille la dernière démocratie d'Europe centrale de toutes ses défenses ! Une chose est sûre : ce serait la fin de la Tchécoslovaquie libre.*

L'indignation de Mátyás était d'un autre registre, c'était le collégien en lui qui protestait contre le révisionnisme géographique d'Hitler. *Quel toupet d'exiger qu'on lui « rende » les Sudètes qui n'ont jamais appartenu à l'Allemagne. À qui espère-t-il faire avaler ça ? N'importe quel gamin des écoles sait que la Tchécoslovaquie appartenait à l'Empire austro-hongrois avant la Grande Guerre.* À quoi András avait répondu qu'il était probable que le gouvernement hongrois fasse le jeu d'Hitler, dans la mesure où la Hongrie aurait des chances de récupérer une part de son propre territoire si l'Allemagne prenait les Sudètes. Le verbe « rendre » était une invite à qui estimerait que son pays avait été floué par le traité de Versailles. *Mais enfin*, ajoutait-il, *ça prouve que tu écoutes en classe. Qui sait, tu vas peut-être décrocher ton baccalauréat, finalement.*

Les journaux parisiens en révélèrent plus à mesure que la situation évoluait. Le 12 septembre, dans son discours de clôture au congrès du parti nazi, à Nuremberg, Hitler avait martelé l'air de son poing en réclamant justice pour les millions d'Allemands de souche habitant les Sudètes et opprimés par le président Beneš et son gouvernement. Quelques jours plus tard Chamberlain, qui n'était jamais monté en avion, s'envolait rejoindre le Führer dans son nid d'aigle à Berchtesgaden pour discuter de ce que tout le monde appelait désormais « la crise des Sudètes ».

– Il aurait jamais dû y aller, dit Polaner devant son verre de whisky à la Colombe bleue. Vous ne voyez pas qu'il s'est humilié ? Ce vieillard qui n'avait jamais pris un avion, obligé d'aller au fin fond de l'Allemagne pour rencontrer le Führer. C'est une démonstration de force de la part d'Hitler. En faisant ce voyage, Chamberlain laisse voir qu'il a peur. Et ça, croyez-moi, Hitler va s'en apercevoir et en profiter.

– Si quelqu'un fait une démonstration de force, c'est Chamberlain, au contraire, soutint András. Il est allé à Berchtesgaden pour mettre les points sur les *i* : si Hitler attaque la Tchécoslovaquie, l'Angleterre et la France ne reculeront devant rien pour l'abattre. Le message, le voilà.

Mais les événements donnèrent très vite tort à András. À l'issue de cette entrevue, disaient les journaux, Hitler avait remis à Chamberlain une liste d'exigences, et l'Anglais était bien décidé à faire accepter ses conditions dans les plus brefs délais, tant à son gouvernement, qu'au gouvernement français. Les éditorialistes penchaient pour le sacrifice des Sudètes s'il fallait en passer par là pour préserver la paix si chèrement acquise à l'issue de la Grande Guerre. Les opposants semblaient se réduire à quelques commentateurs communistes et socialistes assez isolés. Quelques jours plus tard, les émissaires des gouvernements français et britannique présentaient au président Beneš un projet lui intimant de dépouiller sa république de ses régions frontalières – le gouvernement tchèque était prié de l'avaliser sans délai. Du coup, András passait ses journées à éplucher les journaux, l'oreille vissée à la TSF de Bakélite rouge dans l'atelier de Forestier, comme s'il suffisait de suivre les événements en permanence pour en altérer le cours. Forestier lui-même avait posé ses outils et ruminait ces informations avec András. Le président Beneš avait répondu à la proposition franco-britannique par un mémorandum précis et mesuré qui rappelait à la France son engagement de défendre la Tchécoslovaquie si elle était menacée. Quelques heures après la remise du mémorandum, les ministres des Affaires étrangères français et britannique arrivés à Prague tiraient le président Beneš de son lit pour lui faire accepter la proposition séance tenante, faute de quoi, il se retrouverait seul face à l'Allemagne. Le lendemain, András et M. Forestier entendirent avec un désarroi incrédule un commentateur annoncer que

Beneš acceptait le plan franco-britannique. Le Conseil des ministres tchèque venait de démissionner en bloc pour protester. Chamberlain aurait une nouvelle entrevue avec Hitler, le 22 septembre, à Bad Godesberg cette fois, pour organiser le transfert des Sudètes.

– Et voilà, ça y est ! s'exclama Forestier, dont les vastes épaules se voûtèrent. La dernière démocratie d'Europe centrale se met à genoux devant Hitler à l'instigation de l'Angleterre et de la France. Nous vivons une époque effroyable, mon jeune ami, effroyable.

Sur le moment, András tint la crise pour achevée, et la guerre évitée – fût-ce à un prix exorbitant. Mais le 23 septembre, en arrivant chez Forestier, il apprit que l'entrevue de Bad Godesberg avait mis au jour de nouvelles exigences. Hitler voulait que ses troupes occupent les Sudètes ; la population tchèque devrait vider les lieux – fermes et domaines – sous huit jours et laisser tous ses biens derrière elle. Chamberlain rapporta ces nouvelles prétentions, qui furent promptement rejetées par le gouvernement français comme par le gouvernement britannique. Une occupation militaire ? Impensable ! Autant abandonner le reste de la Tchécoslovaquie sans coup férir.

*L'appel tant redouté est arrivé*, écrivit András à Tibor ce matin-là, qui était la veille de Rosh Hashana. *L'armée tchèque est mobilisée, et Daladier notre Premier ministre a également ordonné une mobilisation partielle des troupes françaises.* András l'avait observé le matin même : les réservistes quittaient qui sa boutique, qui son taxi, qui sa terrasse de café, pour se rendre en des points hors de Paris et rallier leurs bataillons. Lorsqu'il sortit poster sa lettre à Tibor, il y avait foule devant la boîte aux lettres : à croire que tous les appelés avaient une missive à envoyer. À présent, assis sur son lit, le sac contenant son talit à la main, il attendait Eli Polaner tout en pensant à ses parents, à ses frères, à Klára et à cette guerre imminente. À dix-huit heures trente, Polaner apparut, et ils prirent le métro jusqu'à la station Le Peletier, dans le IX<sup>e</sup> arrondissement, pour gagner la synagogue toute proche.

Cette synagogue ne ressemblait nullement à celle de Dohány utca, de style mauresque, où András et Tibor se rendaient pour les grandes fêtes à Budapest. Elle ne rappelait pas davantage le temple à salle unique de Konyár, avec ses lambris sombres et la cloison de bois qui isolait la partie réservée aux femmes. Celle de la rue de la Victoire était un édifice élancé, d'inspiration baroque, en pierre or pâle, avec une superbe rosace pour couronner sa façade en ogives. À l'intérieur, des colonnes aériennes montaient à l'assaut des voûtes ; une fenêtre haute inondait la nef de lumière. Au dessus de la bimah ouvragée, de style byzantin, une inscription : *Tu aimeras l'Éternel ton Dieu de tout ton cœur*. À l'arrivée d'András et Polaner, l'office avait déjà commencé. Ils prirent place dans une rangée du fond et déboutonnèrent les sacs de velours où ils rangeaient leurs talits, celui de Polaner en soie jaunie à rayures bleues, celui d'András en laine blanche à la texture serrée. Ensemble, ils dirent la prière qu'on prononce en endossant le talit ; ensemble ils se drapèrent dedans. Le chantre entonnait en hébreu : « Qu'il est bon, qu'il est doux pour des frères de demeurer ensemble. » La mélodie familière se répétait sans cesse, sa ligne basse, sombre comme un chant d'ouvriers au travail, sa ligne haute, s'envolant vers les voûtes, telle une question : n'est-ce pas qu'il est bon pour des frères de demeurer ensemble ? Polaner avait appris cette mélodie à Cracovie, András à Konyár ; le chantre la tenait de son grand-père à Minsk, les trois vieillards assis à côté de Polaner l'avaient entendue à Gdynia, à Amsterdam, à Prague. Elle était née quelque part, elle avait échappé aux pogroms d'Odessa et d'Oradea, elle s'était faufilée jusqu'à cette synagogue et se faufilerait jusqu'à celles qui étaient à construire.

Depuis quatre semaines, András s'efforçait de se barricader derrière un cordon sanitaire mental pour ne pas penser à Klára Morgenstern, et cette mélodie l'ébranla comme un séisme. Tout commença par un frémissement qui faisait à peine vibrer les murs – oui, il était bon pour des frères de demeurer ensemble, mais les siens, il ne les avait pas vus depuis de longs mois –, et puis il y eut une première secousse, la nostalgie de son berceau de famille, insoutenable, suivie d'une seconde, la nostalgie de Klára, berceau de son être plus profond et plus intime encore. Quatre semaines qu'il s'immergeait dans les affaires du monde pour ne pas penser à elle. Le soir tard, quand il ne pouvait plus prétendre l'avoir chassée de ses pensées, il se racontait que son silence ne signifiait pas rupture. Certes, elle ne lui avait pas fait signe, mais elle ne lui avait pas non plus renvoyé ses lettres, ni exigé qu'il lui rendît les affaires laissées chez lui. Elle ne lui interdisait donc pas tout espoir. Sauf qu'à présent, la population fuyait Paris par crainte des bombardements ; la menace de guerre se concrétisait ; alors, que penser de ce silence prolongé ? Allait-elle quitter la capitale sans même le prévenir ? Allait-elle partir sous la protection de Zoltán Novak, dans une voiture dépêchée par ses soins ? Était-elle en ce moment même en train de faire la valise qu'András avait défaite à leur retour de Nice ?

Il se drapa plus étroitement dans son talit pour tenir ces pensées en lisière ; il éprouvait un certain soulagement à dire les prières, à sentir auprès de lui la présence de Polaner et de tous les autres fidèles qui connaissaient les textes par cœur. Il récita la prière qui énumérait les péchés de la Maison d'Israël et celle qui demandait au Seigneur de garder sa bouche des mauvaises paroles et de la duplicité. Il récita la prière d'action de grâces pour le don de la Torah, et écouta l'assistance psalmodier les mots des rouleaux revêtus de blanc. Puis, à la fin de l'office, il pria pour que son nom figure dans le Livre de la Vie, s'il y avait sa place.

À la sortie de la synagogue, Polaner et lui franchirent la Seine pour aller dîner à leur club d'étudiants, qui s'était vidé pendant l'été, rempli à l'approche de la rentrée universitaire, et se dépeuplait de nouveau depuis les menaces de guerre. Le serveur mit dans l'assiette d'András du pain, du bœuf et des pommes de terre mal cuites, noyées dans l'huile.

— À la maison, ma mère doit être en train de servir du tendron de bœuf et de la soupe de poulet aux vermicelles, dit Polaner comme ils allaient s'asseoir à une table. Des patates aussi infâmes n'ont pas droit de cité dans sa cuisine.

— C'est pas la faute des patates, ne t'en prends pas à elles.

— Ça commence toujours par les patates, répliqua Polaner, en haussant sombrement un sourcil.

András ne put se retenir de rire. Il lui paraissait miraculeux de voir son ami assis en face de lui après ce qui s'était passé en janvier. Le monde était mal fait, mais n'empêche, Eli Polaner avait guéri de ses blessures et avait eu le cran de retourner à l'École spéciale suivre sa deuxième année.

— Elle n'a pas dû te laisser quitter Cracovie de gaieté de cœur, ta mère ?

Polaner déplia sa serviette et l'étendit sur ses genoux.

— Elle n'est jamais ravie de me voir partir, c'est ma mère.

András le regarda avec attention.

— Tu n'as rien raconté à tes parents de ce qui s'est passé, hein ?

— Tu croyais que j'allais leur dire ?

— Tu as failli mourir, tout de même.

– Ils ne m'auraient jamais permis de retourner à l'École. Ils m'auraient expédié dans Dieu sait quel sanatorium freudien pour une cure par la parole, et tu serais bien seul ce soir, *copain**.

– Tant mieux pour moi, alors, répondit András.

Ses amis lui avaient manqué, Polaner surtout. Il s'était figuré qu'en septembre, ils seraient tous à dîner là, qu'ils se retrouveraient bientôt à l'atelier, puis à la Colombe bleue après les cours, pour boire du thé noir et manger des sablés aux amandes. Il s'était vu narrer leurs exploits à Klára, la faire rire au coin du feu, rue de Sévigné. Mais Rosen et Ben Yakov passaient les fêtes en famille, il était tout seul ici avec Polaner, et l'École spéciale avait suspendu sa rentrée comme toutes les autres facultés parisiennes. Quant à Klára, il ne risquait pas de lui narrer grand-chose.

Comme on entrait dans la période de repentir entre Rosh Hashana et Yom Kippour, il se dit qu'il aurait bientôt de ses nouvelles. La guerre semblait inévitable. La nuit, on s'entraînait au black-out ; les rares lampadaires des carrefours étaient encapuchonnés de papier noir pour rabattre leur éclat. L'exode de familles entières engorgeait les trains et déchaînait une cacophonie de klaxons dans les rues. On venait d'appeler sous les drapeaux cinq cent mille hommes de plus. Ceux qui restaient couraient acheter des masques à gaz, des conserves et de la farine. Un télégramme arriva, signé de ses parents : Si guerre déclarée rentre premier train. Assis sur son lit, message en main, il se demandait si cela signifiait la fin de tout : études, vie à Paris, tout. On était le 28 septembre, trois jours avant l'expiration du délai fixé par Hitler avant d'occuper les Sudètes. Dans soixante-douze heures, sa vie allait peut-être s'écrouler. Impossible d'attendre plus longtemps. Il allait foncer rue de Sévigné, exiger de voir Klára. Il insisterait pour l'escorter hors de la ville avec

Elisabet, sitôt les malles faites. De peur de voir faiblir son courage, il enfila une veste et courut jusque chez elle.

Mais une fois là-bas, Mme Apfel lui barra la porte. Mme Morgenstern ne recevait personne. Pas même lui. Elle ne se disposait pas à quitter Paris, pour autant qu'elle sache. Elle était couchée avec la migraine et avait demandé qu'on ne la dérange sous aucun prétexte. De toute façon, il connaissait la nouvelle, non ? Une entrevue aurait lieu à Munich le lendemain pour tenter une dernière fois de sauver la paix. Ces imbéciles finiraient bien par retrouver un peu de bon sens. Il allait voir, on ne la ferait pas, cette guerre, au bout du compte.

András n'était pas au courant. Il se précipita chez Forestier et passa les deux jours suivants, l'oreille collée à la TSF. Et le 30 septembre, on annonça qu'Hitler était parvenu à un accord avec la France, l'Angleterre et l'Italie. Les Sudètes reviendraient à l'Allemagne sous dix jours ; il y aurait bel et bien occupation militaire ; les ressortissants tchèques quitteraient leurs maisons, boutiques et fermes sans emporter le moindre meuble, la moindre pièce d'étoffe, le moindre épi de maïs, et sans se voir attribuer de compensation d'aucune sorte. Dans les régions occupées par des minorités polonaises ou hongroises, le suffrage populaire déciderait des nouvelles frontières. La Pologne et la Hongrie revendiqueraient sans aucun doute ces territoires perdus. Le présentateur de radio lut l'accord à toute vitesse, dans un français plein d'aspérités et András eut du mal à suivre. Comment l'Angleterre et la France avaient-elles pu accepter des résolutions quasi identiques à celles qu'elles avaient rejetées purement et simplement quelques jours plus tôt à peine ? La radio diffusait les échos de la liesse à Londres ; András entendit l'allégresse parisienne éclater sous les fenêtres de Forestier : des centaines de Parisiens saluaient la paix, acclamaient Daladier et louaient Chamberlain. Les appelés allaient rentrer dans leurs foyers. Le profit était indéniable : des noms en plus au Livre de la Vie pour l'année à venir. Alors pourquoi partageait-il de plus en plus le sentiment de Forestier qui se prenait le front à deux mains, coudes sur les genoux ? Les événements récents lui paraissaient marqués au sceau du déshonneur. Pour lui c'était comme si, après l'agression envers Polaner, le professeur Perret avait choisi de renvoyer la victime pour préserver la paix à l'École.

À la veille de Yom Kippour, András et Polaner se rendirent à la synagogue de la rue de la Victoire pour entendre le Kol Nidré. Avec beaucoup de cérémonie et des génuflexions, front contre les dalles, le chantre et le rabbin prièrent pour que les *rachmones* pleuvent sur la communauté et la Maison d'Israël. Ils déclarèrent que les fidèles étaient désormais libérés des engagements pris envers Dieu et envers leur prochain pendant l'année écoulée. Ils rendirent grâce à Dieu que la guerre ait été évitée. András rendait grâce sans se départir d'une angoisse sourde. Au fil de l'office, son mal-être prenait un autre canal. Toute la semaine, la menace de guerre avait eu l'avantage de le distraire de sa situation amoureuse, une fois de plus. Pendant un temps, il avait réussi à se leurrer, à lire dans le silence de Klára une promesse tacite : elle n'avait pas renoncé à surmonter le problème qui avait abrégé leur séjour à Nice. Mais il ne pouvait plus se bercer d'illusions ; elle n'avait pas envie de le voir, tout était fini entre eux, c'était clair. Son silence ne se lisait pas autrement.

Ce soir-là, il rentra chez lui et rangea les affaires de Klára dans une caissette de bois : son peigne et sa brosse, deux chemises, une boucle d'oreille isolée, en forme de jonquille, une boîte à pilules en verre, un recueil de nouvelles hongroises, un livre de poésie française du XVIe siècle dont elle aimait lui lire des passages à haute voix. Il s'attarda un instant sur l'ouvrage ; il le lui avait offert parce qu'il contenait le poème de Marot qui parlait du feu sous la glace. Il le retrouva et, détachant soigneusement cette page avec son canif, il la glissa dans l'enveloppe qui contenait les lettres. Mais il garda les missives, n'ayant pas le cœur de s'en séparer. Il lui écrivit un mot au dos de la carte postale qu'il avait achetée en souvenir, des mois plus tôt : une vue du square Barye, à la pointe est de l'île Saint-Louis, car c'était là qu'il lui avait dit le poème à l'oreille, le soir de la Saint-Sylvestre. *Chère Klára,* écrivit-il. *Voici quelques menus objets que tu as laissés chez moi. Mes sentiments n'ont pas changé, mais je ne peux plus attendre sans connaître la raison de ton silence, ni si tu as l'intention d'y mettre fin. Je vais donc le rompre moi-même. Je te tiens quitte de tous tes engagements à mon égard. Tu n'as plus à m'être fidèle, ni à te conduire comme si tu allais devenir ma femme. Je te libère, mais moi, je ne saurais me libérer de mes serments envers toi. C'est à toi de le faire, Klára, si tu le souhaites. Mais si tu choisissais de me revenir, sache que je suis, aujourd'hui comme hier, ton András.*

Il cloua un couvercle sur la caisse et la souleva : une plume, ces derniers vestiges de Klára dans sa vie ! Il se rendit chez elle une dernière fois, en pleine nuit, et posa la caisse sur le seuil de sa porte, où elle la trouverait au matin.

Il passa la journée du lendemain à prier et jeûner. À l'office du matin, il eut la certitude d'avoir commis une erreur abominable. S'il avait attendu une semaine, elle lui serait peut-être revenue ; mais il était l'artisan de son propre malheur. Il fut tenté de courir rue de Sévigné récupérer le colis avant qu'on ne le découvre. Mais, ravagé par le jeûne, il commença à se dire qu'il avait fait ce qu'il fallait, ce qu'il fallait pour son propre salut. Il ramena son châle sur ses épaules et s'inclina pour entamer la série des dix-huit bénédictions. Le déroulement familier de la prière confirmait sa certitude. La nature avait ses cycles, il y avait un temps pour tout, une fin à tout.

À l'office du soir, il était lessivé, engourdi, la tête lui tournait. Il savait qu'il était en train de glisser vers l'abîme, incapable de se rattraper. L'office s'acheva enfin sur la spirale perçante du chofar. Polaner et lui étaient invités à dîner rue Saint-Jacques, József les conviait à venir rompre le jeûne avec ses amis des Beaux-Arts. Ils franchirent la Seine sans dire un mot, en proie aux affres ultimes de la faim. Chez József les attendaient musique, mets et alcools. L'hôte leur souhaita une bonne et heureuse année en leur mettant un verre dans la main. Puis, courbant l'index avec des airs de conspirateur, il fit signe à András d'approcher et pencha la tête vers lui.

– J'en apprends de belles sur ton compte. Mon ami Paul me dit que tu aurais une liaison avec la mère de cette grande perche, la pétulante Elisabet.

– C'est du passé, répondit András.

Là-dessus, il s'empara d'une bouteille de whisky sur la table et s'enferma dans la chambre de József, où il but jusqu'à être ivre mort. Il s'insulta dans le miroir en vociférant, terrifia les passants en manquant passer par-dessus le balcon, et vomit dans la cheminée, avant de perdre connaissance sur le parquet.

# Chapitre 18
# Au Café bédouin

Le judaïsme n'offre pas de shiva spécifique pour le deuil de l'amour. Il n'y a pas de kaddish à réciter, pas de cierge à allumer ; pas d'interdit de se raser, d'écouter de la musique ou d'aller travailler. András ne pouvait donc pas se vêtir de haillons ni s'asseoir dans la cendre. Il ne pouvait guère se tourner vers des réconforts plus profanes, boire tous les soirs pour oublier ou sombrer dans la dépression nerveuse. Après qu'il se fut tant bien que mal décollé du plancher de József pour se traîner chez lui, il conclut qu'il avait touché le nadir du chagrin. Cette idée eut des vertus médicinales : puisqu'il avait touché le fond, il ne pouvait que remonter. Sa rupture avec Klára était consommée, il fallait désormais vivre sans elle. Les cours allaient reprendre à l'École spéciale, pas question de louper sa deuxième année à cause d'elle. Se pendre, se jeter dans la Seine, verser dans la tragédie grecque n'était pas davantage de mise. Il lui fallait vaquer aux affaires de sa vie. Voilà ce qu'il se disait à la fenêtre de son galetas, non sans promener le regard sur la rue des Écoles, avec le fol et irrépressible espoir de la voir tourner le coin, coiffée de son chapeau rouge, les pans de son manteau d'automne flottant au vent de sa course vers lui.

Mais lorsque le silence de Klára entra dans la septième semaine, ses espoirs les plus chimériques déclinèrent. Indifférente à son chagrin, la vie continuait : Rosen et Ben Yakov étaient rentrés à Paris comme les autres étudiants de l'École. Rosen ne décolérait pas quand il évoquait les événements passés et présents en Tchécoslovaquie. Ben Yakov jouait les amoureux transis : ayant rencontré à Florence au cours de l'été la fille d'un rabbin orthodoxe, il s'était juré de la faire venir à Paris pour l'épouser, et il avait pris un emploi de classement à la Bibliothèque nationale dans l'intention de mettre de l'argent de côté. Rosen aussi avait une nouvelle passion : il s'était inscrit à la Ligue internationale contre l'antisémitisme et brûlait toute son énergie dans des meetings et des réunions. András avait moins de temps que jamais pour ruminer sa situation avec Klára. Recommandé par Vágo, il avait obtenu la place de stagiaire dans le cabinet d'architecture où il avait postulé au printemps. Et comme il avait dû réduire ses heures de présence chez Forestier, on lui versait un salaire symbolique en compensation du manque à gagner. Désormais, trois après-midi par semaine, il travaillait aux côtés d'un architecte nommé Georges Lemain, assurant les diverses tâches de stagiaire, classer les plans, effacer les traits de crayon, porter le café, pratiquer le calcul mental. Lemain était un échalas couronné par une tête aux cheveux gris coupés très court. Il parlait un français rapide et métallique et dessinait avec une précision d'automate. Il avait le don d'exaspérer ses collègues en chantant des airs d'opéra toute la sainte journée, moyennant quoi on l'avait relégué au fin fond des locaux, derrière une muraille d'étagères où s'empilaient les numéros de *L'Architecture d'aujourd'hui*. András travaillait à son humble bureau, près de la majestueuse table à dessin de Lemain, de sorte qu'il apprit les airs et put bientôt chanter à son tour. Pour manifester sa gratitude devant tant d'indulgence et de diligence, Lemain se mit à l'aider dans ses travaux pour l'École. Bientôt, ses angles aérodynamiques de verre et de pierre polie apparurent dans les croquis d'András. Il encouragea celui-ci à se créer un portfolio de dessins personnels, indépendants des exercices demandés à l'école. Il le pressa de lui montrer les projets qu'il élaborait. C'est ainsi qu'un après-midi d'octobre, András s'enhardit à lui faire voir les plans de la maison de Nice. Lemain les étala sur sa propre table et se pencha sur les élévations.

– Un mur pareil ne va pas tenir cinq ans, à Nice, remarqua-t-il, en isolant un segment du dessin entre ses pouces. N'oublie pas le sel ; les angles vifs lui donneraient prise.

Il posa un calque sur le dessin, et esquissa un mur rectiligne.

– Mais tu as su mettre la pente à profit. L'orientation oblique du patio et de la terrasse est en plein accord avec la topographie.

Il posa une deuxième feuille de calque sur l'élévation arrière et joignit deux niveaux de terrasse pour en faire une courbe unique.

– N'abuse pas du terrassement, tout de même, respecte la pente. Tu peux planter du romarin pour empêcher le terrain de glisser.

András l'observait, procédant à d'autres modifications dans sa tête. Sous la lumière crue du bureau, ses plans étaient moins la matrice de la vie qu'il avait rêvée que la forme vide d'une maison destinée à un client. Cette pièce-là, ce n'était plus le studio de danse, mais un vaste séjour lumineux ; quant aux deux petites pièces du rez-de-chaussée, ce n'étaient pas nécessairement des chambres d'enfants, c'étaient les chambres 2 et 3, au client d'en faire ce qu'il voudrait. La cuisine n'avait pas vocation à contenir les reliefs d'un repas abandonné, la chambre de maître n'avait pas pour fonction d'accueillir deux émigrés hongrois, ni qui que ce soit d'autre en particulier. Il passa l'après-midi à effacer puis à corriger, tant et si bien qu'il eut le sentiment d'avoir expurgé le dessin de ses fantômes.

Plans et calques enroulés sous le bras, il rentra rue des Écoles en foulant les feuilles mortes. Leur froissement contre le trottoir lui rappela mille après-midi d'automne à Konyár, Debrecen puis Budapest, l'odeur torréfiée des châtaignes vendues à la sauvette au coin des rues, grillées dans un chaudron, la laine raide et grise des uniformes d'écoliers, les seaux des fleuristes soudain remplis d'épis de blé et de tournesols veloutés. Il s'arrêta devant la vitrine d'un photographe où s'affichait une série de portraits : des petits Parisiens boudeurs, déguisés en paysans, posant sur un fond de moissons peint à la main. Ils étaient tous chaussés, et chaussés de souliers cirés. Il ne put s'empêcher de rire en pensant à eux trois, Tibor, Mátyás et lui, devant une vraie charrette de foin, habillés comme ils l'étaient alors. Pas de blouses ni de pantalons impeccables, mais des chemises marron confectionnées par leur mère, des salopettes de travail achetées d'occasion, de la ficelle en guise de ceinture, et des casquettes fabriquées dans les vieux manteaux de leur père quand ils partaient en lambeaux. Seule la terre fine et brune de Konyár chaussait leurs pieds. Ils avaient les poches pleines de pommes sauvages, les bras courbatus d'avoir engrangé le foin pour les fermes avoisinantes. De la maison leur parvenait l'odeur rousse et alléchante du poulet au paprika ; leur père avait vendu tant de bois pour fabriquer les charrettes et les cabanes qu'ils allaient manger du poulet tous les vendredis soir jusqu'à l'hiver. C'étaient de belles journées tièdes, ces jours d'octobre, après les foins. L'air embaumait, doux encore, et le réservoir, qui gèlerait bientôt, n'était qu'un miroir ovale reflétant la scierie et le ciel.

Dans la vitrine du photographe, une silhouette ténue et fugitive vint se superposer aux portraits des enfants : l'éclair d'un manteau de laine vert, la gerbe blonde d'une tresse. Ce reflet traversait la rue dans sa direction. Comme il approchait, les traits anonymes prirent une forme connue ; la silhouette n'était autre que celle d'Elisabet Morgenstern. Elle lui tapa rudement sur l'épaule, et il se retourna.

— Elisabet ! Qu'est-ce que vous faites au Quartier latin un jeudi après-midi ? Vous avez rendez-vous avec Paul ?

— Non, répondit-elle avec son regard dur. C'est vous que je cherchais. (Elle tira une boîte de pastilles de son sac et la secoua dans sa main.) Je vous en aurais bien offert une, mais je vais être à court.

— Qu'est-ce qui se passe ? s'enquit-il, l'estomac soudain noué. Il est arrivé quelque chose à votre mère ?

Elle fit rouler un cachou dans sa bouche et déclara, l'haleine anisée :

— Je n'ai pas envie d'en parler comme ça sur le bord du trottoir, on ne pourrait pas aller quelque part ?

La Colombe bleue était tout près, mais il risquait d'y rencontrer ses camarades. Il l'emmena donc en haut de la rue Soufflot, au Café bédouin, où il était venu boire un verre avec Klára, il y avait une éternité, et où il n'était pas retourné depuis. La rangée de bouteilles vénérables trônait toujours derrière le comptoir, et les rideaux d'un mauve fané ornaient toujours les fenêtres. Ils s'assirent à une table, sur la banquette, et commandèrent du thé.

— De quoi s'agit-il ? demanda-t-il sitôt le serveur reparti.

— Je ne sais pas ce que vous faites à ma mère, mais il faut que ça cesse.

— Je ne comprends pas de quoi vous parlez, je ne l'ai pas vue depuis des semaines.

— C'est bien ce que je vous dis. András, franchement, vous n'êtes qu'un mufle. Ma mère est malheureuse. Elle ne mange presque rien. Elle n'écoute plus de musique. Elle passe son temps à dormir. Elle me saute à la gorge pour des vétilles : mes notes laissent à désirer, j'ai mal

321

accompli mes tâches ménagères, je lui parle sur un ton déplacé…

— Et c'est moi qui en suis la cause ?

— Qui voulez-vous que ce soit ? Vous l'avez laissée tomber froidement. Vous ne venez plus chez nous et vous lui avez renvoyé ses affaires.

En un clin d'œil, tout son chagrin le submergea comme s'il ne l'avait jamais quitté.

— Mais qu'est-ce que vous vouliez que je fasse ? J'ai tenu tant que j'ai pu, elle refusait de m'écrire. Elle refusait de me voir. Et je suis allé chez elle. J'y suis allé après Rosh Hashana, quand il n'était question que d'exode. Mme Apfel m'a dit qu'elle ne recevait personne, et surtout pas moi. Même après, elle ne m'a donné aucune nouvelle. Il a bien fallu que je renonce à elle. Il fallait que je respecte sa volonté. Et puis que je préserve ma raison, aussi.

— En somme vous l'avez lâchée parce que c'était plus confortable.

— Je ne l'ai pas lâchée, Elisabet. Je lui ai écrit en lui renvoyant ses affaires. Je lui ai dit que mes sentiments pour elle n'avaient pas changé. Elle ne m'a pas répondu. Il est clair qu'elle ne veut pas me voir.

— Si c'est vrai, comment se fait-il qu'elle soit aussi malheureuse ? N'allez pas croire qu'elle ait quelqu'un d'autre. Elle ne sort pas, elle est à la maison tous les soirs.

Le serveur venait d'apporter leur thé, et elle versa du lait dans sa tasse.

— Elle passe ses dimanches après-midi au lit. Pas moyen d'avoir une minute en tête à tête avec Paul, je suis obligée de sortir la nuit en douce.

— C'est là que le bât blesse ? Votre manque d'intimité avec Paul ?

Elle lui jeta un regard noir, la bouche pincée par l'écœurement.

— Vous voulez que je vous dise, vous êtes un âne !

322

Un âne bâté. Contrairement à ce que vous vous figurez, que ma mère aille bien ou mal m'importe, et plus qu'à vous, apparemment.

– À moi aussi, ça importe ! s'écria-t-il en se penchant sur la table. Elle m'a rendu fou, cette histoire. Seulement je ne peux pas la faire changer d'avis, Elisabet. Je ne peux pas la forcer à éprouver ce qu'elle n'éprouve pas pour moi. Si nous devons nous parler tous les deux, c'est à elle de me faire signe.

– Mais vous voyez bien qu'elle ne fera jamais le premier pas ! Elle macérera dans son chagrin. Elle en est capable, vous le savez. C'est la grande affaire de sa vie. Et elle me rendra malheureuse, moi aussi.

Elle considéra sa main, où András remarqua tout à coup une bague, un diamant encadré de deux émeraudes en forme de feuille ; elle la faisait tourner d'un air rêveur.

– Paul et moi nous sommes fiancés, dit-elle. Il veut m'emmener à New York quand je quitterai le lycée, en juin.

Il haussa un sourcil.

– Votre mère est au courant ?

– Bien sûr que non. Vous vous doutez de ce qu'elle dirait. Si je l'écoutais, j'attendrais l'âge de trente ans avant de lever les yeux sur un homme. Je n'aurais pas cru qu'elle veuille me voir vieillir toute seule comme elle.

– Elle ne veut surtout pas que vous finissiez comme elle. Justement. Elle vous a eue trop jeune. Elle ne veut pas vous voir batailler comme elle dans l'existence.

– Laissez-moi vous dire que je ne finirai jamais comme elle, répliqua Elisabet, le regard dur comme du granit. Moi, si j'étais enceinte d'un homme qui ne m'aimait pas, je sais très bien ce que je ferais. Je connais des filles qui l'ont fait. Je ferais ce qu'elle aurait dû faire.

– Comment pouvez-vous parler de cette façon ? Elle a sacrifié sa vie pour vous élever.

– Je n'y suis pour rien. Et ça ne l'autorise pas à

décider à ma place. J'épouserai qui je veux. J'irai à New York avec Paul.

– Vous n'êtes qu'une égoïste, Elisabet, une enfant ingrate.

– Vous êtes mal placé pour me traiter d'égoïste (paupières plissées, elle pointait l'index vers lui), vous qui l'avez laissée tomber quand elle a sombré dans la dépression. Les gens déprimés sont incapables d'écrire des lettres d'amour, d'inviter les autres à déjeuner. Mais vous vous êtes toujours fichu d'elle, hein ? Vous vouliez seulement être son amant, vous ne teniez pas à la connaître pour de bon.

– Bien sûr que si ! C'est elle qui m'a repoussé !

Tout en disant ces mots, il ressentit un léger changement de pression en lui, un bourdonnement discret dans ses oreilles. Elle l'avait repoussé, certes, et plus d'une fois. Mais lui aussi l'avait repoussée. À Nice, au Taureau d'or, elle semblait prête à lui parler du passé et il l'avait plantée à leur table pour ne pas entendre ce qu'elle risquait de dire. Plus tard, ce même soir, à la maison, il avait exigé qu'elle lui raconte tout, mais il l'avait exigé si brutalement qu'il l'avait effarouchée. Ensuite de quoi, il avait fait les bagages et l'avait ramenée à Paris. Au fond, depuis, il n'avait tenté qu'une seule fois de la revoir. Il n'avait écrit qu'une seule carte postale en lui rendant ses affaires, et il s'était aussitôt mis en devoir de l'effacer de ses pensées, de sa vie. Leur amour connaîtrait ainsi une fin claire et nette – et triste – sous la forme d'une caisse de bois expédiée, d'un message resté sans réponse. Il ne serait donc jamais tenu d'écouter des révélations qui auraient pu le blesser ou altérer l'image qu'il se faisait d'elle. Il avait préféré la préserver, cette image, justement, se souvenir de son petit corps vigoureux, de cette façon qu'elle avait de l'écouter, de lui parler, des nuits passées dans sa chambre, rue des Écoles. Il avait beau s'être raconté qu'il voulait tout savoir d'elle, une part de lui avait battu en retraite, par peur. Il croyait l'avoir aimée, mais qu'avait-il aimé d'elle ? Les clichés argentés des cartes postales anciennes, son nom sur une enveloppe ivoire.

– Vous croyez qu'elle acceptera de me revoir ?

Elisabet le regarda un long moment et un lavis de soulagement vint réchauffer les lacs bleus de ses yeux.

– Vous n'avez qu'à le lui demander vous-même.

# Chapitre 19
# Une ruelle

Au fil des neuf semaines sans elle, le temps ne s'était pas mis en sommeil. La Terre avait poursuivi sa course autour du Soleil, l'Allemagne avait marché sur les Sudètes, des changements plus mineurs étaient survenus dans l'orbite de sa vie personnelle. Il sentait le vent âpre sur sa nuque depuis qu'il s'était fait couper les cheveux, qu'il gardait naguère longs à la demande de Klára. Ses cours du matin avec Vágo avaient pris fin. Les étudiants de cinquième année avaient quitté l'École, et les première année étaient tout ouïe lorsque lui et ceux de sa promotion faisaient leurs critiques à l'atelier. Il maîtrisait désormais la langue française. Elle avait franchi la frontière de son inconscient pour coloniser ses rêves. Son stage au cabinet d'architectes avait commencé, premier emploi dans son domaine d'élection. Et puis il y avait les nouveaux décors chez Forestier. (Un Parthénon en raccourci pour *Lysistrata*, avec une forêt de phallus pour colonnes. Et pour *La Cerisaie*, un salon dont les murs de gaze encadrés de projecteurs invisibles se désintégraient au fil des actes pour dévoiler des rangées d'arbres.)

Et puis il y avait sa chambre, rue des Écoles. Il avait tiré la table sous la soupente pour pouvoir punaiser des plans au plafond. Il s'était procuré une lampe à abat-jour vert pour éclairer son travail ; il avait affiché des dessins d'édifices – non pas les paquebots et les icebergs que ses professeurs concevaient, ni des édifices parisiens monumentaux, mais des huttes ghanéennes lisses et ovoïdes, les habitations des Indiens d'Amérique, accrochées comme des nids à flanc de falaise, les murailles dorées de Palestine. Il avait copié des images trouvées dans des livres et des magazines et peint d'après elles des aquarelles avec les couleurs achetées trois sous à Nice. Le sol était désormais couvert d'un épais tapis rouge qui sentait le feu de bois ; le lit disparaissait sous un rideau de théâtre couleur crème, en guise de courtepointe ; au coin de la cheminée se trouvait un fauteuil bas et profond tendu de peluche d'un vermillon fané, qu'il avait récupéré sur le trottoir, un matin, en bas de chez lui. Le siège était prostré face contre terre, dans une posture abjecte, tel un ivrogne incapable de rentrer au bercail après une nuit de beuverie. Il était flanqué d'un compagnon cocasse, en l'espèce d'un repose-pied frangé aux allures de chien pékinois.

C'est dans ce fauteuil que Klára avait pris place. Il lui avait écrit, disant qu'il voulait la voir, sans rien exiger d'autre que sa compagnie pour un soir. Il avait beau se défendre d'attendre une réponse, il espérait tout de même qu'Elisabet la persuaderait de lui en donner une. Et puis, ce soir-là, en rentrant de chez Forestier, il l'avait trouvée assise dans le fauteuil, ses souliers noirs parallèles comme une paire de croches. Pétrifié sur le seuil de la porte, il la regardait, craignant d'avoir des visions. Elle se leva, lui prit le sac qu'il portait en bandoulière, et glissa les bras sous son manteau en l'attirant contre elle. Elle sentait la lavande et le miel, sa peau dégageait une odeur de pain. Retrouver cette sensation familière lui mit les larmes aux yeux. Il posa son pouce dans le creux de son cou et sentit le bouton d'ambre de son chemisier.

— Tu t'es coupé les cheveux, dit-elle.

Il fit oui de la tête, incapable de parler.

– On dirait que tu as maigri. Il faut croire que tu n'as pas mangé grand-chose ?

– Et toi ? demanda-t-il en scrutant son visage.

Elle avait des cernes violets sous les yeux, sa peau hier dorée sur les plages avait pris une couleur ivoire. Elle était diaphane, comme si le vent l'avait vidée de sa substance, son maintien suggérait qu'elle souffrait dans tous ses membres.

– Je vais te faire du thé.

– Ne te dérange pas pour moi.

– Crois-moi, Klára, ça ne me dérange pas.

Il mit de l'eau à bouillir et leur fit du thé. Puis il alluma le feu et s'assit sur le repose-pied. Il retroussa sa jupe au-dessus du genou, défit les attaches de métal de ses jarretelles et lui retira ses bas. Il ne lui caressa pas les jambes, malgré l'envie qu'il en avait, et n'enfouit pas son visage entre ses cuisses. Il prit ses pieds dans ses mains et en parcourut la plante avec les pouces.

Elle poussa un cri, un soupir.

– Pourquoi est-ce que tu t'obstines à me poursuivre ? Qu'est-ce que tu veux de moi ?

– Je ne sais pas, Klára, avoua-t-il en secouant la tête. Peut-être rien d'autre que ça.

– J'ai été si malheureuse depuis que nous sommes rentrés de Nice. Je pouvais tout juste me tirer du lit. Je ne mangeais plus rien. J'étais incapable d'écrire une lettre, de repriser une robe. Quand on a cru que la France allait entrer en guerre, il m'est venu l'idée atroce que tu risquais de vouloir partir au front. (Elle marqua un temps, puis :) J'ai passé deux nuits blanches à tâcher de rassembler le courage de venir te trouver. Je me suis provoqué une telle migraine que j'ai dû rester au lit. Impossible de faire classe. En quinze ans, ça ne m'était jamais arrivé. Mme Apfel a dû mettre un panneau informant que j'étais malade.

– Mais tu lui as dit de me renvoyer si je venais te voir.

– Je ne pensais pas que tu viendrais, sauf pour me dire que tu partais à la guerre, et je ne crois pas que j'y aurais survécu. Et puis tu m'as renvoyé mes affaires. Seigneur, András ! J'ai relu ton billet cent fois et j'ai commencé cent brouillons pour y répondre, mais ils ont tous fini à la corbeille. Ce que j'écrivais sonnait faux, me paraissait lâche.

– Et la France n'est pas entrée en guerre, finalement.

– Non, et j'en ai éprouvé un soulagement égoïste, tu peux me croire, tout en sachant ce que ça signifiait pour la Tchécoslovaquie.

Il eut un sourire triste.

– Il n'est pas exact que je t'aie renvoyé toutes tes affaires. J'ai gardé le poème « D'Anne qui lui jecta de la neige ».

– Le Marot ?

– Oui, j'ai découpé la page.

– Tu as abîmé mon livre !

– Hélas, oui.

Elle posa son front sur sa main, coude en appui sur le bras hospitalier du fauteuil.

– Quand ta lettre est arrivée, cette semaine, ma fille m'a dit qu'elle perdrait tout respect pour ma personne si je n'allais pas te voir immédiatement (elle lui adressa un petit sourire ironique). Sur le coup, l'idée qu'il lui reste un minimum de respect pour ma personne m'a sidérée, et puis j'ai décidé qu'il valait mieux m'exécuter.

– Klára, dit-il en s'approchant d'elle encore davantage et en lui prenant les mains, j'ai bien peur que le moment ne soit venu de te poser les questions délicates. Il faut que je sache à quoi tu pensais quand nous sommes rentrés de Nice. Il faut que tu me parles de… je ne sais même pas son nom… du père d'Elisabet. Il faut que tu me dises pourquoi tu es venue en France.

Elle soupira, contemplant l'âtre où la chaleur circulait

comme un liquide volatil entre les braises. Ses yeux semblaient absorber cette lueur rouge.

– Le père d'Elisabet, reprit-elle, en passant la main sur le bras de velours du fauteuil. Cet homme-là.

Alors, bien qu'il fût minuit passé, elle lui raconta son histoire.

Dans les années vingt, les meilleurs danseurs de Budapest avaient étudié sous la férule d'un maître excentrique autant qu'impérieux, Viktor Vasilievitch Romankov, benjamin d'une famille d'aristocrates russes ruinés. À Saint-Pétersbourg, qui ne s'appelait pas encore Leningrad, il avait fait ses classes dans le Ballet impérial, puis dansé au théâtre Mariinsky ; à trente-cinq ans, il ouvrait sa propre école, où passèrent des centaines de danseurs, dont les grandes Olga Spessivtseva et Alexandra Danilova. Jeune homme, il avait eu à cœur d'instiller de la rigueur dans sa technique chorégraphique ; ses efforts pour démystifier la physiologie de la danse ainsi que la patience avec laquelle il avait travaillé lui-même firent de lui un professeur particulièrement efficace. Sa renommée s'étendit vers l'ouest, et franchit l'Atlantique. Lorsque sa famille perdit les derniers vestiges de sa fortune jadis immense, dans les grondements annonciateurs de la révolution, il s'enfuit de Saint-Pétersbourg, bien décidé à émigrer à Paris sur les traces de son héros, Diaghilev, fondateur des Ballets russes. Mais le temps d'atteindre Budapest, Romankov était à bout de souffle, et à court d'argent. Circonstance imprévue de lui, la cité sut le séduire avec ses ponts et ses parcs, ses immeubles aux frises de faïence et ses avenues bordées d'arbres. Il ne s'était pas passé huit jours qu'il se renseignait sur le Ballet royal ; or, précisément, on y pratiquait des méthodes irrémédiablement désuètes et il était grand temps d'en changer. Romankov arrivait précédé de sa réputation ; la directrice artistique l'accueillit comme le

Messie, ravie de le recruter à l'École royale de danse. C'est ainsi qu'il s'établit à Budapest.

Klára avait été une de ses premières élèves. Il l'avait repérée à son cours, alors qu'elle avait onze ans, l'ayant aperçue par une fenêtre un jour qu'il traversait le quartier juif. Il était entré dans le studio, l'avait prise par la main devant ses camarades, en disant au professeur de danse qu'il était un vieil ami de la famille et qu'on la réclamait chez elle d'urgence. Une fois dehors, il avait expliqué à Klára qu'il était maître de ballet, venu de Saint-Pétersbourg, qu'il avait remarqué son talent et voulait la voir danser. Il la conduisit donc à l'École royale de danse, dans Andrássy út, véritable ruche de ballerines perchée à un troisième étage, dans des locaux bien plus modestes que ceux d'où il l'avait tirée. Les parquets étaient grisés par les ans, les pianos éraflés, les murs nus, sans la moindre gravure de Degas, ça sentait les pieds, les chaussons de satin et la résine. Il n'y avait pas cours ce jour-là ; les studios étaient absolument déserts et pourtant il y planait encore comme une vibration, l'écho du fourmillement de musique et de danse qui était leur lot quotidien. Romankov entraîna Klára dans une des petites salles et s'assit au piano. Il se mit à marteler un menuet, sur lequel elle exécuta la danse du papillon apprise pour sa dernière audition. La musique n'allait pas avec la chorégraphie, mais le tempo était juste. Klára comprit qu'il était en train de se passer quelque chose de fatidique. À la fin du numéro, Romankov applaudit et lui fit faire la révérence. Elle était splendide pour son âge, quant à ses défauts techniques, on pouvait encore y remédier. Il fallait qu'elle commence tout de suite, cependant ; c'était ici qu'elle deviendrait ballerine. Il fallait qu'il aille trouver ses parents séance tenante.

La petite Klára, flattée par ces promesses d'avenir, le mena jusqu'à la maison familiale. Dans le salon aux canapés saumon, il annonça à sa mère ébahie qu'elle perdait son temps au studio de Wesselényi utca. Il fallait qu'elle entre tout de suite à l'École royale de danse. Une brillante carrière l'attendait peut-être, pourvu qu'on répare les dégâts causés par son professeur actuel. Il prit Mme Hász à témoin ; l'arrondi de la main : maniéré ; la cinquième : trop fermée ; le port de bras : tremblé. Il lissa les mains de l'enfant pour leur rendre leur naturel, lui fit relâcher sa cinquième en souplesse, et reprit les ports de bras correspondant à chaque position, comme si la fillette se mouvait sous l'eau. Voilà comment un danseur devait se tenir, voilà comment il devait évoluer. Il pouvait la former, cette petite, et si elle excellait, elle se taillerait une place dans le Ballet royal.

La mère de Klára, que les jeux de l'amour et du hasard avaient tirée de son trou perdu à Kaba pour la faire briller dans la bonne société juive de Budapest, n'aurait jamais envisagé que sa fille devienne danseuse. Ses enfants, elle leur rêvait une vie facile et confortable. Certes, Klára prenait des cours de danse, la grâce étant un attribut essentiel aux jeunes filles de son rang. Mais faire carrière ? Pas question. Elle remercia Romankov de l'intérêt qu'il leur témoignait, lui souhaita tous les succès au Ballet royal. Elle parlerait tout à l'heure au père de Klára. Une fois qu'elle eut renvoyé le professeur, elle emmena Klára dans la nursery afin de lui expliquer pourquoi elle ne pouvait pas apprendre la danse avec ce gentil monsieur russe. La danse, c'était un charmant dérivatif pour une fillette, ce n'était pas quelque chose qu'on faisait devant un public pour gagner sa vie. Les danseuses connaissaient une existence de pauvreté, de privations, elles étaient exploitées. Elles se mariaient rarement, et se trouvaient malheureuses en mariage. Quand Klára serait grande, elle aurait un mari, des enfants, et si elle voulait danser, elle n'aurait qu'à donner un bal pour ses amis, comme son anya et son apa.

Klára acquiesça docilement car elle aimait sa mère. Mais malgré ses onze ans, elle savait déjà qu'elle serait danseuse ; elle le savait depuis l'âge de cinq ans, depuis le jour où son frère l'avait emmenée voir *Cendrillon*, à l'Operaház. De sorte que lorsque sa gouvernante la déposa au cours de danse, la fois suivante, elle traversa en courant les sept rues qui la séparaient d'Andrássy út et, arrivée à l'École royale, demanda à une danseuse où elle pourrait trouver le grand monsieur à la barbe rousse. La jeune fille la conduisit dans une salle au bout d'un couloir, où Romankov se préparait justement à commencer son cours pour les moyens. Il ne parut nullement surpris de la voir et lui désigna une place à la barre, entre deux autres enfants. De sa voix grave à l'accent russe, il leur dicta une série d'exercices compliqués. À la fin de la leçon, Klára regagna son cours juste à temps pour ne pas manquer sa gouvernante – sans rien lui dire de son aventure. Il fallut trois semaines pour que ses parents découvrent sa défection. Mais il était déjà trop tard, l'enfant était devenue un zélote de Romankov et de l'École royale de danse. Son père, indulgent, persuada sa mère qu'il n'y avait aucun risque qu'elle finisse sur les planches. Cette école n'en était qu'une un peu plus rigoureuse que l'autre. Il avait pris ses renseignements sur le parcours de Romankov, c'était incontestablement un professeur exceptionnel. Que leur fille étudie auprès de ce célèbre maître de ballet était un honneur qui chatouillait en Tamás Hász la fierté du bourgeois et validait son parti pris paternel.

Le Ballet royal comptait vingt enfants, dix-sept filles et trois garçons. L'un d'entre eux était un adolescent longiligne aux cheveux noirs, nommé Sándor Goldstein. Fils de menuisier, une odeur de bois coupé l'accompagnait en permanence. Ce n'était pas au cours de danse que Romankov l'avait repéré mais à la piscine du Palatinus Strand, où il s'entraînait à faire des plongeons acrobatiques avec des camarades. À douze ans, il se plaçait sur les mains au bord du plongeoir et s'élançait d'une poussée en saut périlleux arrière, pour entrer dans l'eau tête la première. Il remportait la médaille de gymnastique depuis trois ans, dans son collège. Lorsque Romankov lui avait proposé de le prendre comme élève, il s'était récrié : la danse, c'était pour les filles. Romankov lui avait envoyé l'un des membres du Ballet royal, un soir qu'il rentrait des cours. Le danseur l'avait soulevé comme un vulgaire haltère et s'était mis à courir dans les rues, jusqu'à ce qu'il le supplie de le reposer par terre. Le lendemain même, Sándor Goldstein entrait au cours des débutants ; et lorsqu'il eut treize ans, et Klára douze, ils jouèrent des rôles d'enfants dans la troupe.

Klára voyait en lui un frère, un ami, un complice. Il lui apprit à faire enrager Romankov en dansant avec un temps de retard ; il lui fit découvrir des délices inconnues d'elle : le bout sec, si savoureux, de la saucisse de Debrecen ; le sucre cristallisé au fond de la marmite de marrons chauds (que l'on pouvait acheter pour un demi-fillér à la fin de la journée) ; les petites pommes sures réservées à la gelée, mais délicieuses crues, pourvu qu'on n'en abuse pas. Et au grand marché de Vámház körút, il lui apprit à voler. Pendant qu'elle détournait l'attention du marchand de bonbons par ses pirouettes, Sándor chipait une poignée de noyaux de pêche en sucre. Il glissait des petites poupées russes dans son chapeau, enroulait des mouchoirs brodés à son petit doigt, chapardait des friandises dans le panier des ménagères pendant qu'elles marchandaient fruits et légumes. Klára l'invita à déjeuner chez ses parents, dont il s'attira bientôt la faveur. Le père lui parlait comme à un homme, la mère le gavait de chocolats enrobés de sucre rose, le frère l'habillait en soldat et lui apprenait à tirer sur des Serbes imaginaires.

Lorsqu'ils furent de force suffisante, Romankov fit

danser Sándor et Klára en duo. Il apprit à Sándor à soulever sa partenaire sans le moindre effort apparent, pour qu'on la croie légère comme un roseau. Il leur montra comment ne plus faire qu'un, chacun respirant au rythme de l'autre, sentant couler son sang dans les veines de l'autre. Il leur fit étudier l'anatomie, les interrogea sur les muscles, les os. Il les emmena voir des dissections à la faculté de médecine. Cinq fois par semaine, ils se produisaient dans le Ballet royal. À l'âge de treize ans, Klára avait déjà dansé un éphémère, une sylphide, un fruit confit, un membre de la cour des cygnes, une dame d'atour, un torrent de montagne, un rayon de lune, une biche. Ses parents s'étaient résignés : elle se produisait sur scène, son étoile montante leur valait un certain prestige auprès de leurs amis. Lorsqu'elle eut quatorze ans et Sándor quinze, on commença à leur donner des rôles principaux, où ils éclipsaient des danseurs de quatre ou cinq ans leurs aînés. De grands maîtres de ballet de Paris, de Petrograd et de Londres vinrent les voir. Ils dansèrent pour les anciennes têtes couronnées d'Europe et pour les grandes fortunes américaines et françaises. C'est ainsi que, dans le tourbillon des répétitions, des cours, des essayages et des représentations, ce qui devait arriver arriva : ils s'éprirent l'un de l'autre.

Un an plus tard, au printemps 1921, on attira l'attention de l'amiral Miklós Horthy sur le fait que les danseurs étoiles de son royaume sans roi étaient deux adolescents juifs formés par un Russe blanc immigré. Certes, la loi n'interdisait pas aux juifs de devenir danseurs. Il n'y avait pas de quotas dans le corps de ballet, contrairement au numerus clausus qui maintenait fort raisonnablement à six pour cent le pourcentage de juifs à l'université et dans l'administration. Mais cela chiffonna le nationalisme d'Horthy. Les juifs pouvaient toujours se magyariser, ils ne seraient jamais hongrois. Qu'ils participent à la vie économique et civique du pays, soit, mais ils ne devaient en aucun cas devenir de brillants exemples de réussite magyare sur les scènes mondiales. Or, c'était précisément ce qu'on demandait à ces deux enfants ; voilà pourquoi le chargé des Beaux-Arts avait attiré l'attention d'Horthy. Ce printemps-là, ils avaient été invités à danser dans dix-sept villes et avaient demandé les visas nécessaires.

Nullement désireux de traiter l'affaire personnellement, Horthy jugea cependant qu'il fallait agir. Il laissa carte blanche à son chargé des Beaux-Arts. Celui-ci saisit un sous-secrétaire connu pour ses ambitions ainsi que pour ses sentiments antisémites. Madarász – c'était son nom – s'attacha sans plus attendre à résoudre le problème. Il intima au bureau des visas de ne pas laisser les deux danseurs quitter le territoire. Puis il plaça deux agents de police connus comme membres du parti nationaliste d'extrême droite, les Croix fléchées, pour surveiller leurs moindres faits et gestes. Klára et Sándor étaient loin de se douter que la présence de ces deux policiers, tous les soirs, dans la ruelle n'était pas sans rapport avec leurs difficultés à obtenir un visa : les deux hommes sem-blaient à peine les voir, ils se disputaient le plus souvent et ils étaient toujours ivres, à force de se passer et de se repasser leur gourde. Klára et Sándor avaient beau rester à l'Operaház jusqu'à des heures indues, minuit et demi, voire une heure, car c'était le seul endroit où ils pouvaient se retrouver en tête à tête, les sbires étaient fidèles au poste. Au bout d'une semaine, ne cessant de les entendre se quereller, Sándor sut leurs noms : le grand aux mâchoires carrées s'appelait Lajos, celui au faciès de bouledogue, Gáspár. Sándor se mit à leur faire un petit signe de la main en passant. Un signe qu'ils ne lui rendaient pas, bien sûr. Ils regardaient passer les jeunes gens avec une figure de marbre.

Au bout d'un mois, ils étaient toujours là, et leur pré-sence demeurait un mystère. Ils avaient fini par se fondre dans le décor, par s'inscrire dans la trame de leur vie. Les choses auraient pu durer indéfiniment, ou en tout cas jusqu'à ce que le ministère des Arts s'en désintéresse, si les sbires n'avaient pas fini par se lasser eux-mêmes de cette surveillance. L'ennui et la boisson rendaient leur silence pesant. Ils se mirent à interpeller les jeunes gens. « Hé, les amoureux, salut, les chéris. Alors, elle est bonne ? Tu nous en donnes un bout ? Ils ont quelque chose dans le pantalon, les danseurs ? Il sait s'en servir, au moins, minette ? » Sándor prenait Klára par le bras, et la faisait courir, mais elle le sentait frémir de colère sous les provocations qui les poursuivaient.

Un soir, celui qui s'appelait Gáspár s'approcha d'eux, puant le tabac et l'alcool. La sangle de cuir en travers de sa poitrine rappelait à Klára celle des maîtres d'école, servant à fouetter les élèves indisciplinés. Il sortit sa matraque de l'étui et la tapota contre sa jambe.

– Qu'est-ce que t'attends ? lui dit celui qui s'appelait Lajos, pour le piquer au vif.

Gáspár glissa sa matraque sous la jupe de Klára et, d'un seul geste, la souleva par-dessus sa tête, dénudant un instant la jeune fille jusqu'à la taille.

– Et voilà, cria-t-il à Lajos. Tu l'as vue, maintenant.

Avant que Klára n'ait compris ce qui se passait, Sándor avait bondi et saisi le bout de la matraque ; il essayait de l'arracher à l'officier, mais celui-ci la tenait ferme. Sándor lui lança un coup de pied dans le genou qui le fit hurler de douleur. L'homme dégagea sa matraque et lui en asséna un coup sur la tête. Sándor tomba à genoux. Comme il levait les bras, l'autre le bourra de coups dans le ventre. Un instant, Klára fut paralysée d'horreur. Elle ne comprenait pas ce qui se passait ni pourquoi. Elle hurlait à l'homme de s'arrêter, elle tentait de lui arracher Sándor. C'est alors que l'autre officier lui attrapa le bras et la tira brutalement à lui ; il l'entraîna dans un renfoncement de la ruelle et la coucha à même le sol en troussant sa jupe au-dessus de sa taille. Il lui fourra son mouchoir dans la bouche, son pistolet sous le menton, et lui fit ce qu'il lui fit.

La douleur lui rendit sa lucidité ; elle se mit à avancer précautionneusement les doigts sur les pavés, sachant qu'elle trouverait la matraque lisse et froide. Il l'avait laissée tomber en déboutonnant son pantalon. Elle réussit à refermer la main dessus et lui en administra un coup sur la tempe. Il porta la main à sa tête avec un jappement, et elle lui lança un coup de pied dans la poitrine, de toutes ses forces. Il alla rouler de l'autre côté du renfoncement, sa tête heurta le bas du mur, et il ne bougea plus. À cet instant, dans la ruelle où Sándor et l'officier s'étaient battus, un coup de feu claqua. Klára eut l'impression qu'il lui traversait la cervelle.

Puis il y eut un silence terrible.

À quatre pattes, elle se traîna vers une forme masculine ramassée sur une autre. Sándor était couché sur le dos, les yeux tournés vers le ciel. L'officier à la face de bouledogue se tenait auprès de lui, une main sur sa poitrine. Il pleurait, il lui criait de se lever, lève-toi, salaud, pourriture. Lorsqu'il retira sa main, elle était couverte de sang. Il récupéra son pistolet, tombé sur le trottoir, et mit Klára en joue ; le canon brillait et tremblait dans la ruelle ténébreuse. Klára recula jusqu'au recoin où gisait le premier officier. Elle se jeta à genoux pour chercher son arme, qu'elle avait entendue percuter le sol quand elle l'avait assommé. Le pistolet était bien là, froid et lourd. Elle le prit et tenta de le bloquer contre sa jambe. L'officier qui avait tué Sándor s'avançait vers elle en pleurant. Si elle ne l'avait pas vu braquer son arme un moment plus tôt, elle aurait pu croire qu'il venait implorer son pardon. Elle regardait Sándor, inerte, et sentait le poids de l'arme dans sa main, cette arme même que l'officier avait pointée sur sa gorge. Elle la leva et la tint bien droite.

Nouvelle détonation. L'homme vacilla puis s'écroula ; un profond silence s'ensuivit.

L'élancement produit par le recul la rappela à la réalité : elle avait fait feu, elle avait tué un homme. Dans Andrássy út, un cri de femme retentit. Un peu plus loin, une sirène lançait ses deux notes stridentes. Elle sortit du recoin, pistolet en main, et s'approcha de l'officier sur lequel elle venait de tirer. Il était tombé à la renverse sur le trottoir, un bras par-dessus la tête. Depuis le recoin provint un gémissement, un mot qu'elle ne comprit pas. L'autre officier s'était mis à quatre pattes, il vit le pistolet dans la main de Klára, et son camarade mort. Trois jours plus tard, il succomberait à sa blessure à la tête, mais il aurait eu le temps de dénoncer leur meurtrière. Le hurlement des sirènes se rapprochait ; Klára laissa tomber le pistolet et s'enfuit.

Elle avait tué un officier et en avait blessé un autre mortellement. C'était un fait. Qu'elle ait été violée par l'un des deux, on ne pourrait jamais en apporter la preuve au tribunal. Tous les témoins étaient morts, et au bout de quelques jours, ses ecchymoses avaient disparu. Sur les conseils de l'avocat de son père, on la fit passer en Autriche subrepticement, puis de là en Allemagne et enfin en France. La ville de Paris lui donnerait asile et Olga Nevitskaya, célèbre professeur de danse et cousine de Romankov, la prendrait sous son aile. Ce n'étaient là que des dispositions provisoires, elle resterait chez Olga le temps que ses parents trouvent à qui verser des pots-de-vin, ou comment assurer autrement sa sécurité. Mais deux semaines ne s'étaient pas écoulées que le danger de sa situation leur sauta aux yeux. Elle était accusée de meurtre. Vu la gravité du crime, elle serait jugée comme une adulte. Selon l'avocat de son père, plaider la légitime défense ne garantirait pas le succès. La police avait établi que l'officier était désarmé au moment où elle avait tiré sur lui. Certes, il détenait une arme au départ, certes, il avait tué Sándor quelques instants plus tôt, mais l'autre officier, le témoin de la fusillade, avait attesté que son camarade avait jeté son pistolet avant de s'avancer vers Klára, et les preuves matérielles le confirmaient puisque l'arme en question avait été retrouvée près du corps de Sándor, à trois mètres de là où gisait l'officier.

Circonstance aggravante, l'homme abattu par Klára était un héros de guerre. Il avait sauvé quinze membres de sa compagnie à la bataille de Kovel, ce qui lui avait valu une citation de l'empereur. Et comme si cela ne suffisait pas à mal disposer les juges en sa faveur, il apparaissait – du moins selon les allégations de la police – que leurs collègues alliés à l'extrême droite avaient reçu des menaces du Gesher Zahav, organisation sioniste avec laquelle Klára et Sándor entretenaient des liens. Trois fois au moins ce mois-là, on les avait en effet vus entrer et sortir de ses locaux, dans Dohány utca. Ils étaient invités aux bals du samedi soir et ne complotaient nullement la mort de deux officiers de police ? Qu'à cela ne tienne ! La disparition de Klára était un aveu, le GZ avait armé sa main. Toute la ville en parlait. Pas un journal qui n'en ait fait ses manchettes : « Un héros de guerre abattu par une jeune danseuse juive ». Alors, les parents de Klára perdirent tout espoir de la faire revenir. On pouvait s'estimer heureux d'avoir réussi à l'exfiltrer à temps, leur écrivit l'avocat. Sinon, le sang aurait coulé de nouveau.

Les deux premiers mois, chez Mme Nevitskaya, Klára couchait dans un cagibi qui donnait sur un puits d'aération. Chaque fois que de mauvaises nouvelles leur parvenaient de Budapest, elle avait le sentiment de tomber plus bas, de toucher le fond. Elle avait perdu le sommeil et l'appétit, ne supportait pas qu'on la touche. Sándor était mort. Plus jamais elle ne reverrait ses parents ni son frère. Plus jamais elle ne reviendrait dans sa ville. Plus jamais elle n'habiterait dans un lieu où tous les passants croisés dans la rue parlent hongrois. Plus jamais elle n'irait patiner dans le parc du Városliget, plus jamais elle ne danserait sur la scène de l'Operaház ; elle ne reverrait plus ses camarades, ne dégusterait plus un cornet de crème de marron en flânant le long du Danube, sur l'île Marguerite. Elle ne reverrait plus les jolis objets de sa chambre, ses journaux intimes reliés de cuir, les vases Herend, les oreillers brodés, les poupées russes, sa collection d'animaux en verre. Elle y laissait même son nom ; Klára Hász avait vécu ; l'avocat l'avait rebaptisée Claire Morgenstern. Tous les matins, au réveil, il lui fallait affronter cette réalité : elle n'était plus qu'une fugitive, réfugiée en France, chez Mme Nevitskaya. Elle en était physiquement malade. Elle passait les premières heures de la journée penchée sur une bassine, à vomir jusqu'à ce qu'elle n'ait plus rien à rendre. Chaque fois qu'elle se levait, elle croyait défaillir. Un matin, Mme Nevitskaya vint la trouver dans sa chambre et lui posa toute une série de questions mystérieuses. Est-ce qu'elle avait mal aux seins ? Est-ce que l'odeur de la nourriture l'écœurait ? À quand remontaient ses derniers saignements ? Un peu plus tard dans la journée, après un examen douloureux et humiliant, le médecin confirma les doutes de Mme Nevitskaya : Klára était enceinte.

Pendant trois jours, elle fut incapable de faire autre chose que de fixer le pan de ciel visible de son lit. Des nuages le traversaient, puis une escadrille d'oiseaux bruns ; le soir, il virait à l'indigo puis se drapait du velours incrusté d'or des ciels parisiens. Elle regardait le ciel pendant que Masha, la bonne des Nevitskaya, lui faisait boire du bouillon de poulet à la petite cuillère et lui baignait le front. Elle le regardait encore pendant que Mme Nevitskaya lui expliquait qu'elle n'était pas obligée de porter l'enfant de cet individu. Il suffirait d'une petite intervention pour mettre un terme à sa grossesse. Lorsque la dame l'abandonna à ses réflexions, elle ne cessa de contempler ce pan de ciel changeant, elle prenait encore mal la mesure de ce qu'elle venait d'entendre. Sa grossesse. Une toute petite intervention. Mais Mme Nevitskaya ne savait pas tout. Elle et Sándor étaient amants depuis six mois. Le soir de l'agression, ils avaient fait l'amour ; ils avaient pris des précautions, mais ces précautions-là n'étaient pas infaillibles, elle le savait. Et si elle était enceinte, l'enfant pouvait très bien être de lui.

Cette idée suffit à la tirer du lit. Elle expliqua à Mme Nevitskaya pourquoi elle refusait l'intervention. Le professeur de danse, une quinquagénaire sévère à la chevelure lustrée, la prit dans ses bras et pleura. Elle comprenait, lui dit-elle, et n'essaierait pas de la faire revenir sur sa décision. Ses parents, apprenant sa grossesse, réagirent bien différemment. Ils ne supportaient pas l'idée qu'elle pût élever l'enfant de l'« autre ». Son père était même si hostile à cette décision qu'il la menaça de couper les ponts. Qu'allait-elle faire toute seule à Paris ? Elle ne pourrait pas danser enceinte, ni avec un bébé sur les bras. De quoi vivrait-elle ? Sa situation n'était-elle pas déjà assez difficile ?

Mais sa décision était prise. Pas question de subir cette intervention, pas question de renoncer au bébé qu'elle portait. Dès l'instant où elle avait envisagé que l'enfant fût de Sándor, l'idée s'était muée en certitude. Son père voulait lui couper les vivres ? Qu'il le fasse. Elle alla trouver Mme Nevitskaya et la supplia de lui céder quelques cours pour les débutants ; elle pourrait s'en acquitter tant que sa grossesse ne se verrait pas, et les reprendre après l'accouchement, dès qu'elle serait sur pied. Si le professeur acceptait, elle leur sauvait la vie, à elle et à son enfant.

La femme accepta. Elle lui donna les sept ans et lui

apporta la robe de répétition noire que portaient tous les professeurs de danse de son cours. Et bientôt, Klára revint à la vie ; elle retrouva l'appétit et le sommeil, prit du poids, ses vertiges disparurent. L'enfant était de Sándor, pas de l'autre, elle en était sûre. Elle alla chez le coiffeur et se fit couper les cheveux très court. Elle s'acheta une robe sac à la mode, qu'elle pourrait mettre jusqu'à la fin de sa grossesse. Elle s'acheta un nouveau journal relié de cuir et, tous les jours, elle allait au studio enseigner la danse à ses vingt petites filles. Lorsqu'elle ne fut plus en mesure de le faire, elle supplia Masha de la laisser l'aider aux travaux du ménage. Elle apprit ainsi à tenir une maison, à cuisiner, laver le linge, choisir les bons produits au marché et chez les commerçants. Et quand elle entra dans son sixième mois et qu'elle vit le regard des vendeurs s'attarder sur son gros ventre et son annulaire gauche dénudé, elle s'offrit un anneau de laiton en guise d'alliance. Elle l'avait acheté pour se faciliter la vie, mais au bout d'un moment, elle se persuada qu'elle portait une vraie alliance et qu'elle était mariée à Sándor Goldstein.

À l'approche de son neuvième mois, elle se mit à rêver de Sándor avec un grand réalisme. Ce n'étaient plus les cauchemars qui la hantaient à son arrivée à Paris, Sándor, gisant dans la ruelle, les yeux tournés vers le ciel ; elle rêvait de leur quotidien : ils travaillaient des portés difficiles, se disputaient sur la solution d'un problème d'arithmétique, ou luttaient pour rire dans le vestiaire de l'Opéra. Dans un de ces rêves, il avait treize ans et volait des bonbons au marché avec elle. Dans un autre, il lui apprenait à plonger au Palatinus Strand. C'est à lui qu'elle pensa lorsque les premières contractions s'annoncèrent ; à lui encore lorsqu'elle perdit le torrent des eaux ; ce fut son nom qu'elle cria lorsque la douleur se fit longue et profonde en elle, qu'elle se fit incandescente, menaçant de lui déchirer les entrailles.

À son réveil, après la césarienne, elle tendit les bras pour recevoir l'enfant de Sándor.

Mais il n'était pas de lui, cet enfant, bien sûr : c'était Elisabet.

Quand elle eut achevé son histoire, ils demeurèrent au coin du feu sans mot dire, lui sur le repose-pied, elle dans le fauteuil de peluche rouge, pieds ramenés sous sa jupe. Le thé avait refroidi dans leurs tasses. Dehors, la bise s'était levée, tordant les arbres. Il alla à la fenêtre et regarda la grande porte du Collège de France, les clochards massés contre elle lui faisaient comme un col de dentelle en loques.

– Il le sait, Zoltán Novak.

– Il est au courant des faits, il est le seul à les connaître en France, puisque Mme Nevitskaya est morte il y a quelque temps.

– Tu lui en as parlé pour qu'il comprenne que tu ne pouvais pas l'aimer ?

– Nous étions très proches, Zoltán et moi, je voulais qu'il sache.

– Elisabet elle-même n'est pas au courant, dit András, en passant le pouce sur le rebord de sa tasse. Elle croit être l'enfant de l'homme que tu aimais.

– Oui, la vérité ne lui aurait fait aucun bien.

– Et voilà que tu me l'as dite, la vérité. Tu me l'as dite pour que je comprenne ce qui s'est passé à Nice. Tu t'es éprise une fois dans ta vie, de Sándor Goldstein, et tu ne peux plus aimer personne d'autre depuis. Mme Gérard s'en doutait, elle m'a dit il y a longtemps que tu étais amoureuse d'un mort.

Klára poussa un léger soupir.

– J'aimais Sándor, c'est vrai. Je l'adorais. Mais prétendre que ça m'empêche d'en aimer un autre, c'est faire du romantisme à bon marché.

– Mais qu'est-ce qui s'est passé à Nice, alors ?

Elle secoua la tête et appuya sa joue contre sa main.

– Je crois que j'ai pris peur. J'ai vu à quoi ressemblerait ma vie avec toi. Pour la première fois, la chose m'a paru possible. Sauf qu'il y avait toutes ces horreurs que je ne t'avais pas dites. Tu ne savais pas que j'avais tué un homme, que j'avais fui la justice de mon pays. Tu ne savais pas que j'avais été violée. Tu ne savais pas à quel point j'étais abîmée.

– Comment ne m'en serais-je pas senti plus proche de toi ?

Elle vint le rejoindre à la fenêtre, les joues en feu, comme à vif dans la pénombre.

– Tu es jeune. Tu peux aimer une femme dont la vie est simple. Pourquoi t'encombrer de tout ça ? J'étais sûre que tu verrais les choses sous cet angle sitôt que je t'aurais parlé. J'étais certaine que je te ferais l'effet d'une épave.

L'année précédente, en décembre, il l'avait vue ici même, une tasse de thé tremblotant entre ses mains : « Prends-en, toi aussi », lui avait-elle dit en la lui tendant. *Te*.

– Klára, tu te trompes, je n'échangerais pas tes complications contre la simplicité d'une autre. Est-ce que tu comprends ?

Elle leva les yeux vers lui.

– C'est difficile à croire.

– Fais un effort.

Il l'attira à lui pour sentir le parfum tiède de son cuir chevelu, du noir de ses cheveux. Dans ses bras, il tenait la jeune fille qui habitait tout près du Városliget, la jeune danseuse qui avait aimé Sándor Goldstein, et la femme qui l'aimait aujourd'hui, lui. Il croyait voir en elle cet élément sans nom qui avait traversé tous ces événements : son moi, sa vie même. Si minuscule, une graine de moutarde qui aurait germé dans les profondeurs de la terre, forte et fragile à la fois. Mais il n'en fallait pas davantage. C'était tout. Elle la lui avait donnée, et à présent, il la tenait dans sa main.

Ils passèrent la nuit ensemble, rue des Écoles. Le lendemain matin, ils se lavèrent et s'habillèrent dans le froid glacial et bleu de la chambre d'András, puis ils se rendirent rue de Sévigné. On était le 7 novembre, un matin gris, poudré de givre. Il pénétra avec elle dans le studio pour allumer le poêle à bois. Deux mois qu'il n'y était pas entré, qu'il n'était pas entré chez elle. La pièce avait la quiétude silencieuse d'une salle de classe qui attend ses élèves ; elle sentait les chaussons et la résine, comme le studio de Budapest qu'elle lui avait décrit. Dans un coin, il vit la table à dessin dont elle lui avait fait cadeau pour son anniversaire. On l'avait recouverte d'un drap pour la protéger de la poussière. Elle s'en approcha et la dévoila.

– Je l'ai gardée, comme tu me l'avais demandé.

András lui prit le drap des mains et l'enroula autour d'eux. Il l'attira à lui et sentit les os de son bassin contre les siens, sa cage thoracique presser son torse au rythme de leur respiration. Il rabattit le drap sur leurs têtes, tel un linceul. Ainsi dérobés aux regards sous la blancheur de cette tente improvisée, il lui souleva le menton du bout du doigt et l'embrassa. Elle resserra encore le drap autour d'eux.

– On ne sort plus, dit-il. On reste ici pour toujours.

Il se pencha pour l'embrasser encore, plein d'une certitude : là où il était, il demeurerait ; et rien ne pourrait le faire bouger : ni la famine, ni l'épuisement, ni la douleur, ni la peur, ni la guerre.

# Chapitre 20

# Un homme mort

Ce fut à l'atelier qu'András apprit la nouvelle. Malgré la nuit épuisante qu'il venait de vivre avec Klára – il ne voyait plus clair –, il lui avait fallu partir à l'École : c'était jour de critique. Sa classe soumettait un projet « à la manière de » : il s'agissait de concevoir un espace à usage unique à la manière d'un architecte contemporain. Il avait conçu un atelier d'architectes dans le style de Pierre Chareau, en s'inspirant de la maison du docteur, rue Saint-Guillaume ; un immeuble de trois niveaux, composé de blocs de verre et d'acier, baigné tout le jour d'une lumière diffuse et éclairé de l'intérieur la nuit. Tous les élèves étaient arrivés en avance pour afficher leurs croquis, et lorsqu'il eut trouvé où placer le sien, il alla chercher son tabouret pour faire cercle avec les autres autour d'une radio maculée de peinture. Ils écoutaient les informations, sans rien attendre d'autre que la palette ordinaire de sujets d'inquiétude.

Ce fut Rosen qui comprit le premier ; il augmenta le volume afin que tout le monde entende. On venait d'abattre l'ambassadeur d'Allemagne, non, pas l'ambassadeur lui-même, un diplomate, un secrétaire de légation (allez savoir ce que c'était). Ernst Eduard vom Rath, vingt-neuf ans. Un enfant avait tiré sur lui. Un enfant, comment ça ? Il devait y avoir erreur. Un tout jeune homme, dix-sept ans, juif. Un jeune juif allemand d'origine polonaise. Pour venger la déportation de douze mille juifs allemands.

– Oh bon Dieu ! s'exclama Ben Yakov. C'est un homme mort.

Tous les élèves se pressèrent autour du poste. Le diplomate avait-il été tué sur le coup ? La réponse parvint quelques instants plus tard : il avait reçu quatre balles dans le ventre, et on était en train de l'opérer à la clinique de l'Alma, rue de l'Université, à deux pas de l'École spéciale. Le bruit courait qu'Hitler aurait dépêché de Berlin son médecin personnel, ainsi que le directeur de la clinique chirurgicale de l'université de Munich. Quant à Gruenspan ou Grinspun, son agresseur, il était incarcéré dans un lieu tenu secret.

– Il envoie son médecin personnel, tu parles, dit Rosen. Avec une bonne grosse capsule d'arsenic en prime.

– Qu'est-ce que tu veux dire ? demanda l'un des étudiants.

– Il faut que vom Rath meure pour l'Allemagne, ça leur donnera quartier libre pour faire ce qu'ils veulent aux juifs.

– Ils ne vont tout de même pas assassiner l'un des leurs.

– Ils vont se gêner !

– Ce ne sera pas nécessaire, dit un autre étudiant. Quatre balles...

Polaner s'était écarté du groupe des auditeurs ; il était allé fumer à la fenêtre. András le rejoignit et regarda dans la cour, où deux étudiants de cinquième année étaient en train de suspendre aux branches d'un arbre un mobile de bois à la forme complexe. Polaner entrouvrit la fenêtre et souffla la fumée de sa cigarette dans l'air frisquet.

– Je le connaissais, dit-il. Pas le jeune juif, l'autre.

– Vom Rath ? Mais comment ?

Polaner lui lança un bref regard. Il fit tomber la cendre de sa cigarette sur la corniche de la fenêtre, où elle virevolta avant de se dissiper.

– Dans un bar où j'allais à une époque, et qu'il fréquentait aussi.

András hocha la tête sans faire de commentaire.

– Assassiné, par un jeune juif de dix-sept ans. Vom Rath, qui l'aurait cru...

Sur ces entrefaites, Vágo arriva et éteignit la radio. Chacun reprit sa place pour écouter les quelques mots d'introduction qu'il allait prononcer avant la critique. András s'assit sur son tabouret ; il suivait d'une oreille distraite, tout en gravant un carré sur le bureau avec l'embout métallique de son crayon. Les révélations de Klára, le drame de l'ambassade d'Allemagne, c'en était trop pour lui. Dans son esprit, les deux fusionnèrent. Klára et le jeune juif germano-polonais. Tous deux violentés, tous deux braquant leur arme d'une main tremblante, tous deux condamnés. Les médecins nazis se rendaient de toute urgence à Paris pour sauver un homme ou pour l'achever. Quant au jeune juif, il était détenu quelque part, sans savoir encore si son geste avait fait de lui un assassin. Le croquis d'András avait perdu une punaise et pendait de travers. Il le considéra en se disant : Voilà, c'est ça. En cet instant, tout semble de travers, non seulement les maisons, mais aussi des villes entières, des pays, des peuples. Il aurait voulu faire cesser le vacarme dans son crâne. Il aurait voulu être avec Klára dans la blancheur lisse de son lit, la blancheur de sa chambre, dans ses draps qui sentaient l'odeur de sa peau. Mais voilà que Vágo s'approchait ; il remettait la punaise dans le coin de son dessin. Voilà que la classe le suivit. C'était au tour d'András de passer à la critique. Il se força à se lever et à prendre place à côté de son plan. Plus tard seulement, lorsque tous le gratifièrent de tapes amicales sur l'épaule et de poignées de main, il comprit que son projet était une réussite.

– Vom Rath n'avait aucune haine des juifs, reprit Polaner. Il était membre du parti, bien sûr, mais ce qui se passe en Allemagne lui faisait horreur. C'est d'ailleurs pour ça qu'il était venu en France. Pour y échapper. Enfin, à ce qu'il m'avait dit.

Deux jours étaient passés. Ernst Eduard vom Rath était mort dans l'après-midi, à la clinique de l'Alma. Les médecins d'Hitler étaient venus, mais ils avaient laissé la main à l'équipe française. Selon le bulletin d'information du soir, il était mort de lésions à la rate. On lui rendrait hommage, le samedi, à l'église luthérienne allemande.

András et Polaner étaient partis boire un whisky à la Colombe bleue et venaient de découvrir qu'ils n'avaient pas assez d'argent sur eux – on était en fin de mois. Même en faisant le fond de leurs poches, ils n'avaient pas de quoi s'offrir un verre pour deux. Ils dirent donc au serveur qu'ils commanderaient dans quelques instants, comptant bien voler une demi-heure au chaud avant d'être priés de sortir. Au bout d'un moment, le garçon revint avec des whiskies et de l'eau, leur commande habituelle. Comme ils protestaient qu'ils n'avaient pas de quoi payer, il tortilla sa moustache en leur disant : « Eh bien je vous compterai le double la prochaine fois. »

– Comment l'as-tu rencontré ? s'enquit András.

Polaner haussa les épaules.

– On nous a présentés. Il m'a offert un verre, on a parlé. Il était intelligent et cultivé. Il me plaisait bien.

– Mais quand tu as su qui il était…

– Et alors ? Qu'est-ce qu'il fallait que je fasse ? Que je le plante là ? Ça t'aurait plu s'il m'avait fait ça, lui ?

– Mais comment as-tu pu bavarder tranquillement avec un nazi ? Surtout après ce qui t'est arrivé l'hiver dernier.

– Mais bon Dieu, arrête avec ça ! Un homme que j'ai connu vient de mourir, et moi, j'essaie de me faire à cette idée. Ça ne suffit pas, pour l'instant ?

– Excuse-moi.

Polaner posa ses mains croisées sur la table et appuya le menton dessus.

– Ben Yakov avait raison. Ils vont en faire un exemple, de ce Grynszpan. Ils vont demander qu'on l'extrade vers l'Allemagne et ils le mettront à mort de façon spectaculaire.

– Ils ne peuvent pas, le monde a les yeux fixés sur eux.

– Précisément, ça les arrange.

Klára était à la fenêtre, le journal à la main, et elle regardait dans la rue. Elle venait de lire à haute voix un court article sur les mesures que le gouvernement allemand s'apprêtait à prendre à l'encontre des juifs « pour compenser la destruction catastrophique de biens allemands consécutive aux violences du 9 novembre ». La Nuit de Cristal, comme disait le journal. András arpentait la pièce, mains dans les poches. À son bureau, Elisabet ouvrit un cahier d'écolière où elle griffonna quelques chiffres.

– Un milliard de marks, dit-elle. C'est le montant de l'amende infligée aux juifs. Et comme il y a un demi-million de juifs en Allemagne, ça fait deux mille marks par personne, et encore, en comptant les enfants.

Logique confondante, et qui échappait à András malgré ses efforts. Grynszpan avait tiré sur vom Rath. Vom Rath avait succombé à ses blessures. Le 9 novembre, c'était la Nuit de Cristal, autrement dit, la réaction spontanée du peuple allemand à cet assassinat. En conséquence, si les boutiques juives avaient été mises à sac, les synagogues brûlées, les maisons pillées, pour ne rien dire des quatre-vingt-onze victimes juives et des trente mille arrestations, la faute en revenait aux juifs. Il fallait donc qu'ils paient. Outre l'amende, le montant de leurs assurances irait directement au gouvernement. Et il était désormais interdit aux juifs de tenir un commerce en Allemagne. À Paris, New York et Londres, le pogrom de la Nuit de Cristal et ses séquelles avaient suscité de nombreuses protestations, mais le gouvernement français était demeuré singulièrement muet. D'après Rosen, c'était parce que l'on attendait une visite de von Ribbentrop, le ministre des Affaires étrangères d'Hitler. Il viendrait en décembre signer un pacte de non-agression entre la France et l'Allemagne. Vaste et sinistre mascarade.

Au rez-de-chaussée se firent entendre le froissement et la chute du courrier du soir dans la boîte aux lettres. Elisabet se leva d'un bond, si vite qu'elle renversa sa chaise contre le pare-feu, et s'élança dans l'escalier.

— Dire qu'autrefois il fallait lui promettre du pain d'épice, pour qu'elle aille chercher le courrier ! s'écria Klára en relevant la chaise. À présent, elle ne supporte pas qu'il traîne une minute dans la boîte.

Elisabet mit longtemps à remonter. Elle reparut hors d'haleine, le feu aux joues, et jeta quelques enveloppes sur le bureau avant de se précipiter dans sa chambre. Klára s'assit au bureau et les feuilleta. Une fine enveloppe crème sembla retenir son attention. Elle prit le coupe-papier et l'ouvrit.

— C'est Zoltán, expliqua-t-elle en parcourant la feuille. (Ses sourcils se froncèrent, et elle lut de plus près.) Edith et lui partent dans trois semaines. Il m'écrit pour me faire ses adieux.

— Où partent-ils ?

— À Budapest. On m'en avait déjà parlé. Marcelle m'avait dit qu'un bruit courait en ce sens, quand je l'ai rencontrée aux Tuileries, la semaine dernière. Zoltán s'est vu offrir le poste de directeur de l'Opéra royal de Hongrie, et puis Mme Novak préfère élever leur enfant auprès de sa famille.

Elle serra les lèvres, et réprima une exclamation.

— Ça te fait tant de peine de le voir partir, Klára ?

Elle eut un geste de dénégation.

— Pas pour la raison que tu crois. Tu connais mes sentiments envers lui. C'est un ami cher, un vieil ami, et un homme bon. Après tout, il t'a donné un emploi à une époque où le Sarah-Bernhardt n'en avait guère les moyens.

Elle alla s'asseoir auprès d'András sur le canapé et lui prit la main.

— Mais le voir partir ne me fait pas de peine, je suis contente pour lui.

— Qu'est-ce qui te chagrine, alors ?

— Je l'envie. Je l'envie terriblement. Pour Edith et lui, sauter dans un train et rentrer au pays, c'est possible. Ils peuvent ramener leur bébé chez la mère d'Edith, l'élever avec ses cousins. (Elle lissa sa jupe grise sur ses genoux, puis :) Ce pogrom, en Allemagne, imagine que ça arrive chez nous en Hongrie, imagine qu'ils arrêtent mon frère. Que deviendrait ma mère ?

— S'il se passe quelque chose en Hongrie, je peux toujours aller à Budapest m'occuper de ta mère.

— Mais moi, je ne pourrai pas t'accompagner.

— Il y aurait peut-être moyen de faire venir ta mère en France.

— À supposer qu'on y arrive, ce ne pourrait être qu'une solution temporaire… au problème plus vaste qui est le nôtre.

— Quel problème plus vaste ?

— Tu le sais bien. Dans quel pays vivre. À terme, je veux dire. Je ne peux pas retourner en Hongrie, et toi, tu ne peux pas rester ici.

— Pourquoi ça ?

— À cause de ta famille. Suppose qu'il y ait une guerre, tu voudras les rejoindre. J'y ai pensé cent fois. Il faut que tu saches que j'y ai beaucoup pensé en septembre. C'était l'une des raisons pour lesquelles je ne pouvais me résoudre à t'écrire. Je ne voyais pas comment tourner la difficulté. Je savais que si on décidait de rester ensemble, je t'empêcherais de rejoindre ta famille.

— Si je reste ici, ce sera mon affaire. Mais si je dois partir, je trouverai moyen de t'emmener avec moi.

Nous consulterons un avocat. Il n'y a pas un délai de prescription ?

Elle secoua la tête.

– Je peux encore être arrêtée et jugée pour meurtre. Et même si je pouvais rentrer, je serais incapable d'abandonner Elisabet.

– Bien sûr, mais elle a ses projets personnels.

– C'est précisément ce qui m'inquiète. C'est encore une enfant, András. Elle porte cette bague de fiançailles au doigt, mais elle ne comprend pas ce que cela implique au juste.

– Son fiancé m'a l'air des plus sincères. Ses intentions sont parfaitement honorables, j'en suis certain.

– Si c'était le cas, il aurait pu consulter ses parents avant de lui mettre dans la tête qu'ils allaient se marier et vivre en Amérique. Il ne leur a toujours pas dit qu'il est fiancé. Or, il semblerait qu'ils aient une jeune fille en vue pour lui, une héritière du Wisconsin. Il a beau dire qu'il n'y a rien entre eux, je ne suis pas persuadée que ses parents voient les choses du même œil. Et puis enfin, il aurait au moins pu me demander sa main avant de lui offrir cette bague.

András sourit.

– C'est l'usage ? Les jeunes gens demandent encore la main de leur belle ?

Elle lui accorda un sourire en retour.

– Les jeunes gens bien.

Alors il s'approcha et lui chuchota à l'oreille :

– J'aimerais bien demander ta main, Klára. J'aimerais écrire à ta mère pour la demander.

– Et si elle te la refuse ? répliqua-t-elle sur le même ton.

– Hélas, il faudra nous enfuir ensemble.

– Mais où, mon chéri ?

– Peu m'importe, dit-il, en plongeant dans les horizons gris de ses yeux. Ce que je veux, c'est être avec toi, c'est tout. Je sais, ça manque de sens pratique.

– Ça manque totalement de sens pratique, répéta-t-elle.

Mais elle lui passa les bras autour du cou et tourna le visage vers lui. Il baisa ses yeux clos, y trouvant un léger goût de sel. C'est alors qu'ils entendirent Elisabet arriver dans le couloir. Elle parut sur le seuil du salon en manteau, bonnet vert sur la tête. András et Klára s'écartèrent l'un de l'autre.

– Oh, pardon, adultes sans vergogne, lança Elisabet. Je vais au ciné.

– Dites-moi, Elisabet, et si j'épousais votre mère ?

– Je t'en prie, protesta Klára en levant la main. On ne badine pas avec ces choses-là.

Elisabet regarda András de côté.

– Qu'est-ce que vous dites ?

– Si je l'épousais, si j'en faisais ma femme ?

– Vous êtes sérieux ? Vous voulez l'épouser ?

– Mais oui.

– Et elle veut de vous ?

À l'issue d'un long suspense insoutenable pour lui, Klára lui saisit la main et la serra, presque comme si elle avait mal.

– Il sait ce que je veux. Nous voulons la même chose.

András respira, et le soulagement se lut sur les traits d'Elisabet ; ses sourcils perpétuellement froncés se détendirent. Elle traversa la pièce, prit András dans ses bras et embrassa sa mère.

– C'est magnifique, dit-elle en toute sincérité.

Sans rien ajouter, elle balança son sac par-dessus son épaule, et on l'entendit dégringoler l'escalier.

– Magnifique ? fit Klára en rompant le silence toujours retentissant qui suivait les départs d'Elisabet. Je ne sais pas trop à quoi je m'attendais, mais sûrement pas à ça.

– Elle pense que ça va arranger leurs affaires.

– Je le sais bien, soupira Klára. Si je t'épouse, elle pourra me quitter sans remords.

– Nous attendrons qu'elle parte, alors, si tu penses

que ça changera quelque chose. Nous attendrons qu'elle termine l'année scolaire.

— Il reste encore sept mois.

— Sept mois, mais nous aurons toute la vie ensuite. Elle acquiesça.

— Sept mois.

— Klára, Klára Morgenstern, tu viens d'accepter de m'épouser, non ?

— Oui, oui. Quand elle sortira du lycée. Mais ça ne veut pas dire que je vais la laisser s'enfuir en Amérique avec ce beau parleur.

— Sept mois…

— Et puis peut-être que d'ici là nous aurons résolu nos problèmes de résidence.

Il l'embrassa sur la bouche, les pommettes, les paupières.

— Il sera toujours temps de s'en inquiéter. Promets-moi de ne plus y penser.

— Je ne peux pas. Il faut bien y penser si nous voulons trouver une solution.

— Nous y penserons en temps utile. Pour l'instant j'ai envie de t'embrasser, je peux ?

Pour toute réponse, elle le prit dans ses bras. Il l'embrassa en rêvant de ne rien faire d'autre à longueur de journée, à longueur d'année, à longueur de vie. Puis il s'écarta et dit :

— Je n'avais rien prémédité, je n'ai rien pour toi, pas de bague.

— Pas de bague, mais je ne veux pas de bague !

— Tu en auras une quand même. Je vais m'en occuper. Et puis je ne parlais pas à la légère en disant que je voulais écrire à ta mère.

— C'est délicat, tu le sais.

— Si seulement nous pouvions en parler à József. Il pourrait lui écrire ou glisser une lettre de moi dans l'une des siennes.

358

Klára pinça les lèvres.

– D'après ce que tu me dis de la vie qu'il mène, il ne semble pas particulièrement indiqué de le mettre dans la confidence.

– Si nous nous marions, il faudra qu'il le sache tôt ou tard. Le monde est petit, surtout celui du Quartier latin.

Elle soupira.

– Je sais, c'est très compliqué. (Elle retourna sur le canapé et ouvrit le journal encore plié.) Du moins avons-nous encore le temps d'y penser. Sept mois. Qui sait ce qui va se passer d'ici là ? Est-ce qu'on ne devrait pas plutôt se marier tout de suite, tous ? Ne devrais-je pas me réjouir de voir ma fille partir pour l'Amérique ? S'il y a une guerre, elle sera plus en sécurité de l'autre côté de l'océan.

La sécurité, fantôme insaisissable. Elle avait fui la Hongrie, elle avait fui les murs de l'École spéciale, elle avait fui l'Allemagne bien longtemps avant le 9 novembre. Mais assis aux côtés de Klára, regardant le journal qu'elle tenait sur ses genoux, András reçut de nouveau le choc de plein fouet. Il suivit le trajet de la main de Klára jusqu'à la photo, en première page. On y voyait un homme et une femme en tenue de nuit dans la rue, et, entre eux, un petit garçon qui serrait une sorte de poupée de chiffon coiffée d'un chapeau pointu. Sous leurs yeux, les aveuglant de son éclat brutal, une maison flambait de la cave au grenier. Là où l'incendie avait dévoré tapis et planchers, plâtres et papiers peints, il découvrait l'ossature de la maison, illuminée comme une carcasse d'animal écorché. Son œil d'architecte voyait ce que l'homme, la femme et l'enfant dans la rue ne pouvaient voir alors : les piliers de soutènement avaient déjà brûlé ; d'un instant à l'autre, la charpente s'effondrerait comme une maquette mal montée et les poutres tomberaient en cendres.

# Troisième partie

# Arrivées et départs

# Chapitre 21

# Un dîner

Au début du mois de décembre, Mme Gérard donna une soirée pour son anniversaire. Klára reçut une invitation gravée en lettres d'or sur un épais vélin ivoire ; András était convié aussi, puisqu'il serait son cavalier. Le soir de la réception, il mit une chemise blanche immaculée et une cravate de soie noire, il humecta et brossa sa veste de soirée, puis il cira les chaussures que Tibor lui avait apportées de Budapest au début de l'année. Il se persuadait que cette invitation n'avait rien d'extraordinaire ; pour autant, ce serait la première fois qu'il reverrait la comédienne depuis qu'elle avait quitté le Sarah-Bernhardt, et la première fois aussi qu'il paraîtrait en public comme futur mari de Klára, parmi des gens susceptibles de voir là une mésalliance. Il ne redoutait pas tant le jugement des amis de Klára sur lui que le sien propre, puisque ce serait la première fois qu'elle le verrait parmi son entourage. Ces chorégraphes, ces danseurs, ces compositeurs qui lui dédiaient parfois leurs œuvres : n'allait-il pas faire piètre figure à côté d'eux, lui le novice, le débutant, le jeune homme plein de promesses dont rien ne disait qu'il les tiendrait un jour ? Il se demanda si Marcelle Gérard l'avait fait exprès. Mais Klára lui changea les idées, car ce soir-là, lorsqu'il arriva rue de Sévigné, elle était sur le mode léger, intime. Ils marchèrent le long de boulevards glacés pour se rendre au nouvel appartement de Marcelle, dans le XIᵉ arrondissement. Les rues sentaient le feu de bois et l'approche du froid. Il avait du mal à croire qu'on était déjà à la lisière de décembre et qu'il s'était écoulé un an depuis leur rencontre. Bientôt, au bois de Vincennes, au bois de Boulogne, on pourrait patiner de nouveau sur les lacs gelés.

Chez Mme Gérard, une petite bonne en tablier blanc immaculé leur ouvrit la porte et prit leurs manteaux, avant de les introduire dans un salon parqueté. L'immeuble datait de la Belle Époque, mais Mme Gérard avait choisi une décoration modern style, avec des canapés bas, en cuir noir, des masques africains et des vases de malachite veinée posés sur des étagères en verre. Des tentures vert mousse encadraient les fenêtres et deux tables en acier montaient la garde au flanc des sofas, comme des lévriers aux pattes fines. Elles servaient de sellettes à deux Brâncuşi, torches rigides de marbre noir. Ces splendeurs étaient le fruit de succès récents : depuis *La Mère*, Marcelle avait Paris à ses pieds à chacun de ses nouveaux rôles ; elle venait de recevoir une série de critiques élogieuses pour sa création d'*Antigone* au Théâtre des Ambassadeurs, où András et Forestier avaient monté un décor surréaliste très élaboré. Et l'hôtesse elle-même, en robe de soie vert absinthe, traversa le salon pour saluer András et Klára. Elle les embrassa et, après les salutations, elle entraîna András vers une table de laque noire, où l'on servait des boissons.

– Mais regardez-moi ça, vous voilà un gentleman à présent, fit-elle en caressant son revers de veste. L'habit vous va très bien. Je vais peut-être piquer une crise de jalousie d'ici à la fin de la soirée.

– C'est très gentil de m'avoir invité, répondit András.

Le calme de sa propre voix lui parut forcé et il crut voir une ombre de sourire au coin des lèvres de Mme Gérard.

– C'est vous qui êtes gentil de m'avoir passé mon

caprice d'anniversaire, dit-elle – à quoi elle ajouta, non sans perfidie : La compagnie vous plaira, je crois. Notre ami Novak est ici avec sa femme. Ils rentrent en Hongrie, vous êtes au courant ?

Elle pencha la tête vers un coin de la pièce où le couple bavardait avec un homme à chevelure argentée, portant une lavallière.

– J'avoue qu'il a été surpris lorsque je lui ai dit que Klára et vous seriez là ce soir. J'imagine que vous êtes au courant de…

– Oui, je suis au courant de tout. C'est bien dommage, assurément, vous vous seriez fait un plaisir de m'y mettre.

– Je n'ai que votre intérêt en tête. Je vous avais mis en garde contre Klára et je dois avouer que je suis stupéfaite que votre histoire ait pris un tour aussi sérieux. J'étais persuadée qu'elle ne verrait en vous qu'une passade distrayante.

András sentait le feu lui monter aux joues.

– Et vous, c'est comme ça que vous vous distrayez ? En invitant des gens chez vous pour leur faire affront ?

– Prenez-le un ton plus bas, mon cher enfant. Je ne suis pas si manipulatrice que vous le pensez. Comment voulez-vous qu'on s'y retrouve, dans les intrigues amoureuses de ses amis ? Si j'avais voulu n'inviter que des gens qui aient des vies toutes simples sous ce rapport, je n'aurais pas invité grand monde.

– À d'autres. Vous n'êtes pas femme à gaffer.

– Allons, je vois bien que vous vous faites de moi une idée toute romanesque, s'écria-t-elle, visiblement ravie. Vous êtes un jeune homme charmant.

– Et M. Novak, quand part-il pour la Hongrie, exactement ?

Elle éclata de son rire dissonant et grave.

– En janvier. J'ai du mal à croire que son départ vous attriste. Klára, c'est différent, j'ignore comment elle prendra la chose, ils ont été très proches, vous comprenez...

Elle lui tendit un verre de whisky avec de la glace et porta ses regards vers Klára, qui s'était assise à côté de Novak, sur l'un des canapés.

– Ne vous inquiétez donc pas de ce que les gens disent sur vous, au fait, sur vos fiançailles, je veux dire. Tout le monde adore les excentricités de Klára. Je trouve cette situation irrésistible pour ma part. C'est un vrai conte de fées. Il n'est que de vous regarder : elle a changé le crapaud en prince.

– Si vous en avez fini, je vais lui apporter un verre.

– Bonne idée, sinon dans une minute, c'est lui qui sera obligé de le faire.

Elle tourna de nouveau ses regards vers le canapé de cuir noir où Novak était en train d'expliquer quelque chose à Klára, d'un ton pressant. Celle-ci secoua la tête avec un sourire triste. Novak insista, apparemment ; elle baissa les yeux.

András alla lui chercher un verre de vin et se fraya un chemin parmi les invités en tenue de soirée. Il effleura au passage Edith, la femme de Novak, grande brune en robe de velours, qui s'était inondée d'un parfum au jasmin. La dernière fois qu'il l'avait vue, presque un an plus tôt, au Sarah-Bernhardt, elle lui avait tendu son sac pour chercher un mouchoir dans sa poche, sans lui accorder plus d'attention qu'à une patère au mur. À présent, toute droite, elle écoutait ce qu'une autre femme lui susurrait à l'oreille, et qui, manifestement, concernait les grandes étapes du tête-à-tête entre Novak et Klára. Lorsque András les rejoignit, M. Novak se leva et lui tendit une main rouge et moite. Il avait les yeux injectés de sang et respirait avec difficulté. Passé l'échange de politesses, il parut incapable de lancer le moindre sujet de conversation.

– Vous rentrez donc à Budapest ? tenta András.

Novak sourit avec effort.

– Oui, en effet. Et comment trouver un compagnon avec qui casser la croûte, cette fois ? Mme Novak préfère le wagon-restaurant.

– Vous remonterez le moral d'un jeune nigaud parti pour Budapest.

– Il faudrait qu'il soit nigaud, ce jeune homme, en effet, pour aller à Budapest.

– Budapest est une belle ville pour un jeune homme.

– Peut-être auriez-vous dû y rester, alors, repartit Novak, en s'approchant un peu trop d'András, qui comprit aussitôt qu'il était ivre.

Klára aussi le savait, bien entendu. Elle se leva et posa la main sur la manche de Novak. András fut traversé par un éclair de ressentiment. Si Novak avait l'intention de se déconsidérer, elle ne devait pas se sentir obligée de le protéger. Mais elle lui jeta un regard qui implorait son indulgence, et il dut se radoucir. Il aurait eu mauvaise grâce à blâmer Novak, après sa propre cuite retentissante dans l'appartement de József Hász, trois mois plus tôt.

– M. Novak me parlait de son poste de directeur à l'Opéra royal.

– Ah oui, ils auront bien de la chance de vous avoir, dit András.

– Bah, Paris ne me regrettera pas, répondit Novak avec un regard éloquent vers Klára. Voilà qui est sûr.

Mme Gérard avait traversé le salon pour se joindre à eux, et elle prit les mains de Novak dans les siennes.

– Vous allez manquer terriblement à tout le monde. Ce sera une grande perte pour nous, une grande perte pour moi. Que vais-je devenir sans vous ? Qui présidera à mes soirées ?

– Mais vous, comme vous l'avez toujours fait, répliqua Novak.

– Le toujours est de trop. J'étais d'une timidité maladive, autrefois. C'était vous qui parliez pour moi.

Mais vous l'avez peut-être oublié. Vous avez peut-être oublié aussi qu'il vous a fallu me faire boire dans votre bureau pour me persuader de reprendre le rôle de Mme Villareal-Bloch.

— Ah oui, pauvre Claudine, dit Novak en haussant le ton à mesure qu'il parlait. Une femme si brillante, dire qu'elle a tout fichu en l'air pour ce garçon, cet attaché de presse brésilien ! Elle l'a suivi jusqu'à São Paulo, et il l'a laissée tomber pour une jeune catin. (Il jeta un regard mauvais à András :) Elle qui était si sûre qu'il l'adorait. Il s'est bien moqué d'elle.

Il vida son verre puis se mit à la fenêtre, contemplant la rue.

Une vague de silence déferla sur les autres invités ; de groupe en groupe, la conversation s'éteignit. On aurait dit qu'ils avaient tous assisté à cet échange, comme si on leur avait annoncé la situation à l'avance et recommandé d'y être particulièrement attentifs. Enfin, une femme d'âge mûr qui portait une robe de chez Mainbocher s'éclaircit la voix délicatement, but une gorgée de gin pour se donner du courage et déclara qu'elle venait d'apprendre que les quarante mille cheminots licenciés par M. Reynaud allaient bel et bien faire une manifestation, dont le bénéfice majeur serait de retarder le départ de M. et Mme Novak.

— Oh, mais ce serait un drame, s'écria celle-ci. Ma mère donne une réception pour notre retour, et les invitations sont déjà parties.

Mme Gérard se mit à rire.

— Personne ne pourra jamais vous taxer de populisme, Edith, conclut-elle — et bientôt la conversation retrouva son entrain initial.

Au dîner, András se retrouva entre Mme Novak et la femme d'âge mûr en robe noire de chez Mainbocher. Le parfum de Mme Novak était si envahissant qu'il s'insinuait dans la composition de tous les plats ; ainsi dégusta-t-il de la soupe de tortue au jasmin, du faisan au jasmin, et du sorbet au jasmin. Quant à Klára, elle était assise auprès de Novak, en bout de table, de sorte qu'il ne la voyait pas de face. La conversation roula tout d'abord sur Mme Gérard, sa carrière, son nouvel appartement et sa beauté à l'épreuve du temps. Elle écouta, sans afficher une modestie excessive, arborant bientôt un sourire autosatisfait. Lorsqu'elle se fut lassée de ce bain de flatteries, elle se mit à parler de Budapest, de ses charmes, de ses problèmes – quels changements depuis leur jeunesse ! Elle commençait toutes ses phrases par : « Lorsque nous avions l'âge de M. Lévi... » Un certain capitaine von Trucmuche, assis en face d'András, déclara que l'Europe serait en guerre sous peu et qu'alors, il faudrait bien que la Hongrie choisisse son camp, ce qui amènerait des changements profonds dans Budapest avant la fin de la décennie. Mme Novak formula le vœu que le parc où elle jouait enfant, au moins, demeure intact ; elle espérait bien que son enfant y joue après elle.

– N'est-ce pas ? demanda-t-elle à son mari, de l'autre côté de la table. Je demanderai à la nurse de János de l'y promener dès que nous arriverons en ville.

– Où donc, ma chère ?

– Dans le parc de Pozsonyi út, au bord du fleuve.

– Bien sûr, dit Novak distraitement, avant de se tourner vers Klára.

Le dîner s'acheva sur des fromages et du porto, et les invités se retirèrent dans un boudoir tendu de chamois, meublé de canapés de velours et d'un gramophone Victrola. Mme Gérard exigea qu'on danse. Les canapés furent poussés, on plaça un disque sur l'appareil, et les invités se mirent à se balancer au son d'une chanson américaine qui venait de sortir : *They Can't Take That Away from Me*. M. Novak prit Klára par la taille et l'entraîna vers le centre de la pièce. Ils dansèrent gauchement, lui, tentant de poser sa tête sur son épaule, elle, s'efforçant de le tenir à distance. Mme Novak, qui fermait délibérément les yeux, dansait d'un pas saccadé avec le capitaine von Trucmuche, et András fut entrepris par la dame d'âge mûr en noir. *The way you wear your hat*, lui chantait-elle à l'oreille. *The way you sip your tea. The memory of all that – no, they can't take that away from me.*

– Il est question d'un amour perdu, lui dit-elle, car il venait d'avouer sa nullité en anglais.

Elle s'obstinait à lui brailler dans les oreilles pour couvrir la musique et les conversations.

– L'homme est séparé de la femme, mais il ne l'oubliera jamais ! Elle vient hanter ses rêves ! Elle a changé sa vie !

La chanson eut un succès fou. Mme Gérard déclara que c'était son air préféré. Ils la passèrent quatre fois avant de s'en lasser. András dansa avec Mme Gérard, avec Edith Novak, puis de nouveau avec la dame d'âge mûr. Pendant ce temps, Zoltán Novak ne lâchait pas Klára. Très bientôt, il allait quitter Paris pour toujours, et rien ne pourrait s'y opposer, ni une grève des trains, ni la menace de la guerre, ni même la force de son amour pour elle. Klára s'efforçait d'échapper à son étreinte, mais dès qu'elle se dégageait, il protestait si fort qu'il lui fallait rester dans ses bras pour éviter une scène. Ivre à ne plus tenir debout, il finit par s'effondrer sur un canapé et s'essuyer le front avec un grand mouchoir blanc. Mme Gérard retira le disque du plateau et annonça qu'on allait servir le gâteau d'anniversaire. Klára fit signe à András de la rejoindre dans le couloir.

– Allons-nous-en, lui chuchota-t-elle. Nous avons eu bien tort de venir, j'aurais dû me douter que Marcelle mijoterait un affreux drame à sa façon.

Il ne demandait pas mieux. Ils récupérèrent leurs manteaux dans une chambre rouge et filèrent en douce. Mais Novak avait dû s'apercevoir de l'absence de Klára, puis entendre l'ascenseur descendre. Ou alors il venait de décider que la chaleur était insupportable. Lorsqu'ils sortirent sur le trottoir, bras dessus bras dessous, il était au balcon et appelait Klára. Loin d'éprouver un sentiment de triomphe, András compatissait jusqu'à la nausée. Il aurait fort bien pu être celui qu'elle quittait à jamais, celui qui était renvoyé en Hongrie sans elle. Cette évidence était si violente qu'il dut s'asseoir sur un banc et baisser la tête entre ses genoux. Il eut un choc renouvelé en la sentant auprès de lui, sa main gantée sur son épaule. Ils restèrent assis sur ce banc dans le froid pendant une éternité, sans souffler mot ni l'un ni l'autre.

# Chapitre 22
## La *signorina* Di Sabato

Un jour de décembre où soufflait une bise coupante, la Ligue internationale contre l'antisémitisme organisa une manifestation contre la visite à Paris du ministre des Affaires étrangères allemand. András, Polaner, Rosen et Ben Yakov se trouvaient dans le groupe compact de manifestants devant le palais de l'Élysée, criant des slogans hostiles aux gouvernements français et allemand, brandissant des pancartes qui disaient PAS D'AMITIÉ AVEC LES FASCISTES, VON RIBBENTROP, RENTRE CHEZ TOI !, et chantant des chants sionistes appris au cours de rassemblements antérieurs de la Ligue, à laquelle ils adhéraient depuis la Nuit de Cristal, sous l'influence de Rosen. Ce matin-là, ce dernier les avait réveillés à l'aube pour peindre les banderoles. Il aurait été impardonnable de rester sans rien faire, leur avait-il dit en les tirant du lit. Impardonnable de rester à dormir pendant que von Ribbentrop se préparait à signer un pacte de non-agression avec la France ; c'était l'œuvre de Bonnet, le ministre des Affaires étrangères qui s'était montré si accommodant lorsque Hitler avait annexé les Sudètes. Chez Rosen, ils burent du café turc et confectionnèrent une douzaine de banderoles ; Rosen touillait la peinture avec une règle, il tenait à ce que tout le monde respire les effluves de la révolution. András savait que ce numéro s'adressait essentiellement à sa nouvelle petite amie, élève infirmière sioniste rencontrée l'été même. Ce jour-là, elle les avait rejoints pour fabriquer les banderoles. Elle s'appelait Shalhevet, elle était grande, elle avait l'air farouche, et une mèche blanche bouleversante barrait sa chevelure noire. De temps en temps, elle faisait un clin d'œil à András, Polaner et Ben Yakov, comme pour leur dire que Rosen était parfois ridicule, mais elle le regardait avec une admiration qui trahissait ses sentiments profonds.

András avait protesté qu'on le tirât du lit, mais il n'était pas fâché d'être incité à faire quelque chose de plus constructif que de lire le journal en se lamentant sur son contenu. À présent, hissant haut sa banderole devant l'Élysée, il songeait au jeune Grynszpan incarcéré à Fresnes. Qu'est-ce qu'il pouvait bien ressentir à l'heure qu'il était ? Savait-il que la France accueillait le ministre des Affaires étrangères allemand ? À midi, la limousine noire se présenta devant le palais de l'Élysée, et les grilles s'ouvrirent aussitôt. Tandis que la police, vigilante, gardait les barrières autour du palais, le pacte de non-agression fut signé. Les manifestants ne purent rien faire pour empêcher sa signature, mais ils s'étaient exprimés. Après le départ du ministre, la Ligue marcha d'un pas martial jusqu'à la Seine, braillant et chantant. Sur le quai des Tuileries, András et ses amis prirent la tangente pour finir l'après-midi à la Colombe bleue, où il ne fut plus question de politique, mais de leur autre sujet de prédilection. Car Ben Yakov était en proie à un cruel dilemme. Malgré tous ses efforts, il n'avait pu mettre de côté que les deux tiers de la somme nécessaire pour faire venir sa fiancée florentine à Paris, pour la subtiliser, comme disait Rosen. Or, le temps jouait contre eux. Ils ne pouvaient plus attendre. Dans un mois, on allait la marier avec le vieux barbon choisi par ses parents.

Rosen tapa du poing sur la table.

— Aux armes, mes amis, lança-t-il. Coûte que coûte, volons, volons les belles aux barbons !

Shalhevet approuva.

— Oui, s'il vous plaît, volons les belles aux barbons.

— Vous tournez tout en dérision, protesta Ben Yakov.

— La faute à qui ? répliqua Polaner.

— Je traverse le moment le plus critique de ma vie, reprit Ben Yakov. Je ne peux pas perdre Ilana. Quatre mois que je travaille comme un nègre pour la faire venir. Jour et nuit, à l'école, à la bibliothèque, j'économise sou à sou. Je ne pense plus qu'à elle. Je lui ai écrit presque tous les jours. Je mène une vie de moine.

— Je te demande pardon, dit Rosen. Et au bal du Carrousel, la semaine dernière ? Qu'est-ce qu'il faisait avec Lucia, le moine ?

— Une entorse et une seule, dit Ben Yakov en levant les mains au ciel. Pour enterrer ma vie de garçon.

András secoua la tête.

— Mais tu te rends compte que tu vas faire un mari déplorable ? Attends quelques années, tu auras le sang moins chaud.

Ben Yakov considéra son verre vide, les sourcils froncés.

— Je suis amoureux d'Ilana. On ne peut plus attendre. Seulement il me manque encore mille francs. J'ai de quoi me payer l'aller-retour, mais pas de quoi lui payer son billet.

— Et ton frère ? demanda Polaner en se tournant vers András. Il ne pourrait pas nous aider ?

Tibor serait à Paris dans trois semaines pour les fêtes de fin d'année. András et lui économisaient depuis des mois, et Klára elle-même avait mis son écot dans le billet : en tant que future belle-sœur, elle estimait en avoir le droit.

— Pas question que je le laisse renoncer à son billet, dit András. Pas même pour la fiancée de Ben Yakov.

— Il n'y renoncerait pas, expliqua Rosen. Ben Yakov a de quoi acheter le billet d'Ilana s'il ne l'accompagne pas. C'est Tibor qui l'escorterait. Il suffirait qu'il fasse un crochet par Florence.

Ben Yakov bondit de son siège.

— Mais c'est génial ! Seigneur, ça pourrait marcher. Ça ne doit pas coûter une fortune, d'aller de Modène à Florence.

— Une minute, objecta András. Tibor n'a pas encore dit oui, et moi non plus. Comment s'y prendra-t-on ? Il va à Florence et il l'enlève à ta place ?

— Il ira la chercher à la gare et ils partiront ensemble, dit Rosen. Tu es d'accord, Ben Yakov, il n'aura rien d'autre à faire que de se trouver à Florence ?

— Et une fois qu'elle sera à Paris ? reprit András. Elle ne va pas t'épouser à sa descente de train. Où habitera-t-elle jusqu'au mariage ?

— Mais chez moi, bien sûr, répondit Ben Yakov en ouvrant des yeux ronds.

— N'oublie pas qu'elle est très religieuse.

— Je n'aurai qu'à lui céder ma chambre et venir habiter chez l'un d'entre vous.

— Pas chez moi, toujours ! lança Rosen avec un regard en coin à Shalhevet.

— Puisque Shalhevet habite chez toi, tenta Ben Yakov, elle peut céder son lit à Ilana.

— Toute seule dans un foyer de jeunes filles, elle risque d'être malheureuse, objecta Shalhevet.

— Bon, alors, qu'est-ce que je fais ? demanda Ben Yakov.

— Et Klára ? suggéra Polaner. Elle ne pourrait pas héberger Ilana chez elle ?

András se prit le menton.

— Je ne sais pas, répondit-il, elle est en train de préparer le gala d'hiver avec ses élèves, c'est la période la plus chargée de l'année, pour elle.

Et puis, sans le dire, il savait que certains aspects de la situation déplaisaient à Klára. Étaient-ils bien avisés d'importer une fiancée pour Ben Yakov, cette franche canaille ? La jeune fille allait se sauver de chez ses parents pour venir à Paris ; elle avait grandi dans une communauté sépharade très soudée, à Florence, et elle n'avait que dix-neuf ans. Passe encore de mêler Tibor à l'affaire, mais exiger la complicité de Klára...

Polaner le regardait d'un air soucieux.

— Qu'est-ce qui te gêne ?

— J'hésite, j'ai des doutes, tout à coup.

— Je t'en prie, implora Ben Yakov. S'il te plaît. Tu es bien placé pour comprendre ma situation. Tu t'es débattu dans la tienne toute l'année dernière, et maintenant tu es heureux. Tu ne peux pas m'aider ? Je sais bien que je ne me suis pas toujours conduit en gentleman, mais tu vois aussi combien je trime depuis que je suis revenu de Florence. Je n'ai pas ménagé ma peine pour la faire venir, cette fille.

András soupira et posa sa main sur celle de son ami.

— D'accord. Je vais écrire à Tibor. Et parler à Klára.

*12 décembre 1938*
*Modène, Italie*

*Andráska,*
*C'est m'honorer que de me demander d'escorter la future Mme Ben Yakov à Paris. Je me réjouis de pouvoir aider un ami à toi. Cependant, je suis peiné pour les parents de la jeune fille. Qu'est-ce qu'ils vont penser quand ils découvriront sa fuite ? J'espère que Ben Yakov se réconciliera avec eux au plus tôt. Mais, avec son charme, il y parviendra sûrement ! S'il te plaît, dis-lui bien de me télégraphier les horaires de train de la signorina Di Sabato, et je l'attendrai à la gare de Florence.*
*Quant à moi, je ne serai pas fâché de passer quelques semaines d'indolence avec toi, dans ce Paris*

*qui s'aime tant : je suis épuisé. C'est une chose*
*que l'on ne dit jamais aux futurs carabins, mais le*
*fait d'étudier des maladies les déclenche souvent.*
*J'espère guérir par les vertus du sommeil, du vin et*
*de ta compagnie.*

*Le livre d'anatomie offert par Mme Morgenstern*
*continue de m'être très utile, et je lui en devrai une*
*reconnaissance éternelle. Tu lui diras tout de même*
*d'éviter de me faire ce genre de cadeau à l'avenir. Les*
*amis qui me voient détenir un volume aussi précieux*
*surestiment mes moyens et trouveraient normal que je*
*règle les additions. À ce train, je serai bientôt ruiné.*
*En attendant, je demeure ton frère seulement fauché,*

*Tibor.*

András porta cette réponse à Klára pour prendre conseil.
Il amenait avec lui François Ben Yakov, qu'elle n'avait
jamais vu. Le jeune homme avait revêtu pour l'occasion
une belle veste de drap noir et une cravate rouge brodée
de fleurs de lys pas plus grosses que des grains d'orge.
Il prit la main de Klára dans les siennes et implora sa
compréhension, tout en plongeant son regard de beau
ténébreux hollywoodien dans le sien. András se demanda
presque si elle ne risquait pas de succomber au charme
qu'il exerçait apparemment sur toutes les femmes qu'il
croisait. Du moins fut-elle assez conquise pour accepter
de l'aider. Elle le laissa lui baiser la main, et déclarer
qu'elle était un ange. Après son départ, lorsque András
et elle se retrouvèrent seuls, elle se mit à rire : elle
voyait pourquoi il semait un tel émoi parmi les jeunes
filles de sa connaissance.

— J'espère qu'il ne va pas t'enlever en attendant
l'arrivée de sa fiancée, dit András.

Il lui avança un siège devant le feu, et ils s'assirent
pour contempler les braises.

— Pas de danger, répondit Klára avec un sourire. (Puis

elle se rembrunit un peu et croisa les bras.) Je partage tout de même les réserves de ton frère. Dommage que cette jeune fille soit obligée de se sauver de chez elle. Il était vraiment exclu que Ben Yakov aille trouver son père ?

– Tu la laisserais se marier avec Ben Yakov, ta fille ? Surtout si tu l'avais élevée dans la religion ? J'ai bien peur que Ben Yakov ait toutes les raisons de vouloir agir en secret.

Klára soupira.

– Et ma fille, à moi, qu'est-ce qu'elle va penser ?

– Elle va penser qu'elle a une mère compatissante et compréhensive.

– Je ne comprends que trop, en effet. Et Elisabet aussi, comprendra. Elle se débat, cette jeune Florentine. Elle ne veut pas du destin que ses parents lui préparent et elle cherche comment s'en sortir. Elle se figure être amoureuse de ton ami. Elle doit avoir du caractère pour être prête à quitter sa famille pour lui.

– Du caractère, oui, elle en a. Et puis elle est amoureuse. Parce qu'à entendre Ben Yakov, elle veut venir à tout prix. Et lui le veut aussi.

– Tu crois qu'il pourra la rendre heureuse ?

András regarda le feu, cette chaleur qui émanait des charbons ardents.

– Il fera de son mieux. C'est un homme bon.

– Espérons qu'il y réussira. Espérons que c'est un homme bon en effet.

Le soir de l'arrivée de Tibor et Ilana, ils allèrent tous les attendre au train. Ils patientaient sur le quai, András et Klára, Rosen et Shalhevet, Ben Yakov faisant les cent pas, un bouquet de violettes serré dans sa main pour la *signorina* Di Sabato. Les violettes coûtaient une fortune à cette saison, mais il avait tenu à en acheter car c'étaient les fleurs de leur premier rendez-vous.

Ce fut Shalhevet qui aperçut le train la première, poussière lumineuse au loin. Son sifflet rauque se fit entendre et leur petit groupe se pressa dans la cohue des Parisiens venus attendre leurs proches pour les fêtes. Le train apparut, dans un panache de fumée, et la foule se rapprocha des voitures jusqu'à l'arrêt en gare. Avec une lenteur exaspérante, les portes s'ouvrirent dans un claquement métallique, et les contrôleurs aux uniformes chamarrés sautèrent sur le quai. Tous firent un demi-pas en arrière et attendirent.

Tibor sortit dans les premiers. András le vit s'encadrer dans la portière d'une des voitures de troisième classe, l'air anxieux et las. Il tenait à la main un carton à chapeaux vert pâle et un parapluie de femme fantaisie. Il s'effaça pour livrer passage à une jeune fille à la longue tresse brune, qui s'immobilisa sur le marchepied, fouillant la foule du regard.

– La voilà, s'écria Ben Yakov par-dessus son épaule. C'est Ilana !

Il l'appela en agitant son bouquet de violettes. Et le visage de la jeune fille s'éclaira d'un sourire anxieux, un sourire si beau qu'András crut en tomber amoureux à son tour. Elle descendit du train et s'élança à la rencontre de Ben Yakov, comme pour se jeter dans ses bras, mais elle se retint ; un flot de phrases italiennes à la bouche, elle lui désigna le train. András se demandait comment Ben Yakov pouvait résister à l'envie de la serrer contre lui, et il allait s'en inquiéter lorsqu'il se rappela que, très pratiquante, elle ne l'aurait pas permis. Il ne la toucherait pas avant de lui avoir passé la bague au doigt. Mais elle leva vers lui un regard plus riche d'intimité qu'une étreinte, puis il lui offrit les violettes, et elle lui offrit de nouveau son sourire.

Tibor avait remonté le quai derrière la *signorina* Di Sabato ; il déposa le carton à ses pieds, le parapluie en appui contre lui. Elle lui adressa quelques mots de gratitude, auxquels il répondit discrètement sans croiser son regard. Puis il attrapa András par l'épaule et lui dit à l'oreille :

– Félicitations, petit frère.

– C'est Ben Yakov qu'il faut féliciter, c'est lui, le marié.

– Pour l'instant, mais tu suivras de peu. Où est ta fiancée ?

Il alla au-devant de Klára, l'embrassa sur les deux joues, et la prit dans ses bras.

– Je n'ai jamais eu de sœur, il faudra que vous m'appreniez à être un bon frère pour vous.

– Les choses se présentent plutôt bien, puisque vous voilà venu de Modène.

– J'ai peur de ne pas être de très bonne compagnie, ce soir. (Tibor posa la main sur le bras d'András.) J'ai une migraine abominable, et je ne suis guère en état de faire la fête.

En effet, il avait l'air épuisé ; il retira ses lunettes et se frotta les yeux avant d'aller saluer les autres. Il serra la main à Ben Yakov, gratifia Polaner d'une claque dans le dos, dit à Rosen tout le plaisir qu'il avait à le voir avec une aussi jolie compagne, et puis il entraîna András à part.

– Mets-moi au lit. Je suis crevé, je dois couver quelque chose.

– Bien sûr, on prend tes affaires et on y va.

András avait pensé accompagner la *signorina* Di Sabato chez Klára pour s'assurer qu'elle y serait confortablement installée, mais Klára lui promit qu'elle s'en tirerait très bien toute seule : il n'y avait pas grand-chose à trans- porter, la *signorina* était venue avec une petite malle et une caisse de bois ; outre le carton à chapeaux et le parapluie, c'était là tout son trousseau. Ils posèrent ses affaires sur le bord du trottoir et Ben Yakov héla un taxi. Il ouvrit la portière à sa promise et, pour ne pas mettre à mal sa pudeur, il laissa Klára se glisser entre eux. Enfin, avec un petit signe aux autres, il baissa la tête et grimpa dans la voiture, dont il referma la portière.

Rosen et Shalhevet se retrouvèrent seuls avec András et son frère.

– Tu ne viens pas boire un verre ? demanda Rosen.

Tibor s'excusa dans son français décidé, quoique squelettique, et les deux jeunes gens lui certifièrent qu'ils comprenaient très bien. András fit signe à un taxi ; il avait pensé rentrer à pied, mais Tibor lui semblait sur le point de s'effondrer. En voiture, il ne fut pas causant, se bornant à dire que le voyage avait été très long et qu'il était soulagé d'être arrivé.

À la descente du taxi, ils montèrent les affaires de Tibor. Le temps qu'ils soient en haut, celui-ci haletait et s'appuyait contre le mur. András se hâta d'ouvrir la porte. Tibor s'affala aussitôt sur le lit, sans prendre la peine de se déchausser ou d'enlever son manteau ; il mit un bras sur ses yeux.

– Tibi, qu'est-ce que je peux faire ? Tu veux que j'aille chez le pharmacien ? Tu veux boire ?

Tibor enleva ses chaussures et les envoya promener sur le plancher. Il se recroquevilla en chien de fusil. András s'approcha du lit et se pencha sur son frère. Il lui toucha le front et le trouva chaud mais sec. Tibor tira les couvertures sur lui : il grelottait.

– Tu es malade, dit András.

– Virus banal, je le sens venir depuis une semaine. J'ai besoin de dormir, c'est tout.

Un instant plus tard, il avait sombré dans le sommeil. András lui retira son manteau, le déshabilla et posa un linge frais sur son front. Vers minuit, la fièvre était montée, et Tibor rejetait les couvertures, mais bientôt, il frissonna de nouveau. Il se réveilla et demanda à son frère de prendre la boîte d'aspirine dans sa valise. András la lui donna et le couvrit de toutes les couvertures et de tous les manteaux qu'il avait. Tibor finit par se rendormir. András déroula le matelas emprunté à la concierge et s'allongea sur le sol, près du feu, sans trouver le sommeil. Il se mit donc à arpenter la chambre, touchant le front de Tibor toutes les demi-heures, jusqu'à ce qu'il le sente moins chaud et entende son frère respirer plus régulièrement. Alors, il se recoucha tout habillé, ne voulant pas priver Tibor d'une seule couverture.

Le lendemain matin, ce fut Tibor qui se réveilla le premier. Lorsque András ouvrit les yeux, son frère avait préparé du thé et fait griller des tartines. Pendant la nuit, Tibor l'avait protégé d'une couverture. Et à présent, vêtu du peignoir d'András, lavé, rasé, il était assis dans le fauteuil de peluche rouge, et il mangeait des tartines de confiture. De temps en temps, il se mouchait bruyamment.

— À la bonne heure ! lança András depuis son matelas. Tu es vivant.

— Il vaut mieux que tu ne t'approches pas trop de moi, malgré tout. J'ai encore de la fièvre.

— Trop tard, je t'ai veillé toute la nuit, répliqua András qui s'assit et passa la main dans ses cheveux pour les ébouriffer.

Tibor sourit.

— Ça te va bien, cette coiffure.

— Merci, frérot. Et toi, comment tu te sens, ce matin ? Mieux ?

— Mieux que dans le train. (Il baissa les yeux sur sa tasse.) La *signorina* Di Sabato a dû penser que j'étais un sacré compagnon de voyage !

— Elle avait l'air plutôt radieuse en arrivant.

— Elle a eu quelques moments difficiles, au départ, mais dans l'ensemble, elle m'a paru vaillante.

— L'amour donne du courage.

Tibor approuva d'un bref signe de tête et fit tourner la tasse sur sa soucoupe.

– Dis-moi, quel genre d'homme est-ce, ce Ben Yakov ?

– Tu l'as vu, répondit András dans un haussement d'épaules. Il est plutôt bien comme type.

– Et c'est tout ce que tu trouves à dire en sa faveur ?

Ce n'était pas tout à fait tout, à vrai dire. András se rappela la conversation qu'ils avaient eue au chevet de Polaner après l'agression. C'était Ben Yakov qui leur avait fait honte en leur montrant comme ils le connaissaient mal et combien il était improbable qu'il ait choisi de se confier à eux.

– Il est bon camarade, reprit-il. Bon élève. Il plaît aux femmes. Il n'a pas toujours été honnête avec elles, mais envers Ilana, il est la sincérité même.

– Elle m'a raconté comment ils se sont connus. Ça s'est passé au marché. Elle y était allée avec une amie. Elle venait d'acheter deux poulets vivants, mais ils se sont échappés de leur cage, sont partis dans une petite rue et se sont retrouvés dans une cour privée. Ben Yakov les a rattrapés, il les a remis en cage et a réparé la cage avec du fil de fer. Et puis il a tenu absolument à raccompagner les filles chez elles en portant les poulets.

– Des poulets échappés, c'est d'un romantisme !

– Là-dessus, il a commencé à la voir en secret.

– Tu penses ! Il a le sens de la mise en scène.

– Et puis il y avait le problème des projets de sa famille. Mais il ne s'est pas conduit de façon tout à fait honorable, non ? Il aurait pu faire sa demande au père, plaider sa cause.

András rit brièvement.

– C'est exactement ce que Klára m'a dit, mot pour mot.

Tibor fronça les sourcils et posa sa tasse sur la table. Il croisa les doigts sur sa poitrine en regardant au-dehors : le ciel gris, les plumets des cheminées qui se perdaient dans les airs.

– Cette jeune fille a dix-neuf ans, j'ai vu son passeport. Elle les a eus la semaine dernière. Et figure-toi qu'elle a une marque de naissance au cou, on dirait un oiseau en vol.

– Quel oiseau ? Un poulet ?

Tibor fut forcé de rire, et son grand rire dégénéra en quinte de toux. Il se pencha en avant, se couvrant la bouche d'un mouchoir. Lorsqu'il se redressa, il dut s'essuyer les yeux d'un revers de manche et boire le fond de sa tasse avant de pouvoir parler de nouveau.

– Je me demande pourquoi je perds mon temps à te dire les choses.

– C'est une vieille habitude, tu as du mal à t'en passer.

– Bon, on a plus sérieux à se raconter. Tes fiançailles avec Mme Morgenstern, par exemple.

– Ah oui, par miracle, Klára Morgenstern accepte de m'épouser.

– Tu seras donc le premier de nous trois à te marier.

– Sauf si c'est la fin du monde d'ici cet été.

– Au train où vont les choses, ce n'est pas exclu.

– Mais dans le cas contraire, Mme Lévi elle sera.

– Et son histoire secrète, alors ?

András avait refusé de la lui raconter par lettre et lui avait promis qu'il lui dirait tout quand il viendrait. Compte tenu des mises en garde de Mme Hász mère, il aurait jugé imprudent de confier le récit au courrier. Il alla donc rejoindre son frère à la petite table et lui narra l'histoire du début à la fin, comme Klára l'y avait autorisé. Quand il eut fini, Tibor le considéra un long moment, abasourdi.

– Quelle horreur ! s'exclama-t-il enfin. De bout en bout. Et aujourd'hui, la voilà réduite à l'exil.

– C'est tout le problème pour nous. Un problème apparemment insoluble.

– Tu n'en as rien dit à anya et apa ? Tu ne leur as pas annoncé tes fiançailles, ni rien ?

– Je n'en ai pas eu le courage. Je nourris peut-être l'espoir que la situation de Klára s'arrange.

– Mais comment s'arrangerait-elle s'il n'y a pas de prescription possible ?

– Je ne sais pas, je l'avoue. Mais en attendant, je partagerai son exil.

– Ah, Andráska, petit frère ! s'écria Tibor.

– Tu m'avais prévenu.

– Et tu ne m'as pas écouté, bien sûr.

Il se pencha pour tousser en mettant son poing devant sa bouche.

– Il ne faut pas que je reste debout trop longtemps. Je devrais être au lit. Et je suis mal placé pour donner des conseils, surtout en matière d'amour. Le cœur, voilà ce que j'en sais : son rôle est de pomper le sang, et il se compose de quatre parties – ventricule gauche, ventricule droit, atrium gauche, atrium droit. Plus les artères, la tricuspide, la mitrale, la pulmonaire et l'aorte. (Il toussa de nouveau.) Allez, remets-moi au lit, que je dorme. Et surtout, ne viens pas me réveiller avec une mauvaise nouvelle.

Le lendemain, en état de tenter une sortie, Tibor proposa d'aller voir la *signorina* Di Sabato pour s'assurer qu'elle était bien installée chez Klára, et aussi pour lui rendre un livre qu'il lui avait emprunté dans le train ; il s'agissait d'une superbe édition ancienne de *La Divine Comédie*, reliée de cuir repoussé. Comme András s'étonnait que la jeune fille lise Dante, Tibor lui expliqua qu'elle était plus cultivée que toutes celles de sa connaissance ; depuis l'âge de douze ans, elle empruntait en secret des livres à la bibliothèque voisine, dans le quartier juif. Son exemplaire de la *La Divine Comédie* en venait ; Tibor lui en fit voir le cachet au dos. Elle n'avait pas prémédité de le voler, mais en faisant sa valise, elle s'était aperçue que, si elle le laissait, ses parents découvriraient sa coupable habitude. Elle lui avait confié cela dans le train, avec un rire un peu triste : alors même qu'elle s'enfuyait à Paris pour se marier sans leur consentement, elle craignait qu'ils ne s'offusquent de ses emprunts à une bibliothèque profane !

Chez Klára, ils la trouvèrent occupée à faire l'ourlet d'une robe de soie ivoire, sa robe de mariée. À ses côtés, sur le divan, Klára était en train de border un voile de festons de dentelle. Elisabet, d'ordinaire peu encline à s'intéresser aux affaires des autres, était plongée dans un livre de cuisine qui proposait des recettes de gâteaux de fête. Elle jeta à Tibor un regard vaguement curieux et lui adressa un petit signe de la main sans quitter son siège. Ilana Di Sabato, en revanche, se leva d'un bond à sa vue, et la robe ivoire glissa sur le sol.

— Ah, Tibor ! s'exclama-t-elle avant de lui lancer quelques mots à toute vitesse, en italien.

Elle désigna le livre avec un sourire reconnaissant.

— Vous avez rapporté le livre, dit Klára. Elle m'avait raconté que vous le lui aviez emprunté, c'est tout ce que j'ai compris : entre mes trois mots d'italien et ses deux mots de français, nous nous débrouillons.

— Et comment trouve-t-elle Paris ? s'enquit András.

— Paris lui plaît beaucoup. Ce matin, nous sommes allées nous promener aux Tuileries.

— Je suis sûre qu'elle a horreur de Paris, glissa Elisabet sans lever les yeux de son livre. Il fait si froid, c'est si triste. Je suis sûre qu'elle voudrait bien retourner à Florence.

La signorina Di Sabato la regarda d'un air interrogateur. Tibor traduisit et on la vit secouer la tête et répondre avec conviction.

— Elle ne déteste pas du tout Paris, dit Tibor.

— Ça viendra et vite, répliqua Elisabet. Décembre, c'est déprimant, ici.

Klára posa le voile de mariée et déclara qu'elle prendrait volontiers un thé.

– Tu m'aides à porter le plateau ? dit-elle à András.

Il la suivit à la cuisine où la table disparaissait sous les livres de recettes. L'un d'entre eux était ouvert à une page présentant un poisson entier dont les écailles avaient été remplacées par de fines tranches de citron. Main sur la page, András demanda :

– C'est pour quand, le mariage ?

– Dimanche prochain. Ben Yakov a arrêté la date avec le rabbin. Ses parents viendront de Rouen par le train, et on fera le repas ici, après la synagogue.

– Klárika, lui dit-il en la prenant par la taille pour la faire pivoter vers lui, personne ne t'a demandé de faire un repas de mariage…

Elle se pendit à son cou.

– Il faut bien qu'ils aient une petite fête.

– Mais c'est trop, tu as ton gala à préparer.

– J'y tiens, à ce repas. J'ai peut-être jugé la situation trop vite quand on en a parlé, l'autre fois. Ton ami semble se faire une idée tout à fait sérieuse de l'amour, au fond. Et puis, je ne m'attendais pas à ce que la *signorina* Di Sabato soit ce qu'elle est.

– C'est-à-dire ?

– Je n'imaginais pas qu'elle ait cette assurance, cette maturité. Cette intelligence, même. Ce qui montre mon étroitesse d'esprit, d'ailleurs. Moi qui pratique à mes heures perdues, je me considère comme juive, mais les juifs religieux, j'estime qu'ils voient les choses par le petit bout de la lorgnette, qu'ils sont vieux jeu. Ce qui ne prouve que mon ignorance, sans doute.

– Et Ben Yakov, il est venu ?

– Il a passé presque tout shabbat avec nous. Il est très très gentil, très respectueux, avec une pointe d'anxiété, sans doute. Ce matin, il a amené le rabbin pour la lui présenter, et ils ont tout réglé pour la cérémonie. Ensuite il m'a prise à part pour savoir si elle donnait le moindre signe de détresse.

– Et qu'as-tu répondu ?

Klára disposa tasses et soucoupes sur un plateau bleu.

– Je lui ai dit que, compte tenu des circonstances, elle me paraissait aller très bien. Je sais que ses parents lui manquent ; elle m'a fait voir leur photo en pleurant. Mais je ne crois pas qu'elle regrette son geste.

Elle dosa le thé dans le filtre, qu'elle plaça dans la théière.

– Comme de juste, Elisabet a fait la mauvaise tête. Elle est jalouse. Je redoute qu'elle ne file épouser son Américain d'un jour à l'autre. Mais enfin, ce matin, elle m'a dit qu'elle se chargerait du gâteau de mariage, c'est déjà quelque chose. (Elle secoua la tête, avec un mince sourire ironique, puis :) Et ton frère ? Il va bien ? Quand vous êtes rentrés directement chez toi, hier, je me suis fait du souci.

András marqua un temps, promenant le doigt le long du plateau.

– Il s'est effondré pour cause de surmenage. Et puis il est malade, mais rien de grave. Il dort presque tout le temps, et quand il est réveillé, il fait une consommation frénétique de mes mouchoirs. (András regarda Klára.) Notre situation l'inquiète, je lui ai tout raconté hier.

Elle baissa les yeux.

– Il regrette que nous soyons fiancés ?

– Oh, non. Il regrette ce qui t'est arrivé. Il regrette que tu ne puisses pas revoir ta famille.

Il effleura l'anse de la tasse, et remarqua pour la première fois qu'elle possédait une vaisselle au motif tout proche de celle de Mme Hász.

– Bon, il s'inquiète de la réaction de nos parents, bien sûr. Mais il n'est pas opposé à nos fiançailles, il connaît mes sentiments pour toi.

Elle l'entoura de ses bras et soupira.

– Je n'aurais pas voulu te causer ce chagrin.

– Arrête, arrête tout de suite, dit-il en baisant ses paupières violacées.

Lorsqu'ils retournèrent au salon, Elisabet était assise au bureau de sa mère et dressait une liste d'ingrédients ; Tibor était sur le divan avec la *signorina* Di Sabato, à qui il parlait en italien à toute vitesse. Il était penché vers elle, les yeux dans les siens, les mains sur les genoux, tremblantes. La jeune fille secoua la tête, puis revint à son ouvrage en la secouant de nouveau, plus vigoureusement. Elle finit par planter l'aiguille dans la soie ivoire, et le considéra avec un certain désarroi.

– *Mi dispiace*, lui dit-elle. *Mi dispiace molto.*

Tibor se redressa et se frotta les joues. Son regard glissa du plateau à la pendule de la cheminée, puis il se tourna vers András.

– On t'attend à quelle heure, à l'atelier ? s'enquit-il.

Personne n'attendait András, et Tibor le savait. En ce dimanche, il passerait à l'atelier parce qu'il avait du travail, c'était tout. Mais Tibor le regardait avec une telle intensité qu'il comprit : il convenait de fixer un terme à leur présence chez Klára.

– Dans une demi-heure. Polaner y sera.

– Une demi-heure, s'exclama Klára. Il fallait le dire, on n'a plus le temps de prendre le thé.

– Oui, nous devons nous sauver, malheureusement, reprit Tibor.

Il remercia Klára pour sa gentillesse en exprimant l'espoir de la revoir bientôt. Comme ils enfilaient leurs manteaux dans le vestibule, András se demanda si Ilana les laisserait partir sans un au revoir. Mais au moment où ils s'apprêtaient à descendre, ils la virent surgir, une main sur la poitrine, comme pour étouffer les battements de son cœur. Elle s'arrêta devant Tibor et lui confia quelques phrases si chaleureuses et si vibrantes qu'András crut qu'elle allait fondre en larmes. Tibor lui bredouilla une réponse et dégringola l'escalier.

— De quoi s'agit-il ? dit András.

— Elle me remerciait de lui avoir rapporté son livre, répondit Tibor, qui ne desserra plus les dents jusqu'à l'École spéciale.

Ben Yakov épousa sa fiancée florentine, le jour le plus froid de l'année. Une bruine givrante tombait sur la synagogue de la Victoire ; avec sa robe de soie immaculée et son voile cristallin, la *signorina* Di Sabato semblait de l'étoffe même de l'hiver. Mais à l'intérieur de la synagogue, on étouffait. András sentit la chaleur qui émanait du corps de la mariée lorsqu'elle entra sous le dais. Elle tourna sept fois autour de Ben Yakov, visage caché sous les plis du voile, mains tremblantes. András échangea un regard avec Rosen et avec Polaner, qui tenaient chacun aussi un pilier du dais, le quatrième étant aux mains de Tibor. Ben Yakov rayonnait sous son kittel de marié, blanc comme son talit, blanc comme la mort, et qui lui servirait un jour de linceul. Après que le rabbin eut béni le vin, Ben Yakov passa l'anneau au doigt d'Ilana et déclara qu'elle lui était consacrée par les lois de Moïse et d'Israël. Selon la coutume, elle demeurait silencieuse sous le voile et n'offrirait son alliance à Ben Yakov qu'après la cérémonie. Les oncles et grands-pères du marié furent appelés devant le dais pour prononcer les sept bénédictions. András sentait la tension ambiante, il la sentait monter comme la pression atmosphérique dans le baromètre ; en effet, sous la solennité des mots en hébreu, l'assistance savait que la mariée s'était fait enlever pour ces noces rebelles. Et puis il régnait comme une anticipation obscure : la vierge qui se tenait devant eux ne serait plus vierge très longtemps.

Lorsque les oncles et les grands-pères se furent succédé, lorsque le vin fut béni de nouveau, Ben Yakov brisa la coupe sous son talon. Alors enfin, la mariée souleva son voile, comme tirée de sa rêverie par le bris de verre, et l'assistance restreinte se mit à chanter *siman tov u mazel tov*, après quoi ils se dirigèrent tous vers la rue de Sévigné pour le repas de noces.

Dans la salle à manger, ils trouvèrent un filet de saumon rôti, une brioche de mariage, des plats fumants de pommes de terre roses et de nouilles sucrées ; quelques fantaisies luxueuses, des asperges du Maroc, une coupe d'oranges d'Espagne ; et, trônant sur une petite table, l'époustouflant gâteau d'Elisabet, une pièce montée à trois étages, décorée de petites perles et de feuilles argentées en sucre filé. Dans la chambre, de l'autre côté de la cloison, M. et Mme Ben Yakov étaient en train de connaître leur première demi-heure d'intimité rituelle. Un violoniste et un clarinettiste jouaient au salon pour les invités, tandis que d'autres convives buvaient du vin blanc, admirant le festin dressé.

À la cuisine, Tibor s'appliquait à panser le genou d'une fillette qui avait glissé sur une plaque de verglas. András aidait son frère à bander la jambe et à nettoyer les paumes éraflées. C'était une cousine de Ben Yakov, œil noir, humeur sombre, robe de velours bleu. Ces deux jeunes messieurs si bien habillés qui s'affairaient autour de sa petite personne n'étaient pas pour lui déplaire, et lorsqu'ils eurent fini de lui bander le genou, elle leur intima de rester auprès d'elle jusqu'à ce qu'elle se remette. Elle entama un jeu avec Tibor : elle désignait un objet de la cuisine, elle en disait le nom en français et il devait le dire en hongrois. Chaque mot de cette langue la plongeait dans l'hilarité. András n'était pas fâché d'une telle diversion. Il commençait à soupçonner qu'il s'était produit quelque chose d'aussi crucial qu'inavouable entre son frère et la mariée au cours du voyage. La semaine que les deux frères venaient de passer ensemble aurait dû être purement récréative : cinéma, spectacle de jazz à Montmartre, tournée des grands-ducs avec Rosen, Polaner et Ben Yakov pour enterrer la vie de garçon de ce dernier, après quoi ils l'avaient accompagné chercher son habit chez le tailleur et aidé à approvisionner l'appartement conjugal. Or, Tibor était demeuré distant, voire absent, d'un bout à l'autre, et s'était souvent réfugié dans le silence lorsque le nom d'Ilana venait dans la conversation. Aujourd'hui, il était d'humeur massacrante, il avait juré en cassant son lacet, pesté contre l'eau froide de la bassine, et quasiment poussé un coup de gueule parce que son frère lui demandait de presser le pas après la cérémonie. Mais dispenser des soins à la petite fille l'avait calmé. Plus semblable à lui-même, il se prêtait au jeu qu'elle venait d'inventer.

– Passoire, dit-elle.

– *Szűrő edény*, répondit-il.

– Ha ! Et spatule ?

– *Spachtli*.

– *Spachtli* ! Et couteau ?

À ces mots, elle saisit un redoutable couteau à découper sur la table et le brandit en attendant que Tibor le nomme.

– *Kés*, dit-il. Il vaut mieux que tu me le donnes.

Il le lui prit pour le ranger, mais au moment où il se retournait, la jeune Mme Ben Yakov s'encadra dans la porte, le feu aux joues, une auréole de boucles noires s'échappant de ses nattes relevées. Le couteau était passé à quelques centimètres des boutons en ivoire de sa robe. Si elle était arrivée en courant, Tibor le lui enfonçait dans le corps.

– Ah ! s'écria-t-elle avec un mouvement de recul.

Leurs regards se croisèrent et ils se mirent à rire.

– Ne tue pas la mariée, mon frère, dit András.

Tibor posa le couteau sur la table, lentement, comme s'il fallait le tenir à l'œil.

La petite fille, sensible à l'étrangeté du moment, leva les yeux vers eux avec une franche curiosité. Et comme personne ne disait rien, elle prit sur elle de lancer la conversation.

– Je me suis fait mal au genou, expliqua-t-elle à la mariée en lui montrant son bandage. Et c'est le monsieur, là, qui m'a soignée.

Madame Ben Yakov approuva d'un signe de tête et inspecta le bandage. La petite fille tourna le genou d'un côté puis de l'autre. Lorsque l'inspection fut complète, elle se leva de sa chaise et rajusta sa jupe de velours. Elle quitta la pièce en boitant avec application.

Mme Ben Yakov gratifia Tibor d'un sourire fugace.

– *Ché buon medico siete*, dit-elle.

Elle se glissa devant lui et ouvrit le robinet de l'évier en porcelaine pour se laver les mains rituellement. Le regard de Tibor sur elle, elle remplit l'évier, retira son alliance, fit couler trois fois de l'eau sur sa main droite, trois fois sur sa main gauche.

Après le repas de noces, on descendit danser au studio en respectant la tradition orthodoxe, les hommes d'un côté de la salle et les femmes de l'autre, séparés par un paravent. De temps en temps les hommes voyaient voltiger le bas d'une robe, l'éclair d'un ruban ; de temps en temps, un petit soulier de satin glissait vers le mur, suggérant le pied nu de sa propriétaire. Ils entendaient les femmes rire derrière le paravent, marteler en cadence le parquet du studio. Eux étaient plus empruntés. Aucun ne voulait danser. Il fallut attendre que Rosen ait fait tourner deux fois une flasque de whisky tirée de sa poche pour que, l'alcool aidant, ils se mettent à traîner les pieds en mesure. Ben Yakov et Rosen se tinrent par les bras et se mirent à tanguer d'un côté puis de l'autre. Mains dans les mains, ils tournèrent comme des toupies, jusqu'à perdre l'équilibre. Rosen saisit András par l'épaule, András Polaner, Polaner Ben Yakov, et celui-ci son père ; bientôt, tous les hommes se suivaient gauchement en cercle. Ben Yakov et son père, rompant la ronde, se placèrent au centre et tournèrent en se tenant par les épaules ; ils lançaient les talons si haut que leurs queues-de-pie s'envolaient et qu'ils furent bientôt tout échevelés malgré la gomina. Seul Tibor restait contre la barre d'appui, simple spectateur.

Le moment arriva enfin de soulever M. et Mme Ben Yakov sur des sièges pour les promener dans la pièce. Les femmes pointèrent le nez derrière le paravent pour ne pas manquer le spectacle. À la vue de Klára, chignon défait, robe un peu moite contre le sternum, András eut le souffle coupé. Que ce mariage puisse être celui d'un autre lui parut injuste, l'espace d'un instant. Mais elle croisa son regard et sourit ; on aurait dit qu'elle lisait dans ses pensées car elle mit tant d'assurance et de promesse dans ses yeux qu'il cessa de faire grief à Ben Yakov de son bonheur.

Au lendemain du mariage, Tibor n'eut plus que trois jours à passer à Paris. D'humeur un peu moins morose, il suivit son frère à l'École et au travail, et partout où il alla, fit l'admiration de tous. M. Forestier lui donna des billets pour les spectacles dont il signait le décor, y compris l'*Antigone* créée par Mme Gérard ; Tibor trouva la pièce admirable à tous égards, excepté la prestation du rôle-titre. Il éblouit Georges Lemain, du cabinet d'architecture, par cette capacité qu'il avait de reconnaître un opéra aux premières mesures fredonnées. L'architecte emmena les deux frères entendre *La Traviata* en matinée, puis il leur fit voir la maison de ville qu'il construisait dans le XVIIe arrondissement pour un Prix Nobel de chimie et sa famille. Il attira l'attention de Tibor sur le laboratoire exposé au nord, la bibliothèque d'ébène, les chambres hautes de plafond qui donnaient sur une cour paysagée. Tibor s'extasiait sur tout dans son français convaincu, et Lemain promit de lui des-

siner une maison semblable à celle-ci lorsqu'il serait
un médecin célèbre. Trois jours durant les deux frères
passèrent ainsi d'un rendez-vous à l'autre, sans qu'András
trouve le moment de questionner Tibor sur la *signorina*
Di Sabato. Chez lui, quand ils auraient pu prolonger la
soirée en bavardant devant un verre, son aîné prétendait
qu'il était fourbu. András, sur son matelas, ne parvenant
pas à dormir, se demandait comment briser la glace
fragile qui les séparait ; il avait le sentiment que Tibor
se cachait derrière cette membrane translucide comme
s'il avait peur d'apparaître au net.

Le train de Tibor partait le soir même du spectacle
de Klára. András le conduirait à la gare, puis il rejoindrait Klára au théâtre des Deux-Anges. L'imminence
de la séparation les frappa de mutisme sur le trajet du
métro. Tout en roulant sous la ville, András dressait
la longue liste des sujets qu'ils n'avaient pas abordés
pendant ces vacances. À présent, une fois de plus, ils
allaient se quitter sans savoir quand ils se reverraient.
Ils sortirent du métro et traînèrent les valises de Tibor
jusqu'à la gare. Après les avoir mises aux bagages, ils
allèrent s'asseoir sur un banc pour partager une Thermos
de café. De l'autre côté du quai luisait la locomotive qui
emmènerait le train de Tibor vers l'Italie, gigantesque
insecte de fonte, les pistons repliés comme des élytres.

— Écoute, mon frère, dit Tibor en fixant le train de
ses yeux noirs, j'espère que tu me pardonneras mon
attitude durant le mariage. J'ai eu une conduite déplorable. J'ai mal agi.

Ainsi, on y venait tout de même, une demi-heure
avant le départ.

— Mal agi, mais en quoi ?

— Tu le sais bien, ne m'oblige pas à le dire.

— Je ne t'ai pas vu commettre de mauvaise action.

— Je n'ai pas pu m'associer à leur bonheur. Je n'ai
pas touché à ce somptueux gâteau. Impossible de dan-

ser. (Il prit une grande inspiration.) Si, j'ai commis une mauvaise action, András. Pas au mariage, avant.

– Qu'est-ce que tu racontes ?

– J'ai fait quelque chose d'impardonnable dans le train. (Il croisa les bras sur la poitrine et baissa les yeux.) J'ai honte de te le dire. C'est indigne d'un gentleman. Pire, même. Digne d'une canaille.

Il finit par avouer qu'il avait eu le coup de foudre pour Ilana Di Sabato quand il l'avait vue s'avancer sur le quai, à Florence, avec son parapluie et son carton à chapeaux vert pâle. Il y avait un petit garçon avec elle, son frère, qui l'aidait à porter ses affaires. Il se prenait très au sérieux, avec des mines de conspirateur. Mais il l'avait vu comprendre petit à petit que tout cela n'était pas un jeu et que sa sœur allait bel et bien monter dans ce train et partir à Paris. Les traits chiffonnés, il avait posé la valise et s'était assis dessus en pleurant. Alors Ilana Di Sabato s'était assise auprès de lui ; elle lui avait expliqué que tout s'arrangerait, qu'elle se débrouillerait pour qu'il vienne la voir, qu'elle amènerait son joli mari pour le lui présenter, ainsi qu'à toute la famille. Mais il ne devait rien dire à personne, en tout cas pendant quelque temps. Il fallait voir, commenta Tibor, il fallait voir comment elle le lui avait fait comprendre.

– Au début j'ai pensé qu'il était naturel qu'elle m'inspire une certaine tendresse. On l'avait confiée à mes soins, elle était absolument sans défense, et c'était la première fois de sa vie qu'elle sortait dans le monde. Tout était nouveau pour elle. Disons, pas tout à fait nouveau, puisqu'elle avait tout lu dans les livres, mais les choses prenaient corps, dans ce monde qu'elle imaginait jusque-là sans l'avoir jamais vu. Et moi, j'en étais témoin. Je suis celui vers qui elle s'est tournée quand nous avons franchi la frontière italienne. Je croyais assister à une naissance. Avec toute la douleur que cela comporte. Elle a compris qu'elle laissait père et mère derrière elle, toute sa famille. Quand elle s'est mise à pleurer, je l'ai prise dans mes bras. Je l'ai fait presque sans réfléchir.

Il marqua un temps, retira ses lunettes et se frotta les paupières du pouce et de l'index.

— Elle a levé les yeux vers moi, András, alors, tu le devines, moi je l'ai embrassée. Pas un chaste baiser, hélas non. Pas un court baiser. Tu vois, je me suis rendu coupable envers ton ami. Et je me suis rendu coupable envers Ilana. Et pas seulement en cet instant-là.

Il s'interrompit de nouveau.

— Je tiens à t'en parler parce que j'ai ce poids sur la conscience depuis. Je lui ai dit quelque chose, ici même, à la gare, juste avant de descendre du train.

— Qu'est-ce que tu lui as dit ?

— Je lui ai rappelé qu'elle avait encore le choix. Je lui ai dit que je serais heureux de la ramener en Italie si elle changeait d'avis. (Il secoua la tête et remit ses lunettes.) Et puis je lui ai avoué mes sentiments, András. Plus tard. Je l'ai fait le matin où nous sommes allés la voir chez Klára. Quand nous lui avons rapporté son livre.

András se souvenait de leur dialogue à voix basse, des mains tremblantes de Tibor, du désarroi d'Ilana.

— Oh, Tibor ! s'exclama-t-il. Alors voilà ce qui se passait quand je suis revenu de la cuisine.

— Eh oui. Et pendant un instant, je l'ai vue hésiter, je me suis bercé de l'illusion qu'elle puisse me rendre mes sentiments. (Il secoua la tête, de nouveau.) Si j'étais retourné la voir, j'aurais peut-être gâché le bonheur de ton ami.

— Mais il n'en a rien été. Tout s'est déroulé comme prévu. Et ils avaient l'air parfaitement heureux, le jour de leur mariage.

András était sincère en le disant, et pourtant, aussitôt, il lui vint des doutes. Ilana ne lui avait-elle pas paru en détresse, face à Tibor, ce matin-là ? N'y avait-il pas eu un échange d'énergies étrange entre eux, dans la cuisine, après la cérémonie ? Et à présent, dans l'appartement de Ben Yakov, pensait-elle à Tibor ?

— Les voilà mariés, dit celui-ci. La chose est accomplie. Mes sentiments pour elle sont ma punition.

András comprenait. Il prit son frère par les épaules en regardant la locomotive-scarabée.

— J'ai tellement souffert de solitude à Modène. Mais tu as dû en souffrir toi aussi, à Paris. Sauf que tu as rencontré Klára.

— Oui, mais j'ai aussi souffert de cette rencontre.

— Je vous vois, tous deux. Vous m'avez rendu malade d'envie plus d'une fois, cette semaine.

Il joignit les mains entre ses genoux. À la fenêtre de la locomotive, un différend venait d'éclater entre le conducteur et un jeune homme aux allures de contrôleur, comme s'ils n'étaient pas d'accord sur la destination du train.

— Ne retourne pas en Italie, dit András. Reste vivre avec moi si tu veux.

Tibor fit non de la tête.

— Il faut que j'aille à la fac. Je tiens à terminer mes études. D'ailleurs, je ne sais pas si je supporterais d'être aussi près d'elle.

András se tourna vers son frère.

— Elle est belle, dit-il. C'est vrai.

Le visage de Tibor changea imperceptiblement, ses lèvres se détendirent.

— Elle l'est. Je la revois dans sa robe, sous son voile. Mon Dieu, András, tu crois qu'elle va être heureuse ?

— Je l'espère.

Tibor poussa le coin de sa serviette de cuir du bout de sa chaussure cirée.

— Je pense qu'il vaudrait mieux que tu écrives à anya et apa. Annonce-leur où vous en êtes, Klára et toi. Dis-leur tout ce que tu pourras leur dire de la situation. De mon côté, je vais aussi leur écrire. Je vais leur dire que j'ai fait sa connaissance et que je ne te juge pas fou de vouloir l'épouser.

— Je suis fou, pourtant...

— Pas plus que tout homme amoureux.

Le contrôleur donna un coup de sifflet pour signifier « en voiture ! ». Tibor se leva d'un bond et serra András dans ses bras un instant.

— Conduis-toi en homme, petit frère.

— *Bon voyage**, répondit András. Passe un beau printemps. Étudie d'arrache-pied. Guéris bien les malades.

Tibor traversa le quai et monta dans le train, sa serviette à la main. Un peu après qu'il fut monté, le train poussa un gémissement métallique et s'ébranla dans un concert de grognements et de grincements, tricotant de tous ses élytres. András espéra que Tibor aurait un siège près de la fenêtre. Il y trouverait le réconfort de regarder la ville se fondre dans l'obscurité des champs d'hiver. Il espéra que Tibor s'endormirait. Il espéra qu'il serait rendu chez lui bien vite et qu'une fois là-bas, il oublierait jusqu'à l'existence d'une fille nommée Ilana Di Sabato.

Cette année-là, le gala d'hiver fut modeste et sans tapage. Le théâtre des Deux-Anges était une petite salle minable et mal chauffée, aux fauteuils de velours bleu fané. Les gradins supérieurs, plongés dans la pénombre, semblaient un repaire de fantômes. Les ballerines se pourchassaient sur scène en costume de satin bleu et blanc, et du haut des cintres, un nuage froid pleurait une averse de neige argentée. Un groupe de fillettes de douze ans, en tutu de tulle rose givré, rappela à András la Saint-Sylvestre passée. Il revit Klára, square Barye : son front rougi par le froid sous le chapeau-cloche, les perles de cristal sur ses sourcils, la buée de son haleine dans le froid. Il avait du mal à croire qu'elle l'attendrait en coulisses à la fin du spectacle, elle qui l'avait embrassé dans le parc gelé, un an plus tôt. Qu'un homme amoureux d'une femme en fût aimé en retour, cela tenait du miracle. Il se frotta les mains pour se réchauffer et attendit que s'éteignent les lumières violettes.

# Chapitre 23

# Le gymnase Saint-Germain

Au printemps, les étudiants de l'École spéciale concouraient pour le prix de l'Amphithéâtre, qui rapportait à l'heureux gagnant une médaille d'or d'une valeur de cent francs, l'admiration de ses condisciples et une mention de prestige dans son curriculum vitae. L'année précédente, le prix était allé à la belle Lucia, pour son immeuble d'habitation en béton armé. Cette année, il fallait concevoir un gymnase urbain réservé aux sports olympiques : natation, plongeon, gymnastique, haltérophilie, course et escrime. András trouvait absurde de dessiner un gymnase quand l'Europe s'acheminait insensiblement vers la guerre. Depuis une Espagne coupée en deux par la guerre civile, les réfugiés affluaient vers la France, et le Marais n'était plus qu'un marigot de demandeurs d'asile. Des centaines de milliers de réfugiés étaient détenus à la frontière et envoyés dans des camps d'internement au pied des Pyrénées. Chaque jour apportait son lot de mauvaises nouvelles, et les plus mauvaises venaient toujours de Tchécoslovaquie. Hitler avait signifié au ministre des Affaires étrangères tchèque qu'il serait bien inspiré de traiter la question juive de façon plus offensive, et une semaine plus tard, le gouvernement tchèque renvoyait les juifs de leurs chaires à l'université, de leurs postes de fonctionnaires et de leurs emplois à la Santé publique. En Hongrie, Horthy lui emboîta le pas en formant un nouveau cabinet favorable à une alliance plus étroite avec les puissances de l'Axe. Avant longtemps, spéculaient les éditorialistes, le parlement hongrois voterait encore des lois contre les juifs.

Devant des nouvelles de cette nature, comment dessiner une piscine, un vestiaire, une piste pour les escrimeurs ? Tard, une nuit, András était à l'atelier, une lettre dépliée en face de lui sur la table, ses crayons encore dans leur trousse. La lettre était arrivée au courrier de la journée, elle émanait de Mátyás.

*12 février 1939*
*Budapest*

*Andráska,*
*Anya et apa viennent de m'annoncer la grande nou-*
*velle. Mazel tov ! Il faut que je fasse la connaissance*
*de l'heureuse élue au plus tôt. Comme il semble bien*
*que tu restes en France jusqu'à nouvel ordre, c'est*
*moi qui devrai venir vous voir. J'ai déjà commencé à*
*mettre de l'argent de côté. Les parents ont dû te dire*
*que j'ai abandonné mes études. Je vis à Budapest,*
*où je travaille comme étalagiste, bon boulot qui me*
*rapporte 20 pengő par semaine. Mon plus gros client*
*est le tailleur de Molnár utca. Un ami m'avait dit*
*que le vieil étalagiste de la boutique avait pris sa*
*retraite, alors dès le lendemain, je suis allé proposer*
*mes services. On m'a demandé de faire un essai, et*
*j'ai réalisé une vitrine sur le thème de la chasse :*
*deux redingotes pour la chasse à courre, une pèlerine,*
*quatre cravates, une couverture de chasse, une bombe*
*et un cor. Ça m'a pris une heure, et une heure plus*
*tard, tout était vendu – même le cor !*
*Budapest est formidable. J'y ai beaucoup d'amis,*
*et peut-être une petite amie. Et puis il y a un pro-*
*fesseur de danse fabuleux, un Noir américain connu*
*sous le nom de Kid Sneeks. Je l'ai rencontré il y a*

un mois au Gold Hat avec sa troupe de danseurs de claquettes, les Five Hot Shots. Après le spectacle, je suis allé me présenter à la vedette et avec l'aide de ma petite amie, qui parle quelques mots d'anglais, je lui ai expliqué que j'étais danseur, et je lui ai demandé de me prendre comme élève. « Voyons un peu ce que vous savez faire », a-t-il dit. Je lui ai joué le grand jeu. Aussitôt il m'a surnommé Lightning, qui veut dire « éclair » en anglais, et il a accepté de me donner des cours, le temps qu'il restera à Budapest. Son spectacle a un tel succès qu'il va être prolongé d'un mois.

Je sais que tu vas me gronder d'avoir quitté le lycée, mais crois-moi, je suis plus heureux maintenant. Je détestais l'école. Les maîtres me punissaient pour mon mauvais esprit, mes camarades étaient des crétins. Et alors, Debrecen ! Tu parles d'un trou. Ce n'est ni la campagne ni la ville, ça n'a pas l'attrait du moderne ni le cachet de l'ancien, je ne m'y sens pas chez moi, et il ne me viendrait pas à l'idée d'y installer mes pénates. À Budapest, il y a un lycée juif de meilleur niveau. Si je peux, j'y transférerai mon dossier et j'y finirai mes études. Et puis je viendrai te voir à Paris et je monterai sur les planches. Si tu es gentil avec moi, je t'apprendrai les claquettes.

Ne te fais aucun souci pour moi, mon frère, je vais bien ; et je suis heureux qu'il en soit de même pour toi. Ne te marie pas avant que j'arrive, surtout. Je veux être là pour embrasser la mariée le jour J.

Affectueusement,
Mátyás.

Il lut et relut la lettre. Finir mes études, venir à Paris, monter sur les planches… Comment se figurait-il réaliser ces projets si l'Europe entrait en guerre ? Lisait-il les journaux ? Espérait-il que les problèmes du monde allaient se régler en faisant des claquettes ? Que répondre à une lettre pareille ?

Des pas approchaient dans le couloir. On était en plein milieu de la nuit, il n'attendait personne ; instinctivement, il ouvrit sa trousse et en sortit le couteau dont il se servait pour tailler ses crayons. Mais il reconnut bientôt une démarche familière et vit s'appuyer au chambranle de la porte le professeur Vágo, en tenue de soirée.

— Il est trois heures du matin, lui fit remarquer ce dernier. Si vous vouliez lire votre courrier, vous auriez pu le faire chez vous.

András haussa les épaules en souriant.

— Il fait meilleur ici. (Puis, levant un sourcil interrogateur :) Joli smoking.

Vágo tira sur ses revers.

— C'est le seul que je n'aie pas encore taché d'encre ou de fusain.

— Alors vous êtes venu y remédier.

— Il y a de ça.

— Où étiez-vous ? À l'Opéra ?

Vágo prit la rose qu'il portait au revers et la fit tourner lentement entre ses doigts, d'un air rêveur.

— Je suis allé danser avec Mme Vágo, si vous voulez savoir. Elle aime bien ce genre de réjouissances. Seulement elle fatigue aux petites heures et moi, après le bal, je n'arrive pas à m'endormir.

Il s'approcha de la table et jeta un coup d'œil sur les dessins d'András.

— C'est pour le concours ?

— Oui, Polaner a commencé, et moi je suis censé finir.

— Vous avez été bien avisé de le choisir pour coéquipier. C'est un de nos meilleurs élèves.

— C'est lui qui a été mal avisé de me choisir.

— Je peux ? demanda Vágo.

Il prit le carnet d'András et parcourut les croquis, s'arrêtant sur ceux de la piscine à toit ouvrant. Il avança jusqu'au dessin du bassin toit ouvert, puis revint en arrière pour observer le même, toit fermé.

– C'est un mécanisme hydraulique, expliqua András en désignant du doigt le placard des machines. Les panneaux sont incurvés et coulissent l'un sur l'autre pour protéger des intempéries.

Il se tut et se mit à mordiller le bout de son crayon, anxieux de connaître la réaction de Vágo. Son concept lui avait été inspiré par les décors caméléons de Forestier, tout autant que par les immeubles lisses de Lemain.

– Beau travail, dit Vágo. Vous faites honneur à vos mentors. Mais qu'est-ce que vous fichez à bayer aux corneilles en plein milieu de la nuit ? Si vous venez à l'École à pareille heure, vous feriez mieux de travailler.

– Je n'arrive pas à me concentrer, tout se délite. Tenez, regardez.

Il sortit un journal de sa sacoche et le lui fit passer. En première page, une photo montrait des étudiants juifs massés contre le portail de l'université de Prague, dont ils venaient de se faire radier sans autre forme de procès et dont les locaux leur étaient désormais interdits. Vágo prit le journal, examina la photo avec soin, puis le laissa tomber sur la table.

– Mais vous, dit-il, vous y êtes toujours, à la faculté. N'allez-vous pas vous mettre au travail ?

– Je voudrais bien.

– Alors allez-y.

– J'ai le sentiment que je ne peux pas me contenter de dessiner des édifices. Je voudrais aller à Prague, défiler dans les rues.

Vágo tira un tabouret de sous la table et s'assit. Il enleva sa longue écharpe de soie et la plia sur ses genoux.

– Écoutez-moi bien, dit-il, ces salauds de Berlin peuvent aller se faire foutre. Ils n'ont pas le pouvoir de virer les étudiants, ici, à Paris. Vous, vous êtes artiste, il faut apprendre votre métier.

– Sauf qu'un gymnase, dans les circonstances actuelles…

– Dans les circonstances actuelles, tout geste est politique. Nos compatriotes magyars n'ont pas permis aux athlètes juifs de concourir pour eux à Berlin, en 1936, alors que leurs temps étaient meilleurs que ceux des médaillés. Mais vous, étudiant juif en architecture, vous concevez un gymnase dans un pays où les juifs peuvent encore participer aux jeux Olympiques.

– Pour l'instant, du moins.

– Pourquoi, pour l'instant ?

– Je n'oublie pas que Daladier a fait venir von Ribbentrop pour signer un pacte de non-agression, et qu'ensuite, le saviez-vous, un banquet a été donné par Bonnet où seuls les ministres aryens – je cite – ont été conviés. Devinez qui n'était pas sur la liste ? Jean Zay et Georges Mandel, juifs tous deux.

– Je suis au courant pour ce dîner, je sais qui y était et qui n'y était pas. Mais ce n'est pas aussi simple que vous avez l'air de le dire. Plus d'un invité a décliné l'invitation en signe de protestation.

– N'empêche que Zay et Mandel n'ont pas été invités, voilà tout.

András ouvrit sa trousse et en sortit un crayon ainsi que le couteau pour le tailler.

– Avec tout le respect que je vous dois, dit-il, il vous est facile de parler de cette question dans l'abstrait. Les hommes qu'on refoule au portillon ne sont pas des vôtres.

– Ce sont des hommes, et ça me suffit. C'est une tache sur l'humanité, cette haine du juif déguisée en nationalisme. C'est une maladie. J'y pense tous les jours depuis l'agression de Polaner par ces petits fascistes minables.

– Et tout ce que vous en concluez, c'est qu'il nous faut baisser la tête et continuer à travailler ?

– C'est ce qu'a fait Polaner, c'est ce que vous devriez faire.

*Konyár,*
*18 mars 1939*

*Mon cher András,*
*Tu imagines notre émotion, à ta mère et à moi,*
*devant le sort de la Tchécoslovaquie. La violation*
*des Sudètes était une plaie ouverte, mais voir Hitler*
*dépouiller la Slovaquie de cette façon et marcher*
*sur Prague sans rencontrer d'obstacle ! Ces rues où*
*j'ai passé mes années d'étudiant et qui grouillent*
*aujourd'hui de soldats nazis ! Peut-être ai-je été naïf*
*d'espérer autre chose. La Slovaquie disparue, le pays*
*que la Grande-Bretagne et la France s'étaient accor-*
*dées à protéger n'existe plus. On a tout de même*
*le sentiment que cette série d'outrages ne peut se*
*poursuivre indéfiniment. Il faut qu'elle cesse, ou qu'on*
*y mette un terme.*
*Ici, comme de juste, la droite se réjouit fort de*
*récupérer la Ruthénie. Ce qui nous avait été volé nous*
*revient, etc. Tu sais que je suis un ancien combattant*
*de la Grande Guerre, et pas tout à fait dépourvu*
*de fierté nationale. Mais nous sommes désormais*
*fixés sur ce que cachent ces banderoles prétendument*
*légitimistes.*
*Malgré toutes ces mauvaises nouvelles, ta mère et*
*moi sommes d'accord avec le professeur Vágo. Il ne*
*faut pas que les événements récents te détournent de*
*tes études ; tu dois rester à l'École spéciale. Tu vas te*
*marier, il te faudra un métier. Jusqu'ici tu as réussi,*
*et tu feras un bon architecte. Peut-être seras-tu plus*
*en sécurité en France qu'en Hongrie. Quoi qu'il en*
*soit, je serais pour ma part très fâché que tu jettes*
*aux orties ce qui t'a été donné. Une chance pareille*
*ne se représente pas.*

*Me voilà bien sévère. Mon affection t'accompagne,
tu le sais. Ci-joint, une lettre de ta mère.*

*Apa.*

*Cher Andráska,*
*Écoute ton apa ! Et ne prends pas froid. Tu es
sujet aux fièvres en mars. Et puis envoie-moi une
photographie de ta Klára. Tu me l'as promis et je
ne t'en tiens pas quitte.*

*Affectueusement,*
*Anya.*

Chaque lettre apportait son tribut d'informations et
d'amour, chacune lui rappelait que ses parents n'étaient
pas immortels. Le fait qu'ils aient passé encore deux
hivers à Konyár sans tomber malades ni avoir d'accident
ne soulageait guère son inquiétude ; chaque hiver à venir
comporterait un danger accru. Sans cesse il pensa à eux
au cours de ce printemps où les mauvaises nouvelles
se succédèrent par vagues. Fin mars, l'horreur sanglante
de la guerre d'Espagne prit fin ; l'armée républicaine se
rendit au matin du 29, et les troupes de Franco entrèrent
dans la capitale. Ce fut le début de la dictature prévue
par Hitler et Mussolini, la raison même qui leur avait
fait verser armements et troupes dans le creuset infernal
de cette guerre. Il se demandait si c'étaient ces deux
victoires, le démembrement de la Tchécoslovaquie et
le triomphe de Franco en Espagne, qui avaient donné à
Hitler le courage de défier le président des États-Unis en
avril. Tous les journaux en retracèrent l'historique : le
15, Roosevelt envoyait un télégramme à Hitler, exigeant
qu'il s'engage à n'attaquer ni envahir aucun des trente et
un états indépendants dont il avait dressé la liste, pour
les dix ans à venir au moins. Parmi eux, la Pologne,
où Hitler se proposait de faire passer une grande voie

de communication ainsi qu'un couloir ferroviaire afin de relier l'Allemagne à l'est de la Prusse. Au bout de deux semaines d'impasse, Hitler avait réagi. Dans un discours prononcé au Reichstag, il dénonça l'accord naval avec l'Angleterre, déchira en mille morceaux le pacte de non-agression avec la Pologne, et tourna en dérision la moindre syllabe du télégramme de Roosevelt. Il finit par accuser le président américain d'ingérence dans les affaires internationales alors que lui se préoccupait seulement du sort de son petit pays, qu'il avait déjà sauvé de l'ignominie et de la ruine en 1919.

Le débat faisait rage dans les couloirs de l'École spéciale. Rosen n'était pas le seul à croire que l'Europe se dirigeait inexorablement vers la guerre, ni Ben Yakov le seul à soutenir que l'issue pouvait encore être évitée. Chacun avait son opinion. András était du côté de Rosen, il ne voyait pas comment l'Europe pourrait se sortir autrement que par la guerre de la toile d'araignée où elle s'engluait. Tandis que Polaner et lui planchaient sur leur projet, il pensait aux histoires que son père racontait sur la Grande Guerre, la puanteur, le sang, le cauchemar des avions qui déversaient leur pluie de plomb et de feu sur les fantassins, la confusion, la faim, la crasse qui régnaient dans les tranchées, la surprise de se découvrir encore vivant. Si la guerre éclatait, il partirait se battre. Pas pour son pays, non, car la Hongrie serait du côté de l'Allemagne, son alliée, qui lui avait fait cadeau non seulement de la Ruthénie mais de la province supérieure, perdue à Versailles. Non, si la guerre éclatait, András s'engagerait dans la Légion étrangère et défendrait la France. Il se figurait paraître en gloire devant Klára, avec son bel uniforme, l'épée au côté, les boutons de sa vareuse éblouissants. Elle le supplierait de ne pas partir, il n'en démordrait pas, expliquant qu'il lui fallait se battre pour les idéaux de la France, pour la ville de Paris et pour Klára qui vivait entre ses murs.

Cependant, en mai, survinrent deux événements propres à rejeter au second plan l'imminence du conflit. Le premier fut un drame : la jeune épouse de Ben Yakov perdit l'enfant qu'elle portait depuis cinq mois. Klára s'était rendue auprès d'elle, à leur appartement, et l'avait trouvée en sang, délirant de fièvre. À l'hôpital, dans un long couloir au sol couvert de lino et aux murs décorés de photos de médecins français, Klára et András attendaient avec Ben Yakov qu'un chirurgien ait fini de cureter la matrice d'Ilana. Encore en pyjama, Ben Yakov restait prostré, sans mot dire. András savait qu'il se reprochait la fausse couche. Il n'en voulait pas, de cet enfant. Il le leur avait avoué une semaine auparavant, à l'atelier, un soir très tard, alors qu'ils se penchaient sur un problème de statique.

— Je ne suis pas à la hauteur, avait-il déclaré en posant son crayon hexagonal sur le bord du bureau. Comment voulez-vous que j'aie un enfant ? Je n'ai pas de quoi subvenir à ses besoins, nous n'avons pas le sou. Et puis le monde est en train de s'écrouler, qu'est-ce qui se passera si je dois partir à la guerre ?

À ce moment-là, András avait pensé à la matrice de Klára, à ce sanctuaire intérieur qu'ils prenaient le plus grand soin de ne pas peupler. Il avait dû se forcer à faire à son ami une réponse pleine de sollicitude, malgré son envie de lui demander pourquoi, s'il ne voulait pas d'enfant, il avait épousé Ilana. À présent, on aurait dit que le sujet planait, en suspens, dans ce couloir d'hôpital qui sentait le désinfectant. Il avait souhaité faire partir l'enfant, l'enfant était parti.

Derrière les fenêtres, la frange est du ciel bleuissait à l'approche du matin. Klára était épuisée, András le voyait. Elle qui se tenait si droite, d'habitude, s'affalait sur sa chaise. Il lui dit de rentrer, en lui promettant de venir la voir sitôt qu'ils se seraient entretenus avec le docteur. Il insista : elle avait cours à neuf heures. Elle protesta, s'affirma toute prête à demeurer le temps qu'il faudrait, mais il finit par la persuader de rentrer dormir. Elle dit au revoir à Ben Yakov, qui la remercia d'avoir su trouver les gestes qui sauvent. Les deux hommes la regardèrent s'éloigner dans le couloir, ses chaussures crissant paisiblement sur le linoléum.

— Elle le sait, dit Ben Yakov quand elle eut disparu.

— Elle sait quoi ?

— Elle a deviné que je ne voulais pas de cet enfant.

— Qu'est-ce qui te fait dire ça ?

— Elle me regardait à peine.

— Tu te fais des idées, elle a une bonne opinion de toi.

— Alors elle a tort, répondit Ben Yakov en appuyant ses doigts sur ses tempes.

— Ce n'est pas ta faute, personne ne pense que c'est ta faute.

— Et si moi, je le pense ?

— Ça ne change rien à l'affaire.

— Et si elle le pense ? Ilana, je veux dire.

— Ça ne change rien non plus. Mais de toute façon, elle n'a pas de raison de le penser.

L'intervention terminée, deux brancardiers sortirent Ilana sur un chariot et la conduisirent dans une salle où ils la couchèrent dans un lit. András et Ben Yakov, à son chevet, la regardaient dormir. Sa peau était d'un blanc cireux car elle avait perdu beaucoup de sang, ses cheveux noirs découvraient son front.

— Je crois que je vais m'évanouir, dit Ben Yakov.

— Il vaudrait mieux que tu t'asseyes. Tu veux de l'eau ?

— Je ne veux pas m'asseoir, ça fait des heures que je suis assis.

— Sors faire un tour, alors, va prendre l'air.

— Dans cette tenue ?

— Vas-y, ça te fera du bien.

— D'accord. Tu restes auprès d'elle ?

András promit de ne pas bouger.

– Je reviens dans une minute, dit Ben Yakov, qui rentra sa veste de pyjama dans son pantalon, et remonta la longue travée entre les lits.

Il n'avait pas plus tôt franchi la porte qu'Ilana poussa un long cri de douleur en se retournant sous les draps.

András chercha une infirmière des yeux. À trois lits de là, une femme à la chevelure argentée sous une coiffe empesée était en train de s'occuper d'une autre jeune femme pâle comme la mort.

– *S'il vous plaît\**, appela András.

L'infirmière vint examiner Ilana. Elle lui prit le pouls et jeta un coup d'œil sur le graphe au pied du lit.

– Un instant, dit-elle en se précipitant vers le fond de la salle.

Une minute plus tard, elle était de retour avec une seringue et une fiole. Ilana ouvrit les yeux, sonnée par la douleur. On aurait dit qu'elle cherchait quelque chose. Lorsque son regard se posa sur András, il se fit plus net, son front se détendit et ses lèvres retrouvèrent un peu de couleur.

– C'est toi, dit-elle en italien. Tu es venu de Modène.

– C'est András, lui dit-il. Ça va aller.

L'infirmière découvrit l'épaule de la jeune femme et la badigeonna d'alcool.

– Je lui donne de la morphine, contre la douleur, ça va la soulager très vite.

Ilana inspira fort en sentant l'aiguille s'enfoncer.

– Tibor, souffla-t-elle en tournant les yeux vers András.

Puis la morphine fit son office, ses paupières battirent et se fermèrent.

– Rentrez chez vous, à présent, déclara l'infirmière. Nous nous occupons de votre femme. Elle a besoin de se reposer ; vous pourrez revenir cet après-midi.

– Ce n'est pas ma femme, dit András. C'est une amie. J'ai dit à son mari que je resterais à son chevet pendant qu'il allait faire un tour.

L'infirmière haussa un sourcil, comme s'il y avait du louche dans cette explication, puis elle retourna au chevet de son autre patiente.

Par les fenêtres, la nuit achevait de se diluer dans le bleu du ciel. Le silence de la salle lui parut plus lourd lorsqu'il regarda Ilana, dont la poitrine se soulevait et s'abaissait sous le drap. La drogue venait de la capturer dans sa bulle léthargique, telle la princesse du conte. Hófehérke, en français ce devait être Blanche-Neige, la princesse en exil qui dormait dans un cercueil de verre au sommet d'une colline, veillée par de petits bonshommes, les *törpék*. Il repensa au poème de Marot découpé dans le livre de Klára. Si le feu couve sous la glace, comment ne serais-je point brûlé ? Il était content que Ben Yakov ne se soit pas trouvé là quand Ilana avait parlé, il se réjouissait qu'il n'ait pas vu ses lèvres reprendre des couleurs parce qu'elle croyait Tibor à son chevet.

Trois quarts d'heure plus tard ou presque, Ben Yakov était de retour, il sentait l'herbe coupée, le bas de sa chemise était trempé. Il retira sa casquette et se lissa les cheveux.

– Comment va-t-elle ?

– Bien, répondit András. L'infirmière lui a fait une piqûre de morphine.

– Rentre chez toi, maintenant, je vais la veiller.

– Nous ne pouvons pas rester, ni l'un ni l'autre. L'infirmière dit qu'il faut qu'elle se repose ; mais on pourra revenir cet après-midi.

Ben Yakov se laissa faire. Il toucha le front pâle de sa femme et suivit András. Sur le chemin du retour au Quartier latin, ils n'échangèrent pas un mot, mains enfoncées dans leurs poches. Quel matin cruel pour perdre un enfant ! Une odeur humide, une odeur de terre montait des plates-bandes, et les branches des marronniers se couvraient de toutes petites feuilles vertes. Il accompagna

Ben Yakov jusqu'à la porte de son immeuble, et ils se retrouvèrent face à face sur le trottoir.

– Tu es un vrai ami, dit Ben Yakov.

András haussa les épaules et fixa le trottoir.

– Je n'ai rien fait de spécial.

– Bien sûr que si, et Klára aussi.

– Tu aurais fait la même chose pour nous.

– Je suis un ami médiocre. Et un piètre mari.

– Ne dis pas ça.

– Les gens comme moi ne devraient pas avoir le droit de se marier.

Même après une nuit d'hôpital et une heure de sommeil sur un banc, il conservait l'élégance profilée qui était la sienne. Mais sa bouche se tordit en une grimace de dégoût.

– Je suis négligent, dit-il. Et, s'il faut tout dire, infidèle.

András frotta sa chaussure au racloir de la porte cochère. Il ne voulait pas en entendre davantage, il n'avait qu'une envie : rentrer chez lui rue des Écoles, grimper dans son lit et dormir. Mais il ne put faire comme s'il n'avait rien entendu.

– Infidèle ? Quand ça ?

– Tout le temps. Chaque fois qu'elle accepte de me voir. Je te parle de Lucia, bien sûr. Celle de l'École.

Sa voix n'était plus qu'un murmure.

– Je n'ai jamais trouvé le courage de rompre. Ce matin même, elle est venue me rejoindre dans le parc pendant que tu veillais ma femme. J'en suis amoureux, je crois, un truc horrible, quoi. Et depuis le jour où je l'ai rencontrée.

András ressentit une vague d'indignation en pensant à la jeune femme qui gisait sur son lit d'hôpital.

– Si tu étais amoureux d'elle, pourquoi avoir fait venir Ilana ?

– J'ai cru qu'elle me guérirait, avoua Ben Yakov. Quand je l'ai rencontrée à Florence, elle m'a fait oublier

Lucia. Elle m'enchantait. Et puis, j'ai honte de le dire, je trouvais son innocence excitante. Elle m'a fait croire que je pourrais être un autre homme, et pendant un temps, je l'ai été. (Il baissa les yeux.) J'étais tout joyeux à l'idée de l'épouser. Je savais bien que je ne pourrais jamais épouser Lucia. D'abord, elle ne veut pas se marier, elle veut devenir architecte et courir le monde. Et puis ensuite, c'est une *négresse*\*. Tu comprends, avec mes parents, impossible.

András se rappela leur camarade agressé dans le cimetière, l'étudiant de Côte-d'Ivoire. Ces manifestations d'intolérance étaient censées caractériser l'autre bord, mais bien sûr, il n'en était rien. N'avait-il pas lui-même été terrifié à l'idée d'adresser la parole à Lucia à cause de la couleur de sa peau – en même temps qu'elle l'avait attiré inexplicablement ? Et s'il en était tombé amoureux ? L'aurait-il épousée ? Aurait-il osé la présenter à ses parents ? Il posa la main sur l'épaule de Ben Yakov.

– Je suis navré, dit-il. Sincèrement.

– C'est ma faute, je n'aurais jamais dû me marier avec Ilana.

– Il faut que tu dormes un peu, maintenant, tu vas devoir y retourner cet après-midi.

Une étincelle d'angoisse s'alluma un instant dans les prunelles de Ben Yakov. András reconnaissait cette expression pour l'avoir vue maintes fois dans les yeux de son petit frère, au moment de souffler la chandelle, le soir : la panique de l'enfant qui a peur de rester tout seul dans le noir. Combien de fois s'était-il couché auprès de Mátyás, jusqu'à ce que son souffle lui dise qu'il dormait. Mais ils étaient adultes, à présent, lui et Ben Yakov, le réconfort qu'ils étaient en droit d'attendre l'un de l'autre avait des limites. Ben Yakov le remercia de nouveau, puis il se tourna et ouvrit sa porte.

Le second événement du mois, l'autre circonstance assez importante pour détourner l'attention d'András des manchettes de plus en plus funestes, fut la clôture du concours d'architecture. À l'issue d'une semaine de nuits blanches, où il connut nausées, hallucinations et enfin vertiges sous le coup d'une inspiration de dernière minute, Polaner et lui se retrouvèrent dans l'amphithéâtre bondé pour défendre leur projet devant le jury. Le professeur Vágo avait invité M. Lemain à en prendre la tête ; ses deux compagnons, dont l'identité avait été tenue secrète jusqu'au jour des critiques, n'étaient autres que Le Corbusier et Georges-Henri Pingusson. Le Corbusier semblait arrivé tout droit d'un chantier, avec son pantalon taché de plâtre et sa blouse de travail maculée d'auréoles de transpiration – reproche muet à Lemain, impeccable dans son costume noir, et à Pingusson, dans sa veste à fines rayures gris perle. Quant à Perret, qui présidait le concours, il avait ciré sa moustache en pointes et arborait la plus spectaculaire de ses capotes militaires. Les juges entreprirent de faire lentement le tour de la salle pour examiner les maquettes sur les tables et les plans punaisés à des tableaux de liège ; un cortège d'étudiants respectueux les suivait.

Il apparut très vite qu'un différend profond séparait Le Corbusier et Pingusson. Tout ce que disait l'un, l'autre le tournait en dérision. À un moment donné, le premier alla jusqu'à enfoncer son crayon dans la poitrine du second. Ce dernier réagit en lui braillant à la figure – une figure congestionnée. Leur désaccord portait sur une paire de cariatides évoquant la déesse Diane, qui décorait le vestibule d'un club de gymnastique féminin dessiné par deux étudiantes de quatrième année. Le Corbusier trouvait ces cariatides d'un kitsch néoclassique, tandis que Pingusson les trouvait d'une grande élégance.

– Ah, l'élégance ! cracha Le Corbusier. Peut-être auriez-vous vu de l'élégance dans les monstruosités de Speer présentées à l'Exposition universelle ! Ça ne manquait pas de néoclassicisme frelaté...

– Je vous demande pardon. À vous entendre, il faudrait tirer un trait sur les Grecs et les Romains sous prétexte que les nazis se les sont appropriés, qu'ils les ont, disons, abâtardis ?

– Tout n'est qu'une question de contexte, répliqua Le Corbusier. Dans la conjoncture politique actuelle, ce choix me paraît indéfendable. À moins qu'il ne faille accorder une certaine indulgence à ces jeunes filles parce que, « après tout, ce ne sont que des femmes ».

Et il ponctua son propos d'une bourrade dans les côtes de Pingusson.

– Sottises ! tonna ce dernier. Comment osez-vous m'accuser de misogynie ? Ne voir que du kitsch dans ce choix, n'est-ce pas ignorer de manière délibérée la tradition du pouvoir féminin dans la mythologie classique ?

– Bien vu, dit Lemain. Et puisque vous êtes tous deux si éclairés, messieurs, pourquoi ne pas laisser ces demoiselles défendre elles-mêmes leur parti pris ?

La plus grande des deux – elle s'appelait Marie-Laure – se mit en devoir d'expliquer dans une langue claire et incisive qu'il ne s'agissait pas de cariatides ordinaires. Elles les avaient conçues à l'effigie de Suzanne Lenglen, la championne de tennis française qui était morte près d'un an plus tôt. Elle défendit ensuite d'autres détails du projet, mais András avait perdu le fil. Leur tour allait venir, il était trop nerveux pour se concentrer sur autre chose. À sa droite, Polaner serrait un mouchoir roulé en boule dans sa main ; à sa gauche, le visage de Rosen n'exprimait qu'un vague intérêt détaché. Il n'avait pas de souci à se faire, lui : il n'avait pas concouru, trop absorbé par les meetings de la Ligue contre l'antisémitisme, qui venait de l'élire secrétaire.

Beaucoup trop vite au goût d'András, la critique du travail des filles parvint à son terme, et les juges passèrent à l'œuvre suivante. Les étudiants firent cercle derrière eux autour de la maquette d'András et Polaner.

— Présentez votre projet, messieurs, dit Perret en soulignant son invite d'un geste de la main.

Polaner parla le premier. Il tirait sur le bas de sa veste et, dans son français aux consonances polonaises, il fit valoir l'opportunité de construire un club pour toutes les disciplines sportives, véritable symbole des principes fondateurs de la république. La conception serait tournée vers l'avenir ; les matériaux de base seraient le béton armé, l'acier, le verre, ainsi qu'un bois foncé pour les panneaux surmontant portes et fenêtres.

Il marqua un temps et regarda András comme pour l'inciter à prendre la suite. Mais quand celui-ci ouvrit la bouche, son français l'avait abandonné, ne lui laissant qu'un vide sidéral, un livre blanc, vierge de tout texte.

— Que se passe-t-il, jeune homme ? lança Le Corbusier. Vous avez perdu l'usage de la parole ?

András, qui n'avait pas dormi depuis trois jours, était victime d'une hallucination temporelle. Le film des images lui parvenait au ralenti : Le Corbusier battait des paupières derrière ses lunettes aux verres piquetés de plâtre, et ce geste durait une éternité. Au fond de l'amphithéâtre, une quinte de toux prenait des proportions océaniques.

Il n'aurait jamais pu articuler une syllabe si Vágo, maître des cérémonies, n'était venu promptement à sa rescousse. C'était lui qui lui avait appris le français, il était bien placé pour connaître les mots propres à le mettre à l'aise.

— Pourquoi ne commencez-vous pas par la *piste** ? lui suggéra-t-il.

Piste, le mot français pour *pálya* ; ils en avaient parlé l'avant-veille à l'atelier, évoquant les différents sens du mot, route, itinéraire, trace, etc. András était fondé à parler de la piste, en effet, car c'était l'élément le moins conventionnel de leur projet, la fameuse trouvaille de dernière minute.

— *La piste*, commença-t-il, *est en acier galvanisé\**.

Elle serait suspendue au-dessus du toit de l'édifice, telle une auréole, par des câbles d'acier eux-mêmes attachés à des poutres en I. Les mots lui étaient revenus, et à mesure qu'il parlait, Lemain, Le Corbusier et Pingusson prenaient des notes dans leurs blocs jaunes. Suspendre la piste au-dessus du toit, plutôt que de l'aménager à l'intérieur du bâtiment, permettait de gagner en longueur. Le gymnase serait plus haut que les immeubles voisins, et la piste surplomberait leurs étages supérieurs. Le toit de l'immeuble serait aussi le plafond du bassin de nage ; András se pencha sur la maquette et montra comment il s'ouvrait par beau temps. Ces deux éléments, la piste haubanée et le toit mobile, reflétaient les principes sur lesquels reposait leur club de sport, compacité et liberté.

Quand il eut achevé, le silence s'était fait dans la salle. Il regarda le professeur Vágo pour lui signifier sa gratitude, mais ce dernier fit comme s'il n'y était pour rien. Puis débutèrent les questions du jury. Comment empêcherait-on cette piste suspendue de tanguer sous le pas des coureurs ? Que se passerait-il les jours de vent ? Pourrait-on fermer le toit assez vite en cas d'orage ? Comment intégrer le système hydraulique sur le pourtour du bassin de nage ?

À présent les mots venaient plus vite. Ces problèmes-là, András et Polaner en avaient discuté des heures durant, la nuit, à l'atelier. Les câbles passeraient dans une fine gaine d'acier qui les rigidifierait sans éliminer complètement leur élasticité ; les coureurs trouveraient ainsi un certain ressort sous leurs foulées. La piste s'arrimerait à l'immeuble par des étais pour éviter d'osciller. Quant au système hydraulique, il viendrait se loger dans ce placard. Après que les deux auteurs eurent répondu à toutes les questions, Pingusson, Lemain et Le Corbusier se mirent à inspecter les matériaux en prenant des notes, pendant un temps qui leur parut interminable. Perret lui-même tint à regarder le projet de près ; András et Polaner le virent examiner en marmonnant le croquis en coupe d'un mur extérieur.

— Et qui êtes-vous, monsieur Lévi ? demanda enfin Le Corbusier en glissant son crayon derrière l'oreille.

— Je suis hongrois, monsieur, de Konyár.

— Ah, vous êtes ce jeune homme qu'on a découvert à l'exposition d'arts plastiques. Celui qu'on a fait entrer à l'École au vu de ses linoléums, si j'ai bien compris ?

— Oui, répondit András, qui s'éclaircit la voix, intimidé.

— Et vous, monsieur Polaner, demanda Pingusson, vous êtes de Cracovie ? Il paraît que vous avez du goût pour les sciences de l'ingénieur ?

— C'est exact, monsieur.

— Eh bien, je dirais que ce projet est superbe, mais irréalisable, conclut Le Corbusier. C'est une question d'environnement. Vous n'obtiendrez jamais que des Parisiens suspendent une piste sur un toit. Votre affaire ressemble un peu à ce que les dames portaient sous leur robe, au XVIIIe siècle, des paniers, des crinolines.

— J'y verrais plutôt une coiffure exotique, dit Pingusson. Mais l'espace urbain y est remarquablement exploité.

— C'est assez extravagant, observa Lemain. Mais l'édifice est bien conçu. Et le décor de bois est un bel élément, qui fait écho au parquet des gymnases.

Le jury se dirigeait vers le projet suivant, c'était fini. András et Polaner échangèrent un coup d'œil, épuisés mais contents : leur projet, quoique imparfait, leur avait valu des éloges. Le flot estudiantin les dépassa, et Rosen leur donna des tapes sur l'épaule en les embrassant sur les deux joues.

— Félicitations, les gars. Vous venez de créer la pre-

mière crinoline architecturale. Si j'étais pas totalement
à sec, je vous aurais payé un verre !

Le lendemain matin, lorsque András passa les portes
bleues de l'École spéciale, ces mêmes portes qu'il avait
franchies presque deux ans auparavant lors de ses débuts
à Paris, des ovations fusèrent. Les étudiants assemblés là
l'applaudirent et se mirent à scander son nom. Sur une
chaise de bois éraflée, Polaner trônait au milieu d'une
cour de condisciples, une médaille d'or autour du cou, le
drapeau français, telle une toge, sur les épaules. Penché
sur son appareil, un photographe prenait des clichés.
Au bruit de la nouvelle ovation, Rosen se précipita à
la rencontre d'András et le prit par le bras.

– Où étais-tu donc ? On n'attend plus que toi. Tu as
gagné, idiot. Toi et ton coéquipier, vous avez remporté le
Grand Prix. Ta médaille est exposée dans l'amphithéâtre.

András y courut aussitôt et vit que c'était vrai. Leur
gymnase Saint-Germain était couronné d'un certificat
à estampille dorée et flanqué d'une médaille au bout
d'un ruban tricolore. Le certificat portait la signature
des trois membres du jury : Le Corbusier, Pingusson et
Lemain. Il contempla cette image un moment, à l'écart ;
il avait du mal à en croire ses yeux ; il prit la médaille
et la retourna dans sa main. Lourde, vermeille, elle était
frappée à l'effigie d'Émile Trélat, sculpteur de bas-reliefs.
L'inscription disait « Grand Prix de l'Amphithéâtre », et
au verso, son nom et celui de Polaner étaient gravés,
avec la date, 1939. Il passa la médaille autour de son
cou et sentit le poids du métal tirer sur le ruban tricolore.
Il fallait aller voir Polaner, et puis le professeur Vágo.

Il entendit appeler « Lévi » et se retourna.

C'étaient deux étudiants eux-mêmes inscrits au
concours, des troisième année. Il les avait déjà croisés
à l'École, mais ignorait leurs noms ; ils n'étaient pas dans
son atelier et ne faisaient pas partie de ses mentors. Le

grand à la chevelure aile-de-corbeau s'appelait Frédéric Quelque chose, celui à la vaste carrure, qui portait des lunettes à monture de corne, était surnommé Noirlac. Le grand tendit la main vers la médaille d'András et tira dessus.

— Jolie breloque, dommage qu'il t'ait fallu tricher pour l'avoir, déclara-t-il.

— Pardon ? demanda András, pas très sûr d'avoir compris le français du garçon.

— Je dis : c'est bien dommage que tu aies dû tricher pour l'avoir.

András le regarda en plissant les paupières.

— Qu'est-ce que c'est que cette histoire ?

— Tout le monde sait qu'on vous l'a attribuée par pitié, dit celui qu'on appelait Noirlac. Ils étaient désolés pour ton petit copain, celui qui s'est fait enculer et frapper. Lemarque s'est pendu à la suite de ça, mais ça leur a pas suffi, il a fallu qu'ils marquent le coup publiquement.

— On sait tous que tu travailles pour Lemain, reprit le premier. Et ne crois pas qu'on n'est pas au courant pour Pingusson et ta bourse. Les dés étaient pipés. Tu ferais mieux de le reconnaître toi-même. Quand on gagne un prix avec une horreur pareille, c'est qu'on est le petit chéri d'une huile.

Une ovation assourdie leur parvint depuis la cour. András distinguait à peine la voix de Rosen, en train de faire leur éloge.

— Si vous touchez un cheveu de Polaner, je vous tue, dit-il. Tous les deux.

Le grand se mit à rire.

— Tu défends ton amant ?

— Que se passe-t-il, messieurs ?

C'était Vágo, qui traversait à grands pas l'amphithéâtre, une liasse de plans sous le bras.

— Vous êtes venus féliciter le lauréat ?

– Tout à fait, monsieur, dit Frédéric en empoignant, comme pour la serrer, la main d'András, qui se dégagea.

Vágo parut saisir l'expression de ce dernier et les sourires ironiques des deux autres.

– Je voudrais dire un mot à M. Lévi.

– Bien sûr, professeur, répondit Noirlac avec une petite courbette.

Il prit son camarade par le bras, et ils quittèrent l'amphi, en se retournant à la porte pour faire un salut à András.

– Salopards, fit celui-ci.

Vágo, mains sur les hanches, soupira.

– Je les connais, ces deux-là. Je les tuerais volontiers si je n'avais pas peur de me faire virer.

– Mais dites-moi, tout de même, c'est vrai ? Vous nous avez donné le prix pour enfoncer le clou ?

– Quel clou ?

– Après l'affaire Polaner.

– Bien sûr, confirma Vágo. Pour dire que c'est un excellent dessinateur, un excellent concepteur. Et vous aussi. Le projet n'est pas parfait, certes, mais c'est de loin le plus novateur, le mieux réalisé de tous ceux en compétition. La décision a été unanime ; pour une fois, le jury était d'accord. Mais c'est Pingusson qui vous a défendus le plus ardemment. Il ne regrette pas d'avoir investi en vous. Il a même promis d'augmenter votre bourse ; il voudrait que vous passiez plus de temps en atelier.

– Mais ce projet… dit András, en pinçant la piste de course sous son doigt. Il ne tient pas debout, n'est-ce pas ? Le Corbusier a eu raison de dire qu'il n'est pas réalisable.

– Peut-être pas à Paris, peut-être pas pendant cette décennie. N'empêche que Le Corbusier a pris des notes et fait des croquis pour un projet en Inde, et il dit qu'il aimerait bien échanger quelques idées avec Polaner et vous.

– Il veut échanger des idées avec nous ? s'exclama András, incrédule.

– Et pourquoi pas ? Les meilleures idées viennent souvent des amphithéâtres. Après tout, vous n'êtes pas aux prises depuis des années avec la planification urbaine, les comités de zonage et les associations de riverains, vous. Vous avez donc plus de latitude à imaginer l'impossible, et c'est bien ainsi que naissent les constructions les plus intéressantes.

András retourna la médaille entre ses mains. Les insultes des troisième année résonnaient à ses oreilles, et ses tempes palpitaient encore sous l'afflux d'adrénaline.

– Les jaloux feront toujours leur possible pour vous démolir, reprit Vágo. Tel est le genre humain.

– Vous parlez d'une engeance !

– Et comment ! Nous sommes irrécupérables, nous finirons par nous détruire tout seuls. Mais en attendant, on a toujours besoin d'avoir un toit, l'architecte a encore du pain sur la planche.

À ce moment-là, on vit Rosen paraître dans le vestibule de l'amphithéâtre.

– Qu'est-ce que vous fabriquez ? Le photographe vous attend.

Vágo posa la main sur l'épaule d'András et l'entraîna vers la cour, où un groupe s'était formé dans un coin, sur l'herbe. Le jury venait d'arriver pour la photo avec les lauréats. Polaner se retrouvait entre Le Corbusier et Pingusson, un air de gravité sur son visage juvénile au teint pâle. Lemain était à leurs côtés, fier et solennel. Le photographe plaça András entre Le Corbusier et Vágo. András passa la médaille autour de son cou et redressa les épaules. Comme il regardait l'objectif, tentant de chasser sa colère, il vit Noirlac et Frédéric l'observer, bras croisés sur la poitrine, et cette image lui rappela une des vérités centrales de sa vie, à savoir que chaque instant de bonheur s'y doublait d'amertume ou de drame, comme les dix gouttes représentant les dix plaies d'Égypte qu'on renverse de la coupe de vin à Pessah, ou le goût de fiel au fond de l'absinthe que tout le sucre du monde ne parvient pas à couvrir. Et c'est pourquoi, bien que ce dût être la seule photographie de lui prise à l'École spéciale, il ne la mettrait jamais au mur, car alors, il n'y aurait vu que sa colère, et les objets de cette colère en train de le dévisager au milieu de l'assistance.

Cet été-là, on ne parlait que du sort de la ville libre de Dantzig. Les journaux rapportaient que des armes et des troupes allemandes en franchissaient la frontière en toute clandestinité ; que des officiers du Reich y entraînaient les nazis locaux aux grandes manœuvres. Alors que la Grande-Bretagne et la France calaient sur un projet d'assistance militaire mutuelle avec la Russie, la radio donnait à croire que Berlin et Moscou resserraient leurs liens. Début juillet Chamberlain accorda la protection de l'Angleterre à la Pologne si Dantzig était menacée, et le 14 Juillet, on vit défiler sur les Champs-Élysées chars, blindés et canons tant français qu'anglais. Deux jours plus tard, comme par enchantement, le drapeau polonais flottait au-dessus des bureaux du Reich à Breslau. Comment ce geste de défi avait-il pu s'accomplir, mystère, l'immeuble devait pourtant grouiller de gardes. Polaner, que ses parents bombardaient de lettres inquiètes, aurait donné n'importe quoi pour recevoir une seule bonne nouvelle. Voyant un espoir si ténu fût-il dans celle-là, il les convia tous à la Colombe bleue, pour payer sa tournée. C'était un chaud après-midi de juillet, les rues étaient encore jonchées des détritus du défilé, les trottoirs disparaissaient sous les papiers gras et les petits drapeaux, français et britanniques. Lorsqu'ils arrivèrent à la Colombe bleue, Ben Yakov était déjà là, attablé devant une bouteille de whisky, les traits empreints d'une résignation d'ivrogne.

– Bonjour, mes trésors, dit-il. Buvez un coup, c'est ma tournée.

– Non, rectifia Polaner, c'est la mienne, aujourd'hui. Tu n'es pas au courant, pour le drapeau polonais ?

– Il paraît qu'ils vont le remplacer par un nouveau, répondit Ben Yakov. Un machin noir et blanc sur fond rouge – assez moche, si vous voulez mon avis.

Il descendit son verre et s'en octroya un autre.

– Félicitez-moi, les gars, j'ai rendez-vous avec le rabbin.

Ils n'avaient jamais vu Ben Yakov ivre en public ; les contours de sa belle bouche semblaient s'émousser, comme si une main tentait de l'effacer.

– Tu as rendez-vous avec le rabbin, et pourquoi faut-il t'en féliciter ?

– Parce que cet entretien fera de moi un homme libre, je vais obtenir le divorce.

– Quoi ?

– Un bon vieux divorce juif à l'ancienne. Nous avons reçu un certificat du médecin, attestant qu'Ilana est stérile, alors nous y aurons droit. Chevaleresque, non ? Elle ne peut plus porter d'enfants, ça me permet de la répudier. (Il se pencha sur son verre en se frottant les yeux.) Allez, buvez un coup !

Il n'apprenait rien à András. Depuis un mois, Ilana était revenue chez Klára, dont elle partageait le lit. Celle-ci avait en effet proposé de s'occuper d'elle pendant sa convalescence ; la jeune femme s'était installée directement rue de Sévigné à sa sortie de l'hôpital et n'était pas rentrée chez son mari depuis. Elle avait confié à Klára qu'elle était très malheureuse ; elle avait compris que Ben Yakov ne l'aimait pas, du moins pas comme au début. Elle avait compris qu'il se sentait pris au piège dans ce mariage. Elle soupçonnait depuis longtemps qu'il

428

avait une liaison. Lorsqu'il venait la voir chez Klára, ils restaient sur le canapé du séjour sans échanger un mot, ou presque : que dire effectivement ? Souvent, il la trouvait inconsolable de la perte du bébé, chagrin qu'il se surprenait à partager, mais qui, selon Klára, tenait aussi à la perte d'une certaine image qu'il s'était faite de lui-même. Et puis il y avait cette question sans réponse sur le devenir d'Ilana. Une fois rétablie, son avenir était une page blanche. Rien ne la retenait plus à Paris, mais elle ignorait l'accueil que lui réserveraient ses parents si elle rentrait : ses lettres étaient demeurées sans réponse.

Quand il écrivait à Tibor, András n'avait pas parlé de la situation d'Ilana, ne voulant pas inquiéter son frère ni, a contrario, lui donner de faux espoirs. Mais lorsque Ben Yakov et Ilana s'étaient retrouvés chez Klára pour chercher une issue, Ilana avait annoncé à Ben Yakov qu'ils avaient des chances d'obtenir le divorce si le médecin attestait qu'elle ne pourrait plus avoir d'enfants. La chose était encore douteuse, mais on pourrait peut-être persuader le médecin de la certifier tout de même. Ben Yakov avait accepté de suivre cette piste. La décision parut leur apporter un certain soulagement. Ilana se rétablissait, Ben Yakov retournait à l'atelier pour rattraper les cours du printemps. Mais à la veille de son rendez-vous avec le rabbin, il s'effondra. Ce divorce serait bientôt une réalité, à l'image du désastre dont il était responsable, dans la vie d'Ilana comme dans la sienne.

Autour de cette table où ils étaient réunis tous les quatre, il se mettait à nu sans fausse honte. Non seulement son mariage avec Ilana capotait, mais la belle Lucia, lassée de l'attendre, l'avait aussi quitté. Elle passait l'été en stage chez un architecte à New York, et on racontait qu'il était tombé amoureux d'elle et qu'elle allait peut-être laisser tomber l'École spéciale pour s'inscrire dans une école de design de Rhode Island. Il l'avait appris par le bouche à oreille, car elle ne lui avait jamais écrit depuis qu'elle était partie de Paris.

À la fin de la soirée, lorsqu'ils se répandirent sur le trottoir devant la Colombe bleue, András proposa de ramener Ben Yakov chez lui. Rosen et Polaner donnèrent une claque dans le dos au futur divorcé en formulant le souhait qu'il aille mieux le lendemain.

– Oh je serai en pleine forme, leur assura celui-ci – sur quoi il se plia en deux pour vomir dans le caniveau, sous un réverbère.

András lui prêta un mouchoir et l'aida à se nettoyer, puis il mit un bras autour de ses épaules et le ramena chez lui. Devant la porte, il fallut sortir la clef et, tout en la cherchant, Ben Yakov fut à deux doigts d'éclater en pleurs. Il finit par la trouver dans sa poche de chemise et András l'aida à monter l'escalier. L'appartement était exactement dans l'état qu'il imaginait ; on voyait bien que celle qui le rendait habitable l'avait déserté depuis des semaines : des assiettes vides emplissaient l'évier ; sur le bord de la fenêtre, les géraniums avaient crevé ; il traînait partout des livres et des journaux ; le lit défait était jonché de miettes de croissants et de vêtements amoncelés. András assit son ami sur la chaise au chevet du lit pendant qu'il changeait les draps. Il lui fit retirer sa chemise souillée et s'en tint là : l'appartement l'attristait et l'intimidait tout à la fois. Le pire de tout, sur la petite table avec ses tasses à thé vides et ses croûtes de pain, c'était la nappe brodée de myosotis, cadeau de noces de Klára à la mariée.

Ben Yakov se traîna dans son lit et éteignit la lumière, de sorte qu'András dut regagner la porte avec précaution. Il ne parvint pas à ouvrir le verrou antique et dut se pencher pour secouer la clef dans la serrure rouillée.

– T'es encore là, Lévi ? lança Ben Yakov.

– Oui.

– Écoute, écris à ton frère.

430

András se figea, main sur la poignée de la porte.

— Je ne suis pas idiot, reprit Ben Yakov. Je sais ce qui s'est passé entre eux. Je sais ce qui s'est passé dans le train.

— De quoi tu parles ?

— Non, je t'en prie, ne m'épargne pas, si c'est ce que tu cherches à faire, je trouve ça insultant.

— Comment sais-tu ce qui s'est passé dans le train ?

— Je le sais, voilà tout. J'ai bien vu qu'il y avait quelque chose qui clochait quand ils sont arrivés. Et puis elle a avoué, un soir que je lui avais dit des méchancetés. Mais ça se voyait déjà. Elle a essayé – de lutter, je veux dire. C'est une fille bien. Mais elle est tombée amoureuse de lui. Voilà tout. Je ne suis pas l'homme qu'il est, moi, tu devrais le savoir.

Il s'interrompit.

— Oh mon Dieu ! fit-il, tirant le pot de chambre de sous le lit pour vomir dedans.

Il tituba jusqu'à la salle de bains et revint en s'épongeant le visage avec une serviette.

— Écris-lui, dis-lui de venir la voir. Mais ne me raconte rien, d'accord ? Je ne veux pas savoir. Et puis je vais arrêter de te voir pendant un temps. Excuse-moi, je t'en prie. Je sais bien que ce n'est pas ta faute.

Il se glissa dans son lit et se tourna contre le mur.

— Rentre chez toi, Lévi, dit-il d'une voix étouffée par l'oreiller. C'est gentil d'avoir pris soin de moi. J'aurais fait la même chose pour toi.

— Je le sais bien, répondit András.

Il s'attaqua de nouveau au verrou rétif et, cette fois, la porte s'ouvrit. Il rentra chez lui rue des Écoles, sortit un carnet et entreprit de rédiger un brouillon de lettre à son frère.

# Chapitre 24

# Le paquebot *Île-de-France*

L'enlèvement d'Elisabet n'eut d'enlèvement que le nom. Klára savait depuis des mois que sa fille se préparait à partir. Paul Camden venait déjeuner presque tous les dimanches pour gagner sa confiance et sa faveur. Dans son français lent, aux voyelles ouvertes, il lui parlait de la propriété de sa famille, dans le Connecticut, où sa mère élevait et dressait des chevaux de cirque ; de son père, vice-président d'un conglomérat dédié à l'énergie, à New York ; de ses sœurs, toutes deux étudiantes à Radcliffe, et qui allaient adorer Elisabet. Restait tout de même à savoir si Camden *père et mère\** allaient approuver le retour au bercail de leur fils avec une petite juive sans le sou et d'ascendance obscure, songeait Klára. D'après Paul, mieux valait qu'ils se marient avant de quitter la France. Il leur serait plus facile de voyager s'ils étaient mari et femme, et une fois en Amérique, ses parents seraient devant le fait accompli, ce qui aurait le mérite de la clarté quelles que soient leurs objections par ailleurs. Il était convaincu qu'ils feraient bon accueil à Elisabet lorsqu'ils la connaîtraient. Klára les suppliait au contraire d'attendre d'être arrivés là-bas pour se marier, d'attendre qu'il leur ait tout révélé, et qu'il ait pris le temps de les circonvenir. S'il épousait Elisabet sans les avoir même consultés, ils risquaient fort de réagir en lui coupant les vivres. Pour parer à toute hypothèse, Paul mettait désormais de côté la moitié de l'allocation mensuelle pharaonique que son père lui envoyait. Il louait un appartement plus petit et prenait ses repas dans une cantine étudiante, au lieu de se les faire livrer par des restaurants. Il avait cessé d'agrandir sa garde-robe, s'achetait des livres d'occasion pour ses cours. Il avait appris ces habitudes parcimonieuses d'András, qui l'avait trouvé parfaitement ignorant des moindres principes de frugalité. Ainsi, il ne savait même pas qu'on pouvait acheter le pain de la veille, il n'avait jamais ciré ses chaussures ou lavé ses chemises lui-même ; il s'étonnait que l'on pût faire restaurer un chapeau au lieu d'en acheter un neuf.

– Mais tout le monde verra bien que c'est mon vieux galurin, protestait-il. En américain, vieux chapeau, *old hat*, c'est péjoratif, ça veut dire vieux jeu, rebattu, démodé.

– Il suffit de changer le ruban, dit András. Et personne ne s'apercevra que c'est ton *ohld het*, comme tu dis. Si tu crois que les gens s'intéressent de si près à ce que tu portes, tu te trompes.

Paul se mit à rire.

– Tu dois avoir raison, mon vieux, convint-il – et András lui fit voir où faire remodeler son chapeau.

Souvent, les dimanches où Paul venait déjeuner, András voyait Klára se retrancher dans un mutisme vigilant. Il savait qu'elle observait son futur gendre, qu'elle prenait la mesure de l'homme, attentive à la façon dont il traitait sa fille, dont il répondait aux questions d'András sur son travail, dont il parlait à Mme Apfel quand elle servait les *káposzta*. Mais elle observait aussi Elisabet. On aurait dit qu'il y avait une urgence dans son regard, comme si elle voulait enregistrer l'existence de sa fille dans toutes ses nuances. Elle semblait douloureusement consciente qu'Elisabet vivait ses derniers jours sous son toit et qu'il n'y avait rien à faire, car lentement mais irrévocablement, elle se préparait au départ depuis bien des années ; voilà qu'à présent, elle allait partir pour de bon, de l'autre côté de l'océan, se jeter tête baissée dans le mariage avec un non-juif dont les parents ne l'accepteraient peut-être pas. Circonstance aggravante, à cette table même, elle voyait Ilana Di Sabato, à peine divorcée, preuve s'il en était besoin que les choses peuvent mal tourner quand on se marie très jeune. Ilana s'isolait dans le désespoir, mangeant du bout des lèvres. Elle avait coupé sa somptueuse natte brune en se mariant, et ses cheveux lui collaient à la tête comme ces petits chapeaux-cloches tant à la mode une décennie plus tôt. *Old hat*, songeait András. Elle faisait peine à voir. Il n'avait pas reçu de réponse à sa lettre et ne voulait pas lui parler de Tibor avant d'en avoir une.

Elisabet devait prendre le bateau début août et les préparatifs nécessaires ne manquaient pas. Elle n'avait que des habits d'écolière, il lui fallait un trousseau de femme mariée. Paul tint beaucoup à participer à ces préparatifs ; il commença par offrir à Elisabet des cadeaux somptueux qu'il jugeait cependant de première nécessité : une tenue de tennis en lin, assortie d'espadrilles de toile à semelles en caoutchouc ; un collier de perles à fermoir de platine ; une série de valises en cuir fauve, à monogramme d'or. Chaque achat laminait le pécule amassé grâce aux conseils d'András. Klára finit par lui suggérer, avec tout le tact possible, de la consulter sur ces frais. Elisabet avait besoin de combinaisons en batiste, de chemises de nuit, de chaussures de marche ; il fallait remplacer un de ses plombages. Elle voulait couper ses longs cheveux. Toutes ces choses coûtaient cher et prenaient du temps. Lorsque András s'en allait, le soir, Klára sortait sa boîte à couture. Il l'imaginait sous les traits de Pénélope, défaisant la nuit l'œuvre de la journée pour qu'Elisabet ne se marie jamais. La perspective de voir sa fille traverser l'océan à l'heure où l'Europe était au bord de la guerre l'angoissait. Il n'était pas rare qu'un bateau civil se fasse torpiller. Ne pouvait-elle donc attendre quelques mois, le temps que la situation s'apaise en Pologne et que les problèmes rencontrés par la France et l'Angleterre pour trouver un accord avec la Russie soient résolus ? Fallait-il vraiment que Paul et Elisabet prennent la mer au mois d'août, mois de prédilection pour les déclarations de guerre ? Mais Elisabet faisait valoir que, si elle attendait trop, la France risquait fort d'entrer en guerre pour de bon, et qu'alors, tout départ serait impossible. S'ensuivaient des discussions pied à pied, qui mettaient mère et fille au bord de la crise de nerfs. András avait le sentiment qu'elles vivaient là leur dernière grande occasion de se manifester leur amour comme elles savaient si bien le faire, c'est-à-dire par une guerre où ni l'une ni l'autre ne voulait céder et qu'aucune des deux ne pouvait gagner, un conflit dont l'enjeu n'était pas le prétexte invoqué, mais la nature complexe de leur rapport mère-fille.

Les rares nuits où Klára vint lui rendre visite dans son galetas, au cours de ces semaines-là, elle lui fit l'amour avec un acharnement qui lui semblait sans lien avec lui. Il n'aurait jamais cru se sentir aussi seul dans ses bras. Il aurait voulu que son regard vague se pose sur lui. Une fois, il l'avait arrêtée en lui disant « Regarde-moi », et elle avait roulé sur le côté et fondu en larmes. Puis elle s'était excusée et il l'avait prise dans ses bras, incapable de réprimer le désir égoïste d'en finir bientôt avec cette situation. Car une fois Elisabet partie, ils accompliraient la promesse qu'ils s'étaient faite l'automne précédent. Eux aussi se marieraient et ils vivraient enfin ensemble. Or, toute à son chagrin dû au départ de sa fille, Klára avait cessé de faire allusion à cet après.

*Modène, le 21 juillet 1939*

Cher András,
J'ai eu de la peine, beaucoup de peine, en apprenant que le mariage d'Ilana avec Ben Yakov s'était aussi tristement terminé. Je suis navré de penser que j'ai pu précipiter leur infortune. Si le remords réparait les erreurs, celle-ci serait réparée depuis longtemps.

Tout d'abord, quand j'ai reçu ta lettre, j'ai cru que je ne pourrais pas revenir à Paris. Comment regarder Ilana en face, me disais-je, sachant le tort que je lui ai causé ? L'amour souligne avec insistance sa particularité ; il nous affirme qu'il est bon du seul fait qu'il est l'amour. Mais nous, nous sommes des êtres humains, et en tant que tels, il nous revient de savoir ce qui est bon et ce qui ne l'est pas. Mes sentiments pour Ilana étaient si intenses que je n'ai pas su les maîtriser. Je ne mérite guère une deuxième chance de gagner son amitié, et moins encore de plaider ma cause d'amoureux.

Mais, Andráska – et peut-être me tiendras-tu pour une canaille –, je vois bien que mes sentiments pour elle n'ont pas changé. Comme mon cœur s'est emballé quand j'ai lu qu'elle m'avait réclamé ! Comme j'ai été ému d'apprendre qu'elle parle de moi avec tendresse ! Tu me connais trop pour avoir lâché ces choses à la légère. Tu devais bien savoir quelle importance elles auraient pour moi.

Si bien que, finalement, je viens. J'en ai honte, mais j'arrive. Du moins n'auras-tu pas à douter de ma constance, ni elle non plus, j'espère. Lorsque tu recevras cette lettre, je serai déjà à Paris. Je vais prendre une chambre à l'hôtel Saint-Jacques, où tu me trouveras vendredi.

Affectueusement,
ton Tibor.

On était samedi matin lorsque András trouva la lettre de son frère. Il avait passé la nuit au cabinet d'architecture, où il aidait Lemain à finir une série de plans pour un client. La lettre était posée sur la table de l'entrée, avec un message de son frère : *Ai attendu jusqu'à 9 h. Ne peux plus attendre ! Il faut que je la voie. Rendez-vous chez Klára. T.*

Il frappa chez la concierge. Il y eut un long silence, suivi d'un gros mot incompréhensible, et de pas qui s'approchaient. La concierge surgit dans son tablier taché de graisse et ses gants de ménage noirs de suie, le front barré d'une traînée grasse.

— Tst, tst, dit-elle. Quelqu'un arrive en faisant du tapage à une heure indue, et, quelle surprise, c'est un parent à vous.

— Quand est parti mon frère ?

— Il n'y a pas trois minutes. J'étais en train de nettoyer le four, comme vous voyez.

— Il y a trois minutes !

— Pas la peine de crier, jeune homme.

— Excusez-moi, répondit-il.

Il fourra le billet dans sa poche et fonça dans la rue. La porte claqua derrière lui et le gros mot marmonné par la concierge le suivit jusqu'au coin de la rue. Il partit vers le Marais. C'était un matin clair et chaud. Les rues grouillaient déjà de touristes avec leurs appareils photo, des familles étaient sorties se promener, des amoureux marchaient bras dessus bras dessous. Au pont Louis-Philippe, il repéra un chapeau familier dans la cohue. Il cria le nom de son frère, et l'homme se retourna.

Ils se rejoignirent au milieu du pont. Tibor lui parut amaigri ; ses pommettes étaient plus saillantes, ses cernes sous les yeux plus sombres. Lorsqu'ils tombèrent dans les bras l'un de l'autre, il eut l'impression que son frère s'était désincarné.

– Tu vas bien ? s'enquit András en étudiant ses traits.

– Je ne dors plus depuis que j'ai reçu ta lettre.

– Quand es-tu arrivé ?

– Hier soir. Je suis venu jusque chez toi, mais tu n'étais pas là.

– J'ai travaillé toute la nuit, je viens seulement de recevoir ton message.

– Alors tu ne lui as pas parlé, elle ne sait pas que je suis à Paris ?

– Non, elle ne sait même pas que je t'ai écrit.

– Comment va-t-elle, András ?

– Comme avant. Elle est toute triste. Mais je crois que ça va très bientôt changer.

Tibor adressa un sourire mystifié à son frère.

– Si tu es tellement certain qu'elle sera ravie, pourquoi t'es-tu lancé à ma poursuite ?

– Il faut croire que j'avais envie de te voir toutes affaires cessantes, dit en riant András.

– Et alors ? demanda Tibor en lui ouvrant les bras.

– Je te trouve affreux, comme d'habitude. Et moi ?

– Lacets défaits, chemise tachée, mal rasé.

– Parfait. On est partis, alors.

Il saisit Tibor par le bras pour lui faire prendre la direction de la rue de Sévigné. Mais Tibor ne bougea pas. Il posa la main sur la rambarde et regarda le fleuve.

– Je crois que c'est au-dessus de mes forces. Je suis pétrifié.

– C'est bien normal. Mais maintenant que tu es venu, il faut aller jusqu'au bout. En route, lança-t-il avec un mouvement de tête en direction du Marais.

Ils marchèrent côte à côte, chacun éprouvant un léger vertige dû au manque de sommeil. Sur le trajet, Tibor acheta un bouquet de roses à un fleuriste, au coin de la rue. Lorsqu'ils parvinrent au pied de chez Klára,

András avait fait siennes les inquiétudes de son frère ; ils auraient dû prévenir de leur arrivée. Il observa par les vitres la lumière sereine du studio, encore vide avant le premier cours, et regretta de perturber ainsi la quiétude du samedi matin chez les Morgenstern.

Mais ils trouvèrent la maison sens dessus dessous. La porte céda sous la poussée d'András. L'étage retentissait de clameurs de désespoir. Klára criait dans son affolement, Mme Apfel vociférait. L'espace d'un instant, András crut qu'ils arrivaient trop tard, le désespoir avait poussé Ilana au suicide et Klára venait de découvrir le corps. Empoignant la rampe, il grimpa les marches quatre à quatre, Tibor sur ses talons.

Mais Ilana était invisible. Ce fut Mme Apfel qui les accueillit en haut des escaliers.

– Elle est partie ! Elle s'est sauvée, cette petite chipie !

– Qui ? demanda András. Qu'est-ce qui s'est passé ?

– Elle est partie en Amérique avec son M. Camden ; elle a laissé un mot à sa mère. Je l'étranglerais de mes mains, moi, cette gosse-là ! Je lui tordrais le cou !

Au bout du couloir, on entendit un grand fracas, le bruit d'un objet lourd et rigide. En entrant dans la chambre de Klára, András découvrit qu'elle venait de descendre une valise de l'armoire. Elle la jeta sur le lit défait, l'ouvrit et tira de son papier d'emballage le cache-poussière qu'elle endossait pour conduire.

– Qu'est-ce que tu fais ? s'enquit-il.

Elle le regarda, ses jolis traits tirés par le chagrin.

– Je pars à ses trousses, répondit-elle en lui fourrant un billet dans la main.

De son écriture encore enfantine, Elisabet expliquait qu'elle devait partir, qu'elle ne pouvait plus attendre car la situation en Pologne risquait de pousser la France à entrer en guerre avant qu'ils aient pu embarquer. Ils avaient pris le train le matin même et appareilleraient pour New York le lendemain à bord de l'*Île-de-France*, où le capitaine les marierait aussitôt. Elle s'excusait, et à cet endroit-là, l'écriture se brouillait : *sera peut-être plus facile pour tout le monde si je...* Illisible. Puis elle terminait par : *J'écrirai dès mon arrivée. Merci pour le trousseau et tout le reste. Affectueusement, etc.*

— Quand l'as-tu eu, ce message ?

— Ce matin. Toutes ses affaires ont disparu.

— Et tu vas essayer de la rattraper ?

— Je peux la rattraper au Havre. En voiture, on peut y être cet après-midi.

András soupira. Mère et fille auraient du mal à couper le cordon, et il devinait pourquoi Elisabet voulait prendre une longueur d'avance. Mais il était furieux à l'idée qu'elle ait emporté ses affaires dans le secret de la nuit, toutes ces caisses de vêtements et de linge préparées avec le plus grand soin par Klára.

— Tu as loué une voiture ?

— J'ai demandé à Mme Apfel de le faire par téléphone, le véhicule va arriver d'un instant à l'autre.

— Klára...

— Oui, je sais, dit-elle. (Elle s'assit sur le lit, le cache-poussière sur ses genoux.) C'est une grande fille, elle allait partir, de toute façon. Je devrais la laisser s'embarquer et faire ce qu'elle veut.

— Tu comptes l'en empêcher ? Tu crois pouvoir la convaincre de ne pas prendre ce bateau ?

— Non, dit Klára avec un soupir. Mais puisqu'elle est résolue à s'en aller, alors, je veux l'accompagner au bateau, j'aimerais dire au revoir à ma fille.

Certes, il le comprenait. La guerre d'indépendance livrée par Elisabet touchait à sa fin, et Klára voulait seulement négocier la paix face à face, plutôt qu'avec l'Atlantique entre elles deux. S'il restait une velléité de lutte dans sa capitulation, il le comprenait aussi : cette bataille, elle la livrait depuis tant d'années que c'était devenu une habitude ; elle avait du mal à y renoncer.

– Je viens avec toi, proposa-t-il. À moins que tu ne le souhaites pas.

– Si, viens, je t'en prie.

– Mais j'ai autre chose à te dire. Tibor est là.

– Tibor, ton frère ? Il est là ?

– Oui, ici même en cet instant.

– Tu ne m'avais pas dit qu'il avait répondu à ta lettre.

– Je n'ai trouvé sa réponse que ce matin.

– Ilana ! appela Klára comme ils se dirigeaient vers le bout du couloir pour lui annoncer la nouvelle.

Mais Ilana et Tibor s'étaient déjà retrouvés. Ils étaient assis sur le canapé du séjour ; sur le visage de l'une se lisait une joie incrédule et sur celui de l'autre une immense fatigue doublée de soulagement. Ils apprirent sans chagrin excessif que Klára et András partaient pour Le Havre, et qu'il leur faudrait donc passer la journée en tête à tête.

– Mais appelez-nous en arrivant au Havre pour nous dire si vous l'avez trouvée, demanda Tibor.

Un double coup de klaxon retentit dans la rue, l'agence de location venait livrer la voiture, il était l'heure de partir. Mme Apfel leur tendit un panier, qu'elle avait garni de provisions pour la journée, et quelques minutes plus tard, ils démarraient dans le dédale des rues, András sur le siège passager, les phalanges toutes blanches, Klára sombre et résolue au volant. Lorsqu'ils atteignirent la campagne, son front se dérida. Le soleil matinal inondait les champs de blé ondoyant devant eux, dans une odeur d'essence qui dominait les parfums champêtres. Le vent et le bruit du moteur les dissuadaient de parler, mais lorsqu'ils entrèrent sur un tronçon de route dégagé, elle saisit sa main.

Les intentions d'Elisabet et Paul n'avaient rien de secret ; ils étaient descendus à l'hôtel qu'ils avaient choisi un mois plus tôt, une fois leur décision prise d'embarquer au Havre. András et Klára entrèrent dans le grand hall blanc et se renseignèrent à la réception. On leur dit d'attendre, puis de suivre le chasseur. Le couple était installé dans une véranda qui dominait le port, et d'où l'on apercevait le paquebot *Île-de-France* en strict uniforme nautique, cheminées rouge vif soulignées de noir. Klára déboula dans la véranda en criant le nom de sa fille, et celle-ci se leva de son siège avec une expression de surprise et de soulagement. András ne l'avait jamais vue aussi heureuse de retrouver sa mère. Chose inédite, elle se jeta au cou de Klára et éclata en sanglots.

— Pardon, s'écria-t-elle. Je n'aurais jamais dû partir comme une voleuse, mais je ne voyais pas que faire d'autre.

Et de pleurer sur l'épaule de sa mère.

Paul observait la scène avec un embarras évident ; il accueillit András par un petit salut penaud et commanda à boire pour tout le monde.

— Qu'est-ce qui t'est passé par la tête ? interrogea Klára une fois qu'ils furent tous assis. Tu ne pouvais pas me dire au revoir normalement, pour me consoler un peu ? Tu croyais que j'allais te séquestrer dans ta chambre ?

— Je ne sais pas, dit Elisabet entre ses larmes, je te demande pardon.

Elle tortillait ses courtes mèches de cheveux avec gêne ; sans sa crinière blonde, elle paraissait curieusement petite et démunie. Cette coupe faisait ressortir la pâleur de sa bouche sans fard.

— J'avais peur, en plus, je ne savais pas si je supporterais les au revoir.

— Et vous, dit Klára en se tournant vers Paul, c'est de cette façon que vous avez pris congé de votre mère en partant pour la France ?

— Ah non, madame.

— Ah non, je veux bien le croire. À l'avenir vous êtes

prié de me traiter avec le même respect que madame votre mère.

– Acceptez mes excuses, madame.

Il semblait sincèrement contrit. András se demandait si sa mère lui aurait parlé sur ce ton. Il essayait de se la représenter, mais ne parvint qu'à se figurer une baronne Kaczynska en culottes de cheval, la baronne en question étant un personnage du xvi<sup>e</sup> siècle dont il avait dû étudier l'histoire et le lignage compliqués au gimnázium de Debrecen.

– Vous voulez vraiment vous faire marier par le capitaine ? C'est ce qui te ferait plaisir ? demanda Klára à sa fille.

– C'est ce que nous avons décidé, confirma Elisabet. Je trouve ça amusant.

– Alors, je n'assisterai pas à ton mariage.

– Tu me verras après. Nous reviendrons te rendre visite.

– Et quand crois-tu que ce sera possible ? Quand crois-tu que tu auras les moyens de t'offrir le billet, surtout si les parents de ton mari n'acceptent pas cette union ?

– Nous nous sommes dit que vous voudriez peut-être venir vivre aux États-Unis, pour vous rapprocher des enfants, par exemple, quand nous en aurons, glissa Paul.

– Et mes enfants, à moi ? répondit Klára. Ce ne sera pas forcément une chose facile pour moi de traverser les océans.

– Quels enfants ?

Elle regarda András et lui prit la main.

– Les nôtres.

– *Maman*\* ! s'exclama Elisabet. Tu ne veux pas dire que tu vas avoir des enfants avec…

Elle désignait András du pouce.

– Si, peut-être. Nous en avons parlé.

– Mais tu es *une femme d'un certain âge*\*.

Klára se mit à rire.

– Nous avons tous un certain âge, au sens strict. Toi, par exemple, tu es à un âge où l'on ne peut pas comprendre que, trente- deux ans, ce puisse être le début plutôt que la fin d'une vie.

– Mais c'est moi, ton enfant ! s'écria Elisabet, comme si elle allait se remettre à pleurer.

– Bien sûr que oui, dit Klára en lui remettant une de ses courtes boucles blondes derrière l'oreille. C'est bien pourquoi je suis venue te retrouver. Je ne supportais pas de te voir partir de l'autre côté de l'océan sans t'avoir dit au revoir comme il faut.

– Mesdames, proposa András, si vous voulez bien nous excuser, je crois que M. Camden et moi allons nous promener et vous laisser en tête à tête.

– Absolument, enchaîna Paul. Nous allons descendre sur le quai voir le bateau.

Ils se sentaient dépassés par la situation ; il y avait déjà eu beaucoup trop de larmes au goût de Paul, et András éprouvait un léger vertige depuis l'allusion à ses enfants à venir. Ce fut donc avec soulagement que les deux hommes prirent un congé temporaire de la mère et de la fille, et partirent de leur côté.

Ils longèrent les étals d'un marché pour gagner les quais ; on y vendait du maquereau, de la sole, des langoustines ; des barquettes de myrtilles, des courgettes et de toutes petites prunes jaunes à la douzaine. Les rues étaient pleines de familles en vacances, et il y avait assez de petits garçons en costume marin pour former une force navale enfantine. Par gêne, et comme si le déferlement d'émotions dont ils venaient d'être témoins menaçait leur virilité, Paul et András parlaient de bateaux, de sports, et puis, en passant devant un bâtiment anglais amarré sur un emplacement énorme, ils abordèrent les perspectives de guerre. Tout le monde avait espéré que la déclaration de soutien à la Pologne faite par Chamberlain assurerait quelques semaines d'apaisement sur la question de

Dantzig, avec peut-être même un dénouement pacifique à la clef, mais Hitler venait d'achever un meeting à Berchtesgaden avec le chef du parti nazi de cette ville, et il envoyait un vaisseau de guerre pour entrer dans le port de la ville libre. Si l'Allemagne annexait Dantzig, alors la France et l'Angleterre entreraient dans le conflit. Cette semaine-là, des avions français avaient simulé une attaque sur Londres pour tester la DCA anglaise. Quelques Londoniens avaient cru la guerre arrivée, et il y avait eu trois morts piétinés dans la course aux abris.

– Qu'est-ce que va faire l'Amérique, d'après toi ? dit András.

Paul haussa les épaules.

– Roosevelt va lancer un ultimatum, je présume.

– Hitler n'a pas peur de Roosevelt. Regarde ce qui s'est passé en avril dernier.

– Moi, tu sais, je ne prétends pas m'y connaître, en politique, répondit Paul qui leva les mains en un geste de défense. Je ne suis qu'un peintre. La plupart du temps, je ne lis même pas les journaux.

– Ta fiancée est juive. Sa famille est ici. La guerre va l'affecter, que l'Amérique s'y engage ou non.

Ils demeurèrent silencieux un long moment, à regarder le bâtiment hérissé de canons.

– Tu choisirais quelle arme si tu devais te battre ? demanda Paul.

– Sûrement pas la marine, en tout cas. La première fois que j'ai vu la mer, c'était il y a un an seulement. Rien qui oblige à être dans un fossé, non plus. Et pas de tranchées. Par contre, j'apprendrais volontiers à piloter, oui, c'est ce que j'aimerais faire.

Le visage de Paul s'éclaira d'un sourire.

– Moi aussi, confia-t-il. J'ai toujours pensé que ça devait être fantastique, de piloter un avion.

– Mais je ne voudrais pas avoir à tuer des gens, ajouta András.

– Absolument. C'est tout le problème. Il ne me déplairait pas d'être un héros, pourtant. J'aimerais bien être décoré.

– Moi aussi, dit András.

Toute honte bue, ça faisait du bien de l'avouer.

– Rendez-vous dans les airs, alors, lança Paul en riant – mais il y avait quelque chose de contraint dans son rire, comme si l'éventualité de la guerre et de l'engagement qui serait le sien venait de prendre corps.

Ils arrivèrent devant l'*Île-de-France*, dont la masse colossale s'élevait au-dessus d'eux, telle l'étrave d'un glacier. Sa coque brillait, fraîchement repeinte, et les lettres de son nom étaient de la taille d'un homme. La mer clapotait contre ses flancs, dans un épais relent de poisson mort, d'huile et d'algues, sur un fond saumâtre et calcaire qui devait être l'odeur de l'eau de mer elle-même. Le navire s'élevait à une hauteur de quinze étages au-dessus de sa ligne de flottaison ; ils comptèrent cinq ponts grouillant de stewards, marins et chambrières, les bras chargés de linge. Des centaines d'individus étaient en train de mettre la dernière main aux préparatifs de départ sur cette ville flottante, qui naviguerait dix-sept jours avec quinze cents personnes à son bord. Il y avait cinq salles de bal, expliqua Paul, un cinéma, une salle de jeu, un vaste gymnase, une piscine couverte et une centaine de canots de sauvetage. Le bateau mesurait deux cent quarante mètres de long et naviguerait à une vitesse de vingt-quatre nœuds. À bord, Paul réservait une dernière folie à Elisabet : ils auraient une suite avec balcon, et il avait commandé trois douzaines de roses blanches et une caisse de champagne.

– Heureusement que tu avais fait rénover ton chapeau, commenta András. Tu te rends compte, si tu avais dû t'en acheter un neuf !

Ce soir-là, ils dînèrent tous quatre dans un restaurant avec vue sur mer. Ils mangèrent une bisque de homard en entrée, suivie d'une sole meunière, qu'ils arrosèrent de deux bouteilles de vin tout en parlant de leurs rêves d'enfants et des pays exotiques qu'ils avaient toujours voulu visiter avant de mourir, l'Inde, le Japon, le Maroc. Ils se seraient crus en vacances. Klára était d'excellente humeur, pour la première fois depuis des semaines, comme si ces retrouvailles avec Elisabet allaient retarder la séparation redoutée. Pour autant, on ne revint pas sur les dernières dispositions : Elisabet et Paul embarqueraient le lendemain. Et à mesure que la soirée avançait, András ressentait un pincement familier, un nœud à l'estomac qui se serrait au fil des heures : c'était la peur que, Elisabet partie, Klára ne se volatilise à son tour, comme si la tension entre elles était ce qui les ancrait l'une comme l'autre à la terre.

À l'hôtel, après dîner, Klára et lui se séparèrent pour la nuit ; la mère alla dormir avec sa fille dans la suite réservée par le couple, tandis qu'il partageait avec Paul une modeste mansarde. En lui souhaitant *bonne nuit**, Klára appuya sa main sur sa joue, comme une promesse. Cette nuit-là, il s'endormit en espérant que la vie qu'ils allaient partager puisse mettre du baume sur son chagrin à elle. Mais lorsqu'il descendit au rez-de-chaussée, à l'aube, il la trouva debout dans la véranda, son cache-poussière sur les épaules, en train de contempler le halo de lumière rose qui s'élevait le long des cheminées de l'*Île-de-France*. Il demeura auprès des portes-fenêtres un bon moment, sans s'approcher d'elle. La marée montait. Sa fille partait. Il ne pouvait absolument rien faire pour remplacer ce qui allait lui être enlevé.

À huit heures du matin, ils allèrent sur le quai dire au revoir à Paul et Elisabet. Le transatlantique appareillait à midi, les passagers embarquaient à partir de neuf heures.

Ils avaient apporté un bouquet de violettes pour Elisabet, ainsi qu'une douzaine de petits gâteaux et un rouleau de serpentins jaunes, à lâcher depuis le pont au départ du bateau. Elisabet portait un chapeau de paille entouré d'un ruban rouge, et ses yeux bleus étaient fébriles à la perspective du voyage.

Paul avait hâte d'embarquer, hâte de montrer à Elisabet la surprise qu'il lui avait ménagée. Mais il tint absolument à ce que le photographe du bord les prenne tous les quatre sur le quai, avec l'*Île-de-France* en toile de fond. Puis on s'agita autour des malles, il fallut en retirer un vêtement à la dernière minute. Enfin, à l'heure dite, une corne tonna avec la puissance d'un volcan, dans les régions supérieures du navire, et les passagers qu'il restait à embarquer se pressèrent sur la passerelle.

L'heure était arrivée. Klára prit Paul à part pour lui parler, et András et Elisabet se retrouvèrent en tête à tête. Il n'avait pas réfléchi à ce qu'il pourrait lui dire en pareille circonstance. Il constatait avec surprise combien son départ l'affectait ; la veille, au dîner, il s'était déjà représenté la femme qu'elle deviendrait et qui, songeait-il, tiendrait plus de sa mère qu'il ne l'avait cru.

— Je ne crois pas que vous soyez peiné de me voir partir, lui dit-elle.

Mais il aperçut un éclair taquin dans ses yeux, et elle venait de parler hongrois.

— Si, dit-il en lui prenant la main. Dépêchez-vous d'aller au diable, s'il vous plaît.

Elle sourit.

— Faites en sorte que ma mère vienne nous voir, d'accord ?

— Je n'y manquerai pas, j'ai envie de découvrir New York.

— Je vous enverrai une carte postale.

— À la bonne heure.

– Je ne me suis pas encore habituée à l'idée que vous l'épousiez, ce qui va faire de vous mon...

– Ne le dites pas, je vous en prie.

– Soit. Mais écoutez-moi bien, si j'apprends que vous la faites souffrir, je viens vous tuer de mes mains.

– Et moi, si j'apprends que vous avez fait souffrir votre jeune et beau mari...

Mais elle lui donna une bourrade dans l'épaule, et Klára apparut pour lui dire au revoir. Elles restèrent enlacées, Elisabet penchant la tête pour toucher celle de sa mère. András se détourna et serra la main de Paul.

– *See you in the funny papers*, dit Paul en anglais. C'est ce qu'on dit aux États-Unis : je te verrai dans les bandes dessinées.

– Ça sonne mieux en français, commenta András, et Paul dut en convenir.

La corne du paquebot résonna de nouveau, et Klára embrassa Elisabet une dernière fois. Le couple grimpa sur la passerelle et disparut dans la cohue. Klára tenait le bras d'András, muette, les yeux secs, jusqu'au moment où Elisabet reparut au bastingage. Déjà, des heures avant que le bateau ne quitte le quai, la jeune fille était si loin qu'on ne la reconnaissait qu'au ruban rouge flottant à son chapeau, et à son bouquet rond de violettes, pas plus grosses que des têtes d'épingle. La tache bleu foncé, à ses côtés, c'était Paul, dans son blazer bleu marine. Klára prit la main d'András et la serra fort. Son visage menu était pâle sous la masse brune de ses cheveux ; dans sa hâte de partir pour Le Havre, elle avait oublié de prendre un chapeau, alors elle agitait son mouchoir vers Elisabet, qui agitait le sien en retour.

Trois heures plus tard, ils regardaient l'*Île-de-France* glisser au loin vers l'horizon plat et bleu, entre ciel et haute mer. Incroyable, se disait András, qu'un navire aussi gigantesque puisse rétrécir jusqu'à n'être pas plus gros qu'une maison, une voiture, un bureau, un livre, une chaussure, une noix, un grain de riz, un grain de sable. Incroyable que l'objet le plus immense qu'il lui ait été donné de voir ne résistât pas aux effets réducteurs de la distance. Le phénomène lui faisait prendre conscience de sa propre petitesse par rapport au monde, de sa propre insignifiance devant les événements à venir et, pendant quelques minutes, il sentit un vent de panique lui traverser la poitrine.

— Tu n'es pas bien ? lui demanda Klára en lui posant une main sur la joue. Qu'est-ce qui t'arrive ?

Mais il ne parvenait pas à mettre des mots sur son sentiment. Un instant plus tard, c'était passé, et il était temps de reprendre la voiture pour rentrer chez eux.

# Chapitre 25

# Au consulat de Hongrie

Tout le temps de l'aller-retour de Klára et András au Havre, Tibor et Ilana étaient restés ensemble rue de Sévigné et Tibor faisait à présent le récit de leur journée à son frère. Ils déambulaient le long de la Seine, regardant les grandes péniches passer sous les ponts. De loin en loin, les accords d'une musique tzigane donnaient à András l'illusion d'être à Budapest et qu'il lui suffirait de lever les yeux pour apercevoir le dôme doré du Parlement sur la rive droite et le château sur sa colline, rive gauche. L'après-midi était humide, il sentait le trottoir mouillé et le fleuve. Sous la lumière oblique, Tibor paraissait égaré par la joie. Il expliqua à András que dans le train, déjà, Ilana savait qu'elle commettait une erreur mais s'était trouvée impuissante à empêcher le cours des événements. De tous côtés, la culpabilité, un manège sans fin de culpabilités, la sienne, celle de Tibor, et celle de Ben Yakov. Chacun avait lésé les autres, et avait été lésé par eux. C'était miracle qu'ils aient pu sortir de ce cercle infernal sans y laisser leur santé mentale. Mais la distance avait protégé Tibor, et Klára s'était occupée d'Ilana comme de sa propre fille ; quant à Ben Yakov, il s'était confié à András, dans sa chambre, l'autre nuit.

— Elle va rentrer en Italie avec moi, annonça Tibor. Je vais la ramener à Florence et je passerai le reste de l'été avec elle. Si je pouvais, je lui demanderais de m'épouser tout de suite, mais j'aimerais autant que ses parents ne me considèrent pas comme l'ennemi absolu. J'aimerais avoir leur accord.

– C'est courageux de ta part. Et s'ils refusent ?

– Je prends le risque. Qui sait ? Je leur plairai peut-être.

Ils traversèrent l'île de la Cité et le Petit-Pont pour gagner le Quartier latin, où ils se retrouvèrent bientôt rue Saint-Jacques, dans les parages de l'immeuble de József ; la dernière fois qu'András était allé chez lui, c'était le soir de Yom Kippour, et s'il avait croisé le jeune homme à plusieurs reprises depuis, il n'était pas retourné chez lui depuis des mois. L'heure était proche où lui et Klára devraient décider s'ils le mettaient dans la confidence. Aux abords de l'immeuble, ils virent que la porte cochère était maintenue ouverte par deux valises de cuir patiné, couleur châtaine, couvertes d'étiquettes et portant le nom de József clairement indiqué sur leurs flancs. Un instant plus tard, c'est le jeune homme lui-même qui paraissait, vêtu d'un costume de voyage estival.

– Lévi ! s'écria-t-il.

Son regard parcourut András, qui se sentit passé en revue avec un étonnement tout fraternel.

– Je dois dire que tu as une mine excellente, mon vieux. Et puis voici l'autre Lévi, le futur médecin si je ne m'abuse. Quel dommage que vous m'attrapiez au vol, on serait allés boire un verre tous les trois. D'un autre côté, c'est bien pratique pour moi, vous allez m'aider à trouver un taxi.

– Vous partez en vacances ? dit Tibor.

– Je devais partir, en effet, répondit József avec un air de dépit inhabituel chez lui. Je devais retrouver des amis à Saint-Tropez, mais je m'en vais à Budapest-la-Belle.

– Pourquoi, demanda András. Qu'est-ce qui se passe ?

József leva le bras pour héler un taxi, qui s'arrêta le long du trottoir ; le chauffeur en sortit pour prendre ses bagages.

– Et si vous m'accompagniez, vous deux ? Je vais gare du Nord, ça prendra une demi-heure, avec la circulation…

– Mieux à faire qu'une longue course en taxi dans la chaleur ? Impossible, persifla András.

Ils montèrent donc en voiture et reprirent la rue Saint-Jacques en sens inverse. József posa son long bras sur le dos du siège arrière et se tourna vers András.

– Vois-tu, Lévi, c'est fichtrement contrariant, mais je crois qu'il faut que je te dise ce qui se passe.

– Quoi donc ?

– As-tu fait renouveler ton visa d'étudiant ?

– Pas encore, pourquoi ?

– Ne t'étonne pas si on te cherche des noises au consulat de Hongrie.

András le considéra avec étonnement. Les rayons obliques de l'après-midi jetaient leur éclairage sur un aspect de sa personne qui lui était inconnu : une ombre d'inquiétude autour des yeux, les séquelles du manque de sommeil.

– Quel genre de noises ?

– Je suis allé faire renouveler mon visa, je pensais qu'il me restait encore quelques semaines et je ne m'attendais pas à ce qu'ils me fassent des histoires. Et voilà qu'ils me disent qu'ils ne peuvent pas le renouveler, pas depuis la France.

– Mais ça n'a pas de sens, dit Tibor. Les consulats sont là pour ça.

– Plus maintenant, il faut croire.

– S'ils refusent de renouveler un visa, où est-on censé le faire ?

– Dans son pays. C'est pourquoi je rentre.

– Ton père n'aurait pas pu le faire pour toi ? dit András. Il n'aurait pas pu user de son influence ? Ou encore, pardonne ma vulgarité, graisser la patte à qui de droit ?

– On aurait pu le croire, mais manifestement, non.

Mon père n'a plus l'influence qui était la sienne autrefois. Il n'est plus président de sa banque, il a gardé le même bureau, mais il n'a plus le même titre. Il est secrétaire-conseiller, une ânerie comme ça.

— C'est parce qu'il est juif ?

— Bien entendu. Que veux-tu que ce soit d'autre ?

— Et je suppose que seuls les juifs sont obligés de retourner en Hongrie pour faire renouveler leur visa ?

— Et ça t'étonne, mon cher ?

András sortit ses papiers de la poche de sa veste.

— Mon visa est valable encore trois semaines.

— C'est ce que je croyais, moi aussi. Mais il ne vaut rien si tu ne suis pas de cours d'été. Le trimestre prochain ne compte pas, apparemment. Tu ferais mieux d'aller au consulat avant qu'on te demande tes papiers. Parce que, aux yeux des pouvoirs publics, tu es ici en toute illégalité maintenant.

— Mais c'est impossible, ça n'a aucun sens.

József haussa les épaules.

— Je préférerais te dire le contraire.

— Je ne peux pas partir à Budapest dans l'immédiat.

— À vrai dire, pour ma part, j'ai presque hâte d'y être, déclara József. Je vais aller faire trempette aux bains Szécsenyi, prendre un café au Gerbeaud, voir des camarades de lycée, j'irai peut-être passer quelques jours sur les bords du lac Balaton. Et puis je réglerai mon problème au bureau des passeports et je reviendrai pour la rentrée des classes, si rentrée des classes il y a, ce qui dépend surtout du caprice de *Herr* Hitler.

András s'affala sur la banquette du taxi, tout en tentant d'évaluer les conséquences de ce qu'il venait d'entendre. En d'autres circonstances, il aurait vu d'un bon œil ce prétexte rêvé pour rentrer chez lui : deux ans qu'il n'avait pas vu son père, sa mère et son frère Mátyás ! Mais il avait le projet de se marier, et il avait prévu que le mariage ait lieu pendant le séjour de Tibor à Paris ; et puis il avait aussi prévu d'emménager rue de Sévigné. Ce n'était donc pas le moment de prendre un train pour Budapest, pas le moment de traverser le continent, pas le moment d'avoir des problèmes de visa. Du reste, il n'avait pas de quoi payer son billet. L'aller-retour engloutirait ce qu'il avait réussi à mettre de côté pour la bague de Klára et les frais d'inscription à l'École spéciale. Il n'avait pas autant d'argent de côté que Tibor, qui économisait depuis six ans. Il se sentit mal, tout à coup, et dut baisser la glace pour respirer.

— J'aurais dû te le dire plus tôt, regretta József. On aurait fait le voyage ensemble.

— C'est ma faute, répondit András. Je ne me suis pas empressé de venir te voir depuis le jour où vous m'avez ramassé ivre mort dans ta chambre.

— Il ne faut jamais avoir honte. Pas envers moi. Et surtout pas pour ça. (Puis, se tournant vers Tibor :) Et vous ? Ça va, les études de médecine ? Vous étudiez en Suisse, non ?

— En Italie.

— Mais oui, c'est ça. Et vous êtes presque docteur, à présent ?

— Oh non, tant s'en faut.

— Qu'est-ce qui vous amène à Paris ?

— C'est une longue histoire. Pour vous en donner une version abrégée, disons que je courtise une jeune femme qui, jusqu'à une date très récente, était mariée à un ami d'András. Et je ne suis pas fâché que vous partiez avant de m'avoir contraint à vous en livrer la version intégrale.

József se mit à rire.

— C'est grandiose ! Quel dommage que je n'aie pas le temps de l'écouter par le menu.

Ils étaient arrivés à la gare, et le chauffeur descendit les valises de la galerie. József ouvrit son portefeuille et

457

compta le prix de la course. András et Tibor sortirent de la voiture à leur tour et l'aidèrent à porter ses bagages.

– Il vaut mieux que tu y ailles, à présent, dit András, une fois les valises confiées à un porteur. Sinon tu vas rater ton train.

– Écoute, si tu rentres à Budapest, fais-moi signe. On ira boire un verre et je te présenterai à des filles de ma connaissance.

– M. Hász, profession play-boy, dit Tibor.

– N'oublie pas, dit József avec un clin d'œil.

Là-dessus il saisit sa serviette de cuir et s'en alla d'un pas nonchalant se mêler à la foule.

Avant une semaine, András lui-même serait obligé de retourner à la gare du Nord avec ses valises et sa sacoche. Mais ce soir-là, en remontant la rue de Sévigné avec Tibor, il savait seulement qu'il lui fallait se rendre au consulat et expliquer qu'il avait besoin de régulariser sa situation. Seulement jusqu'à la fin du mois, seulement jusqu'à ce qu'il fasse publier les bans et qu'il épouse sa promise. Car une fois marié, qu'est-ce qui l'empêcherait de demander la nationalité française ? Qu'est-ce qui l'empêcherait d'aller et venir à sa guise ?

Chez Klára, toutes les lumières étaient allumées, et les femmes retranchées dans la chambre de celle-ci. Ilana en sortit pour lui en interdire l'entrée : la couturière était là, et les préparatifs autour de la robe de mariée devaient rester secrets.

András étouffa une interjection désolée, et Tibor et lui s'installèrent dans le séjour, de part et d'autre du canapé. Tibor tira ses papiers de la poche de son pantalon pour examiner son propre visa.

– Il est valable jusqu'en janvier, dit-il. Et je suis inscrit à la session d'été – même s'il n'y a guère de chances que je réussisse mes examens puisque j'ai cessé d'assister aux cours.

– Mais tu es inscrit, donc tu ne devrais pas avoir de problème.

– Et toi, alors, qu'est-ce que tu vas faire ?

– Je vais aller au consulat, et puis j'irai à la mairie. Je vais faire toutes les démarches. Il me faut absolument des papiers en règle si je veux qu'ils publient les bans.

Depuis la chambre, un trio d'exclamations se fit entendre, suivi d'une cascade de rires. Tibor plia ses papiers et les posa sur la table.

– Qu'est-ce que tu vas lui dire ?

– Pour l'instant, rien, je ne veux pas l'inquiéter.

– Nous irons au consulat demain, décida Tibor. Si tu expliques ton problème, peut-être qu'ils prorogeront ton visa. Et puis s'ils te cherchent des noises, attention !

Il leva un poing menaçant. Mais il avait des mains de pianiste, longues et fines, ses jointures avaient le poli des galets de la rivière et ses tendons s'ouvraient en éventail, telles les nervures d'une aile d'oiseau.

– À la grâce de Dieu, dit András, qui parvint à sourire.

Le consulat de Hongrie n'était pas très loin de l'ambassade d'Allemagne, où Ernst vom Rath avait croisé la route de son assassin. Au premier coup d'œil, cet édifice aurait pu donner à l'expatrié le mal du pays, car sa façade était incrustée de mosaïques représentant Budapest et la campagne hongroise. Mais l'artiste avait le génie de la laideur. Ses personnages étaient chlorotiques, bouffis ; ses paysages à la perspective approximative ne pouvaient guère inspirer qu'une vague nausée chez le spectateur. De toute façon, András avait pris son petit déjeuner du bout des lèvres, après une nuit quasi blanche. Il avait réussi tant bien que mal à passer la soirée sans rien dire à Klára, mais elle se doutait qu'il y avait anguille sous roche. Après dîner, comme Tibor et lui se disposaient à regagner le Quartier latin, elle l'avait arrêté dans le couloir pour lui demander s'il avait des arrière-pensées quant à leur mariage.

– Aucune, avait-il répondu. Tout au contraire, j'ai hâte que nous nous mariions.

– Moi aussi, avait-elle dit en l'étreignant dans la pénombre.

Il l'avait embrassée, mais l'esprit ailleurs. Il pensait à ce qui le perturbait le plus depuis sa course en taxi de l'après-midi : ce n'était pas tant la perspective d'un refus du consulat, ni le souci de trouver l'argent du billet pour la Hongrie, non, c'était le fait que celui qui quittait la France en quatrième vitesse n'était autre que József Hász, qui lui avait toujours paru miraculeusement épargné par les difficultés du quotidien et qui partait à Budapest toutes affaires cessantes pour faire tamponner un papier.

Le lendemain, au consulat, une matrone rouquine à l'accent hadjú lui expliqua que son visa était arrivé à expiration à la fin des cours, au début de l'été, et qu'il se trouvait donc depuis un mois et demi en toute illégalité sur le territoire français. Il lui fallait quitter le pays immédiatement s'il ne voulait pas se faire arrêter. Elle lui remit un formulaire attestant qu'il pouvait repasser la frontière hongroise. La mesure lui parut superflue puisqu'il était citoyen hongrois, mais il était trop tourneboulé pour y réfléchir plus avant. Il avait besoin de savoir ce qu'il aurait à faire une fois à Budapest pour rentrer à Paris au plus vite. Tibor l'accompagnait, comme promis ; les mains dans les poches, il posait poliment et posément les questions d'András pour lui éviter de vociférer et de se disputer avec la préposée. Ils apprirent ainsi que, s'il fournissait une attestation de son école assurant qu'il était bien inscrit et que sa bourse serait renouvelée à l'automne, il devrait pouvoir obtenir un nouveau visa de deux ans dès son retour à Budapest. Cette attestation, n'importe quel professeur pourrait l'écrire ; il suffisait qu'elle porte l'en-tête de l'École et son cachet. Tibor remercia chaleureusement la matrone, qui poussa l'amabilité jusqu'à dire qu'elle regrettait ces embarras. Mais ses petits yeux larmoyants demeurèrent impassibles lorsqu'elle tamponna la mention ÉRVÉNYTELEN sur le visa. Expiré, non valide. András devait partir sans délai. Se rendre à la mairie ne servirait à rien : pas de visa, pas de mariage ; s'il exhibait des papiers expirés, il risquait de se faire arrêter. Le billet de train allait lui manger toutes ses économies, mais il n'avait pas le choix. Il n'aurait qu'à remettre de l'argent de côté après son retour.

Tibor et lui se rendirent à l'École spéciale pour obtenir l'attestation, mais ils trouvèrent portes closes, car l'établissement était fermé jusqu'à la fin août. Tout le monde était en vacances, même les employés de l'administration. András lâcha une injure en hongrois en direction du ciel torride et laiteux.

– Comment on va faire pour avoir l'en-tête et le cachet ? demanda Tibor.

András jura de nouveau, mais il lui vint une idée. L'architecture de l'édifice, il la connaissait fort bien : l'École faisait partie des premiers bâtiments qu'ils avaient étudiés en atelier. Ils l'avaient passée en revue sous tous ses aspects, depuis les fondations de pierre du vestibule néoclassique jusqu'au toit de verre pyramidal de l'amphithéâtre ; il connaissait chaque porte, chaque fenêtre, et même les trappes de livraison du charbon et le réseau de pneumatiques qui permettait d'envoyer des messages depuis le bureau central vers ceux des professeurs. Il savait ainsi que l'École avait un mur mitoyen avec le cimetière du Montparnasse et que derrière une cascade de lierre, côté cimetière, on accédait à une porte si bien cachée qu'on ne la fermait jamais. Elle ouvrait sur la cour de l'École, d'où l'on pouvait entrer dans le bureau par des fenêtres fermant mal. Ce fut grâce à ce stratagème que les deux frères se retrouvèrent dans le saint des saints, désert en cette période. Ils y découvrirent une boîte contenant papier à lettres et enveloppes, et Tibor repéra le tampon dans un tiroir du bureau. Leurs talents de dactylographes étant modestes, ils s'y reprirent à huit fois pour taper l'attestation certifiant qu'András était bien inscrit à l'École et qu'il recevrait une bourse à l'automne. Ils firent de Vágo l'auteur de la lettre, et Tibor imita sa signature avec un somptueux paraphe que le grand homme lui-même aurait pu lui envier. Après quoi ils tamponnèrent le document du sceau officiel.

Avant de partir, András montra à son frère la plaque mentionnant qu'il avait remporté le prix de l'Amphithéâtre. Tibor la regarda longtemps, bras croisés sur la poitrine, puis, enfin, il retourna au bureau où il prit deux feuilles à en-tête et un crayon, avec lesquels il réalisa deux empreintes de la plaque.

– Une pour nos parents, une pour moi, dit-il.

Ils durent se rendre au guichet de la poste pour télégraphier son arrivée à Mátyás. András n'avait pas l'intention de prévenir ses parents avant d'être à Budapest : un télégramme ne ferait que les alarmer, une lettre risquait d'arriver après son retour à Paris. Dans le bureau, des hommes et des femmes à la mine soucieuse étaient penchés sur des formulaires et composaient des haïkus de hasard, parfois élégants, sur la naissance et l'amour, la mort et l'argent. Des messages inachevés jonchaient le sol : *Maman, ai reçu. Mathilde : suis au regret de vous informer*. Tandis que Tibor consultait les horaires des trains, András alla chercher au guichet formulaire et crayon. L'employé à casquette verte lui désigna l'un des comptoirs, où il se rendit et attendit son frère. Le *Danube* partait le lendemain à 7 h 33 du matin, pour arriver à Budapest soixante-douze heures plus tard.

– Qu'est-ce qu'on écrit ? demanda András. Il y a tellement à dire…

– Qu'est-ce que tu penses de : « Arrive à Budapest jeudi matin. Prends un bain. Affectueusement, András » ? suggéra Tibor en suçant le bout de son crayon.

– « Prends un bain », pourquoi ?

– Parce que tu risques fort de partager son lit.

– Bien vu ! Qu'est-ce que je ferais sans toi…

Ils payèrent le télégramme, qui partit rejoindre les autres. À présent, il ne restait plus à András qu'à passer rue de Sévigné annoncer ses intentions à Klára. Il appréhendait cette conversation, avec la nouvelle qu'il devrait lui apprendre : son visa avait expiré, leur projet de mariage tombait à l'eau. Elle y verrait ses inquiétudes confirmées. Quand le sort de l'Europe était si incertain, comment la convaincre que le leur l'était moins ? Mais à l'appartement, ils découvrirent que Klára et Ilana étaient parties en mission ultrasecrète – où ? Mme Apfel ne voulut pas le leur dire. Il était quatre heures de l'après-midi, en temps ordinaire Klára aurait fait classe. Mais son cours fermait l'été, lui aussi. Sans le divorce d'Ilana et le départ d'Elisabet, sans doute seraient-ils eux-mêmes allés quelque part, peut-être à Nice, retrouver la maison de pierre. Pour l'instant, ils étaient là, dans la capitale, dont les boutiques et les restaurants étaient fermés, tout autour d'eux, et qui sombrait dans une torpeur dorée. András se demandait où avaient bien pu se rendre Klára et Ilana. Un quart d'heure plus tard, elles étaient de retour, les cheveux mouillés, la peau rosie et le teint lumineux, dans tout leur éclat. Elles rentraient du hammam du VIe arrondissement. Il ne put se retenir de suivre Klára dans sa chambre et de la regarder s'habiller pour le dîner. Elle lui sourit par-dessus son épaule, tout en laissant choir sur le sol sa robe d'été. Son corps était frais et pâle, sa peau veloutée comme une feuille de sauge. Impossible de prendre un train qui allait le séparer d'elle, ne fût-ce qu'un seul jour.

– Klárika, dit-il, et elle se tourna vers lui.

En séchant, ses cheveux s'enroulaient en vrilles délicates autour de son cou et de son front ; il la désirait si fort qu'il avait presque envie de la mordre.

– Qu'est-ce qui se passe ? demanda-t-elle en posant sa main sur la peau nue du bras d'András.

– Il y a du nouveau, répondit-il. Il faut que je parte pour Budapest.

Elle eut un battement de paupières éberlué.

– Pourquoi, mon Dieu, quelqu'un vient de mourir ?

– Non, non, mon visa est arrivé à expiration.

– Et il ne suffit pas d'aller au consulat ?

– Les dispositions ont changé. C'est József qui me l'a appris. Il a dû quitter la France, lui aussi, je l'ai croisé au moment où il partait pour la gare du Nord. D'après le gouvernement, je suis désormais ici en toute illégalité. Il faut que je parte immédiatement, j'ai un train demain matin.

Elle prit un peignoir de soie blanche et se drapa dedans, puis elle s'assit sur la chaise basse, devant la coiffeuse, le visage exsangue.

– Budapest…

– Quelques jours, c'est tout.

– Et si tu as des ennuis ? S'ils refusent de renouveler ton visa une fois que tu seras là-bas ? Si la guerre éclate, en ton absence ?

Lentement, d'un air pensif, elle dénoua le ruban vert qui retenait ses cheveux sur la nuque et, pendant un long moment, elle le garda dans ses mains. Lorsqu'elle reprit la parole, elle ne maîtrisait plus sa voix.

– On devait se marier dans dix jours, et voilà que tu pars pour la Hongrie, qui est bien le dernier pays où je puisse t'accompagner.

– Le temps d'y aller, de voir mes parents, et je serai de retour.

– S'il devait t'arriver quelque chose, je ne le supporterais pas.

– Tu crois que j'ai envie de partir sans toi ? dit-il en la mettant debout. Tu crois que je supporte cette idée ? Deux semaines sans toi, quand l'Europe est au bord de la guerre ? Tu crois que j'en ai envie ?

– Et si je venais avec toi ?

Il secoua la tête.

– Impossible, tu le sais comme moi. Nous en avons déjà parlé, c'est trop dangereux, surtout en ce moment.

– Je n'aurais jamais envisagé de le faire tant qu'Elisabet était encore là, mais à présent je n'ai plus besoin de me protéger. Et puis, András, je commence à comprendre ce que ma mère a enduré quand il m'a fallu partir. Elle prend de l'âge. Qui sait quand je retrouverai l'occasion de la voir ? Plus de dix-huit ans sont passés. Il y aurait peut-être moyen de la rencontrer en secret, sans que personne n'en sache rien. Si nous restons peu de temps, nous ne courrons aucun danger. Voilà presque vingt ans que je vis sous le nom de Claire Morgenstern, j'ai un passeport français. Pourquoi veux-tu qu'il éveille les soupçons ? Je t'en prie, András, laisse-moi t'accompagner.

– Impossible, si tu étais découverte et arrêtée, je ne me le pardonnerais jamais.

– Est-ce que ce serait pire que d'être séparée de toi ?

– Deux petites semaines, Klára…

– Deux semaines pendant lesquelles tout peut arriver.

– Si l'Europe entre en guerre, tu seras plus en sécurité ici.

– Que m'importe ma sécurité ?

– Pense qu'elle m'importe, à moi, dit-il, embrassant son front pâle, ses pommettes, ses lèvres. Je ne peux pas te laisser venir avec moi. Hors de question. Impossible. Et il va falloir que je me sauve pour aller rassembler mes affaires, d'ailleurs. Mon train part à sept heures et demie du matin, alors prends un instant pour réfléchir à ce que tu veux faire passer à Budapest. Je peux transmettre des lettres, si tu veux.

– Piètre consolation.

– Imagine quel réconfort ce sera, pour ta mère, de recevoir un mot de toi.

D'une main tremblante, il lui caressa les cheveux et les épaules.

– Et puis je pourrai parler avec elle, Klára, je pourrai lui faire ma demande en mariage.

Elle acquiesça et lui prit la main. Mais elle ne le regardait plus ; déjà, elle était loin, elle se recroquevillait dans sa coquille. Quand ils passèrent dans le séjour pour qu'elle écrive sa lettre, il se mit à la fenêtre ouverte et regarda le dessous vert pâle des jeunes feuilles de marronniers. Le vent sentait l'orage. Il savait qu'il agissait pour assurer sa sécurité, comme un mari. Il savait qu'il faisait ce qu'il avait à faire. Bientôt, elle aurait achevé ses lettres, et alors il prendrait congé d'elle avec un baiser.

Comment aurait-il pu savoir que c'était son dernier soir de Parisien ? Qu'aurait-il fait s'il l'avait su ? À quoi aurait-il passé ces heures ? Aurait-il déambulé dans les rues pour fixer dans sa mémoire leurs angles imprévisibles, leur odeur, les variations de leur éclairage ? Serait-il allé chez Rosen, le tirer du sommeil et lui souhaiter bonne chance dans son engagement politique, et ses amours avec Shalhevet ? Aurait-il couru chez Ben Yakov, le voir une dernière fois dans son appartement déserté ? Aurait-il été trouver Polaner chez lui pour lui dire, ce qui était vrai, qu'il n'avait jamais aimé un ami davantage, qu'il lui devait la vie et le bonheur, qu'il n'avait jamais éprouvé d'enthousiasme aussi grand que quand ils travaillaient ensemble à l'atelier, la nuit, pour concevoir un bel ouvrage

466

audacieux ? Aurait-il entrepris une dernière balade devant le Sarah-Bernhardt, vénérable grande dame assoupie, avec ses fauteuils tendus de velours rouge et piquetés de poussière, ses corridors muets et déserts, ses loges d'artistes qui sentaient encore les fards ? Se serait-il glissé jusqu'à l'atelier de Forestier pour graver dans son esprit son festival d'escamotages et d'illusions ? Serait-il repassé par la porte dérobée, le long du cimetière du Montparnasse, pour retourner dans son atelier parcourir de la main la surface lisse et familière de la table à dessin, le sillon où placer les crayons, les crayons mécaniques eux-mêmes, avec le repère hachuré où poser les doigts, la mine de plomb lisse et dure, le clic qui récompensait la fin d'une séance de travail et annonçait le début d'une autre ? Serait-il retourné rue de Sévigné, première et dernière demeure de son cœur à Paris, là où il avait vu pour la première fois Klára Morgenstern, un vase bleu à la main ? Où ils avaient fait l'amour pour la première fois, pour la première fois s'étaient disputés, avaient parlé d'avoir des enfants ?

Mais il ne s'en doutait pas. Tout ce qu'il savait, c'était qu'il avait raison d'écarter Klára de ce voyage. Il partirait et puis il reviendrait auprès d'elle. Aucune guerre, aucun règlement, aucune loi ne l'en empêcherait. Il s'entortilla dans les couvertures qu'ils avaient partagées, et pensa à elle toute la nuit. À côté de lui, par terre, Tibor dormait sur le matelas qu'ils avaient emprunté. Il trouvait un réconfort indicible à écouter sa respiration familière. Il se serait presque cru à Konyár, un dimanche où ils seraient rentrés tous les deux de pension, leurs parents endormis de l'autre côté de la cloison, et Mátyás rêvant dans son petit lit.

Comme il n'emportait que sa valise en carton et sa serviette, pas besoin de taxi. Tibor et lui partirent donc à pied vers la gare, comme deux ans plus tôt lorsque András avait quitté Budapest. En traversant le pont au Change, il songea un instant à faire un crochet par chez Klára, mais le temps pressait ; le train partait dans une heure. Il s'arrêta à une boulangerie s'acheter du pain pour le voyage. À la vitrine du tabac voisin, les journaux proclamaient que le comte Casky, ministre des Affaires étrangères hongrois, avait été envoyé en mission diplomatique secrète à Rome par le gouvernement allemand, et qu'il était allé trouver Mussolini dès sa descente d'avion. Le gouvernement hongrois se refusait à tout commentaire sur l'objet de cette visite et se bornait à déclarer que la Hongrie se faisait un plaisir de faciliter les communications entre ses alliés.

La gare grouillait de voyageurs en partance, chargés de valises et de malles. Bientôt Tibor prendrait le train à son tour, mais avec Ilana, et pour l'Italie. Dans la queue, au guichet, András le saisit par la manche en lui disant :

– J'aurais bien aimé assister à ton mariage.

– Et moi au tien, répondit Tibor en souriant.

– J'étais loin de me douter que les choses allaient s'arranger de cette façon pour toi.

– Je n'aurais jamais osé l'espérer.

– Il n'y a de la veine que pour la canaille.

– Souhaitons que ce soit de famille, dit Tibor.

Son regard avait glissé en tête de la file d'attente, où une jeune femme brune et frêle venait d'ouvrir son portefeuille pour compter des billets. András eut un coup au cœur. Elle était coiffée comme Klára, en chignon souple sur la nuque. Son manteau d'été ressemblait exactement à celui de Klára ; tout comme elle, elle avait un maintien superbe. Que le destin était donc cruel, se dit-il, de lui mettre son image sous les yeux.

Et puis, comme la femme se retournait pour ranger

son portefeuille dans son sac, il crut que son cœur s'arrêtait de battre. C'était elle. Ses yeux gris croisèrent les siens. Et elle leva la main pour lui montrer son billet. Elle partait avec lui. Rien de ce qu'il pourrait dire ne l'en empêcherait.

Quatrième partie

Le pont invisible

# Chapitre 26

# En Subcarpatie

En janvier 1940, la compagnie de travail obligatoire 112/30 de l'armée hongroise était stationnée en
Carpato-Ruthénie, quelque part entre les villes de Jalová
et Stakčin, non loin de la Cirocha – c'est-à-dire sur
le territoire tchécoslovaque annexé par la Hongrie au
moment où l'Allemagne avait repris les Sudètes. Le paysage y était sauvage et accidenté, des sommets couverts
d'une végétation rase, des collines boisées, des vallées
enneigées, des torrents pris par la glace, obstrués par
des rochers. Lorsque András avait appris l'annexion
de la Ruthénie dans les journaux parisiens, ou vu aux
actualités cinématographiques ses collines boisées, cette
région n'était qu'une abstraction pour lui, un pion sur
l'échiquier hitlérien. À présent, il vivait sous la cano-
pée de cette même forêt et travaillait à la construction
des routes dans les équipes du STO. Dès son retour
à Budapest, tout espoir de renouveler son visa s'était
envolé. Sa requête avait mis en joie le préposé dont
l'haleine empestait l'oignon et le poivron : juif et en
âge d'être mobilisé, András avait à peu près autant de
chances d'en obtenir un que lui, Márkus Kovács, d'aller
passer des vacances à Corfou avec Lily Pons, la bonne
blague ! Son supérieur hiérarchique, moins facétieux
mais tout aussi malodorant (cigare, saucisse, sueur), avait
examiné la lettre de l'École spéciale, pour déclarer avec
une œillade patriotique au drapeau qu'il ne comprenait

pas le français. Après qu'András lui avait traduit sa recommandation, il lui avait fait remarquer gravement que si l'École l'appréciait tellement aujourd'hui, elle l'accepterait encore dans deux ans quand il serait libéré de ses obligations militaires. András avait persévéré, tous les jours il s'était rendu au service des visas avec une exaspération croissante : le temps pressait. Le mois d'août touchait à sa fin, il fallait absolument qu'ils rentrent à Paris. Klára était en danger, et ce danger ne ferait que s'aggraver s'ils restaient. Et puis, la première semaine de septembre, l'Europe entra en guerre.

Sous le prétexte le plus futile – des SS en uniforme polonais avaient simulé l'attaque d'une station de radio allemande dans la ville frontière de Gleiwitz –, Hitler avait envoyé un million et demi d'hommes et deux mille chars franchir la frontière polonaise. Dans le *Quotidien de Budapest,* on avait vu des photos de cavaliers polonais se jetant à l'assaut des panzers avec leurs sabres et leurs lances. Le lendemain, le même journal présentait le champ de bataille jonché de chevaux démembrés et d'armures anciennes disloquées ; les soldats des divisions panzers grimaçaient un sourire en tenant contre eux les cuirasses et les jambeaux. Les armures seraient exposées au musée de la Conquête, actuellement en construction à Berlin, précisait le journal. Quelques semaines plus tard, l'Allemagne et la Russie négociaient le partage des territoires conquis, et András recevait son ordre de réquisition. Il s'écoulerait encore dix-huit mois avant que la Hongrie n'entre en guerre, mais la conscription des juifs avait commencé en juillet 1939. András se rendit aux bureaux de son bataillon, dans Soroskári út, où il apprit que sa compagnie, la 112/30, serait déployée en Ruthénie. Il partait dans trois semaines.

Il alla trouver Mátyás à la boutique de lingerie de Váci utca pour lui annoncer la nouvelle. Le jeune homme était en train de refaire la vitrine. Quelques dames d'un certain âge, décemment vêtues, s'étaient attroupées sur le trottoir pour le voir habiller les mannequins de dessous de plus en plus exigus, chaste pantomime en temps réel. András toqua à la vitre et son frère leva un doigt pour lui signifier d'attendre ; il acheva d'épingler une combinaison lilas, puis disparut par une porte de poupée. Un instant plus tard, il reparaissait à la porte de la boutique, grandeur nature celle-ci, un mètre de tailleur sur les épaules, et les revers de sa veste piquetés d'épingles. En deux ans, le poulain efflanqué s'était mué en un jeune homme au corps mince et musclé, et il exécutait la chorégraphie prosaïque de sa journée avec la grâce spontanée du danseur. Il avait du duvet aux joues et une petite pomme d'Adam parfaitement dessinée sous le menton. Il tenait de leur mère ses cheveux bruns et abondants, ainsi que ses pommettes, hautes et saillantes.

– J'ai encore deux filles en fil de fer à habiller, dit-il à András. Viens avec moi, tu me raconteras les dernières nouvelles pendant ce temps-là.

Ils entrèrent dans la boutique et se glissèrent par la petite porte dans la vitrine.

– Qu'est-ce que tu en penses ? demanda Mátyás en désignant une forme à la taille de guêpe. Le caraco bleu ou le rose ?

Il avait coutume de réaliser ses étalages pendant les heures ouvrables, car il avait remarqué que le spectacle attirait un flot continu de clientes qui entraient aussitôt acheter ce qu'il était en train d'accrocher.

– Le bleu, choisit András, qui ajouta : Devine où je serai dans trois semaines.

– Pas à Paris, je suppose.

– En Ruthénie, avec ma compagnie de travailleurs forcés.

Mátyás secoua la tête.

– Si j'étais toi, je me sauverais tout de suite. Saute dans un train pour Paris et réclame l'asile politique.

Dis que tu refuses de faire ton service militaire dans un pays qui accepte les cadeaux territoriaux des nazis.

Il enfonça une épingle dans la bretelle du caraco bleu.

— Je ne peux pas prendre la fuite, je suis fiancé, je vais me marier. Et de toute façon, les frontières françaises sont fermées.

— Alors pars ailleurs, en Belgique, en Suisse. Tu dis toi-même que Klára n'est pas en sécurité, ici. Emmène-la avec toi.

— Tu veux qu'on saute de train en train, comme des clochards ?

— Et pourquoi pas ? Ça vaut toujours mieux que d'être expédié en Ruthénie comme une marchandise. (Tout en disant ces mots, Mátyás se redressa et observa longuement son frère, le front assombri.) Il faut vraiment que tu y ailles, c'est ça ?

— Je ne vois pas comment faire autrement. Le premier déploiement ne dure que six mois.

— Après quoi on t'octroiera une permission dérisoire, et tu en reprendras pour six mois, et ainsi de suite pendant deux ans. (Mátyás croisa les bras.) Décidément, tu devrais choisir la fuite.

— Crois-moi, je voudrais bien.

— Klára ne sera pas ravie de ces nouvelles…

— Je sais, je vais la retrouver de ce pas. Elle m'attend chez sa mère.

Mátyás le gratifia d'une bourrade sur l'épaule, manière de lui souhaiter bonne chance, et il lui tint la porte pour faciliter son passage. András descendit dans la boutique et ressortit en faisant au revoir à son frère, sous le regard des dames attroupées. Il avait du mal à croire qu'on serait bientôt en octobre et qu'il n'allait pas retourner à l'École spéciale. Depuis quelques jours, il se surprenait à passer au peigne fin le *Pesti Napló* pour y trouver des nouvelles de Paris. Ce jour-là, le journal publiait des photos de la cohue dans les gares, où seize mille enfants étaient évacués vers la province. Si Klára et lui étaient restés, peut-être auraient-ils quitté la capitale, eux aussi. À moins qu'ils n'aient préféré ne pas bouger, en se préparant au pire. Mais il était à Budapest, dans Andrássy út, et il se dirigeait vers le Városliget et les avenues ombragées de l'enfance de Klára. Il lui semblait désormais presque banal d'aller passer l'après-midi dans la demeure de Benczúr utca, alors qu'ils n'étaient de retour que depuis un mois. À leur arrivée, la situation de Klára leur paraissait si précaire qu'ils n'avaient même pas osé se présenter à la maison familiale. Ils avaient pris une chambre au nom d'András dans un minuscule hôtel de Cukor utca, à l'écart du centre-ville, et décidé qu'il valait mieux prévenir la mère de Klára de sa présence à Budapest, avant que la jeune femme ne lui rende visite.

Le lendemain après-midi, il se présentait chez les Hász comme un ami de József. La bonne l'avait introduit dans le salon rose et or où il avait passé une heure d'inconfort, le jour de son départ pour Paris. Belle-mère et belle-fille jouaient aux cartes à une table en bois doré, près de la fenêtre. József était vautré dans un fauteuil saumon, un livre sur les genoux. Lorsqu'il vit András à la porte du salon, il s'extirpa de son siège et l'accueillit avec la jovialité attendue, tout en exprimant le regret non moins attendu qu'il ait dû rentrer à son tour. Mme Hász jeune le gratifia d'un petit salut, et la mère de Klára d'un sourire de bienvenue qui montrait qu'elle le reconnaissait. Mais quelque chose dans l'allure d'András avait dû attirer son attention, car quelques instants plus tard, elle étalait ses cartes sur la table et se levait.

— Monsieur Lévi, vous allez bien ? Vous êtes tout pâle…

Elle traversa la pièce et lui tendit la main, avec une expression stoïque, comme si elle se préparait à recevoir une mauvaise nouvelle.

— Je vais bien, dit-il. Et Klára aussi.

Elle le considéra avec une stupeur non déguisée, et la mère de József se leva à son tour.

— Monsieur Lévi… commença-t-elle, ne sachant comment l'inciter à la prudence sans trop en dire devant son fils.

— Qui est Klára ? demanda József. Tu ne parles pas de Klára Hász, j'imagine ?

— Si, répondit András, qui lui expliqua que, deux ans auparavant, il avait acheminé une lettre de sa grand-mère à Klára, et qu'il lui avait été présenté. Elle vit sous le nom de Claire Morgenstern, à présent, et tu connais sa fille, Elisabet.

József se rassit lentement dans le fauteuil damassé ; on aurait dit qu'András venait de lui donner un coup de poing.

— Elisabet ? Tu veux dire qu'Elisabet Morgenstern est la fille de Klára, de Klára, ma tante disparue ?

Les rumeurs sur les liens entre András et la mère d'Elisabet Morgenstern durent lui revenir en mémoire, car il posa sur András un regard aigu ; il le dévisageait comme s'il ne l'avait jamais vu.

— Pourquoi êtes-vous venu ? demanda sa mère. Qu'avez-vous à nous dire ?

Alors, enfin, András annonça la nouvelle : Klára se portait bien, qui plus est, elle se trouvait à Budapest, dans un hôtel à Ferencváros. Il n'avait pas plus tôt parlé que les yeux de Mme Hász mère s'emplirent de larmes et que la terreur se lut sur son visage. Pourquoi Klára avait-elle pris un risque aussi épouvantable ?

— Je crains d'y être pour quelque chose, dit András. Il fallait que je rentre à Budapest, et Klára et moi sommes fiancés.

Ce fut un beau remue-ménage dans le salon. La mère de József perdit son calme. D'une voix de soprano tendue par la panique, elle exigeait de savoir comment on en était arrivé là, puis elle disait qu'elle ne voulait pas le savoir, que c'était aberrant, impensable. Elle appela la bonne et lui demanda son médicament pour le cœur ; elle dit à József d'aller chercher son père à la banque immédiatement. Un instant plus tard, elle changeait d'avis : si György quittait son bureau précipitamment au beau milieu de l'après-midi, il risquait d'éveiller les soupçons. Pendant ce temps, Mme Hász mère implorait András de lui dire où trouver Klára, si elle y était en sécurité, et si on pouvait lui rendre visite. Pris dans ce maelström, András commençait à se demander si, l'agitation retombée, il serait toujours fiancé à Klára, ou si son frère et sa belle-sœur réussiraient par quelque pouvoir ésotérique à rompre les liens entre une femme de ce monde et un homme aussi modeste que lui. Déjà, József le considérait avec une expression insolite, voire hostile, où transparaissaient le sentiment d'avoir été trahi et, pis encore, de la méfiance.

On comprit bientôt que rien n'empêcherait la vieille Mme Hász de partir voir Klára sans plus attendre. Elle avait déjà réclamé la voiture et voulait qu'András l'accompagne. Le chauffeur les déposerait à mi-chemin et ils achèveraient le trajet à pied. József, sans un au revoir à András, suivit sa mère au premier étage pour l'aider à retrouver son calme. La mère de Klára lui lança un regard éloquent : l'affolement de sa belle-fille était grotesque. Elle jeta un manteau sur sa robe et ils se précipitèrent dehors, où la voiture les attendait. En chemin, elle supplia András de lui dire si Klára allait bien, à quoi elle ressemblait aujourd'hui puis, enfin, si elle voulait revoir sa mère.

– Plus que tout, répondit András. Soyez-en assurée.

– Dix-huit ans, dit la mère dans un souffle.

Après quoi, elle demeura silencieuse, vaincue par l'émotion.

Quelques instants plus tard, l'auto les déposait au début d'Andrássy út et ils partirent à travers les rues d'un pas vif, Mme Hász au bras d'András. Son chignon se défit en marchant, et le foulard noué en toute hâte autour de son cou glissa ; András eut le temps de rattraper ce carré de soie violette au moment où ils pénétraient dans l'étroit vestibule de l'hôtel. Au pied de l'escalier en fonte, Mme Hász fut prise d'un tremblement muet. Elle monta les marches avec une lenteur délibérée, comme pour répéter dans sa tête quelques scénarios de ce moment mille fois imaginé. Lorsque András lui annonça qu'ils étaient arrivés au bon étage, elle le suivit dans le couloir sans mot dire et le regarda gravement sortir la clef de sa poche. Il la fit tourner dans la serrure et poussa la porte. Klára était là, à la fenêtre, dans sa robe aux tons fauves ; sa main serrait un mouchoir roulé en boule, et la lumière du matin éclairait son visage. Sa mère s'approcha d'elle en somnambule, elle lui prit les mains, lui caressa le visage et prononça son nom. Tremblante, Klára posa la tête sur son épaule et se mit à pleurer. Elles étaient là, muettes et secouées de sanglots, sous les yeux d'András. Il assistait à la scène inverse de celle du départ d'Elisabet, quelques semaines plus tôt. L'enfant perdue était de retour, ce qui n'avait plus de substance reprenait corps. Il avait beau savoir que ces retrouvailles se jouaient dans le galetas d'un hôtel étriqué, le long d'une rue sans charme, il croyait voir se renouer des liens immatériels, et c'était une conjonction si puissante qu'il dut se détourner. Voilà que se rejoignaient les pôles opposés de la vie de Klára, celui du passé et celui du présent. Plus rien n'interdisait de penser qu'ils puissent entamer une vie nouvelle. Les difficultés d'András au bureau des visas n'avaient pas commencé encore, et la frontière française était toujours ouverte : tout paraissait possible.

À présent, quatre semaines plus tard, une chose était sûre : ils ne retourneraient pas à Paris comme ils l'avaient espéré. Pis encore, il serait bientôt séparé de Klára, envoyé dans une forêt lointaine et inconnue. Lorsqu'il se présenta à Benczúr utca, cet après-midi-là, avec la nouvelle qu'il venait d'annoncer à son frère – à savoir que dans trois semaines sa compagnie se déploierait en Carpato-Ruthénie –, il découvrit avec soulagement que Klára était seule à la maison. Elle venait de se faire servir le thé dans sa pièce favorite, un joli boudoir avec une belle vue sur le jardin. Dans son enfance, avait-elle confié à András, c'était là qu'elle venait lorsqu'elle avait envie d'être seule. Elle appelait cette pièce le salon du Lièvre, à cause de la belle gravure de Dürer qui s'y trouvait accrochée au-dessus de la cheminée : un jeune lièvre de trois quarts, campé sur ses cuisses à la four-rure soyeuse, les oreilles à demi couchées en arrière. Elle avait fait du feu dans la cheminée et réclamé des pâtisseries, mais quand il lui rapporta ce qu'il venait d'apprendre aux bureaux de son bataillon, ils ne purent que sombrer dans le mutisme et regarder l'assiette de strudel aux noix et au pavot sans y toucher.

— Il faut que tu rentres chez toi dès que la frontière rouvrira, dit-il enfin. Je suis atterré à l'idée du danger que tu cours ici.

— Je ne serai pas plus en sécurité à Paris. La ville peut être bombardée du jour au lendemain.

— Tu pourrais partir en province avec Mme Apfel, aller à Nice.

Elle eut un geste de dénégation.

— Je ne t'abandonnerai pas ici. Nous allons nous marier.

— Mais c'est de la folie. Tôt ou tard, on découvrira qui tu es.

— Je n'ai plus rien qui me retienne à Paris. Elisabet est partie, tu es ici, ainsi que ma mère et György. Je ne peux pas retourner à Paris, András.

— Et tes amis, alors, tes élèves, le reste de ta vie ?

Elle fit non de la tête.

– La France est en guerre. Mes élèves ont quitté Paris, il faudrait que je ferme mon cours, de toute façon, temporairement du moins. Peut-être que la guerre sera courte, avec un peu de chance, et qu'elle sera finie d'ici que tu achèves ton service militaire. Alors tu obtiendras un nouveau visa et nous rentrerons à Paris ensemble.

– Et pendant ce temps-là tu vas demeurer ici au péril de ta vie ?

– Je mènerai une existence discrète, sous ton nom. Personne n'aura la moindre raison de venir me chercher ici. Je louerai mon appartement et mon studio à Paris, et je m'installerai dans un mouchoir de poche ici, dans le quartier juif. Peut-être que je donnerai quelques cours particuliers.

Il soupira et se frotta les joues à deux mains.

– Ça me tuera, de te savoir ici, vivant dans l'illégalité.

– Je vivais déjà dans l'illégalité à Paris.

– Sauf que la loi était beaucoup plus loin.

– Il n'est pas question que je t'abandonne en Hongrie, un point c'est tout, conclut-elle.

Il n'avait jamais osé imaginer qu'il épouserait Klára à la synagogue de Dohány utca, ni que ses parents et Mátyás assisteraient au mariage ; il avait encore moins rêvé que la famille de Klára serait là aussi – sa mère, qui avait troqué ses habits de veuve contre un fourreau de soie vieux rose, et qui pleurait de joie ; sa belle-sœur, qui pinçait les lèvres, très droite dans le flou de sa robe Vionnet ; son frère György, chez qui l'affection fraternelle était venue à bout des réserves qu'il pouvait avoir sur le marié, et qui conduisit sa sœur avec autant de fierté et d'anxiété que s'il avait été son père ; József Hász, enfin, qui observait la cérémonie d'un œil détaché, sans rien dire. Le châle de prière de Béla le Bienheureux leur servit de dais de mariage, et ce fut la simple alliance en or de la mère de Béla qui fut passée au doigt de Klára.

Ils se marièrent un après-midi d'octobre, dans la cour de la synagogue. Il n'était pas question de cérémonie en grande pompe dans le sanctuaire. Il ne pouvait y avoir aucune manifestation publique de cette union, sinon le document qui mettrait une distance encore accrue entre la mariée et Klára Hász. Elle ne pourrait pas obtenir la citoyenneté hongroise à cause des lois antijuives datant du mois de mai, cependant, elle avait le droit de prendre le nom de son mari et de demander un permis de séjour sous ce couvert-là. Le contrat de mariage avait été lu par le père d'András, rompu aux lectures publiques à l'école rabbinique, où il avait appris l'araméen. Quant à la mère d'András, intimidée par cette assistance pourtant peu nombreuse, elle présenta à son fils la coupe qu'il devait briser sous son pied.

Le sujet que l'on n'aborda surtout pas, ni pendant la cérémonie ni au repas de noces, fut le départ du marié pour la Carpato-Ruthénie. Mais son imminence connue de tous donna à chaque instant de la journée une résonance élégiaque. Pour sa part, József était désormais à l'abri d'un sort identique. La famille Hász avait réussi à le faire exempter de service militaire en graissant la patte à un fonctionnaire. L'exemption coûtait son prix, proportionné à la fortune des Hász : ils avaient dû faire cadeau au fonctionnaire en question de leur chalet sur le lac Balaton, où Klára passait les grandes vacances quand elle était enfant. On avait renouvelé le visa d'étudiant de József, qui rentrerait en France sitôt que les frontières rouvriraient, à ceci près que nul ne pouvait dire quand – ni même si la France accepterait les ressortissants d'un pays allié aux nazis. Les parents d'András n'étaient pas en mesure de faire exempter leur fils de service militaire. La scierie subvenait tout juste à leurs besoins. Klára avait envisagé de demander à son frère de les aider, mais András n'avait pas voulu en entendre parler. D'abord, on aurait risqué d'alerter les pouvoirs publics sur les liens entre lui et la famille Hász, et puis il refusait d'être un fardeau pour György Hász. En désespoir de cause, Klára avait parlé de vendre son appartement et son studio à Paris, mais András avait de nouveau refusé tout net. Cet appartement de la rue de Sévigné, c'était sa maison. Si la situation en Hongrie se dégradait, il faudrait qu'elle puisse y retourner coûte que coûte. Et puis il y avait aussi un élément moins pragmatique présidant à cette décision : tant que Klára était propriétaire de son appartement et de son studio, ils pouvaient s'imaginer revenir à Paris. András accomplirait ses deux ans de service militaire à l'issue desquels, comme l'avait dit Klára, la guerre serait peut-être finie, et le retour possible.

Pendant les heures délicieuses que dura le repas de noces, dans la demeure de Benczúr utca, András parvint à oublier l'imminence de son départ. Dans une vaste galerie vidée de ses meubles, il fut soulevé sur un fauteuil à côté de son épousée, tandis que deux musiciens jouaient de la musique tzigane. Ensuite, Mátyás, lui et leur père dansèrent ensemble en se tenant par les épaules, et ils tournèrent jusqu'à tomber. József Hász, ne résistant pas au rôle de l'hôte même dans un mariage qu'il ne paraissait guère approuver, s'employa à remplir les verres de chacun. Et Mátyás, pour honorer la tradition qui veut qu'on fasse rire les mariés, se lança dans un numéro de claquettes chaplinesque avec une canne molle et un chapeau bondissant. Klára en pleurait de rire. Son front pâle avait rosi, et des boucles brunes s'échappaient de son chignon. Mais András ne pouvait oublier tout à fait l'éphémère de la fête, ni qu'il lui faudrait bientôt dire au revoir à son épousée avant de prendre un train pour la Carpato-Ruthénie. Aussi, sa joie n'avait pas été sans mélange. Il ne pouvait ignorer la froideur de Mme Hász jeune, ni les indices divers et variés lui rappelant que Klára avait grandi dans un tout autre milieu que le sien.

Sa mère, pourtant élégante dans sa robe grise, semblait avoir peur de manipuler les délicates flûtes à champagne de la famille Hász. Son père n'avait pas grand-chose à dire au frère de Klára, et moins encore à József. Si Tibor avait été là, peut-être aurait-il su jeter un pont sur le gouffre qui séparait les deux clans. Mais il n'était pas là, bien sûr, et trois autres manquaient à l'appel, dont l'absence avait fait basculer cette fête dans l'irréalité. Polaner et Rosen, qui avaient néanmoins envoyé leurs télégrammes de félicitations, et Ben Yakov, qui ne donnait plus signe de vie. Il savait que Klára éprouvait du chagrin, elle aussi, en plein bonheur. Elle devait penser à feu son père, et puis à Elisabet, séparée d'elle par des milliers de kilomètres.

On parla de la guerre et du rôle que la Hongrie y jouerait. Maintenant que la Pologne était tombée, il se pouvait, dit György Hász, que la France et l'Angleterre poussent l'Allemagne au cessez-le-feu avant même que la Hongrie soit contrainte de venir en aide à son alliée. András trouvait l'idée bien improbable, mais un jour pareil, l'optimisme était de rigueur. On était mi-octobre, un des derniers après-midi tièdes de l'année, la lumière rasante éclairait les platanes, et le jardin se nimbait d'une brume dorée comme une coulée de miel. Lorsque le soleil s'enfuit vers le mur de clôture, Klára entraîna András dans un coin retiré, derrière la charmille, où un banc de marbre blanc disparaissait sous le lierre. Il s'assit et la prit sur ses genoux. Sa nuque était tiède et moite, le parfum des roses s'y mêlait à l'effluve minéral de sa transpiration. Elle inclina la tête vers lui, et quand il l'embrassa, sa bouche avait le goût de la pièce montée.

Ce fut le moment qui devait lui revenir encore et toujours, la nuit, au pied des Carpates. Ce moment, et ceux qui suivirent, dans leur chambre à l'hôtel Gellért. Leur lune de miel avait été de courte durée : trois jours. Mais à présent, c'était le pain qui le nourrissait.

L'instant où ils avaient signé le registre de l'hôtel sous leur nom d'époux, le regard de soulagement qu'elle lui avait lancé quand ils s'étaient retrouvés enfin seuls ; sa timidité surprenante dans le lit nuptial ; la courbe de son dos nu sur le fouillis des draps, le lendemain, au réveil ; l'alliance qu'il sentait peser curieusement à son doigt. Quel luxe incongru, cette alliance en or, au milieu de la crasse et de la grisaille des chantiers dans lesquels il travaillait maintenant – mais incongru surtout car elle faisait partie de leur intimité, de leur tendre intimité. *Ani l'dodi v'dodi li*, lui avait-elle dit en hébreu quand elle la lui avait passée au doigt. C'était un vers du Cantique des cantiques : *Mon bien-aimé est à moi, et moi je suis à lui*. Il était à elle, et elle à lui, même ici, en Carpato-Ruthénie.

Lui et ses camarades habitaient une ferme abandonnée dans un hameau abandonné, près d'une carrière de pierre qui avait depuis longtemps donné tout le granit qu'on pouvait en tirer. Il ignorait quand les habitants de la ferme en étaient partis, seul subsistait dans la grange un effluve fantôme de bétail. Ils y dormaient à cinquante, dans cette grange ; vingt autres dans le poulailler reconverti, trente dans les écuries, et cinquante encore dans des baraquements construits depuis peu. Les capitaines de section et le commandant de la compagnie, ainsi que le médecin et les contremaîtres, couchaient à la ferme, dans de vrais lits, avec des toilettes. Dans la grange, chaque travailleur disposait d'un lit de camp métallique avec une paillasse. Au pied de chaque lit, une boîte à outils portant son numéro matricule. L'ordinaire était maigre, mais servi sans faille : le matin pain et café, à midi soupe aux pommes de terre ou aux haricots, le soir, même menu, toujours avec du pain. Ils étaient convenablement vêtus pour faire face aux intempéries : pardessus et uniformes d'hiver, sous-vêtements et chaussettes de laine, godillots noirs rigides. Leurs pardessus, leurs chemises et leurs pantalons étaient à peu de chose près les mêmes que ceux du reste de l'armée hongroise, mais ils portaient un grand M vert à leur revers, M comme *Munkaszolgálat*, travail obligatoire. Personne ne prononçait jamais le mot tout entier, on disait le *Musz*, monosyllabe amer. Le travailleur du Musz, lui dirent ses camarades, était un soldat ordinaire, sauf que sa vie valait *encore moins* que de la merde. Au Musz, on était payé comme n'importe quel conscrit, c'est-à-dire tout juste assez pour faire crever sa famille de faim. Le Musz n'avait pas pour objectif de tuer ses hommes, mais seulement de les user jusqu'à ce qu'ils aient envie de se tuer. Et puis, bien entendu, autre singularité majeure, tous les appelés y étaient juifs. Le ministère de la Défense hongrois considérait que les juifs n'étaient pas des citoyens fiables et qu'il était donc dangereux de leur faire porter les armes, moyennant quoi on les envoyait couper des arbres, construire des routes et des ponts, monter des baraquements pour les troupes qui seraient stationnées en Ruthénie.

András allait jouir de privilèges imprévus. Marié, on lui attribuait une prime ainsi qu'une aide au logement. Il possédait un carnet de solde aux armes de la couronne hongroise ; il était payé deux fois par mois en chèques du gouvernement. Il pouvait recevoir lettres et colis, pourvu qu'ils soient soumis à l'inspection préalable. Et comme il était bachelier, il jouissait du statut d'officier du travail obligatoire. Il avait une escouade de vingt hommes sous ses ordres, un képi d'officier et un insigne à double chevron sur la poche ; les autres membres de l'escouade étaient tenus de le saluer et de l'appeler monsieur. C'était lui qui faisait l'appel, qui formait les équipes de travail et désignait les quarts de nuit. C'était à lui que ses vingt hommes devaient adresser leurs requêtes ou confier leurs problèmes ; en cas de litige entre eux, c'était à lui que revenait l'arbitrage. Deux fois par semaine, il allait au rapport chez le commandant de la compagnie.

La 112/30 avait été envoyée dégager un pan de forêt où l'on ferait passer une route au printemps. Ils se levaient avant l'aube et se lavaient avec de la neige fondue ; puis ils s'habillaient et fourraient leurs pieds dans des godillots rigidifiés par le froid. À la lueur rouge des poêles à bois, ils buvaient leur café amer en mangeant leur ration de pain. Puis c'était la gymnastique matinale, les pompes, les flexions latérales et les sauts accroupis. Ensuite, au commandement du sergent, ils formaient le carré et se mettaient en ordre de marche, hache sur l'épaule en guise de fusil, puis traversaient la nuit d'un pas martial pour rejoindre le chantier.

Le seul miracle que les circonstances réservaient à András fut l'identité de son coéquipier, lequel n'était autre que Mendel Horovitz, avec qui il avait fait toutes ses études secondaires au gimnázium de Debrecen. Il avait battu le record de Hongrie du cent mètres et du saut en longueur aux sélections des jeux Olympiques de 1936. L'espace de dix minutes, il avait fait partie de l'équipe olympique de Hongrie, et après son dernier saut, on lui avait passé le dossard officiel avant de le conduire au bureau d'enregistrement où le secrétaire de l'équipe consignait les données personnelles de tous les athlètes qualifiés. Mais après avoir répondu aux deux premières questions sur son nom et son lieu de naissance, Mendel avait chuté sur la troisième – sa religion. Les juifs ne pouvaient participer aux jeux Olympiques, et il le savait, bien sûr ; mais il était allé aux sélections en signe de protestation et dans le fol espoir qu'on ferait une exception pour lui. Il n'en avait rien été, naturellement, même si les sélectionneurs s'en mordirent les doigts : son record du cent mètres ne fut battu que d'un dixième de seconde par Jesse Owen, le médaillé d'or.

Lorsque András et Mendel se retrouvèrent au départ

des trains du STO, à Budapest, leurs exclamations et claques dans le dos commencèrent par leur valoir un blâme pour mauvaise conduite. Mendel avait un visage taillé à coups de serpe, sa bouche dessinait un V ironique et ses sourcils évoquaient les antennes duveteuses des papillons de nuit. Il était né à Zalaszabar et il avait fait ses études secondaires aux frais d'un oncle maternel qui le destinait aux mathématiques. Mais Mendel n'avait aucun goût pour l'abstraction des chiffres, il n'aspirait d'ailleurs pas non plus à faire carrière dans le sport, malgré son talent. Il voulait être journaliste. Déçu de n'avoir pas été sélectionné dans l'équipe olympique, il avait trouvé un emploi éditorial dans un journal du soir, le *Courrier du soir*. Bientôt il rédigeait ses propres colonnes, véritables petits-fours satiriques qu'il glissait dans la boîte du rédacteur en chef sous un nom de plume, et qui paraissaient parfois. Il travaillait à ce journal depuis un an lorsqu'il fut réquisitionné, après avoir survécu à une salve de licenciements consécutive aux nouvelles normes imposant un maximum de 6 % de juifs dans la presse. András le trouva remarquablement enthousiaste quant à cette expédition en Subcarpatie. Il aimait la montagne, lui expliqua-t-il, il aimait le grand air et le travail manuel. Bûcheronner sans relâche ne semblait pas l'affecter.

András en aurait été moins affecté lui-même si leurs outils avaient eu du tranchant, si leur assiette avait été mieux garnie, si l'on avait été à la belle saison et s'il était venu de son plein gré. Sur ce vaste chantier forestier, ils abattaient chaque arbre selon un rituel bien rodé. C'était Mendel qui faisait la première encoche avec sa hache. András ajustait la scie à deux poignées dans le sillon, après quoi, ils en empoignaient une poignée chacun et se mettaient à l'ouvrage. Une odeur de sciure douceâtre se dégageait lorsqu'ils attaquaient l'aubier, puis ils ressentaient une friction accrue en atteignant le bois de cœur. Ils glissaient de minces coins d'acier pour maintenir la brèche ouverte ; dans le duramen, où le bois était plus dense, la lame commençait à hurler. Il leur fallait parfois une demi-heure pour traverser trente centimètres. Puis il fallait se porter de l'autre côté pour achever la lutte. Quand il ne restait plus que quelques centimètres, ils inséraient de nouveaux coins et retiraient la scie. Mendel criait « feu vert » et cognait l'arbre. Une série de grognements et de craquements parcouraient le tronc sur toute sa longueur, à grande vitesse, et les hautes branches se frayaient un passage entre leurs voisines. C'était la vraie mort de l'arbre, se disait András, l'instant où il cessait de dresser la tête, l'instant où leur geste le transformait en vulgaire pièce de bois. Dans sa chute, l'arbre, avec ses cent tonnes, créait un courant d'air considérable parmi ses congénères ; les branches sifflaient. En touchant terre, le poids du tronc faisait vibrer le sous-bois, et le choc se transmettait aux semelles d'András, à tout son squelette jusqu'à son crâne, où il ricochait comme une détonation. L'écho durait un instant, kaddish silencieux de l'arbre, et puis l'ordre du contremaître retentissait : « Très bien, les gars, allez, on continue. » Il fallait couper les branches pour en faire du bois de chauffage et traîner les troncs jusqu'aux bennes des camions imposants qui les achemineraient vers une gare, et de là, en Hongrie.

Mendel et lui faisaient une bonne équipe. Ils comptaient parmi les travailleurs les plus rapides, ce qui leur avait valu les éloges du contremaître. Mais András n'en tirait guère satisfaction, en l'occurrence. On l'avait soustrait à sa vie, séparé de Klára, mais aussi de tout ce qui comptait pour lui depuis deux ans. En octobre, alors qu'il aurait dû être en train de discuter des plans d'un gymnase avec Le Corbusier, il abattait des arbres. En novembre, quand il aurait dû élaborer des projets pour l'exposition des troisième année, il abattait des arbres.

Et en décembre, à l'époque où il aurait dû passer ses examens semestriels, il abattait des arbres. Certes, la guerre avait perturbé le calendrier universitaire, mais à l'heure qu'il était, les cours avaient dû reprendre. Polaner, Rosen et Ben Yakov – et, pis encore, les étudiants pleins de morgue qui l'avaient provoqué le jour du prix de l'Amphithéâtre – devaient cingler toutes voiles dehors vers leur diplôme, traduire les édifices qu'ils imaginaient en traits noirs nerveux sur du papier à dessin. Le soir, ses amis se retrouvaient devant un verre à la Colombe bleue ; ils habitaient le Quartier latin, pour eux, la vie continuait.

C'est du moins ce qu'il se figurait, jusqu'à ce que Klára lui fasse suivre un paquet de lettres parisiennes. Ainsi apprit-il que Polaner s'était engagé dans la Légion étrangère. *Si seulement tu t'étais engagé avec moi*, lui écrivait-il. *À présent, je m'entraîne à l'École militaire. Cette semaine, j'ai appris à tirer au fusil. Pour la première fois de ma vie, j'ai l'ardent désir de me servir d'une arme à feu. Les journaux nous rapportent horreur sur horreur : les SS Einsatzgruppen encerclent des professeurs, des artistes, des scouts et les exécutent sur la place publique. Les juifs polonais ont été déplacés vers des terres marécageuses misérables, du côté de Lublin. Mes parents sont encore à Cracovie pour l'instant, mais l'usine de mon père a été confisquée. Je combattrai le Reich au péril de ma vie s'il le faut.*

Pour sa part, Rosen projetait d'émigrer en Palestine avec Shalhevet. *On meurt d'ennui, sans toi, à Paris*, écrivait-il de sa grosse écriture, *et puis je découvre que mes études m'impatientent. Dans une Europe en guerre, étudier paraît futile. Mais je n'ai pas l'intention de me jeter contre les chars comme Polaner. Je préfère rester vivant pour agir. Shalhevet pense que, en trouvant des mécènes américains, nous pourrions mettre sur pied une organisation charitable pour exfiltrer les juifs d'Europe.*

*C'est une fille brillante, elle parviendra peut-être à ses fins. Si tout va bien, nous partirons en mai. À partir de maintenant, je ne t'écrirai plus qu'en hébreu.*

Psychiquement épuisé par les événements de l'année écoulée, Ben Yakov s'était mis en congé d'études et replié chez ses parents, à Rouen. Ce n'était pas lui mais Rosen qui l'annonçait à András ; il prédisait aussi que leur ami ne tarderait pas à le contacter, et de fait, dans le même paquet de lettres, Klára avait joint un télégramme qui disait : SANS RANCUNE, ANDRÁS. RESTE TON AMI À JAMAIS MALGRÉ TOUT. DIEU TE PROTÈGE, BEN YAKOV.

Klára elle-même lui écrivait toutes les semaines. Son permis de séjour lui était parvenu sans anicroche ; pour le gouvernement, elle était Claire Lévi, l'épouse, née en France, d'un travailleur de l'armée hongroise. Elle avait loué son appartement de la rue de Sévigné à un compositeur polonais réfugié en France ; le compositeur en question connaissait un professeur de danse qui ne demandait qu'à reprendre le studio, de sorte que ce dernier était loué aussi. Klára s'était installée dans un appartement de Király utca, comme elle l'avait souhaité. Elle donnait quelques leçons de danse et pourrait bientôt ouvrir un vrai petit cours. Elle vivait en recluse, sans se faire remarquer. Elle voyait sa mère tous les jours, elle allait se promener au parc avec son frère le dimanche après-midi, et ils s'étaient rendus sur la tombe de son professeur Viktor Romankov, mort d'une attaque après avoir enseigné vingt ans à l'École royale de danse. Partout dans Budapest, ses souvenirs tissaient une toile d'araignée, lui écrivait-elle. Parfois elle oubliait complètement qu'elle était une femme aujourd'hui ; elle se surprenait à se diriger vers la maison familiale, espérant y trouver son père vivant, son frère, grand jeune homme encore lycéen, et sa chambre de jeune fille comme elle l'avait laissée. Elle avait des moments de mélancolie et, surtout, András lui manquait. Mais il ne fallait pas qu'il s'inquiète pour elle. Elle allait bien. Rien ne la menaçait apparemment.

Il s'inquiétait tout de même, mais ce fut un réconfort de lire sous sa plume qu'elle se sentait en sécurité, assez pour le lui dire, en tout cas. Il gardait toujours sa dernière lettre en poche ; dès qu'il en arrivait une nouvelle, il glissait l'ancienne dans sa boîte à outils, l'ajoutant à la liasse qu'il retenait avec le ruban vert de ses cheveux. Il avait emporté leur photo de mariage, dans un porte-photo marbré de chez Pomeranz et fils. Il comptait les jours jusqu'à sa permission, il comptait, comptait : ainsi passa ce qui lui parut l'hiver le plus long de sa vie.

Au printemps, la forêt s'emplit d'une odeur de terre noire et de la cacophonie des chants d'oiseaux, de l'aube au crépuscule. Du jour au lendemain, sur le trajet du chantier de bûcheronnage, on vit des rideaux aux fenêtres des maisons vides. On vit des enfants dans les champs, des cyclistes sur les routes, les auberges sentaient la saucisse grillée. La permission promise avait été repoussée à la fin de l'été ; il restait trop de travail, leur avait expliqué le commandant, pour octroyer un congé à un seul homme de la compagnie. *Dieu merci, l'hiver est fini*, lui écrivait sa mère. *Je m'inquiétais tous les jours. Mon Andráska dans les montagnes, par ce froid terrible. J'ai beau savoir que tu es fort, une mère imagine toujours le pire. À présent, je peux imaginer le meilleur : tu as assez chaud, la tâche est plus facile, bientôt, tu seras chez toi.* Au pied de ces collines où András et ses camarades avaient peiné à la tâche pendant des mois interminables, les Hongrois se rassemblaient aujourd'hui pour prendre l'air et manger des myrtilles à la crème fraîche ou se baigner dans l'eau glacée des lacs. Mais pour les travailleurs, pas de trêve. Maintenant que le sol avait dégelé, qu'il était plus meuble, que les arbres avaient été dégagés sur le trajet de la future route, la compagnie 112/30 s'appliquait à déraciner les souches géantes pour niveler le lit de la route et répandre le gravier. Les mois d'été s'annonçaient, promettant chaleur, asphalte et goudron. Le solstice passa. On aurait cru que rien ne changerait jamais ; puis, début juillet, arriva un nouveau paquet de lettres que Klára lui faisait suivre, avec des nouvelles de Tibor et de France.

Tibor et Ilana s'étaient mariés en mai après de longues fiançailles et une période de réconciliation avec les parents de la jeune femme. Un certain rabbin Di Samuele avait intercédé en la faveur des amoureux. Il avait si bien plaidé leur cause que les parents d'Ilana avaient fini par inviter Tibor au dîner du shabbat. *N'empêche*, écrivait son frère, *j'ai bien cru que son père allait quand même me mettre un coup de poing dans l'œil. Ce n'était pas Ben Yakov, mais moi qui avais le mauvais rôle pour eux, tu comprends, puisque c'était moi qui avais escorté leur fille en France. Chaque fois que je me risquais à faire un commentaire biblique, son père éclatait de rire, comme si j'avais dit une bourde hilarante. Mine de rien, sa mère évitait de me passer les plats. À peu près au milieu du repas, l'Éternel a fait une intervention risquée. Le père d'Ilana est tombé de sa chaise : début de crise cardiaque. Je l'ai maintenu en vie par des compressions de la poitrine, jusqu'à ce qu'un vrai médecin arrive, et il a survécu. Du coup, j'ai été le héros de la soirée. Le* signor *et la* signora *m'ont vu d'un autre œil. À la fin du mois, Ilana et moi étions mariés. Quand mon visa est arrivé à expiration, nous sommes rentrés à Budapest et nous ne vivons pas loin de ta charmante épouse, lui tenant compagnie du mieux que nous pouvons. Je tâche de mettre mes papiers en règle pour rentrer en Italie. J'ai emmené Ilana à Konyár pour la présenter à* anya *et* apa. *Ils se sont beaucoup plu. Notre père a fini par être un peu ivre, et à la fin du repas, il nous a encouragés*

*à aller lui faire des petits-enfants. Quant à notre jeune*
*frère, il continue ses frasques. Ce mois-ci, il débute*
*au Pineapple Club, où les gens vont payer une somme*
*coquette pour le voir exécuter des claquettes sur un piano*
*blanc. Va savoir comment, il a tout de même obtenu*
*son baccalauréat. Il réalise toujours des étalages, et*
*les clients se bousculent. Mais sa petite amie l'a quitté*
*pour un voyou. Il te transmet son affection, et la photo*
*ci-jointe.* La photo représentait Mátyás en haut-de-forme,
cravate blanche, canne à la main, un pied en extension
pour montrer l'éclair de sa semelle ferrée.

*Mes pensées t'accompagnent,* poursuivait Tibor.
*J'espère bien que vous n'aurez jamais besoin des médi-*
*caments que je joins à ma lettre, toutefois au cas où,*
*j'ai voulu vous monter un mini-hôpital de campagne.*
*Ta sécurité m'inspire des inquiétudes perpétuelles, mais*
*je crois en ta force d'âme. Ton frère qui t'aime, Tibor.*

La lettre suivante venait de Mátyás, elle était datée du
19 mai, et sa main tremblait de colère. *Je suis appelé.*
*Quels salopards infects ! Ils ne m'obligeront jamais à*
*travailler pour eux. Horthy dit qu'il va protéger les juifs.*
*Mensonge ! Gyula Kohn, mon camarade de classe, est*
*mort au service du travail obligatoire, le mois dernier.*
*Il avait un point de côté et de la fièvre, mais ils l'ont*
*envoyé travailler quand même. C'était une appendicite,*
*il est mort en trois jours. Il avait mon âge, dix-neuf ans.*

La dernière lettre était de Klára. Elle était accompagnée d'une coupure de journal qui montrait la 18e armée
allemande en train de défiler dans Paris et un immense
drapeau nazi flottant sur l'Hôtel de Ville. András s'assit
dans son lit et regarda les photos, éberlué. Il pensa
à sa première traversée de l'Allemagne, qui paraissait à des années-lumière, à son escale à Stuttgart, où
il avait voulu acheter un sandwich dans un café qui
ne servait pas les juifs. Ensuite, de nouveau dans le
train, il avait vu partout le drapeau rouge sur toutes

les façades, explosion de ferveur nationale-socialiste. Il refusait de croire ce que l'article joint par Klára lui disait, à savoir que ce drapeau flottait aujourd'hui sur tous les bâtiments officiels de Paris ; que Paul Reynaud, successeur de Daladier, avait démissionné ; que selon le nouveau Premier ministre, Philippe Pétain, la France se disposait à collaborer avec Hitler à la formation d'une Nouvelle Europe. Que la devise « Liberté, Égalité, Fraternité » venait d'être remplacée par le slogan « Travail, Famille, Patrie ». Le bruit courait même que tous les juifs engagés volontaires dans l'armée française seraient retirés de leurs bataillons, emprisonnés dans des camps de concentration, puis déportés dans l'Est.

Polaner. Il dit son nom à haute voix, dans la chambrée humide qui sentait le foin. Les yeux lui piquaient. Il était là-bas, à près de deux mille kilomètres, sans défense, et personne n'y pouvait rien. Déjà Hitler avait eu raison de la Pologne. Il tenait le Luxembourg et la Belgique ; il tenait les Pays-Bas, la Tchécoslovaquie et la Yougoslavie ; il avait fait entrer l'Italie dans le pacte tripartite. La Hongrie était son alliée, et voilà qu'il venait de conquérir la France. Il allait gagner la guerre, et que deviendraient les juifs des nations occupées ? Allait-il les forcer à émigrer, les déporter dans des terres marécageuses au centre d'une Pologne ravagée ? Impossible de se faire une idée de l'avenir.

Il sortit dans la cour lire la lettre de Klára au clair de la lune. La nuit était humide. Une brume planait sur le champ où ils se rassemblaient le matin ; avec les pluies de juin, l'herbe était échevelée. Le soldat stationné près de la porte de la grange toucha son képi pour le saluer. Ils se connaissaient tous à présent, et personne n'aurait imaginé que l'un d'entre eux déserte. Il n'y avait nulle part où aller en Carpato-Ruthénie. Et d'ailleurs, on allait bientôt leur accorder leur première permission, avec transport gratuit jusqu'à Budapest. András choisit une grosse pierre au bout du champ, que la lune éclairait d'une lumière vive et blanche à travers les mouchoirs froissés des nuages.

*Mon cher Andráska,*
*La France est tombée ; j'ai du mal à croire ce que j'écris. C'est une tragédie, une horreur. Le monde a perdu la tête. Mme Apfel m'écrit que tout Paris s'enfuit vers le sud. J'ai bien de la chance d'être ici, à Budapest, plutôt qu'en France sous la bannière nazie.*
*J'ai été soulagée de recevoir ta lettre du 15 mai : tu vas bien, tu as passé l'hiver. D'ici quelques mois, tu seras parmi nous. En attendant, sache que je vais bien, moi aussi, aussi bien que possible sans toi, disons. J'ai désormais vingt-cinq élèves, toutes douées, toutes juives. Qu'adviendra-t-il d'elles, András ? Je tais mes inquiétudes, cela va de soi. Nous travaillons, elles progressent.*
*Mère va bien. György et Elza vont bien. József va bien. Nous allons tous bien ! C'est ce qu'on écrit dans les lettres. Mais tu sais comment nous allons, mon amour. Nous sommes pleins d'appréhension. L'ombre de l'incertitude pèse sur nos vies. Une seule certitude, pourtant, tu ne quittes jamais mes pensées. Les jours tardent à passer jusqu'à ton retour.*

*Je t'aime,*
*ta K.*

# Chapitre 27

## *L'Oie des neiges*

Tout au long de l'été, il avait réussi à tenir en se disant qu'il serait bientôt avec elle – proche d'elle à la toucher, la sentir, la goûter ; qu'il serait libre de rester au lit avec elle du matin au soir s'il en avait envie, de lui raconter tout ce qui lui était arrivé pendant les mois interminables de son absence, d'apprendre ce à quoi elle avait pensé de son côté. Il se disait qu'il irait voir son père et sa mère, qu'il emmènerait Klára avec lui à Konyár pour la première fois et qu'il se promènerait avec ses parents et sa femme à travers les pommeraies et les plaines herbues. Il reverrait Tibor, aussi, qui, faute d'avoir pu faire renouveler son visa, se retrouvait finalement coincé en Hongrie avec Ilana. Mais en août, au moment où il allait se voir accorder cette permission déjà différée, l'Allemagne fit cadeau à la Hongrie de la Transylvanie septentrionale. Les Carpates, blanche corniche de granit entre l'Ouest civilisé et l'Est sauvage, rempart naturel de l'Europe contre son vaste voisin communiste, Horthy les voulait, dût-il resserrer encore ses liens avec l'Allemagne. Hitler les lui offrait donc, et bientôt, l'amitié entre les deux pays fut officialisée par l'entrée de la Hongrie dans le pacte tripartite. La 112/30, qui s'était acquittée de sa tâche en Subcarpatie avant la date prévue pour l'achèvement du chantier, fut expédiée par train en Transylvanie. Là, dans la forêt inviolée qui s'étendait entre Mármaros-Sziget et Borsa, les hommes se lancèrent dans une entreprise de défrichage et de terrassement qui prendrait le reste de l'automne et de l'hiver.

Aux premiers froids, András se rendit compte que cela faisait un an – un an ! – qu'il n'avait pas vu Klára. Leur vie conjugale se réduisait à une semaine. Tous les soirs, dans les baraquements, les hommes pleuraient ou maudissaient le sort en pensant à leur bonne amie, leur fiancée, leur épouse perdues, ces femmes qui les aimaient mais qui s'étaient lassées de les attendre. Quelle assurance avait-il que Klára ne se lasserait pas de sa solitude ? Elle avait toujours été très entourée ; à Paris, son cercle d'amis était composé de comédiens et de danseurs, de gens qui lui assuraient en permanence une effervescence d'idées. Qu'est-ce qui l'empêcherait de s'entourer de la même société à Budapest ? Et ensuite, qu'est-ce qui l'empêcherait de se tourner vers un de ses nouveaux amis pour trouver une consolation plus tangible ? Une nuit, le spectre de Zoltán Novak lui apparut en rêve ; il marchait pieds nus en smoking dans Wesselényi utca et se dirigeait vers la synagogue Dohány, où une femme qui pouvait fort bien être Klára l'attendait dans les ténèbres de la cour. Car Novak devait bien savoir qu'elle était de retour, et il avait forcément cherché à la revoir. Qui sait s'il n'y était pas déjà parvenu ? Qui sait si elle n'était pas avec lui en ce moment même, dans une chambre louée pour leurs rendez-vous ?

Parfois András avait l'impression que le STO éparpillait ses cellules grises comme les cendres d'un foyer. Que resterait-il de lui quand il rentrerait à Budapest ? Des mois durant, il avait lutté pour s'aiguiser l'esprit tout en travaillant ; ne pouvant les dessiner sur papier, il traçait sur l'ardoise de sa pensée des édifices et des ponts ; tout en pelletant la boue et en dégageant les branches à coups de hache, il se chantonnait le nom français de détails architecturaux pour se maintenir l'esprit en éveil : porte, fenêtre, corniche, balcon, telle était la formule magique contre la détérioration de ses facultés. À présent que la permission reculait à l'horizon comme un mirage, ses pensées mêmes lui étaient une torture. Il s'imaginait Klára avec Novak ou sous l'emprise du souvenir de Sándor Goldstein ; cette guerre qui durait depuis plus d'un an déjà s'étalait comme une tache funeste. Les coupures de journaux que lui envoyait son père lui avaient appris les bombardements impitoyables sur Londres, pilonnée par la Luftwaffe cinquante-sept nuits d'affilée. Et pendant que cette guerre faisait rage en Angleterre, ses camarades menaient une lutte mineure contre les ravages du Munkaszolgálat. De victime en victime, la 112/30 s'effritait. Un homme s'était cassé la jambe, il avait fallu le renvoyer dans ses foyers ; un autre était mort d'une crise de diabète, un troisième s'était brûlé la cervelle avec l'arme d'un officier en apprenant que sa fiancée venait de mettre au monde un enfant qui n'était pas de lui. Mátyás avait été réquisitionné, lui aussi, et Tibor venait d'être appelé. Le bruit courait qu'on envoyait des compagnies du STO déminer les champs en Ukraine. Il se figurait son petit frère avançant dans le brouillard de l'aube ; il portait à la main une branche d'arbre, pour sonder le sol miné.

En décembre, lorsque des tempêtes de neige successives s'abattirent sur les montagnes, confinant les travailleurs dans leurs chambrées, András sombra dans la dépression. Au lieu d'écrire des lettres ou de faire des dessins dans son carnet de croquis tout gonflé par l'humidité, il restait couché à soigner les mystérieuses ecchymoses apparues sous sa peau. En principe, il était chef, il était capitaine d'escouade en titre, et il avait toujours pour mission de mettre les hommes en ordre de marche dans la cour de l'appel et de s'assurer qu'ils tenaient propres leurs baraquements et alimentaient les poêles, bref de veiller aux menus détails de cette vie semi-carcérale ; mais il avait de plus en plus le sentiment que c'étaient eux qui le menaient et lui qui les suivait en traînant les pieds, ses godillots pleins de neige. Ce fut d'un œil distrait que, un dimanche après-midi où soufflait un blizzard particulièrement éprouvant, il vit Mendel Horovitz concevoir le projet d'un journal du Munkaszolgálat. L'ancien journaliste griffonna quelques notes sur un carnet, puis emprunta des feuilles et une machine à écrire à l'un des officiers pour donner au projet une allure plus officielle. Il ne tapait pas très bien et il lui fallut trois jours pour boucler un article de deux pages. Il tapait à toute heure, même la nuit ; les hommes lui jetaient leurs bottes pour faire cesser le tapage, mais son désir de finir le papier était bien supérieur à sa peur des projectiles. Tous les jours de la semaine, il trouva un moment pour travailler.

Quand il eut enfin terminé, il vint s'asseoir au pied du lit d'András avec ses feuillets. Dehors, le vent glapissait comme une meute de renards. C'était le troisième jour de la pire tempête qu'ils aient connue jusque-là, et la couche de neige atteignait les hautes fenêtres de la chambrée. Chantier annulé, les hommes recousaient leur uniforme, fumaient des cigarettes humides ou causaient devant le poêle. András était couché, les yeux au plafond, et il poussait sa langue contre ses dents : celles du fond branlaient dangereusement et ses gencives étaient spongieuses. Dans la journée, il avait saigné du nez, lentement, des heures durant. Il n'était pas d'humeur à parler. Il se fichait pas mal de ce que Mendel avait dactylographié sur les pages qu'il avait à la main. Il rabattit sur sa tête la couverture rugueuse et lui tourna le dos.

— Suffit, Parisi, lui lança Mendel en le découvrant. Assez boudé comme ça.

Parisi, c'était ainsi qu'il l'avait surnommé ; il enviait son séjour en France et voulait toujours s'en faire préciser le détail, surtout curieux des soirées chez József, des drames qui se jouaient en coulisses au Sarah-Bernhardt et des exploits amoureux des amis d'András.

— Fiche-moi la paix, dit András.

— Impossible, il faut que tu m'aides.

András s'assit sur son lit.

— Regarde-moi, lui dit-il, en levant les bras (des bouquets de violettes sanguines fleurissaient sous sa peau). Je suis malade. Je sais pas ce que j'ai. Dans l'état où je suis, tu crois vraiment que je puisse être utile à qui que ce soit ?

— C'est toi le capitaine d'escouade, c'est ton devoir.

— Je ne veux plus être capitaine d'escouade.

— Hélas, Parisi, tu n'as pas vraiment le choix.

András soupira.

— Qu'est-ce que tu veux que je fasse, au juste ?

— Je veux que tu illustres mon journal, répondit l'autre en laissant les feuillets tomber sur ses genoux. Rien d'extraordinaire, hein ? On n'est pas aux Beaux-Arts. Juste quelques dessins rudimentaires ; je t'ai laissé des emplacements, entre les articles.

Il lui mit une modeste provision de crayons dans la main, dont certains de couleur.

Des crayons de couleur, cela faisait une éternité qu'il n'en avait pas vu. Ceux-ci étaient intacts, bien taillés, tout propres, petite épiphanie dans la pénombre enfumée du baraquement.

— Où tu les as eus ?

— Je les ai volés dans le bureau.

András se dressa sur les coudes.

— Et comment tu l'appelles, ton torchon ?

— *L'Oie des neiges*.

— Bon, d'accord, je vais y jeter un coup d'œil, et à présent, laisse-moi.

Outre les nouvelles de la guerre, *L'Oie des neiges* comportait un bulletin météo (*Lundi : neige ; mardi : neige ; mercredi : neige*) ; une rubrique mode (*Défilé à l'aube : Les travailleurs tout juste sortis de leurs rêves se sont mis en rang dans de superbes costumes de couverture grossière, qui vont faire fureur cet hiver. Mangold Béla Kolos, grand prêtre de la mode à Budapest, prédit que ce style pittoresque va bientôt se répandre comme une traînée de poudre sur tout le territoire hongrois*) ; une page des sports (*La jeunesse dorée de Transylvanie raffole de la vie au grand air. Hier, à cinq heures du matin, les bois se peuplaient de jeunes gens pratiquant les sports les plus en vogue à l'heure actuelle : le pousser de brouette, le pelletage de neige, et l'abattage des arbres*) ; un courrier des lectrices (*Chère Miss Coco : Je suis une jeune fille de vingt ans. Vais-je compromettre ma réputation en passant la nuit au baraquement des officiers ? Bien à vous, Virginale. Chère Virginale : Votre question est trop vague. Faites-moi le détail de vos projets si vous voulez une réponse pertinente. Bien à vous, Miss Coco*) ; des réclames d'agences de voyages (*Vous vous ennuyez ? Vous avez envie de changer d'air ? Laissez-vous tenter par notre circuit de luxe à travers l'Ukraine rural*) ; puis, en l'honneur d'András, un article sur une prouesse architecturale (*Merveille de la technique ! András Lévi, architecte ingénieur qui a fait ses classes à Paris, vient de dessiner un pont invisible. Les matériaux en sont d'une légèreté remarquable, et la construction s'effectue en un éclair. Il est indétectable par les forces ennemies. Les tests font ressortir qu'on peut encore en perfectionner la conception, un bataillon de l'armée hongroise aurait en effet mystérieusement plongé dans un abîme lors de la traversée de l'ouvrage. Selon d'autres sources, cependant, le pont aurait déjà atteint sa forme parfaite*). Et enfin, il y avait la pièce maîtresse, les Dix Commandements version Munkaszolgálat :

I. FAUTES GRAVES COMMISES JAMAIS N'AVOUERAS. MAIS ÉCOPER À TA PLACE TON PROCHAIN LAISSERAS.

II. TA SCIE POINT N'AIGUISERAS. MAIS CETTE BESOGNE LAIS-
SERAS À QUI S'EN SERT APRÈS TOI.

III. D'ABLUTIONS POINT NE T'EMBARRASSERAS. TES CAMARADES
PUENT AUTANT QUE TOI.

IV. À LA QUEUE POUR LA SOUPE, DES COUDES JOUERAS. ET
PATATE DU RATA RAFLERAS.

V. SUR LE CHEMIN DU CHANTIER À L'ANGLAISE FILERAS. ET
TON CONTREMAÎTRE LAISSERAS TROUVER LE GOGO QUI TE
REMPLACERA.

VI. QUAND LE BIEN D'AUTRUI CONVOITERAS, TA BOUCHE
SAGEMENT FERMERAS. SINON TON PROCHAIN AVANT TOI LE
CHAPARDERA.

VII. QUAND AVEC UN GOGO TRAVAILLERAS, TOUT LUI EMPRUN-
TERAS ET RIEN NE LUI RENDRAS.

VIII. QUAND DE TON QUART DE NUIT RENTRERAS GRAND
TAPAGE MÈNERAS. JAMAIS TON PROCHAIN L'ŒIL NE FERMERA
ALORS QUE VEILLER TU DEVRAS.

IX. QUAND MALADE TOMBERAS, AU LIT LONGTEMPS RESTERAS.
TON PROCHAIN SURMENÉ À SON TOUR POURRA DE L'INFIRMERIE
CONNAÎTRE LES JOIES.

X. OBÉIS À CES COMMANDEMENTS ET TU AURAS LE TEMPS DE
PRÊCHER LA CONSIDÉRATION.

À contrecœur tout d'abord, puis avec un amusement
croissant, András illustra *L'Oie des neiges*. Pour le
bulletin météo, il traça des cases remplies de flocons
de plus en plus denses ; pour le reportage sur le défilé

de mode, il croqua Mendel lui-même, les cheveux dressés sur la tête, se drapant dans une couverture grise déchirée en guise de toge. La rubrique sportive fut illustrée par trois hommes suant et soufflant qui tiraient une benne chargée de gravier sur une pente raide. Le courrier des lectrices s'agrémenta d'un petit dessin de l'impertinente Coco, longues jambes nues, lunettes au bout du nez, mordillant le bout de son crayon. La réclame de l'agence de voyages présenta un parasol planté dans la neige. Le reportage architectural appela une représentation de l'architecte lui-même désignant fièrement des gorges vides de tout ouvrage. Pour les Dix Commandements, il suffit de mettre en fond de texte deux Tables de la Loi en pierre. Quand il eut fini, il tint son œuvre à bout de bras et plissa les paupières : de la caricature de bas étage, bâclée par un artiste au fond de son lit, mais Mendel avait raison, c'était exactement ce qu'il fallait à *L'Oie des neiges*.

Les deux cents hommes de la compagnie se passèrent l'exemplaire unique de main en main, et bientôt, on les entendit citer le IVe commandement quand ils allaient à la soupe, ou spéculer avec mélancolie sur le charme des vacances en Ukraine. András ne pouvait s'empêcher d'éprouver un agréable sentiment de propriétaire, inconnu de lui depuis des mois. Lorsque les hommes eurent établi que l'illustrateur qui signait Parisi n'était autre que le capitaine d'escouade, ils vinrent lui demander des dessins. Le plus souvent, ils lui réclamaient un nu de Coco. Il en dessina sur les malles de bois où ils rangeaient leurs effets, sur la doublure d'un képi, sur une lettre envoyée à un frère cadet, où la pin-up tenait une banderole disant : « Coucou, mon chou. » La caricature de Mendel provoqua un nouvel engouement : les hommes voulaient tous se faire tirer le portrait. András était un piètre portraitiste, mais peu importait. La rudesse du trait, l'auréole charbonneuse qui cernait l'œil ou le menton de l'intéressé capturaient assez bien l'incertitude essentielle de leur vie au Munkaszolgálat. Mendel Horovitz avait ses clients, lui aussi. Il était devenu une sorte d'écrivain public et rédigeait des lettres exprimant l'amour, les regrets et le manque ; elles iraient grossir le torrent du courrier militaire pour parvenir – peut-être – aux femmes, aux frères et aux enfants qui en étaient destinataires.

Lorsque le premier numéro de *L'Oie des neiges* tomba en poussière, Mendel en rédigea un deuxième, qu'András illustra de même. Enhardis par le succès du premier numéro, ils portèrent celui-là directement au bureau, où il y avait une machine à stencil. Ils offrirent quinze pengő au secrétaire pour le soudoyer, et au risque de se faire punir et de perdre son poste, celui-ci leur en tira dix exemplaires, aussitôt absorbés dans les rangs de la compagnie. Un troisième numéro suivit, tiré à trente exemplaires. Les hommes le lisaient, ils riaient, et András avait l'impression de s'éveiller d'une longue léthargie. Comment avait-il pu se débiliter à ce point, se laisser gagner par des pensées misérables, se laisser évider de l'intérieur ? À présent, il dessinait tous les jours. Certes, ce n'étaient que de petits dessins qui ne rimaient à rien, mais ils lui oxygénaient le moral, l'effort qu'il faisait pour respirer en valait bien la peine.

Et puis, un jour de mars humide et glacé, András et Mendel furent convoqués dans le bureau du commandant de la compagnie, le commandant Kálozi. Celui qui vint les chercher était son premier lieutenant, une espèce de sanglier ombrageux, fâcheusement nommé Grimasz. Avant le dîner, à l'heure du rassemblement dans la cour, il s'approcha d'eux et fit tomber d'une chiquenaude la gamelle qu'ils avaient dans les mains. Il tenait un exemplaire froissé du dernier numéro de *L'Oie*, qui contenait un poème d'amour envoyé par un certain lieutenant G à un certain commandant K, ainsi que d'autres insinuations sur la nature des rapports entre les deux hommes Le lieutenant Grimasz était rouge de colère, on aurait dit que son cou avait doublé de volume. Il froissa le journal dans son gros poing cubique. Les hommes s'écartèrent d'András et Mendel, les laissant absorber toute la hargne qui passait dans le regard de l'officier.

– Kálozi veut vous voir dans son bureau, grogna-t-il.

– Tout de suite, lieutenant, répondit Mendel, en risquant un clin d'œil à András.

Le ton et le clin d'œil n'échappèrent pas à Grimasz. Il leva la main pour frapper Mendel, mais celui-ci esquiva le coup, et le camp réprima une ovation. Il prit alors Mendel au collet et le traîna vaille que vaille jusqu'au bureau, tandis qu'András les suivait en courant.

Le commandant János Kálozi n'était pas un homme cruel, mais il avait des ambitions. Fils d'une bohémienne et d'un rémouleur ambulant, il était monté en grade au sein du Munkaszolgálat et il espérait bien se faire transférer dans l'armée active. On lui avait attribué ce commandement parce qu'il connaissait la forêt et ses métiers, ayant travaillé en Transylvanie avant d'émigrer en Hongrie, dans les années vingt. C'était la première fois qu'András était convoqué dans son bureau, situé au sein du seul baraquement pourvu d'un perron et de toilettes intérieures. Comme de bien entendu, l'homme s'était approprié la chambre dotée de la plus grande fenêtre. Mauvais calcul. La fenêtre à petits carreaux, récupérée sur le mur méridional d'une ferme incendiée, sentait le brûlé et laissait généreusement passer le froid. Résultat, il avait dû la boucher avec toutes sortes de couvertures de l'armée, celles-là mêmes que vantait la rubrique de mode. Du coup, ses quartiers étaient sombres comme une cave. Sous l'odeur de brûlé, on sentait nettement un effluve de cheval, car avant leur usage actuel, les couvertures avaient été entreposées dans une écurie. Kálozi siégeait dans ces ténèbres malodorantes, derrière un vaste bureau métallique. Un brasero de charbon tenait la pièce au chaud, tout juste assez pour qu'on puisse se rappeler que des pièces chauffées existaient – ailleurs.

András et Mendel se mirent au garde-à-vous pendant que Kálozi parcourait un éventail presque complet des numéros de *L'Oie des neiges*, depuis celui de décembre 1940 jusqu'au dernier, daté du 7 mars 1941. Il ne manquait que le numéro 1, désintégré par l'usage. Le commandant avait pris un coup de vieux depuis qu'il dirigeait la 112/30. Ses tempes grisonnaient ; son nez épaté se couvrait d'une résille de veinules. Il leva vers András et Mendel des yeux de principal de collège fatigué.

– Du rire et des jeux, leur dit-il en retirant ses lunettes. Expliquez-vous je vous prie, capitaine Lévi – ou dois-je vous appeler Parisi ?

– C'est moi le responsable, monsieur, intervint Mendel. (Il tenait sa casquette d'uniforme à la main, caressant du pouce le bouton de cuivre qui en ornait la visière relevée.) C'est moi qui ai écrit le premier numéro et demandé au capitaine d'escouade de l'illustrer. Et à partir de là...

– Oui, à partir de là, compléta Kálozi, vous avez eu accès à la machine à stencil, et vous en avez tiré des douzaines d'exemplaires.

– En tant que capitaine d'escouade, j'en assume pleinement la responsabilité, dit András.

– Je ne vous en accorderai pas tout le crédit, j'en ai peur. Horovitz ici présent a bien du talent, lui aussi. Nous ne pouvons méconnaître ses efforts.

Kálozi s'intéressa à un article qu'il avait entouré avec son crayon au bout rongé.

– « Changement de direction au camp Erdei, lut-il à haute voix. Le commandant potentat Kálozi, dit le Louche, a été déposé de son commandement à la demande du régent Miklós Horthy lui-même, pour cause d'ineptie grossière et de conduite infâme. Au cours d'une cérémonie sur le champ de parade, il a été remplacé avantageusement par un babouin mâle du nom de Fesses roses. Le nouveau commandant a été escorté jusqu'à son QG au milieu d'un concert assourdissant de pets et d'ovations. »

Il retourna le journal pour leur faire voir la caricature d'András, qui l'avait croqué avec son strabisme, en grand uniforme jusqu'à la ceinture, et lingerie féminine dessous ; perché sur ses talons hauts, il minaudait à l'intention de son premier lieutenant, gratifié d'une tête de sanglier, tandis qu'à l'arrière-plan, un singe au cul fleuri saluait l'assemblée des travailleurs.

András réprima un sourire : c'était un de ses dessins préférés.

— Qu'est-ce qui vous fait rire, capitaine d'escouade ?

— Rien, mon commandant.

András connaissait Kálozi depuis un an et demi. Il avait bien compris qu'il n'avait pas le cœur dur. Il semblait même tirer une certaine fierté de sa répugnance à infliger des châtiments sévères. András avait illustré ce numéro de L'Oie des neiges en espérant bien qu'il ne tomberait pas dessus, mais sa main n'avait pas tremblé pour autant.

— Je sais rire un bon coup de temps en temps, moi aussi, dit Kálozi. Mais je ne peux pas laisser mes hommes me tourner en ridicule : la compagnie partirait à vau-l'eau.

— Je comprends, mon commandant, fit András. Nous ne pensions pas à mal.

— Que savez-vous du mal ? dit Kálozi en se levant de son siège.

Une veine palpitait sur son front ; pour la première fois depuis qu'il était entré dans son bureau, András frémit.

— Quand je servais durant la Grande Guerre, un officier vous aurait écorché vif pour un dessin pareil.

— Vous avez toujours été bon envers nous, dit András.

— En effet. Je vous ai dorlotés, pouilleux de juifs. Je vous ai habillés chaudement et je vous ai laissés vous prélasser au lit, les jours de grand froid ; je ne vous ai jamais serré la vis comme j'aurais dû. Et vous, en retour, vous pondez ce fumier et vous le répandez dans toute la compagnie.

– C'était seulement pour rire, mon commandant, dit Horovitz.

– Fini de rire, à mes dépens du moins.

András poussa sa langue contre ses dents branlantes. La douleur irradia ses gencives ; il mourait d'envie de prendre ses jambes à son cou. Mais il se redressa de toute sa stature pour croiser le regard de Kálozi.

– Je vous fais mes plus sincères excuses.

– Pourquoi vous excuser ? En un sens, vous avez rendu un fier service au Munkaszolgálat. On colporte que les travailleurs de nos forces armées subissent des mauvais traitements. Un torchon comme celui-ci est la preuve éclatante du contraire.

Il roula un des numéros pour en faire un tube rigide.

– Le service du travail obligatoire encourage la camaraderie et l'humour, etc. Les conditions y sont si humaines qu'on peut rire, plaisanter, prendre sa situation d'un cœur léger. Les travailleurs disposent de machines à écrire, de fournitures de papeterie, de stencils. La liberté d'expression règne. On se croirait en France.

Il eut un sourire grimaçant : tous savaient ce qu'il était advenu de la liberté d'expression, en France.

– Mais j'ai droit à réparation, poursuivit Kálozi. Vous jugerez sans doute cette demande équitable, en l'occurrence. Puisque vous m'avez publiquement humilié, il est juste que vous soyez punis en public.

András déglutit. À ses côtés, Mendel avait blêmi. Tous deux avaient entendu les bruits qui couraient sur ce qui se pratiquait dans d'autres compagnies, et ni l'un ni l'autre n'avaient la naïveté de croire que ces choses ne pourraient pas arriver dans le leur. Le cas le plus terrifiant, c'était celui du frère d'un de leurs camarades, membre du bataillon de Debrecen. Pour avoir volé une miche de pain dans la cambuse des officiers, il avait été enterré nu dans la boue jusqu'aux genoux ; on l'y avait laissé trois jours, dans un froid de plus en plus polaire. La troisième nuit, il était mort.

– Je vous parle, capitaine d'escouade Lévi. Regardez-moi au lieu de baisser la tête comme un chien.

András leva les yeux vers le commandant, qui ne cilla pas.

– J'ai beaucoup réfléchi au châtiment approprié. Car, voyez-vous, je vous aime bien, jeunes gens. Le travail ne vous fait pas peur. Mais vous m'avez couvert d'opprobre. Vous m'avez ridiculisé devant mes hommes. Et par conséquent, Lévi et Horovitz – il marqua une pause pour ménager ses effets, en tapotant contre son bureau le numéro de *L'Oie* roulé en tube –, je crains bien de devoir vous faire ravaler vos paroles.

C'est ainsi qu'à six heures, un froid matin de mars, András et Mendel se retrouvèrent en caleçon, mains menottées dans le dos, à genoux devant toute la compagnie. Dix numéros de *L'Oie* étaient posés sur un banc, devant eux. Sous les yeux de leurs camarades, le lieutenant Grimasz les mit en charpie, les roula en boule et les fourra dans la bouche de leurs coauteurs, Lévi et Horovitz. Deux heures durant, ils furent ainsi forcés d'en avaler vingt pages chacun. Dents serrées pour faire barrage aux mains agressives de Grimasz, András prit conscience qu'il avait mené jusque-là une vie confortable et protégée – tout étant relatif – au Munkaszolgálat. Jamais on ne lui avait lié les mains derrière le dos, jamais on ne l'avait forcé à s'agenouiller dévêtu dans la neige, des heures d'affilée. De fait, il avait été nourri, logé, habillé ; ses misères allégées par la conscience qu'elles étaient communes à tous les hommes de la compagnie. Or, voilà qu'il découvrait un nouvel enfer qu'il n'aurait guère osé imaginer. Il savait que sur la vaste échelle des châtiments, ce qui était en train de se produire pouvait encore passer pour relativement humain. Au fin fond de ce tunnel, on infligeait aux hommes des punitions qui leur faisaient regretter d'être en vie. Il se força à mâcher puis à avaler, encore et encore, se disant que c'était la seule façon d'en finir avec cette horreur. Quand il en fut plus ou moins à la quinzième page, il sentit le goût du sang dans sa bouche et cracha une molaire. Ses dents se détachaient de leurs gencives, ramollies par le scorbut. Il plissa les paupières, et avala du papier, encore du papier, jusqu'à perdre connaissance et s'effondrer dans la masse froide et humide de la neige.

Il fut traîné jusqu'à l'infirmerie et remis entre les mains du seul médecin de la compagnie, un certain Báruch Imber, dont l'unique but dans l'existence était désormais d'arracher les travailleurs aux ravages du Musz. Imber soigna András et Mendel pendant cinq jours, et lorsqu'ils se furent remis de leur hypothermie et de leur ingestion de papier, il leur diagnostiqua un scorbut avancé, doublé d'anémie, et les renvoya à Budapest, où ils seraient traités à l'hôpital militaire, avec une convalescence de quinze jours dans leurs foyers.

# Chapitre 28

# La permission

Au bout d'une semaine de train pendant laquelle leurs cheveux se mirent à grouiller de poux et leur peau à se desquamer et à saigner, ils furent transférés dans une ambulance qui convoyait des travailleurs malades et mourants. Le sol du véhicule était jonché de paille, mais les hommes frissonnaient dans leurs rudes couvertures de laine. Ils étaient huit, dans cette ambulance, la plupart bien plus gravement atteints qu'András et Mendel : un tuberculeux avec une énorme tumeur à la hanche, un homme aveuglé par l'explosion d'un poêle, un troisième avec des abcès plein la bouche. Lorsqu'ils entrèrent dans Budapest, András passa la tête par la vitre arrière. La vue du quotidien de la ville – les tramways, les pâtisseries, les garçons et les filles sortis pour la soirée, les cinémas avec leurs lettres noires qui se découpaient – le jeta dans une fureur irrationnelle, comme s'il y voyait une insulte à ses mois au Musz.

L'ambulance s'arrêta devant l'hôpital militaire, et qui sur ses deux jambes, qui sur un brancard, les hommes gagnèrent le hall d'accueil, où András et Mendel durent attendre toute la nuit sur un banc froid qu'on enregistrât le nom et le matricule de centaines d'autres soldats et travailleurs. Aux petites heures, Mendel fut inscrit à son tour, et on l'emmena pour le laver et le soigner. András dut attendre encore deux heures, au bout desquelles enfin, abruti de fatigue, il se retrouva en train de suivre un infirmier jusqu'aux douches. L'homme lui retira ses habits infects, lui rasa la tête et vaporisa sur sa peau un désinfectant qui piquait, avant de l'installer sous un torrent d'eau chaude. Il lavait sa peau ravagée avec une manière de tendresse impersonnelle, une indulgence d'homme qui n'ignorait rien des trahisons du corps. Puis il le sécha et le conduisit dans une longue salle chauffée par des radiateurs qui couraient sur tout le mur. On lui désigna un étroit lit-cage, et pour la première fois depuis dix-huit mois, il se coucha sur un vrai matelas, dans de vrais draps. Lorsqu'il s'éveilla, pensant avoir fait un court somme, Klára était à son chevet, les yeux rouges. Il se dressa sur son séant et lui prit les mains, la pressant de lui annoncer la terrible nouvelle. Qui était mort ? Quel nouveau drame les frappait encore ?

– Andráska... murmura-t-elle, d'une voix brisée par la pitié.

Et il comprit que c'était lui, le drame, qu'elle pleurait sur ce qui restait de lui. Il ignorait à quel point il avait pu maigrir à ne se nourrir que de café, de soupe et de pain dur, mais ce qu'il savait, c'est qu'il n'avait cessé de resserrer la ceinture de son pantalon et que ses os commençaient à pointer sous sa peau. Ses bras et ses jambes étaient accrochés à son squelette par les muscles noueux qu'il s'était faits au travail ; même pendant la dépression de l'hiver précédent, il ne s'était jamais senti affaibli. Mais il voyait néanmoins que son corps ne faisait guère de volume sous la couverture. Comme il devait lui paraître osseux et bizarre, dans ce pyjama d'hôpital, avec ses bras couverts d'ecchymoses et sa tête rasée. Il regrettait presque qu'elle soit venue le voir avant qu'il n'ait repris figure humaine. Il baissa les yeux et replia les coudes, comme pour se recroqueviller sur lui-même. Il la regarda croiser les mains sur ses genoux ; son alliance en or luisait, lisse, ses mains étaient toujours aussi blanches que la dernière fois qu'il l'avait vue. Son alliance à lui était ternie, éraflée, ses mains burinées, gercées par le travail.

— Le médecin vient de passer, lui apprit Klára. Il dit que tu vas te remettre, mais il faut que tu prennes de la vitamine C et du fer, et puis que tu te reposes un bon moment.

— Je n'ai pas besoin de repos, répondit-il, bien résolu à ce qu'elle le voie sur ses jambes.

Après tout, il n'était ni blessé ni estropié. Il lança les jambes hors du lit et planta les pieds sur la fraîcheur du linoléum. Mais alors il fut pris d'un vertige et porta la main à sa tête.

— Il faut que tu manges, dit Klára. Tu as dormi vingt heures d'affilée.

— Ah bon ?

— Il faut que je te donne des vitamines et du bouillon, et tout à l'heure, je te donnerai du pain.

— Oh, Klára, s'écria-t-il en cachant sa tête dans ses mains. Laisse-moi, je t'en prie, je suis horrible à voir.

Elle vint s'asseoir à côté de lui sur son lit et l'entoura de ses bras. Son parfum avait vaguement changé ; il y discernait du lilas, en savon ou en brillantine, une essence qui lui rappelait Éva Kereny, la fillette du temps jadis, son premier amour de Debrecen. Klára mit un baiser sur ses lèvres desséchées et sa tête sur son épaule. Il la laissa faire, trop épuisé pour résister.

— Un peu de tenue, capitaine d'escouade ! dit une voix, de l'autre côté de la salle.

C'était Mendel, couché lui aussi dans un lit tout propre, et la tête rasée comme lui.

András lui adressa un petit signe de la main.

— Toutes mes excuses, travailleur.

Il éprouvait un commencement de vertige à se trouver ainsi dans un hôpital militaire avec Mendel Horovitz, et Klára auprès de lui, en plus. Il avait mal à la tête. Il la reposa sur l'oreiller et laissa Klára lui donner ses vitamines et son bouillon. Sa femme. Klára Lévi. Il ouvrit les yeux pour la regarder, regarder l'onde familière de sa chevelure sur son front, la minceur vigoureuse de son bras, cette façon qu'elle avait de rentrer les lèvres en dedans quand elle se concentrait, ses yeux gris profonds posés sur lui, sur lui, enfin.

Il ne mit pas longtemps à comprendre que la permission était une autre forme de torture, une leçon qu'il lui fallait apprendre pour affronter une épreuve plus dure encore. Quand il avait reçu sa mobilisation, il n'avait qu'une vague idée de l'effet que lui ferait la séparation d'avec Klára. À présent, il le savait. Par rapport à ce malheur, deux semaines lui semblaient scandaleusement brèves.

Il quitta l'hôpital au bout de trois jours et entama la permission proprement dite. Klára avait porté son uniforme à nettoyer et repriser, et le jour de sa sortie, elle lui fit un cadeau providentiel : une paire de godillots neufs. Il reçut aussi des chaussettes et des caleçons neufs, un képi neuf, avec un bouton de laiton qui brillait sur la visière. Il avait bien honte de paraître ainsi vêtu de neuf et de propre devant Mendel Horovitz, qui n'avait personne pour s'occuper de lui ; encore célibataire, il avait perdu sa mère dans l'enfance, son père était resté à Zalaszabar. Tout en attendant le tramway avec lui et Klára, devant l'hôpital, András lui demanda comment il comptait employer cette permission.

Mendel haussa les épaules.

— J'ai un ancien camarade de chambre, à Budapest, j'irai sûrement chez lui.

Klára effleura le bras d'András et ils échangèrent un regard. C'était une décision difficile à prendre sans en parler d'abord, ils n'avaient pas connu d'intimité depuis si longtemps. Mais Mendel était un vieil ami, et pendant ces mois à la compagnie 112/30, il lui avait tenu lieu de famille. András comme Klára savaient ce qu'il fallait lui proposer.

– Nous allons chez mes parents à la campagne, dit András. Il y a de la place, si tu veux te joindre à nous. Ça n'est pas le luxe, mais je suis sûr que ma mère prendra bien soin de toi.

Sous les yeux de Mendel, le cerne se fit plus sombre, exprimant sa gratitude.

– C'est gentil à toi, Parisi, répondit-il.

De sorte que, ce matin-là, ils prirent tous trois le train pour Konyár. Ils traversèrent Maglód, Tápiogyörgy et Újszász pour entrer enfin dans les plaines du Hajdú, se repassant une Thermos de café et dégustant un strudel aux cerises. La douceur acidulée du fruit mettait des larmes aux yeux d'András ; il serra la main de Klára entre les siennes ; elle croisa son regard, et il sut qu'elle le comprenait. Encaisser un choc, remonter du désespoir, elle savait ce que c'était. Il se demandait comment elle avait pu tolérer son ignorance à lui si longtemps.

En cette première semaine d'avril, les champs étaient encore nus et froids, mais déjà les arbustes s'auréolaient de vert autour des fermes ; les branches des saules bordant la rivière se teintaient d'un jaune lumineux. Il savait que la maison ne dévoilerait pas tous ses charmes, que la cour serait un bourbier, que les pommiers leur sembleraient nus et malingres, le jardin dépouillé. Il regrettait de ne pas la faire découvrir à Klára en été. Mais lorsqu'ils arrivèrent enfin, qu'ils descendirent à la gare familière et qu'il vit la maison basse avec ses murs blanchis à la chaux, son toit de chaume sombre, sa grange, sa scierie et le réservoir, où Tibor, Mátyás et lui faisaient flotter leurs petits bateaux dans leur

enfance, il pensa n'avoir jamais rien vu de plus beau.
La cheminée de pierre fumait, on entendait la plainte
régulière d'une scie électrique dans la grange, du
bois fraîchement coupé s'empilait dans la cour, et au
verger, les pommiers tendaient leurs branches vers le
ciel printanier. Il posa son sac militaire dans la cour et
saisit la main de Klára pour courir jusqu'à la porte ; il
frappa au carreau et attendit : sa mère allait paraître.

Ce fut une jeune femme blonde qui lui ouvrit. Elle
portait sur sa hanche un bambin rougeaud, avec un
zwieback mâchonné dans sa main. Lorsqu'elle vit
András et Mendel en uniforme militaire, elle haussa
des sourcils inquiets.

— Jenő, viens vite ! cria-t-elle.

Un homme corpulent, vêtu d'un bleu de travail,
accourut depuis la grange.

— Qu'est-ce qui se passe ? lui demanda-t-il – puis,
parvenu à leur hauteur : Qu'est-ce que vous venez
faire ici ?

András cligna des yeux. Le soleil venait de sortir
d'un nuage ; il avait du mal à se concentrer sur les
traits de l'homme.

— Je suis le capitaine Lévi, expliqua-t-il. Et cette
maison est celle de mes parents.

— Était, rectifia l'homme, avec un soupçon de fierté.
(Il fixait András.) Vous avez pas l'air d'un officier
de l'armée.

— Capitaine d'escouade András Lévi de la compagnie 112/30, précisa András.

Mais l'homme ne le regardait plus ; il jeta un coup
d'œil sur Mendel, dont l'uniforme ne portait pas de
galons d'officier, puis il s'attarda sur Klára, qu'il
détailla avec complaisance.

— Et vous, vous n'avez pas l'air d'une fille de la
campagne.

András sentit le rouge lui monter au front.

– Où sont mes parents ? s'enquit-il.

– Comment voulez-vous que je le sache ? C'est que vous avez la bougeotte, vous autres...

– Ne fais donc pas l'âne, Jenő, dit son épouse. Ils sont à Debrecen, reprit-elle en s'adressant à András. Ils nous ont vendu la scierie, il y a un mois. Ils vous l'ont pas écrit ?

Un mois, c'était le temps qu'il fallait pour acheminer une lettre jusqu'à la frontière ; elle était sans doute en train d'y moisir à présent, attendant son destinataire, à supposer qu'elle n'ait pas servi d'allume-feu. Il tenta de jeter un œil par-dessus l'épaule de la femme ; la vieille table de cuisine, dont il connaissait par cœur tous les nœuds, tous les sillons, était toujours là. Le bambin tourna la tête pour suivre le regard d'András, puis il se remit à mâcher son zwieback.

– Écoutez, vous avez de la famille à Debrecen ? Personne peut vous dire où habitent vos parents ?

– Ça fait des années que je n'y suis pas retourné, je ne sais pas.

– Bon, moi j'ai du travail, coupa l'homme. Et puis je crois que vous avez assez causé à ma femme.

– Et vous, vous avez assez reluqué la mienne, rétorqua András.

Mais à cet instant même, l'homme tendit la main pour pincer la taille de Klára. Celle-ci étouffa un cri. Sans réfléchir, András enfonça son poing dans le ventre de l'homme. Le souffle coupé, celui-ci recula en titubant. Son talon heurta un caillou, et il tomba sur le derrière dans la boue épaisse et grasse de la cour. En essayant de se relever, il glissa et retomba mains en avant. Déjà, András, Klára et Mendel couraient vers la gare, leurs sacs volant derrière eux. Jusque-là, András n'avait vu aucun avantage particulier à habiter près de la gare, et maintenant il imitait ce qu'il avait vu Mátyás faire si souvent : il choisit un wagon ouvert et y balança son sac. Puis il fit la courte échelle à Klára, et Mendel et lui sautèrent en voiture après elle, au moment même où le train s'ébranlait en direction de Debrecen. Ils eurent tout juste le temps d'apercevoir le nouveau propriétaire de la scierie sortir de chez lui au pas de charge, fusil à la main, réclamant à sa femme ses « bon Dieu de cartouches ».

Par cet après-midi d'avril frisquet, ils se dirigeaient vers Debrecen dans un wagon de marchandises, hors d'haleine. András aurait juré que Klára allait être horrifiée, mais elle riait, ses chaussures et le bas de sa jupe noirs de boue.

– Je n'oublierai jamais la tête qu'il a faite, dit-elle. Il n'a pas vu venir le coup.

– Moi non plus, avoua András.

– C'était encore trop bon pour lui, reprit Mendel. Je n'aurais pas été fâché de lui mettre quelques gnons à titre personnel.

– Je ne vous conseille pas d'y retourner, dit Klára.

András se cala contre la paroi du wagon et passa un bras autour des épaules de sa femme. Mendel sortit une cigarette de la poche de son pardessus, s'allongea sur le flanc et se mit à fumer en riant. L'air était vif et tonique, le soleil éclatant, András éprouvait presque un sentiment de triomphe. Ce fut seulement lorsque son regard se posa de nouveau sur Klára – ses yeux étaient graves, à présent, comme pour tirer la conclusion de ce qui venait de se passer dans cette cour boueuse –, ce fut seulement alors qu'il réalisa qu'il venait de voir la maison de son enfance pour la dernière fois.

Ils ne mirent pas longtemps à trouver l'appartement de ses parents à Debrecen. Ils s'arrêtèrent à une boulangerie casher, près de la synagogue, et le boulanger leur apprit que la mère d'András venait de lui acheter ses matzot, puisque vendredi, c'était Pessah.

Pessah. L'année dernière, il n'avait pas vu passer la fête. Quelques juifs pieux avaient dressé un seder dans la chambrée et dit les bénédictions comme ils les auraient dites sur le vin, les légumes verts, le haroset, les matzot et les herbes amères, bien qu'ils n'aient eu que de la soupe aux pommes de terre. Il se rappelait vaguement s'être abstenu de manger du pain plusieurs fois, pour la circonstance, mais il était tellement faible qu'il avait dû renoncer. Il ne s'était surtout pas mis en tête de fêter Pessah en famille l'année suivante. Or, voilà qu'aujourd'hui il entraînait Klára et Mendel sur l'avenue qui menait à Simonffy utca, où le boulanger lui avait dit qu'habitaient ses parents. Là, dans un vieil immeuble au pied duquel deux chèvres broutaient, et où des plantes grimpantes encore sans feuilles montaient d'un balcon à l'autre, ils découvrirent sa mère en train de briquer les dalles de la véranda, au deuxième étage. Un seau d'eau chaude fumait à côté d'elle, elle avait un mouchoir bleu sur la tête, et ses avant-bras avaient pris une couleur rose vif. Lorsqu'elle aperçut András, Klára et Mendel, elle se leva d'un bond et dégringola l'escalier.

Sa petite mère. En un clin d'œil elle avait traversé la cour, toujours agile, et pris András dans ses bras. Ses yeux brun vif le parcouraient ; elle le serra contre sa poitrine et le garda ainsi. Elle le lâcha au bout d'un long moment et prit alors Klára dans ses bras en l'appelant *kislányom*, ma fille. Enfin, elle étreignit Mendel, qui se laissa faire de bonne grâce, avec un coup d'œil complice à son ami. Elle le connaissait depuis l'époque où il allait au lycée avec András, et elle l'avait toujours considéré comme son fils.

— Mes pauvres garçons, dit-elle. C'est comme ça qu'ils vous traitent !

— On va se retaper, anya, on a quinze jours de permission.

– Deux semaines ! Au bout d'un an et demi de service ! Enfin, au moins vous serez là pour Pessah.

– Dis donc, qui c'est cette espèce de vermine qui a pris notre maison, à Konyár ?

Sa mère porta la main à sa bouche.

– J'espère que tu ne t'es pas disputé avec lui.

– Disputé avec lui ? Jamais de la vie ! Il a été charmant. Je lui ai baisé la main. Nous sommes amis pour la vie.

– Oh, mon Dieu !

– Il nous a poursuivis avec une pétoire, dit Mendel.

– Seigneur, quel homme abominable ! Ça me serre le cœur de penser qu'il vit dans cette maison.

– J'espère au moins que vous en avez tiré un bon prix, dit András.

– C'est ton père qui s'est occupé de tout. Il dit qu'on a encore eu de la chance d'en obtenir ce prix-là, soupira sa mère. Nous sommes bien installés, ici. C'est moins d'entretien qu'une maison. Et puis j'ai gardé Kicsi et Noni, ajouta-t-elle en désignant d'un geste de la tête les deux petites chèvres, dans leur enclos.

– Vous auriez dû me téléphoner, dit Klára. Je serais venue vous aider à déménager.

Sa mère baissa les yeux.

– On n'aurait pas voulu vous déranger. On sait bien que vous avez du travail, avec vos élèves.

– Vous faites partie de ma famille.

– C'est très gentil de votre part, répondit la mère d'András.

Mais celui-ci entendit une nuance de réserve dans sa voix, de déférence, presque. Pourtant, un instant plus tard, il pensa qu'il se faisait peut-être des idées : sa mère avait pris Klára par le bras et l'entraînait vers l'escalier.

C'était un petit appartement très clair, un trois-pièces d'angle, dont les portes-fenêtres s'ouvraient sur une véranda. Sa mère avait planté du chou rouge dans des pots de fleurs, et elle leur en servit à déjeuner, avec des pommes de terre, des œufs et des poivrons, en plus de quoi András et Mendel prirent leurs vitamines et mangèrent des pommes apportées par Klára, chacune enveloppée dans du papier vert. Pendant le déjeuner, sa mère leur donna des nouvelles de Mátyás et de Tibor. Mátyás était stationné près d'Abaszéplak, où sa compagnie construisait un pont sur la Tarca. Mais ce n'était pas tout. Avant sa conscription, il avait fait une telle sensation au Pineapple Club, avec son numéro en queue-de-pie blanche et cravate sur le haut d'un piano, que le directeur lui avait proposé un contrat de deux ans. Dans ses lettres, il expliquait qu'il travaillait sans relâche à trouver des pas dans sa tête, tout en construisant le pont avec ses camarades, et qu'il empêchait la chambrée de dormir, la nuit, parce qu'il exécutait les pas inventés dans la journée. Quand il rentrerait, il faudrait lui composer une musique sur mesure, tellement il dansait vite.

Quant à Tibor, il avait rejoint un détachement de son bataillon en Transylvanie, au mois de novembre. Ses études à Modène lui avaient valu d'être promu médecin militaire, mais il ne parlait guère de ses fonctions dans ses lettres, craignant sans doute d'épouvanter sa mère ; en revanche, il lui faisait toujours part de ses lectures. En ce moment, il lisait Miklós Radnóti, un jeune poète juif de Budapest, réquisitionné depuis l'automne. Comme András, il avait vécu un certain temps à Paris. Quelques-uns de ses poèmes, celui qui évoquait un moment passé avec un médecin japonais à la terrasse de la Rotonde, ou celui sur les après-midi d'indolence au jardin du Luxembourg, rappelaient à Tibor ses propres séjours à Paris. Il avait entendu dire que le bataillon de Radnóti était cantonné à proximité du sien, et cette idée l'avait aidé à tenir pendant l'hiver.

Quel luxe surréaliste et terrible, songeait András, de se trouver dans la cuisine de cet appartement propre et ensoleillé, à écouter sa mère lui donner des nouvelles de Mátyás et Tibor au STO. Dire qu'il prenait ses aises sur cette chaise familière, qu'il mangeait des pommes avec Klára et Mendel en écoutant bêler les chèvres blanches, au pied de l'immeuble, pendant que ses frères s'employaient à construire des ponts et soigner des malades, quelque part en Ruthénie et en Transylvanie ! Dire qu'il se laissait aller à une douce torpeur, tout au plaisir de la sieste qui l'attendait dans son lit de jeune homme, si on l'avait rapporté de Konyár, bien sûr. Jusqu'à la table où ils déjeunaient, cette petite table jaune de la cuisine d'été, qui lui inspirait un serrement de cœur, comme s'il était le véhicule de leur nostalgie. Cette petite table que son père avait fabriquée de ses mains avant sa naissance. L'après-midi, quand il faisait chaud, sa mère s'y mettait pour écosser des petits pois, et lui s'asseyait dessous. Une fois, il était en train de manger une poignée de pois quand il avait remarqué une scolopendre en train d'escalader un pied de la table. Il revoyait encore parfaitement ce bout d'élastique vert aux pattes arrondies, qui se contractait et se détendait pour atteindre le plateau de la table, entreprise mystérieuse à ses yeux d'enfant. C'était une question de survie, il le comprenait aujourd'hui, une simple question de survie. Ces contorsions, la folle énergie avec laquelle l'animal redressait la tête pour regarder autour de lui, ne traduisaient qu'une urgence : rester en vie.

– À quoi penses-tu ? dit sa mère en serrant sa main.

– À la cuisine d'été.

Elle rit.

– Tu reconnais la table.

– Et comment !

– András aimait bien me tenir compagnie pendant

que je faisais la cuisine, expliqua-t-elle à Klára. Il dessinait sur le sol avec un bâton, et moi je balayais tous les jours, mais je prenais garde de ne pas effacer son dessin.

On entendit Mendel émettre un ronflement. Il n'avait pas attendu d'être confortablement installé pour s'endormir. Il avait sombré sur la table, la tête dans ses bras. András le mena jusqu'au canapé et le couvrit d'une courtepointe sans qu'il ouvre un œil. Cela faisait partie de ses talents. Parfois, il réussissait à dormir pendant toute la marche du matin, des baraquements au chantier.

– Tu ne veux pas faire un somme, toi aussi ? demanda Klára à András.

Mais le goût acide et lumineux de la pomme l'avait réveillé ; il n'avait plus envie de dormir. Ce qu'il voulait, en revanche, et sans plus attendre, c'était retrouver son père.

Par une ironie du sort typiquement hongroise, son père était employé à scier du bois, ce bois même, peut-être, qu'András avait abattu dans les forêts de Transylvanie et de Subcarpatie. La Grande Scierie de Debrecen n'avait rien de commun avec l'entreprise familiale que Béla le Bienheureux avait vendue à ce jeune type odieux, à Konyár. Il s'agissait d'une scierie d'État, qui traitait des centaines d'arbres par jour et débitait des milliers de stères pour construire des baraquements, des entrepôts et des gares. Depuis des mois, la Hongrie se préparait au choc de la guerre, sachant qu'elle risquait de devoir entrer dans le conflit aux côtés de l'Allemagne. Pour permettre l'avancée des troupes, si cela devait se produire, il faudrait d'immenses réserves de bois. Certes, à choisir, Béla aurait préféré travailler sur une échelle plus réduite et à des fins plus pacifiques. Mais il s'estimait heureux d'avoir du travail, quand tant de juifs n'en avaient plus. D'ailleurs, si la Hongrie entrait en guerre, les petites entreprises elles-mêmes seraient réquisitionnées. Il avait donc pris cet emploi de second assistant auprès du contremaître lorsque son prédécesseur était mort d'une pneumonie, l'hiver précédent. Le premier assistant au contremaître était un ancien camarade de classe, et c'était lui qui lui avait proposé l'emploi, encore temporaire, pour l'aider à passer les vaches maigres de l'hiver. Les deux premiers mois, Béla habitait Debrecen et repartait en fin de semaine s'occuper de sa propre scierie, confiée à son contremaître. Mais lorsque son camarade de classe lui avait offert le poste à titre définitif, Flóra et lui s'étaient dit que l'heure était venue de vendre leur minuscule affaire. Ils prenaient de l'âge, les travaux divers leur pesaient et ils s'enfonçaient dans les dettes. Avec l'argent de la vente, ils pourraient payer leurs créanciers et louer un petit appartement à Debrecen.

Par malchance pour eux, le seul acheteur potentiel était membre du parti national-socialiste hongrois, les Croix fléchées, et le prix qu'il en offrait correspondait à la moitié de sa valeur. Béla n'avait pas le choix, il avait vendu. L'hiver était rude ; ils n'avaient presque rien à manger et, un mois durant, les trains n'arrivaient plus jusqu'à Konyár. Un rail s'était brisé, et personne ne semblait pressé de le réparer. Des prestations ordinaires, comme la distribution du courrier, l'approvisionnement en denrées alimentaires ou le ramassage du bois, n'étaient plus assurées. À Debrecen, en revanche, pas de rationnement, pas de ralentissement sur les chaînes de la scierie. Il gagnerait le double de ce qu'il se payait comme patron. Il était fort dommage de devoir brader son affaire, mais ils s'en étaient bien trouvés : Flóra avait repris le poids perdu pendant cet hiver de disette ; quant à lui, il toussait moins, et ses rhumatismes le faisaient moins souffrir, conclut-il en traversant la scierie. De fait, András lui trouvait la voix claire et la démarche assurée.

— Ce qu'il nous faut, à présent, dit-il en rangeant son casque au vestiaire, c'est une bonne lager bien fraîche.

— Il faudrait être fou pour dire le contraire, convint András.

Et ils s'en allèrent au cabaret préféré de Béla, une espèce de cave du côté de Rózsa utca, où les murs étaient ornés de têtes de loups empaillées et de bois de cerfs, et où trônait une barrique de bière géante à l'ancienne, sur un socle de bois. Aux tables, les hommes fumaient des cigarettes Fox et discutaient âprement du sort de l'Europe. Derrière le comptoir, un moustachu énorme semblait nourri aux beignets et à la bière.

— Elle est bonne, ta lager, aujourd'hui, Rudolf ? lui demanda le père d'András.

Rudolf lui répondit avec un sourire qui découvrit ses dents :

— Bonne à saouler.

Cet échange devait être rituel entre eux. Le moustachu remplit deux verres et se versa un doigt de whisky, puis ils burent à leurs santés respectives.

— C'est qui, ce gringalet ?

— Mon cadet, l'architecte.

— Ah bon, il est architecte. T'as construit des choses par ici ?

— Pas encore, dit András.

— Tu fais ton service militaire ?

— Au STO.

— C'est eux qui te font crever de faim ?

— Oui, monsieur.

— Moi, j'étais hussard pendant la Grande Guerre, comme ton père. Sur le front de Serbie. Jai failli perdre une jambe à Varaždin. Mais leur STO, c'est une autre histoire. Dans la boue jusqu'au cou toute la journée, pas d'action, pas moyen de s'illustrer, et en plus on crève de faim... dit-il en secouant la tête. C'est pas du boulot pour un gars intelligent comme toi. T'en as encore pour longtemps ?

– Six mois.

– Six mois ! Ce sera vite passé, surtout qu'on entre dans la belle saison. Tu vas t'en sortir. Mais je vous en remets un, c'est ma tournée, on ne sait jamais. Cul sec. Et qu'on trompe tous la mort mille fois encore.

Ils burent, et puis András et son père s'installèrent à une table, dans un coin sombre de la salle, sous une tête de loup empaillée en plein hurlement. András en avait froid dans le dos. L'hiver dernier, en Transylvanie, il entendait les loups hurler dans la nuit et il se figurait leurs dents jaunes et leur fourrure argentée. Les jours de désespoir, il avait envie de se livrer à leurs crocs. Alors, comme pour se rappeler qu'il était en permission, il fouilla dans sa poche et en tira la montre paternelle ; en partant au Munkaszolgálat, il l'avait confiée à Klára, et voilà qu'il la faisait voir à son père.

– C'est une bonne montre, dit Béla en la retournant entre ses doigts. Une montre formidable.

– À Paris, chaque fois que je traversais une mauvaise passe, je la sortais et j'essayais de deviner ce que tu aurais fait à ma place.

Son père le gratifia d'un petit sourire triste.

– Mais tu ne faisais pas toujours ce que j'aurais fait, je présume.

– Pas toujours.

– Tu es un bon garçon, un garçon qui pense aux autres. Tu te montrais toujours brave dans tes lettres, pour ne pas démoraliser ta mère. Mais je sais bien que le Musz est pire que ce que tu laissais entendre. Regarde-toi. Ils ont failli avoir ta peau.

– Non, ça n'est pas si terrible, répondit András avec

l'accent de la sincérité (après tout ça n'était jamais que du travail, et il avait travaillé toute sa vie). On est nourris, vêtus, on a des godillots, un toit au-dessus de la tête.

– Mais il a fallu que tu quittes l'École, j'y pense tous les jours.

– J'y retournerai.

– Où ça ? La France, c'est fini, pour les juifs en tout cas. Et ici en Hongrie... (Il eut une expression où le désarroi le disputait à l'écœurement.) Il faudra pourtant que tu trouves moyen de finir tes études. Il le faut absolument. Je ne veux pas te voir les abandonner.

András comprit le cheminement de son esprit.

– Tu n'as pas abandonné les tiennes ; il a fallu que tu quittes Prague, c'est tout.

– N'empêche, je n'y suis jamais retourné.

– Tu n'as guère eu le choix.

András ne voyait pas l'intérêt de poursuivre sur ce sujet. Pour l'instant, il n'avait aucun moyen de reprendre ses études et son père le savait aussi bien que lui. Quand il pensait qu'il s'était écoulé presque deux ans depuis qu'il avait quitté l'École spéciale, il avait l'impression d'être écrasé par un poids colossal et inamovible. Il regarda les hommes en train de commenter les pages sportives du *Pesti Hírlap*, échangeant des pronostics contradictoires sur le prochain championnat de lutte, car il y avait un tournoi national, ce soir-là. Les noms de ces lutteurs, il les entendait pour la première fois.

– Ça doit te faire du bien de revoir Klára, pour sûr, dit son père. C'est dur d'être loin de sa femme pendant si longtemps. C'est une fille très bien, ta Klára.

Mais András entendit comme un écho de la voix de sa mère, un peu plus tôt, une nuance de réserve, une ombre d'hésitation.

– Dommage que vous ne lui ayez pas écrit pour votre déménagement. Elle serait venue vous aider.

– La fille de cuisine de ta mère nous a aidés, bien contente de se faire un extra.

– Klára fait partie de la famille, apa.

Son père eut une moue dubitative et haussa les épaules.

– Pourquoi veux-tu qu'on l'ennuie avec nos problèmes ?

András se garda bien de dire à son père ce qui lui avait traversé l'esprit en l'écoutant, à savoir qu'il regrettait fort que Klára n'ait pas négocié la vente de la maison à sa place ; elle en aurait certainement demandé un meilleur prix, et l'aurait obtenu. Mais ce qui aurait été banal à Paris n'avait pas cours à Konyár ; ici dans les plaines du Hajdú, il n'était pas question que les femmes se mêlent de discuter patrimoine avec les hommes.

– Klára sait ce que c'est que le travail, dit András. Elle gagne sa vie depuis l'âge de quinze ans. Et puis, surtout, elle vous considère comme ses parents, anya et toi.

– En voilà, une drôle d'idée, fit Béla en secouant la tête. Je te rappelle que nous avons fêté ton mariage chez sa mère, mon garçon. J'ai donc fait la connaissance de cette dame, comme celle du frère de Klára. Je ne crois vraiment pas qu'elle puisse un jour nous confondre avec sa famille.

– Ce n'est pas ce que je veux dire. Tu fais semblant de ne pas comprendre.

– À Paris, vous étiez peut-être deux Hongrois qui vous serriez les coudes, mais ici, chez nous, ça n'est plus la même chose. Regarde autour de toi. Les riches ne fréquentent pas les pauvres.

– Klára n'est pas les riches, apa. Elle est ma femme.

– Sa famille a payé pour faire exempter son neveu.

Il n'a pas eu à se casser les reins au STO, lui. Ils ne t'ont pas rendu le même service.

– J'ai dit à son frère qu'il n'en était pas question.

. – Et il n'a pas insisté, hein ?

András avait la nuque en feu ; il se sentait parcouru par un éclair de colère.

– Ce n'est pas juste, d'en tenir rancune à Klára.

– Ce qui n'est pas juste, c'est que certains soient obligés de travailler et pas d'autres.

– Je ne suis pas venu ici pour me disputer avec toi.

– Alors, ne nous disputons pas.

Mais il était trop tard, András était furieux. La présence de son père lui était devenue insupportable. Il posa de l'argent sur la table pour payer leurs bières, mais son père le repoussa.

– Je vais marcher un peu, dit András en se levant. J'ai besoin d'air.

– Eh bien alors, laisse ton vieux père t'accompagner.

Comment refuser ? Il sortit du bar, son père sur les talons, pour marcher dans le bleu du soir. Tout le long de l'avenue, des réverbères jaunes s'étaient allumés, révélant des immeubles au plâtre écaillé et à la peinture fanée. András avançait au hasard. Il aurait bien voulu marcher plus vite et semer son père dans le crépuscule ; mais, de fait, il était épuisé, anémique, et il avait besoin de sommeil. Il passa devant l'hôtel Aranybika, douairière âgée dans sa blanche dentelle de bois, et les robustes clochers jumeaux de l'église luthérienne. Il marcha, marcha, tête baissée, jusqu'au parc, en face de la rue qui menait au musée Déri, édifice baroque trapu, tout habillé de stuc jaune. Le soir d'avril aux angles émoussés lui rappelait les milliers de soirs passés ici, au temps du lycée, seul ou avec ses camarades, à triturer ses problèmes d'adolescent comme les pages d'un livre de chevet. À cette époque, il pouvait toujours se consoler en pensant à sa maison, à ce lopin de terre à Konyár, avec ses pommiers, sa grange, sa scierie et sa mare. À présent, la maison de Konyár ne serait plus jamais la sienne. Son passé, sa petite enfance, venait de lui être volé. Quant à son avenir, la vie qu'il se représentait quand il était élève, on le lui avait volé de même. Il s'assit sur un banc et se pencha sur ses genoux, tête entre les mains ; la douleur et le déchirement éprouvés depuis dix-huit mois le submergèrent tout à coup, et il se retrouva suffoqué par des sanglots amers.

Béla le Bienheureux considérait avec stupéfaction son fils, son propre fils, celui dont les tourments l'avaient toujours affecté d'une façon particulière. Il n'avait jamais été sujet lui-même à des crises de larmes, et ne les avait pas encouragées chez ses fils. Il leur avait appris à oublier le chagrin dans le travail. C'était ce qui lui avait sauvé la vie, à lui. Ses relations avec ses fils n'étaient pas très démonstratives. Les démonstrations, c'était le domaine de leur mère. Mais en voyant son garçon malade et défait, plié en deux, secoué par des sanglots, il n'hésita pas. Il s'assit à côté de lui sur le banc et le prit dans ses bras. Ce garçon avait toujours semblé attacher beaucoup de prix à son affection : il espérait qu'il en attachait encore.

Ils passèrent une semaine à Debrecen. Sa mère le nourrit, elle soigna ses pieds meurtris ; elle lui prépara des bains chauds dans la cuisine. Elle rit des histoires que Mendel racontait sur leurs camarades du STO ; elle entreprit les nettoyages de Pessah avec Klára. La nouvelle bonne, une vieille fille sur le retour nommée Márika, s'était prise d'une affection farouche pour Mendel. Elle disait qu'il était tout le portrait de feu son frère, qui s'était fait tuer en 1914. Elle lui glissait en douce des chaussettes de laine et des caleçons qui devaient entamer sérieusement ses gages, et quand il se récriait que ces articles étaient trop beaux pour lui, elle affectait de ne pas savoir de quoi il parlait. Pour András, la familiarité monotone de Debrecen était un soulagement. Il était heureux d'aller se promener avec son ami et sa femme dans ces parages connus, de leur offrir des beignets coniques à la boutique même où il dépensait ses trois sous d'enfant, heureux de montrer à Klára le gimnázium juif et la patinoire en plein air de Piac utca. Son corps reprenait des forces, ses gencives retrouvaient leur solidité. Les marbrures de sang usé qui affleuraient hier sur sa peau s'estompaient.

Les premiers jours, il avait été d'une timidité pénible envers Klára. Il ne supportait pas qu'elle voie son corps dans un pareil état de faiblesse, et doutait fort d'être en mesure de lui faire l'amour. Mais il avait vingt-cinq ans, et elle était la femme qu'il aimait. Bientôt, il chercha son contact, la nuit, sur le mince matelas qu'ils partageaient dans le cagibi où sa mère avait coutume de venir coudre. Ils dormaient entourés des vêtements qu'elle ravaudait ou confectionnait, soit pour lui, soit pour ses frères au STO. Le cagibi sentait le propre, et une légère odeur douceâtre de repassage. Ce fut sous cette tonnelle, dans leur second lit nuptial, qu'il tendit les bras vers elle et qu'elle vint s'y nicher. Il avait du mal à croire à son existence physique, à croire qu'il lui était permis de parcourir de nouveau les régions de son corps qu'il portait en imagination depuis dix-huit mois, comme des talismans : ses petits seins hauts, la cicatrice argentée sur son ventre, les saillies jumelles de ses hanches. Pendant l'amour, elle garda les yeux ouverts, rivés aux siens. Il ne pouvait lire leur couleur, dans la pâle clarté qui filtrait par la fenêtre masquée, mais il voyait leur intensité aiguë, qu'il reconnaissait et aimait. Par instants, on aurait dit qu'ils luttaient, pareils à deux vieux ennemis, comme si une part de lui-même avait voulu la punir de lui avoir fait subir un tel manque d'elle. On aurait cru qu'elle comprenait et payait sa colère de retour. Quand il s'effondra contre elle, cœur battant contre sa poitrine, il sut qu'ils retrouveraient leur chemin l'un vers l'autre, malgré la distance que cette longue séparation avait creusée entre eux.

Vers la fin de leur semaine à Debrecen, un changement subtil était survenu dans les rapports entre sa mère et Klára. À table, elles échangeaient des regards entendus. Sa mère ne manquait jamais d'emmener la jeune femme au marché, et elle lui avait demandé de confectionner les matzot pour le seder de Pessah. Or, les matzot étaient l'apothéose du repas ; on était encore plus impatient de les manger que les filets de poulet grillés, le kugel aux pommes de terre ou la carpe farcie, pour laquelle sa mère prévoyait toujours une carpe vivante. À Konyár, la carpe attendait son heure dans le grand tub de la cuisine d'été ; mais à Debrecen, on avait dû l'héberger dans la cour, aux yeux de tous. (Deux enfants, fille et garçon, l'avaient apprivoisée ; ils lui donnaient du pain à la sortie de l'école ; quand elle avait disparu pour se métamorphoser en deuxième plat du seder, András leur avait dit l'avoir remise en liberté dans le lac du parc, suivant les instructions qu'elle lui avait chuchotées en carpatien, langue apprise par lui au Munkaszolgálat ; malgré ces explications, il s'en était fait deux ennemis jurés.) La recette des matzot était rédigée en dentelle d'encre noire sur une feuille de papier vénérable qui ne pouvait être que du parchemin. Flóra la tenait de son arrière-grand-mère Rivka, et elle lui avait été remise le jour de son mariage, dans une petite boîte en argent, avec le mot yiddish *Knaidlach* gravé dessus.

Un après-midi, en rentrant de promenade avec Mendel, András découvrit sa mère et Klára dans la cuisine, la boîte d'argent ouverte sur la table, la précieuse recette entre les mains de sa femme. Cette dernière avait noué un mouchoir sur ses cheveux et portait un tablier brodé de framboises ; sa peau avait rosi à la chaleur du fourneau. Elle plissait les yeux face aux pattes de mouche de la recette, puis son regard glissait sur les ingrédients disposés sur la table par sa belle-mère.

— Mais on en met combien ? demanda-t-elle à Flóra. Où sont les proportions ?

— Ne vous inquiétez donc pas, ça se fait au jugé.

Klára adressa à András un sourire affolé.

— Je peux me rendre utile ? s'enquit-il.

— Oui, mon chéri, dit Flóra. Va chercher ton père au travail. Comme je le connais, il est capable d'oublier qu'on l'attend plus tôt, ce soir.

— D'accord, accepta András. Mais il faut d'abord que je dise un mot à ma femme.

Il lui enleva la recette, qu'il remit délicatement dans sa boîte en argent. Puis il la prit par la main et l'entraîna dans leur cagibi, dont il referma la porte. Elle se cacha le visage dans les mains pour pouffer de rire.

— Oh, mon Dieu, je ne vais jamais arriver à les faire, ces matzot !

— Tu peux déclarer forfait, tu sais.

— Quelle recette, cette recette ! On dirait un code secret.

— Peut-être que c'est de la magie. Peut-être que les proportions n'ont aucune importance.

— Si seulement Mme Apfel était là, ou bien Elisabet.

Une vague de chagrin assombrit son visage, comme chaque fois qu'elle avait prononcé le nom de sa fille, cette semaine. Les événements lui avaient donné raison. Les parents qui habitaient une grande propriété dans le Connecticut n'avaient pas voulu entendre parler d'Elisabet et ils avaient coupé les vivres à leur fils.

Paul et Elisabet, nullement découragés, avaient loué un appartement à Manhattan et trouvé du travail, lui comme graphiste, elle comme apprentie dans une boulangerie. Elle s'était distinguée, et bientôt on l'avait nommée assistante du chef pâtissier ; être française lui valait un certain prestige et, quelques mois plus tôt, elle avait écrit à sa mère qu'un gâteau créé par elle avait servi de centre de table lors d'un grand mariage au Waldorf Astoria. Les mères des jeunes filles de la haute société venaient désormais lui passer des commandes. Mais à présent, il y avait un enfant en route. Cette nouvelle leur était parvenue dans sa dernière lettre, quelques semaines auparavant.

– Klára, dit-il en lui caressant la main, tout ira bien pour Elisabet.

Elle soupira.

– Quel réconfort d'être ici, d'être avec toi, et de passer du temps avec ta mère. Elle aime ses enfants comme j'aime cette petite.

– Il faut que tu me dises comment tu as fait avec ma mère. Tu l'as ensorcelée.

– Qu'est-ce que tu racontes ?

– Ma mère est tombée amoureuse de toi, voilà tout.

Elle s'adossa au mur et croisa ses fines chevilles.

– Je l'ai mise dans la confidence.

– Comment ça ?

– Je lui ai dit la vérité. De A à Z. Je voulais qu'elle sache ce qui m'était arrivé quand j'étais jeune fille et comment j'avais vécu depuis. J'étais sûre que ça changerait tout.

– En effet.

– Oui.

– Seulement maintenant, il va falloir que tu prépares les matzot.

– Ce doit être l'épreuve ultime, à mon avis.

– J'espère que tu vas réussir.

– Tu n'en as pas l'air convaincu.

– Bien sûr que si.

– Va chercher ton père, lui dit-elle en le poussant vers la porte.

Lorsqu'il revint avec Mendel et Béla le Bienheureux, il y avait des matzot en train de bouillir dans une marmite, sur le fourneau. La carpe était farcie, le couvert mis sur une nappe blanche, les assiettes et l'argenterie brillaient de tous leurs feux, éclairés par deux cierges blancs. Au centre de la table, on avait placé le plat d'argent du seder, celui dont on se servait tous les ans, d'aussi loin que remontât sa mémoire. On y avait disposé les légumes et les herbes amères, l'eau salée et le haroset, l'œuf et l'os du jarret, dans six coupes d'argent.

Béla le Bienheureux était debout à côté de sa chaise, en bout de table, les lèvres closes par la nouvelle qu'il avait apprise à la scierie, avant que les garçons ne viennent le chercher. Il l'avait entendue à la radio, dans le bureau des contremaîtres. Horthy avait décidé de laisser Hitler traverser la Hongrie pour envahir la Yougoslavie ; la Yougoslavie, avec laquelle on avait signé un accord de paix et d'amitié, il y avait tout juste un an ! Les troupes nazies s'étaient rassemblées à Barcs et grouillaient sur les ponts de la Drave, pendant que les bombardiers de la Luftwaffe pilonnaient Belgrade. Béla savait très bien pourquoi on en était là. Hitler punissait le pays à cause du coup militaire et du soulèvement populaire qui avaient suivi l'entrée de la Yougoslavie dans le pacte tripartite. Moins d'une semaine plus tôt, l'Allemagne s'était engagée à garantir les frontières de la Yougoslavie pour les mille ans à venir. Et voilà qu'Hitler lançait contre elle ses armées. L'invasion avait commencé l'après-midi même. Des troupes hongroises seraient envoyées à Belgrade dans la semaine, en renfort de l'armée allemande. Ce serait la première action militaire de la Hongrie au sein du conflit européen. Ce ne serait pas la dernière, soupçonnait Béla. La Hongrie ne pourrait éviter l'escalade de la guerre. Des milliers de garçons y trouveraient la mort. Ses fils seraient envoyés sur des chantiers au front. Il avait écouté les actualités, et les avait laissées s'imprimer en lui jusqu'à la moelle. Mais lorsque András et Mendel étaient arrivés, il ne leur avait rien dit. Et ce n'était pas maintenant qu'il allait parler, autour de cette sainte table, au risque de réduire à néant ce qu'avaient créé sa femme et la femme de son fils. Il conduisit le seder comme il l'avait toujours fait, le cœur serré par l'absence de son aîné et de son benjamin. Il conta de nouveau l'histoire de l'exode et laissa Mendel réciter les quatre questions. Il parvint à avaler le repas familier, l'œuf dur sur les légumes verts, la carpe fraîche farcie, et les matzot dans leur bouillon doré. Il chanta les bénédictions comme il l'avait toujours fait, et la quatrième coupe de vin cérémonielle lui parut fort à propos. Quand il ouvrit la porte, à la fin du seder, pour souhaiter la bienvenue au prophète Élie, il vit des portes pareillement ouvertes dans toute la cour. C'était un réconfort de se sentir entouré de juifs. Mais il ne pourrait pas tenir la nouvelle en respect indéfiniment. Dehors, on entendait grésiller la radio nationale ; quelqu'un avait dû mettre un poste à la fenêtre du rez-de-chaussée pour que les autres entendent, eux aussi. Un homme était en train de faire un discours, d'une voix grave, aristocratique. Miklós Horthy, leur régent, s'efforçait de galvaniser leur pays face au destin glorieux qui l'attendait au sein de la nouvelle Europe. Béla vit la compréhension se faire jour sur le visage de sa femme, puis sur celui de son fils. Désormais la Hongrie était engagée, irrévocablement. Comme ils s'attroupaient sur le balcon pour écouter l'émission, Béla ouvrit la porte un peu plus grande. *Eliahu ha Navi*, chantonnait-il entre ses dents. *Eliahu ha Tishbi*. Une main contre le chambranle, il psalmodiait le nom du saint homme ; il n'avait pas perdu tout espoir d'entendre une autre prophétie.

# Chapitre 29

# Au camp de Bánhida

Lorsque András et Mendel se présentèrent au bureau de leur bataillon, à l'issue de leur permission, ils apprirent qu'ils ne rejoindraient pas la 112/30 en Transylvanie. Le commandant Kálozi ne voulait plus entendre parler d'eux, leur dit le secrétaire ; ils partiraient pour le camp de Bánhida, à cinquante kilomètres au nord-ouest de Budapest ; ils rejoindraient la compagnie 101/18 affectée à une mine de charbon et une centrale électrique.

Cinquante kilomètres de Budapest ! Il pourrait peut-être même retrouver Klára quand il aurait une permission d'un week-end. Quant au courrier, il ne mettrait plus un mois à leur parvenir. Mendel et lui furent envoyés à la gare de triage pour y attendre les membres de leur nouvelle compagnie qui rentraient au camp ; on les divisa en groupes et on leur désigna des wagons de passagers. Les hommes qui rentraient à Bánhida semblaient avoir passé un meilleur hiver qu'eux : ils étaient décemment vêtus, en bonne condition physique. Il régnait entre eux une jovialité détendue, on aurait dit des pensionnaires qui se retrouvaient à la rentrée des classes. Le train filait vers l'ouest, il traversa les verts vallons de Buda, puis s'enfonça dans les bois et les champs cultivés, et les wagons s'emplirent d'une odeur printanière de terre fraîche. Mais les conversations se firent moins animées, les visages plus sérieux, et les épaules se voûtèrent sous un poids invisible à l'approche du camp de Bánhida.

Derrière les fenêtres, la verdure laissa insensiblement place à des habitations basses et désespérées, prélude apparemment inévitable à l'arrivée d'un train dans une ville ; puis ce fut la ville elle-même, avec son réseau de venelles tortueuses, ses maisons aux toits rouges, et après la gare, comme ils roulaient vers la centrale, un paysage de plus en plus ingrat de pistes en terre battue, d'entrepôts et d'ateliers de fabrication de machines. Enfin, ils aperçurent la centrale, véritable vaisseau de guerre avec ses trois cheminées qui soufflaient leur panache de fumée lie de vin contre le ciel bleu du printemps. Le train s'arrêta dans un crissement de freins le long d'un quai encombré de centaines de bennes rouillées. De l'autre côté d'un champ nu, on voyait des lignes de baraquements en parpaings derrière un grillage ; plus loin encore, des hommes poussaient de petits chariots de charbon vers la centrale. Pas un arbre, pas un arbuste ne venait rompre l'étendue de boue piétinée. Au loin, séductrices et cruellement inaccessibles, s'élevaient des collines verdoyantes, les Gerecse et les Vertes.

Des gardes ouvrirent les portes des wagons en hurlant aux hommes de descendre. Dans le champ nu, on sépara les nouveaux arrivants de ceux qui rentraient. Les permissionnaires furent envoyés au travail aussitôt, tandis que les autres durent aller poser leurs sacs dans les baraquements qu'on leur avait attribués, avant de venir se rassembler sur le terrain au centre de la caserne. Manifestement, les baraquements de parpaings avaient été construits dans un seul souci : l'économie. Matériaux de camelote, fenêtres hautes, étroites et rares. En entrant dans sa chambrée, András eut l'impression d'être enterré vivant. Mendel et lui prirent des lits en bout de rangée pour profiter de l'intimité permise par le mur. Puis ils suivirent leurs camarades dans la cour de l'appel, vaste quadrilatère au tapis de boue.

Deux sergents répartirent les hommes en rang par

dix ; ce jour-là, il y avait cinquante arrivants au camp de Bánhida. On leur ordonna de se mettre au garde-à-vous. Le commandant Barna, à la tête de la compagnie, allait les passer en revue ; ensuite, ils seraient divisés en sections de travail et prendraient leur nouveau service. Ils durent donc rester dans la boue près d'une heure, sans rien dire, en écoutant au loin les ordres des contremaîtres, les pulsations électriques de la centrale et le ferraillement des roues sur les rails. Enfin, le nouveau commandant sortit d'un baraquement administratif, coiffé d'un képi bordé d'un galon doré, une paire de bottes cavalières étincelantes aux pieds. Il passa ses nouvelles troupes en revue au pas de charge, tout en scrutant les visages. András trouva qu'il ressemblait au Napoléon qu'on voyait dans les livres d'histoire – brun, compact, il se tenait très droit, avec une expression impérieuse. Lors de son second passage dans la rangée d'András, il s'arrêta devant lui en lui demandant d'énoncer son grade.

András salua.

– Capitaine d'escouade, mon commandant.

– Comment ?

– Capitaine d'escouade, répéta András, plus fort cette fois.

Parfois les commandants voulaient que leurs hommes répondent en braillant, comme s'ils étaient à l'armée, et non au STO. Ce qui, pour András, était particulièrement pénible. Et voilà que celui-ci lui ordonnait de rompre les rangs et de s'avancer au pas.

Il détestait qu'on lui ordonne de marcher au pas. Il détestait tout ce cérémonial. Les deux semaines passées dans ses foyers lui avaient dangereusement rappelé sa dignité d'être humain. Lorsqu'il fut sorti des rangs, il se mit au garde-à-vous, tendu et frémissant, tandis que le commandant le détaillait. L'homme le regardait avec un mélange de fascination et de répulsion, comme un monstre dans un cirque ambulant. Puis il tira de sa poche un canif à manche de nacre et le lui mit sous le nez. András renifla, il crut qu'il allait éternuer. Il sentait le métal de la lame, sans deviner les intentions de Barna. Il y avait une étincelle de joie mauvaise dans les yeux de l'officier, comme si András et lui étaient complices de ce qui allait se produire. Avec un clin d'œil, il glissa son canif sous l'insigne de capitaine qu'András portait au revers de son pardessus et, en quelques coups, il l'arracha de sa poitrine. L'insigne tomba dans la boue, où il l'enfonça sous son talon. Ensuite, il posa la main sur la tête d'András, coiffée du képi tout neuf offert par Klára. De nouveau, en quelques coups de canif, il en arracha l'insigne.

— Et maintenant, votre grade, travailleur ? beugla-t-il, assez fort pour que les rangs du fond l'entendent.

András n'avait jamais eu vent d'une chose pareille : dégrader un homme qui n'avait commis aucune faute. Dans un sursaut d'audace, il se redressa de toute sa stature – il mesurait bien une demi-tête de plus que Barna – et cria :

— Capitaine d'escouade, mon commandant !

Il vit Barna lever la main, ressentit une douleur fulgurante dans la nuque et se retrouva à quatre pattes dans la boue.

— Pas à Bánhida, hurla le commandant Barna.

Dans sa main frémissante, il tenait une canne de bouleau, nimbée du sang d'András. Malgré la douleur, András faillit éclater de rire : quelle absurdité ! Lui qui venait de manger des pommes dans la cuisine de sa mère, de faire l'amour à sa femme… Il porta la main à sa nuque : un liquide chaud, une bosse douloureuse.

— Relevez-vous, ouvrier des chantiers, et rentrez dans vos rangs.

Il n'avait pas le choix ; sans un mot, il obéit.

Cet accueil lui donna un avant-goût de la suite des événements. Il y avait eu du changement pendant le bref laps de temps de sa permission, ou alors, les choses étaient différentes à la 101/18. Il n'y avait pas le moindre officier juif de quelque rang que ce soit ; il n'y avait pas de médecin, d'ingénieur ou de contremaître juifs. Les gardes étaient plus cruels, plus irritables ; les officiers plus prompts à infliger des punitions. Bánhida était d'une laideur impénitente. Tout semblait conçu pour assurer le maximum d'inconfort et de mal-être à ses occupants. Jour et nuit, la centrale crachait ses énormes volutes de fumée noire ; l'air empestait le soufre, tout était couvert d'une pellicule de poussière d'un brun orangé qui virait au blanc crayeux sous la pluie. Les baraquements sentaient le moisi, les fenêtres laissaient passer la chaleur, mais beaucoup moins l'air et la lumière, et les toits fuyaient sur les lits de fortune. On aurait dit que le tracé des allées et des routes passait délibérément par les zones les plus détrempées du camp. Tous les après-midi, sur le coup de trois heures, une giboulée le transformait en dangereux bourbier. Le vent chaud rabattait la puanteur des latrines, qui suffoquait les travailleurs. Les moustiques prospéraient dans les flaques d'eau, et ils attaquaient les hommes, s'agglutinant sur leur front, leur nuque, leurs bras. Les mouches étaient pires ; leur piqûre laissait des marques rouges qui mettaient du temps à guérir.

András et Mendel avaient été affectés au pelletage du charbon ; ils chargeaient les chariots, puis les poussaient sur des rails rouillés jusqu'à la centrale électrique. Or les rails étaient simplement posés sur le sol, et non pas fixés, et ils ne tardèrent pas à comprendre pourquoi : au plus fort des pluies, il fallait les démonter et leur faire contourner des flaques grosses comme des mares. Et quand le contournement des flaques était impossible, on jetait des poutres par terre pour faire passer les rails dessus. Une fois remplis, les chariots pesaient des tonnes, et les hommes avaient beau tirer, pousser, treuiller, il arrivait qu'ils ne parviennent pas à les bouger ; alors ils juraient et cognaient dessus à coups de pelle. Les bennes portaient l'inscription KMOF, initiales du *Közérdekű Munkaszolgálat Országos Felügyelete*, c'est-à-dire Administration nationale du STO, mais Mendel l'interprétait comme le sigle de *Király Marhák és Ostobák Foldje*, Ferme royale de la crétinerie patentée.

Il y avait pourtant de quoi s'estimer heureux. Ça aurait été pire s'ils avaient dû travailler dans la centrale électrique elle-même, où, entre la poussière de charbon et les émanations chimiques, l'atmosphère n'était plus qu'un bouillon de culture irrespirable. Ça aurait été pire si on les avait envoyés dans les mines. Ça aurait été pire s'ils s'étaient trouvés l'un sans l'autre. Et ça aurait été pire s'ils avaient été cantonnés à des centaines de kilomètres de Budapest, comme du temps de la Ruthénie et de la Transylvanie. À Bánhida le courrier leur parvenait vite : deux semaines pour les lettres de ses parents, une seule pour celles de Klára. Un jour, elle lui joignit une missive de Rosen, cinq pages de sa grande écriture lâche, en provenance directe de Palestine. Shalhevet et lui avaient réussi à quitter discrètement la France juste avant que les frontières ne soient fermées aux juifs désireux d'émigrer. Ils s'étaient mariés à Jérusalem et travaillaient tous deux pour la communauté juive de Palestine, lui à la Planification des établissements humains, elle à l'Immigration. Ils attendaient un enfant pour le mois de novembre. András reçut même des lettres de ses frères. Tibor, rentré auprès d'Ilana le temps d'une permission, avait emmené celle-ci en haut de la colline du château pour la première fois. On les voyait en photo devant un parapet, Ilana radieuse, sa main dans celle de Tibor. Mátyás, toujours coincé dans sa compagnie mais saisi d'une fièvre printanière, s'était permis des incursions secrètes dans une ville voisine, où il avait bu de la bière, valsé avec des filles à la taverne, fait des claquettes sur le zinc en galoches, après quoi il était rentré à son bataillon ni vu ni connu.

Pour faire échec aux misères de Bánhida, Mendel conçut un nouveau journal intitulé *La mouche qui pique*. Après l'épisode de la 112/30 András pensa d'abord qu'il confondait audace et témérité, mais Mendel soutenait qu'il leur fallait s'occuper s'ils ne voulaient pas devenir fous. Le nouveau canard garderait un ton protestataire tout en évitant de ridiculiser les autorités du camp. S'ils étaient pris, le commandant n'aurait rien à redire sur le plan personnel. Il y aurait un certain risque, certes, mais c'était ça ou se laisser museler par le Munkaszolgálat. Après l'humiliation qu'András avait subie dans la cour de l'appel, comment pouvait-il se refuser à toute contestation ?

András finit donc par s'associer de nouveau à Mendel, un peu par vanité, soupçonnait-il, un peu par désir de conserver sa dignité, mais surtout parce qu'il considérait œuvrer ainsi avec lui pour la liberté d'expression et le moral de leurs camarades. Quand ils étaient à la 112/30 il avait vu *L'Oie des neiges* devenir un emblème de la lutte des hommes. Ceux-ci avaient trouvé un certain soulagement à lire noir sur blanc leurs misères quotidiennes, à les voir reconnues comme des outrages nécessitant la publication d'un journal clandestin, fût-il aussi farfelu que *L'Oie des neiges*. Ici, du moins, il serait facile de se procurer de quoi dessiner. Tout se vendait au marché noir. Outre les saucisses de Debrecen, les cigarettes Fox, les photos de Hedy Lamarr et de Rita Hayworth, les boîtes de petits pois, les chaussettes de laine, la poudre dentifrice et la vodka, on pouvait cantiner du papier et des crayons. Pour les sujets à illustrer, il y avait l'embarras du choix. Le premier numéro de *La mouche qui pique* contenait un glossaire, où les mots suivants, entre autres, étaient définis : *Rassemblement matinal* (jeu de société très en vogue en trois manches : ennui, gymnastique et humiliation), *Porteur d'eau* (journalier au seau vide et à la gueule pleine de griefs), *Sommeil* (phénomène rare, assez mal connu). Il y avait un horoscope qui promettait équitablement du malheur à tous les signes du zodiaque. Une offre de services émanant d'un détective privé : il vous signalerait les infidélités de votre femme ou de votre fiancée, mais déclinait toute responsabilité pour le cas où une liaison fortuite surviendrait entre lui et l'objet de son enquête. Il y avait des petites annonces (*Cherche : arsenic. Paie à crédit*) ainsi qu'un roman-feuilleton situé au pôle Nord, dont les épisodes connurent un succès croissant à mesure que la chaleur s'installait. Avec l'aide d'un employé juif du bureau des fournitures, le journal fut imprimé sous la forme d'un hebdomadaire tiré à cinquante numéros. Bientôt, András et Mendel jouirent d'une réputation journalistique discrète parmi les hommes du camp.

Mais ce que *La mouche qui pique* ne pouvait apporter, c'était précisément ce qu'ils attendaient tous d'un journal : des nouvelles de Budapest et du reste du monde. À cet égard, ils étaient tributaires des quelques numéros en lambeaux envoyés par des parents ou jetés par les gardes. Ils se les repassaient jusqu'à ce qu'ils deviennent illisibles et que les nouvelles qu'ils contenaient soient depuis longtemps réchauffées. Mais il se déroulait des événements d'une telle importance qu'ils en eurent connaissance avec peu de décalage. Pendant la troisième semaine de juin, un an tout juste après la chute de la France, les troupes d'Hitler envahirent l'Union soviétique sur un front de mille deux cents kilomètres, s'étendant de la Baltique jusqu'à la mer Noire. Le Kremlin parut aussi secoué par l'invasion que les hommes du camp. Apparemment, Moscou avait cru l'Allemagne attachée à honorer son pacte de non-agression. Pourtant Hitler devait mijoter cette attaque depuis des mois, fit observer

Mendel. Sinon, comment aurait-il réussi à rassembler ces centaines de milliers d'hommes, ces avions, ces divisions de panzers ? Moins d'une semaine plus tard, le vaguemestre leur apprenait que des avions soviétiques – c'est du moins ce qu'on avait cru tout d'abord, mais il s'agissait peut-être d'avions allemands camouflés – avaient bombardé la ville frontière magyare de Kassa. Le message était clair : la Hongrie n'avait plus qu'à envoyer ses troupes contre la Russie. Si le Premier ministre Bárdossy s'y refusait, la Hongrie perdrait tous les territoires restitués par l'Allemagne. À vrai dire Bárdossy, longtemps opposé à l'entrée de la Hongrie dans la guerre, semblait désormais la tenir pour inévitable. Bientôt les journaux claironnèrent une déclaration de guerre contre l'Union soviétique. Et les unités hongroises se mirent en route pour rejoindre l'Axe envahisseur. Les hommes de la 101/18 savaient ce que cela voulait dire : chaque unité hongroise envoyée au front recevrait le soutien logistique d'une unité de travailleurs.

Personne n'aurait pu dire combien de temps la guerre allait durer. Dans les baraquements, on murmurait que les hommes du STO serviraient de boucliers humains, en première ligne, pour concentrer sur eux les tirs ennemis. Pourtant à Bánhida, aucun changement ne survint dans l'immédiat ; le charbon continuait d'être extrait, les hommes de le charger dans les bennes, la centrale de brûler, une poussière soufrée de s'élever. En juillet, lorsque la boue sécha et que les insectes du printemps moururent de soif, le rythme du travail parut se précipiter, comme pour faire tourner les machines de guerre. La chaleur était si intense qu'à midi tous les hommes travaillaient en caleçon ; pas un arbre pour s'abriter du soleil, pas un trou d'eau pour aller y rafraîchir sa peau brûlée. András savait qu'on servait de l'eau de Seltz parfumée à la framboise pas très loin, dans un village qu'ils avaient traversé pour venir au camp. Les jours les plus chauds, il rêvait d'abandonner sa benne pour se mettre au frais sous la forêt de parasols d'une terrasse de café – et advienne que pourrait. Il commençait à voir des mirages, de l'eau qui scintillait entre les rails ; parfois, tout le camp se mettait à flotter sur une mer d'un noir argenté. Depuis combien de temps n'avait-il pas vu la mer, la vraie, avec ses rouleaux d'aigue-marine couronnés de crêtes neigeuses ? Il la voyait derrière les grillages en poussant ses wagons de charbon, la Méditerranée, d'un bleu cobalt martelé, déployée jusqu'aux côtes inimaginables d'Afrique. Klára était là, avec son costume de bain noir, son bonnet blanc à rayures, elle entrait dans l'écume au bord de l'eau. Elle en avait bientôt jusqu'aux cuisses, la diffraction faisait zigzaguer ses jambes. Elle montait sur le plongeoir de bois. Elle exécutait le saut de l'ange, comme Odette dans *Le Lac des cygnes*.

Et puis le contremaître surgissait, il lui braillait des ordres. Il fallait pelleter le charbon, pousser les wagons, parce que quelque part, sur le front de l'Est, il y avait une guerre à livrer.

La nouvelle la plus sensationnelle de sa vie lui parvint un soir étale et torride de juillet, un mois après que la Hongrie était entrée en guerre. Elle lui parvint pendant l'heure creuse, entre la fin du travail et le dîner, sur les marches du baraquement 21. Lui et deux de ses camarades de chambrée, des jumeaux roux et filiformes originaires de Sopron, étaient partis au bureau du courrier récupérer les colis et lettres qui leur étaient destinés. Les hommes avaient la peau cloquée par les coups de soleil, les yeux éblouis par la réverbération ; sous l'effet de la sueur, la poussière dont ils étaient couverts formait une fine pellicule craquelée. Comme toujours, il y avait une queue interminable. Le courrier était soumis à l'inspection du vaguemestre et de ses hommes ; les colis devaient être ouverts, fouillés et dépouillés de toute denrée alimentaire, cigarette ou somme d'argent qui pourrait s'y trouver avant que le destinataire soit autorisé à en emporter les restes. Pour tuer le temps, les jumeaux lisaient *La mouche qui pique* en riant sous cape. András avait l'esprit embrumé par la chaleur. Il se rappelait tout juste avoir illustré le numéro. Il déboucha sa gourde et en but les dernières gouttes. Si l'attente se prolongeait, ils n'auraient plus le temps de se laver avant le dîner. Avait-il demandé à Klára de lui envoyer du savon à raser ? Il s'imaginait le pain tout neuf, dans son papier sulfurisé blanc portant l'image d'une jeune fille en costume de bain à l'ancienne mode. Ou peut-être allait-il découvrir autre chose, un article moins indispensable, mais tout aussi agréable à recevoir, une boîte de pastilles à la violette, une nouvelle photographie de Klára.

Lorsqu'ils arrivèrent enfin devant le guichet, le préposé plaça deux colis identiques devant les jumeaux. Après leur inspection en règle, il ne demeurait au fond que le papier argent de quatre barres de chocolat, comme une provocation. Mais il devait y avoir surabondance de friandises au courrier, ce jour-là, car les colis contenaient encore deux boîtes en fer-blanc pleines de rugelach à la cannelle. Miku et Samu étaient généreux, et ils admiraient András pour son rôle dans la création de *La mouche qui pique* ; ils attendirent qu'il ait retiré la mince enveloppe à son nom, et sur le chemin du retour aux baraquements, ils partagèrent leur aubaine avec lui. Malgré le réconfort de la cannelle et du sucre, András ne pouvait s'empêcher d'être déçu : il était à court de savon à raser, de vitamines et de cent autres choses. Sa femme aurait pu y penser. Elle aurait pu lui envoyer ne fût-ce qu'un petit colis. Lorsque les jumeaux rentrèrent avec les leurs, il s'assit sur les marches et ouvrit l'enveloppe avec son canif.

À l'autre bout de la cour, Mendel Horovitz aperçut son

ami assis, une lettre dans les mains. Il se précipita sur lui, voulant l'intercepter avant qu'il n'aille se laver pour dîner. Il revenait lui-même du bureau des fournitures, où l'employé l'avait laissé se servir de la machine à écrire. En quarante-cinq minutes chrono, il avait réussi à taper les six pages du nouveau numéro de *La mouche qui pique*. Il se disait qu'András aurait peut-être encore le temps d'en entreprendre les illustrations. Il sifflotait un air de *Tin Pan Alley*, le film qu'il avait vu à Budapest lors de sa permission. Pourtant, en arrivant au baraquement, il s'immobilisa et se tut. András leva les yeux vers lui, la lettre tremblait entre ses mains.

– Qu'est-ce qui se passe, Parisi ?

András avait perdu l'usage de la parole ; il se demandait même s'il le recouvrerait un jour. Peut-être avait-il mal compris. Mais il reprit la lettre et revit les mots couchés par Klára de sa fine écriture penchée.

Elle était enceinte. Lui, András Lévi, allait être père.

Alors, qu'est-ce que ça pouvait lui faire, ces tonnes de charbon à pelleter ? Quelle importance, cette benne qui sortait de ses rails instables, ces ampoules qui crevaient et saignaient, ces gardes qui le molestaient ? Quelle importance, la faim, la soif, le manque de sommeil, le temps passé au garde-à-vous dans la cour ? Se souciait-il de son propre corps ? À cinquante kilomètres, dans la ville de Budapest, Klára était enceinte de lui. La seule chose qui comptait désormais, c'était de survivre jusqu'au 29 décembre, date à laquelle l'enfant naîtrait d'après ses calculs. À cette date, il aurait accompli ses deux ans de service. La guerre serait peut-être finie, selon l'issue de la campagne de Russie. Qui pouvait dire à quoi ressemblerait la vie des juifs en Hongrie ? Mais si Horthy était encore régent, elle pourrait être vivable. Sinon ils émigreraient en Amérique, à New York, cette vamp crasseuse. Le jour où il reçut la lettre de Klára, il se fabriqua un calendrier au dos d'un numéro de *La mouche qui pique* et se mit à barrer les jours en rentrant du travail, de sorte que, petit à petit, il vit s'allonger le cortège des jours rayés. Entre Budapest et Bánhida, le courrier ne chômait pas. Klára donnait toujours des cours particuliers et elle allait continuer tant qu'elle serait en mesure de montrer les pas. Elle mettait de l'argent de côté pour louer un appartement plus grand, quand il rentrerait. Une amie de sa mère possédait un immeuble dans Nefelejcs utca, pas dans les beaux quartiers, mais tout près de Benczúr utca, et à quelques rues du parc. *Nefelejcs*, c'était le nom de cette minuscule fleur bleue qui pousse dans les bois, celle qui a une collerette jaune infinitésimale en son centre, ce myosotis qui signifie « ne m'oublie pas ». L'oublier, elle ? Pas une seconde ; sa vie était sur le fil d'un changement inimaginable.

En septembre – miracle – il obtint une permission de trois jours, sans raison particulière à sa connaissance. À Bánhida, elles étaient accordées au hasard, sauf en cas de décès dans la famille. Il apprit la nouvelle le jeudi, reçut ses papiers le vendredi et sauta dans un train pour Budapest le samedi. C'était une journée radieuse, les dernières tiédeurs de l'été adoucissaient l'air. Là-haut, le ciel brillait bleu clair, et à mesure qu'ils s'éloignaient de Bánhida, l'odeur de soufre faisait place à celle, verte et suave, de l'herbe coupée. Sur les chemins de terre, le long des voies, des paysans poussaient leurs charrettes de foin et de maïs. Les marchés de Budapest allaient regorger de courges, de pommes et de choux rouges, de poivrons et de poires, de raisins tardifs et de pommes de terre. Incroyable ! Ces denrées existaient encore, elles n'avaient jamais cessé d'exister pendant tout le temps qu'il avait survécu tant bien que mal en se nourrissant de café, de bouillon clair et de deux cents grammes de pain qui grésillait sous la dent.

Klára l'attendait à la gare Keleti. Il n'avait jamais vu

une femme aussi belle. Elle portait une robe de jersey vieux rose, qui effleurait son ventre arrondi, un petit bonnet cannelle lui emboîtant la tête. Au mépris de la mode des cheveux courts et des indéfrisables, elle avait gardé son chignon sur la nuque. Il l'enveloppa de ses bras, respirant le parfum crépusculaire de sa peau. Il avait peur de l'écraser s'il la serrait aussi fort qu'il en avait envie. Il la tint à bout de bras et la regarda.

– C'est vrai ?

– Comme tu vois.

– Mais, vraiment vrai ?

– Nous verrons dans quelques mois.

Elle lui prit le bras et l'entraîna vers le Városliget. Il avait du mal à croire qu'il lui était permis de flâner au bras de Klára en cet après-midi de septembre, loin de ses outils et sans autre perspective que celles du plaisir et du repos. Quand ils tournèrent dans Istvan út, se dirigeant vers la maison familiale, il dut se blinder pour affronter les retrouvailles avec son beau-frère et sa belle-sœur, voire avec József, qui avait loué un atelier dans Buda afin de se remettre à peindre. Il lui faudrait expliquer la disparition de ses galons d'officier, on remarquerait sa maigreur et on s'en désolerait dûment, et pendant ce temps-là, il devrait subir le spectacle de leur mine florissante et ressentir la différence cruelle entre leur sort et le sien. Mais parvenus au coin de Nefelejcs út, Klára s'arrêta devant la porte d'un immeuble de pierre grise et tira de sa poche un trousseau de clefs, en lui en faisant admirer une particulièrement ouvragée. Elle la glissa dans la serrure, et la porte s'ouvrit toute grande pour leur livrer passage.

– Où sommes-nous ? demanda András.

– Tu vas voir.

La cour était encombrée de ces objets qu'on trouve dans les cours : des bicyclettes, des fougères en pots, des plants de tomates dans des jardinières. Au milieu trônait une fontaine moussue avec des nénuphars et des poissons rouges. Une fillette brune, assise sur la margelle, laissait traîner sa main dans l'eau. Elle leva vers eux son regard sérieux, puis s'essuya la main sur sa jupe et disparut précipitamment dans l'un des appartements du rez-de-chaussée. Klára entraîna András dans un escalier extérieur au garde-corps en vrilles de vigne, et ils grimpèrent trois volées de marches plates. Avec une autre clef, elle ouvrit une porte à double battant et l'introduisit dans un appartement sur rue. Ça sentait bon le poulet rôti et les pommes frites. Dans l'entrée, quatre patères de cuivre, le vieux chapeau homburg d'András pendu à l'une et le manteau gris de Klára à une autre.

— Ne me dis pas que nous sommes chez nous…

— Et chez qui d'autre ?

— Impossible, c'est trop beau !

— Mais tu n'as même pas visité, ne t'emballe pas, ça ne va peut-être pas te plaire du tout.

Mais bien entendu, l'appartement lui plut. Elle connaissait parfaitement ses goûts. Il y avait une cuisine aux tomettes rouges, une chambre pour eux, et une seconde, tout petite, qui pourrait faire office de chambre d'enfant, ainsi qu'une salle de bains avec une baignoire en émail. Le salon était tapissé d'étagères, qu'elle avait commencé à garnir de nouveaux livres sur la danse, la musique et l'architecture. Il y avait une table à dessin dans un coin, lointaine cousine hongroise de celle qu'elle lui avait offerte à Paris. Un phonographe était posé sur une sellette à l'autre bout de la pièce, et au fond, il vit un divan bas avec une table en marqueterie. Deux fauteuils en tissu rayé ivoire flanquaient les hautes fenêtres, qui donnaient sur un immeuble néobaroque.

— C'est un foyer que tu nous as fait là, un vrai foyer, dit-il en la prenant dans ses bras.

Ce dont il avait le plus envie pendant cette courte permission, lui expliqua-t-il, c'était qu'elle le laisse s'occuper d'elle. Elle commença par résister, arguant qu'à Bánhida, il n'avait personne pour prendre soin de lui. Mais il fit valoir que veiller sur son épouse enceinte serait un luxe bien plus grand pour lui que le contraire. Alors pour cette première soirée à la maison, elle accepta qu'il lui fasse le café, la lecture du journal, qu'il lui mette un bain à couler et qu'il la lave avec la grosse éponge jaune. Son corps de femme enceinte lui paraissait miraculeux. Sous la pâleur de sa peau affleurait un éclat rosé ; on aurait dit que ses cheveux étaient plus épais, plus brillants ; il les lava lui-même et les étala sur ses seins dont l'aréole était plus large et plus sombre, désormais, tandis qu'entre son nombril et sa toison se devinait une ligne rousse ténue, traversée par la cicatrice argentée de sa grossesse précédente. Ses os n'étaient plus aussi saillants à présent. Mais surtout, ses yeux avaient une expression complexe, tournée vers l'intérieur. Un mélange si profond de tristesse et d'espérance qu'il était presque soulagé quand elle les fermait. À la regarder, allongée dans la baignoire, se rafraîchir les bras contre l'émail, il se rendit compte avec stupeur qu'à Bánhida, la vie se ramenait à des besoins et des émotions primaires : l'espoir de trouver un morceau de carotte dans sa soupe, la peur de déchaîner la colère du contremaître, le désir qu'on le laisse dormir encore un quart d'heure. Klára, qui avait vécu plus en sécurité ici, à Budapest, était encore capable d'une réflexion plus élaborée. Et elle était précisément en train de réfléchir pendant qu'il la lavait avec l'éponge jaune.

– Dis-moi à quoi tu penses. Je ne risque pas de deviner.

Elle ouvrit ses yeux gris et se tourna vers lui.

– C'est bizarre d'être enceinte dans un pays en guerre. Si Hitler réussit à mettre toute l'Europe sous sa coupe, et peut-être la Russie, qui sait ce qu'il adviendra de cet enfant ? Il ne faut pas compter qu'Horthy nous protège...

– Tu crois qu'on devrait tenter d'émigrer ?

Elle soupira.

– J'y ai pensé, j'ai même écrit à Elisabet. Seulement les choses se présentent comme je le prévoyais. Il est devenu presque impossible de se procurer un visa. D'ailleurs, à supposer qu'on y arrive, je ne suis pas sûre de le vouloir. Nos familles sont ici. Je n'envisage pas de quitter ma mère une seconde fois, surtout maintenant. Et il est difficile d'imaginer une nouvelle vie dans un pays inconnu.

– Il y a le voyage, aussi, renchérit-il en caressant ses épaules mouillées. Il n'est pas sans danger de traverser un océan en temps de guerre.

Elle entoura ses genoux de ses bras.

– Je ne pensais pas qu'à la guerre, il me vient toutes sortes de doutes.

– Quels doutes ?

– Serai-je une bonne mère pour cet enfant, moi qui n'ai pas toujours été à la hauteur avec Elisabet...

– Si, tu l'as été. C'est aujourd'hui une femme vigoureuse et belle. Et puis ta situation était différente, tu étais seule, tu n'étais qu'une enfant toi-même.

– Et voilà que je suis presque une vieille femme.

– Tu dis des bêtises, Klára.

– Pas tant que ça, reprit-elle, sourcils froncés. J'ai trente-quatre ans, tu sais. La première fois, j'ai eu un accouchement catastrophique. L'obstétricien dit que j'ai peut-être l'utérus abîmé. Ma mère m'a accompagnée à mon dernier rendez-vous, ce que j'ai franchement regretté. Et à présent, elle se fait un sang d'encre.

– Pourquoi, Klára ? Y a-t-il un danger pour l'enfant ?

Il lui prit le menton pour lui faire lever les yeux vers lui.

– Un danger pour toi ?

– Des femmes accouchent tous les jours, dit-elle en tâchant de sourire.

– Qu'a dit le docteur ?

– Il dit qu'il y a un risque de complication. Il veut que j'accouche à l'hôpital.

– Bien sûr que tu vas accoucher à l'hôpital. Peu importe ce que ça coûtera. On trouvera bien le moyen de payer.

– Mon frère nous aidera.

– Je prendrai un travail, on le trouvera, cet argent.

– György serait prêt à tout pour nous, de même que tes propres frères, répliqua-t-elle.

Il ne voulait pas discuter, cette permission était trop courte.

– Je sais bien qu'il nous viendrait en aide, s'il le fallait. Espérons que nous n'aurons pas besoin de faire appel à lui.

– Ma mère veut que je m'installe chez eux, dit Klára en torsadant ses cheveux mouillés. Elle ne comprend pas pourquoi je tiens à ce que nous ayons un appartement à nous ; elle juge la dépense inutile. Et puis elle n'aime pas me savoir toute seule. S'il m'arrivait quelque chose ? Comme si je n'étais pas restée toute seule tant d'années, à Paris !

– Raison de plus pour vouloir te protéger. Elle devait être au supplice de te savoir loin d'elle quand tu attendais Elisabet.

– Je comprends, mais je ne suis plus une enfant de quinze ans.

– Elle a peut-être raison, n'empêche. S'il y a un risque, est-ce que tu ne serais pas mieux dans ta famille ?

– Tu ne vas pas t'y mettre, toi aussi, Andráska !

– Je n'aime pas non plus te savoir toute seule.

– Je ne suis pas toute seule, Ilana vient presque tous les jours, et puis, entre ici et chez ma mère, il n'y a que six minutes de marche. Je ne peux plus vivre là-bas,

560

moi, et pas seulement parce que j'ai pris l'habitude de vivre seule. Imagine les pouvoirs publics découvrent mon identité. Si je vivais avec ma famille, elle serait automatiquement impliquée.

– Ah, Klára, comme je regrette que tu doives te soucier de tout ça.

– Et moi, je regrette que tu aies à t'en soucier toi-même.

Là-dessus, elle se dressa dans la baignoire, l'eau ruissela sur elle en rideaux étincelants, et il parcourut de ses mains les nouvelles courbes de son corps.

Plus tard, cette nuit-là, incapable de dormir, il se leva et alla dans le séjour, s'installer à la table que Klára venait de lui acheter. Il passa la main sur le plateau lisse et dur, où n'étaient posés ni papier ni instruments. Jadis, il aurait trouvé du réconfort dans le travail, ne fût-ce que dans un projet à son seul usage. La concentration nécessaire pour tracer une série de fins traits noirs ininterrompus le distrayait provisoirement de ses problèmes les plus graves. Mais il était vrai qu'à l'époque il n'avait pas à s'inquiéter du sort de sa femme enceinte, de celui de son enfant à venir et de celui du monde occidental dans son entier. En toute hypothèse, il aurait été bien incapable d'entreprendre le moindre projet aujourd'hui. En matière d'architecture, son esprit était aussi vide, aussi vierge que le plateau de la table devant lui. Depuis deux ans, quand il n'était pas en train de couper des arbres, de construire des routes ou de pelleter du charbon, il griffonnait dans des carnets, crayonnait dans les marges des journaux de Mendel ; ces activités lui avaient occupé les mains et l'avaient peut-être même préservé de la folie. Mais elles lui avaient fait oublier que sa vie d'étudiant en architecture était en train de s'éloigner sans retour, que ses mains ne sauraient bientôt plus tirer un trait droit, ni son cerveau résoudre un problème de forme et de fonctions. Comme il se sentait loin de l'atelier de l'École spéciale, où Polaner et lui avaient installé une piste de course sur le toit d'un gymnase ! Quelle idée invraisemblable ! Il y avait une éternité qu'il n'avait pas regardé un bâtiment en s'inquiétant d'autre chose que des fuites dans le toit et des courants d'air sous la charpente. Il n'avait guère prêté attention à la façade de celui-ci.

Si seulement il avait pu parler à cœur ouvert avec Tibor ! Son aîné saurait quoi lui conseiller pour protéger Klára et reprendre sa propre vie en main. Mais Tibor était dans les Carpates, à trois cents kilomètres. Dieu seul savait quand ils pourraient prendre le temps de réfléchir à leur devenir ou, à défaut, trouver du réconfort à partager leurs incertitudes.

Or, le hasard voulut que ce fût son cadet, plutôt perturbateur que consolateur, qui se manifesta à Budapest pendant sa permission. Arrivé à la gare Nyugati avec le reste de sa compagnie, cantonnée à proximité dans l'attente d'un transfert, il s'était offert une permission. Leur compagnie était dirigée par un jeune officier peu scrupuleux qui exemptait volontiers les hommes de travail, une fois de temps en temps, moyennant finances. Mátyás, riche de ses économies d'étalagiste, s'était ainsi offert quelques jours de congé pour aller voir une vendeuse rencontrée dans un des magasins où il avait œuvré, précisément. Il n'avait pas la moindre idée qu'András était en permission, lui aussi, et ce fut donc par le plus grand des hasards qu'en ce lundi après-midi, ayant sauté sur la plate-forme arrière d'un tramway, il se retrouva nez à nez avec son frère. Il serait tombé à la renverse de stupeur si celui-ci ne l'avait retenu par le bras.

— Qu'est-ce que tu fiches ici ? s'écria Mátyás. Tu devrais pas être en train de trimer dans les mines ?

— Et toi, alors, tu es censé faire quoi ?

— Construire des ponts. Mais pas aujourd'hui ! Aujourd'hui je vais voir une fille qui s'appelle Serafina !

Une vieille femme en fichu leur jeta un regard répro-
bateur, comme pour leur signifier qu'il était déplacé
de parler aussi fort et avec un tel enjouement dans un
tramway. András rapprocha son visage de celui de son
cadet et lança à la vieille :

– C'est mon frère, ça ne se voit pas ? Mon frère !

– Eh bien, vos parents sont des ânes, dit la femme.

– Mille pardons, madame la marquise, répondit
Mátyás.

Il souleva son chapeau et bondit sur le trottoir en
faisant un saut périlleux arrière irréprochable, si prestement que la vieille poussa un petit cri. Sous l'œil
ahuri des passagers, il martela un enchaînement, puis fit
deux tours en l'air, donna un grand coup de chapeau et
s'inclina devant une jeune femme en manteau de twill
bleu. Tous ceux qui avaient vu la scène l'ovationnèrent.
András sauta du tram à son tour et attendit que son frère
ait obtenu tous ses rappels.

– Quelle témérité inutile, protesta András quand les
applaudissements eurent cessé.

– Cette formule sera ma devise, je l'emporterai partout
sur mon drapeau.

– Et tu auras raison, comme ça tout le monde sera
prévenu.

– Où vas-tu avec ce filet plein de patates ?

– Chez moi, dans mon appartement, où ma femme
m'attend.

– Ton appartement, quel appartement ?

– Au 35, Nefelejcs utca, troisième étage, appartement B.

– Depuis quand tu y habites ? et pour combien de
temps ?

– Depuis hier soir, et pour un jour et demi encore,
après je retourne à Bánhida.

Mátyás éclata de rire.

– Eh bien, dis donc, je t'ai cueilli au vol !

– À moins que ce ne soit moi qui l'ai fait. Pourquoi tu ne viens pas dîner ?

– Je ne serai peut-être pas libre…

– Et si Serafina te démasque comme le jeune écervelé que tu es ?

– Alors je foncerai chez vous tout de suite.

Mátyás embrassa son frère sur les deux joues et sauta à bord du tramway suivant qui venait de s'arrêter à leur hauteur.

Pendant quelques rues, András eut fort envie de faire des claquettes, lui aussi. Parfois la chance lui souriait ; elle venait de lui accorder une permission inattendue, et voilà qu'elle lui avait fait rencontrer Mátyás. Mais cette heureuse surprise elle-même ne suffit pas à le distraire d'un nouveau sujet d'inquiétude. Selon le journal qu'il avait acheté l'après-midi, la situation à l'Est n'avait rien d'encourageant : Kiev était tombée aux mains des Allemands et les troupes d'Hitler n'étaient plus qu'à quelque cent cinquante kilomètres de Moscou et Leningrad. Lors d'un discours radiodiffusé en début de semaine, le Führer avait proclamé la capitulation imminente de l'Union soviétique. András redoutait que les Anglais, qui avaient farouchement résisté en Méditerranée, ne finissent par perdre espoir. Si leurs défenses s'effondraient, Hitler régnerait en maître sur toute l'Europe. András pensa à ce qu'avait dit Rosen à la Colombe bleue, trois ans plus tôt : que Hitler voulait faire du monde une Pangermanie. Il ne croyait pas si bien dire. Les annexions allemandes s'étaient répandues sur la carte de l'Europe comme l'encre sur la feuille. Et les habitants des pays conquis étaient chassés de chez eux, déplacés sur des terres stériles, bouclés dans des ghettos ou envoyés dans des camps de travail. Il avait envie de croire que la Hongrie allait demeurer un havre au milieu du brasier, c'était plus facile d'y croire, ici, à Budapest, loin de la chaleur et de la puanteur de Bánhida. Mais si la Russie devait tomber, alors on ne serait plus en sécurité dans aucun pays d'Europe, surtout les juifs, et certainement pas en Hongrie où les Croix fléchées gagnaient du terrain à toutes les élections, ces temps-ci. Voilà dans quelles circonstances troublées leur enfant à Klára et lui allait naître. Il commençait à comprendre ce que ses parents avaient éprouvé lorsque sa mère était tombée enceinte de lui pendant la Grande Guerre. Encore son père était-il soldat dans l'armée hongroise et non pas travailleur au STO, encore n'y avait-il pas alors de Führer dérangé rêvant de purger l'Europe de ses juifs.

Chez lui, il trouva Klára et Ilana assises à la cuisine, riant de choses intimes, main dans la main. Il vit au premier coup d'œil qu'en son absence les liens entre les deux femmes s'étaient resserrés. Dans ses lettres, Klára répétait qu'elle était ravie d'avoir la compagnie d'Ilana, et il avait appris avec soulagement qu'elles n'habitaient qu'à quelques rues l'une de l'autre et franchissaient volontiers cette distance. Si Klára avait été la confidente et la protectrice d'Ilana à Paris, elle était plutôt une grande sœur pour elle, aujourd'hui. Peu après l'arrivée de la jeune femme à Budapest, avait-elle expliqué à András, elles avaient pris l'habitude d'aller faire le marché ensemble le lundi et le jeudi. Lorsque Tibor était parti au Munkaszolgálat, elle avait veillé à ce qu'Ilana ne souffre pas de la solitude ; elles cuisinaient ensemble, passaient des soirées à écouter les disques de Klára ou à lire les livres d'Ilana, allaient se promener sur les boulevards ou dans les parcs le dimanche après-midi. Et ce soir-là, justement, un instant avant l'arrivée d'András, Ilana venait d'annoncer, non sans difficulté pour l'exprimer, une heureuse nouvelle : elle était enceinte, et elle le répéta dans son hongrois hésitant à son beau-frère. Elle le devait à la dernière permission de Tibor. Si tout se passait bien, les bébés des deux femmes naîtraient à deux mois d'écart. Elle avait écrit à Tibor, et il lui avait répondu qu'il allait bien, que sa compagnie se trouvait loin du dangereux front de l'Est, qu'avec l'été leur existence devenait plus vivable et que cette nouvelle le comblait d'un bonheur qu'il n'aurait jamais imaginé.

Mais en cet automne 1941, il n'y avait aucun bonheur qui ne fût sans mélange : l'anxiété était là, András la lisait dans les ridules au front d'Ilana. Il se doutait de ce que cette grossesse signifiait pour elle après sa fausse couche, et que la sécurité de l'enfant l'aurait angoissée, même en temps de paix. Il l'aurait serrée dans ses bras si sa stricte observance des règles religieuses ne l'en avait empêché. En l'occurrence, il dut se contenter de la féliciter et de formuler le vœu fervent que tout se passe bien. Puis il leur raconta qu'il s'était retrouvé nez à nez avec Mátyás dans un tramway.

— Alors j'ai bien fait d'acheter quelques gâteaux de plus pour le dessert, conclut Klára. Ce jeune cabri nous aurait réduits à la famine, sinon.

Mátyás arriva précisément au moment où elle apportait les pâtisseries au salon après dîner. Il embrassa Klára sur la joue et prit un millefeuilles sur le plateau d'argent. Devant Ilana, il s'inclina profondément, en mettant chapeau bas avec panache.

— Il faut croire que ton idylle suit un cours favorable, dit András. Son rouge à lèvres t'a mis le feu aux joues.

— Ce n'est pas du rouge à lèvres, c'est la marque de l'innocence abusée. Serafina est bien trop délurée pour moi. Je rougis encore de ce qu'elle m'a dit quand nous nous sommes quittés.

— Nous ne voulons pas le savoir, s'écria Klára.

— Je ne vous le répéterai pas, répliqua-t-il avec un clin d'œil. (Il contempla le mobilier du salon.) Quel appartement ! Tout ça pour vous deux ?

— Pour nous trois, bientôt, rectifia Klára.

— C'est vrai ! J'allais oublier. András va être papa.

– Et Tibor aussi, glissa Ilana.

– Oh bon Dieu, c'est vrai ? Toutes les deux ?

– C'est vrai, dit Ilana qui ajouta en pointant sur lui un index taquin : À présent, ton anya et ton apa vont vouloir que tu te maries, toi aussi, pour compléter le tableau.

– Ils peuvent toujours attendre, dit Mátyás en soulignant cette déclaration d'un nouveau clin d'œil.

Il improvisa un enchaînement de pas rapides et syncopés sur le parquet du salon, puis il fit mine de se laisser tomber sur le dossier du canapé et atterrit debout à côté du guéridon.

– Viens donc me dire que je n'ai pas de talent ! s'exclama-t-il en s'agenouillant devant Klára, bras écartés. Tu t'y connais, toi qui donnes des cours de danse !

– Dans mon pays, ça ne s'appelle pas danser, répondit Klára avec un sourire.

– Alors que dis-tu de ceci ?

Mátyás sauta sur ses pieds et exécuta une double pirouette, bras en couronne. Mais au bout de la figure, il perdit l'équilibre et dut se rattraper au manteau de la cheminée. Il demeura immobile un instant, hors d'haleine, secouant la tête comme pour chasser le tournis, et pour la première fois, András remarqua qu'il avait l'air épuisé et affamé. Il le prit par l'épaule et l'installa dans l'un des fauteuils à rayures ivoire.

– Reste un peu assis, ça ira mieux ensuite.

– Tu n'aimes pas quand je danse ?

– Ce n'est pas le moment, petit frère.

Klára lui garnit une assiette de gâteaux, et András lui servit un verre de slivovitz. Ils bavardèrent en faisant abstraction de la guerre, du STO et des tracas, András veillant à remplir les assiettes à dessert et les tasses à café. Ces attentions faisaient rougir Ilana : il n'était pas convenable qu'elle se fasse servir par son beau-frère, disait-elle. András ne l'avait jamais vue aussi belle.

Comme celle de Klára, sa peau luisait d'un éclat intérieur. Ses cheveux étaient cachés sous le fichu des épouses pieuses, mais elle avait choisi une soie mauve éclairée de traits d'argent. Quand elle riait des plaisanteries de Mátyás, les profondeurs brun-noir de ses yeux rayonnaient d'intelligence. Dire que c'était la femme qu'il avait vue pâle et terrorisée sur un lit d'hôpital à Paris, les lèvres blêmies par la douleur, à son réveil de l'anesthésie.

Après le café, András et Mátyás sortirent se promener dans la douceur de cette nuit de septembre. On n'était qu'à quelques rues du parc municipal, où des projecteurs dorés illuminaient le château de Vajdahunyad. Les allées étaient encore très fréquentées malgré l'heure tardive, et dans les coins sombres, ils apercevaient des hommes et des femmes qui se frottaient l'un contre l'autre dans une intimité toute relative. Mátyás était moins exubérant, maintenant qu'ils se retrouvaient entre frères. Il croisa les bras sur sa poitrine, comme s'il avait froid dans la brise tiède. Depuis son départ au Munkaszolgálat, toute sa personne semblait s'être aiguisée. L'architecture de son visage avait gagné en netteté, en définition. Son grand front, ses pommettes saillantes, qu'il tenait de leur mère, lui donnaient un air de gravité qui démentait ses facéties.

— Ils en ont de belles épouses, mes frères, je mentirais en disant que je ne suis pas jaloux.

— Je serais déçu que tu ne le sois pas.

— Tu vas vraiment être père ?

— Il paraît.

Mátyás siffla tout bas.

— Alors, heureux ?

— Affolé.

— Allons donc ! Tu vas faire un père formidable. Et puis Klára est déjà passée par là.

— Elle n'a pas mis un enfant au monde en pleine guerre.

– Non, mais à l'époque, elle n'avait pas de mari.

– Il faut croire qu'elle ne s'en portait pas plus mal. Elle a trouvé du travail, elle a élevé sa fille. Elisabet aurait peut-être été plus agréable à vivre si elle avait connu un foyer différent, avec un frère ou une sœur pour jouer avec elle, un père pour l'empêcher de faire damner sa mère. Mais elle a bien tourné finalement. Moi, je suis un mari qui ne sert pas à grand-chose. Jusqu'ici, j'ai plutôt été un boulet pour Klára.

– Tu as été réquisitionné, il fallait bien que tu fasses ton service, tu n'avais pas le choix.

– Je n'ai pas fini mes études, si bien que quand je reviendrai à la vie civile, je ne pourrai pas exercer comme architecte.

– Tu n'auras qu'à retourner à la fac.

– Encore faudrait-il que je le puisse, que je trouve le temps et l'argent.

– Ce qu'il te faut, c'est un boulot qui paie bien et qui ne t'accapare pas trop. Pourquoi tu ne t'associerais pas avec moi ?

– Pour faire des claquettes ? Tu nous vois nous produire ? Les fantastiques frères Lévi ?

– Mais non, crétin. Comme étalagistes. Ça irait deux fois plus vite à deux. Moi, j'assurerais le stylisme, et toi, tu m'obéirais au doigt et à l'œil. On pourrait prendre deux fois plus de clients.

– Je ne suis pas sûr de vouloir t'obéir au doigt et à l'œil. Tu vas m'épuiser à la tâche.

– Et comment comptes-tu gagner ta vie, alors ? Tu vas te poser au coin de la rue pour crayonner des caricatures ?

– J'ai réfléchi. Mon vieil ami Mendel Horovitz travaillait au *Courrier du soir*, avant le STO. D'après lui, ils ont toujours besoin d'artistes et de maquettistes, et ça ne paie pas mal.

– Arghh ! Tu trimeras pour quelqu'un d'autre, alors ?

– Quitte à trimer, autant trimer dans un domaine où on a un minimum d'expérience.

– Quelle expérience ?

– Eh bien, c'était ce que je faisais, autrefois, pour le journal *Passé et Avenir*. Et puis il y a les journaux qu'on a créés avec Mendel, ceux dont je t'ai parlé dans mes lettres. Si j'avais su que je te verrais, je t'en aurais apporté un numéro.

– Je vois, dit Mátyás. Les vitrines, ça n'est pas assez chic pour toi ? Monsieur a fait des études à Paris.

Il plaisantait, mais son visage trahissait un soupçon de dépit. András se souvint des lettres incendiaires qu'il lui avait envoyées à Paris ; il y revendiquait le droit d'étudier, lui aussi. Et puis la guerre avait éclaté et il avait été bloqué en Hongrie, où il avait travaillé comme étalagiste avant d'être réquisitionné par le STO. András s'apercevait à sa grande honte qu'il pensait en effet que cet emploi d'étalagiste était indigne de lui, car entaché d'une servitude mercantile. C'était le coup de chance insensé de ses derniers mois à Paris qui lui avait inspiré cette idée, la gentillesse de ses professeurs et de ses mentors qui lui avait fait espérer une vie différente. Sauf que tout ça était derrière lui. À présent, il faudrait en effet gagner sa vie, dans quelques mois, il serait père.

– Pardonne-moi, dit-il à son frère, je ne voulais pas dire que ton travail n'est pas un art. C'est un art supérieur à celui de l'illustrateur de journaux, sans aucun doute.

Mátyás parut se radoucir et il posa la main sur l'épaule de son frère.

– Il n'y a pas de mal, moi aussi je me trouverais trop bien pour faire l'étalagiste si j'avais eu Le Corbusier et Auguste Perret pour compagnons de libations.

– Nous n'avons jamais été compagnons de libations, protesta András.

– Allons bon, ne donne pas dans l'humilité, maintenant.

– Très bien, d'accord, on était comme les doigts de la main, on passait notre temps à boire des coups ensemble.

Il se tut soudain en pensant à ses vrais amis, aujourd'hui répandus un peu partout dans le monde occidental. Il les considérait comme ses frères, eux aussi. Mais il n'avait plus de nouvelles de Ben Yakov depuis son télégramme conciliant, ni de Polaner depuis qu'il s'était engagé dans la Légion. Il se demanda ce qu'étaient devenues les photos prises le jour du prix de l'Amphithéâtre. C'était étrange de se dire que quelque part restait peut-être une trace de cette vie évanouie à tout jamais.

– Tu en fais une tête, mon frère, dit Mátyás. Est-ce qu'un petit verre s'impose ?

– Ça ne me ferait pas de mal.

C'est ainsi qu'ils allèrent dans un café qui dominait le lac artificiel, celui qu'on transformait en patinoire l'hiver, où ils prirent une table en terrasse et commandèrent du tokay. Depuis la guerre, le vin était devenu cher, mais c'était un luxe que Mátyás tenait à s'offrir, et tint d'ailleurs à offrir de ses deniers, arguant qu'il n'avait ni femme ni enfant à nourrir. Il promit à András de le laisser payer la prochaine fois, quand il aurait décroché un emploi dans un journal – événement qu'ils n'auraient su ni l'un ni l'autre situer dans l'avenir, pas plus que leurs prochaines retrouvailles.

– Bon, alors, qui est-elle, cette Serafina ? demanda András en regardant son frère à travers la loupe ambrée du verre de tokay. Quand est-ce que tu nous la présentes ?

– Elle est petite main dans une boutique de confection sur Váci utca.

– Et alors ?

– Alors je l'ai rencontrée en faisant leur vitrine. Elle portait une robe blanche avec des cerises brodées dessus et je lui ai demandé de la retirer pour la mettre en vitrine.

– Tu lui as demandé de retirer sa robe ?

– Tu vois qu'il y a des avantages en nature dans ce métier…

– Et elle est retournée à sa machine à coudre en tenue d'Ève ?

– Hélas non, sa patronne lui a proposé des vêtements de rechange.

– Allons bon, quel dommage !

– Oui, et je reste sur ma faim depuis. C'est pourquoi j'ai décidé de poursuivre la jeune personne, je voulais voir ce que j'avais raté quand elle était passée derrière le rideau du salon d'essayage.

– Il faut croire que tu en avais vu assez pour t'inspirer cette envie.

– Plus qu'assez. Cette fille a tout ce que j'aime. À peine plus grande que moi, des cheveux noirs coiffés en casque, un grain de beauté sur la joue, on dirait une petite tache d'encre.

– Fichtre ! Il me tarde de faire sa connaissance.

De nouveau, l'étincelle de gaieté s'éteignit dans les yeux de Mátyás ; il considéra le fond de son verre et ses cernes à peine esquissés semblèrent se creuser.

– Demain je rejoins ma compagnie, dit-il. C'est parti pour la grande ribouldingue.

– La grande ribouldingue ?

– À Belgorod, sur le front russe. On monte en première ligne.

Une clameur effroyable déchira la poitrine d'András ; on aurait dit qu'un marteau d'airain frappait une cloche dans sa cage thoracique.

– Oh, Mátyás, ne me dis pas que…

– Si, répondit le jeune homme. (Il tenta de sourire, mais la peur se lisait dans ses yeux.) Alors, tu vois, c'est bien qu'on se soit rencontrés.

– Tu ne peux pas te faire transférer ? Tu as essayé ?

– Il faudrait de l'argent, c'est tout, et moi j'en ai tout juste assez pour m'offrir des petits arrangements.

– Combien ça coûterait ?

– Je ne sais pas. À l'allure où vont les choses, des centaines de pengő, des milliers peut-être.

András pensa à György Hász dans sa villa de Benczúr utca, où il était sans doute assis au coin du feu dans un peignoir en cachemire, en train de lire un journal financier. Il aurait voulu le soulever par les pieds et le secouer jusqu'à ce que des pièces d'or dégringolent de ses poches comme d'une banque qu'on viendrait de faire sauter. Il ne voyait pas au nom de quoi le fils de cet homme pouvait s'installer dans un atelier et peindre tout à loisir pendant que Mátyás Levi, fils de Béla le Bienheureux de Konyár, devait aller risquer sa vie sur les champs de mines du front de l'Est. Quant à lui, il serait bien le dernier des crétins si un amour-propre mal placé l'empêchait d'aller réclamer son aide à György. Il ne s'agissait plus de savoir s'il pouvait subvenir aux besoins de Klára et de leur enfant, c'était la vie de son frère qui était en jeu.

– Je vais aller trouver Hász, dit-il. Ils doivent bien avoir un magot quelque part, ou quelque chose qui se vende.

Mátyás acquiesça.

– Je serais bien étonné que József Hász soit obligé de partir au front, lui.

– Tu parles ! Il vient de se faire offrir un joli atelier à Buda.

– Ça tombe à pic, l'effondrement du monde occidental devrait l'inspirer.

– Comment donc ! Et pourtant, c'est drôle, je n'ai pas eu envie de me précipiter chez lui pour voir l'avancement de ses toiles.

– Ça alors !

– Bon, mais sérieusement, je ne suis pas sûr que Hász père ait des liquidités. Je pense qu'ils se saignent aux quatre veines pour maintenir leur train de vie, la maison, les fourrures de Madame et leur loge à l'Opéra. Ils ont dû vendre leur voiture pour que József soit exempté de nouveau au deuxième appel.

– Au moins, il leur reste la loge, dit Mátyás. C'est une telle consolation, la musique, quand les autres meurent comme des mouches.

Avec un clin d'œil, il leva son verre et le vida.

Le lendemain, après avoir accompagné son frère à la gare Nyugati, András se rendit chez György Hász. Il savait qu'il rentrait déjeuner avec sa femme et sa mère, après quoi il aimait passer une demi-heure à lire son journal avant de retourner au travail : en ces temps troublés, il demeurait un homme d'habitudes, et comme pour faire fi de ses revers professionnels, il avait conservé cet emploi du temps privilégié de directeur de banque. Ses services étaient trop précieux pour que le nouveau président le prive de cette liberté. Comme prévu, András trouva son beau-frère dans la bibliothèque de la maison, ses bésicles sur le nez, et son journal largement ouvert devant lui. Lorsque le domestique annonça András, il laissa tomber le quotidien et se leva d'un bond.

– Klára va bien ?

– Klára va très bien, nous allons bien tous deux.

Le front de Hász se détendit, et il poussa un bref soupir.

– Pardonnez-moi, expliqua-t-il, je ne vous attendais pas. Je ne savais pas que vous étiez en ville.

– J'ai eu une permission de quelques jours. Je repars demain.

– Asseyez-vous, je vous en prie, offrit Hász, qui ajouta à l'intention du domestique : Dites à Kati de nous apporter du thé.

Le valet s'étant retiré en silence, il considéra son beau-frère avec la plus grande attention ; le jeune homme avait mis son uniforme du Munkaszolgálat orné d'un M vert et reprisé aux endroits où le commandant Barna avait déchiré ses galons. Hász porta alors la main à sa cravate de soie bleue, finement rayée d'ivoire.

– Eh bien, il ne vous reste plus que trois mois à tenir, si mes calculs sont exacts.

– C'est juste, et puis le bébé naîtra.

– Vous avez bonne mine. Vous allez bien ?

– Aussi bien que possible en la circonstance.

Hász hocha la tête et se cala dans son siège en glissant les doigts dans son gilet. Il portait une chemise de popeline italienne et un costume de lainage gris foncé. Il avait les mains fines d'un homme qui n'a jamais travaillé à l'extérieur, les ongles roses et lisses. Mais il regardait András avec une sollicitude si sincère et si spontanée qu'il était difficile de lui en vouloir. Lorsque le thé arriva, il servit son hôte lui-même et lui tendit la tasse.

– Qu'est-ce qui vous amène ? Qu'est-ce que je peux faire pour vous ?

– Mon frère Mátyás vient d'être envoyé au front. Sa compagnie est partie cet après-midi rejoindre le reste du bataillon à Debrecen ; de là, ils iront à Belgorod.

Hász reposa sa tasse.

– À Belgorod, dans les champs de mines.

– Oui, ils vont devoir dégager le passage pour l'armée hongroise.

– Mais que faire ? En quoi puis-je l'aider ?

– Je sais que vous vous êtes déjà beaucoup dévoué pour nous. Vous vous êtes occupé de Klára pendant mon absence, et c'est le plus grand service que vous pouviez me rendre. Croyez bien que je ne vous demanderais rien de plus si ce n'était pas une question de vie ou de mort. Mais je me suis dit que vous pourriez peut-être intervenir pour Mátyás comme vous l'avez fait pour József, ou du moins, à défaut de le faire exempter, obtenir son transfert dans une autre compagnie. Une qui soit moins proche du feu. Il a encore onze mois de service.

György Hász haussa un sourcil.

– Vous voulez que j'achète sa liberté ?

– Du moins que vous lui épargniez de partir sur le front.

– Je comprends, répondit son beau-frère.

Il plia les mains en cloche et le regarda.

– Je sais que le prix n'est pas le même pour tout le monde, reprit András. (Il posa sa tasse sur la soucoupe et la fit tourner avec soin.) Je me dis que ça coûterait bien moins cher pour mon frère que pour votre fils. J'ai le nom du commandant du bataillon. Si nous parvenions à lui virer une certaine somme par l'entremise d'un agent indépendant, un huissier de votre connaissance, par exemple, nous pourrions effectuer la transaction sans rien révéler des liens entre nos deux familles, autrement dit sans compromettre la sécurité de Klára. Je suis sûr que nous pourrions racheter la liberté de mon frère à un prix qui vous paraîtrait négligeable.

Hász porta ses mains devant ses lèvres serrées, puis pianota un instant sur le bureau en contemplant le feu. András attendait son verdict comme s'il était un magistrat devant lequel comparaissait Mátyás. Sauf que Mátyás n'était pas là, il roulait déjà vers le front. Tout à coup, il pensa qu'il avait été fou de se figurer que Hász avait le pouvoir d'arrêter ce mécanisme une fois enclenché.

– Klára est au courant de votre visite ?

– Non. Mais elle ne m'aurait pas dissuadé de venir vous voir ; elle est convaincue de pouvoir compter sur vous en toute circonstance. C'est plutôt moi qui suis trop fier pour ce genre de démarche, en général.

György Hász s'extirpa de son fauteuil de cuir et alla attiser le feu. Du jour au lendemain, un coup de vent avait chassé la tiédeur. La bourrasque ébranlait les croisées. Il déplaça les bûches du bout du tisonnier, et une volée d'étincelles s'éleva dans la cheminée. Il remit le tisonnier en place et se retourna vers András.

– Je vous dois des excuses, avant d'aller plus loin. J'espère que vous comprendrez ma décision.

– Vous excuser de quoi ? Quelle décision ?

– Voilà un certain temps que pèse sur moi un fardeau financier et affectif. Ça n'a absolument rien à voir avec la situation de mon fils, et j'ai bien peur que cela ne doive durer. À vrai dire, je n'en vois pas la fin. Je ne vous en ai pas parlé parce que je ne voulais pas ajouter à vos soucis alors que vous aviez déjà fort à faire pour survivre vous-même. Mais je vais vous en parler, à présent. C'est une chose grave que vous me demandez, et il ne m'est pas possible de vous répondre sans vous faire comprendre la situation où je me trouve. Où nous nous trouvons, devrais-je dire.

Il reprit place en face de son beau-frère et rapprocha son fauteuil du bureau.

– Cela concerne une personne qui nous est chère à tous deux, je vous parle de Klára, bien sûr. De ses ennuis, de ce qui s'est passé quand elle était jeune fille.

András sentit son sang se glacer.

– C'est-à-dire ?

– Peu après que vous êtes parti au Munkaszolgálat, une femme a cru bon d'informer les autorités que la Claire Morgenstern qui venait d'arriver dans le pays n'était autre que la Klára Hász, qui l'avait fui dix-huit ans plus tôt.

Sous le choc, les oreilles d'András se mirent à bourdonner.

– Qui ? Quelle femme ?

– Une certaine Mme Novak, elle-même rentrée de Paris depuis peu.

– Mme Novak, répéta András.

Elle lui apparut comme lors de cette soirée chez Mme Gérard, discrètement triomphante dans sa robe de velours et son parfum au jasmin, sur le point de mettre

577

mille deux cents kilomètres entre son mari et la femme qu'il aimait, sa maîtresse depuis onze ans.

– Alors vous connaissez la situation, vous savez ce qui a pu la pousser à ce geste.

– Je sais ce qui s'est passé à Paris, répondit András. Et la raison qu'elle a, qu'elle avait de détester Klára, à une époque, en tout cas.

– Il faut croire qu'elle a la haine tenace.

– Vous êtes en train de me dire que les pouvoirs publics sont au courant ? Ils sont au courant qu'elle est ici, ils savent qui elle est. Vous êtes en train de me dire qu'ils le savent depuis des mois ?

– Malheureusement, oui. Ils ont monté tout un dossier sur son affaire, ils n'ignorent rien des circonstances dans lesquelles elle a fui Budapest et ce qu'elle a fait depuis. Ils savent qu'elle est mariée avec vous, et ils savent tout sur votre famille, où habitent vos parents, où travaille votre père, ce que faisaient vos frères avant de partir au STO et où ils sont stationnés en ce moment. J'ai donc bien peur qu'il soit impossible de négocier l'exemption de votre frère au taux en vigueur. Nos familles sont liées, et leur lien est connu des hommes qui détiennent le pouvoir sur cette affaire. Mais quand bien même nous parviendrions à convaincre le commandant du bataillon de votre frère de dire son prix – et rien n'assure que nous y réussirions, étant donné le nombre d'antisémites féroces parmi ces gens-là –, resterait encore à réunir l'argent. Car voyez-vous, il m'a fallu passer des accords financiers pour préserver la liberté de Klára. Il se trouve que le magistrat chargé de son affaire est une vieille connaissance, et il se trouve aussi qu'il n'ignore rien de l'état de mes finances depuis que j'ai été évincé de la présidence de la banque et que j'ai contesté cette décision de toutes mes forces. Lorsque Klára a été dénoncée, il a été le premier à proposer un arrangement, une solution, en somme, étant donné qu'il n'y avait pas la moindre lueur d'espoir par ailleurs. Donnant, donnant, m'a-t-il dit. Je verserais un certain pourcentage de mes avoirs chaque mois, à perpétuité, et le ministère de la Justice laisserait Klára tranquille. Il veillerait même à ce que les bureaux de l'Immigration lui renouvellent son permis de séjour tous les ans. Ils n'ont pas la moindre intention de la déporter, pardi ! Elle leur rapporte bien davantage sur place.

András réussit à inspirer malgré ses poumons noués.

– Alors voilà ce que vous avez fait, voilà où passe l'argent.

– Hélas oui.

– Et elle ne sait rien ?

– Rien, je tiens beaucoup, au moins, à ce qu'elle se croie en sécurité. Je pense que, sauf changement radical de situation, pour le meilleur ou pour le pire, mieux vaut ne rien lui dire. Si elle était au courant, je ne doute pas qu'elle tenterait de m'empêcher de faire ces versements. Je ne sais pas comment elle s'y prendrait, ni ce qu'il en résulterait. Je m'en suis ouvert à ma femme, naturellement. Il a bien fallu que je lui explique pourquoi nous devions liquider tous ces avoirs. Elle convient qu'il vaut mieux ne rien dire à Klára pour l'instant. Ma mère pense le contraire, mais jusqu'ici j'ai réussi à lui faire admettre mon point de vue.

– Mais combien de temps tiendrez-vous ? Ils vont vous pressurer.

– C'est manifestement leur intention. Il a déjà fallu que je prenne une seconde hypothèque sur la maison, et tout récemment, j'ai dû demander à ma femme de se séparer de certains de ses bijoux. Nous avons vendu la voiture, le piano et quelques tableaux de prix. Nous avons encore quelques objets à vendre, mais ça ne durera pas indéfiniment. Mes avoirs diminuent et le pourcentage grimpe à mesure, moyennant quoi l'opération demeure rentable pour le magistrat et ses comparses du ministère de la Justice. Il faudra sans doute bientôt vendre la maison et prendre un simple appartement en ville. Je redoute ce moment. Il devient de plus en plus difficile d'expliquer à Klára pourquoi nous prenons ces mesures, nous ne pouvons perpétuellement invoquer l'exemption de József, le trou est trop grand. Mais la liberté de Klára n'a pas de prix. À présent que le gouvernement a trouvé comment siphonner nos avoirs, il n'y a pas de raison qu'il s'arrête avant de liquider les derniers.

— Mais c'est pourtant le gouvernement qui est coupable ! Sándor Goldstein a été tué, Klára a été violée, sa fille en est la preuve. C'est bien le gouvernement qui est responsable. C'est lui qui devrait la dédommager !

— Dans un monde de justice, on pourrait sans doute avoir gain de cause, mais mes conseillers juridiques me disent que les accusations de viol n'auraient aucune valeur, aujourd'hui, surtout compte tenu du fait que Klára s'est soustraite à la justice. Même à l'époque, du reste... sa situation était déjà sans issue. Si elle était restée en Hongrie, les autorités n'auraient renoncé à aucun coup fourré pour prouver sa culpabilité et camoufler la leur. C'est pourquoi mon père et son avocat avaient décidé qu'elle devait s'expatrier, et c'est aussi pourquoi ils n'ont jamais pu la faire revenir. Mon père ne s'est pourtant jamais découragé, jusqu'à son dernier jour, il a gardé espoir.

András se leva et s'approcha de la cheminée, où les bûches n'étaient plus que des braises. Leur feu semblait l'avoir pénétré, une vague de colère lui traversait la poitrine. Il se retourna pour regarder son beau-frère dans les yeux.

— Klára est en danger depuis des mois, et vous ne me disiez rien. Vous avez cru que je n'étais pas capable de tenir le choc. Vous vous êtes peut-être dit que j'ignorais sa liaison avec Novak, à Paris. Vous avez peut-être peur qu'il se soit passé quelque chose entre eux, ici, à Budapest. Vous comptiez payer jusqu'à ce que le problème disparaisse de lui-même ? Vous alliez me laisser dans l'ignorance totale, indéfiniment ?

Sur le front de Hász, les sillons se creusèrent une fois de plus.

— Vous avez le droit d'être en colère. Il est vrai que je vous ai tenu dans l'ignorance. Je n'étais pas sûr que vous ne le lui répéteriez pas. Votre relation avec votre femme sort de l'ordinaire. Vous n'avez pas de secrets l'un pour l'autre. Mais essayez de vous mettre à ma place. Je voulais la protéger et je ne voyais pas comment le fait d'être au courant de la situation pouvait vous profiter à l'un comme à l'autre, je me disais que ce ne serait qu'une source de chagrin supplémentaire.

— J'aurais préféré m'inquiéter, j'aurais préféré avoir du chagrin plutôt que d'être tenu dans l'ignorance d'un problème concernant ma femme.

— Je sais que Klára vous aime, et je regrette que nous n'ayons pas fait plus ample connaissance, vous et moi, avant que vous partiez au STO. Peut-être qu'alors vous comprendriez mieux pourquoi j'ai cru bon d'agir comme je l'ai fait.

András ne put qu'acquiescer en silence.

— Mais en ce qui concerne la fidélité de Klára, je puis vous assurer que je n'ai jamais eu le moindre doute. Pour autant que je puisse en juger, ma sœur vous adore, vous et vous seul. Elle ne m'a jamais donné la moindre raison de ne pas le penser pendant toute la durée de votre absence.

György prit le tisonnier en main et regarda de nouveau vers l'âtre, les épaules soulevées par un soupir.

— S'il me restait quoi que ce soit de mes biens ou de mon influence passés, j'envisagerais peut-être avec plus d'optimisme d'intervenir en faveur de votre frère. L'armée se montre de plus en plus gourmande dès qu'il s'agit d'accorder des dérogations. Mais je vais voir si je peux en parler à quelqu'un que je connais.

– Et Klára ? Comment être sûr qu'elle ne risque rien ?

– Pour l'instant du moins, il semble bien que les versements la protègent. Nous ne pouvons qu'espérer que les autorités se désintéressent d'elle avant que mes avoirs soient réduits à néant. Si la guerre dure, ces messieurs auront d'autres chats à fouetter. Quant à choisir la voie que nous avions prise, en 1921, je veux dire, celle de la fuite, c'est hors de question, dans son état surtout. Ses allées et venues sont surveillées de près. Et de surcroît, il n'y a pas moyen de se procurer un visa pour les pays où elle serait en sécurité. Nous n'avons donc plus qu'à persévérer.

– Klára est une femme intelligente. Elle pourrait peut-être nous aider à trouver une solution.

– J'ai la plus grande admiration pour l'intelligence de ma sœur. Elle s'en est tirée brillamment dans des circonstances adverses. Mais je ne veux pas faire peser ces tracas sur elle. Je veux qu'elle se sente en sécurité le plus longtemps possible.

– Moi aussi, dit András. Mais comme vous l'avez remarqué, je n'ai pas pour habitude de lui cacher les choses.

– Il faut que vous me promettiez de ne rien lui dire. Je suis désolé de vous mettre en porte-à-faux, mais j'estime ne pas avoir le choix.

– C'est moi qui n'ai pas le choix, vous voulez dire.

– Comprenez-moi, András. Nous avons investi des sommes considérables dans la sécurité de Klára. Si vous lui dites la vérité, nous l'aurons peut-être fait pour rien.

– Et si elle refusait de causer la ruine financière de sa famille ?

– Que voulez-vous qu'on fasse ? Vous préféreriez qu'elle se rende à la police ? Ou qu'elle risque sa vie et celle de votre enfant en tentant de prendre la fuite ?

György se leva et se mit à arpenter le bureau devant la cheminée.

– J'ai envisagé le problème sous tous ses angles, croyez-moi. Je ne vois pas d'autre stratégie. Je vous supplie de respecter mon jugement, András. Faites-moi confiance, j'ai quelques lueurs sur la psychologie de ma sœur, moi aussi.

Tout en voyant là une forme de trahison, András accepta de garder le silence. Avait-il le choix, du reste ? Pas d'argent, pas de relations haut placées, rien qui puisse épargner à Klára des poursuites judiciaires. Sans compter qu'il repartait à Bánhida le lendemain matin. Du moins les dispositions présentes la protégeraient-elles jusqu'à ce qu'il ait achevé son service. Il remercia Hász de bien vouloir réfléchir à ce qu'il pourrait faire pour Mátyás, et ils se séparèrent sur une poignée de main et un regard plein de sérieux, preuve qu'ils se tireraient de ce mauvais pas avec le stoïcisme de l'homme hongrois. Mais comme il quittait la demeure de Benczúr utca, la nouvelle le frappa de toute sa brutalité initiale. Il avait l'impression d'évoluer dans une ville de substitution, dissimulée de longue date sous celle qu'il connaissait. Cette impression lui rappelait les décors de M. Forestier, ces palimpsestes architecturaux où le familier cachait l'étrange et l'effrayant. Dans ce réel réversible, le secret de l'identité de Klára se retournait contre elle ; et lui qu'on venait de mettre dans la confidence s'apprêtait à tromper sa confiance.

Il se dit qu'aller jusqu'au fleuve et passer un moment sur le pont Széchenyi lui calmerait peut-être les nerfs. Il avait besoin d'un peu de répit pour mettre de l'ordre dans ses idées avant de rentrer auprès d'elle. Depuis combien de temps était-il au STO lorsque Mme Novak avait dénoncé Klára à la police ? L'avait-elle fait au nom des griefs anciens ou sous le coup d'une blessure plus récente ? Que savait-il vraiment lui-même de l'état des relations entre Klára et Novak ? Se pouvait-il que, contrairement aux assurances de György, ils l'aient trahi ? Il eut un haut-le-cœur et dut s'asseoir sur le bord du trottoir. Un chien errant vint lui flairer les chevilles, mais lorsqu'il tendit la main vers lui, l'animal recula et s'enfuit. Il se leva, serra son manteau contre lui, son cache-nez autour de son cou. De Benczúr utca, il marcha jusqu'à Bajza utca, puis de là jusqu'à la longue perspective bordée d'arbres d'Andrássy út, où les passants voûtaient les épaules sous un vent glacial, et où le tramway faisait tinter sa cloche familière. Mais tout en arpentant l'avenue, il sentait monter l'anxiété en lui. C'était parce qu'il approchait de l'Opéra dont, à sa connaissance, Zoltán Novak était toujours directeur. Deux ans qu'il ne l'avait pas vu ; la dernière fois, c'était à la soirée chez Marcelle. La blessure qui lui avait été infligée ce soir-là l'aurait-elle poussé à un geste cruel et retors – aurait-il porté le danger couru par Klára à la connaissance de sa femme, en sachant bien que cette dernière en profiterait pour se débarrasser d'elle ? Il s'arrêta dans la rue qui longeait l'Operaház et se demanda ce qu'il dirait à Novak s'il montait à son bureau pour le confondre. De quoi l'accuser au juste ? Que pourrait-il avouer ? L'écheveau de leurs rapports triangulaires était si emmêlé que tirer un seul fil risquait de l'emmêler davantage. S'il montait, il risquait fort d'apprendre que Klára l'avait trompé, qu'elle lui était infidèle depuis des mois, voire que l'enfant qu'elle portait n'était pas de lui. Mais n'était-il pas pire de rester dehors, dans l'ignorance, et de retourner à Bánhida sans savoir ? Les portes de l'Operaház étaient ouvertes sur l'après-midi affairé ; hommes et femmes faisaient la queue devant le guichet. Il inspira profondément et entra.

Combien de mois s'étaient écoulés depuis la dernière fois qu'il était allé au théâtre ? Cela remontait à son ultime été à Paris. Klára et lui s'étaient rendus à la générale de *La Fille mal gardée*. Voilà qu'il passait les portes baroques de la salle de spectacle et remontait le tapis rouge entre les travées. Le rideau de scène révélait une place de village, en Italie, avec une fontaine de marbre au milieu. Les maisons étaient faites de fausses pierres réalisées dans du carton-pâte peint en jaune, et agrémentées de stores de toile à rayures blanches et vertes. Un menuisier était penché sur des marches qui menaient à l'une d'elles. Son marteau qui résonnait dans la salle déserte inspira à András un pincement de nostalgie. Comme il aurait aimé être venu pour installer un décor, ou même servir un goûter aux acteurs, acheminer leurs messages, leur dire qu'il était l'heure d'entrer en scène ! Comme il aurait aimé avoir laissé chez lui son bureau jonché de dessins à finir dans des délais draconiens.

Il courut jusqu'à la scène et se dirigea vers l'escalier latéral. Le menuisier ne leva pas les yeux de son ouvrage. Dans les coulisses, un homme qui devait être l'accessoiriste rangeait des objets sur leurs étagères. On entendait gémir une scie électrique dans l'atelier de montage des décors, et l'odeur du bois et des copeaux réveilla dans les strates de sa mémoire la scierie de son père, le Sarah-Bernhardt, l'atelier de M. Forestier et le camp de travail des Carpates. Il s'enfonça dans les boyaux du théâtre, grimpa les escaliers qui menaient aux loges. Leurs portes badigeonnées de blanc, avec des noms en lettres de cuivre dans des cadres en laiton, dissimulaient pudiquement, il le savait, la grande misère des pots de maquillage entamés, des peignoirs et des chapeaux à plumes pleins de taches, des bas déchirés, des textes cornés, des fauteuils moisis, des miroirs fêlés et des bouquets fanés. Dans son jeune temps, Klára avait dû s'habiller dans ces loges. Il se rappela une photo de l'époque qui la représentait en tutu de feuilles, avec des brindilles dans les cheveux, petite fée sylvestre. Il crut voir son ombre gracile passer d'une loge à l'autre.

Au bout du couloir, il monta un escalier ; tout en haut, un autre couloir desservait d'autres loges. Au fond, une porte de bois avec une plaque émaillée, celle-là même que Novak avait mise sur sa porte au Sarah-Bernhardt, annonçait ZOLTÁN NOVAK, DIRECTEUR, en caractères noirs rehaussés d'or, les fioritures s'étant ternies au fil du voyage entre Paris et Budapest. Une toux caverneuse se fit entendre derrière la porte. András leva la main pour frapper, puis la laissa retomber : sur le seuil, son courage l'abandonnait ; il n'avait plus la moindre idée de ce qu'il pourrait dire à Zoltán Novak. À l'intérieur, une nouvelle quinte de toux, puis une troisième, plus proche. La porte s'ouvrit et András se retrouva nez à nez avec Novak, pâle et défait, les yeux brillants – de fièvre, probablement. Il avait la moustache tombante et nageait dans son costume. À la vue d'András, ses épaules se détendirent.

– Lévi ! Qu'est-ce que vous fichez là ?

– Je ne sais pas, je crois que je voulais vous parler.

Novak resta un long moment devant lui, sans bouger, il considérait son uniforme et les autres changements inscrits sur sa personne. Il poussa un long soupir oppressé et leva les yeux pour croiser son regard.

– J'avoue que vous êtes bien la dernière personne que je m'attendais à trouver derrière ma porte et, pour être honnête, une des dernières que j'aie envie de voir, mais enfin, puisque vous êtes là, entrez donc.

András suivit Novak dans la pénombre du saint des saints, jusqu'au grand bureau recouvert de cuir. Le directeur lui fit signe de prendre un siège, si bien qu'il retira son képi et s'assit. Il jeta un coup d'œil circulaire sur les étagères encombrées de livrets d'opéra, de registres, de photographies de chanteurs lyriques en costumes. C'était le bureau du Sarah-Bernhardt, en plus sombre et plus exigu toutefois.

– Alors, Lévi, fit Novak, autant me dire ce qui vous amène.

András triturait son képi.

– J'ai appris quelque chose, tout à l'heure : votre femme a dénoncé Klára à la police hongroise.

– Vous l'avez appris tout à l'heure ? Mais ça date d'il y a presque deux ans.

Le visage d'András s'empourpra, mais il continua de fixer Novak.

– György Hász a veillé à ce que je ne sache rien. Je suis allé le voir aujourd'hui dans l'idée qu'il intervienne en faveur de mon frère, qui part au front, et il m'a dit que tout son capital servait à épargner la prison à ma femme.

Novak se leva pour prendre la carafe posée sur le guéridon, dans un coin, et se servit un verre. Il interrogea András du regard et celui-ci secoua la tête.

– Non, merci, dit-il.

– Ce n'est que du thé, expliqua Novak. Je ne supporte plus l'alcool.

Il revint à son bureau avec son verre de thé ; il était pâle et hagard, mais il y avait une flamme terrible dans ses yeux, et András redoutait d'en deviner l'origine.

– Le gouvernement excelle à l'extorsion de fonds, dit-il.

– Par la faute d'Edith, la vie de Klára est en danger. Et à l'heure où nous parlons, mon frère roule vers Belgorod. Quant à moi, je rejoins ma compagnie demain matin, et je ne peux absolument rien faire.

– Nous avons tous nos drames, répondit Novak. Vous les vôtres, et moi les miens.

– Comment pouvez-vous dire ça ? C'est votre femme qui est cause des nôtres, et je ne serais pas étonné que vous y ayez votre part.

– Edith n'en a fait qu'à sa tête, répliqua sèchement Novak. Une amie lui a rapporté que Klára était en ville, elle a découvert qu'elle vous avait épousé, que vous étiez parti au STO, et elle a dû se dire que j'allais tenter de la retrouver, ou que Klára allait tenter de me retrouver. (Il avait prononcé ces derniers mots avec une ironie amère.) Edith a voulu la punir comme elle le méritait à ses yeux, elle a cru que c'était une affaire simple, mais c'était compter sans la corruption du ministère de la Justice. Quand elle a appris qu'il y avait eu un arrangement financier avec votre beau-frère, elle a été furieuse.

– Et maintenant ? Comment être sûr qu'elle ne va pas tenter une nouvelle démarche, pire encore, peut-être ?

– Edith est morte d'un cancer des ovaires au printemps dernier.

Novak lança à András un regard qui le mettait au défi de lui témoigner de la pitié.

– Je suis désolé.

– Épargnez-moi vos condoléances. Vous êtes désolé parce que vous ne pouvez plus lui demander de comptes. Mais elle a été bien punie. Elle a eu une mort terrible. Mon fils et moi avons dû assister à sa fin. Emportez ce que je vous en dis avec vous au STO, si ça peut apaiser votre colère.

András tortillait son képi sans rien dire. Que répondre, en effet ? Novak, voyant qu'il l'avait réduit au silence, sembla se radoucir un peu.

– Elle me manque, dit-il. Je ne l'ai jamais traitée comme elle le méritait. Et c'est sans doute la mauvaise conscience qui me pousse à être cruel envers vous.

– Je n'aurais pas dû venir.

– Je suis content que vous l'ayez fait. Je suis content au moins de savoir que Klára est encore en sécurité. J'ai essayé de ne rien savoir d'elle, mais ça, je suis content de l'apprendre.

Novak se mit à tousser de sa toux caverneuse ; il dut s'essuyer les yeux et boire une gorgée de thé.

– Je n'aurai pas de nouvelles d'elle avant longtemps,

si j'en ai un jour. Je pars dans un mois. J'ai été appelé, moi aussi.

– Appelé ? Où ça ?

– Requis, au STO.

– Mais c'est impossible ! Vous avez passé l'âge d'être mobilisé. Vous avez votre poste à l'Opéra, et puis vous n'êtes même pas juif.

– Je suis assez juif pour eux. On se fiche à présent que j'aie été baptisé à l'église et aie fait ma scolarité chez les catholiques. Ma mère était juive. Je n'aurais pas dû conserver mes fonctions après le vote des lois raciales, mais j'avais des amis au ministère des Arts, et ils ont fermé les yeux. Sauf qu'aujourd'hui, mes amis ont aussi perdu leur poste, tous autant qu'ils sont. Quant à ma position au sein de la communauté, elle joue contre moi. On a la ferme intention de m'en dépouiller. Apparemment, il y a de nouveaux quotas secrets dans les bataillons du STO. Il faut trouver un certain pourcentage de requis parmi les juifs censément en vue. Je serai donc en illustre compagnie. Mon collègue de l'orchestre symphonique s'est vu assigner le même bataillon, et nous venons d'apprendre que l'ancien président de l'École d'ingénieurs va nous rejoindre. On ne tient pas compte de l'âge, ni de l'état de santé, malheureusement. Je n'ai jamais vraiment réussi à guérir la consomption qui m'a ramené ici en 1937, vous êtes passé par le STO vous-même, vous savez que j'ai peu de chances d'en revenir.

– Ils ne vont pas vous faire faire de travaux trop pénibles. Ils vont sûrement vous mettre dans les bureaux.

– Allons, András, dit Novak avec une nuance de reproche dans la voix, vous savez comme moi qu'il n'en est rien. Il arrivera ce qu'il arrivera.

– Et votre fils ?

– Oui, mon fils, que va-t-il devenir, mon fils… ?

La voix de Novak se perdit, et les deux hommes se turent. L'image de son propre enfant vint à l'esprit d'András, cette fille ou ce garçon blotti pieds croisés dans le ventre de Klára, cet enfant qui ne verrait peut-être jamais le jour, ou qui, s'il le voyait, risquait de mourir en bas âge, de ne connaître qu'un monde en proie aux flammes. Novak regardait András, il semblait saisi d'une nouvelle douleur personnelle.

— Alors, vous comprenez, dit-il enfin. Vous êtes père vous-même.

— Je vais l'être, dans quelques mois.

— Et vous aurez fini le STO ?

— Qui sait ? Tout peut arriver.

— Ça va s'arranger, dit Novak. Vous rentrerez chez vous. Vous serez avec Klára et l'enfant. György honorera ses engagements envers les autorités. Ce n'est pas à elle qu'ils en veulent, notez bien, c'est à son argent à lui. La poursuivre en justice ne ferait qu'attirer l'attention sur leur propre culpabilité.

András acquiesça, ne demandant qu'à le croire. À sa grande surprise, ces paroles le rassuraient, mais à sa grande honte, ces paroles rassurantes étaient celles de Novak, qui avait tout perdu sauf son petit garçon.

— Qui s'occupera de votre fils ? répéta-t-il.

— Les parents d'Edith. Et ma sœur. C'est une chance que nous ayons pu rentrer quand il en était encore temps. Si j'étais resté en France, nous serions sans doute dans un camp d'internement, à l'heure qu'il est. Et le petit aussi. Ils n'épargnent pas les enfants.

— Oh, mon Dieu, dit András en se prenant la tête à deux mains. Qu'adviendra-t-il de nous, de nous tous ?

Sous ses sourcils grisonnants, Novak leva les yeux vers lui ; il n'y avait plus trace de colère dans son regard.

— Ce sera la fin pour tous, certains périront par le feu, d'autres par l'eau. Les uns par l'épée, les autres sous les crocs des bêtes sauvages. Ceux-ci de faim, ceux-là de soif. Vous la connaissez, cette prière, András.

– Pardonnez-moi, pardonnez-moi de vous avoir dit que vous n'étiez pas juif.

Car c'étaient les versets de la cérémonie de Rosh Hashana, la prière qui prédit toutes les fins. Bientôt il la dirait lui-même, au camp de Bánhida, parmi ses camarades.

– Je suis juif, déclara Novak, et c'est pour cela que je vous ai engagé à Paris. Vous étiez mon frère.

– Je suis désolé, Novak-úr, dit András. Excusez-moi, je ne vous ai jamais voulu aucun mal, vous avez toujours été bon avec moi.

– Ce n'est pas votre faute. Je suis content que vous soyez venu. Ainsi, nous pouvons du moins prendre congé l'un de l'autre.

András se leva et coiffa son képi. Il serra la main que Novak lui tendait par-dessus le bureau. Il n'y avait plus qu'à se dire adieu. Ils le firent en peu de mots, et puis András quitta le bureau en refermant la porte derrière lui.

# Chapitre 30
# Barna et le général

Ce soir-là, en rentrant, András ne parla pas à Klára de son entrevue avec son frère, pas plus qu'il ne lui raconta avoir vu Novak. Il se borna à lui dire qu'il avait arpenté la ville longuement et réfléchi à ce qu'il pourrait faire à son retour du STO. Elle remarqua bien qu'il avait la tête ailleurs et qu'il était anxieux, mais elle s'abstint de lui poser des questions : il retournait à Bánhida le lendemain, cette humeur s'expliquait. Ils dînèrent paisiblement à la petite table de la cuisine, leurs chaises toutes proches l'une de l'autre, puis ils passèrent au salon écouter du Sibelius sur le phonographe, en regardant le feu dans la cheminée. András avait mis le peignoir de flanelle acheté par Klára et des pantoufles en laine. Comment imaginer décor plus douillet ? Pourtant, demain, il serait parti et elle se retrouverait toute seule face aux événements. Plus il se laissait aller au confort, plus Klára lui paraissait comblée et somnolente, calée sur les coussins du divan, plus il lui était douloureux d'imaginer le revers des choses. Au fond, György avait eu raison de la tenir dans l'ignorance. Sa tranquillité d'esprit valait bien un mensonge par omission. C'est avec une sérénité parfaite qu'elle évoqua les changements survenus dans son corps depuis sa grossesse, et le réconfort qu'elle trouvait à en parler avec sa mère. Elle se montra tendre avec lui, démonstrative. Elle voulut faire l'amour, et il fut heureux de ce dérivatif. Mais une fois au lit, avec la surprise de découvrir ce corps et son nouvel équilibre, il dut fuir son regard. Elle risquait de deviner qu'il lui cachait quelque chose, et d'exiger la vérité.

De retour à Bánhida, plus de danger de ce côté-là du moins. Il n'avait jamais été aussi content d'être astreint à un travail de force. Il pouvait s'abrutir à charger indéfiniment des pelletées de charbon dans des chariots poussiéreux, puis à tirer et pousser ceux-ci indéfiniment sur les rails. Il pouvait engourdir ses membres, le soir, à l'exercice, s'acquitter de corvées harassantes – nettoyer les baraquements, couper du bois de chauffage, charrier les poubelles des cuisines – dans l'espoir de s'endormir comme une masse sans laisser le temps à son imagination d'ouvrir la boîte de Pandore et de lui représenter dans leurs moindres détails tous ses tracas. Mais à peine échappait-il à ce noir cortège qu'il était à la merci de ses rêves. Celui qui revenait le plus souvent lui montrait Ilana à l'hôpital dans une ville qui n'était ni tout à fait Paris ni tout à fait Budapest ; elle était à l'article de la mort. Et puis, ce n'était plus Ilana mais Klára, et il savait qu'il devait lui donner son sang, mais il ne savait pas comment effectuer la transfusion. Assis à son chevet, scalpel en main, il la voyait allongée, terrorisée, et se disait qu'il devrait commencer par frotter le scalpel contre son propre poignet, on verrait bien après. Nuit après nuit, il se réveillait dans le noir, parmi les quintes de toux et les ronflements de ses camarades de chambrée, convaincu que Klára était morte sans qu'il ait rien fait pour la sauver. Sa seule consolation, c'était qu'il serait libéré de ses obligations militaires le 15 décembre, soit quinze jours avant le terme de la grossesse. Il savait qu'il était naïf de faire reposer tous ses espoirs sur cette date, alors que le Munkaszolgálat respectait si peu ses promesses envers les requis ; il essayait de se remémorer les leçons amères de sa première année de service, ses déceptions, mais cette date, c'était tout ce qu'il avait, et il s'y accrochait comme à un talisman. Le 15 décembre, le 15 décembre, se répétait-il entre ses dents pendant les heures de travail, telle une formule incantatoire.

Un matin qu'il était particulièrement désespéré, il alla prier avant de partir travailler. Un groupe d'hommes avait coutume de se réunir à l'aube, dans un hangar vide, certains avec de minuscules livres de prières cornés. Il y avait une Torah en miniature, qu'on lisait le lundi, le jeudi et pour le shabbat. La tête sous son talit, András se surprit à penser non pas aux prières mais, comme c'était souvent le cas lorsqu'il accomplissait ses dévotions, à ses parents. Quand il leur avait écrit pour leur annoncer que Klára était enceinte, son père lui avait répondu par retour du courrier qu'ils iraient à Budapest dans les plus brefs délais. András était demeuré sceptique : ses parents détestaient voyager, ils détestaient le bruit, les dépenses, la foule ; ils détestaient la pression de la capitale. Et pourtant, quelques semaines plus tard, ils étaient bel et bien allés rendre visite à Klára ; ils avaient même passé trois jours auprès d'elle. La mère d'András lui avait promis de revenir avant la naissance, et de rester aussi longtemps que sa présence serait nécessaire.

Elle devait se douter que cette promesse rassurerait son fils ; elle n'avait pas son pareil pour le rassurer, pour le réconforter. Elle l'avait fait sans faille, toute son enfance. Pendant la Amida silencieuse lui revint un souvenir de Konyár. Pour ses six ans, il avait reçu un petit train en fer-blanc avec une ménagerie, dont les animaux brimbalaient derrière les barreaux des wagons ; des wagons qui s'ouvraient pour qu'on puisse sortir les éléphants, les lions, les ours, qu'on faisait alors se produire en délimitant une arène dans la poussière. Ce jouet était arrivé de Budapest dans une boîte en carton rouge. Il était d'un luxe si extravagant aux yeux des enfants de Konyár qu'András fut en butte à la jalousie enragée de ses camarades de classe, deux gamins blonds en particulier qui l'avaient poursuivi au retour de l'école, un après-midi, pour lui voler son train. Il avait couru, la boîte en carton serrée contre sa poitrine, couru vers la silhouette de sa mère qu'il apercevait, là-bas dans la cour, en train de battre un tapis sur des tréteaux de bois, à la lisière du verger. Elle s'était retournée au bruit de sa course. Il n'était pas à trois mètres d'elle, mais au moment où il allait l'atteindre, il s'était pris le pied dans une racine de pommier et avait fait un vol plané, la boîte du joujou lui échappant comme il mettait les mains en avant pour se rattraper. D'un geste gracieux, sa mère avait lâché le bâton avec lequel elle battait le tapis, et rattrapé la boîte au vol. András avait entendu ses poursuivants s'immobiliser ; en levant la tête, il avait vu sa mère glisser la boîte sous son bras et reprendre son bâton. Sans un geste, elle était restée, bâton brandi – une branche trapue, avec un disque de rotin au bout. Puis elle avait fait un pas vers les deux gamins blonds. András connaissait la douceur du tempérament de sa mère, jamais elle n'avait frappé aucun de ses trois fils, mais sa posture laissait penser qu'elle aurait battu les agresseurs de son enfant avec autant d'ardeur qu'elle battait son tapis. Il s'était relevé à temps pour voir détaler les deux gamins sur la route, leurs pieds nus soulevant un nuage de poussière. Sa mère lui avait rendu la boîte en lui disant qu'il vaudrait mieux ne plus emporter son train à l'école pendant quelque temps. Il était rentré à la maison bien persuadé qu'elle avait des pouvoirs surhumains et qu'elle volerait à son secours s'il était en péril. Ce sentiment s'était dissipé peu après qu'il était parti en pension à Debrecen, où elle ne pouvait rien faire pour le protéger. Mais l'incident l'avait profondément marqué, et aujourd'hui, il ressentait ce pouvoir maternel comme si tout recommençait. La boîte en carton rouge qu'était sa vie venait de lui échapper, et sa mère avait tendu les bras pour l'attraper au vol.

Quand il ne s'angoissait pas à propos de Klára, il pensait à ses frères. Le bureau du courrier lui devenait une source d'angoisse permanente ; chaque fois qu'il passait devant, il se figurait recevoir le télégramme fatidique lui annonçant la mort de Mátyás. Il était sans nouvelles de lui depuis son déploiement à l'Est, et les interventions de György s'étaient jusque-là soldées par des échecs. Il avait envoyé toute une série de lettres à des officiels haut placés du Munkaszolgálat, mais s'était vu répondre qu'on ne s'embarrassait pas d'un cas aussi mineur quand on avait une guerre sur les bras. S'il voulait obtenir l'exemption de Mátyás, il n'avait qu'à s'adresser au commandant de sa compagnie, à Belgorod. Renseignements pris, il avait découvert que la compagnie de Mátyás, une fois achevée sa mission à Belgorod, avait été envoyée plus à l'est. À présent, le QG du bataillon était établi du côté de Rostov-sur-le-Don. György avait inondé le commandant de télégrammes, restés sans réponse pendant des semaines. Et puis il avait reçu un billet manuscrit ; un secrétaire lui annonçait que la compagnie de Mátyás avait disparu dans le Grand Blanc de l'hiver russe. Les hommes avaient fait connaître leur position par la TSF quelques semaines plus tôt, mais les lignes étaient rompues depuis, et il était difficile de les situer.

Tel était donc le tableau : son frère Mátyás se trouvait quelque part dans la neige ; toutes amarres rompues avec son QG, sa compagnie s'enfonçait avec le groupe de soldats auquel elle était attachée, toujours plus loin, dans le froid et le danger. Avait-il de quoi manger ? De quoi se vêtir ? Un toit au-dessus de sa tête, le soir ? Comment pouvait-il, lui, dormir dans sa chambrée et manger du pain le matin quand son frère était perdu au fin fond de la Russie ? Se figurait-il qu'András n'avait rien fait pour lui ? Que György avait refusé d'intervenir ? Ces périls que Mátyás endurait aujourd'hui, qui en était responsable ? Edith Novak, qui avait révélé le secret de Klára à la police ? Les violeurs de Klára ? András lui-même, dont les liens avec Klára faisaient monter le prix de la liberté de son frère ? Miklós Horthy, que son désir de recouvrer les territoires de la Hongrie avait poussé à la guerre ? Ou bien Hitler, que sa folie entraînait jusqu'en Russie ? Combien d'hommes, outre Mátyás, étaient à toute extrémité, en cet hiver ? Combien allaient mourir d'ici que la guerre finisse ?

Du moins était-il réconfortant de savoir que Tibor travaillait loin du front. Ses lettres lui parvenaient de Transylvanie, sans hâte, au gré des caprices du courrier militaire. Il pouvait s'écouler trois semaines sans la moindre missive, puis il en arrivait cinq en même temps, suivies d'une carte postale unique le lendemain, puis de nouveau plus rien pendant deux semaines. Dans les Carpates, Tibor abandonnait peu à peu le ton badin qui était le sien naguère pour une complainte des affligés. *Cher András, encore un jour à construire un pont. Ilana me manque terriblement. À chaque instant, je m'inquiète pour elle. Ici, les catastrophes se multiplient. Aujourd'hui, mon camarade Roszenzweig s'est cassé la jambe, fracture ouverte, complexe. Je n'ai pas d'attelles, pas de plâtre, pas de médicaments, tu t'en doutes. Il a fallu que j'immobilise la fracture avec une lame de bois du plancher.* Ou encore : *Huit travailleurs du STO ont attrapé une pneumonie, la semaine dernière. Trois en sont morts. Quel chagrin ! Je sais très bien que je leur aurais évité la déshydra-*

*tation si je n'avais pas été expédié à travailler sur la route, avec une équipe.* Puis une autre, in extenso : *Cher András, je ne peux plus dormir. Ilana est entrée dans sa 21ᵉ semaine de grossesse. La dernière fois, la fausse couche est survenue à la 22ᵉ.* András aurait bien voulu confier à Tibor ce qu'il avait appris à Budapest, mais il ne voulait pas ajouter ses tracas à ceux de son frère. Il n'était pas le seul à se faire du souci, d'ailleurs. Chaque semaine lui parvenaient deux enveloppes ivoire de Benczúr utca, pleines de propos rassurants. L'une viendrait de György. *Pas de nouvelles, bonnes nouvelles, tout marche comme par le passé,* disait-il. L'autre porterait le sceau de sa belle-mère. *Cher András, sachez que nous pensons tous à vous, et vous souhaitons un prompt retour. Vous manquez tant à Klára, mon cher enfant. Elle sera si heureuse de vous voir rentrer. Le médecin la trouve en très bonne forme.* Une fois, elle lui avait envoyé un petit colis, dont le contenu était manifestement si alléchant qu'il n'en demeurait rien, sinon ce billet : *Andráska, voici quelques friandises pour vous. Si elles vous plaisent, je vous en enverrai d'autres.* Il avait rapporté le paquet au baraquement pour le faire voir à Mendel qui, dans un éclat de rire, avait proposé qu'on le place sur une étagère, comme emblème de la vie à Bánhida. Avoir Mendel à ses côtés, autre réconfort. Ils finiraient le STO ensemble et rentreraient à Budapest par le même train. Enfin, si leurs projets se réalisaient, bien sûr, et à mesure qu'ils barraient les jours sur leur calendrier, le froid s'aggravait et les collines, au loin, perdaient leurs couleurs pour se vêtir de leur brun hivernal.

Mais le 25 novembre, un jour dont le désert gris s'était paré d'une averse de confettis blancs en fin d'après-midi, un télégramme de György attendait András au bureau central. Il l'ouvrit d'une main tremblante et apprit que Klára venait d'accoucher, cinq semaines avant terme. Ils avaient un fils, mais le bébé était très malade. Il fallait qu'il rentre tout de suite.

Il fut longtemps avant de pouvoir bouger ou dire un mot. Les autres travailleurs essayaient de le pousser pour parvenir au guichet : est-ce qu'il allait rester planté là toute la soirée ? Il regagna la porte et sortit dans la neige, d'un pas chancelant. On avait allumé de bonne heure, ce jour-là. Les lumières formaient un halo étincelant tout autour de la cour carrée, seulement rompu par une paire de lampadaires plus hauts et plus éclatants de part et d'autre des bureaux. Il se dirigea vers cette parenthèse lumineuse comme vers un portail qui lui ouvrirait la route de Budapest. Il avait un fils, mais l'enfant était très malade. Un fils. Un garçon. Son garçon et celui de Klára. À cinquante kilomètres. À deux heures de train.

Les gardes qui flanquaient la porte d'ordinaire étaient à table, il entra sans encombre ; il longea des bureaux dotés de chaufferettes électriques, de téléphones, de machines à reprographier. Il ne savait pas où se situait celui du commandant Barna, mais il se dirigeait à l'estime en suivant les lignes de force du bâtiment, et là où il l'aurait placé s'il avait dessiné l'édifice, il le trouva en effet. Simplement, la porte était verrouillée. Barna était à table, lui aussi. András dut retourner sous l'averse de neige.

Tout le monde connaissait l'emplacement du mess des officiers. C'était le seul endroit de Bánhida où l'on sentait une vraie odeur de cuisine. Pas de bouillon clair, pas de pain dur ; on y mangeait du poulet aux patates, de la soupe aux champignons, du veau au paprika, du chou farci, le tout avec du pain blanc. Les travailleurs qui y livraient le charbon ou en ramassaient les ordures devaient subir ce supplice de Tantale. Aucun travailleur, sauf ceux affectés au service de table, n'avait le droit d'entrer dans le mess. Il était gardé par des sentinelles armées. Mais András s'approcha sans peur : il avait un fils. À la moisson de joie initiale se mêlait à présent le désir de protéger l'enfant, de lui faire un rempart de son corps. Et puis, il y avait Klára ; si leur enfant était en danger, elle avait besoin de lui. Peu importaient les sentinelles et leurs fusils. Tout ce qui comptait, c'était qu'il quitte Bánhida.

Les gardes n'étaient pas ceux qu'il connaissait ; ils devaient être fraîchement arrivés de Budapest. Voilà qui jouait en sa faveur. Il s'approcha de la porte et s'adressa au plus petit qui était aussi le plus trapu – à voir sa mine, l'odeur de viande et de poivrons rôtis devait le mettre au supplice.

– Un télégramme pour le commandant Barna, dit András en brandissant l'enveloppe bleue.

Le garde lui lança un œil scrutateur dans la clarté électrique. Un tourbillon de neige se coula entre eux.

– Où est l'adjudant ? s'enquit-il.

– Il est à table aussi, monsieur, répondit András. C'est Kovács, du courrier, qui m'a demandé de lui remettre le télégramme.

– Laissez-le-moi, dit le garde, je veillerai à ce qu'il lui parvienne.

– J'ai reçu l'ordre de le lui remettre en mains propres et d'attendre la réponse.

Le garde lorgna sur son camarade, une jeune brute qui somnolait à son poste. Puis il fit signe à András de s'approcher et, en se penchant vers lui, il lui demanda :

– Dis la vérité, qu'est-ce que tu veux ? Les travailleurs du STO vont pas remettre des télégrammes aux commandants. Je suis peut-être nouveau, mais faut pas me prendre pour un idiot.

Il soutint le regard d'András, et celui-ci, suivant son instinct, lui dit la vérité.

– Ma femme vient d'accoucher cinq semaines avant

terme. Le bébé est malade. Il faut que je rentre dans mes foyers. Je vais solliciter une autorisation spéciale.

Le garde éclata de rire.

– En plein dîner ? Tu as perdu la tête !

– Ça ne peut pas attendre, il faut que je rentre chez moi tout de suite.

Le garde parut réfléchir. Il regarda par-dessus son épaule en direction du mess, puis il revint à la jeune brute.

– Hé, Mohács, lui dit-il, prends la garde une minute, tu veux ? Il faut que je fasse rentrer ce gars-là.

Le jeune soldat haussa les épaules et grogna une formule d'assentiment, sur quoi il replongea immédiatement dans une semi-léthargie.

– Parfait, conclut le premier. Allez, rentre que je te palpe.

Muet de reconnaissance, András le suivit dans le vestibule et se soumit à la fouille. Le garde, s'étant assuré qu'il n'avait pas d'arme sur lui, le prit par le bras en lui disant :

– Viens avec moi, et ne parle à personne, compris ?

András acquiesça, et ils pénétrèrent dans la bruyante salle à manger des officiers. Les longues tables formaient des rangées, où chacun se plaçait selon son grade. Barna dînait avec ses lieutenants sur une estrade qui dominait la salle. Il avait auprès de lui un haut gradé qu'András n'avait jamais vu. C'était un homme à la silhouette impeccable, chevelure argentée, manteau galonné, poitrine chamarrée de décorations. Il portait une barbe un peu désuète aux reflets d'acier, et un monocle à monture en or. On aurait dit un vieux général de la Grande Guerre.

– Qui est-ce ? demanda András au garde.

– Aucune idée. On nous dit jamais rien, à nous. Mais j'ai l'impression que tu as bien choisi ta soirée pour faire tes débuts sur les planches.

Il conduisit András à un autre soldat, qui se tenait au garde-à-vous près de la table d'honneur, et il se pencha vers lui pour lui souffler quelques mots à l'oreille. Le soldat hocha la tête et se dirigea à son tour vers un adjudant assis à l'une des tables de devant. Il s'inclina pour lui parler, et l'adjudant leva la tête de son assiette, considérant András avec une stupeur empreinte de compassion. Lentement, il se leva de son banc pour aller à la table d'honneur, où il salua le commandant Barna, à qui il répéta le message, tout en gardant un œil sur András derrière lui. Barna fronça les sourcils, lèvres blêmes réduites à un trait. Il posa ses couverts et se leva. Les hommes firent silence, le vieil officier magnifique lui jeta un regard interrogateur.

Barna se redressa de toute sa stature.

– Où est-il, ce Lévi ?

András n'avait jamais entendu son nom ainsi craché comme une insulte. Il s'efforça de garder les épaules bien droites et répondit :

– Je suis ici, mon commandant.

– Avancez, Lévi !

C'était la deuxième fois que l'officier lui donnait cet ordre, et il se rappelait ce qui s'était ensuivi la première. Il fit quelques pas en avant et baissa les yeux.

– Vous comprenez, mon général, dit Barna à l'officier chamarré, voici pourquoi nous ne saurions être trop vigilants quant aux libertés accordées à nos travailleurs. Vous voyez ce cloporte ? Je l'ai déjà châtié pour m'avoir manqué de respect. Et voilà qu'il recommence.

– Que s'était-il passé ? demanda le général – avec un soupçon de malice, se dit András, comme s'il s'amusait à l'avance d'entendre raconter qu'on avait manqué de respect à Barna.

Mais Barna ne parut pas saisir cette ironie.

– C'était à son arrivée ici, dit-il en plissant les paupières. Vous pensiez que j'avais oublié, Lévi ? Il a fallu que je le dégrade. Et comme il s'obstinait à garder son insigne, je l'ai puni.

– Pourquoi l'avoir dégradé ?

– Pour mauvais usage de son prépuce, dit Barna.

Toute la salle éclata de rire, mais le général regarda son assiette en fronçant les sourcils, ce que Barna n'eut pas l'air de remarquer davantage.

– Et maintenant il vient nous trouver avec une requête de la plus haute importance, poursuivit-il. Avancez donc, Lévi, et dites ce que vous avez à dire.

András fit un pas en avant. Il refusait de se laisser intimider par Barna, même si ses tempes battaient de façon assourdissante. Il serrait le télégramme dans sa main.

– Je sollicite une permission pour raisons familiales graves, mon commandant.

– Qu'est-ce qu'il y a de si urgent ? Votre femme est en manque de baise ?

Nouvelle tornade de rires dans la salle.

– Ne vous inquiétez pas, ça va se régler tout seul, reprit Barna. Ça n'y manque jamais.

– Avec votre permission, mon commandant, dit András, d'une voix étranglée par la fureur.

– Qu'est-ce que vous tenez à la main, Lévi ? Adjudant, apportez-moi ce papier.

L'adjudant s'approcha d'András et lui prit le télégramme des mains. András n'avait jamais ressenti une telle humiliation ni une telle colère. Il était à deux mètres de Barna. En d'autres circonstances, il lui aurait serré la gorge. L'idée le consola pendant qu'il le regarda déchiffrer le télégramme. Le commandant haussa les sourcils pour signifier sa surprise.

– Figurez-vous, dit-il à l'assemblée, que Mme Lévi vient d'avoir un gosse. Lévi est père.

Applaudissements, coups de sifflet, ovation générale.

– Oui, mais le bébé est très malade. *Rentrez tout de suite*. Ça va mal.

András résistait à l'envie de se jeter sur Barna. Il se mordit les lèvres et fixa le sol. Ce n'était pas le moment de se faire fusiller.

– Eh bien alors, vous n'avez pas besoin d'une permission exceptionnelle, hein ? S'il va si mal que ça, ce garçon, vous n'aurez qu'à rentrer chez vous à sa mort.

Un silence lourd comme le roulement d'un train emplit les oreilles d'András. Mains posées sur la table, Barna regarda autour de lui ; les hommes comprenaient vaguement qu'ils étaient censés rire de nouveau, et il y eut comme une vague de ricanements embarrassés.

– Rompez, Lévi, conclut Barna. J'aimerais bien boire mon café tranquille, à présent.

Avant que qui que ce soit ait pu faire un geste, le général frappa du plat de la main sur la table et se leva.

– C'est une honte, dit-il d'une voix hérissée par la colère. (Et, foudroyant Barna du regard sous ses épais sourcils, il lança :) Vous êtes la honte de l'armée.

Barna lui fit un sourire crispé, comme pour signifier qu'ils étaient de mèche.

– Épargnez-moi vos grimaces, commandant, allez immédiatement faire vos excuses à cet homme.

Barna hésita un instant, puis il fit un signe de tête au garde qui avait introduit András.

– Ôtez-moi de la vue ce tas d'immondices.

– Je vous ordonne de vous excuser, vous m'entendez ! répéta le général.

Les yeux de Barna se posèrent sur András et le général, puis sur les officiers assis aux tables.

– L'incident est clos, mon général, siffla-t-il entre ses dents, mais András était assez près pour l'entendre.

– L'incident n'est pas clos, commandant. Descendez de l'estrade, et faites vos excuses à cet homme.

– Je vous demande pardon ?

– Vous m'avez fort bien entendu.

Les hommes observaient, silencieux. Barna resta immobile un long moment. Il semblait en proie à une bataille intérieure ; son visage rougit, s'empourpra, blêmit. Le général, debout à ses côtés, avait croisé les bras sur la poitrine. Impossible de désobéir. Le vieillard était sans conteste son supérieur hiérarchique. Il descendit donc et s'avança vers András. Avec la grimace de celui qui avale un médicament, il lui tendit la main. András regarda le général avec reconnaissance et prit la main qu'on lui tendait. Mais il l'avait à peine touchée que Barna lui cracha au visage et le gifla de cette même main. Sans un mot de plus, il passa entre les rangées de tables et sortit dans la nuit. András s'essuya dans sa manche, le visage engourdi par la douleur.

Le général demeurait au milieu de l'estrade, dominant les officiers sur leurs bancs. Toute la scène s'était figée. Les travailleurs qui servaient les officiers s'étaient figés aux quatre coins de la pièce, leurs assiettes sales dans les mains ; le cuisinier avait cessé de cogner ses marmites ; les officiers se taisaient, leurs couverts en fer-blanc de part et d'autre de leurs assiettes.

– Ce qui vient de se produire déshonore l'armée royale hongroise, dit le général. Lorsque j'y suis entré, j'ai eu pour commandant un officier juif. C'était un brave, qui est mort pour sa patrie à Lemberg. La Hongrie d'aujourd'hui n'est plus le pays pour lequel il a versé son sang.

Il prit le télégramme froissé et le rendit à András. Puis il jeta sa serviette sur la table et ordonna au jeune garde de conduire immédiatement András à ses quartiers.

Le général Martón avait ses quartiers dans l'appartement le plus grand et le plus confortable de Bánhida, ce qui veut dire qu'il jouissait d'une chambre et d'une pièce de séjour, à supposer que la cellule glaciale et rébarbative où se trouvait András donnât envie d'y séjourner. Elle ne contenait rien d'autre qu'une table avec un cendrier dessus, et une paire de chaises en bois mal équarries si étroites et au dossier si raide qu'elles n'invitaient guère à s'y attarder. Des ampoules électriques dispensaient une lumière crue. La cheminée était éteinte. Une ordonnance était en train de faire les bagages du général dans la pièce attenante et, tandis qu'András se tenait sur le seuil, attendant les instructions du général, celui-ci donna l'ordre qu'on avance sa voiture.

— Je ne passerai pas une nuit de plus ici, dit-il à un secrétaire qui rôdait autour de lui d'un air apeuré. J'ai achevé l'inspection de ce camp, vous ferez savoir au commandant Barna que je suis parti.

— Oui, mon général, dit le secrétaire.

— Et puis allez me chercher le dossier de cet homme au bureau. Vite.

— Oui, mon général, dit le secrétaire, qui s'empressa de sortir.

Le général se tourna vers András.

— À présent, dites-moi, il vous reste combien de temps à servir ?

— Deux semaines, mon général.

— Deux semaines, au regard du temps déjà passé ici, ces deux semaines vous paraissent-elles longues ?

— En la circonstance, mon général, une éternité.

— Que diriez-vous, alors, de quitter cet enfer pour de bon ?

— Je ne suis pas sûr de vous comprendre, mon général.

— Je vais prendre des dispositions pour que vous soyez relevé de votre affectation à Bánhida. Vous y avez servi assez longtemps. Je ne peux pas vous garantir que vous ne serez pas rappelé, surtout en ces temps troublés, mais je peux vous faire gagner Budapest ce soir. Vous ferez le trajet dans ma voiture. Je pars immédiatement.

On m'avait envoyé inspecter l'établissement de Barna en détail parce qu'il était question de lui donner une promotion, me voilà édifié.

Le général sortit un étui à cigarettes de sa poche de poitrine, le tapota pour en dégager une, qu'il remit en place comme s'il n'avait pas le cœur de la fumer.

– Quelle hargne, cet homme ! Il ne serait pas fichu de mener un âne, alors un bataillon de travailleurs... Ce ne sont pas les juifs qui posent problème, ce sont les hommes comme lui. Qui croyez-vous qui nous ait fourrés dans un tel guêpier ? Nous retrouver en guerre contre deux pays, l'Angleterre et la Russie, rien que ça ! Que pensez-vous qu'il en résultera ?

András ne pouvait se résoudre à y réfléchir, il devait faire face à une urgence majeure.

– Est-ce que je vous comprends bien, mon général ? Est-il convenu que je parte pour Budapest ce soir ?

Le général lui répondit par un bref signe d'assentiment, ajoutant :

– Il faut faire vos bagages, nous démarrons dans une demi-heure.

Au baraquement, l'incrédulité fut générale, puis, quand András eut raconté l'histoire, il eut droit à une bruyante ovation. Mendel l'embrassa sur les deux joues, lui promettant de le rejoindre à l'appartement sitôt qu'il serait rentré à Budapest. Au bout d'une demi-heure, tous les travailleurs sortirent voir la voiture noire s'arrêter et le chauffeur aider András à soulever son sac militaire pour le placer dans la malle inclinée. La dernière fois qu'on avait aidé l'un d'entre eux à soulever un objet lourd remontait à loin, comme remontait à loin la dernière fois qu'ils avaient pris une voiture. Ils s'étaient rassemblés autour des marches de leur baraquement, le vent soulevant les revers de leurs pauvres manteaux, et András éprouva une culpabilité douloureuse à les quitter. Il posa une main sur le bras de Mendel.

– Je regrette que tu ne viennes pas avec moi.

– Plus que deux semaines.

– Qu'est-ce que tu vas faire de *La mouche qui pique* ?

Mendel sourit.

– Il est peut-être temps de mettre la clef sous la porte. Elles sont toutes mortes, les mouches, à cette heure.

– À dans deux semaines, alors, dit András en lui serrant l'épaule.

– Bonne chance, Parisi !

– Allons-y, dit le chauffeur. Le général attend.

András grimpa sur le siège avant et ferma la porte. Le moteur rugit, et ils partirent vers le quartier des officiers. Là, il vit tout de suite qu'il s'était produit une nouvelle altercation entre Barna et le général ; Barna arpentait furieusement l'appartement de ce dernier, qui parut avec son sac de voyage. Le chauffeur le lança dans la malle, et le général se glissa sans mot dire sur le siège arrière.

Avant qu'András ait pu réaliser qu'il était bel et bien en train de quitter le camp et n'aurait plus jamais à redescendre dans les puits à charbon sulfureux, la voiture avait franchi les portes, elle était sur la route. Tout au long de ce trajet nocturne, il n'entendit que le ronronnement du moteur et le chuintement des pneus sur la neige. Tandis que les phares transperçaient d'infinis troupeaux de flocons, il repensait à ce jour de l'an où il était allé square Barye, avec Klára, contempler le lever de soleil sur la Seine glaciale. En ce matin de janvier désormais si loin, il n'aurait jamais cru qu'il ferait un jour un enfant à Klára, qu'il fendrait la nuit dans une limousine de l'armée hongroise pour voir leur nouveau-né. Il se rappelait cette œuvre de Schubert que Klára lui avait fait entendre un soir d'hiver, *Der Erlkönig*, *Le Roi des aulnes*, l'histoire de ce père qui emporte son fils malade sur son cheval, le roi des elfes à ses trousses pour s'emparer de l'enfant. Il se souvenait du désespoir du père, qui voit son enfant glisser inexorablement vers la mort. Une nuit comme celle-ci avait dû servir de théâtre à cette chevauchée. Il sentit ses mains se glacer malgré la chaleur de la voiture. Il se retourna, mais ne vit que le général qui ronflait doucement sur la banquette, et puis, dans l'ovale étroit de la lunette arrière, un essaim de flocons teinté de rouge par les feux de position.

Il leur fallut une heure et demie pour arriver à l'hôpital Gróf Apponyi Albert. Lorsque la voiture s'arrêta, le général se réveilla et s'éclaircit la gorge. Il remit son képi bien droit sur sa tête et rajusta sa veste chamarrée.

— Bon, eh bien, allons-y maintenant.

— Vous n'avez tout de même pas l'intention d'entrer avec moi, mon général ?

— J'ai l'intention de finir ce que j'ai commencé. Donnez votre adresse au chauffeur, il remettra votre havresac au concierge.

András s'exécuta. Le chauffeur sortit d'un bond pour ouvrir la porte au général, qui attendit qu'András l'ait rejoint sur le trottoir. Alors, il se dirigea vers l'hôpital, András à ses côtés.

À l'entrée, un veilleur de nuit aux épaules étroites, avec un bandeau sur l'œil, était assis, les pieds posés sur une poubelle métallique, et lisait *Mein Kampf* en hongrois. Ayant relevé la tête à l'approche du général, il en laissa tomber son livre et se mit aussitôt debout. Son œil valide passa d'András au général. Il n'en revenait pas de voir ce chef de l'armée hongroise tout couvert de médailles en compagnie d'un travailleur du STO, hâve et minable. Il s'enquit en bégayant de ce que désirait l'officier.

— Cet homme doit voir sa femme et son fils, dit le général.

L'employé loucha vers le couloir comme pour y

trouver assistance ou du moins éclaircissement. Mais le couloir était désert. Il se tordit les mains.

– Les visites sont autorisées entre quatre et six heures, dit-il.

– Cet homme doit faire la sienne tout de suite, affirma le général. Il s'appelle Lévi.

L'employé feuilleta un registre, sur le bureau.

– Mme Lévi est au troisième étage. Dans l'aile de la maternité. Mais, mon général, je ne suis pas censé laisser monter qui que ce soit. Je risque ma place, moi.

Le général prit une carte de visite dans un étui en cuir.

– Si on vous cherche des ennuis, dites-leur de s'adresser à moi.

– Oui, mon général, dit le veilleur, qui s'affala de nouveau sur sa chaise.

Le général se tourna vers András en lui tendant une carte de visite, à lui aussi.

– Si je puis vous être encore utile, faites-moi signe.

– Je ne sais comment vous remercier.

– Soyez un bon père pour votre fils, dit le général en lui tapotant l'épaule. Puisse-t-il connaître une ère plus éclairée que la nôtre.

Il fixa András dans les yeux un moment encore, puis tourna les talons et sortit dans la neige. La porte se referma sur lui dans une bouffée d'air froid.

Le veilleur l'avait suivi du regard, sidéré.

– Comment est-ce que vous vous êtes fait ami avec un monsieur comme ça ?

– Je crois que j'ai de la chance. Ça tient de famille.

– Eh ben, montez, alors, dit l'employé avec un geste du pouce vers l'escalier. Et si on vous demande qui vous a laissé entrer, dites pas que c'est moi.

András grimpa à toute vitesse l'escalier qui menait au troisième étage et suivit les panneaux jusqu'à la salle où était Klára. Là, dans la pénombre de la nuit d'hôpital, les jeunes mères étaient allongées sur deux rangées, des bassinets à leurs pieds. Des bébés emmaillotés dormaient dans certains d'entre eux ; d'autres tétaient, d'autres encore somnolaient dans les bras de leur mère. Mais où était Klára ? Où était son lit ? Lequel de ces enfants était leur fils ? Il parcourut deux fois la rangée avant de la trouver. Klára Lévi, sa femme, pâle, les cheveux moites, les lèvres gonflées, les yeux cernés, dormant d'un sommeil de plomb sous la clarté verte de l'abat-jour. Il s'approcha à pas de loup, le cœur cognant dans sa poitrine, pour voir ce qu'elle tenait dans ses bras. Mais quand il fut à son chevet, il découvrit que ce n'était qu'une couverture vide. Au pied de son lit, le bassinet était vide, lui aussi.

Le sol se déroba sous lui. Ainsi, il arrivait quand même trop tard. Il ne connaîtrait pas le bonheur dans ce monde. Sa vie et celle de Klára n'étaient que décombres et chagrin. Il étouffa un cri et sentit une main fraîche sur son bras. Il se retourna et vit une infirmière en blouse blanche.

— Comment êtes-vous entré ? lui demanda-t-elle, plus surprise que fâchée. C'est votre femme ?

— L'enfant, souffla-t-il. Où est-il ?

L'infirmière fronça les sourcils.

— Vous êtes le père ?

Il acquiesça.

Elle lui fit signe de la suivre dans le couloir et le conduisit dans une salle bien éclairée, avec des tables à langer, des pèse-bébés, des couches en tissu, des biberons et des tétines. Deux infirmières s'affairaient à langer des nouveau-nés.

— Krisztina, dit celle qui avait amené András. Fais voir son bébé à M. Lévi.

L'infirmière souleva un minuscule crapaud rose tout nu, à l'exception d'un bonnet de coton bleu et d'une paire de chaussons blancs, avec un pansement sur le nombril. Sous les yeux d'András, le petit porta son poing à sa bouche ouverte en tirant une langue pareille à un pétale de fleur.

— Grand Dieu ! s'exclama András. Mon fils !

— Deux kilos, dit l'infirmière. Pas si mal pour un bébé né avec une telle avance. Il nous fait une petite infection pulmonaire, mais ça va déjà beaucoup mieux qu'au début.

— Oh, mon Dieu ! Laissez-moi le regarder.

— Vous pouvez le prendre, si vous voulez, dit la jeune femme nommée Krisztina.

Elle ferma la couche du bébé avec une épingle, l'entortilla dans une couverture, et le lui mit dans les bras. András n'osait pas respirer. Le bébé ne pesait presque rien. Il avait les yeux clos, la peau translucide, et une touffe de cheveux bruns sur la tête. Il était là, son fils, son fils. Il était le père de cet être. Il posa sa joue contre sa tête ronde.

— Vous pouvez le ramener à votre femme, dit Krisztina. Puisque vous êtes là, autant vous rendre utile.

Il fit oui de la tête, incapable d'un geste ou d'un mot. Il tenait dans ses bras ce qui lui semblait la somme de son existence. Le bébé se débattit dans sa couverture, il ouvrit la bouche et poussa un cri vigoureux sur une seule note.

— Il a faim, dit l'infirmière. Vous feriez bien de l'amener à sa mère.

C'est ainsi que, pour la première fois, il put satisfaire un besoin de son fils ; il l'emporta jusqu'au lit de Klára. Sitôt que le bébé cria de nouveau, Klára se réveilla et se dressa sur les coudes. András se pencha vers elle et lui mit leur fils dans les bras.

— Andráska, fit-elle, les larmes aux yeux. Je rêve ?

Il se pencha pour l'embrasser. Il tremblait si violemment qu'il dut s'asseoir sur le lit. Il les prit tous deux dans ses bras, Klára et le bébé, en les serrant aussi fort qu'il l'osait.

– Comment est-ce possible ? Comment as-tu fait pour venir jusqu'ici ?

Il recula juste assez pour la regarder.

– C'est un général qui m'a emmené dans sa voiture.

– Ne me fais pas rire, chéri, je viens d'avoir une césarienne.

– Je ne plaisante pas du tout. Je te raconterai ça un de ces jours.

– J'avais une peur terrible qu'il ne te soit arrivé quelque chose.

– Il n'y a plus rien à craindre, à présent, dit-il en caressant ses cheveux humides.

– Regarde-moi ce garçon. Notre petit.

Elle dégagea un peu la couverture pour qu'il voie le visage de l'enfant, ses mains qui s'arrondissaient, ses poignets délicats.

– Notre fils.

András secouait la tête, il avait encore du mal à y croire.

– Je l'ai vu, il était dans le plus simple appareil quand je suis entré dans la nurserie.

Le bébé se tourna vers le sein de Klára et ouvrit la bouche contre sa chemise de nuit. Elle se déboutonna et l'installa pour téter en caressant le duvet de son crâne.

– C'est tout toi, dit-elle – et de nouveau, ses yeux s'emplirent de larmes.

– *Életem*. Ma vie. Cinq semaines d'avance. Tu devais être morte de peur.

– J'avais maman avec moi. C'est elle qui m'a conduite à l'hôpital. Et maintenant, tu es là, toi aussi, ne serait-ce que pour un moment.

– Bánhida, c'est fini pour moi. J'ai terminé mon service.

Il n'en revenait pas lui-même, mais c'était pourtant vrai. Rien ne pourrait le faire retourner là-bas.

– Me voilà revenu auprès de toi, à présent, lui dit-il.

Et puis, lentement, cette vérité prit corps pour lui, là, sur le lit d'hôpital de Klára, où ils riaient et pleuraient de voir la tête fine et duveteuse de leur tout petit enfant.

# Chapitre 31

# Tamás Lévi

Ils le prénommèrent Tamás, comme le père de Klára. András vit passer les premières semaines de sa vie dans un brouillard bleu. Il y eut les dix jours d'hôpital, pendant lesquels il perdit du poids, surmonta son infection pulmonaire, faillit mourir, pour recouvrer finalement la santé, et puis il y eut le retour à l'appartement de Nefelejcs utca, qu'ils ne reconnurent plus tant il croulait sous les fleurs, les cadeaux et les visiteurs ; il y eut la mère de Klára, d'une bonne volonté à toute épreuve mais fort incapable de rendre le moindre service pratique, ses propres enfants ayant été élevés par des nourrices ; et puis il y eut la mère d'András, qui savait s'occuper d'un bébé, mais avait à cœur de montrer à Klára la façon correcte d'épingler une couche ou d'obtenir un rot ; il y eut aussi Ilana enceinte de sept mois, qui préparait des kyrielles de plats italiens pour les jeunes parents et ceux qui étaient venus les féliciter ; il y eut encore Mendel Horovitz, libéré du Munkaszolgálat, assis dans la cuisine jusqu'au milieu de la nuit, à siroter de la vodka et à se faire détailler par András les petites misères des débuts de la paternité ; et puis il y eut les soins au bébé, tâche accaparante, les tétées toutes les deux heures, les couches à changer, les nuits courtes et entrecoupées, les moments de joie incrédule et les instants de terreur sans fond. Dès que le nouveau-né se mettait à pleurer, András pensait qu'il ne s'arrêterait jamais, qu'il allait s'épuiser à force de brailler, ou retomber malade. Mais Klára, qui avait élevé un enfant, comprenait qu'il exprimait un besoin simple, qu'elle ne doutait pas d'identifier et de satisfaire. Bientôt, en effet, les pleurs cessaient, et la maison retrouvait une paix précaire. András et Klára prenaient un siège et regardaient leur Tamás en s'extasiant : il avait les sourcils de sa mère, la bouche de son père, et, au menton, la fossette d'Elisabet.

Ainsi ces jours passèrent comme dans un rêve, rythmés par les besoins de Tamás Lévi, qui monopolisaient toute l'attention de son père. La guerre semblait lointaine, elle n'avait pas de prise sur eux ; le Munkaszolgálat n'était plus qu'un mauvais rêve. Mais le 7 décembre au soir, à la veille de la circoncision de Tamás, le père d'András annonça que les Japonais venaient de bombarder une base navale américaine à Hawaii, dont le nom évoquait la quiétude d'un ciel gris pâle sur des eaux nacrées, le port de la perle, Pearl Harbor. Le raid s'était soldé par un bain de sang. Les Japonais avaient endommagé ou détruit quatre vaisseaux de guerre américains et près de deux cents avions : il y avait plus de deux mille quatre cents victimes, et mille deux cents blessés. À présent, les États-Unis allaient déclarer la guerre au Japon, se dit András, et la boucle autour du monde serait bouclée. De fait, la guerre fut déclarée le lendemain matin, au moment où Tamás Lévi entrait dans l'alliance de la circoncision. Trois jours plus tard, l'Allemagne et l'Italie déclaraient la guerre aux États-Unis, et la Hongrie la déclarait aux Alliés.

Ce soir-là, à la fenêtre de sa chambre, comme András écoutait les éclats de voix dans Bethlen Gábor tér, il se prit à penser aux conséquences de la déclaration de guerre pour sa petite famille, pour ses parents et pour Mendel Horovitz. Budapest risquait d'être bombardée. La pénurie s'aggraverait. Il faudrait appeler de nouvelles troupes en renfort, et donc de nouveaux travailleurs du

STO en soutien logistique. Il venait de dire à Klára qu'il était rentré pour de bon, mais cette phase de liberté, combien de temps allait-elle durer ? La KMOF se ficherait pas mal qu'il récupère tout juste de ses mois passés au Munkaszolgálat. Ils l'utiliseraient comme ils l'avaient toujours fait, comme un pion dans une guerre dont l'objectif était de le détruire. Mais ils ne le tenaient pas encore, se dit-il. Pas de danger. Pour l'instant il était chez lui, dans cette chambre paisible avec sa femme et son enfant endormis. Il pouvait chercher du travail, commencer à subvenir à leurs besoins. Et puis il pourrait donner quelque chose à György, une modeste part de la somme astronomique qu'il versait tous les mois pour que Klára ne tombe pas dans les griffes des autorités. Il avait espéré entrer en contact avec le rédacteur en chef du *Courrier du soir*, pour lequel Mendel Horovitz avait travaillé, et solliciter un emploi de maquettiste ou d'illustrateur, mais Mendel avait dû quitter le journal sa mobilisation ; sa place avait été prise depuis longtemps, et le rédacteur en chef lui-même avait été viré et réquisitionné par le Munkaszolgálat. Depuis son retour, Mendel battait le pavé avec son dossier d'articles sous le bras. L'après-midi, on le trouvait au café Europa, dans Hunyadi tér, devant une tasse de café noir, un carnet de notes sur la table. Qu'à cela ne tienne. András irait le voir au café le lendemain ; il lui proposerait qu'ils se présentent tous deux au bureau de Frigyes Eppler, l'ancien rédacteur en chef d'András au magazine *Passé et Avenir*, pour lui offrir leurs services l'un comme rédacteur, l'autre comme illustrateur. Frigyes Eppler travaillait désormais au *Journal magyar juif*, dont les bureaux étaient situés dans Wesselényi utca, à quelques rues du Café Europa.

Le lendemain à trois heures de l'après-midi, András franchissait les portes guillochées d'or du café pour trouver Mendel à sa table habituelle, son éternel carnet devant lui. Il s'assit en face de lui, commanda un café noir et lui fit part de son idée.

Le V de la bouche de Mendel se fronça en U.

– Le *Journal magyar juif*, ben voyons !

– Qu'est-ce que tu lui reproches au *Journal magyar juif* ?

– Tu l'as lu, ces temps-ci ?

– Ces temps-ci, j'ai travaillé à temps plein au service de Tamás et Klára Lévi.

– Il nous déverse une soupe de considérations assimilationnistes. En gros, il suffit de faire confiance aux aristocrates chrétiens du gouvernement, et tout ira bien. Nous n'avons qu'à saluer le drapeau et chanter l'hymne national comme si les lois antijuives n'existaient pas. Magyar d'abord, juif ensuite.

– À tout prendre, tant que le gouvernement nous considère comme des Magyars, nous courons moins de risques.

– Sauf qu'il ne nous considère pas du tout comme des Magyars, le gouvernement. Ce n'est pas à toi que je vais l'apprendre, tu rentres du Munkaszolgálat. Il nous considère comme des juifs, point final.

– Comme indispensables, en tout cas.

– Pour combien de temps ? On ne peut pas travailler pour ce canard, Parisi. Il faut qu'on cherche du boulot dans les torchons gauchistes.

– Je n'ai aucune relation dans ces milieux, et le temps presse. Il faut que je sois en mesure de nourrir mon fils avant qu'on me rappelle.

– Qu'est-ce qui te fait penser qu'Eppler nous prendrait tous les deux ?

– Il est bon juge de la qualité du travail. Quand il t'aura lu, il voudra t'embaucher.

Mendel eut un petit rire.

– Le *Journal juif* ! Tu vas me traîner là-bas et me trouver du travail, c'est ça ?

620

– Frigyes Eppler n'a rien d'un conservateur, ou du moins, il ne l'était pas du temps que je le connaissais. *Passé et Avenir* était une entreprise sioniste à tout crin. Il ne sortait pas un numéro sans un papier romantique sur la Palestine et l'aventure de l'immigration. Ça ne te rappelle rien, leur grand reportage sur mai 36 ? L'histoire de ce sprinter vedette qui avait été évincé de l'équipe olympique hongroise parce qu'il était juif. C'est Eppler qui a poussé le reportage. Et s'il travaille au *Journal magyar juif* aujourd'hui, c'est sûrement qu'il veut faire bouger les choses.

– Oh, pour l'amour du ciel ! Bon, bon, on va aller lui parler.

Mendel ferma son carnet, régla son café, et les deux amis se dirigèrent tous deux vers Wesselényi utca.

À l'étage éditorial du journal, Eppler était aux prises avec son rédacteur en chef dans le bureau vitré de celui-ci. C'était à qui gueulerait le plus fort, et à travers les vitres, on les voyait souligner leurs propos de force gesticulations. Depuis la dernière fois qu'András l'avait vu, Eppler avait perdu tous ses cheveux et adopté des lunettes à monture de corne. Il était massif, les épaules arrondies ; ses pans de chemise avaient tendance à sortir de son pantalon, et sa cravate portait souvent les séquelles d'un déjeuner sur le pouce. Il égarait perpétuellement son chapeau, ses clefs ou son étui à cigarettes. Mais dans son travail éditorial, aucun détail ne lui échappait. Sous sa direction, *Passé et Avenir* avait reçu des distinctions internationales tous les ans. Son plus grand titre de gloire avait été de trouver des postes aux jeunes gens qu'il avait employés. Ses efforts pour caser András faisaient partie des nombreuses démarches généreuses qu'il avait entreprises pour lancer des secrétaires de rédaction, des rédacteurs et des illustrateurs. Il n'avait manifesté aucune surprise lorsque András s'était vu offrir une place à l'École spéciale. Il le lui avait dit à l'époque, son seul but était d'engager des gens qui le quitteraient dès qu'ils obtiendraient un meilleur emploi, sans lui laisser l'occasion de les virer.

András ne reconstituait pas le sujet de son altercation avec le rédacteur en chef, mais il était clair qu'Eppler perdait la bataille. Ses gestes prenaient de l'ampleur et sa voix du volume au fil de la discussion ; quant au rédacteur en chef, malgré son sourire de triomphe, il battait en retraite vers la porte de son propre bureau, comme pour s'enfuir dès que sa victoire serait complète. Enfin, la porte s'ouvrit violemment, et il sortit dans la salle de rédaction. Il donna un ordre à sa secrétaire, traversa la salle en un éclair et s'échappa par l'escalier comme s'il avait peur qu'Eppler le poursuive. Ce dernier, furieux et vaincu, se retrouva tout seul dans le bureau vide et se lissa le crâne. András le salua d'un petit signe.

– Qu'est-ce que c'est, encore ? dit Eppler sans le regarder.

Puis, tout à coup, il le reconnut, poussa un cri et se tint la poitrine à deux mains comme pour empêcher son cœur d'en dégringoler.

– Lévi ! s'écria-t-il. András Lévi, bon sang, mais qu'est-ce que vous fichez ici ?

– Je suis venu vous voir, Eppler-úr.

– Ça fait combien de temps, déjà ? Cent ans, mille ans ? Mais j'aurais reconnu votre tête n'importe où. À quoi perdez-vous votre temps en ce moment ?

– À pas grand-chose, c'est bien le problème.

– Eh bien, j'espère que vous n'êtes pas venu chercher du travail. Il y a longtemps que je vous ai lancé dans le monde. Vous devez être architecte maintenant.

András secoua la tête.

– Je viens de finir mes deux ans de STO. Le grand type qui m'accompagne est un ami d'enfance et un camarade du Musz. Il s'appelle Mendel Horovitz.

Mendel s'inclina légèrement et toucha son chapeau ; Eppler le toisa.

— Horovitz… j'ai vu votre photo quelque part.

— Mendel détient le record de Hongrie du cent mètres, précisa András.

— C'est ça ! Il n'y a pas eu comme un scandale, à votre sujet, il y a des lustres ?

— Un scandale, répéta Mendel avec un sourire ironique. Si seulement…

— Ils ont refusé de le faire figurer dans l'équipe olympique en 36. Il y a eu un papier dans *Passé et Avenir*. C'est vous qui l'aviez programmé.

— Mais bien sûr, quel idiot je suis. Vous êtes cet Horovitz-là. Et qu'est-ce que vous devenez, depuis ?

— Journaliste, hélas, j'ai mal tourné.

— Allons bon ! Quelle ânerie. Alors vous êtes venu en solliciteur, vous aussi ?

— Parisi et moi formons une équipe.

— Vous voulez dire Lévi ici présent ? Ah, vous l'appelez Parisi parce qu'il a fait ses classes à l'École spéciale. Vous savez qu'il me le doit, ça. Non qu'il m'en sache gré, bien sûr. Il a toujours dit qu'il le devait à son seul talent.

— C'est qu'il a un assez joli coup de crayon, ma foi. Je l'avais pris dans mon journal.

— Quel journal ?

Mendel sortit de sa serviette quelques exemplaires cornés de *La mouche qui pique*.

— Celui-là, c'est celui qu'on rédigeait au camp de Bánhida. Il est moins drôle que celui qu'on avait lancé quand on était stationnés en Subcarpatie et en Transylvanie, mais qui nous a valu d'être virés de notre compagnie. On nous a fait ravaler nos paroles, en fait. Vingt pages chacun.

Pour la première fois, le visage d'Eppler se fit sérieux. Il regarda Mendel et András attentivement, et s'assit sur le bureau du rédacteur en chef pour feuilleter *La mouche qui pique*. Après en avoir parcouru des passages sans faire de commentaires, il leva les yeux vers Mendel avec un gloussement étouffé.

– Je reconnais votre patte, expliqua-t-il. C'est vous qui écriviez cet édito urbain pour le *Courrier du soir*. Un outil politique astucieux, déguisé en élucubrations d'un jeune jean-foutre. Vous aviez l'intelligence aiguisée, n'empêche.

Mendel sourit.

– Dans mes mauvais jours.

– Dites-moi voir, demanda Eppler en baissant la voix, qu'est-ce que vous fichez ici ? Mon canard n'est pas franchement le fer de lance des idées modernes, vous savez.

– Sauf votre respect, monsieur, nous serions fondés à vous retourner la question.

Eppler massa d'une main son crâne cireux.

– On ne se retrouve pas toujours là où on voudrait être, confia-t-il. Moi j'ai travaillé au *Pesti Napló* pendant un temps, mais on a congédié plusieurs d'entre nous. Vous voyez ce que je veux dire.

Il eut un rire sans joie, qui dégénéra en toux asthmatique – c'était un fumeur invétéré.

– Du moins ai-je échappé au Munkaszolgálat, reprit-il. J'ai eu de la chance qu'ils ne m'envoient pas sur le front de l'Est, histoire de faire un exemple. Quoi qu'il en soit, pour dire les choses simplement, j'ai eu besoin de me nourrir, une vieille habitude, vous savez ce que c'est. Alors quand un poste s'est libéré ici, je l'ai pris. Ça vaut toujours mieux que de chanter dans les rues.

– C'est ce qui nous guette si on ne trouve pas de travail, dit Mendel.

– Eh bien, je ne peux pas dire que je vous recommande ce journal. Vous l'aurez compris, ma façon de voir ne coïncide pas toujours avec celle de mon équipe, et comme vous en avez été témoins, le chef n'est pas toujours celui qu'on pense.

— Vous ne seriez peut-être pas fâché d'avoir du renfort, dit András.

— Si je vous engageais, Lévi, ce ne serait pas pour que vous preniez mon parti. Mais pour que vous fassiez un travail, exactement comme lorsque vous veniez de sortir du lycée.

— J'ai appris une ou deux choses depuis.

— J'en suis sûr. Et votre ami m'a l'air d'un type intéressant. Je ne peux pas vous dire que je vous aurais engagé au vu de votre *Mouche qui pique*, Horovitz, mais j'ai suivi vos éditos, dans le temps.

— J'en suis flatté.

— Il ne faut pas. Je lis tous les torchons publiés à Budapest. Je considère que ça fait partie de mon travail.

— Vous croyez que vous pourriez nous trouver quelque chose ? demanda Mendel. J'ai horreur d'être aussi direct, mais il faut bien que quelqu'un le soit. Lévi a un fils à nourrir.

— Un fils ? Oh, bon Dieu. Lévi, un fils ! Ça ne me rajeunit pas, fit-il avec un soupir, en remontant son pantalon. Bon sang de bonsoir, les gars, venez ici, si vous avez tellement besoin de travailler. Je vais bien arriver à vous dénicher quelque chose.

Ce soir-là, András se retrouva chez lui à la table de la cuisine, en compagnie de sa mère et du bébé, tandis que Klára dormait sur le canapé du salon. Sa mère retira une épingle de la chemise de nuit qu'elle cousait et la planta dans le coussin de satinette grise prévu à cet effet, ce coussin même dont elle se servait depuis aussi loin que la mémoire d'András remonte. Elle avait apporté sa vieille boîte à couture chez eux, et il s'était aperçu avec étonnement que son cerveau en avait archivé le contenu dans le moindre détail : le mètre de couturière élimé, la boîte en fer ronde et bleue qui contenait tout un minestrone de boutons, les ciseaux aux anneaux noirs et aux lames étincelantes, la mystérieuse roulette à patron, les innombrables écheveaux de soie et de coton multicolores. Ses minuscules points avaient gardé la finesse et la précision de ceux qui bordaient les cols d'András enfant. Lorsqu'elle eut fini son ourlet, elle arrêta le fil et le coupa avec ses dents.

– Tu aimais bien me regarder coudre quand tu étais petit.

– Je m'en souviens. Je trouvais ça magique.

Elle haussa un sourcil.

– Si c'était de la magie, ça irait plus vite.

– La vitesse est l'ennemie de la précision, disait mon professeur de dessin à Paris.

Sa mère fit un nœud à son aiguillée et leva les yeux vers lui.

– Ça fait longtemps que tu as quitté l'École spéciale…

– Une éternité.

– Tu reprendras tes études quand tout sera terminé.

– Oui, c'est ce que dit apa, lui aussi. Mais je ne sais pas ce que je ferai. J'ai une femme et un fils, à présent.

– En tout cas, c'est une bonne nouvelle, ce travail. Tu as vu juste en pensant à Eppler.

– Oui, c'est une bonne nouvelle, confirma András.

Mais il aurait cru s'en féliciter davantage. Certes, il était soulagé de savoir qu'il allait gagner de l'argent, mais l'idée de retourner chez Eppler lui semblait annuler ses années parisiennes. Il savait bien que c'était absurde. Il avait rencontré Klára à Paris, tout de même, et là, sur la table, devant lui, endormi dans un panier d'osier, Tamás Lévi était la preuve miraculeuse de leur vie ensemble. Mais arriver au travail le lendemain pour se voir assigner les tâches du jour par Eppler le ramenait à ses dix-neuf, vingt ans. On aurait dit que cela excluait la possibilité qu'il achève un jour sa formation et parvienne à exercer le métier qu'il désirait si fort. Tout dans ce monde s'opposait à ce qu'il reprenne ses études : la France, où il les avait commencées, n'était plus ; ses amis s'étaient dispersés ; ses maîtres avaient fui. En Hongrie, aucune école ne lui ouvrirait ses portes, dans le monde libre, aucun pays ne lui ouvrirait ses frontières. La guerre était chaque jour plus féroce, et leurs vies plus en danger. Il soupçonnait fort que Budapest serait bombardée avant longtemps.

– Ne me jette pas un regard aussi noir, dit sa mère. Je ne suis pas responsable de cette situation, je ne suis que ta mère.

Le bébé se mit à remuer dans son panier. Sa tête s'agitait contre la couverture, grimaçante, on aurait dit un petit astérisque rose ; puis il poussa un cri. András le prit et le souleva contre sa poitrine.

– Je vais le promener dans la cour.

– Tu n'y penses pas, il va attraper la mort avec ce froid ! s'écria sa mère.

– Je ne veux pas qu'il réveille Klára, ça fait des semaines qu'elle se lève la nuit.

– Alors, par pitié, enveloppe-le dans une couverture, et toi, mets ton manteau sur les épaules. Là, tiens-le comme ça, je vais lui passer son bonnet. Fais attention qu'il garde la couverture sur la tête pour avoir bien chaud.

Il la laissa les emmitoufler tous deux.

– Ne reste pas trop longtemps dehors, ajouta-t-elle, en tapotant le dos du petit. Il va se rendormir dans une minute, si tu le promènes.

Il fut soulagé de quitter la chaleur de l'appartement confiné. La nuit était claire et froide, avec une tranche de lune gelée suspendue dans le ciel par un fil invisible. Par-delà le halo des lumières de la ville, il distinguait vaguement les étoiles, comme des cristaux de neige. Le bébé, blotti contre lui, s'était tu. Il sentait son souffle plus court que le sien contre sa poitrine. Il le promena dans la cour en lui fredonnant une berceuse et fit le tour de la fontaine où Klára et lui avaient vu la petite fille brune qui laissait filer ses doigts dans l'eau. Le bassin de pierre était tout incrusté de glace. La veilleuse de la cour en illuminait le fond, et en se penchant, il aperçut l'éclair vif des poissons sous l'eau. Là, sous la pellicule de glace, leur vie continuait de palpiter. Il aurait bien voulu savoir comment ils s'accommodaient de sentir leur cœur ralentir, leur sang refroidir, tout au long du tunnel de l'hiver.

Il y avait quelque chose d'irréel dans les réclames publiées par le *Journal magyar juif*, songeait András. Assistant du graphiste, il était chargé de disposer ces cases illustrées avec soin dans les marges des articles ; à l'intérieur des rectangles, bordés d'un filet, qui décrivaient des vêtements, des souliers, des savonnettes, des parfums pour dames et des chapeaux, la guerre n'existait pas. Il n'arrivait pas à concilier ces réclames pour des chaussures de soirée en cuir de Cordoue avec l'idée que Mátyás soit en train de passer l'hiver dans l'immensité russe sans même une paire de galoches ou des bandes molletières dignes de ce nom. Impossible de lire la réclame du pharmacien pour ses genouillères brevetées sans se dire que Tibor avait dû réduire une fracture complexe avec une lame de bois arrachée au plancher du baraquement. Les signes de la guerre – absence de bas de soie, pénurie d'objets métalliques, disparition des produits américains et anglais – se lisaient en creux ; les espaces vides où les publicités pour ces produits auraient dû s'inscrire étaient occupés par d'autres images, d'autres sujets propres à faire diversion. Le magasin d'articles de sport de Szerb utca était le seul dont la réclame renvoyait à la guerre, encore était-ce une allusion voilée. Elle vantait les mérites d'un équipement pour l'homme au grand air, un sac à dos qui comportait tout le nécessaire pour survivre au

Munkaszolgálat : un gobelet télescopique, des couverts qui s'emboîtaient, une gamelle, une gourde isotherme, une épaisse couverture de laine, de grosses chaussures, un couteau de campeur, un coupe-vent, une lanterne à gaz, une trousse de premiers secours. La réclame ne ciblait pas explicitement le Munkaszolgálat, mais qu'auraient fait les habitants de Budapest au grand air en plein mois de janvier ?

Quant aux articles qui occupaient les interstices entre les réclames, leur optimisme inébranlable et myope laissait András pantois. Ce journal qui passait pour l'organe de la communauté juive, comment pouvait-il proclamer dans son éditorial que le juif hongrois ne faisait qu'un avec la nation magyare, tant par la langue, l'esprit, la culture que par les sentiments, alors qu'en réalité, le juif magyar était expédié dans la gueule du loup pour déminer le terrain et ouvrir le passage à une armée qui soutenait les alliés nazis ? Mendel avait raison. Ces reportages, le journal ne les publiait que pour empêcher les juifs hongrois de céder à la panique. András travaillait au quotidien depuis deux semaines lorsque ses colonnes annoncèrent avec délectation que l'amiral Horthy venait de limoger les éléments les plus radicalement proallemands de son entourage. C'était bien une preuve de la solidarité du gouvernement hongrois avec sa population juive.

Mais il y avait d'autres quotidiens sur la place de Budapest, et les journaux indépendants à plus faible tirage et aux sympathies gauchisantes reflétaient bien mieux le monde dont le STO avait donné un aperçu à András. Eux parlaient des massacres perpétrés à Kamenets-Podolski peu après que la Hongrie était entrée en guerre contre l'Union soviétique. L'un d'entre eux publiait l'interview anonyme d'un sapeur hongrois, témoin du massacre et rongé par le remords depuis. Après que le bureau des Étrangers avait raflé des juifs à la citoyenneté douteuse, disait l'homme, on les avait remis aux autorités allemandes en Galicie et conduits en camion jusqu'à Kolomyia. Là, sous l'escorte d'unités SS et de la section du sapeur, ils avaient fait quinze kilomètres de marche forcée jusqu'à un chapelet de cratères de bombes, où on les avait tous fusillés jusqu'au dernier, avec la population juive de Kamenets-Podolski – soit vingt-trois mille juifs en tout. Il s'agissait prétendument de débarrasser la Hongrie des juifs étrangers, mais nombre de ceux qui avaient été massacrés n'avaient simplement pas pu produire assez vite leur certificat de nationalité. C'était ce qui semblait perturber le plus le sapeur hongrois interviewé. Il avait tué ses compatriotes de sang-froid. S'il était permis de croire que les Hongrois éprouvaient une certaine solidarité envers leurs frères juifs, en l'occurrence elle n'était pas allée jusqu'à empêcher l'informateur d'appuyer sur la détente.

Puis, la dernière semaine de février, *La Voix du peuple* publia un reportage sur un nouveau massacre de juifs, dans le Délvidék, cette fois, région de Yougoslavie restituée à la Hongrie par Hitler, dix mois plus tôt. Un certain général Feketehalmy-Czeydner avait ordonné l'exécution de milliers de juifs au prétexte qu'ils seraient des partisans de Tito. Les réfugiés de cette bande de territoire refluaient désormais vers Budapest en racontant des histoires atroces : des juifs avaient été traînés sur la rive du Danube, là on les avait obligés à se déshabiller dans le froid glacial, alignés par quatre sur le plongeoir au-dessus d'un trou fait au canon dans le fleuve gelé, et projetés au fond par rafales de mitrailleuse. Un matin de bonne heure, András découvrit son patron assis au beau milieu de la salle de rédaction, muet d'horreur devant un exemplaire de *La Voix* étalé sur sa table. Il le tendit à András et se barricada dans son bureau sans un mot. Lorsque le rédacteur en chef arriva, il y eut une nouvelle altercation derrière les vitres, mais on ne publia pas une ligne sur le massacre.

Plus tard dans la semaine, Ilana Lévi entra à l'hôpital Gróf Apponyi Albert pour donner naissance à un garçon. Trois jours auparavant, une lettre de Tibor leur était parvenue : il comptait bien être libéré dès le mercredi soir et ne désespérait donc pas d'être là pour la naissance. Mais l'accouchement avait eu lieu sans le moindre signe de lui. Le premier soir du retour d'Ilana chez elle, András et Klára vinrent lui apporter le repas du shabbat. Malgré sa fatigue, due à tout le sang qu'elle avait perdu, elle avait tenu à mettre la table ; elle y avait disposé les chandeliers que Béla et Flóra lui avaient offerts pour son mariage, et les assiettes florentines que sa mère lui avait données quand elle était repartie en Hongrie. Klára et elle allumèrent les chandelles, András bénit le vin, et ils passèrent à table, leurs bébés endormis dans leurs bras. Il régnait dans la pièce une profonde sérénité qui semblait émaner de l'architecture elle-même. L'appartement se trouvait au rez-de-chaussée et comprenait trois petites pièces que leurs lourdes poutres de bois faisaient paraître plus exiguës encore. La porte-fenêtre de la salle à manger s'ouvrait sur la cour de l'immeuble, où un réparateur de vélos s'était constitué un ossuaire de cadres et de guidons rouillés, un échafaudage d'essieux, un monticule de chaînes pétrifiées. Cette collection, poudrée de neige en cet instant, évoquait à András un champ de bataille jonché de cadavres. Il se surprit à contempler ce décor dans le crépuscule bleuté, le regard vagabondant entre les ombres. Ce fut donc lui qui aperçut la silhouette, derrière les vitres givrées ; une forme étroite et noire qui avançait avec précaution entre les bicyclettes, tel un revenant à la recherche de ses camarades tombés au combat. Il crut d'abord que cette silhouette était la forme qu'avait prise sa peur, puis, comme il lui reconnaissait une allure familière, il y vit l'incarnation de son désir.

Il hésitait à attirer l'attention d'Ilana, craignant d'être victime de son imagination. Mais la forme s'approcha de la fenêtre et regarda le spectacle qui s'offrait à l'intérieur. András présidant la table, Klára auprès de lui, un bébé au sein ; Ilana, dos à la fenêtre, le bras replié sur un objet dans une couverture. Le fantôme étouffa un cri, et ses jambes se dérobèrent sous lui. C'était Tibor qui rentrait du STO. András repoussa sa chaise et se rua vers la porte-fenêtre. En un clin d'œil, il fut dans la cour avec son frère, tous deux assis dans la neige au milieu des bicyclettes désarticulées, et puis les femmes accoururent, et une minute plus tard, Tibor tenait son fils et son épouse dans ses bras.

Tibor, Tibor.

Ils crièrent son nom avec une insistance désespérée, comme pour se convaincre qu'il était là en chair et en os, et puis ils l'entraînèrent à l'intérieur. Dans la pénombre du séjour, il leur parut pâle comme un mort ; il avait perdu ses petites lunettes rondes à monture d'argent ; l'armature de son visage saillait sous sa peau. Son manteau était en guenilles, son pantalon raidi par la glace et le sang séché ; ses galoches partaient en lambeaux – un désastre. À la place de son képi d'uniforme, il avait coiffé un casque de motocycliste fourré de mouton, dont l'un des protège-oreilles avait disparu. Son oreille découverte était cramoisie de froid. Il retira son casque et le laissa choir sur le sol. On aurait dit qu'on lui avait coupé les cheveux à ras avec des ciseaux émoussés, quelques semaines plus tôt. Il sentait le Munkaszolgálat, cette puanteur des hommes entassés ensemble sans eau, ni savon, ni poudre dentifrice. Son odeur corporelle se mêlait à celle de la fumée soufrée de charbon et à la puanteur des bennes, alliage de sciure et de merde.

– Laissez-moi voir mon fils, dit-il d'une voix qui n'était plus qu'un souffle, comme s'il avait perdu l'usage de la parole depuis des jours.

Ilana lui tendit le bébé dans son molleton blanc ; il le posa sur le divan et s'agenouilla auprès de lui ; il retira la couverture, le bonnet qui couvrait ses fins cheveux bruns, la brassière de coton à manches longues, la petite culotte, les chaussons, la couche : le bébé ne disait rien, les yeux écarquillés, ses petits poings recroquevillés. Tibor toucha les vestiges desséchés du cordon ombilical. Il prit dans ses mains les petits pieds, les petites mains ; il nicha son visage dans le pli du cou. Le bébé s'appelait Ádám. C'était le nom que Tibor et Ilana avaient choisi après en avoir parlé dans leurs lettres. Le père prononça ce nom à haute voix, comme pour relier l'idée qu'il s'était faite du bébé avec cet enfant tout nu sur le divan. Puis il leva les yeux vers Ilana.

— Pardonne-moi, Ilana, j'aurais tant voulu rentrer à temps.

— Non, je t'en prie, dit-elle en se penchant vers lui, ne pleure pas.

Mais il pleurait, et il n'y avait rien à faire pour l'en empêcher. Il pleurait, et ils s'assirent par terre auprès de lui, comme s'ils étaient en deuil, tous. Mais ils n'étaient pas encore en deuil, non ; ils étaient ensemble, au contraire, tous les six, dans une ville qui ne connaissait pas encore le ghetto, les incendies, les bombardements. Ils demeurèrent assis par terre, jusqu'à ce que Tibor cesse de pleurer et de hoqueter. Il inspira plusieurs fois par la bouche, puis finit par inspirer lentement par le nez.

— Oh, mon Dieu, dit-il en regardant András d'un air horrifié. Je pue. Débarrassez-moi de ces hardes.

Il se mit à tirer sur le col de son manteau en loques.

— Je n'aurais jamais dû toucher le bébé avant de me laver. Je suis crasseux.

Il se leva et partit dans la cuisine, en semant ses vêtements rigidifiés derrière lui. On entendit le choc d'un tub qu'on jetait sur les tomettes, et le robinet qui coulait à grande eau.

– Je vais m'occuper de lui, dit Ilana. Vous prenez le bébé ?

– Donne-le-moi, répondit Klára, qui confia Tamás à András.

Ils s'installèrent sur le divan avec les deux bébés, tandis qu'Ilana faisait chauffer de l'eau pour le bain. Pendant ce temps-là, Tibor mangea en maillot de corps déchiré et pantalon du Munkaszolgálat. Puis Ilana le déshabilla et le lava des pieds à la tête avec une savonnette toute neuve. Un parfum d'amande leur parvint depuis la cuisine. Après le bain elle lui passa un pyjama doublé de flanelle, et il se dirigea vers leur chambre comme s'il marchait dans un rêve. András le suivit et s'assit à son chevet, Tamás dans les bras. Klára arriva sur ses talons, le fils de Tibor dans les siens. Ilana glissa deux briques chaudes entourées de serviettes dans le lit, aux pieds de son mari, puis elle tira l'édredon sur lui jusqu'au menton. Ils restaient à l'entourer, pour se persuader qu'il était bien là.

Pourtant Tibor n'était pas tout entier de retour, il avait laissé une part de lui là-bas. Sur le point de s'assoupir, il émit un son effaré, comme si une pierre lui était tombée sur la poitrine, et lui avait coupé le souffle. Il les regarda tous, les yeux grands ouverts, et dit : « Pardon ! » Puis il referma les paupières, somnola de nouveau, émit encore ce « humph » de peur en sursautant, suivi d'un « pardon ». Et ainsi de suite. Il était navré. Ses paupières se fermaient, il allait s'assoupir, et puis il faisait ce bruit et s'éveillait dans un sursaut, hanté par quelque chose qui l'attendait au tournant de l'endormissement. Ils demeurèrent avec lui une heure, jusqu'à ce qu'il sombre enfin dans un sommeil profond.

Le Jókai, salon de thé favori de Tibor, avait été remplacé par un salon de coiffure, avec six fauteuils luisants tout neufs et deux barbiers moustachus. Ce matin-là, les hommes de l'art exerçaient leur talent sur la tête de deux jeunes gens en uniforme militaire qui avaient l'air de sortir du lycée. Ils avaient le même menton volontaire, les mêmes sourcils en accent circonflexe, et sur le repose-pied du fauteuil, les mêmes orteils palmés. Ils devaient être frères, peut-être même jumeaux. András jeta un coup d'œil à Tibor, dont l'expression semblait vouloir demander aux jeunes gens ce qui les prenait de fréquenter cette boutique aseptisée au dallage noir et blanc, qui avait proprement rasé le Jókai. Pas question que les deux frères se fassent faire la barbe dans ce salon usurpateur. Ces barbiers n'étaient que des traîtres.

Ils prirent donc Andrássy út jusqu'au café des Artistes, établissement Belle Époque, avec des tables en fer forgé, des abat-jour ambrés et un festival de petits gâteaux sous une vitrine. András tint à commander une tranche de sachertorte malgré les objections de Tibor : la tarte était trop riche, trop chère, il n'en mangerait qu'une bouchée.

— Il te faut quelque chose de riche, dit András. Avec du beurre dedans.

— Je croirais entendre notre mère, constata Tibor en parvenant à sourire faiblement.

— Raison de plus pour m'écouter.

Nouveau sourire ténu, version pâlotte de son sourire d'avant, qu'on aurait conservé au musée, dans un bocal. La tarte servie, il en coupa un morceau à la fourchette et le posa sur le bord de son assiette.

— Tu dois être au courant des événements du Délvidék, à présent, demanda-t-il.

András remua son café et en retira la petite cuillère.

— J'ai lu un article là-dessus, et puis il circule des bruits abominables.

Tibor fit un signe d'assentiment à peine perceptible.

— J'y étais, dit-il.

András leva les yeux pour croiser ceux de son frère. C'était déconcertant de le voir sans ses lunettes, qui rétablissaient par réfraction l'équilibre entre ses yeux démesurément grands et le reste de son visage. Sans elles, il était à vif, vulnérable. Le régime soupe au chou, pain noir, café l'avait réduit à sa plus simple expression. Il n'était plus que la quintessence de lui-même, sa réduction, un Tibor lyophilisé qui, plongé dans le quotidien, redeviendrait celui qu'András connaissait. Celui-ci n'était pas sûr de vouloir savoir ce que son aîné avait vécu dans le Délvidék. Il se pencha sur sa tasse, fuyant son regard.

— J'y étais il y a un mois et demi, commença Tibor, qui raconta son histoire.

C'était fin janvier. Sa compagnie était attachée au 5e corps d'armée ; les travailleurs trimaient pour une compagnie de fantassins de Szeged, construisant des ponts suspendus pour acheminer le matériel de l'autre côté de la Tisza. Un matin, le sergent les avait relevés de leur tâche en leur expliquant qu'on avait besoin d'eux ailleurs, pour creuser des tranchées. On les avait emmenés par camions jusqu'au village de Mošorin, conduits jusqu'à un champ où on leur avait enjoint de creuser.

— Je me rappelle encore les dimensions, dit Tibor. Vingt mètres de long, deux mètres cinquante de large, deux mètres de profondeur. Il fallait qu'on ait fini avant la nuit.

À la table d'à côté, une jeune femme accompagnée de ses deux fillettes lança un coup d'œil à Tibor puis détourna le regard. Le doigt posé sur les fioritures gravées sur le manche de sa fourchette, Tibor poursuivit à voix basse :

— On a creusé la tranchée, on se figurait qu'il allait y avoir une bataille. Mais il n'y eut pas de bataille. À la nuit tombée, ils ont poussé devant eux un groupe de gens, des hommes et des femmes. Cent vingt-trois en tout. Nous, on était assis le long de la tranchée, on mangeait notre soupe.

La jeune femme, qui pouvait avoir une trentaine d'années, venait de tourner discrètement sa chaise. Elle portait autour du cou une fine chaîne avec une étoile de David en argent. Elle leva les yeux vers ses fillettes, qui se partageaient une tasse de chocolat et les miettes d'une tranche de strudel au pavot.

Lorsque Tibor reprit la parole, sa voix n'était plus qu'un murmure.

— Il y avait des enfants parmi eux, des adolescents. Il y en avait qui ne devaient pas avoir plus de douze ou treize ans.

— Zsuzsi, Anni, dit la dame, allez donc choisir des petits gâteaux pour grand-mère, on va les lui apporter.

— J'ai pas fini mon chocolat, protesta la cadette.

— Tibor, fit András en posant la main sur le bras de son frère, tu me raconteras ça une autre fois.

— Non, répliqua la femme calmement, en croisant le regard d'András. Je vous en prie. (Puis, s'adressant à ses filles :) Allez-y, je vous rejoins tout de suite.

L'aînée enfila son manteau et aida la cadette à retourner ses manches dans le bon sens, puis elles s'approchèrent de la vitrine sous laquelle se trouvaient disposées toutes les pâtisseries, qu'elles considérèrent, doigts appuyés contre le verre. La mère croisa les mains sur ses genoux et s'abîma dans la contemplation de sa tasse vide.

— Ils ont aligné les gens devant le fossé, dit Tibor. Des Hongrois, juifs, tous. Ils leur ont ordonné de se déshabiller dans le froid glacial, ils les y ont laissés une demi-heure, et puis ils les ont tous fusillés. Y compris les enfants. C'est nous qui avons dû les enterrer. Il y en avait qui n'étaient même pas morts. Les soldats braquaient leurs armes sur nous pendant ce temps-là.

András jeta un œil à leur voisine qui venait d'étouffer un cri. Là-bas, devant le comptoir, les petites filles comparaient les mérites des divers gâteaux.

— Qui les empêchera de nous en faire autant ? demanda

Tibor. Nous ne sommes plus en sécurité ici. Tu comprends ce que je te dis ?

– Je comprends, dit András.

Non, bien sûr, ils n'étaient plus en sécurité. Encore, Tibor ne savait-il pas tout, András ne lui avait pas soufflé mot des démêlés de Klára avec le ministère de la Justice.

– La menace est là, à l'intérieur même du pays, continua Tibor. Nous nous leurrons en voulant croire que tout ira bien pour nous tant qu'Horthy empêchera les Allemands d'occuper la Hongrie. Et les Croix fléchées, alors ? Et le bon vieux chauvinisme à l'ancienne des Hongrois ?

– Conclusion, tu proposes quoi ?

– Je vais te dire une bonne chose, je veux quitter ce continent. Je veux faire sortir ma femme et mon fils d'ici. Si on reste en Europe, on va mourir.

– Comment veux-tu qu'on sorte d'ici ? La frontière est fermée. Impossible d'obtenir des papiers. Aucun pays ne nous laissera entrer. Et puis il y a les bébés. Ce ne serait déjà pas commode entre adultes, mais avec eux... (Il regarda par-dessus son épaule, le simple fait de parler de ces sujets en public lui paraissait dangereux.) On ne peut pas partir pour l'instant, dit-il, c'est impossible.

La dame de la table voisine se tourna dans leur direction, son regard brun passait de l'un à l'autre. Au comptoir, les petites avaient fait leur choix ; l'aînée fit volte-face et appela sa mère. Elle se leva, mit son manteau et son chapeau, se faufila entre les tables et fit un bref signe de tête aux deux frères. Ce fut seulement après qu'elle eut disparu avec ses filles derrière les portes aux vitres biseautées qu'András s'aperçut qu'elle avait oublié son mouchoir sur la table. C'était un fin mouchoir ourlé de dentelle, avec un B brodé dessus. En le soulevant, András découvrit un petit morceau de papier plié, le talon d'un ticket de tramway, sur lequel on avait griffonné au crayon : *K pourrait peut-être vous aider*. Une adresse suivait, à Angyalföld, près du terminus du tramway.

– Regarde, dit András en tendant le talon de ticket à son frère.

Faute de lunettes, celui-ci plissa les yeux face aux pattes de mouche de la femme.

– « K pourrait peut-être vous aider » ? lut-il. Qui est K ?

Le tram fila le long des immeubles du centre de Pest et déboucha sur une banlieue industrielle où des usines textiles et des fabriques de machines soufflaient une fumée grise contre un ciel pommelé comme une truite. Des camions de fournitures militaires roulaient en grondant, leur bennes pleines de tubes et de madriers d'acier, de segments de conduits en béton, de parpaings et de paraboles de fer géantes qui ressemblaient à des côtes de Léviathan. Ils descendirent en bout de ligne, longèrent un ancien asile de fous et une lainerie, trois immeubles de rapport qui menaçaient ruine, puis s'engagèrent dans la petite Frangepán köz, où un îlot de maisons rappelait le temps où Angyalföld n'était que vignobles et pâturages ; derrière les maisons, des chèvres, avec leurs effluves et leurs commérages. Le numéro 18 était une maison à colombages avec un toit pentu en bardeaux et des volets qui s'écaillaient. Le cadre des fenêtres s'écaillait, lui aussi, et la porte de bois éraflée tenait à peine sur ses gonds. En cette saison, le squelette du lierre traçait une carte indéchiffrable sur la façade. Au moment où András et Tibor pénétraient dans le jardin, un haut portail latéral s'ouvrit pour livrer passage à une petite carriole verte tirée par deux puissants boucs blancs aux cornes recourbées. La carriole était pleine de bidons de lait et de clayettes de fromages. Une toute petite femme se tenait devant le portail, baguette de coudrier en main. Elle était vêtue d'une jupe brodée, chaussée de galoches de paysanne, et ses yeux enfoncés dans leurs orbites étaient noirs et durs comme des pierres polies. Elle jeta un regard si pénétrant à András qu'il se sentit traversé jusqu'au fond de son crâne.

– Est-ce qu'il y a quelqu'un dont le nom commence par un K, dans cette maison ?

– Par un K ?

Elle devait avoir dans les quatre-vingts ans, mais elle restait droite comme un I sous les assauts du vent.

– Qu'est-ce que ça peut vous faire ?

András jeta un coup d'œil sur le talon du ticket de tram sur lequel la dame du café avait écrit l'adresse.

– Nous sommes bien au 18, Frangepán köz ?

– Qu'est-ce que vous lui voulez, à K ?

– C'est une amie qui nous envoie.

– Quelle amie ?

– Une dame avec deux petites filles.

– Vous êtes juifs, déclara la vieille, ce qui était un constat et non pas une question.

Son expression changea insensiblement, les rides s'adoucirent au coin de ses yeux ; ses épaules se détendirent imperceptiblement.

– C'est exact, nous sommes juifs, confirma András.

– Et frères. C'est lui l'aîné, dit la vieille en pointant sa baguette de coudrier sur Tibor.

Ils acquiescèrent tous deux.

La femme baissa son bâton et détailla Tibor comme pour voir sous son épiderme.

– Vous rentrez du Munkaszolgálat, vous.

– Oui.

Elle prit au fond d'un panier un fromage enveloppé de papier, et le lui fourra dans la main ; comme il protestait, elle lui en donna un autre.

– K, c'est mon petit-fils. Miklós Klein. Un bon garçon, pas un magicien. Je ne vous garantis pas qu'il va vous aider. Mais parlez-lui si vous voulez. Frappez à la porte, là, mon mari va vous ouvrir.

Elle repoussa le portail de la cour derrière elle et le verrouilla ; puis elle toucha ses boucs du bout de la baguette, qui secouèrent leur tête blanche et tirèrent la carriole jusqu'à la rue.

Sitôt qu'elle eut disparu, une bande de chèvres vint au portail bêler à l'intention de Tibor et András. On aurait dit qu'elles attendaient une gâterie. András leur montra ses poches vides, mais elles ne battirent pas en retraite. Elles voulaient donner de petits coups de tête contre leurs mains ; les chevreaux voulaient renifler leurs chaussures. Tout au bout de la cour, l'écurie avait été convertie en une cabane pour les chèvres, bien abritée du vent, avec du foin tout propre. Quatre chevrettes mangeaient dans une auge en fer-blanc, elles avaient le poil épais et luisant.

— Il fait bon être une chèvre, ici, commenta András. Même en plein hiver.

— Il vaut mieux être une chèvre qu'un homme, renchérit Tibor en regardant les hauts-fourneaux, non loin de là.

Mais András se disait qu'il ne serait pas fâché de s'éloigner un peu du centre-ville, un jour. Non pas, certes, pour s'installer à l'ombre d'une usine textile, mais peut-être dans un coin où ils pourraient avoir une vraie maison, avec une cour assez grande pour entretenir chèvres et poules, faire pousser des arbres fruitiers. Il aimerait bien venir avec son carnet et ses instruments étudier la construction de cette ferme, la disposition du terrain. C'était la première fois depuis des mois que l'envie lui venait de faire un dessin d'architecture. Tout en suivant son frère dans l'allée, il eut la sensation étrange que sa poitrine gonflait comme s'il avait de la levure plein les poumons.

Tibor frappa à la porte, soulevant une poussière de peinture jaune qui s'envola comme du pollen. On entendit un pas traînant. La porte s'ouvrit sur un tout petit bonhomme desséché, deux ailes de cheveux gris se soulevaient de chaque côté de son crâne. Il portait un maillot de corps blanc et une robe de chambre en lainage d'un rouge fané. Derrière lui les accords quelque peu grinçants d'une musique de Bartók, et une odeur de crêpes.

— M. Klein ? lança Tibor.

— Lui-même.

— Miklós Klein habite bien ici ?

— Qui le demande ?

— Tibor et András Lévi. On nous adresse à lui. Votre femme vient de nous dire qu'il est ici.

L'homme leur fit signe d'entrer dans une petite pièce lumineuse au sol de béton peint en rouge. Sur une table, près de la fenêtre, les reliefs du petit déjeuner voisinaient avec un journal soigneusement plié.

— Attendez-moi ici, dit le vieux Klein.

Il alla au bout d'un petit couloir orné de portraits d'hommes et de femmes du temps jadis, les hommes en soldat, les femmes en robe à taille de guêpe. Une porte s'ouvrit et se referma. Au mur, la pendule sonna l'heure et le coucou chanta onze fois. Sur un guéridon, une photo représentait un gamin de six ou sept ans aux yeux brillants, que tenaient par la main une belle jeune femme brune et un homme au visage intelligent et mélancolique. D'autres photos à côté les montraient tous trois à la plage, à bicyclette, dans un parc, sur les marches d'une synagogue. La collection avait des allures de sanctuaire, de mémorial.

Au bout de quelques minutes, la porte s'ouvrit au fond du couloir, et le vieux Klein s'avança vers eux de son pas traînant, en leur faisant signe de le suivre.

— Par ici, je vous prie.

András suivit son frère le long des portraits de soldats et de dames corsetées. À la porte, le vieillard s'effaça pour les laisser entrer, puis il se retira dans le séjour.

Cette porte ouvrait sur un autre univers. D'un côté, il

y avait celui qu'ils venaient de quitter, celui des reliefs du petit déjeuner sur une table de bois traversée par un rayon de soleil, celui où le bêlement des chèvres parvenait depuis la cour, celui où une douzaine de photographies évoquaient ce qui avait disparu. Mais de ce côté-ci, dans cette pièce, on croyait voir tous les préparatifs d'une opération d'espionnage. Des cartes de l'Europe et de la Méditerranée piquées d'épingles étaient placardées au mur, avec des graphes compliqués, des coupures de journaux et des photos d'hommes et de femmes qui retournaient une terre sèche dans des colonies du désert. Sur le bureau, coincées entre des piles vertigineuses de papiers officiels, deux machines à écrire, l'une avec un clavier hongrois, l'autre avec un clavier hébreu. Un poste de radio Orion geignait, crachotant ses parasites, sur une table, et deux pendules indiquaient l'heure à Budapest et Jérusalem. Dans toute la pièce, des piles de dossiers vous montaient jusqu'à la taille ; ils envahissaient le bureau, le lit, chaque centimètre carré du rebord de fenêtre et de la table. Et à l'épicentre de tout cela, un jeune homme pâle, vêtu d'un chandail mité, ses courts cheveux noirs lui faisant une espèce de couronne, ses yeux rouges à vif comme sous l'effet de la boisson ou du chagrin. Il paraissait à peu près de l'âge d'András, et c'était sans aucun doute le petit garçon des photos, devenu un jeune homme hagard. Il tira le siège du bureau, déposa une pile de dossiers par terre et s'assit en face des deux frères.

– C'est fini, leur lança-t-il en guise de bienvenue. Je ne le fais plus.

– On nous a dit que vous pouviez nous aider, expliqua Tibor.

– Qui vous a dit ça ?

– Une femme avec deux petites filles. Son nom commence par un B. Elle m'a entendu parler à mon frère, au salon de thé.

– Vous parliez de quoi à votre frère ?

– De quitter la Hongrie, d'une façon ou d'une autre.

– D'abord, dit Klein en pointant son index mince sur Tibor, vous n'auriez jamais dû parler d'un sujet pareil dans un salon de thé, où n'importe qui peut vous entendre. Ensuite, je ne sais pas qui est cette femme, mais je devrais l'étrangler pour vous avoir donné mon adresse ! Son nom commence par un B ? Elle a deux petites filles ?

Il se posa un doigt sur le front comme pour réfléchir.

– Ce doit être Bruner, Magdolna Bruner. J'ai réussi à faire sortir son frère, mais c'était il y a deux ans.

– Vous aidez les gens à émigrer, c'est ça ? demanda András.

– Dans le temps, mais c'est fini, répondit Klein.

– Et tous ces papiers, alors ?

– Affaires en cours, mais je ne prends pas de nouveaux dossiers.

– Il faut que nous quittions le pays, dit Tibor. J'arrive du Délvidék. On tue des juifs hongrois, là-bas. D'ici peu, ils viendront nous chercher, nous aussi. Nous avons cru comprendre que vous pouviez nous aider à quitter le territoire.

– Vous avez mal compris. Ce n'est plus possible, à présent, répliqua Klein, qui sortit une coupure, tirée d'un journal roumain. Voilà ce qui s'est passé il y a quelques semaines. Le bateau a quitté Constanța en décembre ; il s'appelait le *Struma*. Il avait sept cent soixante-neuf passagers à son bord, tous juifs roumains. On leur avait dit qu'ils obtiendraient des visas pour la Palestine dès que le bateau atteindrait la côte turque. Mais le navire était une épave. Littéralement. Les machines avaient été récupérées au fond du Danube, quant aux visas d'entrée en Palestine, il n'y en avait pas. C'était une vaste escroquerie. À une époque peut-être ils auraient pu entrer sans visa, les Anglais le permettaient parfois. Mais c'est fini, tout ça. Les Anglais ont refusé l'asile au navire, ils ont refusé l'asile à tous les passagers, même aux enfants. Un garde-côte turc a remorqué le bateau jusqu'en mer Noire. Plus de carburant, plus d'eau, plus de nourriture pour les passagers. Il l'a abandonné sur place. Et qu'est-ce qui est arrivé, d'après vous ? Il a été torpillé. Baoum ! Point final. On croit que c'est un coup des Soviets.

András et Tibor se taisaient, encaissant la nouvelle. Sept cent soixante-neuf vies, un bateau plein de juifs, hommes, femmes et enfants. Une explosion dans la nuit – quel bruit avait pu faire la déflagration ? Comment les gens l'avaient-ils ressentie, sur leurs couchettes, dans les entrailles du bateau ? Le choc, les vibrations, la panique subite. Et puis l'irruption de l'eau noire.

— Et le frère de Magdolna Bruner, alors ? dit Tibor. Comment l'avez-vous fait sortir ?

— C'était pas pareil, à l'époque. J'emmenais les gens le long du Danube ; je les cachais dans des péniches, des embarcations fluviales. On avait des contacts en Palestine. On était aidés par le Bureau de la Palestine, ici. J'ai fait passer des tas de gens, cent soixante-huit en tout. Si j'avais été plus malin, je serais parti, moi aussi. Sauf que mes grands-parents n'ont que moi. Ils n'auraient pas pu entreprendre un voyage pareil, et moi, je ne pouvais pas les quitter. J'ai pensé que je serais plus utile ici. Mais maintenant j'arrête, alors vous n'avez plus qu'à rentrer chez vous.

— Mais c'est un désastre pour la Palestine, cette affaire du *Struma*, dit András. Il faut absolument qu'ils reviennent sur leurs restrictions à l'émigration.

— Je ne sais pas ce qui se prépare. Il y a un nouveau secrétaire aux Colonies là-bas, il s'appelle Cranborne et il est plus libéral, paraît-il. Reste à savoir s'il pourra convaincre le Foreign Office d'assouplir les quotas. Et quand bien même il y arriverait, c'est beaucoup trop dangereux, à présent.

– Si c'est une question d'argent, on trouvera la somme, affirma Tibor.

András lui jeta un regard aigu : où se figurait-il le trouver, cet argent ? Mais Tibor ne le regardait pas, ses yeux étaient rivés sur Klein, qui se penchait vers eux en fourrageant dans sa chevelure électrique.

– Ça n'est pas une question d'argent. C'est de la folie, voilà tout.

– Il est peut-être plus fou encore de ne pas partir.

– Budapest demeure une des villes d'Europe les plus sûres pour les juifs, dit Klein.

– Budapest vit dans l'ombre de Berlin.

Klein repoussa sa chaise et se mit à arpenter son carré de sol.

– Le plus terrible, c'est que vous avez raison et que je le sais. Nous sommes fous de nous croire à l'abri, ici. Si vous êtes allés au STO, vous le savez fort bien. Mais moi, je ne peux pas prendre la responsabilité de vos vies.

– Nous ne sommes pas seuls en cause. Il y a aussi nos femmes, et nos deux bébés. Plus notre jeune frère, quand il rentrera de Russie. Et nos parents à Debrecen. Il nous faut partir, tous tant que nous sommes.

– Vous êtes cinglés, s'exclama Klein. Complètement cinglés. Comment voulez-vous que je fasse passer des bébés clandestinement sur le Danube, dans un pays en guerre ? Les vieux parents, c'est une responsabilité que je ne peux pas prendre non plus. N'en parlons plus. Désolé. Vous avez l'air de deux braves types. Peut-être qu'on se retrouvera dans des temps meilleurs et qu'on pourra aller boire un coup ensemble.

Il alla jusqu'à la porte, qu'il ouvrit sur le couloir.

Tibor ne bougea pas. Il considérait les piles de papiers, les machines à écrire, la radio, les meubles qui disparaissaient sous les dossiers, comme s'ils allaient lui faire une tout autre réponse. Mais ce fut András qui parla.

– Shalhevet Rosen, ce nom vous dit quelque chose ?

– Non.

– Elle est en Palestine, elle travaille à faire sortir les juifs d'Europe. C'est la femme d'un de mes amis de faculté.

– Eh bien, elle pourra peut-être vous aider. Bonne chance.

– Vous avez peut-être eu des échanges avec elle.

– Pas que je me souvienne.

– Peut-être qu'elle pourrait nous avoir des visas.

– Le visa, ça n'est rien. Encore faut-il que vous arriviez là-bas.

Tibor parcourut de nouveau la pièce des yeux et lança un regard pénétrant à Klein.

– C'est précisément votre affaire, êtes-vous vraiment en train de nous dire que vous avez arrêté ?

– Je refuse de rééditer le drame du *Struma*. C'est facile à comprendre, tout de même. Et puis il faut que je m'occupe de mes grands-parents. Si je me fais prendre et jeter en prison, ils seront tout seuls.

Tibor s'arrêta sur le seuil de la porte, son chapeau entre ses mains.

– Vous changerez d'avis, fit-il.

– J'espère bien que non.

– Acceptez qu'on vous laisse notre adresse, au moins.

– Ça ne sert à rien, je vous dis. Au revoir, messieurs, adieu.

Il les raccompagna jusqu'au couloir obscur et s'enferma dans sa chambre, dont il tira le verrou.

Dans le séjour, on avait débarrassé les reliefs du petit déjeuner, et le vieux Klein s'était installé sur le divan, journal dans les mains. Lorsqu'il s'aperçut de leur présence, il baissa le quotidien.

– Alors ?

– Alors, répondit Tibor, on s'en va. S'il vous plaît, remerciez votre femme pour sa gentillesse.

Il brandit un des petits fromages de chèvre ronds, dans son papier.

– C'est un de ses meilleurs, dit Klein l'ancien. Vous avez dû lui taper dans l'œil. Elle ne les donne pas facilement.

– Elle m'en a donné deux.

– Alors là, vous me rendez jaloux.

– Peut-être que vous pourriez convaincre votre petit-fils de nous aider, vous. Il ne nous a pas laissé beaucoup d'espoir, malheureusement.

– Miklós a ses humeurs. Sa tâche est difficile. Il change d'avis tous les jours, sur ce qu'il veut faire ou non. Il sait où vous joindre ?

Tibor prit un bout de crayon émoussé et demanda du papier au grand-père de Klein, en s'excusant de ne pas avoir de carte de visite. Il laissa le papier sur la table après y avoir griffonné son adresse.

– Et voilà, pour le cas où il changerait d'avis.

Le grand-père marmonna son assentiment. András entendit le bêlement des chèvres qui s'élevait dans la cour, comme un contrepoint pessimiste. Le vent faisait claquer les volets de la maison, un bruit surgi du fin fond de son enfance. Il avait l'impression d'être sorti du cours du temps, comme si, une fois passé le seuil de cette maison, Tibor et lui allaient découvrir une Budapest bien différente, où les charrettes auraient remplacé les tramways, les becs de gaz les lampadaires électriques, où les femmes porteraient des jupes à la cheville, où le réseau du métropolitain serait effacé, et les nouvelles de la guerre expurgées des pages du *Pesti Napló*. Comme si un divin chirurgien avait pratiqué l'ablation du xxe siècle dans les tissus du temps.

Pourtant, lorsqu'ils franchirent le portail, la ville n'avait pas bougé ; ils retrouvèrent, en sortant du quartier, les camions qui grondaient sur la large avenue perpendiculaire, les cheminées vertigineuses de l'usine textile, les affiches de films placardées sur une palissade. Son frère et lui se dirigèrent sans parler vers la ligne de tramway et montèrent dans une rame quasi vide en direction de la ville. Elle les fit passer par Kárpát utca, avec ses échoppes de réparation de machines, puis sur le pont derrière la gare Nyugati, et enfin par Andrássy út, où ils descendirent pour rentrer chez eux. Mais lorsqu'ils arrivèrent au coin de Hársfa utca, Tibor tourna. Mains dans les poches, il alla jusqu'à l'immeuble de pierre grise où ils avaient vécu tous deux avant le départ d'András pour Paris. Au troisième étage, leurs fenêtres sans rideaux étaient noires. Une rangée de pots de fleurs cassés s'alignait sur le balcon, et une mangeoire d'oiseaux vide était accrochée à la rambarde. Tibor fixait le balcon des yeux, le vent relevant son col de manteau.

— Comment pourrais-tu me donner tort de vouloir partir ? Tu me comprends, non ?

— Absolument.

— Réfléchis bien à ce que je t'ai dit au salon de thé. Ça s'est passé ici, en Hongrie. Alors en Allemagne et en Pologne, je te laisse imaginer…Tu refuserais de croire tout ce que j'ai entendu dire. On parque les gens dans des ghettos, on les affame, on les fusille par milliers. Horthy ne pourra pas résister indéfiniment. Et les Alliés se fichent pas mal des juifs, il ne faut pas compter qu'ils fassent quoi que ce soit. Il faut qu'on se prenne en charge.

— À quoi bon, si on meurt en tentant quelque chose ?

— Avec des visas, on sera tout de même relativement protégés. Écris à Shalhevet, vois si son organisation peut faire quelque chose.

— Ça va prendre un temps fou. Des mois, peut-être, ne serait-ce que pour échanger quelques lettres.

— Alors tu ferais bien de commencer tout de suite, conclut Tibor.

# Chapitre 32

# Szentendre

L'après-midi, il parla à Klára de la petite maison de Frangepán köz, de Klein et de sa citadelle de dossiers en papier kraft. Ils étaient dans le séjour, le bébé au sein de Klára, sa main s'ouvrant et se fermant sur une mèche de cheveux de sa mère.

— Qu'est-ce que tu en penses ? lui demanda-t-elle calmement. Tu crois qu'on devrait essayer de quitter le pays ?

— Ça paraît fou, non ? Mais je n'ai pas vu ce que Tibor a vu.

— Et tes parents ? Et ma mère ?

— Je sais. Ce serait une tentative désespérée, quand on y pense. Peut-être que le moment est mal choisi et que, si on attend un peu, la situation va s'arranger. Mais je devrais peut-être tout de même écrire à Shalhevet, on ne sait jamais.

— Écris toujours, mais si elle pouvait faire quelque chose, tu ne crois pas qu'elle nous l'aurait dit ?

Le bébé remua la tête et lâcha les cheveux de sa mère. Elle le fit passer à l'autre sein, en se drapant dans sa couverture.

— J'écrivais à Rosen depuis le STO, il savait bien que je n'étais pas en mesure de partir alors, même si je l'avais voulu.

— Et maintenant on a le bébé, dit Klára.

András essayait de l'imaginer en train d'allaiter leur

fils, sous une bâche, dans la cale d'un bateau fluvial remontant le Danube. Est-ce qu'on tente de fuir avec des enfants en bas âge ? Est-ce qu'on les drogue au laudanum en priant le bon Dieu qu'ils n'aillent pas se mettre à pleurer ? Le bébé tira sur la couverture et dénuda le sein de sa mère, qui la remit en place.

– Tu n'as pas besoin de te cacher, dit András. Laisse-moi te voir.

Klára sourit.

– C'est une habitude que j'ai dû prendre chez ma mère. Elza ne supporte pas la vue d'une femme qui allaite, elle dit que ce n'est pas hygiénique ; elle est scandalisée que je donne le sein en ta présence.

– C'est tout à fait naturel, répondit András. Et puis, regarde-le, lui. Il n'a pas l'air heureux ?

Le bébé pliait puis tendait ses orteils. Son poing fermé agitait une mèche brune de sa mère. Ses yeux cherchaient les siens. Il cligna des paupières une première fois, une deuxième fois plus lentement, et puis elles se fermèrent insensiblement. Ivre de lait, il lâcha la mèche de Klára, et on vit ses petites jambes pendre mollement. Ses mains s'étaient ouvertes en étoile de mer. Sa bouche glissa du sein.

Klára leva les yeux vers András et soutint son regard.

– Et si vous partiez, vous ? Tibor et toi ? Une fois là-bas, sains et saufs, vous nous feriez venir. Ça vous épargnerait au moins le Munkaszolgálat.

– Jamais. Plutôt mourir que de partir sans vous deux.

– Te voilà bien grandiloquent, mon chéri.

– Grandiloquent ou pas, c'est ce que je ressens.

– Tiens, prends ton petit, j'ai la jambe engourdie.

Elle souleva l'enfant et le lui tendit, puis reboutonna son corsage. Elle se leva avec une grimace de douleur, et arpenta la pièce.

– Écris à Shalhevet, dit-elle. On verra bien. Au moins,

on saura s'il faut entreprendre des démarches. Sinon, on spécule dans le vide.

– Je ne bouge pas sans toi.

– J'espère bien. Mais le moment paraît mal choisi pour prendre de grandes résolutions.

– Tu ne veux pas me laisser l'illusion que j'ai le choix ?

– Les illusions aussi, c'est dangereux par les temps qui courent, répliqua Klára.

Elle revint s'asseoir sur le divan et posa la tête sur l'épaule d'András. Tandis qu'ils regardaient leur fils dormir, il eut une nouvelle bouffée de mauvaise conscience. Car il la laissait dans l'illusion, justement, l'illusion qu'elle était en sécurité, que le passé restait bien sagement à sa place, et que sa crainte de mettre sa famille en danger si elle rentrait en Hongrie avait été sans fondement.

L'illusion dura tout le printemps. Au ministère de la Justice, une restructuration freina le processus d'extorsion de fonds, et l'urgence de vendre la maison de Benczúr utca s'éloigna temporairement. András travaillait toujours comme assistant graphiste et illustrateur, pendant que Mendel écrivait ses articles à côté de lui, dans la salle de rédaction. S'ils avaient tout d'abord trouvé surréaliste qu'une activité hier parallèle et coupable devînt aujourd'hui un métier officiel, ce sentiment avait bientôt fait place à la routine des rythmes et des contraintes du travail. Tibor, dès qu'il eut recouvré la force et la santé, trouva un emploi lui aussi. Il devint assistant chirurgien dans un hôpital juif de l'Erzsébetváros. En mars, ils reçurent des nouvelles d'Elisabet. Paul s'était engagé dans la marine et partirait fin avril dans le Pacifique Sud. Ses parents, dans un accès de remords causé par l'engagement de leur fils et la naissance de leur petit-fils l'été précédent, étaient revenus à de meilleures dispositions et tenaient à ce qu'Elisabet vînt s'installer chez eux dans le Connecticut avec le jeune Alvie. Elle joignait une photo de la petite famille en tenue de traîneau, elle en houppelande sombre, portant dans ses bras un bébé emmitouflé, Paul debout à leurs côtés, tenant à la main les rênes d'un long toboggan. Sur une autre photo, Alvie était tout seul dans un fauteuil, calé par des coussins, en veste de velours et culotte courte. Il tenait de son père son grand front bombé et sa bouche ironique, mais l'intensité aiguë de son regard de bébé, c'était Elisabet. La jeune femme promettait que le père de Paul allait contacter ses relations au gouvernement pour voir s'il était possible de leur procurer des visas d'entrée à tous les trois, Klára, András et Tamás.

András écrivit à Shalhevet, et sa réponse arriva quatre semaines plus tard. Elle s'engageait à parler à ses collègues du bureau de l'Immigration. Elle ne pouvait dire combien de temps la démarche prendrait, ni même si elle aboutirait, mais elle pensait avoir de solides arguments en faveur d'András et Tibor. Car ainsi qu'András le savait, la principale préoccupation du Bureau à l'heure actuelle était d'arracher les juifs aux territoires occupés par l'Allemagne. Néanmoins, les futurs médecins et architectes seraient fort précieux pour la communauté juive de Palestine. Elle pourrait peut-être même faire quelque chose pour son ami, le journaliste politique et recordman de Hongrie. Il était, lui aussi, le type même de jeune talent que le Bureau avait à cœur d'aider. Et si András et Tibor venaient, il fallait naturellement que leurs femmes et leurs enfants viennent avec eux. Quel dommage qu'ils n'aient pas émigré avant que la guerre éclate ! Ses amis de Paris manquaient terriblement à Rosen. András avait-il des nouvelles de Polaner ou de Ben Yakov ? Rosen avait multiplié les recherches, en vain.

Assis sur le rebord de la fontaine, dans la cour,

András lisait et relisait la lettre. Il n'avait plus de nouvelles de Polaner ni de Ben Yakov depuis son premier enrôlement au Munkaszolgálat. Si Ben Yakov était resté chez ses parents à Rouen, il se trouvait actuellement en zone occupée, sous le drapeau nazi. Quant à Polaner, qui s'était engagé avec une telle ardeur pour défendre son pays d'adoption, où l'avait-on envoyé après sa démobilisation ? Où pouvait-il être en ce moment ? À quelles épreuves, quelles humiliations avait-il dû faire face depuis la dernière fois qu'il l'avait vu ? Comment savoir ce qu'il était devenu ? Il laissa glisser sa main dans l'eau froide de la fontaine, libérée des glaces de l'hiver. Sous la surface, les poissons filaient, minces fantômes. À l'automne, on voyait encore des pièces de cinq et dix fillér briller au fond du bassin, contre la céramique bleue. Mais quelqu'un devait les avoir prises au moment du dégel. À présent, plus personne ne jetait de pièces dans la fontaine. Personne n'avait dix fillér à perdre pour faire un vœu.

La nuit, dans les baraquements de Subcarpatie, de Transylvanie et de Bánhida, il s'était forcé à envisager que Polaner puisse être mort, tombé sous les coups, sous les balles, emporté par une infection ou par la famine. Mais il avait refusé d'imaginer qu'il n'apprendrait jamais la vérité sur les circonstances de sa disparition, qu'il ne saurait jamais s'il fallait chercher, espérer ou prendre le deuil. Il était incapable de prendre le deuil par défaut. C'était contre sa nature. Seulement cela faisait vingt-trois mois qu'il était sans nouvelles de Polaner, cet Eli Polaner à la voix douce, terré quelque part, dans la fondrière explosive qu'était l'Europe. Il n'osait pas aller jusqu'au bout de sa pensée, où l'image de son frère l'attendait, forme blanche entraperçue à travers le voile du blizzard. Mátyás, toujours disparu. Aucune nouvelle de sa compagnie depuis novembre. Et on était en avril. En Russie, le froid opiniâtre commençait à céder du terrain. Bientôt, il serait possible d'enterrer les morts de l'hiver.

Il avait laissé Klára avec le bébé, et le reste du courrier en vrac sur son bureau. Il fallait qu'il remonte voir si elle avait besoin de lui. S'il restait là, sur le bord de cette fontaine, à réfléchir à toutes ces choses dont il ne pouvait rien savoir, ce serait pire. Il grimpa l'escalier, ouvrit la porte de l'appartement et tendit l'oreille pour entendre la voix du bébé. Mais une pellicule de silence s'était déposée sur les pièces. La bouilloire ne chantonnait pas sur le poêle, l'eau du bain était froide dans la baignoire du bébé, attendant qu'on lui ajoute de l'eau chaude. La serviette du petit était pliée sur la table de cuisine, à côté de son tricot et de sa culotte. Le bébé émit un son, un petit cri sur deux notes ; cela venait du séjour. En y entrant, il trouva Klára sur le divan, le bébé dans ses bras, une lettre décachetée sur le guéridon, devant elle. Elle leva les yeux vers lui.

– Qu'est-ce qu'il y a ? Qu'est-ce qui se passe ? s'enquit-il.

– Tu es rappelé. Tu es rappelé au STO.

Il détailla la lettre, petit rectangle de papier blanc à l'en-tête de la KMOF. Il devait se présenter au bureau du Munkaszolgálat de Budapest dans deux jours ; on l'affecterait à un nouveau bataillon et une nouvelle compagnie, et il recevrait sa feuille de route pour les six mois de service à accomplir.

– C'est impossible. Je ne peux pas te laisser avec le bébé.

– Mais que veux-tu qu'on y fasse ?

– J'ai toujours la carte du général Martón. Je vais aller le voir à son bureau. Il pourra peut-être nous aider.

Le bébé se tortilla dans les bras de sa mère et se remit à protester.

– Regarde-le, dit Klára. Il est dans la tenue où il est

venu au monde. J'ai complètement oublié son bain. Il doit mourir de froid.

Elle se leva et emporta le petit dans la cuisine en le serrant contre elle. Elle vida la bouilloire dans sa baignoire et remua l'eau avec sa main.

— J'irai demain matin, dit András. Je verrai bien ce qu'on peut faire.

— Oui, fit-elle en plongeant le bébé dans la baignoire. (Un bras glissé sous sa tête, elle savonna sa petite touffe de duvet brun, puis :) Et si le général ne peut rien faire, j'écrirai à mon avocat à Paris, peut-être est-il temps de vendre l'immeuble.

— Non, je ne veux pas que tu fasses ça.

— Et moi, je ne veux pas que tu repartes au STO.

Elle évitait son regard, mais sa voix était grave et résolue.

— Tu sais ce qui s'y passe, en ce moment. On envoie les hommes au front nettoyer les champs de mines et on les affame.

— J'y ai survécu deux ans, j'y survirai bien encore six mois.

— C'était différent, alors.

— Je ne te laisserai pas vendre cet immeuble.

— Je me fiche pas mal de cet immeuble ! s'écria-t-elle. Le bébé sursauta et la regarda.

— Je vais parler à Martón, promit-il.

— Et Shalhevet, qu'est-ce qu'elle dit, dans sa lettre ?

— Elle a des relations au bureau de l'Immigration. Elle va essayer de plaider notre cause et de nous faire obtenir des visas.

Le bébé donna un coup de pied qui éclaboussa les cheveux de Klára, et elle laissa échapper un rire triste.

— Peut-être que nous devrions prier, dit-elle en mettant la main sur ses yeux comme pour réciter le Shema Israël.

András voulait croire que quelqu'un observait les événements avec horreur et pitié, quelqu'un qui soit en mesure de changer le cours des choses s'il le décidait. Il voulait croire que les hommes n'étaient pas maîtres du jeu. Mais au milieu du sternum, une froide certitude lui disait le contraire. Il croyait en Dieu, oui, le Dieu de ses pères, mais ce Dieu-là, l'Unique, celui qu'il avait prié à Konyár, à Debrecen, à Paris et au STO, ce n'était pas celui qui intervenait dans les cas comme le leur. Il avait conçu le cosmos et en avait ouvert les portes toutes grandes à l'homme, et l'homme était venu y vivre. Mais Dieu ne pouvait pas davantage se mêler des affaires des hommes que l'architecte de celles des occupants d'un immeuble. Le monde leur appartenait désormais. Ils en useraient comme bon leur semblait, vivraient ou périraient de leur propre fait. Il toucha la main de Klára et elle ouvrit les yeux.

Le général Martón avait le bras long, mais pas assez pour l'exempter du STO. Il ne put même pas lui obtenir un report. Il lui épargna cependant d'être envoyé au front, et fit profiter de cette faveur Mendel Horovitz, qui venait d'être rappelé en même temps. András et Mendel furent affectés à la compagnie 79/6 du bataillon de Budapest. Elle intervenait sur un quai de charge si proche de la capitale que les hommes domiciliés en ville rentraient dormir chez eux au lieu de coucher dans les baraquements du chantier. Tous les matins, András se levait à quatre heures et buvait son café dans la cuisine obscure, à la lueur du poêle. Il mettait son sac sur l'épaule, prenait la gamelle que Klára lui avait préparée la veille au soir, et se glissait dehors dans le frisson de l'aube pour retrouver Mendel. À présent, au lieu de se présenter aux bureaux du *Journal magyar juif*, ils allaient jusqu'au fleuve, traversaient le pont Széchenyi, où des lions de pierre se prélassaient sur leurs piédestaux et des femmes roms, emmitouflées dans leurs pèlerines et leurs foulards noirs, dormaient avec leurs maigres enfants dans les bras. En cette heure bleue, une brume planait à la surface du Danube, née des courants mêlés du fleuve. Parfois, une péniche passait paresseusement, sa coque plate et basse fendant le brouillard, et ils apercevaient la femme du marinier devant un brasero, avec sa cafetière. Sur l'autre rive, ils prenaient le tram pour Óbuda, puis le bus qui les menait à Szentendre. Ce bus longeait le Danube, et ils aimaient bien s'asseoir côté fleuve pour regarder les bateaux glisser vers le sud. Souvent, ils faisaient le trajet en silence. Le sujet qui leur accaparait l'esprit ne s'abordait pas en public. András savait par une lettre de Shalhevet que le bureau de l'Immigration avait répondu favorablement à ses premières demandes et que la procédure allait plus vite que prévu. Il y avait lieu d'espérer qu'ils soient en possession de leurs papiers vers la Saint-Jean. Oui, et alors ? Pourraient-ils raisonnablement compter sur l'aide de Klein ? Combien coûterait le voyage ? Combien de visas Shalhevet pourrait-elle leur obtenir ? Le printemps était dans toute sa vigueur, et on n'avait toujours pas de nouvelles de Mátyás. Les dernières recherches de György étaient restées vaines. Il semblait impossible de songer à quitter la Hongrie tant que son frère demeurerait introuvable en Russie, mort peut-être, ou bien prisonnier des Soviets. D'un autre côté, maintenant que le printemps était là, il pourrait très bien apparaître du jour au lendemain. Il n'était pas absurde d'espérer que dans trois ou six mois, ils soient tous en train d'émigrer ensemble. D'ici un an, András et ses frères seraient peut-être en route pour travailler dans une orangeraie de Palestine, peut-être dans l'un des kibboutz que Rosen lui avait décrits, Degania ou Ein Harod. À moins qu'ils ne se battent pour les Anglais – Mendel avait entendu dire qu'un bataillon de soldats avait été formé avec des membres du Yishuv, la communauté juive de Palestine.

Quand le bus arrivait à Szentendre, ils descendaient avec les autres travailleurs, montés à Óbuda, Rómaifürdő ou Csillaghegy, et ils parcouraient à pied les quelque huit cents mètres qui les séparaient du quai de chargement. Les premiers camions se présentaient à sept heures. Les chauffeurs déroulaient les bâches pour découvrir des cubes de couvertures empaquetées, bien ficelées, des cagettes de patates, des rouleaux de toile militaire, des caisses de munitions, ou toute autre denrée qu'on acheminait vers le front ce jour-là. András, Mendel et leurs camarades transportaient ces depuis les camions jusque dans les wagons de marchandises qui les attendaient sur les rails, leurs portes béantes dans le jour naissant. Quand ils avaient fini de charger un wagon, ils passaient au suivant, et ainsi de suite. Pourtant l'opération était moins simple qu'il n'y paraissait. Une fois remplis, les wagons n'étaient pas scellés. On les poussait ouverts jusqu'à un hangar, où ils étaient inspectés. C'est du moins ce que le contremaître avait dit à András et Mendel en les mettant au travail. Une fois chargés, les wagons étaient inspectés par un corps de soldats spécialement formés. S'il manquait quelque chose, les travailleurs seraient tenus pour responsables et punis. C'était donc seulement lorsque l'inventaire était achevé que les wagons pouvaient être scellés et envoyés au front.

Les inspecteurs se déplaçaient en camions bâchés. Des soldats les conduisaient directement dans le hangar, où ils se garaient le long du train. Par les portes rectangulaires, András les voyait aller et venir prestement des camions au train. Les inspecteurs ne se donnaient pas la peine de cacher leurs agissements. Ils supervisaient l'opération avec une assurance de gradés. Pardessus, couvertures, patates, fayots en conserve, fusils, rien n'était exonéré de leur dîme quotidienne au cours de l'« inspection ». Quand les soldats avaient achevé leurs prélèvements sur un wagon, les inspecteurs le scellaient et le train avançait pour que les soldats passent au wagon suivant. Ils devaient faire vite s'ils voulaient que le train soit à l'heure, car les horaires fixés ne tenaient pas compte du siphonnage. Une fois que les soldats avaient visité tous les wagons, les inspecteurs déclaraient la cargaison complète et signaient les papiers, puis on envoyait le train au front. Les camions bâchés reprenaient la route, les denrées siphonnées partaient alimenter le marché noir, dont les inspecteurs se partageaient les profits. C'était un négoce propre et rentable. Dans le hangar, ils fumaient des cigares hors de prix et comparaient leurs montres de gousset en or, tout en jouant des piles de pengő aux cartes. Il faut croire que les gardes avaient leur part des bénéfices, car au lieu de faire la queue à la tente du mess, ils buvaient de la bière et grillaient des chapelets de saucisses de Debrecen, puis fumaient des cigarettes Mirjam et payaient des travailleurs du STO pour cirer leurs bottes toutes neuves.

András savait ce que cet écrémage coûterait aux soldats et aux travailleurs du front. Il n'y aurait pas assez de couvertures pour tout le monde, pas assez de patates dans la soupe. Celui dont les chaussures partiraient en lambeaux n'en recevrait peut-être pas de neuves. Les travailleurs seraient les plus durement touchés. Ils seraient contraints de signer des reconnaissances de dettes s'élevant jusqu'à des centaines de pengő pour s'acheter des articles de première nécessité. Plus tard, quand les gardes et les officiers rentreraient chez eux en permission, ils présenteraient la note aux familles des travailleurs, en les menaçant de tuer ces derniers si leur femme ou leur mère n'arrivait pas à rembourser. Mais à Szentendre, les travailleurs semblaient trouver que ces pratiques allaient de soi. Qu'auraient-ils pu faire pour y mettre le holà ? Jour après jour, ils chargeaient les trains, et les soldats les déchargeaient.

Comme pour leur rappeler leur impuissance, tous les travailleurs juifs devaient désormais porter un brassard distinctif d'un horrible jaune canari. Klára avait dû en coudre sur les vêtements d'András avant qu'il prenne son service. Même les juifs convertis de longue date au christianisme devaient porter un brassard, blanc celui-là. Le brassard était obligatoire en toute circonstance. Lorsqu'une canicule précoce s'abattit sur le quai, que le soleil étincela sur les cailloux comme sur une myriade de miroirs, et que les travailleurs se mirent torse nu, on les obligea tout de même à porter leur brassard à même la peau. La première fois qu'András avait été rappelé à l'ordre, il avait regardé le garde d'un air incrédule.

– C'est pas parce que tu retires ta chemise que tu es moins juif, lui avait dit l'homme, et il avait attendu qu'András mette son brassard avant de s'éloigner.

Le commandant de Szentendre se nommait Varsádi. C'était un grand type bedonnant, originaire des plaines, d'un caractère égal et bon vivant. Ses vices étaient véniels : sa pipe, sa flasque, ses sucreries. Il fumait sans arrêt, il avait le vin gai. Les questions de discipline, il les laissait à ses hommes, moins cléments, moins facilement distraits par une boîte de bon tabac égyptien ou un scotch fumé. Il aimait à s'installer à l'ombre des bâtiments administratifs, sur une petite colline artificielle qui dominait le fleuve, pour regarder les allées et venues sur le quai, tout en recevant les commandants d'autres compagnies ou en se régalant des denrées soustraites aux wagons. András s'estimait heureux qu'il ne soit pas un Barna, ou même un Kálozi, mais le voir assis, talons posés sur une cagette de bois, bras béatement croisés sur la poitrine, des volutes de fumée sortant de sa pipe, lui était tout de même un vrai supplice.

À la fin de leur première semaine, András et Mendel s'étaient mis à parler du journal qu'ils pourraient publier à Szentendre. Ils l'appelleraient *Rail canaille*.

– Dernier cri à Szentendre, avait improvisé Mendel, un matin, sur le trajet, en désignant son brassard à András. Très en vogue, le jaune fait fureur au printemps.

András éclata de rire et Mendel sortit son petit carnet et écrivit.

– « C'est avec beaucoup d'audace que les papes de la mode à la 79/6 viennent de plébisciter le bouton-d'or, lut-il quelques minutes plus tard. À vos accessoires, messieurs ! Les *au courant** arborent un ruban de dix centimètres de large autour du biceps, dans un twill égyptien qui passe absolument partout. La semaine prochaine, notre correspondant mène son enquête sur le nudisme qui se répand chez les soldats du front de l'Est. »

– Pas mal, admit András.

– Le quai est une cible rêvée, je m'étonne qu'ils n'aient pas déjà créé un journal.

– Pas moi, les hommes ont l'air de dormir debout.

– Il n'y a pas de doute. Tous les jours ils voient ces paltoquets de l'armée voler le pain aux hommes du front, et ils trouvent ça normal.

– Ils trouvent ça normal parce que ce n'est pas eux qui crèvent de faim.

– Eh bien, on va les réveiller, dit Mendel. On va les mettre en colère. On va commencer par les faire rire classiquement et puis, peu à peu, on glissera un article ou deux sur ce qu'est la réalité dans un vrai camp. Surtout quand on n'a pas de manteau, ou pas assez à manger. Peut-être que ça leur donnera envie de ralentir un peu les opérations. Si on traîne les pieds en chargeant les wagons, les soldats auront moins de temps pour décharger. Il faut quand même que les trains partent à l'heure, tu comprends.

– Mais comment faire ça sans risquer notre peau ?

– Il ne faut peut-être pas cacher la publication à Varsádi et ses gardes. Bien enrobée dans le sucre, la pilule passera toute seule. On va chanter les louanges de Szentendre, comparé aux enfers qu'on a connus, et les deux parties entendront ce qu'on veut qu'elles entendent.

András accepta, et c'est ainsi que tout débuta. *Rail canaille* serait une publication plus élaborée que les deux précédentes ; le fait d'habiter Budapest permettait aux deux amis d'avoir accès à une machine à écrire, une table à dessin, tout un ensemble de fournitures. Les navettes entre la ville et Szentendre leur servaient de réunions éditoriales quotidiennes. Ils démarreraient en douceur, les premiers numéros ne contiendraient que des blagues. Il y aurait les nouvelles-canulars, les rubriques des sports, de la mode et de la météo. Il y aurait un cahier des arts, avec des critiques des manifestations. *Cette semaine, le ballet de Szentendre fait ses débuts avec* Wagon de marchandises, *écrivit Mendel dans le premier numéro. Une brillante création pour le corps de ballet, sur une chorégraphie de Varsádi Varsádius, l'enfant terrible de la danse. Le caractère quelque peu répétitif des attitudes est contrebalancé par l'intéressante diversité des danseurs quant à l'âge et au physique.* Viendrait ensuite une nouvelle rubrique intitulée « Hitler vous répond ». Le deuxième lundi à Szentendre, Mendel présenta un texte dactylographié à András.

CHER HITLER : Peux-tu m'expliquer ton plan pour l'avancée des troupes à l'Est ? Affectueuses pensées, SOLDAT. CHER SOLDAT : C'est une bonne question et je te remercie de me l'avoir posée. Mon plan est de monter un hachoir à viande autour de Leningrad, de le bourrer de jeunes recrues et de tourner la manivelle à toute blinde. Pensées doublement affectueuses, **HITLER.**

CHER HITLER : Comment te proposes-tu de combattre la flotte anglaise en Méditerranée ? Bien à toi, POPEYE.
CHER POPEYE : Tout d'abord laisse-moi te dire que je suis un de tes grands admirateurs ! Je te pardonne d'être américain, et j'espère que tu viendras nous voir au Reich quand cette affaire déplaisante sera terminée. Ensuite, voici mon plan : renvoyer tous mes amiraux jusqu'à ce que j'en trouve un qui veuille bien recevoir ses ordres d'un Führer qui n'a jamais pris la mer. Ton fan, HITLER.

CHER HITLER : Quelle est votre position sur la Hongrie ? Bien à vous, M. HORTHY.
CHER HORTHY : Celle du missionnaire, mais je ne déteste pas la prendre en levrette de temps en temps, histoire de varier les plaisirs. Amitiés, HITLER.

— On devrait peut-être aller parler à Frigyes Eppler, dit András après avoir lu le texte. Peut-être qu'il nous permettrait d'imprimer notre feuille sur la presse du journal. Ça me chiffonne de sortir un travail de cette qualité au stencil.

— Tu me flattes, Parisi. Mais tu crois qu'il va marcher ?

— On n'a qu'à lui demander. Je serais bien étonné qu'il nous refuse un peu d'encre et de papier.

— Fais tes illustrations, ça ne pourra qu'aider notre cause.

András s'exécuta et passa la nuit à sa table à dessin. Il composa un en-tête élaboré pour le journal, deux wagons de marchandises vides qui encadraient le titre en gothique. La rubrique de la mode s'agrémentait du dessin d'un jeune dandy en grand uniforme du Munkaszolgálat, rehaussé d'un brassard qui jetait des éclairs ; la critique chorégraphique était illustrée par une rangée de travailleurs, gros et maigres, jeunes et vieux, qui s'époumonaient à soulever bien haut des caisses de munitions. À la rubrique Hitler, András avait privilégié sobriété et austérité, il avait exécuté un portrait au crayon du Führer d'après un dessin trouvé dans une vieille édition du *Pesti Napló*. À deux heures du matin, Klára se réveilla pour donner le sein à Tamás, qui ne faisait pas encore ses nuits. Après l'avoir recouché, elle entra dans le séjour et s'approcha d'András par-derrière, pressant sa poitrine contre le dos de son mari.

— Qu'est-ce que tu fais, debout à cette heure-ci ? Tu ne viens pas te coucher ?

— J'ai presque fini, j'arrive.

Elle se pencha sur la table à dessin pour regarder ce qu'il avait fixé sur son plan incliné.

— *Rail canaille*. Qu'est-ce que c'est que ça ? Un nouveau journal ?

— Le meilleur qu'on ait publié jusqu'ici.

— Tu plaisantes, András ! Rappelle-toi comment ça s'est terminé en Transylvanie.

— Je n'ai pas oublié. Mais nous ne sommes pas en Transylvanie, Varsádi n'est pas Kálozi.

— Varsádi, Kálozi, c'est du pareil au même. Ces hommes tiennent ta vie entre leurs mains. Il ne te suffit pas d'avoir été de nouveau réquisitionné ? « Hitler vous répond » ?

— La situation n'est pas la même à Szentendre. Le commandement du camp n'est guère digne de ce nom. On n'aura même pas besoin de publier clandestinement.

— Comment ça, pas besoin de publier clandestinement ? Tu vas proposer à Varsádi de s'abonner, peut-être ?

— Dès qu'on aura sorti le premier numéro.

Elle secoua la tête.

— Il ne faut pas faire ça, c'est trop dangereux.

— Je connais les risques. Encore mieux que toi, peut-être. Ce canard, Klára, ça ne sera pas une pure amusette.

On veut faire réfléchir les hommes sur ce qui se passe au camp. Tous les jours, on vole nos frères du front, et pour ce qui me concerne, il s'agit de mes vrais frères.

– Et qu'est-ce qui te fait penser que Varsádi se montrera indulgent ?

– C'est un sybarite, et un vieil idiot. Le journal va faire l'éloge de la façon dont il dirige les opérations, il ne verra pas plus loin. Sa seule allégeance, c'est celle qu'il prête à ses plaisirs. Je serais fort étonné qu'il ait des convictions politiques.

– Et si tu te trompes ?

– On arrêtera la publication.

Il se leva et la prit dans ses bras, mais elle restait bien droite, les yeux dans les siens.

– Je ne supporte pas l'idée qu'il t'arrive quelque chose.

– J'ai femme et enfant, répondit-il en suivant de la paume la crête de sa colonne vertébrale. S'il y a le moindre danger, j'arrête immédiatement.

C'est alors que Tamás se remit à pleurer. Klára se détacha pour aller le calmer. András veilla toute la nuit pour achever son travail. Klára finirait par comprendre ses raisons, dont celles qu'il n'avait pas énoncées à haute voix, ses mobiles plus personnels – le besoin de croire que, si peu que ce soit, il maîtrisait son destin au lieu de le subir.

Ce soir-là, qui était un samedi, il savait qu'Eppler serait au journal, en train de batailler pour boucler l'édition du dimanche. Après dîner, Mendel et lui, leurs pages sous le bras, se rendirent à son bureau lui adresser leur requête : leur permettrait-il de typographier et d'imprimer cent exemplaires de leur journal par semaine, sachant qu'ils viendraient après les heures ouvrables et se serviraient de la vieille presse manuelle que le *journal* réservait aux urgences ?

– Vous voulez que je vous fasse cadeau de l'encre et du papier ? demanda Eppler.

– Voyez-y la contribution du *Journal magyar juif* au bien-être des travailleurs du STO, lui représenta Mendel.

– Et mon bien-être à moi, alors ? Mon rédacteur en chef passe son temps à maugréer sur l'état de nos finances. Qu'est-ce qu'il va dire quand les fournitures vont commencer à disparaître ?

– Dites-lui que vous souffrez de la pénurie.

– C'est déjà le cas !

– Faites-le pour Parisi, dit Mendel. Le stencil floute ses dessins, un désastre !

Eppler considéra les illustrations d'András derrière ses minces lunettes à monture de corne.

– Pas mal, votre Hitler. J'aurais dû mieux vous utiliser quand vous travailliez pour moi.

– Vous m'utiliserez mieux quand je reviendrai travailler pour vous, dit András.

– Si vous nous laissez imprimer *Rail canaille*, Parisi jurera de revenir travailler ici quand il en aura fini avec le Munkaszolgálat.

– J'espère bien qu'il retournera étudier, quand il en aura fini avec le Munkaszolgálat.

– Il faudra tout de même que je travaille pour payer mes études, fit observer András.

Eppler respira en toussotant, sortit un grand mouchoir de sa poche et s'épongea le front ; puis, jetant un coup d'œil sur la pendule, il annonça :

– Il faut que je me remette au travail. Je vous accorde cinquante exemplaires de votre torchon, pas un de plus. Vous viendrez le lundi soir. Et ne vous faites pas prendre.

– Nous vous baisons la main, Eppler-úr, déclara Mendel. Vous êtes un brave homme.

– Je suis un homme amer et désillusionné, répondit Eppler. Mais j'aime à penser que l'une de nos presses va imprimer un mot de vérité sur la situation présente.

Lorsque András et Mendel présentèrent le premier numéro de *Rail canaille* à Varsádi, celui-ci exprima sa satisfaction en riant si fort qu'il dut tirer son mouchoir de sa poche pour s'essuyer les yeux. Il les félicita d'être capables de rire de leur situation et convint que les autres hommes gagneraient à voir les choses sous cet angle. Une attitude positive allège tous les fardeaux, leur dit-il en pointant le bout rouge de son cigare vers eux pour souligner son propos. Ce soir-là, András annonça à Klára que *Rail canaille* avait reçu l'imprimatur de leur commandant. Klára lui donna sa bénédiction à contrecœur. Le lendemain, Mendel et lui distribuaient les cinquante exemplaires du premier numéro, qui circulèrent promptement et furent lus avec la même délectation que les premiers numéros de *L'Oie des neiges* ou de *La mouche qui pique*. Bientôt, Varsádi en faisait la lecture aux officiers de passage à Szentendre, et les deux amis les entendaient rire sur la colline où ils prenaient leurs interminables déjeuners.

Tous les hommes de Szentendre voulaient figurer dans le journal, y compris les contremaîtres et les gardes, infiniment moins débonnaires que leur chef au départ. Ainsi, Faragó, le contremaître de leur escouade, homme aux humeurs volatiles, qui aimait siffler des airs de comédies musicales américaines, mais donnait des coups de pied en traître à ses hommes pour passer ses nerfs, se mit à gratifier les deux amis de clins d'œil de connivence pendant le travail. Pour lui complaire et éviter ses coups de pied, ils écrivirent un texte intitulé « Chants d'oiseaux à Szentendre », critique musicale où ils admiraient sa faculté de reproduire n'importe quel air de Broadway jusqu'à la trente-deuxième note. Leur troisième semaine au camp devait leur fournir un autre sujet fortuit : le quai de chargement reçut une vaste et mystérieuse cargaison de sous-vêtements féminins, et les hommes en avaient déjà chargé la moitié dans les wagons quand ils se demandèrent ce que les soldats du front allaient pouvoir faire de cent quarante grosses de soutiens-gorge renforcés de fabrication allemande. Les inspecteurs, fous de joie à l'idée de fournir le marché noir, très demandeur de ce genre d'articles, réquisitionnèrent trois escouades de travailleurs pour les transférer des wagons aux camions ; à midi, la pause-déjeuner se transforma en un défilé des dessous dernier cri du Reich. Les travailleurs comme les gardes paradèrent en soutien-gorge à baleines devant András pour se faire tirer le portrait. Et même si le reste de l'après-midi fut consacré à des besognes plus rudes – une demi-douzaine de camions bourrés de petites munitions arrivèrent, qu'il fallut charger dans les wagons –, András ne sentit guère les muscles de son dos tirer, ni les échardes des caisses de bois dans ses mains. Il mijotait une série de dessins de mode : « Le chic de Berlin fait une apparition à Budapest ! » et calculait combien de temps il leur faudrait pour opérer leur changement de cap stratégique. Le hasard voulut que l'arrivage de la semaine suivante leur fournisse un support idéal. Pendant trois jours, en effet, les camions ne livrèrent que des fournitures médicales, comme pour étancher les flots de sang répandus à l'Est. Pendant que les soldats entassaient les caisses de morphine et de fil de suture dans les camions du marché noir, András pensait aux lettres envoyées par Tibor, lors de sa dernière affectation – *Pas d'attelles, pas de plâtre, pas de médicaments, tu t'en doutes* –, et une nouvelle rubrique se déroula dans sa tête : « Le front de toutes les doléances ». Ce serait une série de lettres de conscrits à divers stades de la maladie, de la famine ou de l'hypothermie, auxquelles un représentant de la KMOF répondrait par des admonestations à réagir et à accepter les épreuves de la guerre. Mais pour qui elles se prenaient, ces tarlouzes, à pleurnicher comme ça ? Il fallait se conduire en hommes, que diable ! Et considérer que ces souffrances servaient la cause magyare. András soumit son idée le soir même à Mendel, sur le trajet du retour, et ils montèrent les lettres, la semaine suivante, en dernière page.

À la fin du mois, un changement imperceptible se produisit dans les rangs de la compagnie 79/6. Des hommes semblaient considérer d'un autre œil ce qui se produisait quotidiennement sous le hangar de l'inspection. Ils se regroupaient pour observer les soldats qui s'activaient à décharger les caisses de nourriture et de vêtements marquées du sigle KMOF. Ils suivaient le trajet des denrées depuis le train jusqu'aux camions bâchés, ils regardaient les camions franchir les portes du camp. András et Mendel, qui avaient acquis un certain statut grâce à leurs rôles d'éditeurs de *Rail canaille*, se mirent à les aborder, et à parler avec les uns ou les autres. Ils leur firent remarquer à mi-voix que les soldats disposaient de peu de temps pour leurs manipulations. Il suffirait de quelques ajustements parmi les travailleurs pour retarder le siphonnage et sauver ainsi quelques pansements, quelques caisses de manteaux, pour les hommes du front.

La semaine suivante, la 79/6 chargea les wagons en traînant les pieds, mais on n'y vit que du feu : le changement s'était produit si lentement et si discrètement que les contremaîtres n'y repérèrent pas une tendance générale. András et Mendel, eux, y furent sensibles, témoins muets et triomphants, et comparèrent leurs impressions au fil de conciliabules dans le bus. Tout portait à croire que l'évolution qu'ils souhaitaient était à l'œuvre. Leurs conversations avec les autres hommes le confirmaient. Certes, ils n'avaient aucun moyen de savoir si cela aurait une incidence sur la situation des hommes du front, mais enfin, c'était déjà quelque chose, ce geste de protestation, si minuscule fût-il, ce grain de sable dans l'immense machine du Munkaszolgálat. La semaine suivante, quand ils allèrent en parler à Eppler au journal, il leur administra de grandes claques dans le dos, sortit la bouteille de rye qu'il gardait dans son bureau pour leur en offrir, et s'attribua tout le mérite de l'entreprise.

Le dimanche, lorsque András n'allait pas à Szentendre, Klára et lui déjeunaient à la maison de Benczúr utca, aujourd'hui dépouillée de son mobilier, à l'exception du strict nécessaire. Dans le jardin, à la longue table habillée de lin blanc, András avait le sentiment de changer de vie du tout au tout. Il ne comprenait pas comment il pouvait passer le samedi à charger des sacs de farine et des caisses d'armes dans des wagons de marchandises, et le dimanche à boire un délicieux tokay en dégustant des filets de sandre du lac Balaton à la sauce citron. József Hász paraissait parfois à ces déjeuners de famille, souvent accompagné de sa dulcinée, longue fille dégingandée d'un magnat de l'immobilier. Elle s'appelait Zsófia ; ils étaient amis d'enfance, ayant joué tous deux sur les bords du lac Balaton où leurs parents possédaient des résidences secondaires voisines. Ils allaient s'asseoir côte à côte sur un banc, dans un coin du jardin, pour se parler, penchés l'un vers l'autre, en fumant de longues cigarettes brunes. György Hász détestait qu'on fume. Il aurait envoyé József fumer dans la rue si la jeune femme n'avait pas été là. En la circonstance, il affectait de ne pas les voir avec leurs cigarettes. Ce n'était qu'un des nombreux sujets susceptibles de compliquer leurs après-midi. Il y en avait tant qu'on finissait par en perdre le compte. On faisait comme si on ne savait pas qu'András avait passé la semaine à charger des wagons de marchandises, tandis que József peignait dans son atelier à Buda ; on faisait comme si le long exil de Klára en France n'avait jamais eu lieu, comme si elle était en sécurité aujourd'hui et que la disparition progressive mais régulière des tableaux, des tapis, des bibelots, des bijoux d'Elza Hász, des domestiques qui n'étaient pas strictement indispensables, de la voiture et du chauffeur, du piano et de son tabouret doré, des précieux livres anciens et du mobilier marqueté n'avait pas pour but de protéger Klára des autorités, mais József du Munkaszolgálat.

Le fait que ce dernier considérât valoir les sacrifices de sa famille donnait la mesure de son égoïsme. Il n'avait, pour sa part, nullement réduit son train de vie. Dans son grand appartement lumineux, à Buda, il s'était entouré d'objets glanés dans la maison familiale – tapis anciens, meubles, vases et verres en cristal – avant que sa longue asphyxie n'ait commencé. András avait vu cet appartement quelques mois plus tôt, à la naissance du bébé, un soir qu'ils y avaient été reçus. József leur avait servi un dîner commandé chez Gundel, le vieux restaurant si fameux du parc ; il avait pris le bébé sur ses genoux pendant qu'András et Klára mangeaient de la poule faisane rôtie, de la salade d'asperges blanches et des galettes de champignons. Il avait admiré la forme de la tête de son petit cousin et celle de ses mains, et déclaré qu'il était tout le portrait de sa mère. Vis-à-vis d'András, il adoptait une attitude dégagée à la limite de la désinvolture, bien qu'il n'ait pas tout à fait oublié sa rancune première, lorsqu'il avait découvert ses relations avec Klára. József avait coutume de dissimuler sous l'humour ce qui le mettait socialement mal à l'aise. Il ne l'appelait jamais autrement qu'oncle András. Après dîner, il les avait entraînés dans la pièce qui donnait au nord et dont il avait fait son atelier. De grandes toiles étaient adossées au mur. Quatre de ses œuvres précédentes venaient d'être vendues, dit-il. Grâce à une relation familiale, il avait commencé à travailler avec Móric Papp, le marchand d'art de Váci utca, qui fournissait l'élite hongroise en art contemporain. András nota avec dépit que le travail de József avait fait de grands progrès depuis ses années parisiennes. Ses vastes collages, réseaux de couleurs sombres jetées contre des fonds de gravier noir, des lambeaux de vieux panneaux indicateurs et des morceaux de traverses, étaient plutôt bons, et pouvaient même traduire le trouble et la terreur dans lesquels l'Europe venait de plonger. Lorsque András lui en fit compliment, József prit la chose comme un dû. András avait été obligé de se faire violence pour demeurer courtois durant le reste de la soirée.

Le dimanche après-midi, quand József et sa Zsófia se joignaient à eux, il était surtout question de l'ennui d'être à Budapest au moment des chaleurs, des avantages qu'il y aurait à se trouver au lac Balaton, et de ce qu'ils y auraient fait en ce moment même. Zsófia et lui se mettaient à évoquer des souvenirs d'enfance, le jour où le frère de la jeune fille les avait entraînés loin sur le lac dans une barque qui faisait eau, celui où ils s'étaient rendus malades en mangeant des melons pas mûrs, celui où József avait tenté de monter le poney de Zsófia, qui l'avait jeté dans un roncier – et Zsófia riait, Mme Hász mère souriait en hochant la tête, car elle se rappelait toutes ces anecdotes ; quant à György et sa femme, ils échangeaient un regard parce que c'était la vente de leur résidence estivale qui avait épargné à József de partir au STO.

Un dimanche, début juin, ils trouvèrent la place de József vide. La perspective de passer un après-midi sans lui soulagea András. Tibor et Ilana étaient arrivés un peu plus tôt, et Ilana jouait dans l'herbe avec le petit Ádám, Tibor assis à côté d'eux sur une chaise longue en osier, redressant le bord du chapeau de soleil de sa femme. András se laissa tomber sur un siège près de son frère. C'était une chaude journée sans nuages, qui succédait à bien d'autres ; l'herbe tendre, faute de pluie, penchait la tête. À Szentendre, la semaine avait été particulièrement harassante, et la seule chose qui lui avait permis de tenir, c'était de savoir que le dimanche il serait dans ce jardin ombragé, à boire de l'eau gazeuse à la framboise. Klára était assise dans l'herbe avec Ilana, elle tenait Tamás sur ses genoux. Les bébés se regardaient comme à l'accoutumée, apparemment stupéfaits qu'il puisse exister un autre exemplaire de bébé au monde. Elza Hász sortit de la maison avec une bouteille d'eau de Seltz, un minuscule pichet de sirop, rouge rubis, et une demi-douzaine de verres. András soupira et ferma les yeux, attendant qu'un verre de soda à la framboise se pose par enchantement sur la table basse, devant lui.

– Où est votre fils, aujourd'hui ? demanda Tibor à Elza Hász.

– Dans le bureau, avec son père.

András perçut une tension dans sa voix, et il émergea de sa torpeur pour la regarder attentivement offrir les verres de soda. Au cours des cinq dernières années, elle avait vieilli. À ses cheveux bruns, toujours coiffés court comme la mode l'exigeait, se mêlaient désormais des fils d'argent ; les ridules, au coin de ses yeux, s'étaient creusées. Elle avait maigri depuis la dernière fois qu'il l'avait vue, était-ce le souci ou les privations, il n'en savait rien. Il se demanda non sans inquiétude de quoi József et son père pouvaient bien être en train de parler, dans le bureau. Il entendait leurs voix par les fenêtres ouvertes – celle de György, basse et grave, celle de József rendue aiguë par l'indignation. Quelques minutes plus tard, celui-ci faisait irruption par les portes à double battant et traversait à grandes enjambées les dalles de terre cuite du patio, puis la pelouse, pour se diriger vers sa mère, assise sur une chaise basse. Parvenu à sa hauteur, il lui jeta un œil si furieux qu'elle se leva aussitôt.

– Dis-moi que tu n'as pas donné ton accord !

– Ce n'est ni le moment ni le lieu d'en parler, dit-elle en lui posant la main sur le bras.

– Et pourquoi, puisque nous sommes tous là ?

Elza lança un regard affolé à son mari, qui venait de sortir dans le patio à son tour, et arrivait d'un pas vif.

– György ! s'écria-t-elle. Dis-lui qu'il n'a pas à parler de ça.

– Tu es prié de tenir ta langue, József, confirma son père en les rejoignant.

– Je ne te laisserai pas vendre cette maison, c'est ma maison ! Elle fait partie de mon patrimoine, j'ai bien l'intention de m'y installer avec ma femme un jour.

– Vendre la maison ? demanda Klára. De quoi parles-tu ?

– Dis-lui, père.

György fixait son fils d'un air sévère et calme.

– Rentre, ordonna-t-il.

– Non !

C'était Mme Hász mère qui venait de parler, ses mains fermement posées sur les bras de son fauteuil.

– Klára a le droit de savoir ce qui se passe, il est grand temps que nous le lui disions.

Les yeux de Klára glissèrent de József à sa mère et à son frère, elle essayait de comprendre.

– La maison t'appartient, György, si tu envisages de la vendre, je suis sûre que tu as une bonne raison. Mais c'est vrai ? Tu vas la vendre ?

– Il ne faut pas que tu t'inquiètes, Klára. Rien n'est encore sûr. Nous pouvons en discuter après déjeuner, si tu veux.

– Non, reprit leur mère. Il faut le faire tout de suite. Klára a voix au chapitre.

– Mais il n'y a plus de décision à prendre, intervint Elza. Nous n'avons pas le choix, il n'y a rien à discuter.

– C'est la faute de Lévi, dit József en se tournant

vers András. Sans lui, ça ne serait pas arrivé. C'est lui qui a convaincu Klára de revenir en Hongrie.

András croisa le regard interrogateur de Klára, et celui de József, courroucé ; son cœur galopait dans sa poitrine. Il se leva et se mesura à József.

— Écoute ton père, ravale tes paroles.

La bouche de József se tordit de rage.

— Tu n'as pas à me dire ce que j'ai à faire, mon oncle.

Tibor s'était rapproché de son frère ; il fixa József.

— Ne lui parle pas sur ce ton.

— Pourquoi je ne l'appellerais pas mon oncle ? C'est bien mon oncle, puisqu'il a épousé ma tante.

Il cracha aux pieds d'András.

Si Klára n'avait pas pris son mari par le bras en cet instant, il aurait peut-être frappé József. Il se balançait sur ses talons, poings serrés. Il détestait József Hász. Il ne s'en était jamais rendu compte jusque-là. Il détestait tout ce qu'il était, tout ce qu'il représentait. Il sentait le fragile édifice de sa vie perdre son centre, se mettre à glisser, tel un château de cartes. C'était l'œuvre de József. Il aurait voulu lui arracher les cheveux, déchirer la chemise de coton fin qu'il avait sur le dos.

— Asseyez-vous, tous les deux, dit Mme Hász mère. Il fait trop chaud, vous êtes surexcités.

— Comment, surexcités ? s'écria József. C'est ma maison de famille qu'on va perdre, rien que ça ! Mère a raison. Il n'y a pas de décision à prendre. Tout est fini, et personne ne m'a consulté. Vous m'avez maintenu dans l'ignorance. Pis encore, vous m'avez fait croire que c'était pour moi qu'il fallait nous séparer des meubles, des tableaux, de la voiture, et de Dieu sait quelles sommes d'argent, mais c'étaient ses erreurs à elle qu'on payait, et celles de son mari !

— Qu'est-ce que tu racontes ? l'interrompit Klára. Pourquoi est-ce que ça nous concernerait, mon mari et moi ?

– Parce que c'est lui qui t'a fait venir ici, et que c'est toi qui es revenue. Les pouvoirs publics le savent depuis presque trois ans. Tu croyais pouvoir te cacher indéfiniment derrière ton nom français, ou ton nom d'épouse ? Tu ne le savais pas, que tu mettais la famille en danger ?

– Tu peux m'expliquer, György ? demanda Klára en se tournant vers son frère.

Le bébé sur la hanche, elle s'était rapprochée d'András.

Impossible d'éviter les révélations à présent. Aussi brièvement et clairement qu'il le put, György résuma la situation : Mme Novak avait révélé l'identité de Klára à la police ; il avait été contacté ; il avait mis au point une solution, espérant que les autorités arrivent à satiété ou finissent par se lasser de toute cette affaire. Mais il était bel et bien dans l'obligation de vendre la maison car la police n'avait pas lâché prise, et voilà pourquoi la famille se trouvait dans cette mauvaise passe.

Klára pâlissait à mesure que son frère parlait. Elle porta sa main à sa bouche. Son regard allait de son frère à son mari.

– András, tu es au courant depuis quand ? s'enquit-elle quand son frère eut fini.

– Depuis l'automne, répondit-il en se forçant à la regarder.

Elle fit un pas en arrière et s'assit sur une des chaises longues en osier.

– Oh, mon Dieu, s'exclama-t-elle. Tu le savais et tu ne m'as rien dit, depuis le temps !

– András voulait t'en parler, intervint György. Je lui ai fait promettre de n'en rien faire. Je pensais qu'il ne serait pas sage de t'inquiéter, dans ton état.

– Et toi, tu as accepté ? dit-elle à András. Tu as pensé qu'il ne serait pas sage de m'inquiéter, dans mon état ?

– Nous en avons discuté, poursuivit György. Il pensait

que tu préférerais savoir. Mère aussi pensait qu'il fallait te le dire. Mais Elza et moi, nous n'étions pas d'accord.

Klára pleurait d'exaspération, maintenant. Elle se leva et se mit à arpenter la pelouse, le bébé dans les bras.

– C'est une catastrophe. J'aurais peut-être pu faire quelque chose. On aurait peut-être pu trouver une solution. Mais on ne m'en a pas dit un mot, pas un mot. Personne ! Ni mon mari ni ma propre mère !

Elle rentra dans la maison, András à ses trousses. Avant qu'il ait pu la rattraper, elle avait pris sa veste en coton au passage et franchi la lourde porte d'entrée, Tamás dans les bras. András ouvrit la porte et la suivit sur le trottoir. Elle remonta Benczúr utca en direction de Bajza utca ; elle courait presque, sa veste jaune melon flottait derrière elle comme un drapeau. La chevelure brune du bébé brillait au soleil de l'après-midi, et sa petite main posée sur le dos de sa mère avait exactement la forme et la taille de la broche en étoile de mer qu'elle portait dans le midi de la France. András la poursuivait comme il l'avait poursuivie alors. Il l'aurait poursuivie sur tout le continent s'il l'avait fallu. Mais au carrefour de Bajza utca et du Városliget, la circulation l'arrêta, et elle resta à regarder les voitures en affectant de ne pas le voir. Il la rattrapa et ramassa sa veste, qui avait glissé de ses épaules et dont une manche traînait par terre. En la lui remettant, il sentit qu'elle tremblait de colère.

– Essaie de comprendre, lui dit-il. György avait raison. Tu te serais mise en danger, et le bébé avec.

Le feu passa au rouge, et elle traversa en direction de Nefelejcs utca, toujours au pas de charge. Il la suivait de près.

– J'avais peur que tu essaies de quitter le pays. Il fallait que je retourne au STO, je n'aurais pas pu partir avec toi.

– Laisse-moi tranquille, je ne veux pas te parler.

Il régla son pas sur le sien.

– Je respecte György, lui dit-il. Il m'avait mis dans la confidence, je ne pouvais pas le trahir.

– Je ne veux pas le savoir.

– Il faut que tu m'écoutes, Klára. Tu ne peux pas te défiler comme ça.

Elle fit volte-face. Le bébé pleurnichait contre son épaule.

– Tu m'as laissée réduire ma famille à la mendicité. Tu as pris cette décision à ma place.

– C'est György qui l'a prise, la décision. Et puis modère tes expressions, tout de même. Ton frère n'a rien d'un mendiant. À supposer qu'il s'installe dans un entresol de huit pièces en plein quartier d'Erzsébetváros, il n'en mourra pas.

– C'est ma maison, dit-elle en se remettant à pleurer. C'est la maison de mon enfance.

– J'ai perdu la mienne, moi aussi, je te le rappelle.

Elle se remit à marcher vers chez eux. Devant la porte de l'immeuble, elle tâtonna dans son sac pour chercher sa clef. Il la trouva pour elle et ouvrit. De l'intérieur leur parvint le bruit du jet de la fontaine et des enfants qui jouaient à la marelle. Elle traversa la cour à toutes jambes et grimpa l'escalier ; les enfants cessèrent leur jeu, en gardant à la main les bouts de pots cassés qui leur servaient de palets. Ses pas vifs résonnaient sur les marches, on entendait la spirale de son ascension. Elle avait disparu dans l'appartement quand il arriva en haut. La porte d'entrée était restée ouverte, le silence résonnait dans le couloir. Elle s'était enfermée dans leur chambre. Le bébé s'était mis à pleurer et il l'entendait s'efforcer de le calmer, leur petit Tamás – elle lui parlait, elle se demandait à haute voix s'il avait faim, s'il était mouillé, elle le promenait dans la pièce. András alla dans la cuisine et posa sa tête contre le montant frais de la glacière. Il aurait dû avouer la vérité tout de suite, son instinct le lui avait bien dit. Pourquoi ne l'avait-il pas écouté ?

Il attendit dans la cuisine qu'elle sorte de la chambre. Les ombres du mobilier s'allongèrent sur le sol, et montèrent à l'assaut du mur de l'est ; il attendait toujours. Il se fit du café et le but. Il essaya de lire le journal, mais ne parvint pas à se concentrer. Il attendit, mains sur les genoux, et lorsqu'il fut las d'attendre, il alla se poster devant la porte de la chambre. Il mit la main sur la poignée, et elle céda : Klára était là, derrière. Le bébé dormait sur le lit, bras par-dessus la tête, il avait capitulé. Klára avait les yeux rouges, les cheveux défaits. On aurait dit Elisabet quand András avait tenté de la faire sortir de sa chambre par la douceur, rue de Sévigné. Elle avait un bras croisé sur sa poitrine, la main accrochée à l'épaule, comme si celle-ci lui faisait mal. Il l'avait entendue arpenter la chambre pendant des heures, elle devait avoir gardé le bébé dans les bras.

— Viens t'asseoir avec moi, dit-il en lui prenant la main.

Il l'entraîna dans le salon et la conduisit sur le canapé, où il s'installa auprès d'elle, sans lâcher sa main.

— Pardon. J'aurais dû te le dire.

Elle regarda la main qu'il avait refermée sur la sienne et se frotta les yeux de l'autre.

— Je me suis laissée aller croire que c'était fini, dit-elle. On était arrivés, on avait changé de vie. Je n'avais plus peur. Ou du moins, plus peur de ce qui me faisait peur quand je suis partie pour la première fois.

— C'est ce que je voulais, je ne voulais plus que tu aies peur.

— Tu aurais dû avoir confiance en moi et savoir que je ferais ce qu'il fallait. Je n'aurais jamais mis notre enfant en danger. Je n'aurais pas tenté de quitter le pays pendant que tu étais au Munkaszolgálat.

– Mais qu'est-ce que tu aurais fait ? Et qu'est-ce qu'on va faire ?

– On va partir, dit-elle. On va tous partir avant que György ne perde ce qui reste. Même s'il ne réussit pas à garder la maison, il n'est pas dans la misère. Il y a encore pas mal de choses à sauver. On va aller voir Klein, toi et moi, et on va lui demander qu'il se charge d'organiser notre fuite. Il faut qu'on essaie de passer en Palestine. De là-bas, il sera peut-être plus facile d'aller aux États-Unis.

– Tu vas te défaire de l'immeuble à Paris ?

– Bien sûr ! Pense à tout ce que mon frère a déjà perdu.

– Mais comment faire pour qu'ils arrêtent de le saigner ? Si tu t'enfuis, est-ce qu'ils ne vont pas le traquer pour savoir où tu es ?

– Il faut qu'il vienne aussi. Il faut qu'il vende ses derniers biens et qu'il quitte la Hongrie au plus tôt.

– Et ta mère ? Et mes parents ? Et Mátyás ? On ne peut pas partir sans savoir ce qu'il est devenu. On en a déjà parlé, Klára. On ne peut pas faire ça.

– On va emmener nos parents. On va préparer la fuite de Mátyás, aussi, s'il rentre à temps.

– Et s'il ne rentre pas à temps ?

– Alors, on ira trouver Klein et on prendra des dispositions pour qu'il nous rejoigne quand il rentrera.

– Écoute-moi, il y a des tas de gens qui sont morts en tentant de passer en Palestine.

– J'entends bien, mais il faut qu'on essaie. Sinon, ils vont saigner la famille à blanc. Et il n'est pas dit qu'ils se contentent d'argent indéfiniment.

András demeura silencieux un bon moment.

– Tu sais ce qu'en pense Tibor. Il y a longtemps qu'il veut qu'on parte.

– Et qu'est-ce que tu en dis, toi ?

– Je ne sais pas, je ne sais pas.

La poitrine de Klára se soulevait sous le drapé de son corsage.

– Il faut que tu me comprennes, je ne peux pas rester ici à supporter qu'on nous traite comme ça, nous deux, et ma famille. Je ne l'ai pas supporté autrefois, je ne le supporterai pas davantage aujourd'hui.

Il le comprenait en effet. Il n'était pas surpris, elle était ainsi faite. C'était précisément pourquoi György ne lui avait rien dit, d'ailleurs. Il allait leur falloir quitter la Hongrie. Ils vendraient l'immeuble à Paris ; ils iraient voir Klein et le supplieraient d'organiser un dernier voyage. Dès cette nuit, ils commenceraient à y réfléchir. Mais pour l'instant, il n'y avait rien de plus à dire. Il lui reprit la main et elle le regarda dans les yeux. Il sut alors qu'elle comprenait, pour sa part, qu'il lui ait caché la vérité pendant de si longs mois.

# Chapitre 33
# Passage à l'Est

Les semaines qui suivirent, il évita de penser au *Struma*. Il évita de penser à ces passagers piégés à bord d'un rafiot mal ravitaillé, mal équipé pour le voyage. Il évita de se représenter leur propre descente sur le Danube, la peur constante d'être découverts, sa femme et son fils dénutris et déshydratés ; il évita de penser au frère et aux parents qu'il laisserait derrière lui en Europe. Il voulait ne plus penser qu'à la nécessité de partir et aux moyens d'organiser leur départ. Il télégraphia à Rosen pour lui annoncer que leur situation avait changé, qu'ils étaient à présent dans l'urgence. Deux semaines plus tard, la réponse arrivait par avion : Shalhevet avait réussi à obtenir six visas – six ! –, de quoi accueillir les deux jeunes couples avec leurs enfants. Une fois en Palestine, écrivait Rosen, il serait plus facile d'obtenir les autres, ceux de Mendel Horovitz, précieux pour le Yishuv, ceux de György et Elza, des parents d'András et du reste de la famille. Ils n'eurent pas le temps de fêter la nouvelle, il y avait trop à faire. Klára dut écrire à son avocat parisien pour activer la vente de l'immeuble et András à ses parents pour leur expliquer ce qui se passait et pourquoi. Et puis, il fallut aller trouver Klein.

C'était Klára qui avait eu l'idée d'y aller tous ensemble, tous les six : il serait plus enclin à leur venir en aide s'il voyait ceux qu'il allait sauver. Ils avaient pris rendez-vous un dimanche après-midi et, vêtus pour la circons-

685

tance, ils poussaient les bébés dans leurs landaus. Klára et Ilana marchaient devant, leurs capelines penchées l'une vers l'autre, comme des belles-de-jour. András et Tibor suivaient. On aurait dit une famille hongroise ordinaire, en promenade dominicale. Personne n'aurait deviné qu'il leur manquait un septième membre, un frère disparu en Russie. Personne ne se serait douté qu'ils se disposaient à fuir l'Europe en toute illégalité. Klára avait pris le télégramme de son avocat lui disant que sa propriété de la rue de Sévigné serait mise en vente pour une somme de quatre-vingt-dix mille francs, et que le transfert de fonds, quoique compliqué, serait réalisé par ses contacts à Vienne, lesquels avaient des contacts à Budapest. Le nom de Klára n'apparaîtrait pas ; l'immeuble était déjà au nom de son avocat, non juif, puisqu'il était désormais interdit aux juifs de posséder des biens immobiliers dans la France occupée. Certes, il faudrait payer les intermédiaires, mais si la vente se réalisait dans de bonnes conditions, il resterait tout de même quelque soixante-dix mille francs. À regarder Klára marcher dans Váci utca, ce dimanche-là, son dos menu bien droit, son visage calme sous l'ombre bleu pâle du chapeau, personne n'aurait imaginé combien elle était malheureuse, deux soirs plus tôt, quand il lui avait fallu rédiger le brouillon du télégramme à son avocat pour lui dire de vendre l'immeuble. Il était loin le temps où András et elle se figuraient retourner un jour à Paris et y vivre comme par le passé. Mais l'appartement et le studio de danse étaient des biens tangibles, qui lui appartenaient toujours et marquaient son territoire dans une ville qui lui avait donné asile pendant dix-sept ans. Cet immeuble avait donné corps à ce qui eût été impossible autrement. Il leur avait permis de croire que tout pourrait changer, qu'ils pourraient revenir un jour. La décision de le vendre avait un caractère irréversible. Ils renonçaient à cette source d'espoir pour financer le voyage de la désespérance, voyage hasardeux qui les conduirait – au mieux – dans un pays dont ils ne savaient rien, un désert déchiré par la guerre et gouverné par les Britanniques. Mais leur décision était prise. Ils allaient tenter l'aventure. Et Klára avait écrit à son avocat, en lui enjoignant de transférer le produit de la vente à ses agents de Vienne et de Budapest.

À la maison de Frangepán köz, où le temps s'était arrêté et où le soleil qui filtrait entre les nuages avait lui-même une aura vénérable, ils trouvèrent les chèvres qui bêlaient dans la cour en grignotant une meule de foin. Avec ses sept mois, Tamás écarquillait les yeux, médusé. Il se tourna vers sa mère comme pour lui demander s'il y avait lieu de s'inquiéter. Mais voyant qu'elle souriait, il tendit son petit doigt vers les chèvres.

— Nos fils sont des enfants des villes, commenta Tibor. À son âge, j'en avais vu des centaines, de chèvres.

— Ils ne vont peut-être pas rester des enfants des villes bien longtemps, observa Klára.

Laissant les chèvres, ils prirent l'allée de pierre qui menait à la maison. Tibor frappa à la porte et ce fut la grand-mère de Klein qui vint leur ouvrir, un fichu sur ses cheveux blancs, un tablier brodé de rouge par-dessus sa robe. De la cuisine leur parvenait l'odeur du chou farci. András, épuisé par sa semaine de travail, ressentit tout à coup une faim dévorante. La grand-mère les fit entrer dans la grande pièce de séjour lumineuse, où le vieux M. Klein était assis dans un fauteuil, les pieds dans une bassine. Il portait la robe de chambre d'un rouge passé que Tibor et András lui avaient vue lors de leur visite précédente ; ses cheveux se dressaient toujours en ailes, comme pour lui permettre de prendre son essor. Une vapeur parfumée au thé montait le long de ses jambes. Il salua le groupe de la main.

— Les cors de mon mari lui font des misères, dit sa femme, sinon il se serait levé pour vous accueillir.

– Bienvenue tout de même, fit le vieil homme en s'inclinant poliment. Asseyez-vous, je vous en prie.

Mme Klein alla chercher son petit-fils au bout du couloir aux portraits. Personne ne s'assit, malgré l'invitation de Klein l'ancien. Serrés les uns contre les autres, ils parcouraient du regard les vieux meubles et la profusion de photographies. András vit Klára considérer les images de la petite famille, ce garçon qui devait être Klein enfant, cette belle femme mystérieuse, cet homme aux yeux tristes : de nouveau, il eut le sentiment que la maison abritait les fantômes d'une perte qui remontait loin. Klára devait le pressentir aussi ; elle serra Tamás contre elle et passa son pouce sur les lèvres du petit comme pour essuyer une pellicule de lait invisible.

Mme Klein arriva, suivie de son petit-fils, et s'effaça dans la cuisine pour le laisser passer. Il s'avança, clignant des yeux, ébloui par la lumière de l'après-midi. Depuis quand n'avait-il pas quitté son antre, avec ses dossiers, ses cartes et ses radios ? se demanda András. Il avait les yeux cernés, les cheveux collés par la crasse. Pieds nus, pas rasé, il était vêtu d'un maillot de corps en coton et d'un pantalon taché d'encre. Il dévisagea le groupe en secouant la tête.

– Non. C'est non, je vous dis, rien à faire.

– Je prépare du thé pendant que vous discutez, cria la grand-mère depuis la cuisine.

– Non, pas de thé, cria-t-il en réponse. On ne discute pas, ils s'en vont, tu as compris ?

Mais on entendit un placard s'ouvrir et se fermer, et de l'eau couler dans le filtre métallique d'une théière.

Klein leva les bras au ciel.

– Un peu d'égards, dit le grand-père. Ces gens ont fait tout le trajet jusqu'ici.

– Ce que vous me demandez est impossible, reprit Klein en s'adressant à András et Tibor. Impossible, et illégal. Vous risquez de finir en prison, ou morts.

– Ça ne nous a pas échappé, répondit Klára sur un ton qui réclamait l'attention. Nous voulons tout de même partir.

– Impossible, répéta-t-il.

– Mais c'est pourtant ce dont vous vous occupez, intervint András. Vous l'avez déjà fait. Nous avons de quoi payer, nous avons l'argent ou nous l'aurons bientôt.

– Moins fort, ordonna Klein. Les fenêtres sont ouvertes, les murs ont des oreilles.

András baissa la voix :

– Nous sommes dans l'urgence. Nous voulons que vous organisiez notre passage, après quoi il faudra faire sortir le reste de notre famille.

Klein s'assit sur le divan et prit sa tête dans les mains.

– Trouvez quelqu'un d'autre.

– Pourquoi veux-tu qu'ils s'en remettent à d'autres, tu es le meilleur ? intervint son grand-père.

Klein s'en étrangla d'exaspération. Sa grand-mère, qui avait préparé le thé à la cuisine, poussa une table roulante dans le séjour, près du canapé, et remplit des tasses visiblement très anciennes en porcelaine de Herend.

– Si tu ne veux pas t'occuper d'eux, ils iront trouver quelqu'un d'autre, c'est sûr, lui dit-elle sur un ton de reproche contenu.

Tête penchée sur le côté, elle s'était arrêtée un instant de servir pour regarder Klára, comme si l'avenir était inscrit dans les pois de sa robe.

– Ils iront chez Pál Behrenbohm, et il refusera ; ils iront chez Szászon, et puis ils iront chez Blum. Et si ça ne marche pas de ce côté-là, alors ils iront chez János Speitzer, et tu sais comment ça finira.

Elle distribua les tasses, proposa du sucre et du lait, et se servit la dernière.

Klein regarda sa grand-mère, puis András et Klára, Tibor et Ilana, et les bébés. Il s'essuya les paumes sur son maillot de corps ; il était seul contre tous. Il leva les mains en signe d'impuissance.

– Vous signez votre arrêt de mort, déclara-t-il.

– Asseyez-vous et buvez votre thé, je vous en prie, dit la grand-mère. Et toi, Miklós, pas la peine d'employer des expressions aussi sinistres.

Ils prirent place autour de la table pour boire ce thé singulier, qui avait un parfum de feu de bois et évoquait l'automne à András. À mi-voix, ils passèrent les détails en revue : Klein leur ferait descendre le Danube dans la péniche d'un ami ; les familles y seraient dissimulées dans deux compartiments ingénieusement aménagés au fond de la cale ; il faudrait préparer des biberons de lait drogué aux enfants pour éviter qu'ils pleurent ; il faudrait apporter des vivres pour deux semaines, parce qu'un trajet qui ne durait que quelques jours en temps de paix pouvait durer beaucoup plus longtemps en temps de guerre. Klein devrait se renseigner sur les bateaux qui quittaient la Roumanie pour savoir où et comment les faire monter à bord de l'un d'entre eux. Les préparatifs du voyage prendraient un mois ou deux, si tout allait bien. Lui, Klein, n'était pas un escroc comme János Speitzer. Il ne les embarquerait pas sur une épave, il ne leur dirait pas d'apporter moins de vivres qu'il n'était nécessaire, à seule fin de les obliger à en acheter au prix fort à ses comparses pendant la traversée. Il ne les remettrait pas entre les mains d'un équipage qui volerait leurs bagages ou les empêcherait d'aller chercher un médecin à terre en cas de nécessité. Il ne leur ferait pas de promesses trompeuses quant à la sécurité ou au succès de l'entreprise : elle pouvait échouer à tout moment. Il fallait qu'ils le comprennent.

Quand il eut fini, il se laissa aller contre le dossier du divan et se gratta la poitrine sous son maillot.

– Voilà comment ça marche, conclut-il. C'est une aventure pénible et dangereuse, sans garanties.

690

Klára s'avança au bord de son siège et posa sa tasse sur la petite table.

— Sans garanties, répéta-t-elle. Mais qui nous laisse une chance, au moins.

— Je ne parierais pas sur vos chances, dit Klein. Mais si vous voulez toujours faire appel à moi, j'accepte.

Ils échangèrent un regard, András avec Klára, Tibor avec Ilana. Ils étaient prêts. C'était ce qu'ils espéraient.

— Et comment ! fit Tibor. Nous prendrons tous les risques qu'il faudra.

Les hommes se serrèrent la main et convinrent de se retrouver la semaine suivante. Klein s'inclina pour saluer les femmes et se retira au bout du couloir, où ils entendirent la porte de sa chambre s'ouvrir et se refermer. András l'imagina sortant un nouveau dossier en papier kraft et inscrivant leur nom de famille sur l'étiquette. Il eut un instant de panique. Tous ces dossiers. Des piles entières, sur le lit, le bureau, dans le classeur. Qu'étaient-ils devenus, tous ces gens ? Combien avaient réussi à passer en Palestine ?

Le lendemain soir, Klára alla voir son frère pour lui demander pardon. András et elle se rendirent à la maison de Benczúr utca ensemble, le bébé dans sa poussette. Dans le bureau de György, elle serra les mains de son frère en le priant de l'excuser : elle avait été trop saisie pour lui témoigner sa reconnaissance. Elle était consternée qu'il ait déjà perdu une si grande partie de ses biens. Elle venait d'autoriser la vente de son immeuble à Paris, lui dit-elle, et commencerait de lui rembourser sa dette dès qu'elle toucherait les fonds.

— Tu n'as aucune dette envers moi, dit György. Ce qui est à moi est à toi. L'essentiel de mes biens me venait de notre père. Et ce n'est pas le moment que tu te dessaisisses de ce que tu as à mon profit. Ceux qui nous pressurent trouveraient moyen de nous l'extorquer aussi.

– Comment faire, alors ? demanda-t-elle au bord des larmes. Comment te dédommager ?

– En me pardonnant d'avoir agi en ton nom sans t'en aviser. Et peut-être en convainquant ton mari de me pardonner d'avoir exigé de lui le secret.

– Mais bien sûr, que je te pardonne, assura Klára.

Et András l'assura de même. Il était évident que György avait agi dans l'intérêt de sa sœur. György formula le vœu que József s'excuse auprès d'András et Klára, mais tout en le disant, sa voix se brisa.

– Qu'est-ce qu'il y a ? s'enquit Klára. Qu'est-ce qui se passe ?

– Il vient d'être de nouveau réquisitionné. Cette fois, il va falloir qu'il parte. Nous ne pouvons plus rien faire. Nous avons proposé un pourcentage sur la vente de la maison, mais l'argent ne les intéresse pas, ils veulent des jeunes gens comme lui pour faire un exemple.

– Oh, György ! s'écria Klára.

András restait sans voix. Il ne pouvait pas davantage imaginer József Hász au Munkaszolgálat qu'Horthy en personne descendant du bus à Óbuda et se présentant à Szentendre, avec un manteau en guenilles sur le dos et une gamelle à la main. Son premier mouvement fut de s'en réjouir. Pourquoi József Hász ne servirait-il pas son pays, lui aussi, alors qu'András l'avait fait deux ans, le faisait encore ? Mais l'expression douloureuse de György le ramena à de meilleurs sentiments. József était ce qu'il était, mais c'était son enfant.

– On ne peut pas dire que j'aie réussi l'éducation de mon fils, reprit György en dirigeant son regard vers la fenêtre. Je lui ai donné tout ce qu'il voulait, je me suis efforcé de le protéger de tout ce qui aurait pu lui faire du mal. Mais je lui ai trop donné, je l'ai trop protégé. Il en a conclu que le monde devait être à ses pieds. Il vit dans le confort à Buda pendant que d'autres servent le pays à sa place. À présent, il faudra qu'il compte sur sa force et son intelligence, comme n'importe qui. J'espère qu'il en aura suffisamment.

– Peut-être qu'on l'affectera à l'une des compagnies stationnées près d'ici, dit András.

– On ne va pas lui donner le choix, ils l'affecteront où bon leur semblera.

– Je peux écrire au général Márton.

– Vous ne devez rien à József, dit György.

– Il m'a rendu service à Paris, et plus d'une fois.

György hocha lentement la tête.

– Il sait être généreux, à ses heures.

– András va écrire au général, affirma Klára. Et puis, peut-être que József viendra en Palestine avec nous.

– En Palestine ? Vous ne partez pas en Palestine ?

– Si, dit Klára. Nous n'avons plus le choix.

– Mais, ma chérie, il n'y a aucun moyen de passer en Palestine.

Klára parla de Klein, et le regard de György se fit sévère.

– Tu ne comprends donc pas ? Si j'ai payé le ministère de la Justice, si j'ai vendu les tableaux, les tapis, les meubles, si je vends la maison, c'est pour toi ! Pour t'empêcher de prendre un risque insensé comme celui-là.

– La folie serait de jeter par les fenêtres ce qui reste encore.

György se tourna vers András.

– Ne me dites pas que vous avez donné votre accord à ce projet délirant.

– Mon frère a assisté aux massacres du Délvidék, et il pense qu'il pourrait nous arriver la même chose, et pis encore.

György sombra dans son fauteuil, le visage exsangue. Dehors on entendait les tambours et les cuivres d'une fanfare qui remontait Andrássy út vers la place des Héros.

– Et nous ? fit-il d'une voix éteinte. Qu'allons-nous devenir quand ils découvriront votre fuite ? Qui viendront-ils interroger, d'après vous ? Qui accuseront-ils de vous avoir fait disparaître ?

– Il faut que vous nous rejoigniez en Palestine, dit Klára.

Il secoua la tête.

– Impossible, je suis trop vieux pour entamer une nouvelle vie.

– As-tu seulement le choix ? Ils t'ont pris ta situation, ta fortune, ta maison, et maintenant ils te prennent ton fils.

– Tu rêves...

– Je voudrais que tu en parles à Elza. D'ici la fin de l'année, ils vont t'appeler au Munkaszolgálat, toi aussi, et maman et elle vont se retrouver toutes seules.

Il passa les pouces sur les bords du buvard. Il y avait une pile de documents devant lui, des liasses couleur ivoire, à caractère officiel.

– Tu vois, ces papiers, dit-il en les poussant devant lui. Ils attestent la légitimité du nouveau propriétaire.

– Qui est-ce ?

– Le fils du ministre de la Justice. Sa femme vient d'accoucher d'un sixième enfant, si j'ai bien compris.

– Seigneur ! s'exclama Klára. Ils vont transformer la maison en champ de bataille.

– Où irez-vous habiter ? demanda András.

– J'ai trouvé un logement dans un immeuble tout en bas d'Andrássy út, c'est superbe, enfin, ça a de beaux restes. Ces papiers m'autorisent à emporter les vestiges du mobilier, dit-il en balayant du geste la pièce dépouillée.

– Je t'en prie, parle à Elza, implora Klára.

– Six enfants dans cette maison, soupira-t-il. Quel désastre !

Le général Martón réagit promptement et avec sollicitude, mais son influence était restreinte. Il ne put obtenir pour József qu'une place dans la 79/6. Lorsque

András apprit la nouvelle, il se dit qu'il était puni par où il avait péché : pour avoir éprouvé un instant de satisfaction en découvrant que József était appelé à son tour. Désormais, tous les matins, ils le trouvaient à l'arrêt d'autobus d'Óbuda. Avec son uniforme trop propre et son képi encore rigide, on aurait dit un officier. Il fut affecté dans le même groupe qu'András et Mendel, et dut charger et décharger avec les autres conscrits. La première semaine, il lança des regards torves à András comme si c'était sa faute, comme s'il lui devait ses ampoules aux mains et aux pieds, ses courbatures et ses coups de soleil. Il se fit copieusement insulter par le contremaître pour sa mollesse et sa paresse ; comme il protestait, Faragó l'envoya rouler par terre et lui cracha à la figure. Ensuite de quoi, József s'acquitta de sa besogne sans un mot.

Juin fit place à juillet, et la sécheresse prit fin. Tout les après-midi, les nuages crevaient en libérant une pluie bienfaisante sur la routine de Szentendre. Les briques jaunes des bâtiments prenaient une teinte anthracite sous l'orage. Sur les collines de l'autre rive, les arbres hier immobiles dans la poussière secouaient leurs feuilles et agitaient leurs branches au gré du vent. Des herbes folles et des fleurs sauvages poussaient dru entre les traverses, et un matin, une plaie d'Égypte sous la forme de grenouilles minuscules s'abattit sur le site. Il y en avait partout sous les pieds, venues d'on ne savait où, pas plus grandes que des pièces de monnaie, vert céleri ; on les voyait se carapater à toute vitesse vers le fleuve. Elles firent pester et danser les travailleurs deux jours durant, puis disparurent aussi mystérieusement qu'elles étaient apparues. C'était la saison qu'András aimait, enfant ; celle où il se baignait dans le réservoir, où il mangeait les fraises chauffées au soleil sur les fraisiers, où il se cachait à l'ombre des hautes herbes pour observer les fourmis aux pattes agiles qui s'affairaient. À présent, c'était le lent labeur du quai de chargement et la perspective de la fuite. La nuit, pendant les courtes heures qu'il passait chez lui, il prenait son fils dans les bras et Klára lui lisait des passages de Bialik, de Brenner ou de Herzl, des descriptions de la Palestine et des miracles que les colons y accomplissaient. Il voyait déjà sa famille prendre racine parmi les orangers et les abeilles ; la mer qui scintillait là-bas leur faisait un bouclier d'airain, son garçon grandissait dans la brise salée. Il évitait de trop réfléchir aux inévitables vicissitudes du voyage. Il en avait vu d'autres, Klára aussi. Même ses parents, dont le récent déménagement constituait la transhumance la plus marquante de leur vie conjugale, avaient accepté d'entreprendre le voyage si la chose devenait possible, si on pouvait leur obtenir des visas : ils refusaient d'être séparés de leurs enfants et petits-enfants par une mer et un continent.

C'est en juillet aussi que le voyage prit tournure. Klein avait repéré un capitaine de péniche nommé Szabó, qui les emmènerait jusqu'à la frontière roumaine, puis un autre, Ivanescu, qui les conduirait jusqu'à Constanța. Il leur avait pris des billets au nom de Gedalya à bord du *Trasnet*, un chalutier reconverti en bateau-passeur. Il fallait se préparer à souffrir : de la surpopulation, de la faim, de la chaleur, de la déshydratation, du mal de mer ; ils resteraient des jours bloqués dans les ports turcs, sans pouvoir prendre le risque de débarquer ; ils ne pourraient emporter que le strict nécessaire. Encore devaient-ils s'estimer heureux de partir en été, quand la mer était belle. Ils traverseraient le Bosphore, contourneraient Istanbul et prendraient le détroit des Dardanelles jusqu'à la mer Égée, d'où ils passeraient en Méditerranée. S'ils déjouaient les patrouilleurs et les sous-marins, ils accosteraient trois jours plus tard à Haïfa. En tout et pour tout, le voyage durerait deux semaines, si tout allait bien. Ils partaient le 2 août.

Klára possédait une éphéméride en bois à l'ancienne, ornée d'un rouge-gorge sur une branche de cerisier. Ses trois petits guichets indiquaient le jour de la semaine, le quantième et le mois. Tous les matins, András actionnait la roulette avant de partir au chantier. À mesure qu'il faisait se dérouler juillet, des quantièmes à un chiffre aux quantièmes à deux chiffres, à travers orages et averses, les préparatifs du voyage avançaient. Ils rassemblaient les habits, les chaussures, les chapeaux, ils faisaient et refaisaient les valises pour caser le volume maximal d'objets personnels dans chacune. Le dimanche après-midi, ils parcouraient la ville pour caser le volume maximal de souvenirs dans leur tête : l'île Marguerite, sous la brume verdâtre et frisquette qui émanait du fleuve ; les vibrations des voitures qui ébranlaient le pont Széchenyi ; le parfum de l'herbe coupée et des sources sulfureuses, dans le Városliget ; la cuve de béton de la patinoire, qui était à sec ; les longs quais gris du Danube, où András se promenait avec son frère des lustres auparavant, lorsqu'ils avaient pris, à leur sortie du lycée, une chambre dans Hársfa utca. Il y avait la synagogue où Klára et lui s'étaient mariés, l'hôpital où leur fils était né, le petit studio lumineux où elle avait donné des cours de danse. Il y avait leur appartement de Nefelejcs utca, leur premier domicile commun. Et puis les lieux hantés auxquels ils ne pourraient pas faire leurs adieux, la maison de Benczúr utca, à présent vide, qui attendait l'arrivée du fils du ministre de la Justice, l'Opéra avec ses couloirs déserts et sonores, le coin de trottoir, dans une ruelle, où s'était produit ce qui s'était produit, il y avait si longtemps.

Un dimanche, deux semaines avant le 2 août, András alla voir Klein. Le paquet de visas venait d'arriver de Palestine, et c'était la seule pièce manquante à leur dossier, ces papiers blancs rigides qui portaient le cachet du ministère de l'Intérieur et l'étoile de David du Yishuv.

Klein en ferait faire des copies certifiées conformes qu'il conserverait pour le cas où les originaux disparaîtraient. Son grand-père était en train de donner à manger à ses chèvres ; il toucha son chapeau en voyant apparaître András.

— Vous serez bientôt partis.

— Encore deux semaines.

— Je savais que le petit prendrait les choses en main.

— Il a l'air doué pour ça.

— Nous sommes fiers de lui. Il est comme son père, il passe sa vie à faire des plans et des projets, il s'affaire à ses trouvailles, il parvient à ses fins. Son père était inventeur, il aurait laissé un nom dans l'Histoire, s'il avait vécu.

Il raconta à András que les parents de Klein avaient été emportés par la grippe quand leur fils était encore en culottes courtes. C'étaient bien eux qu'on voyait sur les photographies. Un autre enfant aurait été anéanti par leur mort, dit Klein l'ancien, mais pas Miklós. Il avait les meilleures notes, à l'école, surtout dans les humanités, et en grandissant, il s'était fait inventeur, lui aussi, à sa façon, puisqu'il créait des possibilités là où il n'y en avait pas.

— Quelle chance que nous l'ayons trouvé ! dit András.

— Pourvu que cette chance dure, répondit le grand-père, qui cracha trois fois et toucha le bois du linteau de la bergerie. Que votre voyage pour la Palestine ne soit mémorable que par son ennui.

András porta la main à sa casquette pour le saluer et prit l'allée de pierre qui menait à la maison. Dans un fauteuil du séjour, la grand-mère brodait, un tambour sur les genoux. Le dessin, au point de croix, représentait une hallah tressée, avec le mot *shabbat* écrit en lettres hébraïques.

— C'est pour votre table en Terre sainte, lui expliqua-t-elle.

– Oh non, dit András, c'est bien trop beau.

Il pensait aux valises faites et refaites, dans lesquelles on n'aurait pas pu glisser une feuille de papier.

Mais on ne cachait rien à la grand-mère Klein.

– Votre femme la coudra dans la doublure de son manteau d'été. Il y a un porte-bonheur dedans.

– Où ça ?

Elle lui montra deux lettres minuscules brodées au bout de la hallah.

– C'est le nombre 18, *haim*, la vie.

András la remercia d'un signe de tête.

– C'est très gentil de votre part, dit-il. Vous nous avez été d'une aide précieuse, depuis le début.

– Le petit vous attend dans sa chambre, allez-y.

Dans son antre bourré de dossiers, Klein était assis sur le lit, hirsute, torse nu, avec, posée sur la couverture, une radio tripes à l'air. Si András l'avait trouvé échevelé et puant, le jour de leur rencontre, au bout d'un mois de travail sur leur dossier il avait régressé au stade d'homme de Cro-Magnon. Sa barbe noire était en broussaille. András n'aurait pas su dire à quand remontait la dernière fois qu'il l'avait vu avec une chemise. Son odeur lui évoquait les baraquements de Subcarpatie. Sans la fenêtre ouverte et la brise qui éparpillait les papiers sur le haut des piles, la pièce aurait été irrespirable. Et pourtant, sur le bureau, il y avait un coin dégagé, avec un dossier impeccable portant un itinéraire crypté agrafé au recto, et une liasse de consignes au verso. Il affichait leur nom de code, famille Gedalya. Et András avait en main la pièce manquante du puzzle, l'élément légal de leur fuite illégale. Avant les préparatifs de ce voyage, il n'aurait jamais imaginé toutes les nuances byzantines entre émigrer et immigrer. Klein glissa un tournevis minuscule dans sa ceinture et haussa les sourcils vers András, qui lui posa les visas sur les genoux.

– Authentique, dit Klein en touchant le cachet britannique et ses lettres en relief. (Ses yeux cernés rencontrèrent ceux d'András.) Eh bien voilà, vous êtes prêts.

– Nous n'avons pas parlé d'argent.

– Mais si.

Klein sortit du dossier une page détachée d'un carnet de comptes, une liste de chiffres couchée par lui de sa fine écriture sinistrogyre. Le coût des faux papiers, pour le cas où ils seraient découverts, le prix demandé par les bateliers, leur participation aux frais de carburant, la nourriture, l'eau, les extras pour les bakchichs, les taxes portuaires et autres, l'assurance – récemment de très nombreux bateaux avaient été torpillés par erreur, en Méditerranée. Tous ces frais, qui allaient crescendo au fil de la traversée, étaient à régler de la main à la main.

– Nous avons tout passé en revue.

– Mais pour vous, je veux dire. Nous n'en avons pas parlé.

Klein fronça les sourcils.

– Ne m'insultez pas.

– Je ne vous insulte pas.

– Ai-je l'air dans le besoin ?

– Une chemise ne vous ferait pas de mal, un bain, une radio neuve, que sais-je ?

– Je ne veux pas de votre argent.

– C'est ridicule.

– C'est comme ça.

– Mais si vous n'en voulez pas pour vous, prenez-le pour vos grands-parents.

– Ils n'ont besoin de rien.

– Ne soyez pas idiot. Nous pouvons vous donner deux mille pengő, vous vous rendez compte ?

– Deux mille, cinq mille ou cent mille, je m'en fiche ! Je ne me fais pas payer, c'est clair ? Si vous vouliez payer, il fallait vous adresser à Behrenbohm ou Speitzer. Mes services ne sont pas à vendre.

– Si vous ne voulez pas d'argent, qu'est-ce que vous voulez ?

– Que ce montage marche, que je puisse le reproduire pour d'autres, et d'autres encore, jusqu'à ce qu'on m'arrête.

– Ce n'est pas ce que vous disiez quand nous vous avons rencontré.

– J'avais peur, à cause du *Struma*, mais je n'ai plus peur.

– Pourquoi ?

– La situation empire, et je me dis que cette peur paralysante est devenue un luxe.

– Et si vous vouliez partir, vous ? Mon amie pourrait vous aider à obtenir un visa.

– Je sais. Tant mieux. Je m'en souviendrai.

– Vous vous en souviendrez, c'est tout ?

Il acquiesça et sortit le tournevis de sa ceinture.

– Si vous voulez bien m'excuser, j'ai encore du travail. Tout est au point, sauf avis contraire de ma part. Vous partez dans deux semaines.

Il se pencha pour dévisser la vis qui maintenait un fil de cuivre sur le socle de la radio.

– Alors, tout est dit ?

– Tout est dit. Je ne suis pas un sentimental. Si vous voulez des adieux interminables, adressez-vous à ma grand-mère.

Mais la grand-mère Klein s'était assoupie dans son fauteuil. Elle avait achevé de broder la housse à hallah et l'avait enveloppée dans du papier de soie, avec une petite carte au nom de Klára et András épinglée dessus. Il se pencha et lui chuchota ses remerciements à l'oreille, mais elle ne se réveilla pas. Dans la cour, le chœur des chèvres commenta la scène. András fourra le paquet sous son bras et sortit sans bruit.

Et puis vint la semaine du départ. András et Mendel mirent au point le dernier numéro illustré de *Rail canaille*, mais András fit promettre à son ami d'en continuer la publication jusqu'à ce que son propre visa lui parvienne. L'édition comportait la fausse interview d'une vedette de la pornographie hongroise, des mots croisés dont les lettres cerclées composaient le nom de leur commandant, Károly Varsádi, et une joyeuse colonne économique intitulée « La revue du marché noir », dans laquelle tous les indicateurs pointaient une série interminable d'envois de fret lucratifs. « Hitler vous répond », rubrique désormais permanente, ne comportait qu'une seule lettre, cette semaine-là.

CHER HITLER : Quand est-ce que cette canicule va s'arrêter ? Salutations, COUP DE SOLEIL.
CHER COUP DE SOLEIL : Elle s'arrêtera quand je le lui dirai, nom d'un chien, et pas une minute plus tôt. Heil moi, HITLER.

En milieu de semaine, les parents d'András vinrent à Budapest voir leurs enfants et petits-enfants une dernière fois avant leur départ. Ils allèrent dîner chez les Hász, dans leur nouvel appartement, haut de plafond, avec des moulures qui s'effritaient et des parquets au *point de Hongrie\**. Presque cinq ans, se disait András, presque cinq ans qu'il avait appris les différentes techniques de parquet à l'École spéciale, quel type de bois pour quel assemblage, et qu'il avait copié les motifs dans son carnet. À présent, il se trouvait dans cet appartement avec ses parents en chagrin, sa ravissante et farouche épouse et son bébé, et il se préparait à quitter l'Europe pour de bon. L'architecture de cet appartement ne lui importait que parce qu'elle lui rappelait ce qu'il allait laisser derrière lui.

Son frère et Ilana arrivèrent, leur fils endormi dans les bras de celle-ci. Ils se serrèrent sur le divan, tandis que József, perché près d'eux sur une chaise dorée, fumait une cigarette de sa mère. Le père d'András lisait un tout petit livre de psaumes et en marquait d'une croix quelques-uns que ses fils auraient à se répéter au cours du voyage. La mère de Klára conversait avec celle d'András, qui avait appris que sa propre sœur connaissait les derniers descendants de la famille Hász à Kaba, non loin de Konyár. György rentra du travail, la chemise humide de sueur, il embrassa Flóra et serra la main de Béla. Elza Hász les fit entrer dans la salle à manger et les pria de prendre place autour de la table.

On avait mis un couvert de fête, des flambeaux en argent, des bouquets de roses dans des vases de verre bleu, des carafes remplies d'un vin mordoré, et le service bordé d'or à motifs d'oiseaux. Le père d'András dit les bénédictions sur le pain, et le valet à la triste figure s'avança pour les servir. La conversation s'engagea sur des sujets anodins, les fluctuations du prix du bois, les prévisions de l'almanach – l'automne serait précoce – et la liaison scandaleuse d'un parlementaire avec une ancienne vedette du muet. Mais elle dériva inévitablement sur la guerre. Les quotidiens du matin rapportaient que les sous-marins allemands avaient coulé un million de tonnes de fret anglo-américain, cet été-là, dont sept cent mille tonnes pour le seul mois de juillet. Les nouvelles de Russie n'étaient pas plus réjouissantes. Après la bataille sanglante de Voronej, début juillet, la 2e armée hongroise marchait à présent dans le sillage de la 6e armée allemande sur Stalingrad. La 2e armée hongroise avait payé un lourd tribut pour soutenir son alliée. Elle avait perdu, disait György, plus de neuf cents officiers et vingt mille soldats. Personne ne dit tout haut ce qu'il pensait tout bas, à savoir qu'il y avait cinquante mille travailleurs du STO, juifs en majorité, en soutien de la 2e armée hongroise, et que si celle-ci avait essuyé des pertes importantes, les bataillons de travailleurs avaient dû souffrir davantage encore. En bas, dans la rue, résonnait la cloche dorée du tramway, bruit familier de Budapest que les immeubles bordant les rues amplifiaient. András ne pouvait s'empêcher de songer à son premier départ, cinq ans plus tôt, ce départ qui l'avait conduit à Paris et à Klára. Le voyage qui les attendait cette fois était plus désespéré, mais curieusement moins effrayant ; entre lui et la terreur de l'inconnu, il y aurait le réconfort de la présence de Klára et de Tibor. Et puis, au bout du voyage, il y aurait Rosen et Shalhevet, la perspective du travail acharné qu'il voulait accomplir, la promesse d'une forme de liberté qui lui était inconnue. D'ici quelques mois, Mendel Horovitz les rejoindrait peut-être, et les parents le suivraient de près. En Palestine, personne ne forcerait son fils à porter un brassard jaune, il ne vivrait pas dans la peur de ses voisins. Quant à lui, il achèverait peut-être ses études. Il ne pouvait s'empêcher d'éprouver une certaine pitié pour József Hász, qui allait rester à Budapest avec la 79/6 et batailler seul, comme il pourrait, au Munkaszolgálat.

— Tu devrais venir avec nous en Palestine, Hász, lui dit-il.

Cette équipée allait faire de lui un plus grand voyageur que József, détail qui n'était pas pour lui déplaire.

— Je vous encombrerais, répondit celui-ci sans détour. Je ferais un triste compagnon de voyage, j'aurais le mal de mer, je me plaindrais sans arrêt, et ce ne serait que le début. Parce que je ne trouverais pas à m'employer en Palestine. Je ne sais pas planter les arbres ni construire les maisons. Et puis, de toute façon, ma mère refuserait de se séparer de moi, n'est-ce pas, mère ?

Mme Hász regarda la mère d'András, puis elle baissa les yeux sur son assiette.

– Tu changeras peut-être d'avis, dit-elle. Tu nous accompagneras peut-être, le moment venu.

– Je t'en prie, mère, répondit József. Jusqu'à quand va durer cette comédie ? Toi, partir en Palestine ? Tu ne veux même pas monter en barque sur le lac Balaton.

– Personne ne joue la comédie, ton père et moi avons bien l'intention de quitter le pays dès que nos visas arriveront. Il est devenu tout à fait impossible de rester.

– Grand-mère ! s'écria József. Dis à ma mère qu'elle perd la tête.

– Oh que non, répliqua Mme Hász mère. J'ai l'intention de m'en aller, moi aussi, j'ai toujours voulu voir la Terre sainte.

– Eh bien va la voir, mais reviens ensuite. Nous sommes des Hongrois, pas des Bédouins du désert.

– Nous étions un peuple de tribus, avant d'être hongrois, ne l'oublie pas, dit Tibor.

– Pardon, docteur ! (Il se plaisait à donner du « docteur » à Tibor, comme du « mon oncle » à András.) Et avant d'être des Bédouins, nous étions des chasseurs-cueilleurs en Afrique, alors autant court-circuiter la Terre sainte tout de suite et partir au plus noir du Congo.

– József, fit György.

– Mille pardons, père. Je comprends bien que tu préférerais que je me taise, mais vois-tu, c'est difficile d'être la seule personne de bon sens dans cet asile d'aliénés.

Béla se tortillait sur sa chaise gracile, engoncé dans son complet-veston. Il se disait qu'il aurait bien aimé prendre le jeune homme par les épaules et le secouer. Comment pouvait-il parler avec une telle désinvolture de ce qui attendait Tibor et András, ainsi que leurs femmes et leurs enfants ? Si l'un de ses fils avait parlé sur ce ton, il se serait levé et l'aurait engueulé proprement, et devant tout le monde, qui plus est. Mais il n'aurait pas toléré que ses fils parlent de cette façon. Et Flóra non plus. Elle lui posa la main sur le poignet, comme si elle devinait ce qui se passait dans sa tête. Il n'en fut pas surpris. Tout le monde jugeait le jeune homme insupportable. La mère de Klára, du moins, lui avait parlé sévèrement. Béla la regarda, de l'autre côté de la table, cette femme grave, aux yeux gris, qui avait perdu et retrouvé son enfant, et demeurait stoïque devant la perspective de la perdre à nouveau. Flóra et lui, ainsi que cette femme, avaient bien élevé leurs enfants. Il ne s'étonnait plus qu'András et Klára soient si proches. Il savait aujourd'hui qu'ils étaient du même bois, quoiqu'elle ait grandi dans le luxe. Elle était là, d'un calme olympien, son bébé dans les bras, on aurait dit qu'elle se préparait à faire une randonnée à la campagne, et non pas une expédition sur un fleuve périlleux, une mer criblée de torpilles. Il fallait qu'il grave son image dans sa mémoire, son expression sereine, son calme rayonnant, car dans les jours et les semaines à venir, il aurait besoin de s'en souvenir.

Cette semaine-là, leur dernière à Budapest, fut la plus chaude de l'été. Le jeudi, dans le bus pour Szentendre, on étouffait déjà à six heures du matin. C'était un temps *gombás-idő*, comme disait la mère d'András, un temps à faire pousser les champignons. Un vent porteur de pluie soufflait entre les berges du Danube. Les oiseaux se nichaient pour se soustraire aux bourrasques humides, et sur les rives, les arbres exhibaient le dessous blanc de leurs feuilles. On avait l'impression que, depuis le début de la semaine, un malaise couvait dans les rangs des chefs. Même les contremaîtres, qui n'avaient vu que du feu au ralentissement des cadences, asticotaient les travailleurs sans répit. La grogne s'était répandue dans le camp comme une fièvre. Des disputes avaient éclaté entre le commandant Varsádi et les inspecteurs du marché noir, de sorte que le premier était entré dans une colère d'une rare violence contre ses lieutenants ; les lieutenants s'en étaient pris aux gardes et aux contremaîtres, et les contremaîtres, à leur tour, aux travailleurs, les insultant, les bourrant de coups de pied, leur cisaillant le dos et les jambes à coups de cordelette pliée en deux.

Ce matin-là, les hommes durent s'aligner pour être passés en revue avant le début du travail. On les avait prévenus que leur uniforme et leur équipement devraient être impeccables. Avant sept heures, on les fit mettre au garde-à-vous près des voies, et ils y restèrent un temps qui leur parut une éternité. Il se mit à pleuvoir, un barrage de grosses gouttes drues qui transperçaient l'étoffe des vêtements. On attendait toujours. Les gardes passaient et repassaient dans les rangs, ils s'ennuyaient aussi ferme que leurs hommes.

– Quelle perte de temps, dit József. Qu'est-ce qu'ils attendent pour nous renvoyer chez nous ?

– Bien parlé, approuva Mendel. Allez, lâchez-nous.

– Silence, vous deux, leur cria un garde.

András gardait un œil sur le muret de brique qui entourait les quartiers de Varsádi. Par une fenêtre embuée, il distinguait le commandant, un écouteur de téléphone rivé à l'oreille. András se balançait sur les talons. Il étudiait le crépitement de la pluie sur le dos de l'homme devant lui. Il faisait défiler dans sa tête les tâches des jours à venir : derniers bagages, contre-vérification des listes de vêtements et de vivres, fermeture des valises, départ de Nefelejcs utca, rendez-vous chez Tibor à minuit, trajet à pied jusqu'au nord du pont Élisabeth, où une péniche les attendrait, puis réclusion dans la cale étroite et noire où ils se blottiraient les uns contre les autres, tandis que la péniche se mettrait en route. Il était perdu dans ses pensées, si bien caché dans la cale de cette péniche qui descendait le Danube qu'il n'entendit pas, tout d'abord, le grondement des camions sur la route. Il ressentit une vibration grave dans le sternum, et se dit : Revoilà le tonnerre. Mais le grondement continua et s'amplifia ; quand enfin il leva les yeux : un convoi de six camions amenait des soldats hongrois. Les camions franchirent à grand fracas les portes du camp, leurs pneus faisant gicler la poussière sèche qui subsistait sous la surface détrempée de la route. Ils allèrent se garer sur une bande de terre nue entre les rails et les quartiers des officiers. Les soldats avaient fixé la baïonnette au canon ; András voyait briller les lames sur le vert olive sinistre des bâches. Dès que les camions s'arrêtèrent, les soldats sautèrent sur le gravier boueux, arme pendant au flanc. Les officiers, arrivés dans le premier camion, entrèrent dans le bâtiment de brique, et la porte se referma sur eux.

Les travailleurs examinaient les soldats ; il devait y en avoir cinquante, au moins. Leurs officiers étant occupés à l'intérieur du QG, ils appuyèrent leurs armes aux camions et se mirent à fumer. L'un d'entre eux sortit un paquet de cartes et fit la donne d'une partie de poker. Un autre groupe s'était rassemblé autour d'un journal, dont un soldat lisait les titres à haute voix.

– Qu'est-ce qui se passe ? chuchota le voisin d'András, un grand chauve qu'on surnommait la Tour d'ivoire.

Il avait été professeur d'histoire à l'université, et comme Zoltán Novak, on l'avait appelé pour remplir les quotas de grandes figures juives. Le Munkaszolgálat était nouveau pour lui, et il n'en acceptait pas encore les mystères ni les incohérences sans protester.

– Aucune idée, on va bientôt le savoir.

– Silence, dans les rangs ! hurla un garde.

L'attente se poursuivit. Certains gardes se rapprochaient des soldats pour échanger cigarettes et nouvelles. Il y en avait qui se connaissaient apparemment. Ils se donnaient des claques dans le dos et se serraient la main. Au bout d'une demi-heure, personne n'était encore sorti du QG. Enfin, le capitaine des gardes lança « Repos » aux travailleurs ; ils avaient l'autorisation de manger ou de fumer s'ils voulaient. András et Mendel s'assirent sur une traverse mouillée et ouvrirent leurs gamelles ; József tira un mince étui en cuir de sa poche de poitrine et y prit une cigarette.

Un instant plus tard, la porte du bâtiment trapu s'ouvrit et les officiers en sortirent, ceux de l'armée d'abord, dans leurs uniformes impeccables à boutons de cuivre, puis ceux, à la physionomie familière, du Munkaszolgálat, qui les commandaient depuis leur arrivée à Szentendre. Le premier lieutenant de Varsádi donna un coup de sifflet et ordonna aux travailleurs de se mettre au garde-à-vous. Il y eut quelques faux mouvements, le temps que les hommes rangent leur déjeuner. Puis le sergent brailla ses ordres : les hommes devaient se mettre en rang le long des camions et transférer les denrées dans les wagons le plus vite possible.

Sans la présence des soldats avec leurs baïonnettes qui pointaient vers le ciel comme pour éventrer les nuages bas, on se serait cru un après-midi ordinaire à Szentendre. Les hommes de la 79/6 charriaient des caisses de munitions sur la bande de gravier qu'ils avaient traversée et retraversée mille fois. Si les gardes leur tenaient la bride un peu plus serrée, si les officiers criaient leurs ordres d'une voix un peu plus stridente, on n'y voyait qu'une montée de l'agressivité qui contaminait les rangs des officiers depuis le début de la semaine. Faragó, leur contremaître, ne sifflait plus de comédie musicale, il hurlait *Siessetek* de sa voix fluette de ténor et se demandait à haute et intelligible voix qui lui avait fichu de pareilles limaces, de pareilles tortues.

En plein travail, alors qu'il restait encore cinq camions à décharger dans les wagons, un adjudant s'approcha du groupe où travaillait András, et prit Faragó à part. Un instant plus tard, ce dernier appelait András et Mendel. Le commandant de la compagnie les convoquait dans son bureau.

András et Mendel échangèrent un regard qui disait : *C'est rien, pas de panique.*

– Le soldat vous a dit pour quoi, mon lieutenant ? demanda Mendel, tout en sachant pertinemment que, s'ils étaient appelés ensemble, il ne pouvait y avoir qu'une seule raison.

– Vous le saurez toujours assez tôt, répondit Faragó. (Puis, s'adressant à l'adjudant :) Et surtout, qu'ils reviennent dès que Varsádi en aura fini avec eux, j'ai besoin d'eux, moi.

Le jeune adjudant les conduisit jusqu'au bâtiment de brique en traversant les rails. Un petit groupe de soldats était au garde-à-vous dans l'antichambre, fusil à l'épaule. Leurs yeux passèrent sur András et Mendel, mais à cela près ils demeurèrent immobiles, telles des statues. Une ordonnance fit entrer les deux amis dans le bureau de Varsádi et referma la porte derrière eux. Ils se retrouvèrent donc sans escorte devant leur supérieur. Malgré la chaleur, sa chemise était impeccable ; il les considéra en plissant les paupières derrière ses lunettes. Sur son bureau s'étalaient, comme András s'y attendait, tous les numéros de *Rail canaille*.

– Alors voilà, dit le commandant en lissant les journaux, je serai bref. Vous savez que je vous aime bien, jeunes gens, vous et votre journal. Il a bien fait rire les hommes. Mais malheureusement, il n'est peut-être pas… opportun de le faire circuler en ce moment.

András eut un instant de flottement. Il s'était figuré qu'ils allaient être tancés sur la résistance passive qu'ils avaient suscitée. Les cadences accélérées, le changement dans l'attitude des contremaîtres le donnaient à penser. Mais Varsádi ne semblait pas les accuser de faire de l'agitation, il avait seulement l'air de vouloir que la publication cesse.

– On ne peut pas vraiment dire que le journal circule, mon commandant, dit Mendel. Pas hors du cercle de la 79/6.

– Vous tirez cinquante exemplaires de chaque numéro,

reprit Varsádi. Les hommes les emportent chez eux, il se peut que certains exemplaires se retrouvent en ville. Et puis, il y a la question de l'impression, de vos plaques et de vos originaux. Il est soigné, ce journal, je me doute que vous ne le tirez pas au stencil chez vous.

András et Mendel échangèrent un regard éclair, et Mendel déclara :

– Nous détruisons les plaques chaque semaine, mon commandant. Tous les exemplaires en circulation sont ici.

– Je crois comprendre que, jusqu'à une date récente, vous étiez employés au *Journal magyar juif* de Budapest, tous les deux. Si j'allais poser quelques questions là-bas, jeter un coup d'œil, n'y aurait-il pas une chance que…

– Vous pouvez bien regarder partout, mon commandant, il n'y a rien à voir.

András suivait la scène avec le détachement qu'on éprouve dans un rêve. Leur commandant ouvrit un tiroir de son bureau, il en sortit un petit pistolet et le garda en main, négligemment. Le corps de l'arme était d'un noir velouté, et son canon aplati.

– Nous n'avons pas droit à l'erreur, ici. Cinquante exemplaires par numéro, ça fait déjà beaucoup d'inconnues dans cette équation. Il me faut vos originaux et vos plaques. J'ai besoin de savoir où ils sont.

– Nous les avons détruits, répéta Mendel, dont les yeux s'affolaient à la vue du pistolet.

– Vous mentez, dit Varsádi sans emphase particulière. Ça m'irrite, moi qui ai été si indulgent envers vous.

Il retournait le pistolet dans sa main et passait son pouce sur la sécurité.

– J'exige la vérité, et puis vous pourrez disposer. Vous avez imprimé votre canard au *Journal magyar juif*. Pouvons-nous y trouver vos originaux ? Vous êtes priés de me répondre, messieurs, car le seul autre endroit où nous irons chercher sinon, c'est chez vous. Et je préférerais ne pas déranger vos familles.

Les mots planaient entre eux tandis qu'il astiquait avec le pouce la crosse polie de l'arme.

András voyait le tableau : l'appartement de Nefelejcs út mis à sac, papiers et livres balancés sur le sol, placards vidés, divan éventré, murs et lattes de parquet arrachés. Tous les préparatifs du voyage en Palestine s'étalant sous l'œil des officiers, et Klára, terrée dans un coin, ou immobilisée par les poignets – comment ? par qui ? –, avec le bébé en pleurs. Il croisa le regard de Mendel et comprit que son ami avait vu le tableau, lui aussi, et qu'il avait pris une décision. Si András ne disait pas la vérité, ce serait lui qui parlerait. En effet, un instant plus tard, il déclara :

– Les originaux sont au journal, dans le bureau du rédacteur en chef, à l'intérieur d'un classeur. Inutile de déranger nos familles, en effet, nous ne conservons rien chez nous.

– À la bonne heure, dit Varsádi, qui remit le pistolet dans le tiroir. C'est tout ce que je voulais savoir. Rompez, conclut-il en leur montrant la porte.

Ils avaient l'impression d'évoluer dans un liquide visqueux et évitaient de se regarder. Ils venaient de compromettre Frigyes Eppler, sa personne, son poste, et ils le savaient tous deux. Impossible d'en évaluer les conséquences et le prix que l'homme aurait à payer. Dehors, ils découvrirent que toute la compagnie avait été regroupée dans la cour de l'appel, les hommes se tenaient au garde-à-vous, mal à l'aise. Comme András prenait place dans les rangs, József lui jeta un coup d'œil de franche curiosité. Mais il n'avait pas le temps de l'éclairer, l'inspection promise aurait lieu incessamment. Les soldats arrivés le matin s'étaient répartis sur le terrain, et les officiers qui avaient conféré avec Varsádi s'étaient placés en tête de formation. Lorsque András se tourna de l'autre côté de la cour, il en vit alignés là-bas aussi. Il y en avait devant le QG de Varsádi ; il y en avait le long des rails. Il comprit tout à coup : La 79/6 était parquée comme du bétail, cernée. Les soldats qui riaient et fumaient tout à l'heure étaient au garde-à-vous, main sur leur arme, les yeux rivés au loin, cette distance dangereuse où il n'est plus possible de reconnaître son semblable.

Varsádi sortit du bâtiment de brique, bien droit, ses médailles étincelant au soleil de l'après-midi.

– En rang, brailla-t-il. Et en ordre de marche !

András se répétait de rester calme ; on n'était pas dans le Délvidék, mais à une demi-heure de Budapest. Sans doute Varsádi voulait-il seulement leur faire peur, jouer les fiers-à-bras et rectifier le laisser-aller de son commandement. Sur son ordre, la compagnie se mit en marche le long des rails vers la porte sud du chantier.

Les soldats les encadraient de près. Ils s'arrêtèrent tous en atteignant la queue des wagons de marchandises.

Trois voitures avaient été accrochées en bout de train, leurs flancs portant les initiales du Munkaszolgálat. Sur leurs petites fenêtres étroites, on avait fixé des barreaux de fer. Les portes étaient ouvertes – en attente. Loin, en tête des voitures qu'on venait de charger, une locomotive crachait sa fumée noire.

– Garde-à-vous, travailleurs ! cria Varsádi. Changement de programme, vos services sont requis ailleurs. Vous partez immédiatement. Votre tâche est classée secret défense, nous ne pouvons donc pas vous en dire plus.

Il y eut une explosion de protestations incrédules parmi les hommes, un vacarme soudain.

– Silence, cria le commandant. Silence ! Silence tout de suite !

Il leva son pistolet et tira en l'air. Les hommes se turent.

– Pardonnez-moi, mon commandant, dit József. (Il se trouvait à quelques pas d'András, et celui-ci voyait une veine palpiter à sa tempe.) Si j'ai bonne mémoire,

713

le règlement de la KMOF précise dans le manuel qu'on nous doit une semaine de préavis avant de nous changer de stationnement. En outre, vous voudrez bien m'excuser, mais nous n'avons guère de vivres.

Le commandant Varsádi s'avança vers József à grands pas, pistolet à la main. Il prit l'arme par son canon court et en administra un aller et retour à József. Un jet de sang clair gicla sur l'épaule d'András.

– Écoute-moi bien, toi. Je te conseille de la fermer. Là où tu vas, tu serais fusillé pour moins que ça.

Le commandant lança un ordre, les soldats resserrèrent les rangs autour des travailleurs et les poussèrent vers le train. András se retrouva coincé entre Mendel et József. Derrière eux, c'était la cohue. Force leur fut donc d'entrer dans la gueule ouverte du wagon. Par l'unique fenêtre, András vit les soldats alignés autour des voitures, l'éclat gris de leurs baïonnettes contre le ciel marbré. Et on enfournait des travailleurs dans les wagons, toujours plus, à pleines portes, des nuées de travailleurs. À l'intérieur, ça sentait la toile mouillée, la brillantine et la sueur : l'odeur d'une matinée de labeur, avec un soupçon de panique en plus. Son cœur cognait dans sa poitrine, la terreur lui nouait la gorge : en ce moment, Klára mettait la dernière main aux préparatifs ; d'ici une heure, elle commencerait à regarder la pendule. Il fallait absolument qu'il descende du train. Il se ferait porter pâle, il offrirait un bakchich. Il joua des coudes pour gagner la porte, mais avant qu'il ait atteint son rectangle de lumière, un cri avait retenti.

– Paré !

La porte roula avec fracas sur sa glissière, et l'obscurité s'abattit ; une chaîne claqua contre du métal, puis on entendit le cliquetis caractéristique d'un cadenas.

Un instant plus tard, le train émettait un sifflement indifférent. Par les lattes du plancher, les semelles de ses godillots d'été et les os de ses jambes, il sentit monter un frémissement mécanique, la secousse du départ, oppressante. Les hommes tombèrent les uns sur les autres, et sur lui. Il crut que leur poids allait lui écraser le cœur. Et puis le train trouva son rythme et franchit les portes nord de Szentendre. Vers quelle destination, nul n'aurait su le dire.

# Cinquième partie
## Par le feu

# Chapitre 34

# Turka

Au fil des jours et des nuits dans le train, après s'être enroué à force de protester et avoir épuisé tout espoir d'évasion, András sombra dans une sorte d'engourdissement. Il restait des heures à la petite fenêtre, avec Mendel, regardant le monde défiler, catalogue de l'impossible : cette moto, pour s'enfuir à toute vitesse ; cette route de la liberté, qui le ramènerait chez lui, auprès de Klára ; ce fourgon postal, qui lui porterait une lettre. À l'orientation de la lumière, il voyait qu'on roulait vers l'est ; il l'aurait compris de toute façon, car le train ne cessait de grimper. On montait vers les régions montagneuses de Gyöngyös et Füzesabony ; parfois le train se traînait, parfois il s'arrêtait pendant des heures. À chaque arrêt, il s'attendait à ce qu'on les conduise sur leur nouveau chantier. La deuxième nuit, on leur ordonna même d'évacuer les wagons et ils furent parqués dans un entrepôt désaffecté où l'on stockait autrefois le vin rouge du pays, cet Egri Bikavér, ou sang de taureau. Il flottait encore une odeur de tonneaux, boisée et suave, et le sol de terre battue était couvert d'auréoles d'un violet éteint. Les cuisiniers de l'armée leur donnèrent de la soupe au chou et des quignons de pain noir – régime de base du Munkaszolgálat. Ils durent faire la queue devant un robinet situé dans un coin de l'entrepôt pour se laver. Interdiction de parler, et de sortir, même pour pisser

– il leur fallut faire leurs besoins dans une barrique. Les portes de l'entrepôt restèrent verrouillées, et le bâtiment gardé par des soldats. Le lendemain matin, on les remit dans le train, qui repartit vers l'est.

C'était le troisième jour de voyage et la veille du départ prévu pour la Palestine. Qu'est-ce que Klára était en train de faire à cette heure ? Il ne se berçait pas de l'illusion qu'elle partirait sans lui. Qu'avait-elle pu penser, l'avant-veille au soir, en voyant l'heure tourner ? Il l'imaginait penchée sur les valises, rangeant les affaires du bébé, jetant un coup d'œil à la pendule ; il l'imaginait s'inquiétant vaguement lorsque l'heure habituelle de son retour était passée – avait-il fait une halte à Budapest, pour boire un dernier verre avec Mendel ou se promener une dernière fois par les rues familières ? Le dîner préparé par ses soins avait dû refroidir à la cuisine, elle avait dû coucher Tamás, son inquiétude faisant place à la peur au fil de la soirée : huit heures, neuf heures, dix heures...

Qu'avait-elle supposé ? Le croyait-elle en prison, assassiné ? L'administration du STO l'avait-elle prévenue à l'heure qu'il était ? Il était plus probable qu'elle ne savait toujours rien. Quant à la menace de Varsádi... S'estimerait-il satisfait quand ses hommes récupéreraient les originaux de *Rail canaille* dans les bureaux d'Eppler, ou exigerait-il qu'ils aillent fouiller chez lui tout de même ?

Dans le train, les hommes ne cessaient de spéculer sur leur destination et sur ce qui les attendait au bout du voyage. De l'avis général, il y avait eu erreur sur le transfert de leur compagnie. Il était prévu de les envoyer à la fin du mois sur un autre quai de chargement, à Esztergom, au nord-ouest du pays, il y avait donc eu maldonne. La bourde serait bientôt découverte et on les mettrait dans un train retournant vers l'ouest. Ça n'expliquait pas qu'on ait envoyé des soldats pour les entasser dans les wagons, ni qu'on les ait expédiés avec cette précipitation. La Tour d'ivoire développait une tout autre théorie. On les envoyait dans l'Est parce qu'ils étaient des témoins gênants. Ils avaient assisté au détournement systématique de denrées représentant plusieurs millions de pengő, au profit du marché noir. Le gouvernement avait lancé une campagne visant à éradiquer le détournement de fonds dans l'armée ; voler des marchandises destinées au front constituait un acte de haute trahison, passible de la peine de mort. Un vent de panique avait soufflé sur les rangs des commandants, qui étaient les plus compromis. Comment espérer que les travailleurs juifs du Musz, maltraités au quotidien par leurs supérieurs, témoignent obligeamment de leur innocence ? Il était donc plus prudent de les faire disparaître, là-bas sur le front de l'Est, s'il le fallait.

József était terrorisé, András le sentait. Il parlait à peine, il restait dans son coin et se touchait le visage avec précaution à l'endroit où Varsádi l'avait frappé. Il ne fermait pas l'œil, pour autant qu'András ait pu s'en rendre compte. Il passait la nuit à ranger dans son sac ses maigres effets. Il ne plaisantait plus, ne touchait pas au rata du Munkaszolgálat, préférant grignoter les miettes de hallah de sa dernière gamelle. Il refusa tout d'abord de faire ses besoins dans la tinette commune logée dans un coin du train, jusqu'à ce que la nature l'y contraigne, et quand on le vit revenir on aurait dit qu'on l'avait battu.

Le jour faisait place à la nuit, et le train roulait. Jamais on ne s'arrêtait pour manger ni pour boire, la chaleur ne désarmait pas. Les hommes ne pouvaient pas s'allonger, faute de place. Ils s'asseyaient à tour de rôle sur le plancher du wagon, ou mettaient le nez à la fenêtre. Ces moments leur apportaient un peu de répit : ils respiraient de l'air frais. Mais le quatrième jour, il devint impossible d'ignorer l'odeur de plus en plus fétide, et la soif qui les étranglait. András en arrivait à penser que le but véritable de ce voyage était de les faire rouler jusqu'à ce qu'ils meurent de soif. Dans le brouillard mental dû à la déshydratation, il comprit que s'ils étaient prisonniers de ce train qui roulait vers l'est, c'était sa faute. *Rail canaille*, même au second degré, témoignait de l'implication de Szentendre dans le marché noir. Le journal avait éclairé le travailleur du STO trop aveugle ou trop naïf pour s'en apercevoir. Le bruit pouvait très bien s'en être répandu au-delà du camp. Klára avait raison ; il avait pris un risque inutile et absurde. Le journal n'était peut-être qu'un tout petit arbre dans une forêt de preuves accablantes, n'empêche qu'il y tenait sa place. Varsádi l'avait pris au sérieux – assez pour les convoquer, Mendel et lui, et les menacer d'un pistolet. S'il n'y avait pas eu ces cinquante exemplaires en circulation parmi les travailleurs, voire en ville, toutes les semaines, l'aimable ivrogne permissif qu'était Varsádi aurait-il cherché à expédier toute une compagnie au front pour sauver sa peau ?

Cet après-midi-là, tandis que le train grimpait sous l'orage dans une région escarpée, il resta à la fenêtre. Une forme noire massive surgit du brouillard ; c'étaient les ruines d'une forteresse moyenâgeuse, un château crénelé qui dressait vers le ciel son donjon noir. András donna un coup de coude à Mendel pour qu'il regarde. Quant à lui, une sensation lui serrait la poitrine, celle d'avoir rêvé de cet instant depuis très longtemps. Tout lui semblait familier : le bruit des roues sur les rails, l'obscurité tamisée du wagon, la puanteur des hommes tassés dedans, la silhouette déchiquetée de la forteresse. Un goût métallique lui vint dans la bouche, et une démangeaison sur la peau, comme s'il avait honte. Comment avait-il pu s'imaginer, avec Klára, Tamás, Tibor, Ilana et le petit Ádám, en train de descendre le Danube, à cette heure, cachés dans la cale d'une péniche faisant route vers la Roumanie où un bateau les attendrait pour les emmener en Palestine ? Comment avait-il pu se persuader qu'ils traverseraient sans encombre une mer infestée de sous-marins, qu'ils accosteraient sains et saufs à Haïfa, entameraient une nouvelle vie dans les colonies, qu'ils feraient venir leurs parents, et qu'il contribuerait lui-même à la charpente de la nouvelle patrie juive ? Comment avait-il pu se persuader que Mátyás rentrerait vivant et indemne du STO et qu'il les rejoindrait en Palestine ? Mais ce château dans la montagne, ce brouillard, ce train, au fond, il savait depuis toujours que leur heure viendrait. Il savait que lui et les siens ne réussiraient pas à quitter Budapest ensemble, qu'ils ne s'échapperaient pas de Hongrie, qu'ils ne franchiraient pas la Méditerranée. Et Klára, le savait-elle aussi ? Si elle le savait, comment avaient-ils pu se leurrer ainsi mutuellement ?

Des années qu'il cultivait l'espoir aveugle. Il lui était devenu une seconde nature. Il l'avait conduit de Konyár à Budapest, et de Budapest à Paris. De la solitude glaciale de sa mansarde, rue des Écoles, à la chaleur confinée de la rue de Sévigné, du désespoir d'un hiver dans les Carpates à Nefelejcs utca, la rue des Myosotis, dans le quartier d'Erzsébetváros. C'était le sous-produit inévitable de l'amour, cet espoir, la quintessence active de la paternité. Il lui avait épargné de s'appesantir sur le sort de Polaner, de Ben Yakov, et de son propre cadet. Il l'avait empêché de mesurer les conséquences de publier un journal comme *Rail canaille*, il lui avait interdit de se voir dans la gueule du canon. Et voilà, à présent, avec Mendel, il était là à regarder le château disparaître dans le brouillard.

Le train roulait, roulait, il grimpait lentement dans un air plus sec, raréfié. La chaleur brutale reflua peu à peu, et une odeur de sapin s'insinua par la fenêtre. Les hommes se taisaient, desséchés, épuisés par la faim et le manque de sommeil. À tour de rôle ils s'asseyaient, se levaient. Ils flottaient entre veille et sommeil, leurs jambes se balançaient avec le roulement du train, leurs pieds s'engourdissaient avec la vibration des roues sur les rails infinis. Lorsque le train s'arrêta dans une gare, le cinquième jour, il se dit seulement qu'il serait bon de s'étendre de tout son long sur le sol et de dormir. Le fracas d'une porte qu'on décadenassait se fit entendre, une vague d'air frais inonda le wagon puant, et les hommes se ruèrent sur le quai. Dans le brouillard de sa fatigue, András lut le nom de la gare, Typka. Un claquement de langue à l'avant du palais, puis les lèvres qui s'arrondissaient pour prononcer le *ka*, le diminutif en hongrois. Il sentit une onde de soulagement le parcourir. Ils n'étaient pas sur le front de l'Est, après tout. Ils demeuraient à l'intérieur de leurs frontières.

Typka. Il ne s'était pas rendu compte qu'il avait prononcé le nom à haute voix, mais la Tour d'ivoire, à côté de lui, rectifia en secouant la tête :

– Turka, c'est écrit en cyrillique.

Et en effet, car ils venaient d'arriver en Ukraine.

Le camp où ils auraient dû s'installer avait été bombardé la semaine précédente. Cent soixante-dix hommes avaient été tués, les baraquements rasés. Les survivants avaient dû creuser de vastes fosses pour enterrer leurs camarades, et les pluies de la semaine avaient raviné la terre. Cette compagnie de travailleurs ne laissait derrière elle que les os de ses morts – pas le moindre signe, pas le moindre outil, pas le moindre élément de réconfort pour ceux de la 79/6. András et les autres bivouaquèrent dans la boue de la cour, et le lendemain, on les installait dans le bâtiment principal et les dépendances d'un orphelinat juif désert, à cinq cents mètres de là.

C'était une bâtisse en parpaings soviétiques, dont les murs chaulés viraient au verdâtre. Tout le mobilier était à la taille des enfants : dans les lits ridiculement courts, on ne pouvait tenir qu'en chien de fusil. Les lavabos avaient l'eau courante, un vrai miracle, mais ils étaient si bas que les hommes devaient s'agenouiller ou presque pour se laver la figure. Au réfectoire il y avait des tables au ras du sol et des bancs minuscules. Sur le plancher des couloirs, on voyait les éraflures causées par les semelles des enfants et les traces de leurs pieds boueux. C'était le seul indice de leur présence. Plus le moindre vêtement, la moindre chaussure, le moindre livre, ni la moindre cuillère, à croire qu'ils n'avaient jamais existé.

Leur nouveau commandant était un Magyar massif, noir de poil ; une cicatrice spectaculaire lui barrait le visage du milieu du front au bout du menton, en arc de cercle ; elle escamotait la paupière droite, passait à un millimètre du nez, et fendait la bouche en quatre parties inégales. Cet œil droit sans paupière lui donnait en tout temps une expression de surprise et d'horreur, on aurait dit qu'il ne s'était jamais remis du choc initial de sa blessure. Il s'appelait Kozma ; il venait de Győr ; il possédait un chien-loup gris à qui il distribuait équitablement coups de pied et caresses, et un lieutenant nommé Horvath, qu'il traitait de même. Lors de leur premier matin à l'orphelinat, Kozma rassembla la compagnie dans la cour et la fit marcher au pas de charge sur cinq kilomètres, jusqu'à un champ détrempé où l'herbe couvrait par endroits une longue tranchée comblée. C'était là qu'on avait aligné les enfants de l'orphelinat pour les abattre, leur annonça leur nouveau chef, et c'était là qu'on les abattrait eux-mêmes quand ils auraient cessé d'être utiles à l'armée hongroise. Leurs plaques matricules reviendraient peut-être, eux pas. Ils étaient plus infects que des porcs, plus insignifiants que des vers, ils pouvaient se considérer comme morts. Néanmoins, pour l'heure, la compagnie allait rejoindre les cinq cents travailleurs du STO qui reconstruisaient la route reliant Turka et Stryj. L'ancienne route était inondée à chaque crue de la Stryj, on construisait la nouvelle plus haut. Il y avait toutefois un léger obstacle : les champs de mines ; les travailleurs devaient les nettoyer pour faire passer la route. Celle-ci devait être finie avant les premières neiges. Ensuite, ils auraient la charge de son entretien. Orbán, l'économe, veillerait à leur solde. Tolnay, le médecin militaire, les soignerait s'ils tombaient malades, mais pas question de tirer au flanc. Tolnay avait pour stricte consigne d'éviter à tout prix que les hommes manquent le travail. Ils devaient obéir à leurs gardes et à leurs officiers en toute circonstance. Les trublions seraient punis, et les déserteurs fusillés.

Son discours achevé, Kozma claqua les talons, pivota avec une agilité surprenante pour un homme de sa corpulence, et laissa la place à son lieutenant. Le lieutenant Horvath faisait figure de modèle de poche, avec sa silhouette fluette et ses traits chiffonnés. Il chaussa une paire de bésicles et tira un récapitulatif de sa poche de poitrine. Pas de lumière électrique après le coucher du soleil, leur énuméra-t-il de sa voix grêle et monocorde ; interdiction d'écrire des lettres, pas de cantine où ils puissent s'approvisionner, pas de remplacement des uniformes usés ou déchirés ; interdiction de former des groupes, de fraterniser avec les gardes, de détenir un canif, de fumer, de conserver des objets de valeur, d'aller faire des achats dans les magasins du village ou du troc avec les paysans. Leurs familles seraient bientôt informées de leur transfert, mais il n'y aurait aucun échange de courrier entre la 79/6 et le reste du monde, pas de colis, pas de lettres et pas de télégrammes. Pour des raisons de sécurité, ils devraient porter leur brassard en permanence, car faute de se faire reconnaître, on risquait d'être pris pour un ennemi, et abattu comme tel.

Horvath leur brailla de se répartir sur cinq colonnes et les remit en ordre de marche ; ils partaient immédiatement pour le chantier. La route était détrempée, couverte d'une boue qui collait aux semelles. Comme le jour se levait, András vit qu'ils se trouvaient dans la vallée d'une large rivière, au pied de collines couvertes de conifères. Au loin se dressaient les pics gris et déchiquetés des Carpates. Des nuages s'accrochaient aux pentes et se diluaient en brouillard sur la vallée. La Stryj, gonflée par les pluies, bondissait entre des berges brunes et abruptes. Bientôt, András sentit le dénivelé dans son dos et dans ses cuisses. La liste des interdits ne cessait de se dérouler dans sa tête : pas de lumière électrique après le coucher du soleil ; pas de lettres, pas de courrier. Pas moyen de communiquer avec Klára ; pas moyen de savoir ce qui lui était arrivé à elle, ou à Tibor, Ilana et Ádám, ou à Mátyás – à supposer que quelqu'un ait eu des nouvelles de lui. Pendant ses autres périodes de service, c'étaient les lettres de Klára qui l'avaient sauvé du désespoir. L'obligation de lui écrire « Je vais bien » l'avait maintenu en bonne santé, jusqu'à un certain point. Comment allait-il supporter de ne pas communiquer avec elle, surtout après ce qui s'était passé ? Il faudrait qu'il trouve une façon de le faire, coûte que coûte. Il soudoierait quelqu'un, signerait une reconnaissance de dettes au besoin. Il allait lui écrire, et ses lettres lui parviendraient. C'était sa seule certitude dans cet océan d'inconnues.

Il y avait dix kilomètres entre l'orphelinat et le chantier. On leur distribua des piolets et des pelles, et on les divisa en vingt équipes de six hommes, quatre pour manier la pelle, deux pour pousser la brouette. Ils virent des centaines d'équipes semblables pelleter la terre et l'emporter pour niveler le lit de la route, qu'on recouvrirait ensuite de gravier et d'asphalte. Un long ruban déjà nivelé s'étirait dans leur dos jusqu'à Turka, et un semis de repères rouges balisait l'infini verdoyant entre le chantier et Skhidnytsya. Des surveillants se faufilaient entre les équipes, fouaillant le dos et les mollets des hommes à coups de longue baguette.

Ils travaillèrent cinq heures d'affilée. À midi, ils reçurent cent grammes d'un pain noir qui crissait sous la dent, à croire qu'on avait mis de la sciure dans la farine, ainsi qu'une louche de soupe aux navets clairette. Puis ils travaillèrent jusqu'à la nuit et rentrèrent au pas dans le noir. À l'orphelinat, le cuisinier du camp leur servit une tasse de bouillon à l'oignon. On les fit mettre en rang dans la cour et rester au garde-à-vous trois heures durant, avant que Kozma les envoie se coucher dans leurs lits d'enfant. Et telle serait dorénavant l'organisation de leur vie.

András occupait le lit supérieur, près d'une fenêtre, József couchant au-dessous de lui ; ils avaient pour voisins Mendel en haut et la Tour d'ivoire en bas. La première semaine à l'orphelinat, András entendit József se tourner et se retourner pendant des heures sur les lattes de bois dur, et chaque fois qu'il allait sombrer dans le sommeil, ces mouvements le faisaient sursauter. La cinquième nuit, il mourait d'envie de l'étrangler. Tout ce qu'il voulait, c'était dormir, justement, pour oublier où il était et pourquoi. Or József le lui interdisait de fait.

— Arrête, lui siffla András. Dors !

— Va au diable, répliqua József à voix basse.

— Vas-y toi-même.

— J'y suis déjà. Je vais mourir ici, je le sais.

— On va tous y passer d'une manière ou d'une autre, déclara Mendel depuis son lit.

– Moi, j'ai une constitution fragile et un caractère vif ; je peux avoir une mauvaise réaction, je suis fichu de répondre, même à un type qui a un fusil.

– Ça fait deux mois que tu es au STO, à présent, et tu n'en es pas mort, lui rappela András.

– Ici, on n'est pas à Szentendre.

– Dis-toi que c'est Szentendre avec un rata plus infect et un chef plus abject.

– Pour l'amour du ciel, Lévi, tu ne m'écoutes pas. Il faut que tu m'aides.

– Moins fort, lança quelqu'un.

András descendit de son lit et vint s'asseoir sur celui de József. Il croisa son regard dans le noir.

– Qu'est-ce qu'il y a ? Qu'est-ce que tu veux ? chuchota-t-il.

– Je veux pas mourir avant l'âge de trente ans, répondit József de même, et sa voix se brisa comme celle d'un petit garçon ; il se moucha dans ses doigts. Rien ne m'a préparé à ça, moi. Ces cinq dernières années, je n'ai fait que boire, manger, baiser et peindre. Je ne pourrai jamais survivre dans un camp de travail.

– Mais si, tu pourras. Tu es jeune et en bonne santé. Tu t'en sortiras.

Ils gardèrent le silence un bon moment, ils écoutaient les hommes respirer. Cinquante hommes qui respirent dans leur sommeil, on dirait les violons, altos et violoncelles d'un orchestre qui joueraient sans cordes ; c'est le frottement infini du crin à même le bois. De temps en temps, les vents d'un éternuement, les cuivres d'une toux viennent rompre le courant de cette respiration, mais la musique sans cordes continue, soupir obstiné dans le noir.

– Alors, c'est tout ? s'enquit József. C'est tout ce que tu trouves à me dire ?

– La vérité la voilà, dit András. Ne compte pas sur

moi pour te faire un discours de joyeux boy-scout, je ne suis pas d'humeur.

— Je ne te demande pas de me faire un discours de joyeux boy-scout, je veux savoir comment survivre. Ça fait trois ans que tu survis, toi. Tu n'as pas de conseils à me donner ?

— Eh bien, déjà, évite de publier un canard subversif, tu pourrais te retrouver dans le bureau de ton commandant avec un flingue braqué sur toi.

— C'est comme ça que ça s'est passé ? Qu'est-ce qu'il voulait ?

— Nos originaux et nos plaques. Il menaçait d'aller fouiller chez nous si on ne les lui fournissait pas.

— Oh, bon Dieu ! Et qu'est-ce que tu lui as dit ?

— La vérité. Que les originaux étaient dans le bureau du directeur du *Journal magyar juif*. Il a dû mettre la main dessus, à l'heure qu'il est.

József émit un long sifflement.

— Il a dû passer un mauvais quart d'heure, le directeur.

— Je sais, ça m'a rendu malade. Mais qu'est-ce que tu voulais qu'on fasse ? On n'allait pas envoyer les sbires de Varsádi à mon appartement.

— Soit, fit József. Tu peux être sûr que je ne publierai pas de canard subversif. Et quoi d'autre ?

András lui dit ce qu'il savait : ne pas se faire remarquer. Devenir invisible. Ne pas se faire d'ennemis parmi les camarades. Ne pas répondre aux gardes. Manger ce qu'on vous donne, même quand c'est infect, et toujours en mettre un peu de côté pour plus tard. Rester aussi propre que possible. Garder les pieds au sec. Prendre soin de ses vêtements pour qu'ils ne partent pas en lambeaux. Repérer les gardes compréhensifs. Obéir aux règles qu'on peut suivre. Ne pas se faire prendre quand on enfreint les autres. Ne jamais oublier la vie civile. Ne jamais oublier que le STO a une fin.

Il se tut au souvenir d'une tout autre liste, celle qu'il avait dressée si longtemps auparavant avec Mendel, les Dix Commandements du Munkaszolgálat. Sa conscription en Carpato-Ruthénie ne remontait-elle qu'à trois ans ? Le STO avait-il une fin ? Et qui en décidait ? Tout à coup, il lui devint insupportable d'y réfléchir ou d'en parler une minute de plus.

— Faut que je dorme, dit-il à József.

— Bon, eh bien, merci, malgré tout.

— Fermez-la, bande d'idiots, chuchota Mendel depuis son lit.

— Il n'y a pas de quoi, répondit András. Et maintenant, dors.

András retourna dans son lit et s'entortilla dans sa couverture. József ne fit plus un bruit ; il avait cessé de se retourner comme une carpe. C'était András qui ne pouvait plus fermer l'œil, il écoutait respirer les hommes. Il se remémorait des nuits tranquilles comme celle-ci, au début de sa première période. Bientôt, plus aucun d'entre eux n'aurait le sommeil facile : il y en aurait toujours un pour tousser, gémir, courir vers les latrines. Et puis ils seraient harcelés par les poux, taraudés par une faim nauséeuse. Il y aurait les rassemblements à minuit, aussi, si la fantaisie en prenait à Kozma. Le Munkaszolgálat, c'était une maladie chronique ; les symptômes pouvaient bien diminuer, ils finissaient toujours par revenir. Quand il était parti en Transylvanie, il éprouvait exactement ce que József éprouvait aujourd'hui : un formidable sentiment d'injustice. Lui faire ça à lui, à lui et à Klára, à son esprit et à son corps, fidèle et robuste machine ! Il ne s'habituait pas à l'idée que les grandes urgences de sa période parisienne – les études, les projets, les moments avec Klára, les secrets, les soucis d'argent, les problèmes rencontrés à l'École, au travail, ou pour faire bouillir la marmite –, que tout ce qui avait compté, donc, ne soit plus qu'un chapitre clos, dépouillé de son contexte, réduit à l'insignifiance, relégué à la rubrique « impossible », fourré dans un espace trop exigu pour y laisser entrer la vie. Pourtant aujourd'hui, en allant travailler au pas, en pelletant la terre, en mangeant le brouet de la misère, en traînant la patte dans la boue sur le chemin du retour à l'orphelinat, il n'avait éprouvé aucune indignation. Il n'avait pas éprouvé grand-chose. Il n'était plus qu'une bête sur la surface de la Terre, comme il y en avait des milliards. Le fait qu'il ait connu une enfance heureuse à Konyár, qu'il soit allé à l'école, qu'il ait appris à dessiner, qu'il soit parti à Paris, qu'il soit tombé amoureux, qu'il ait fait des études, travaillé, qu'il ait eu un fils, rien de tout cela ne lui garantissait l'avenir. C'était surtout une affaire de chance. Rien de tout cela n'était une récompense, pas plus que le Munkaszolgálat n'était un châtiment. Rien qui lui ouvre des droits au bonheur, ou au bien-être. Des hommes et des femmes qui souffraient, il y en avait partout, dans ce monde. Des centaines de milliers de personnes avaient déjà trouvé la mort au cours de cette guerre ; peut-être mourrait-il lui-même à Turka. La probabilité n'était pas mince, il s'en doutait. Il n'avait plus son mot à dire désormais. Il n'était plus qu'une particule de vie, une poussière humaine, perdue sur la bordure est de l'Europe. Il savait que le temps viendrait – qui n'était peut-être plus très loin – où il aurait du mal à suivre les règles qu'il venait d'énoncer lui-même à l'intention de József.

Il fallait qu'il pense à Klára, se dit-il. Il fallait qu'il pense à Tamás, et à ses parents, et à Tibor, et à Mátyás. Faire semblant de croire que tout espoir n'était pas perdu. Se laisser prendre au jeu de la survie. Devenir la victime consentante du piège insidieux de l'amour.

À la fin de la deuxième semaine, l'assistant du géomètre sauta sur une mine. L'accident se produisit à l'embranchement de la nouvelle route, à quelques kilomètres de l'endroit où travaillait le groupe d'András, mais les nouvelles allaient vite entre les équipes. Cet assistant était l'un d'entre eux, un travailleur du STO. Il était en train d'aider le géomètre à faire le tracé de la route dans un champ de mines soviétiques qu'on pensait avoir été nettoyé depuis des mois par une autre compagnie. Il fallait croire que ces hommes avaient déclaré un peu vite leur tâche achevée : au moment où l'assistant plaçait le trépied, il avait sauté. Il était mort sur le coup.

Le géomètre était, lui aussi, un appelé du STO, un ingénieur originaire de Szeged. András l'avait vu passer quand il partait sur le site. Il était petit et blême, avec des lunettes sans monture et une moustache grise broussailleuse. Son uniforme était aussi élimé que les autres, ses galoches emmaillotées dans des chiffons, mais comme sa fonction était importante, il portait un képi aux allures officielles et un insigne sur la poche de sa capote. Il avait l'autorisation de faire des achats au village et de fumer. C'était toujours lui qu'on venait chercher quand on avait besoin d'un interprète : il parlait polonais, russe et même quelques mots d'ukrainien, et pouvait s'adresser à n'importe quel paysan galicien dans sa langue maternelle. Son assistant, mince jeune homme aux yeux noirs qui ne pouvait pas avoir plus de vingt ans, le suivait comme son ombre. À sa mort, le géomètre s'était déchiré la manche et barbouillé le visage de cendres en signe de deuil. On le vit trimballer son attirail, égaré par le désespoir. Le jeune homme était comme un fils pour lui, disait-on. András apprit par la suite qu'il était le fils de son meilleur ami à Szeged.

Comme le mois d'août avançait, il fallut se rendre à l'évidence : le géomètre devrait bientôt se choisir un nouvel assistant. Il était trop vieux pour traîner son matériel tout seul, et s'il fallait que le trajet de la route de Skhidnytsya soit établi avant l'arrivée des inspecteurs allemands, en novembre, il aurait besoin d'aide. Il commença donc à interroger les hommes lors de ses allées et venues : l'un d'entre eux aurait-il des connaissances en mathématiques ou fait des études de génie civil ? Y avait-il parmi eux un dessinateur, un architecte ? Au repas de midi, ils le virent consulter la liste des travailleurs, mentionnant le métier qu'ils exerçaient dans le civil.

Un matin qu'András, Mendel et le reste de l'équipe travaillaient à dégager un bloc d'asphalte, il arriva en trottinant derrière le commandant Kozma. Parvenu à leur hauteur, ce dernier s'arrêta et désigna András.

— C'est celui-là. Lévi, András. Il ne paie pas de mine, mais il paraît qu'il a fait des études.

Le géomètre relut sa liste.

— Vous avez étudié l'architecture ?

András haussa les épaules, plus très sûr que ce fût vrai.

— Combien d'années ?

— Deux ans ; j'ai suivi un cours de génie, aussi.

— Bon, soupira le géomètre, il faudra faire avec.

Mendel, qui tendait l'oreille, se rapprocha d'András. Il fixa le géomètre et lui dit :

— Il n'en veut pas, de ce poste.

Aussitôt, la main de Kozma se porta sur la cravache glissée dans sa ceinture. Il se tourna vers Mendel et le considéra de son œil valide.

— On t'a parlé, cloporte ?

Mendel hésita un instant, puis il poursuivit comme s'il n'y avait rien à craindre du commandant :

— C'est un travail dangereux, mon commandant. Lévi est marié et père de famille, prenez un homme qui ait moins à perdre.

La cicatrice du commandant s'empourpra. Il tira la cravache de sa ceinture et cingla le visage de Mendel.

– C'est pas toi qui vas m'apprendre à mener ma compagnie, cloporte ! (Puis, se tournant vers András :) Présente tes papiers de travail, Lévi.

András s'exécuta.

Kozma prit un crayon gras dans sa poche d'uniforme et porta une mention sur les papiers, indiquant qu'András était désormais sous les ordres directs du géomètre. Pendant qu'il écrivait, András sortit un mouchoir froissé de sa poche et le tendit à Mendel, à qui un filet de sang barrait la joue. Mendel appuya le mouchoir dessus. Le géomètre les regarda et devina le lien qui les unissait. Il s'éclaircit la gorge et fit signe à Kozma.

– Il me vient une idée, si je peux me permettre, commandant...

– Quoi encore ?

– Et si vous me donniez celui-ci aussi ? dit-il, désignant Mendel du pouce. Il est grand et costaud, il me porterait le matériel. Et s'il y a une opération dangereuse, c'est lui qui s'en chargera. Je ne peux pas me permettre de reperdre un bon assistant.

Kozma pinça ses lèvres en triste état.

– Tu les veux tous les deux ?

– C'est une idée comme ça, mon commandant.

– Tu es un petit juif avide, Szolomon.

– Il faut faire le tracé de la route. Ça ira plus vite s'ils sont deux à m'aider.

Un autre officier s'était approché de leur équipe de travail. C'était le contremaître général du chantier, colonel de réserve qui appartenait au génie de l'armée hongroise. Il voulut savoir pourquoi on prenait du retard.

– Szolomon veut que ces deux hommes l'assistent.

– Eh bien, qu'on les enregistre et qu'on les lui envoie. On ne peut pas se permettre d'avoir des travailleurs qui restent les bras ballants.

C'est ainsi qu'András et Mendel devinrent les assistants du géomètre et héritèrent du poste du garçon qui s'était fait tuer.

Le jour, ils traçaient la route entre Turka et Yavora, entre Yavora et Novyi Kropyvnyk, puis entre Novyi Kropyvnyk et Skhidnytsya. Le géomètre les initia aux mystères du théodolite. Il leur apprit à le monter sur son trépied et à le calibrer avec un fil à plomb et un niveau à bulle. Il leur apprit à l'orienter vers le nord absolu et à aligner l'axe de vue sur l'axe horizontal. Il leur apprit à se représenter le paysage en termes géométriques : des plans coupés par d'autres selon un angle aigu ou obtus, autant de données compréhensibles, quantifiables, saines. Les montagnes déchiquetées n'étaient plus qu'une série de polyèdres complexes, la Stryj un demi-cylindre sinusoïdal s'étendant depuis la frontière de la province de Lvivska jusqu'au lit plus long et plus profond du Dniestr. Mais ils ne purent jamais considérer le pays sous un angle exclusivement géométrique. Des traces de la guerre, partout visibles à l'œil nu, s'imposaient au regard. Des fermes incendiées, certaines par les Allemands durant leur percée, d'autres par les Russes pendant leur retraite. Abandonnées, les récoltes avaient pourri sur pied. Dans les villages, les commerces juifs avaient été vandalisés, pillés, et étaient désormais vides. On ne voyait pas un juif à la ronde, homme, femme ou enfant. Les Polonais s'étaient enfuis, eux aussi. Les Ukrainiens qui restaient avaient le regard opaque comme si, après toutes les horreurs vues, il leur avait fallu tirer un rideau sur leur âme. Malgré les hautes herbes de l'été et les mûres acides sur les ronces, le long de la route, le pays semblait mort, tel un animal abattu et éviscéré dans un sous-bois. À présent les Allemands tentaient de lui bourrer le ventre d'organes neufs pour qu'il puisse se traîner :

cœur neuf, sang neuf, foie neuf et entrailles neuves, sans oublier le système nerveux tout neuf du QG d'Hitler à Vinnitsa. La route elle-même était une artère vitale, soldats, travailleurs, munitions et denrées de tous ordres y afflueraient pour parvenir au front.

Le géomètre était malin. Il savait que son théodolite pouvait lui servir à autre chose qu'à tracer des routes. Arrivé en Ukraine, il n'avait pas mis longtemps à comprendre qu'il pouvait en faire un puissant instrument de persuasion. Lorsqu'ils parvenaient à proximité d'une ferme ou d'une auberge à l'allure prospère, il installait son appareil au vu et au su des propriétaires. Bientôt, quelqu'un sortait lui demander ce qu'il faisait. Et lui de répondre que la route allait passer sur leurs terres, voire sur leur maison. Alors, on négociait. Accepterait-il de déplacer le tracé de la route vers l'est, si peu que ce soit, vraiment à peine ? Certes, c'était chose possible, moyennant un dédommagement modique. Et ainsi, il récoltait pain et fromage, œufs frais, fruits tardifs, vieux pardessus, couvertures, bougies. Presque tous les soirs, András et Mendel rapportaient vivres et fournitures diverses à l'orphelinat, et les distribuaient aux hommes.

Le géomètre avait en outre des relations précieuses, dont un ami à l'École royale des officiers à Turka. Cet officier, nommé Pál Erdő, ancien acteur célèbre à Szeged, s'était vu charger de monter une pièce de Károly Kisfaludy, *Les Tatars en Hongrie*, fameux drame martial. Lorsque le géomètre et lui se donnaient rendez-vous en ville, Erdő se plaignait des difficultés de cette entreprise saugrenue : monter une pièce pendant qu'on préparait des jeunes gens au combat. Le géomètre se mit à le travailler au corps : il pourrait user du prétexte de la pièce pour faire un geste charitable ; il pourrait par exemple requérir l'aide de travailleurs, qui passeraient de cette façon quelques soirées dans le calme et la sécurité relatifs du grand hall de l'école. Il lui fit valoir en particulier qu'András avait travaillé à la fabrication de décors dans le civil, et que Mendel avait des talents littéraires. Le capitaine Erdő, libéral de la vieille garde, ne demandait pas mieux que de soulager les misères des travailleurs du STO. Outre András et Mendel, il requit l'aide de six hommes de la 79/6, parmi lesquels József pour ses talents de peintre, ainsi qu'un tailleur, un menuisier et un électricien. Trois soirs par semaine, l'équipe ainsi formée se rendait du chantier à l'école d'officiers, où elle aidait au montage de cette pièce héroïque au milieu du grand drame de la guerre elle-même. Pour tout salaire, les hommes recevaient double ration de soupe – celle de la cantine des officiers.

Les jours où le géomètre n'avait pas besoin d'eux, ceux où il restait dans un bureau, à faire des calculs, rectifier des cartes topographiques, rédiger ses rapports, András et Mendel rejoignaient leurs camarades sur le chantier de la route. Ces jours-là, Kozma leur faisait payer leurs journées de travail auprès du géomètre et leurs soirées à l'école d'officiers. Il leur assignait immanquablement la tâche la plus rude. Si elle nécessitait des outils, il les leur retirait et les obligeait à travailler avec leurs mains entortillées dans des chiffons. Si leur équipe devait acheminer des piles de bois pour surélever les accotements, de chaque côté de la route, il les contraignait à porter un garde assis entre eux sur la pile. Quand ils devaient charrier des brouettées de sable, il retirait la roue de la brouette et les forçait à tirer la cargaison dans la boue. Ils payaient ce prix sans souffler mot, conscients que leur poste auprès du géomètre et le travail qu'ils accomplissaient à l'école les sauveraient peut-être quand viendraient les grands froids.

Il ne fut pas question d'écrire un journal pour la

79/6, naturellement. À supposer qu'András et Mendel en aient trouvé le temps, on aurait eu du mal à les convaincre que l'entreprise était sans danger. Une fois seulement, ils reparlèrent de *Rail canaille*. C'était un mardi après-midi pluvieux de septembre, ils étaient sortis avec le géomètre, tout au bout de la route, pour tracer la portion menant à un pont qu'il faudrait reconstruire. Les laissant dans une laiterie abandonnée, Szolomon était allé parlementer avec un fermier dont les porcheries étaient situées trop près de la nouvelle route. Dehors, il tombait un crachin tenace. Les deux amis s'étaient assis sur des seaux à lait retournés et mangeaient le pain noir et la caillebotte que le géomètre avait glanés pour eux le matin même.

— Pas mal, pour un déjeuner au Munkaszolgálat, commenta Mendel.

— On a connu pire.

— Bon, c'est pas le pays où coulent le lait et le miel pour autant, déclara Mendel, dont le visage avait perdu son expression ironique habituelle. J'y pense tous les jours, tu sais. Tu devrais être en Palestine aujourd'hui, et au lieu de ça, grâce à moi, nous visitons cette magnifique campagne ukrainienne.

L'humour de *L'Oie des neiges*.

— Grâce à toi ? Mais c'est ridicule, voyons.

— Pas tant que ça, dit Mendel, en fronçant ses sourcils qui ressemblaient à des antennes de papillon. *L'Oie des neiges*, c'était mon œuvre, *La mouche qui pique* aussi. *Rail canaille* est venu tout seul après ça. C'est bien moi qui en ai écrit le premier article. Et c'est bien moi qui ai eu l'idée qu'on s'en serve pour provoquer la colère des hommes et les inciter à ralentir les chargements.

— Mais quel rapport ?

— Je n'arrête pas d'y penser, András. Peut-être que c'est le retard des trains qui a attiré les soupçons sur les agissements de Varsádi. Peut-être qu'en ralentissant la cadence, on a réussi à tirer la sonnette d'alarme.

– Si les trains avaient du retard, c'était parce que les soldats responsables s'en mettaient plein les poches. Tu ne vas pas dire que c'est ta faute, à présent.

– Tu ne peux pas prétendre qu'il n'y a pas de rapport.

– Ce n'est pas ta faute si nous sommes ici. Le pays est en guerre, je te signale.

– Je ne peux pas m'empêcher de penser qu'on a dû pousser le bouchon trop loin. Je n'en dors pas de la nuit, pour ne rien te cacher. Je me dis que c'est notre faute.

Cette pensée était venue à András dans le train, et de nombreuses fois depuis. Mais quand il entendit Mendel la formuler, il y perçut un désespoir inédit, l'expression d'un désir auquel il n'avait jamais réfléchi. Car Mendel Horovitz s'acharnait à affirmer, au prix d'un remords taraudant, qu'il avait un semblant de contrôle sur son destin et celui d'András, qu'il avait sa part dans les événements qui les avaient balayés et déposés sur le front de l'Est. Bien sûr, songea András. Bien sûr. Pourquoi ne pas revendiquer une culpabilité infamante, pourquoi ne pas revendiquer la responsabilité du désastre, si on n'a le choix qu'entre ça et se faire l'effet de n'être rien qu'une poussière humaine ?

Tout commandant du Munkaszolgálat, András le savait, possédait son éventail de névroses personnel, sa panoplie de haches à aiguiser. Si on voulait survivre dans un camp de travail, mieux valait repérer ce qui déchaînait l'ire du commandant, à toutes fins utiles. Sauf que les ressorts de Kozma constituaient une méca-nique mystérieuse et subtile ; l'homme était d'humeur changeante et ses névroses plongeaient leurs racines dans les ténèbres. Pourquoi était-il si cruel envers le lieutenant Horvath ? Pourquoi ces coups de pied à son chien-loup ? Où et comment avait-il reçu la cicatrice qui lui barrait le visage ? Personne ne le savait, pas même les gardes. Impossible de détourner sa colère, une fois déclenchée. Elle ne s'exerçait d'ailleurs pas à la seule encontre d'András et Mendel, à cause de leurs privilèges. Toute faiblesse attirait son attention. Un homme qui montrait des signes de fatigue était parfois frappé, voire torturé. On le faisait mettre au garde-à-vous avec des seaux d'eau à bout de bras, on lui faisait faire des exercices de gymnastique après la journée de travail, ou bien on le laissait dormir sous la pluie. À la mi-septembre, le camp connut ses premiers morts, malgré la douceur du temps et les soins prodigués par Tolnay, le toubib de la compagnie. L'un des hommes d'âge mûr contracta une infection pulmonaire qui évolua en pneumonie mortelle ; un autre mourut d'un arrêt du cœur au travail. La dysenterie leur faisait des visites ponctuelles, et parfois elle emportait un homme avec elle. On ne soignait guère les blessures ; une simple écorchure pouvait provoquer une septicémie ou finir par une amputation. Tolnay faisait de fréquents rapports alarmistes à Kozma, mais il fallait qu'un homme soit à l'article de la mort pour que le commandant consente à l'envoyer au dispensaire du village.

Les nuits à l'orphelinat comportaient leur lot de terreurs imprévisibles. À deux heures du matin, il arrivait que Kozma réveille tous les hommes et leur ordonne de rester au garde-à-vous jusqu'à l'aube, frappés par les gardes s'ils s'endormaient ou tombaient à genoux. D'autres fois, lorsque Kozma et Horvath buvaient avec les autres officiers dans leurs quartiers, quatre travailleurs du STO pouvaient être appelés pour jouer à un horrible jeu. Deux d'entre eux montaient sur les épaules des deux autres, et ils devaient jeter leur adversaire à terre. Si la lutte manquait de férocité, Kozma les frappait à coups de cravache. La partie n'était finie que quand un homme s'écroulait KO.

Mais la forme de torture la plus cruelle que Kozma infligeait à ses hommes était le rationnement. Il semblait se délecter à l'idée qu'ils crèvent de faim et qu'il ait tout contrôle sur leur alimentation. On aurait dit qu'il prenait plaisir à les savoir à sa merci, en manque de ce que lui seul pouvait leur donner. Sans les extras rapportés en secret par Mendel et András lors de leurs tournées de géomètres, la 79/6 serait peut-être bel et bien morte de faim. Même ainsi, les plus jeunes d'entre eux vivaient la fringale au ventre. Une ration entière n'aurait pas suffi à reconstituer l'énergie qu'ils brûlaient au travail. Ils se demandaient comment les compagnies qui les avaient précédés à Turka avaient pu supporter la faim des mois d'affilée. Qu'est-ce qui avait bien pu les maintenir en vie ? Bientôt, on découvrit que le village se livrait à un marché noir florissant et qu'on pouvait s'y procurer toutes sortes de provisions, à condition d'avoir une monnaie d'échange. Ironie amère, cette compagnie qu'on avait envoyée au front parce que ses officiers s'adonnaient au trafic se voyait à présent contrainte d'acheter le nécessaire par ce même biais – mais comment faire autrement ?

Un soir, dans la chambrée, les hommes fouillèrent leurs poches et en tirèrent quelques objets de valeur : deux montres, quelques billets de banque, un briquet en argent, un canif à manche d'ébène. Ils tinrent conseil à voix basse pour savoir lequel irait au village. Les dangers étaient connus. Combien de fois Horvath les avait-il avertis que tout travailleur non accompagné serait fusillé ? La Tour d'ivoire, jouant les modérateurs, entreprit d'exposer un certain nombre de critères sur lesquels fonder leur décision. On n'enverrait pas de malade, pas d'homme de plus de quarante ans, ni de moins de vingt ans. Aucun de ceux qui auraient joué à l'horrible jeu de Kozma dans la semaine, aucun de ceux qui auraient été livrés au froid dans la cour. Aucun père de famille. Aucun homme marié. Les hommes se regardèrent, en essayant de deviner qui restait encore après tout ça.

— Moi, je peux y aller, dit Mendel. Quelqu'un d'autre ?

— Moi, dit un nommé Goldfarb, un grand gaillard à la tignasse rousse, et au nez cassé – peut-être dans une série de bagarres qui remontaient à la petite enfance.

Il était chef pâtissier dans le VI\ :sup:`e` arrondissement de Budapest ; les hommes l'adoraient.

— Personne d'autre ? demanda la Tour d'ivoire.

András savait bien qui ne remplissait pas non plus les critères d'élimination : József Hász. Mais József était en train de gagner la porte en catimini, comme s'il se disposait à filer à l'anglaise. Avant qu'il ait réussi à s'esquiver, la Tour d'ivoire l'interpella :

— Et toi, Hász ?

— Je crois que je couve quelque chose.

Les hommes de la 79/6 subissaient ses jérémiades depuis son arrivée au STO, trois mois plus tôt. Ils n'avaient guère d'indulgence pour ses échappatoires. Quelques-uns d'entre eux allèrent le chercher sans ménagements et le plantèrent au milieu du cercle. Un silence tendu s'installa. József dut sentir d'où venait le vent : personne ne verrait d'inconvénient à ce qu'il aille risquer sa peau pour la communauté. Trop souvent, sa mauvaise volonté au travail leur avait attiré la colère de Kozma. Il se ratatina, ses épaules se voûtèrent.

— Je ne vais jamais arriver à me faufiler dans les bois, on va me voir comme le nez au milieu de la figure.

— Il est temps que tu te secoues, dit Zilber, l'électricien qui travaillait avec lui à l'école d'officiers. Tu n'entends jamais Horovitz se plaindre, et pourtant il nous récupère de quoi manger depuis des semaines, à présent.

– Et pourquoi se plaindrait-il ? répondit József. Il se promène dans la campagne avec Szolomon pendant qu'on manie la pelle.

– T'as pas oublié comment a fini le dernier assistant de Szolomon, quand même ? Moi, ce boulot-là, j'en voudrais pas même si on me donnait une chambre individuelle et une petite fermière avec des seins comme des melons.

Les hommes furent nombreux à déclarer qu'ils seraient preneurs du poste dans ces conditions-là, et Mendel leur assura qu'il ne jouissait d'aucun de ces avantages en nature. Mais József Hász ne riait pas. Il observait le cercle de travailleurs, la panique naissant dans son regard car il n'y trouvait pas d'allié. András le considéra avec une bouffée de compassion et – faut-il l'avouer – une pointe de satisfaction coupable. Car Hász allait apprendre une fois de plus qu'il n'était pas au-dessus des forces qui régissent la vie des mortels. Dans cet orphelinat d'Ukraine, on se fichait pas mal qu'il soit un fils à papa et un nanti. Son côté beau ténébreux et son sourire en coin laissaient tout le monde froid. Les hommes avaient faim, il fallait que l'un d'entre eux aille chercher à manger au village ; il correspondait aux critères. Dans un instant, il devrait capituler.

Mais József détestait par-dessus tout avoir le dos au mur. Sur un ton raisonnable et détaché qui cachait son affolement, il déclara :

– Vous ne pouvez décemment pas me désigner plutôt qu'Horovitz.

– Et pourquoi ? demanda l'électricien.

– Parce que si vous êtes là, c'est bien grâce à lui. Zilber éclata de rire, et les autres l'imitèrent.

– Dis tout de suite que c'est lui qui nous a fourrés

dans ce train ! C'est lui qui a déclaré la guerre, peut-être ?

– Non, mais il a publié ce journal bourré d'articles sur le marché noir. Il a dit à Varsádi qu'on était tous au courant.

András n'en crut pas ses oreilles. Parmi les hommes, il se fit un silence vibrant, puis les langues se délièrent. La Tour d'ivoire les rappela à l'ordre.

– Taisez-vous, tous, chuchota-t-il. Si les gardes nous entendent, le projet est fichu.

– Comprenez-moi bien, reprit József en lançant un regard circulaire sur les hommes, dans la pénombre. Sans le journal, Varsádi n'aurait peut-être pas perdu la tête.

Il se tourna vers András, mais n'attira pas l'attention sur son rôle d'illustrateur. Cette omission devait être une forme de remerciement pour les conseils qu'il lui avait donnés.

– Ça tient pas debout, dit l'électricien. Personne ne nous a expédiés ici à cause de *Rail canaille*. On faisait traîner les opérations en longueur au profit des pauvres diables qui étaient sur des chantiers comme celui où on est à présent. C'est peut-être pour ça que Varsádi a eu peur d'être découvert.

Parmi les hommes, on commençait à murmurer, et les regards se dirigèrent vers Mendel, puis András. Mendel baissait les yeux, honteux : József Hász n'avait fait que dire tout haut ce qu'il se reprochait tout bas.

Pressentant un revirement dans le groupe, celui-ci poussa son avantage.

– Le jour où on nous a expédiés, vous savez ce qui s'est passé ? Varsádi a convoqué Horovitz dans son bureau. Qu'est-ce qu'il lui voulait, d'après vous ? Sûrement pas le féliciter pour ses talents de rédacteur.

– Ça suffit, Hász, dit András en faisant un pas vers lui.

– Qu'est-ce qu'il y a, mon oncle ? rétorqua József

en lui rendant son coup d'œil menaçant. Je ne fais que répéter ce que tu m'as dit.

– Alors, qu'est-ce qu'il voulait ? demanda l'un des hommes.

– D'après Lévi, il voulait les originaux et les plaques de *Rail canaille*. Il était tellement aux abois qu'il a menacé nos rédacteurs d'un pistolet. Vu les circonstances, on peut pas en vouloir à Horovitz d'avoir trahi leur directeur de publication, celui du *Journal magyar juif*, qui les aidait à imprimer. Quoi qu'il en soit, une demi-heure plus tard, on nous entassait dans les wagons.

Les hommes dévisageaient Mendel, qui n'avait pas l'intention de réfuter la moindre de ces allégations. Quant à András, il n'avait qu'une envie : se jeter sur József et le mettre KO. La seule chose qui le retenait, c'est que le bruit de la bagarre aurait alerté les gardes.

– Écoutez, les gars, dit la Tour d'ivoire, on n'est pas là pour parler de *Rail canaille* ni pour faire un procès. On s'est pas réunis pour savoir à qui la faute si on se retrouve ici. On a faim, on peut se procurer de la bouffe au village, à condition d'avoir des volontaires pour y aller. On aurait peut-être mieux fait de tirer à la courte paille tout de suite.

Brouhaha, signes de dénégation : les hommes n'étaient plus disposés à s'en remettre au hasard.

– Laissez-moi y aller tout seul, dit Mendel, en fixant la Tour d'ivoire dans les yeux. Je marche vite, vous comprenez. Tout seul, je ferai l'aller-retour en un rien de temps.

La Tour d'ivoire protesta. Ils étaient cinquante dans l'escouade, tous morts de faim ; il fallait espérer que les provisions obtenues constitueraient un trop gros volume pour un seul homme.

Les regards se portèrent sur Goldfarb, József Hász, et enfin András. On considérait András et Mendel comme un tandem : ils faisaient toujours tout ensemble.

On sentit monter une attente, dans la pénombre de la chambrée. András lança un coup d'œil à Mendel, prêt à se porter volontaire, mais celui-ci lui fit un imperceptible signe de tête qui signifiait : *Reste en dehors de tout ça.*

Un long silence s'écoula avant que l'un d'entre eux prenne la parole. József restait debout, bras croisés, bien persuadé que son argument avait porté. À la fin, ce fut Goldfarb qui s'avança.

– J'y vais, annonça-t-il. De toute façon, ce ne sera pas la seule fois qu'il faudra le faire. La prochaine fois, on enverra Lévi et Hász, ou n'importe quel gars sur qui on voudra faire retomber la faute.

La 79/6 put souffler. On avait enfin pris une décision. Horovitz et Goldfarb allaient partir. On n'avait que trop perdu de temps ; la nuit s'effilochait, il fallait qu'ils se mettent en route sans plus tarder. Ils fourrèrent les objets de valeur dans leurs poches de pantalon, s'emmitouflèrent contre le froid, et se glissèrent dans la nuit. Tous les hommes de la compagnie regagnèrent leurs lits pour les attendre, tous sauf András Lévi et József Hász, qu'on entendit se disputer à mi-voix dans les latrines. Avant que József n'ait pu se recoucher, András l'avait attrapé par le col et traîné devant les lavabos lilliputiens. Il le poussa contre le mur et le serra au collet, jusqu'à ce qu'il suffoque.

– Arrête, lâche-moi, souffla József.

– Je m'arrêterai quand ça me plaira, sale petit égoïste de merde !

– Je n'ai dit que la vérité, répondit József en arrachant la main d'András. Tu as publié ce torchon avec lui, tu es tout aussi responsable. J'aurais pu en faire état, mais je me suis tu.

– Et il faudrait peut-être que je te remercie, que je baise ta main infecte ?

– J'en ai rien à foutre et je t'emmerde, mon oncle !

– Tu avais raison, l'autre nuit, tu n'es pas fait pour

le camp de travail. Ça te tuera, et j'espère que ça te tuera vite.

— J'en suis plus si sûr, répondit József avec son sourire de côté. Parce que, en fin de compte, je suis là, moi, et pas dans les bois.

Alors, enfin, András fit ce qu'il voulait faire depuis des mois : il prit son élan et lui mit un coup de poing en pleine face, qui l'envoya rouler par terre. József tomba à genoux sur le ciment et cracha du sang dans une rigole. András se frotta les jointures. Il s'était attendu à ressentir la décharge familière du remords qui venait tempérer sa haine pour József, mais de décharge, point, cette fois. Il n'éprouvait plus que de la faim, de la fatigue, et le désir de le cogner de nouveau, tout aussi fort. Pourtant il se retint et, l'abandonnant sur le ciment des toilettes, il retourna à son lit, attendre Mendel.

Pour parvenir au village, il fallait traverser cinq kilomètres de bois dans le noir, ce qui prendrait à peu près une heure. Une fois sur place, il faudrait trouver le contact et négocier l'échange – le tout en évitant les patrouilles de nuit qui tiraient à vue. S'ils trouvaient leur contact, si celui-ci était disposé à négocier, et s'il avait de la marchandise à troquer, il s'écoulerait peut-être encore une heure avant que les deux hommes se remettent en route, ce qui voulait dire qu'ils arriveraient juste à temps pour le réveil. András se les représentait cheminant à travers bois, Mendel couvrant le terrain à grandes enjambées, Goldfarb courant presque pour se maintenir à sa hauteur. La nuit était claire et froide : ils verraient leur haleine se transformer en buée. La lune et les étoiles brilleraient, les éclairant au cœur même de la forêt. Le vent éparpillerait les feuilles sur le sol, brouillant leurs traces. Ils apercevraient la lueur du village, au loin, et se dirigeraient entre les arbres vers cette auréole cuivrée dans le ciel. Ils étaient peut-être déjà à mi-chemin.

C'est alors qu'il entendit des aboiements frénétiques dans les fourrés, derrière l'orphelinat. Il les connaissait, ces aboiements, tous les hommes les connaissaient : c'étaient ceux du chien de Kozma, son chien-loup gris hargneux qu'ils détestaient et qui le leur rendait bien. Un concert de hurlements s'éleva. Les hommes dégringolèrent de leurs lits et se précipitèrent aux fenêtres. Les faisceaux des torches dansaient un ballet, on entendait des branches craquer ; des hurlements inintelligibles se rapprochaient, on finit par saisir un chapelet d'injures en hongrois. Des formes gesticulantes entraient dans la lumière pour en sortir aussitôt, avant qu'on ait pu les reconnaître. Des silhouettes d'hommes s'approchèrent du mur d'enceinte et poussèrent le portail. Cinq minutes plus tard, c'était Kozma en personne qui hurlait à tous les hommes de sortir de la chambrée et de se mettre en rang dans la cour.

Ils sortirent en catastrophe dans le froid, sans avoir le temps de passer leurs manteaux ou de se couvrir la tête. Avec le clair de lune, on y voyait comme en plein jour, et leurs ombres se projetaient contre le mur de brique. Dans l'angle nord-ouest, les gardes s'agitaient, un chien grondait, on s'empoignait, des cris de douleur retentirent. Kozma ordonna à la compagnie de se mettre au garde-à-vous, et de ne regarder que lui. Il grimpa sur une petite chaise d'écolier pour voir tout le monde. András et József se trouvaient devant. Il faisait froid dans la cour ; András sentait le vent lui entailler le dos comme une lame de patin. Kozma aboya un ordre et deux gardes firent sortir László Goldfarb et Mendel Horovitz de leur coin. Ils étaient tous deux couverts d'égratignures, comme s'ils étaient tombés dans un roncier. La jambe de pantalon gauche de Goldfarb était déchirée à partir du genou. Au clair de lune, on voyait la marque des crocs du chien dans son mollet. Mendel se tenait la poitrine. Son visage qui ruisselait de sang était contracté par la douleur ; son pied droit traînait un piège dont les dents d'acier lui rentraient dans la chaussure.

– Regardez-moi ce qu'Erzi a débusqué dans les bois, ce soir, dit Kozma en caressant le chien si fort qu'il gémit. Le lieutenant Horvath a eu la bonté d'aller voir la cause de toute cette agitation, et voilà les deux beaux spécimens qu'il a découverts dans la canalisation. On n'aurait jamais cru en prendre des comme ça, hein, Erzi ?

Il gratta le dos du chien de sa main gantée. Puis il ordonna à Goldfarb et Mendel de se mettre nus.

Comme Goldfarb maugréait, le lieutenant Horvath le frappa avec la crosse de son pistolet. Les deux hommes se déshabillèrent tant bien que mal, sous les hurlements d'Horvath. Mendel n'arrivait pas à retirer la jambe droite de son pantalon coincée par la chaussure et le piège ; il dut rester le pantalon en accordéon sur les chevilles, jusqu'à ce que le lieutenant déchire le tissu au couteau. Une fois nus, les hommes se blottirent contre le mur en grelottant, mains sur l'entrejambe. Goldfarb fixait les rangs de ses camarades d'un air hébété, comme un spectacle incompréhensible qu'on lui aurait ordonné de suivre. En un éclair douloureux, Mendel croisa le regard d'András et lui fit un clin d'œil. Il voulait le rassurer, András le savait, mais il en eut les tripes tordues. Cet homme nu et ensanglanté, c'était bien Mendel Horovitz, son ami d'enfance, son coéditeur, et pas un subterfuge habile, inventé par le Munkaszolgálat pour le torturer. Kozma ordonna à l'un des gardes de bander les yeux des prisonniers avec leurs chemises. Ce garde était celui qu'András connaissait bien, un ancien ouvrier plombier nommé Lukás ; c'était lui qui les escortait à l'école des officiers et leur glissait des cigarettes, quand il le pouvait. Lui aussi avait une expression incrédule et apeurée. Mais il banda les yeux des hommes, comme on venait de le lui ordonner. Goldfarb passa la main sous le bandeau pour le desserrer un peu. András ne supportait pas de voir la tête baissée de Mendel, ses bras agités de soubresauts. Alors il regarda ses pieds, mais là, il vit le piège qui mordait dans la chaussure. Goldfarb était pieds nus ; il les avait croisés pour avoir moins froid. Dans le silence de la cour, la respiration des hommes bourdonnait.

Pendant un long moment, il ne se produisit rien et András en conclut que la punition se bornerait à les humilier en les exhibant ainsi nus dans le froid. Bientôt, on allait leur permettre de se rhabiller ; Tolnay soignerait leurs blessures. Puis il se passa quelque chose qu'il ne comprit pas tout de suite. Cinq gardes vinrent s'interposer entre la compagnie et les hommes qui grelottaient contre le mur, comme pour les protéger des regards de leurs camarades. Kozma donna un ordre, et les gardes épaulèrent leur arme en visant les hommes aveuglés. Murmure incrédule dans les rangs, rage folle et révolte dans la poitrine d'András. Déclic des fusils qu'on arme.

Et de Kozma, un seul mot : « Feu ! »

La détonation fusa, se répercuta sur les murs de la cour et se déversa vers le ciel. Derrière le nuage de fumée, Mendel Horovitz et László Goldfarb s'étaient affaissés contre le mur.

András appuya les poings sur ses yeux. La détonation se prolongeait à l'infini dans sa tête. Les deux hommes, debout un instant plus tôt, étaient assis par terre, genoux contre la poitrine. Blancs et inertes, ils ne grelottaient plus ; ils demeuraient immobiles, têtes penchées l'une vers l'autre, comme en conciliabule.

— C'étaient des déserteurs, lança Kozma quand la fumée se fut dissipée. Des voleurs. Ils avaient les poches pleines de choses précieuses. À présent, vous savez ce qu'il en coûte de suivre leur exemple. Déserter, c'est trahir. Le châtiment, c'est la mort.

Il descendit de sa chaise d'enfant et rentra d'un pas martial dans l'orphelinat, le chien sur les talons, le lieutenant Horvath fermant la marche.

Sitôt la porte close derrière eux, András se précipita auprès de Mendel. Il s'agenouilla pour lui poser une main sur le cou, sur la poitrine. Plus le moindre battement de vie, rien. Dans la cour, silence. Les gardes eux-mêmes ne faisaient pas un geste. La Tour d'ivoire s'avança et se pencha vers László Goldfarb ; personne ne l'arrêta. Puis il se leva et s'adressa posément au garde nommé Lukás. Celui-ci lui fit un signe d'assentiment et se dirigea vers un coin de la cour. Il retira le trousseau de clefs qu'il portait à la ceinture et ouvrit la remise où l'on rangeait les pelles. La Tour d'ivoire en prit une et se mit en devoir de creuser un trou près du mur d'enceinte. À travers un brouillard de cauchemar, András vit d'autres hommes se joindre à lui pour cette besogne incompréhensible. József demeura bouche bée, jusqu'à ce que son voisin le pousse dans le dos. Alors, lui aussi prit une pelle et commença de creuser. Quelqu'un avait dû aider András à se relever. Soudain il se retrouva en train d'avancer d'un pas mal assuré vers la remise, de prendre la pelle que Lukás lui tendait et de se courber aux côtés de József. Comme dans un rêve, il inclina la pelle vers la terre et l'y enfonça de toute sa force. Le sol était dur et tassé, la secousse se communiqua au manche de l'outil et aux os de son bras. À mi-voix, il se mit à murmurer un chapelet de mots en hébreu : *Tu nous délivres du piège de l'oiseleur et de la pestilence de la destruction, Tu nous prends sous ton aile, Tu nous protèges de la peste qui guette dans la nuit et de la maladie qui s'abat en plein jour. Tu es notre protection. Il ne nous arrivera aucun mal. Les anges nous gardent sur notre chemin, ils nous portent dans leurs bras.* Il savait que ces mots venaient du psaume 91, celui qu'on récite aux enterrements. Il savait qu'il était en train de creuser une tombe. Mais il n'arrivait pas à penser que le corps le long du mur était celui de Mendel Horovitz, il n'arrivait pas à se dire que l'homme qu'on venait d'abattre était celui qu'il aimait depuis l'enfance. Cet absolu sidérant le dépassait. Il n'arrivait pas à respirer, à penser. Dans sa tête, le psaume 91, l'éclair et la détonation des fusils, le choc des pelles contre la terre froide.

# Chapitre 35

## *Les Tatars en Hongrie*

Au point du jour, les hommes étaient ensevelis. Il n'y eut pas le temps d'observer la shiva, il n'y avait pas même eu le temps de laver les corps. Kozma, jugeant qu'il avait été bien bon de laisser la 79/6 enterrer ses camarades, priva les travailleurs de soupe jusqu'à la fin de la semaine. Les jours passaient sous le choc, le silence vibrait d'incrédulité. S'il était terrible de voir des hommes d'âge mûr se tuer à la tâche ou mourir de maladie, c'était tout autre chose de voir fusiller des hommes jeunes. József Hász semblait le plus ébranlé de tous ; à croire qu'il découvrait tout juste qu'une de ses actions, une de ses volontés, pouvait avoir des conséquences catastrophiques sur un autre être humain. Au terme de la première semaine, où il mangea peu et dormit moins encore, il sidéra la compagnie en se portant volontaire pour reprendre le poste de Mendel. L'emploi de deuxième assistant du géomètre était désormais maudit aux yeux des hommes, personne n'en voulait. Mais József paraissait y voir une pénitence. Lors des tournées, il se mit au service d'András. S'il y avait du matériel lourd à traîner, c'était lui qui s'en chargeait. Il ramassait du bois, allumait le feu pour la cuisine et laissait sa part chaque fois que le géomètre rapportait des provisions. Ce dernier, qui avait appris le sort de Mendel Horovitz et de László Goldfarb, acceptait la servitude de József avec une gravité muette. Pour lui, ce qui venait de se produire n'était qu'une atrocité de plus au Munkaszolgálat, le deuxième acte d'un drame où un homme jeune et sans expérience de la vie subissait une torture émotionnelle. András, de vingt ans le cadet du géomètre, avait gardé la faculté de s'indigner face à l'égoïsme et à la cruauté de l'homme ; il refusait de pardonner à József, refusait même de le regarder. Il suffisait qu'il entre dans son champ visuel pour que la même bobine de questions se déroule dans sa tête. Pourquoi Mendel et pas József ? Pourquoi n'était-ce pas József qui s'était trouvé dans les bois, cette nuit-là, pourquoi n'était-ce pas lui qui s'était pris le pied dans un piège ? Était-il trop tard pour que les deux hommes troquent leur place ? Pourquoi n'était-ce pas József qui avait disparu à jamais ? András croyait avoir touché le fond du sentiment de vanité, d'absurdité ; il croyait connaître intimement le chagrin. Mais ce qu'il éprouvait à présent était bien plus cruel. Car Mendel n'était pas le seul à être concerné, lui aussi l'était. Ce n'était pas seulement l'horreur que lui inspirait la mort de Mendel qui était en cause, le fait indéniable qu'il avait disparu, mais également la découverte que lui-même ainsi que toute la compagnie, étaient descendus dans un autre cercle de l'enfer ; leurs vies avaient si peu de valeur aux yeux de leurs officiers que, selon toute probabilité, il ne reverrait jamais ni sa femme ni son fils. Ce dangereux stade du désespoir, c'était aussi à József qu'il devait de l'avoir atteint. Il s'y installait à demeure, non sans lui vouer une rancune brûlante. Quand leur tâche les entraînait aux abords d'un champ de mines, il se prenait à espérer le voir sauter dans une explosion assourdissante. C'était tout ce qu'il méritait. Deux fois cette année-là, une fois à Budapest et l'autre en Ukraine, József l'avait trahi, et cela avait eu des conséquences exorbitantes. Ses liens du sang avec Klára, l'être qu'András aimait le plus au monde, ne faisaient qu'aggraver son tourment. S'il avait pu l'effacer de la mémoire de Klára, s'il avait pu l'effacer de la famille, il l'aurait fait sur l'instant. Mais József refusait obstinément de s'effacer. Il refusait de marcher sur une mine. Il flottait, telle une ombre, aux confins de son champ visuel, comme pour lui rappeler que ce qui s'était produit n'était pas une illusion, mais un fait irréversible.

Les soirées passées à l'école d'officiers ne lui apportaient aucun soulagement. Là également, ils travaillaient de conserve, l'un concevant les décors, l'autre assurant la direction artistique. La pièce, *Les Tatars en Hongrie*, András ne la connaissait que trop bien ; il l'avait étudiée jusqu'à plus soif du temps qu'il était écolier à Konyár. Son instituteur, homme strict, la lui avait enfoncée dans le crâne. Avant d'être dramaturge, Kisfaludy avait été soldat, durant les guerres napoléoniennes. Quand il était rentré des champs de bataille, il avait voulu mettre en scène ce qu'il venait de vivre. Mais sa guerre était trop fraîche, il était donc allé puiser dans le passé plus lointain de la Hongrie. András avait écrit une longue rédaction sur Kisfaludy pour son certificat d'études primaires. Et voilà qu'il se retrouvait à concevoir des décors pour *Les Tatars en Hongrie*, dans une école d'officiers située en Ukraine, en pleine guerre mondiale, avec un collaborateur qui était, dans une certaine mesure, responsable de la mort de Mendel Horovitz. Mais il n'avait pas le temps de s'attarder sur ce paradoxe surréaliste. Le capitaine Erdő, directeur du projet, travaillait dans l'urgence la plus extrême. Le nouveau ministre de la Défense viendrait bientôt visiter l'école d'officiers ; la pièce serait créée à cette occasion.

Un jeudi soir, début octobre, András et József se retrouvèrent au garde-à-vous dans la salle d'honneur déserte et sonore, pendant qu'Erdő passait leurs plans en revue. Le capitaine était un grand gaillard corpulent, qui portait en brosse sa chevelure blanche. Il arborait un petit bouc, ainsi qu'un monocle par affectation pure. Mais son air d'autodérision donnait à penser qu'il s'agissait d'une mascarade, d'une posture. Se trouvant ridicule, il avait décidé de mettre les rieurs de son côté. Tout en commentant les plans, il faisait les questions et les réponses, chœur à lui tout seul. Au lieu de peindre des arbres en toile de fond, ne pourrait-on pas en mettre quelques vrais sur la scène pour évoquer la forêt ? Était-ce malcommode ? Extrêmement malcommode ! De vrais arbres ? Qui donc aurait le temps ou l'envie d'aller en déraciner ? Oui, mais cet effet de réalité, c'était important, non ? Certes. Alors de vrais arbres ; de vrais arbres. On pourrait ensuite mettre de vraies tentes pour figurer le camp. Ah oui, de vraies tentes, belle idée. Les tentes, ça ne manquait pas, ça ne coûterait pas un sou. Et cette caverne grandeur nature qu'on se proposait de fabriquer avec du grillage à poules et du papier mâché, est-ce qu'on ne pourrait pas la monter en deux parties pour la déplacer plus facilement ? Si, bien sûr, c'était possible, à condition d'avoir des plans bien faits. Mais c'était précisément pour cela qu'il avait engagé József et András, afin que tout soit conçu et exécuté avec le plus grand professionnalisme. Il ne disposait pas d'un gros budget, mais l'école voulait faire bonne impression au ministre de la Défense. Erdő dit à András et József de lui dresser une liste des matériaux dont ils auraient besoin : bois, grillage à poules, papier journal, toile, tout le nécessaire. Puis, se penchant vers eux, il leur parla un tout autre langage.

— Écoutez-moi, jeunes gens, Szolomon me raconte ce qui se passe dans votre compagnie. Kozma est une brute. C'est abominable. Dites-moi ce que je peux faire pour vous. Tout ce que vous voudrez. Vous avez besoin de vivres ? De vêtements ? Vous avez assez de couvertures ?

András ne sut par quel bout commencer : de quoi manquaient-ils ? Mais de tout. De morphine, de pansements, de nourriture, de couvertures, de manteaux, de chaussures, de sous-vêtements de laine, de pantalons et d'une bonne semaine de sommeil.

— Il nous faudrait des fournitures médicales, articula-t-il. De toutes sortes, et puis des vitamines, et des couvertures. Tout ce que vous nous donnerez sera bienvenu.

Mais József eut une autre idée.

— Vous pouvez envoyer des lettres, non ? Vous pouvez faire savoir à nos familles que nous sommes sains et saufs ?

Erdő acquiesça lentement.

— Et vous pourrez nous en faire parvenir, aussi, si elles vous sont adressées ?

— Cela m'est possible, oui. Mais c'est dangereux. Ce que vous me demandez est contraire au règlement. Et tout courrier est censuré. Il faudra que vous le fassiez comprendre à vos familles. Une lettre fautive, et nous serions tous compromis.

— On le leur fera comprendre, assura József. Est-ce que vous pourriez nous procurer des stylos et de l'encre ? Et du papier ?

— Naturellement, c'est bien facile.

— Si je vous apporte les lettres demain, vous pourrez les envoyer au prochain courrier ?

Erdő acquiesça de nouveau, d'un air sombre et sévère.

— Je peux le faire, et je le ferai, jeunes gens, déclara-t-il.


Ce soir-là, quand Lukás les escorta jusqu'à l'orphelinat avec leurs camarades réquisitionnés comme eux pour travailler sur *Les Tatars en Hongrie*, András dut bien s'avouer que l'idée de József était bonne. Il était pris de vertiges à l'idée de pouvoir écrire à Klára cette nuit même. *À présent, tu sais pourquoi je ne suis pas rentré du travail la veille de notre départ : j'ai été enlevé avec le reste de ma compagnie et envoyé en Ukraine. Depuis, on nous affame, on nous épuise au travail, on nous laisse périr de maladie, ou on nous abat purement et simplement. Mendel Horovitz est mort. Il est mort nu, les yeux bandés face au peloton d'exécution, en partie grâce à ton neveu. Quant à moi, je ne saurais dire si je suis plus mort que vif.* Il ne pouvait rien écrire de tout ça, bien sûr. Cette vérité ne passerait pas la censure. Mais il pouvait la supplier de partir en Palestine, il trouverait comment lui faire parvenir ce message, dût-il le crypter. Il osa même espérer qu'elle y soit déjà, qu'une réponse d'Elza Hász lui annonce qu'elle et Tamás, en compagnie de Tibor, Ilana et Ádám, avaient descendu le Danube, traversé la mer Noire et emprunté le Bosphore comme prévu, et qu'ils vivaient désormais en Palestine à l'abri de la guerre, jusqu'à un certain point. S'il avait su qu'il serait cantonné en Ukraine, il l'aurait suppliée de partir. Il lui aurait dit de penser à sa vie et à celle de Tamás, au lieu de songer à celle de son mari ; il serait arrivé à ses fins. Mais il n'avait pas été là pour la convaincre. Il avait été déporté, et elle, ignorant tout de sa situation, était restée – son amour pour lui s'était refermé sur elle comme un piège, mais ce n'était pas le piège de la vie, celui-là.

*Chère K,* écrivit-il cette nuit-là. *Ton neveu et moi t'envoyons notre affection depuis la ville de T. J'écris dans l'espoir que cette lettre ne te trouvera pas à Budapest et que tu auras déjà quitté le pays. Si tu as repoussé ton départ, je te supplie de ne plus tarder à cause de moi. Il faut que tu partes tout de suite si tu en as la possibilité. Je vais bien, mais j'irais mieux encore si je savais que tu mettais nos projets à exécution. Et puis la terrible nouvelle. Notre ami MH, il faut que je te le dise, a été contraint de partir pour Lachaise, il y a un mois.* Allusion au cimetière parisien. Comprendrait-elle ? *Je te laisse imaginer mes sentiments. Vous me manquez terriblement, Tamás et toi, je pense à vous*

*jour et nuit. Écrirai de nouveau dès que possible. Ton*
*András qui t'aime.*

Il plia la lettre et la glissa dans la poche intérieure de sa veste. Le lendemain, il la remettrait à Erdő. Il n'avait aucun moyen de savoir quand et comment elle parviendrait à Klára – si elle lui parvenait –, mais la simple idée qu'elle lui parvienne était la première consolation qu'il connaissait depuis des mois.

S'il s'étonna, au début, que les jeunes élèves officiers employés à construire les décors sous sa direction le traitent avec déférence et respect, la surprise s'émoussa bien vite. Au bout de quelques semaines de travail quotidien à l'école, il lui parut banal de passer parmi eux, tel un contremaître, pour vérifier qu'ils suivaient fidèlement ses plans. Il n'y avait guère de cérémonie entre eux, ni de conscience des différences. Élèves officiers et travailleurs du STO commencèrent par s'appeler par leurs prénoms, puis par leurs diminutifs : Sanyi, Józska, Bandi. Il ne leur était pas permis de prendre leurs repas ensemble au mess des officiers, mais souvent, l'équipe se rendait aux cuisines par la porte de service et rapportait à manger pour tout le monde. Ils dînaient alors sur la scène, assis en tailleur entre les décors en construction et les toiles de fond inachevées. Malgré le conflit muet qui les enfermait, András et József reprenaient du poids et réalisaient les décors. Ils attendaient une réponse à leurs lettres, et chaque fois qu'Erdő entrait dans la grande salle, ils espéraient qu'il allait les faire appeler dans son bureau et tirer une enveloppe maculée de sa poche de poitrine. Mais les semaines s'étiraient et rien ne venait. Erdő les incitait à la patience : la lenteur du courrier était notoire, surtout quand il y avait des frontières à franchir.

La représentation approchait, les nouvelles se faisaient attendre, András devenait fou d'inquiétude. Il était sûr que Klára, Elza et György avaient été arrêtés, jetés en prison, et qu'ils avaient dû laisser Tamás entre des mains étrangères. Klára serait jugée, reconnue coupable et exécutée. Pendant ce temps-là, il était coincé en Ukraine où il ne pouvait rien, absolument rien pour elle. En outre, une fois la pièce jouée, il perdrait tous ses contacts avec Erdő et, du même coup, toute possibilité d'envoyer ou de recevoir du courrier.

Le 29 octobre, le nouveau ministre hongrois de la Défense arriva à Turka. Il était prévu que le cortège officiel traverse le village. Toutes les compagnies stationnées alentour seraient présentes. Ce matin-là, le commandant Kozma fit marcher les hommes de la 79/6 jusqu'à la grand-place et leur ordonna de se mettre au garde-à-vous sur le côté ouest. Ils avaient reçu l'ordre de se laver et de ravauder leurs uniformes pour la circonstance ; on leur avait distribué du fil à coudre et des pièces de tissu. Malgré tous leurs efforts, ils avaient une dégaine d'épouvantail. Le chantier de la route était venu à bout de leurs vestes comme de leurs pantalons. Ils avaient, certes, récupéré quelques vêtements civils auprès des chiffonniers du marché noir local, mais ils n'avaient pas pu troquer leurs uniformes déchirés contre des neufs. L'armée ne leur fournissait plus de tenue. C'est à l'école d'officiers qu'András avait pris la mesure de la dégradation de son uniforme. À côté des jeunes gens en tenue militaire irréprochable, il avait de plus en plus l'air d'un vagabond.

À la tête d'une compagnie d'élèves officiers propres comme des sous neufs, sur le côté opposé de la place, il voyait Erdő, se tenant bien droit, mais le monocle malicieux. Ses boutons jetaient des éclairs dorés dans la lumière du matin. Il vivait cette journée dans ses moindres détails, comme du grand théâtre. Il était content du travail de József et András. Lorsqu'ils lui avaient présenté les décors et les toiles de fond achevés, immédiatement avant la répétition générale, il les avait félicités avec un tel enthousiasme qu'il s'était fait éclater un vaisseau de l'œil gauche. La générale elle-même avait été irréprochable, à l'exception de quelques répliques oubliées, mais tout était parfaitement au point à présent, aussi impeccablement repassé qu'un uniforme de parade. Décors, costumes et même un grand rideau de toile peint en rouge et or n'attendaient plus que l'arrivée du nouveau ministre. La première aurait lieu le soir même.

Le général et son cortège motorisé étaient précédés par la fanfare des élèves officiers : quelques trompettes désespérément appliqués, un tromboniste flegmatique, un flûtiste replet et un tambour rougeaud. Derrière eux venaient deux camions arborant des armoiries et pavoisés du drapeau hongrois, puis un défilé de soldats de la police militaire à motocyclette, et enfin, le général Vilmos Nagybaczoni Nagy en voiture découverte, une GAZ noire étincelante avec des pneus bordés de blanc. Le général était plus jeune qu'András ne l'aurait imaginé, il ne grisonnait pas encore, il était dans la force de l'âge. Son uniforme était chamarré de décorations de toutes formes et de toutes couleurs, dont la croix d'or et de turquoise qui représentait le Honvédség, la plus haute récompense de la bravoure au combat. Il avait à côté de lui un homme plus jeune, en uniforme moins resplendissant, adjudant ou secrétaire, sans doute. De temps en temps, le général cessait de regarder les rangs des hommes et il se penchait pour chuchoter quelque chose à l'oreille du jeune officier, qui griffonnait alors furieusement sur un carnet de sténographe. Le général parut s'attarder particulièrement sur les rangs des travailleurs du STO. András n'osait pas le regarder en face, mais il sentit ses yeux sur lui au passage du cortège. Le général se pencha, parla à son adjudant, et le jeune homme prit des notes. Après que le cortège eut fait le tour de la place, la fanfare lui dégagea la voie, et les voitures partirent en vrombissant vers l'école d'officiers.

Quand József et András pénétrèrent dans la salle d'honneur pour mettre la dernière main aux préparatifs du spectacle, il y régnait la confusion la plus extrême. On avait poussé les décors sur le côté pour que l'officier qui dirigeait l'école puisse prononcer le discours officiel de bienvenue ; du coup, deux toiles de fond avaient été déchirées, et un pan de la caverne en papier mâché écrasé. Erdő arpentait la scène de long en large, au comble de l'affolement, braillant que les décors ne seraient jamais finis à temps, tandis qu'András, József et les autres s'affairaient à réparer les dégâts. András réussit à rafistoler la caverne à l'aide d'un seau de colle et de papier d'emballage. József restaura une ruine romaine avec un rouleau de toile adhésive. Les autres remirent d'aplomb la deuxième toile de fond et la fixèrent au mur. À la fin du repas, tout était en ordre. Les acteurs arrivèrent pour endosser leurs costumes tatars et magyars, et pour se mettre en voix ; ils se pavanaient et filaient leur texte à mi-voix, avec la même fatuité, la même gravité que les comédiens du Sarah-Bernhardt.

À huit heures et demie, la salle d'honneur était remplie d'élèves officiers au verbe haut ; on sentait une tension dans l'atmosphère festive, un frémissement d'impatience croissante. András trouva un coin sombre dans les coulisses, d'où il pourrait suivre les discours et la pièce. Il aperçut le général qui remontait l'allée centrale pour se placer au premier rang : sa veste brillait de tous ses feux, martiale. Le directeur de l'école monta sur scène et prononça son discours, véritable pas de deux rhétoriques où le déférent le disputait au pompeux, le tout ponctué de gestes qu'András reconnaissait car c'étaient ceux d'Hitler, qu'il avait vu aux actualités : le poing martelant le podium, l'index levé, décrivant des spirales, la paume de chef d'orchestre. Les élèves officiers applaudirent dûment six bonnes minutes ce morceau de bravoure, mais quand le général Nagy monta sur scène, ils se dressèrent dans un rugissement d'enthousiasme. Il les avait choisis, il leur avait fait l'honneur de cette première halte dans sa tournée sur le front de l'Est, quand il les quitterait, il irait directement au QG d'Hitler à Vinnitsa. Il leva une main pour les remercier, ils se rassirent et se turent, avides de l'entendre.

– Soldats, commença-t-il, jeunes gens, je serai bref. Je n'ai pas besoin de vous dire que la guerre est une chose terrible. Vous êtes loin de chez vous, loin de votre famille, et vous irez plus loin encore avant de rentrer au pays. Vous êtes des braves, tous tant que vous êtes.

Contrairement au directeur de l'école, Vilmos Nagy n'avait rien du bravache, il n'avait pas sa fougue théâtrale non plus. Ses voyelles étaient fermées comme celles d'un paysan du Hadjú, et il empoignait la tribune de ses grandes mains rougeaudes.

– Je vais vous parler franchement. Les Soviets sont plus forts que nous l'avions cru. Vous êtes ici parce que nous ne sommes pas parvenus à prendre la Russie, ce printemps. Nombre de vos camarades sont tombés. On vous forme à mener les hommes au combat. Mais vous êtes magyars, jeunes gens. Vous avez survécu à mille ans de batailles. Il n'est pas d'adversaire qui soit votre égal. Il n'est pas d'ennemi qui puisse vous défaire. Vous avez massacré les Tatars à Pest, vous avez mis quatre-vingt mille Turcs en déroute au château d'Eger. Parce que vous étiez de meilleurs guerriers et de meilleurs chefs.

Les élèves officiers lancèrent une salve d'acclamations débridées ; le général attendit que le silence soit revenu.

– Souvenez-vous que vous vous battez pour la Hongrie. Pour la Hongrie, et rien d'autre. Les Allemands sont nos alliés, ils ne sont pas nos maîtres. Leur manière n'est pas la nôtre. Les Magyars ne sont pas des Aryens, les Allemands voient en nous une nation obscurantiste.

Nous avons du sang barbare, des idées de fous, nous refusons le totalitarisme, nous ne voulons pas déporter nos juifs ni nos bohémiens, nous sommes attachés à notre langue bizarre. Nous nous battons pour vaincre, et non pas pour mourir.

Nouvelle ovation, plus timide, cette fois. On avait appris aux élèves officiers à révérer sans réserve l'autorité allemande ; on leur avait appris à parler de cet allié essentiel et tout-puissant avec un respect inconditionnel.

— Rappelez-vous ce qui s'est passé l'été dernier sur les rives du Don. Notre général Jány et ses dix divisions ont été déployés sur cent cinquante kilomètres entre Voronej et Pavlovsk. Le *Generalfeldmarschall* von Weich se figurait qu'il nous suffirait de dix divisions légères pour contenir les Russes sur la rive est, mais la suite, vous la connaissez. Nos blindés n'ont pas résisté aux T-34 des Soviets. Les Russes étaient mieux armés. Notre intendance n'a pas suivi. Nos hommes mouraient. Alors Jány a replié ses divisions sur des positions défensives. Il avait pris la mesure de la situation et il a décidé de sauver des milliers de vies. Voilà pourquoi von Weich et le général Halder nous ont taxés de lâcheté ! Nous serions peut-être montés dans leur estime si nous avions laissé mourir quarante à soixante mille de nos hommes au lieu de vingt mille. Ils auraient peut-être apprécié de nous voir répandre notre sang barbare jusqu'à la dernière goutte.

Le général Nagy marqua un temps et parcourut des yeux les rangs des hommes silencieux, on aurait dit qu'il cherchait à croiser leurs regards, dans le noir de la salle.

— L'Allemagne est notre alliée. Sa victoire nous rendra plus forts. Mais n'allez surtout pas croire que l'Allemagne poursuive un autre but que la survie du Reich. Or, notre but à nous, c'est la survie de la Hongrie — et j'entends par là qu'il nous importe de préserver notre souveraineté et nos territoires, mais aussi la vie de nos jeunes gens.

Les hommes étaient plongés dans un silence médusé. Plus personne n'applaudissait ; ils attendaient que Nagy poursuive. Ils avaient si peu l'habitude qu'on leur dise la vérité, pensait András, qu'elle les réduisait au mutisme.

– Jeunes gens, vous avez été entraînés à combattre intelligemment et à minimiser nos pertes. Nous voulons vous ramener chez vous vivants. Vous nous serez tout aussi précieux lorsque la guerre sera finie.

Le général s'interrompit et poussa un profond soupir. Ses mains tremblaient à présent, comme si ce discours l'avait épuisé. Il jeta un œil en direction des coulisses, dans l'obscurité où se tenait András. Ses yeux se posèrent sur lui un instant. Et puis il se tourna de nouveau vers les élèves officiers.

– Une dernière chose : respectez les travailleurs du STO. Ils se salissent les mains à votre place. Ils sont vos frères dans cette guerre. Certains officiers ont choisi de les traiter comme des chiens, mais nous allons changer ça. Soyez bons, jeunes gens, voilà ce que je suis en train de vous dire. Sachez témoigner du respect à qui le mérite, dit-il, et il baissa la tête, comme pour réfléchir, puis haussa les épaules. C'est tout, vous êtes des soldats courageux, magnifiques, tous tant que vous êtes. Je vous remercie pour votre travail.

Il descendit du podium, accompagné par des applaudissements sombres et désorientés. Apparemment, personne ne savait que penser de ce nouveau ministre de la Défense ; il venait d'énoncer des vérités qui n'étaient pas bonnes à dire en public, et moins encore dans une école d'officiers. Mais on n'eut guère le temps de réagir. Il était l'heure que la pièce commence. Les Magyars se rassemblèrent sur scène pour l'ouverture, les travailleurs du STO y traînèrent la ruine romaine et firent descendre une toile de fond qui représentait un lavis de ciel sur les collines vert mousse de Buda. Lorsque le rideau se leva, un flot de lumière inonda le plateau, faisant resplendir les valeureux Hongrois dans leurs armures peintes. Le chef magyar tira son épée et la brandit bien haut. Mais avant qu'il ait pu prononcer sa première tirade, l'air émit un ululement. On entendit résonner une plainte qui montait et descendait. András connaissait ce bruit, c'était l'alerte aux bombes. Ils s'étaient tous exercés, ici et à l'orphelinat. Sauf que, en l'occurrence, on n'avait pas annoncé d'exercice et que la sirène n'avait rien à voir avec la pièce. Cette fois, on ne faisait plus semblant, ils allaient être bombardés.

Les spectateurs se levèrent d'un bond, poussant vers la sortie. Un essaim d'officiers entourait le général Nagy, qui avait perdu son képi dans la cohue. Une main sur sa tête nue, il lançait des regards circulaires tandis que son état-major l'entraînait vers une porte latérale. Les acteurs avaient déserté la scène en laissant tomber leurs armes de carton-pâte, et ils se massaient vers un escalier au fond de la salle. András, József et leurs camarades du STO descendirent à leur suite cet escalier qui menait à un abri ménagé sous l'édifice. On aurait dit une ruche, avec sa succession de petites alvéoles en béton reliées par un réseau de boyaux. Les hommes se précipitèrent dans un renfoncement obscur, au détour d'un des passages ; d'autres arrivèrent, qui s'y engouffrèrent également. Tout là-haut, les sirènes gémissaient.

Les premières bombes ébranlèrent l'abri comme si la Lune avait dévié de sa trajectoire pour s'écraser sur la Terre. Il se mit à pleuvoir une poussière de ciment, et les ampoules électriques vacillèrent dans leur cage de fer. Certains poussaient des jurons, d'autres fermaient les yeux, comme en prière. József demanda une cigarette à un élève officier et commença à la fumer.

— Éteins ça, chuchota András. S'il y a une fuite de gaz par ici, on va tous se faire tuer.

— Moi, si je dois mourir, je fume.

András secoua la tête. Auprès de lui, József soufflait

un nuage voluptueux par les narines, comme pour montrer qu'il allait prendre son temps. Mais une nouvelle déflagration le projeta contre András, et il en fit tomber sa cigarette. Une série de vibrations se répercuta à travers l'édifice, comme autant de petits tremblements de terre. C'était la DCA ; son poste de tir était situé à proximité de la salle d'honneur. Des vitres volèrent en éclats au-dessus de leurs têtes. Des cris étouffés leur parvinrent à travers les murs de l'abri.

– Garde-à-vous, messieurs ! ordonna l'un des officiers.

Ils s'exécutèrent. La chose requérait un certain effort de concentration dans l'obscurité intermittente, et ils restèrent ainsi jusqu'à la nouvelle alerte. Tandis que l'édifice tremblait sur ses bases, András songeait au poids des matériaux de construction répartis au-dessus de lui : les lourdes poutres, les planchers, les murs, les tonnes de parpaings et de briques, les solives de toit et la charpente, les milliers d'ardoises. Il s'imaginait ces matériaux pleuvant sur son architecture humaine. La peau : fragile ; les muscles : fragiles ; les os : fragiles ; les organes intelligemment conçus, les cellules subtilement agencées, tout ce que Tibor lui avait fait observer dans le livre d'anatomie de Klára, il y avait une éternité, à Paris. Tout à coup, il eut le souffle coupé. Une nouvelle détonation venait de prendre la pièce par le flanc, une fissure apparut au plafond.

Puis il y eut une accalmie. Silencieux, les hommes attendaient. La DCA avait dû être touchée, ou alors les mitrailleurs attendaient la vague d'avions suivante. C'était encore pire, de ne pas savoir quand la prochaine rafale allait arriver. József remuait les lèvres, chuchotant une incantation. András se pencha vers lui, curieux de savoir quel psaume, quelle prière pouvait avoir fait naître une telle sérénité sur ses traits. Et quand il en comprit les paroles, il faillit rire tout haut. C'était un air de Cole Porter que le peintre passait souvent sur son phono, lors de ses soirées : *Me revoici sous les étoiles avec toi/ Et là-bas sur la plage un orchestre joue/ Même les palmiers ont l'air de danser/ Quand il se met à jouer la biguine.*

Le calme cessa ; le staccato de la DCA se fit entendre de nouveau. Puis il y eut comme un accord de percussions, à croire qu'un trio de bombes venait de tomber en même temps. Les hommes se jetèrent à genoux et les lumières s'éteignirent. József émit un cri de panique animale. Ainsi c'était la fin, se dit András. József serait puni comme il le méritait, ici, dans cette tombe, au-dessous de la salle d'honneur. On aurait dit un conte où l'on paie au prix fort des vœux égoïstes. József mourrait, certes, mais András mourrait avec lui. Comme les bombes s'abattaient toujours, József baissa la tête contre la clavicule d'András et lui dit : « Pardon, pardon. » Ses cheveux sentaient la cigarette, l'odeur des soirées à Paris. Sans réfléchir, András posa un instant la main sur sa tête.

Et puis, tout à coup, les lumières revinrent. Les hommes se relevèrent, ils époussetèrent leurs uniformes et oublièrent commodément qu'ils venaient de s'agripper les uns aux autres, de se blottir contre la poitrine de leurs camarades, à prier, pleurer, demander pardon. Ils promenèrent leur regard autour d'eux, comme pour confirmer que personne n'avait eu vraiment peur. Le bombardement avait pris fin. La terre avait cessé de trembler. Au-dessus d'eux, tout était silencieux.

— Bon, messieurs, dit l'officier qui leur avait ordonné de se mettre au garde-à-vous. Attendez le signal.

Il s'écoula un long moment avant que la DCA n'annonce la fin de l'alerte. Alors, ce fut la ruée vers la sortie. Dans la cohue, les hommes parlaient d'une voix sourde, encore sous le choc. Nul ne savait ce qui les attendait là-haut. András pensa au camp de travail où ils auraient dû s'installer lors de leur arrivée à Turka. À la fosse commune, où la terre mouillée avait glissé comme une couverture trempée. József et lui se frayèrent un passage à coups d'épaule dans la marée humaine qui se dirigeait vers l'escalier. À l'intérieur du bunker l'air était vidé de son oxygène, irrespirable.

Il y avait un goulot d'étranglement au pied des marches. Et comme András piétinait, quelqu'un vint se cogner à lui par-derrière et lui fourra quelque chose dans la main. C'était Erdő, le visage empourpré, en nage ; il avait perdu son monocle.

– Je n'y pensais plus, lui dit-il. J'étais préoccupé par la pièce. J'aurais très bien pu mourir et ne jamais vous la donner, comme vous auriez pu mourir et ne jamais la recevoir.

András baissa les yeux vers sa main. Il tenait un papier plié en quatre, entouré d'un mouchoir.

Il n'avait pas la patience d'attendre, il fallait qu'il voie. Il défit un coin du mouchoir et découvrit l'écriture de Klára sur une mince enveloppe bleue. Son cœur bondit dans sa poitrine.

– Cachez-moi ça, dit Erdő, et András obéit.

De retour à l'orphelinat, il n'eut plus qu'une idée en tête : se mettre à l'écart pour lire la lettre de Klára. Mais les hommes de la 79/6 les soumirent à un feu roulant de questions : que s'était-il passé au juste ? Avaient-ils vu les avions ? Est-ce qu'il y avait eu des morts ? Des blessés parmi les camarades ? Pourquoi un raid aérien si loin du front ? Les gardes étaient allés écouter la radio dans les quartiers de Kozma, mais ils ne leur avaient rien dit, évidemment. Le bombardement avait duré si longtemps qu'on croyait que tout le monde était mort à l'école d'officiers.

Des morts, il y en avait eu, c'était exact. Lorsqu'ils étaient arrivés dans la salle d'honneur – ou du moins, entre les trois murs encore debout –, ils avaient été emportés par un flot d'hommes se précipitant vers l'un des abris qui s'était effondré sur les élèves officiers réfugiés à l'intérieur. Trois heures durant, les travailleurs du STO et les soldats s'étaient employés, avec des pelles et des piolets, des jeeps et des cordes, à soulever la masse de bois et de béton qui enfermait les hommes. Dix-sept d'entre eux avaient été tués par l'effondrement, des dizaines d'autres étaient blessés. Il y avait eu des victimes ailleurs. Le mess avait été touché sans laisser aux cuisiniers et aux plongeurs le temps de descendre aux abris : onze morts. On en déduisit que le raid visait le général Nagy ; les services du NKVD devaient avoir eu vent de sa visite, et on avait envoyé des troupes aéroportées pour qu'il meure sous les bombes. Mais le général comptait parmi les survivants ; il avait même supervisé en personne le sauvetage des hommes prisonniers sous leur abri, au grand dam de son jeune adjudant qui fixait la couverture nuageuse embrasée comme s'il pouvait dégringoler un nouveau déluge de YAK-1 à tout instant.

Et András avait toujours la lettre de Klára dans sa poche, n'osant pas l'ouvrir. Enfin, il put grimper dans son lit et tenter d'en déchiffrer les lignes dans l'obscurité. Au-dessous de lui, assis en tailleur sur sa couchette, József était presque aussi anxieux d'avoir des nouvelles. András prit son rasoir pour ouvrir l'enveloppe avec soin et se mit dans une position où le clair de lune puisse lui tenir lieu de lampe de poche. Il sortit la lettre et la déplia d'une main tremblante.

*15 octobre 1942*
*Budapest*

*Cher A,*
*Imagine mon soulagement et celui de ton frère quand nous avons reçu ta lettre ! Nous avons tous décidé de repousser notre voyage à la campagne jusqu'à ton retour. Tamás va bien, et je me porte*

*moi-même aussi bien que les circonstances le per-*
*mettent. Tes parents sont en bonne santé. Transmets*
*mon affection à mon neveu, je t'en prie. Ses parents*
*vont bien, eux aussi. Quant au départ de MH pour*
*Lachaise, j'espère seulement avoir mal compris. Je*
*t'en prie, écris-moi vite,*

*ta fidèle K.*

*Nous avons tous décidé de repousser notre voyage.*
C'était ce qu'il craignait, en pire. Klára était restée, mais
aussi Tibor, Ilana et Ádám. Il aurait fait de même, bien
sûr ; jamais il n'aurait abandonné Ilana et Ádám tout seuls
à Budapest trois jours après que Tibor aurait disparu.
Malgré tout, c'était triste, et exaspérant. D'un seul coup
d'un seul, l'armée hongroise venait d'immobiliser tout le
clan Lévi. À cause d'un trafic clandestin de viande en
conserve, de chaussures de l'armée, de munitions et de
pneus de jeep, voilà qu'ils étaient tous pieds et poings
liés sur un continent bien décidé à effacer les juifs de la
surface de la Terre. Cette affreuse vérité logée sous son
diaphragme l'empêchait de respirer à pleins poumons. Il
passa la main le long du lit et glissa la lettre à József,
qui la lut en étouffant une interjection de détresse, lui
qui avait pourtant dénoncé la folie d'un départ pour la
Palestine. Après ces trois mois en Ukraine et ce qu'ils
venaient de vivre et de voir à l'école d'officiers, il
avait fait l'épreuve de sa propre vulnérabilité, il avait
trouvé sur sa langue le goût de sel de la mortalité. Il
mesurait les conséquences pour Klára et Tamás, Tibor,
Ilana et Ádám, d'être ainsi naufragés en Hongrie avec
cette guerre qui les cernait de toutes parts. Il devait bien
savoir ce que sa déportation coûtait d'angoisse à ses
parents derrière le « ses parents vont bien » de Klára ;
il avait sûrement deviné la vérité.

Mais au moins, András et lui tenaient cette lettre,
cette preuve que la vie continuait chez eux. András

entendait Klára lire les messages cryptés de la sienne à haute voix ; pendant un moment, il crut qu'elle était blottie à ses côtés, se faisant toute petite contre lui dans ce lit bien trop court, sa peau tiède sous la robe moulante, le parfum sombre et chaud de sa chevelure, sa bouche formant un chapelet de mots codés et les glissant à son oreille, frais comme des perles de verre. *Nous avons tous décidé de repousser notre voyage à la campagne.* Dans un instant, il lui répondrait pour lui raconter tout ce qui s'était passé. Et puis l'illusion se dissipa, et il se retrouva seul dans son lit. Il se retourna sur le flanc, son regard se portant vers le carré boueux et froid de la cour où les pas de ses camarades avaient depuis longtemps brouillé les traces des petits pieds des orphelins. Au clair de lune, il apercevait les monticules jumeaux sous lesquels reposaient Mendel et Goldfarb, puis, derrière, le haut mur de brique et les cimes des arbres qui dépassaient, et plus loin encore, une résille d'étoiles contre le vide bleu-noir du ciel.

# Chapitre 36
# Un feu dans la neige

Le lendemain du raid, les travaux s'interrompirent sur la route entre Turka et Skhidnytsya. Toutes les compagnies alentour furent dépêchées à l'école d'officiers pour réparer les dégâts. Il fallait reconstruire les bâtiments démolis, réparer les routes éventrées. Le général Nagy restait sur place ; il ne pouvait se rendre au QG d'Hitler à Vinnitsa tant qu'on ne serait pas sûr que la voie était libre. Le commandant Kozma, dopé par sa présence, mais nullement au fait de ses opinions politiques peu orthodoxes, en profita pour organiser des jeux du cirque au chantier. Il fallait évacuer par charrettes les décombres du mess des officiers ; seulement il y avait plus de charrettes que de chevaux. Les écuries avaient souffert du raid, elles aussi. Kozma remplaça donc les chevaux par des hommes. On harnacha huit travailleurs forcés, dont András et József, pour qu'ils tirent les charretées de décombres depuis le mess jusqu'à la cour d'honneur, transformée en décharge de matériaux de construction récupérables. Il n'y avait guère plus de trois cents mètres à parcourir, mais les charrettes étaient toujours chargées à la limite de verser et les hommes avaient l'impression d'avancer dans un lac de ciment en voie de solidification. Lorsqu'ils tombaient à genoux sous l'effet de l'épuisement, les gardes descendaient de leur siège de conducteur et se ruaient sur eux à coups de fouet. Quelques élèves officiers s'étaient interrompus dans leur tâche pour assister au spectacle. Ils poussaient des huées quand András et ses compagnons tombaient, et applaudissaient quand ils réussissaient à se relever et à traîner les charrettes encore quelques mètres.

En milieu de matinée, le spectacle avait tant fait parler qu'il revint aux oreilles de Nagy lui-même. Sourd aux protestations de son jeune adjudant, il sortit du bunker où il était réfugié et s'avança résolument vers les ruines du mess. Pouces passés dans sa ceinture, il regarda les travailleurs du STO balancer les décombres dans la charrette, puis la tirer. Il s'approcha et longea alors la charrette, ses doigts glissant le long des rênes de cuir jusqu'au harnais. Kozma déboula aussitôt du champ de ruines et vint se positionner auprès de lui. Il se redressa de toute sa stature, et sa main fusa jusqu'à son front.

Le général ne lui rendit pas son salut.

– Pourquoi avoir attelé ces hommes ? lui demanda-t-il.

– Ce sont les meilleurs chevaux qu'on a trouvés, répondit Kozma en clignant de son œil valide.

Le général retira ses bésicles, il les nettoya longuement avec son mouchoir, puis il les chaussa et dévisagea Kozma froidement.

– Libérez ces hommes, lui dit-il. Tous.

Kozma parut déçu, mais il leva la main pour faire signe à un garde.

– Pas lui, dit le général. Vous.

Ces paroles eurent l'effet d'une décharge d'énergie dans les rangs des travailleurs harnachés ; András sentit passer un frisson dans les courroies qui lui enserraient la poitrine et les épaules.

– Exécution, commandant. J'ai horreur de répéter un ordre.

Et Kozma fut forcé d'aller vers chacun des hommes et de couper les courroies avec son canif, ce qui l'obligeait à s'approcher d'eux comme jamais ; maintenant il sent comme on pue, se dit András, il risque d'attraper notre toux chronique, nos poux de corps. Les mains du major tremblaient en défaisant les courroies emmêlées. Il mit un quart d'heure à les libérer tous les huit. Les élèves officiers venus en spectateurs avaient disparu.

— Que vos gardes apportent un camion de brouettes des magasins ! ordonna le général à Kozma. (Puis, s'adressant aux hommes :) Vous allez vous reposer ici jusqu'à ce que les brouettes arrivent, et ensuite, vous vous en servirez pour évacuer les décombres.

Il observa les contremaîtres qui divisaient les travailleurs en groupes. À ses côtés, Kozma se taisait ; il se tortillait les mains comme pour les éplucher. Le général avait oublié que sa vie était en danger, que le NKVD le savait au camp. Il ignora les objurgations de son adjudant, qui le pressait de rentrer dans le bunker. À l'heure du déjeuner, ils escortèrent tous deux les hommes jusqu'à la tente qui servait à présent de mess, et veillèrent à ce qu'on leur accorde à chacun une rallonge de deux cents grammes de pain et dix grammes de margarine. Le général demanda à son adjudant de lui installer un banc sur le carré de terre nue où les travailleurs étaient en train de manger. Il prit son repas avec eux, leur posant des questions sur leur vie d'avant la guerre et sur ce qu'ils comptaient faire quand elle serait finie. Les hommes répondirent timidement au début, ne sachant trop s'ils pouvaient faire confiance à ce grand personnage tout chamarré de décorations, mais bientôt les langues se délièrent, et ils parlèrent plus librement. András ne disait rien, il restait à la marge du groupe, il avait conscience d'assister à quelque chose d'extraordinaire.

Après le déjeuner, le général donna l'ordre que les hommes de la 79/6 soient épouillés, qu'ils prennent un bain, et qu'on aille leur chercher des uniformes propres dans les magasins de l'école. Les médecins militaires de l'infirmerie les examineraient ; on soignerait leurs blessures et leurs maladies ; ensuite, on les affecterait à des travaux qui leur permettent de recouvrer la santé. Ils étaient visiblement trop faibles ou trop malades pour faire un travail de force. Il les envoya passer le reste de la journée dans la chaleur humide de la tente où le cuisinier les mit à la corvée de patates et d'oignons pour le dîner des officiers.

Au dîner, ils reçurent de nouveau des rations supplémentaires : deux cents grammes de pain et dix grammes de margarine. Un officier qu'ils ne connaissaient pas, un gaillard taillé tel un ours, qui se présenta comme le commandant Bálint, leur annonça qu'ils auraient désormais droit à ce supplément. Le général avait en effet ordonné qu'on enrichisse leur ordinaire. Pour l'instant, ils allaient continuer de travailler aux cuisines, et puis, autre changement, dorénavant c'était lui leur commandant. Le commandant Kozma n'était plus rien dans la 79/6, ni dans aucune compagnie du Munkaszolgálat, d'ailleurs, si le général avait son mot à dire – sauf, peut-être, dans celle où il serait affecté à titre disciplinaire.

Depuis leur arrivée à Turka, ils n'avaient pas eu une seule soirée festive. Ils avaient observé les grandes fêtes juives, bien sûr, mais par devoir, la mort dans l'âme, conscients qu'ils étaient loin de tout ce qu'ils aimaient, des êtres qui leur étaient chers. Ce soir-là, aux baraquements, à l'heure où Kozma les aurait fait mettre en rang et au garde-à-vous dehors, jusqu'à ce qu'ils tombent sur leurs genoux, ils se rassemblèrent dans l'une des classes du rez-de-chaussée pour jouer aux cartes, chanter des bêtises et lire à haute voix les nouvelles dans des morceaux de journaux glanés à l'école d'officiers. À Stalingrad, les Soviets résistaient toujours à l'offensive nazie, qui entrait dans sa onzième semaine, lut la Tour d'ivoire ; les combats faisaient rage dans les rues de la ville et les faubourgs nord, ce qui laissait à penser que les nazis pourraient bien être enlisés dans leur opération quand l'hiver russe pointerait son nez. « Qu'ils crèvent de froid ! » commenta la Tour d'ivoire. Il se coiffa d'un chapeau de gendarme fabriqué par András avec la page des réclames. Il le prit par le bras et l'entraîna dans une danse paysanne. « On est libres, mes chéris ! » chantait-il en le faisant tourner dans la pièce. Il n'en était rien, naturellement. Lukás et les autres montaient toujours la garde à la porte, et tout membre de la 79/6 qui serait sorti non accompagné aurait très bien pu être abattu. Mais on les avait du moins délivrés du commandant Kozma. Et comme un bonheur n'arrive jamais seul, on les avait aussi délivrés des poux. Ils étaient propres. Le général Nagy était allé jusqu'à ordonner qu'on brûle leurs matelas et qu'on les remplace aussitôt par une literie neuve.

Ce soir-là, confortablement installé sur son matelas qui sentait une bonne odeur de paille, András écrivit à Klára. *Chère K, il vient de se produire un surprenant retournement de situation. Notre sort s'améliore consi-dérablement. Nous nous portons bien, et nous venons de recevoir des uniformes neufs et un poste de travail avantageux. Il ne faut donc pas que tu t'inquiètes pour nous. Si l'occasion de partir à la campagne devait se présenter de nouveau, il faudrait la saisir. Je te suivrai dès que possible. Malheureusement, je te confirme que tu as bien compris la nouvelle concernant MH. Je t'en prie, transmets mes pensées affectueuses à mon frère et à Ilana. Embrasse Tamás pour moi. Ton fidèle et dévoué A.*

Le lendemain, comme il servait le repas aux élèves officiers et à leurs supérieurs, il attendit avec impatience qu'Erdő se présente dans la file. Lorsqu'il apparut enfin, la mine sombre et sans son monocle, déplorant toujours le fiasco des *Tatars en Hongrie*, parmi toutes les autres pertes essuyées par le camp, András lui glissa la lettre sous l'assiette en fer-blanc. Sans un signe, sans un clin d'œil ni aucune autre marque prouvant qu'il l'avait reçue,

Erdő avança dans la file ; mais bientôt András vit briller un éclair blanc, Erdő venait de fourrer la lettre dans sa poche. Tant que le courrier circulerait entre l'Ukraine et la Hongrie, Klára saurait qu'András allait bien et qu'il voulait qu'elle parte en Palestine, si l'occasion lui en était donnée.

Les mesures prises par le général Nagy pour rendre ses forces à la 79/6 furent effectives jusqu'à la mi-novembre. Les malades furent soignés à l'infirmerie de l'école, et les hommes encore valides reprirent du poids grâce aux nouvelles rations. Autre avantage décisif, ils furent affectés aux cuisines : si les cuisiniers surveillaient étroitement les provisions, il était souvent possible de glaner une carotte ou une pomme de terre par-ci par-là, voire une louchée de soupe. András regrettait les longues tournées au bout de la route avec le géomètre Szolomon, mais il avait le plaisir de le retrouver lors de ses visites hebdomadaires à l'école. Il leur rapportait des nouvelles de la guerre et, chaque fois qu'il le pouvait, il offrait à András et József une friandise ukrainienne ou un vêtement chaud. Un après-midi glacial où András regardait József déchirer un sachet de petits beignets secs appelés *holushky*, oreillettes, il eut l'impression de se voir lui-même à Paris, affamé, en train d'extraire de son papier un gâteau au pavot envoyé par la vieille Mme Hász. Qu'étaient-ils, aujourd'hui, József et lui, sinon deux hommes faméliques, à la frontière effrangée d'un pays en guerre, tributaires de forces qui les dépassaient ? Toutes les barrières sociales ou, du moins, les marqueurs de classe qui les séparaient à Paris étaient désormais arbitraires, réduits à l'insignifiance. Quand József lui tendit le sachet d'*holushky*, il le prit et répondit machinalement *köszönöm*. József lui lança un regard de surprise et de soulagement, qui le plongea dans la perplexité ; puis il s'aperçut que c'était la première fois qu'il lui disait un mot gentil depuis la mort de Mendel. Curieux, se dit-il. La guerre fait pardonner à qui ne mérite pas le pardon, comme elle ferait tuer qui n'inspire pas de haine. Telle est l'amnésie du désespoir, cette potion amère qu'il ingérait chaque jour en Ukraine, avec sa ration de soupe et son pain qui crissait sous la dent.

Quelques jours plus tard, à leur réveil, les hommes découvrirent la cour de l'orphelinat dans un nimbus gris-blanc qui en estompait les contours. Les nuages semblaient décidés à lâcher toute leur neige en même temps, et les flocons agglutinés dégringolaient vers la terre, gros comme des glands. Il était là, cet hiver redouté, il faisait son entrée sans la moindre équivoque. La température avait chuté de vingt degrés pendant la nuit. Au rassemblement matinal, des essaims de flocons leur pénétraient les oreilles, la bouche, le nez. Ils allaient se loger dans les crevasses entre leurs capotes et leurs cache-nez, ils s'insinuaient dans les œillets de leurs galoches. Le commandant Bálint se planta devant eux dans la cour et leur annonça à regret qu'ils étaient relevés de leur tâche à l'école d'officiers et affectés à l'évacuation de la neige. Les gardes ouvrirent la remise et leur tendirent les outils, c'est-à-dire les pelles pointues dont ils se servaient pour creuser le lit de la route, et non celles à bout carré qu'il leur aurait fallu, puis ils les escortèrent au pas jusqu'au village, où ils devraient se mettre à leur besogne d'hiver.

Cet après-midi-là, lorsque Szolomon découvrit Józ-sef et András parmi les équipes de déneigeurs, il leur annonça qu'il était envoyé à Voronej, dans un service de cartographie, et qu'il partait par train militaire, sous peu. Il leur souhaita de passer l'hiver sains et saufs, dit une bénédiction, les mains posées sur leurs têtes, et leur fourra dans les poches des aliments qu'ils n'avaient pas vus depuis longtemps : corned-beef, sardines, bocaux de harengs marinés, sachets de noix, biscuits d'orge consistants. Puis, sans autre adieu, leur protecteur si peu loquace s'éloigna à grands pas et disparut sur la route, derrière un voile de neige.

Toute la semaine, la température ne fit que chuter. Le dos d'András lui brûlait ; ses mains ruisselaient de nouvelles ampoules. Rien de ce qu'il avait fait au Munkaszolgálat n'avait été aussi pénible que d'évacuer cette neige, jour après jour, dans un froid de plus en plus terrible. Mais il était impossible d'abandonner tout espoir tant qu'une lettre pouvait arriver de Budapest du jour au lendemain. Chaque fois qu'ils partaient dégager la neige sur les routes autour de l'école d'officiers, András et József guettaient le capitaine Erdő. Quand il avait du courrier pour eux, il réussissait toujours à le leur glisser dans la poche. Début décembre, une lettre de György Hász leur parvint : la famille avait dû réduire de nouveau son train de vie ; et, avec Elza et Mme Hász, il avait dû abandonner l'appartement haut de plafond d'Andrássy út pour s'installer chez Klára. Mais qu'ils ne s'inquiètent pas, K allait bien. Tout le monde allait bien. Ils ne devaient se soucier que de leur propre survie.

Dans la missive suivante, Klára leur annonça que Tibor venait d'être rappelé au Munkaszolgálat et envoyé sur le front de l'Est. Ilana et Ádám étaient venus s'installer avec eux à Nefelejcs utca, et à présent, ils vivaient tous les sept sur les fonds prévus pour le voyage en Palestine, que l'avocat de Klára leur envoyait par mensualités. András se représentait le tableau : les pièces lumineuses de l'appartement, avec tout ce que la famille Hász avait dû rapporter d'Andrássy út, les derniers tapis, les dernières armoires et les vestiges hétéroclites de leur demeure princière. Elza Hász, colombe triste, en robe de chambre, ailes repliées sur ses flancs. Klára et Ilana tâchant de changer, nourrir et bercer leurs bébés au milieu de cette surpopulation. La mère de Klára, stoïque et muette dans son coin ; l'odeur de patates au paprika ; la lumière blonde et plate de Budapest en hiver, qui tomberait, indifférente, par les hautes fenêtres. Grandes absentes de la lettre, des nouvelles de Mátyás, à qui András pensait constamment en voyant le blizzard abraser les collines et les champs d'Ukraine.

À la mi-décembre, ce fut la mère de József qui écrivit : György venait d'être hospitalisé pour une douleur violente dans la poitrine accompagnée d'une forte fièvre. On diagnostiquait une infection du péricarde, membrane qui entoure le cœur. Son médecin prescrivait de la colchicine, une péricardiocentèse, et trois semaines d'hospitalisation en cardiologie. Le coût de cette catastrophe médicale, soit près de cinq mille pengő, risquait de les jeter tous à la rue. Klára tâchait de se faire envoyer la somme par son avocat.

Toute la journée, József demeura muet d'abattement. Cette nuit-là, à l'orphelinat, il ne se coucha pas à l'heure habituelle. Debout à la fenêtre, emmitouflé dans une couverture grossière en guise de peignoir, il avait le regard plongé dans les profondeurs enneigées de la cour.

András se retourna sur sa couchette et, en appui sur le coude, il lui lança :

– Qu'est-ce que tu as ? C'est ton père ?

József acquiesça.

– Il a horreur d'être malade. Il a horreur de peser sur qui que ce soit. Il est malheureux comme les pierres quand il doit manquer le travail, ne serait-ce qu'une journée. (Il serra la couverture contre lui, en regardant toujours dehors.) Pendant ce temps-là, moi je n'ai rien fait de ma vie. Rien qui soit utile à qui que ce soit, je veux dire, et surtout pas à mes parents. Jamais travaillé. Jamais aimé ni été aimé. Par aucune de ces filles, à Paris. Ni à Budapest, d'ailleurs. Pas même Zsófia, qui attendait un enfant de moi.

– Zsófia est enceinte ?

– Elle l'était. Au printemps dernier. Mais elle s'est débarrassée de l'enfant. Elle n'en voulait pas davantage que moi. C'est te dire si elle m'aimait, fit-il en poussant un long soupir. Je ne peux guère me figurer que tu aies quelque sympathie pour moi, András, mais ce n'est pas facile de se voir tout à coup tel qu'on est. Il faut que tu me comprennes.

András dit qu'il croyait comprendre.

– Je sais que tu ne penses pas grand bien de mes œuvres, je l'ai vu l'an dernier, le jour où vous m'avez amené le bébé, Klára et toi.

– Au contraire, j'ai trouvé tes dernières compositions très bonnes, je l'ai même dit à Klára.

– Alors, si j'essayais de contacter mon marchand, à Budapest, si je lui demandais de vendre quelque chose ? De mon point de vue, les nouvelles toiles ne sont pas terminées, mais un collectionneur verra peut-être les choses autrement. Je pourrais demander à Papp combien il compterait tirer des neuf grandes.

– Tu vendrais des œuvres inachevées ?

– Je ne vois pas trop quoi faire d'autre, dit József en quittant la fenêtre.

Pendant un instant, la courbe de son front et la masse sombre de sa chevelure évoquèrent celles de Klára à András, qui ressentit un sursaut d'affection malvenue à son endroit. Il se remit sur le dos, les yeux rivés au plan noir du plafond.

– Les toiles que j'ai vues étaient bonnes. Elles ne m'ont pas paru inachevées. Il est possible qu'elles atteignent un prix élevé. Mais on ne sera peut-être pas obligés de les vendre, Klára va peut-être arriver à se faire envoyer l'argent depuis Vienne.

– Et quand bien même ? Tu crois que la question ne va pas se reposer pour autre chose le mois prochain ? Si l'un des enfants tombe malade, ou ma grand-mère, par exemple ? Et si ça ne peut pas attendre que Klára contacte son avocat ?

La question plana un bon moment, le temps qu'ils envisagent cette éventualité angoissante.

– Que te dire ? C'est une belle idée. Si j'avais quelque chose à vendre, je le vendrais.

– Passe-moi ton stylo, je vais écrire à ma mère, et puis j'écrirai à Papp.

András fouilla à tâtons dans son sac pour y prendre le stylo et la dernière fiole d'une précieuse encre de Chine dont il s'était servi pour dessiner les décors et qu'il avait récupérée. Avec le rebord de la fenêtre pour bureau et le clair de lune pour lampe, József se mit à écrire. Mais peu après, il parlait de nouveau dans le noir.

– Je n'ai jamais rien donné à mon père. Rien de rien.

– Il saura ce que cette vente représente pour toi.

– Et s'il meurt avant que ma mère reçoive ma lettre ?

– Au moins, elle saura ce que tu voulais faire. Et Klára le saura aussi.

Au matin, ils se réveillèrent pour dégager la neige, le surlendemain, ils dégagèrent la neige, et le troisième jour, ils rencontrèrent le capitaine Erdő qui encadrait ses élèves officiers sur la route ; József réussit à lui glisser les lettres. Ensuite, tous les jours, ils dégagèrent la neige sans relâche, jusqu'à ce que, le 20 décembre, le commandant Bálint leur annonce qu'ils devaient plier bagage et débarrasser l'orphelinat de toutes leurs affaires ; leur unité partait vers l'est le lendemain.

Eux qui détestaient l'orphelinat et ses couchettes trop courtes, eux qui avaient pesté chaque fois qu'ils se courbaient sur les lavabos d'enfants, les froids matins d'hiver, eux qui avaient vécu dans la terreur des tueries perpétrées sur place – le massacre des enfants qui avait précédé leur arrivée, l'exécution de Mendel Horovitz et de László Goldfarb –, eux qui avaient tant espéré quitter ces salles où ils avaient été humiliés, battus, réduits à la famine, éprouvèrent pourtant une étrange résistance à céder la place à une autre compagnie, à un groupe d'inconnus. Les hommes de la 79/6 s'étaient faits gardiens des sépultures de leurs morts, ces tumulus marqués de cailloux ramassés sur la route. Ils en balayaient le sol, ils en nettoyaient les pierres. Ils avaient posé des petits cailloux dessus, en hommage à ceux qui avaient été fusillés, qui étaient morts de maladie ou à la tâche. Ils étaient aussi devenus les gardiens des fantômes des orphelins juifs de Turka puisque, de fait, eux seuls avaient vu l'empreinte de leurs pieds minuscules dans les couloirs et la cour. Ils avaient mangé à leurs tables abandonnées, mémorisé les caractères cyrilliques gravés sur leurs pupitres, avaient été piqués par les mêmes punaises de lit, s'étaient cogné les orteils comme eux, sur le cadre des couchettes. À présent, ils devaient les abandonner à leur tour, ces enfants déjà abandonnés trois fois, par leurs parents, par l'État et, enfin, par la vie. Mais les hommes de la 79/6, ceux qui survivraient à l'hiver, diraient un kaddish pour les enfants juifs de Turka, tous les ans au mois d'août, jusqu'à la fin de leurs jours.

Ils partirent donc à pied vers l'est et vers le danger. Les campagnes qu'ils traversaient ressemblaient à Turka : c'étaient des collines couvertes de neige, de lourds sapins, des chaumes de maïs ratatinés sur la blancheur des champs, des vaches serrées les unes contre les autres, soufflant des cumulus dans l'air glacé. Les villages se réduisaient à quelques fermes dans les replis ombreux des collines. Le vent transperçait leur manteau et venait coloniser leur charpente. Il leur fallait passer la nuit dans les écuries avec les chevaux de trait, ou sur le plancher des paysans où ils ne fermaient pas l'œil, ayant peur de leurs hôtes, qui ne fermaient pas l'œil car ils avaient peur d'eux. Parfois, il n'y avait ni écurie ni village, et ils bivouaquaient dans le froid glacial, sous les aurores boréales. La nuit, la température tombait à -20 °C. Les hommes faisaient toujours du feu, mais le feu lui-même était traître. Il pouvait les hypnotiser, leur ôter toute envie de bouger, les distraire de cette tâche ardue, survivre. S'ils s'endormaient devant pendant une garde de nuit et que sa chaleur trompeuse leur faisait oublier de remonter la couverture sur leurs épaules, le feu brûlait, brûlait, jusqu'à ce qu'il ne reste plus que des cendres, et eux mouraient de froid. C'est ainsi qu'un matin, András trouva la Tour d'ivoire entourant ses genoux de ses bras, sa grosse tête courbée par le sommeil, crut-il. Devant lui, l'anneau noir du feu mort qui s'était consumé dans la neige ; sur ses épaules et son cou, une poudre de glace et de givre. András posa une main sur sa nuque : elle était aussi froide et rigide que le sol alentour. Ils durent transporter son corps trois jours durant avant de trouver un carré de terre assez meuble pour le recevoir, le long d'une écurie, là où la chaleur des chevaux avait empêché qu'il gèle à pierre fendre. Ils ensevelirent la Tour d'ivoire au milieu de la nuit et gravèrent tant bien que mal son nom et la date de sa mort au flanc de l'écurie. Ils récitèrent le psaume 91 une fois de plus. À présent, ils le savaient tous par cœur.

Nuit et jour, le froid les accompagnait. Même dans les écuries et chez les paysans, ils ne réussissaient pas à se réchauffer. Ils s'étaient bricolé des mitaines dans la doublure de leurs manteaux, mais elles étaient trop minces et laissaient passer le froid aux coutures. Leurs pieds gelaient dans leurs galoches fendues. Ils déchirèrent les couvertures des chevaux et s'entortillèrent les jambes dans les lambeaux, comme ils l'avaient vu faire par les paysans ukrainiens. Ce qu'ils mangeaient ne pouvait guère les protéger du froid, même si Bálint veillait à respecter au mieux les consignes de Nagy. De temps en temps, les paysans les prenaient en pitié et leur donnaient qui une cuillerée de graisse d'oie à tartiner, qui un os à moelle, qui un peu de confiture. András pensait au géomètre ; il espérait qu'il avait de quoi manger, que l'armée le nourrissait à Voronej.

Le jour, ils dégageaient les routes quand la neige ne les prenait pas de vitesse. À force de se courber, ils devenaient bossus, à force de se crisper sur les pelles, leurs mains étaient crochues. Le long de ces routes mal dégagées passaient des camions, des jeeps, de l'artillerie, des hommes, des tanks, des pièces détachées d'avions, des munitions. Parfois un inspecteur allemand leur gueulait de se mettre en rang et les insultait dans sa langue aux consonnes gutturales et aux voyelles asthmatiques. Il y avait toujours des nouvelles en suspension, comme des cendres voletant au-dessus d'un feu. À Stalingrad, la bataille traînait en longueur, elle faisait des dizaines de milliers de morts toutes les semaines. Une branche de la 2e armée hongroise était acculée à Voronej, militairement écrasée par les Soviets. Et les hommes de la 79/6 pelletaient, chaque coup de pelle les rapprochant de la bataille qui leur paraissait toujours aussi lointaine que le reste du monde, cependant. Parfois, ils pelletaient toute la nuit sous un ciel nordique qui leur crachait à la face un chapelet de malédictions étincelantes. Les hommes pensaient à leurs femmes, à leurs fiancées, couchées bien au chaud dans leur lit, à Budapest, leurs jambes nues si douces, leurs seins endormis dans le noir de la nuit d'hiver, leurs mains pliées et parfumées comme des lettres d'amour. Ils se répétaient le nom de ces femmes lointaines, sans que jamais faiblisse la crampe du désir, alors même que leurs noms devenaient des abstractions et qu'ils en arrivaient à se demander si elles existaient vraiment, leur existence se déroulait si loin là-bas, au-delà du rictus de granit des Carpates, de l'autre côté des plaines froides de l'hiver hongrois. *Klára*, disait la pelle cognant la neige gelée, *Klára*, faisait la lame contre le sol gelé. András voulait croire que si seulement il parvenait à dégager cette route, s'il ouvrait la voie aux camions qui fonceraient vers le front de l'Est, alors la guerre s'engouffrerait dans cette direction et s'y répandrait, loin de la Hongrie, loin de Klára et de Tamás.

Mais à la mi-janvier, il se produisit quelque chose de bizarre. Le trafic qui, jusque-là, se déversait largement vers la Russie prit peu à peu la direction inverse. Au début, ce ne fut qu'un filet, quelques camions de ravitaillement, quelques compagnies de fantassins en jeep. Puis vint un flot continu d'hommes, de véhicules et d'armement. Fin janvier, le flot se fit déluge, et le déluge se teinta de sang. Il y avait des ambulances de la Croix-Rouge pleines de morts et de blessés aux plaies affreuses ; c'étaient les victimes de la bataille de Stalingrad qui faisait rage depuis le mois d'août 1942. Un soir, ils apprirent que la 2ᵉ armée hongroise avait subi une défaite ultime et brutale à Voronej. András venait de recevoir sa ration de pain et de margarine mais, malgré sa fringale, il laissa sa part à József et alla s'asseoir dans un coin de l'étable où ils étaient cantonnés pour la nuit. Ils partageaient les lieux avec deux douzaines de moutons à tête noire, à qui on avait laissé la laine pour l'hiver. Ils poussaient du nez la stalle où András s'était retiré, s'allongeaient dans la paille, tout poussiéreux, secoués par leurs bêlements, se donnaient de petits coups de museau. Ce n'était pas uniquement à Szolomon, le géomètre, qu'András pensait. Mais aussi à Mátyás, attaché pendant un temps à cette 2ᵉ armée hongroise. S'il avait survécu à l'hiver, peut-être était-il parmi les cinquante mille hommes en poste à Voronej. András imaginait ses parents en train de recevoir la lettre fatidique. Sa mère dans sa cuisine, à Debrecen, télégramme à la main, son père ratatiné dans son fauteuil, comme un gant vide. Lui qui n'était père que depuis quatorze mois savait déjà ce que ce serait de perdre son fils. Il pensa à Tamás, à sa touffe de cheveux familière, à son cœur qui battait si vite, aux replis de son corps. Il plongea la tête entre ses genoux et vit Mátyás dans le tramway, à Budapest, sa chemise bleue flottante.

Il ravala le nœud de corde rêche qui s'était logé dans sa gorge, et replia le bras sur ses yeux. Il ne prendrait pas le deuil de son frère. Pas avant de savoir.

Le flot de sang roulait toujours et, bientôt, il entraîna András et József ainsi que le reste de la 79/6 vers l'ouest, sur le chemin du retour. Ils croisaient des vestiges de compagnies à la dérive, des hommes dans un état d'émaciation cauchemardesque. Eux qui avaient bénéficié de rations régulières apportaient tous les soirs de quoi manger à des travailleurs du STO que leurs commandants avaient abandonnés à l'article de la mort, sans autre tâche désormais que de fuir vers leur pays. Ils eurent de plus amples nouvelles de la bataille de Stalingrad : les bombardements qui avaient pulvérisé tous les quartiers de la ville et réduit les immeubles à une forêt de brique et de béton ; l'encerclement de la 6e armée allemande au cœur de la ville ; son commandant, le général Paulus, terré dans un sous-sol pendant que la bataille faisait rage autour de lui ; les quelques avions de ravitaillement de la Luftwaffe abattus ; puis le pilonnage par l'armée soviétique pour reprendre le contrôle de ce méandre du Don et empêcher la 4e armée allemande de se porter à la rescousse de la 6e. Personne ne savait combien il y avait eu de morts. Deux cent mille ? Cinq cent mille ? Un million ? Ni combien d'hommes mourraient encore, de froid, de faim et de blessures mal soignées, là, au plus noir de l'hiver, dans les steppes nues et sombres. Le bruit courait que les Soviets poursuivaient les vestiges de l'armée hongroise à travers les plaines. Et au sein de sa propre peur, de sa propre fuite, András éprouvait une satisfaction féroce. La 6e armée allemande n'avait pas réussi à prendre les champs de pétrole de la région de Groznyï ; elle n'avait pas pu prendre la ville qui portait le nom de Staline. Ces défaites en engendreraient peut-être d'autres, ce qui avait échoué hier pouvait échouer demain. C'était un terrible plaisir, il le savait – le sort de la Hongrie était lié à celui de la Wehrmacht, et par ailleurs, au-delà de leur nationalité, c'étaient des êtres humains qui mouraient. Mais il fallait vaincre l'Allemagne. Et si on pouvait la vaincre avant que la Hongrie perde sa souveraineté, alors les juifs de Hongrie n'auraient jamais à vivre sous la botte nazie.

Le chaos de leur retraite vers la Hongrie, vers où confluaient des dizaines de compagnies, suscitait des retrouvailles inattendues, à la croisée des destins. Jour après jour, ils rencontraient des hommes qu'ils avaient connus avant guerre, dans leur lointaine vie antérieure. Un soir, ils prirent leurs quartiers avec un groupe originaire de Debrecen, dont plusieurs camarades de classe de Tibor. Un autre soir, ce furent des fils de Konyár même, dont celui du boulanger, le frère d'Orsolya, « Korcsolya ». Un autre soir enfin, bloqués par le blizzard de mars, András se retrouva, dans un coin de grenier à blé transformé en infirmerie, avec le rédacteur en chef du *Journal magyar juif*, collègue et adversaire de Frigyes Eppler. L'homme était méconnaissable. Le froid et la faim l'avaient vidé de sa substance, réduit à l'armature métallique de son être. Qui aurait vu derrière cet affamé, aux bras maigres et aux yeux brillants de fièvre, le rédacteur en chef belliqueux qu'il était naguère, en veste de tweed irlandais ?

Il avait des nouvelles de Frigyes Eppler, qui avait perdu son poste après que la police militaire avait découvert des documents compromettants dans son bureau ; la rumeur disait qu'il s'agissait d'une série de journaux liés à une affaire de marché noir à Szentendre – c'était bien le dernier endroit où on aurait attendu ça ! Peu de temps après, il avait été envoyé au Munkaszolgálat, et personne n'en avait eu de nouvelles depuis, du moins à sa connaissance. Lui-même faisait partie d'un groupe de malades et de blessés que leur commandant avait abandonnés à la famine et aux fièvres dans ce grenier. Le commandant Bálint ordonna à la 79/6 de s'occuper des malades, de leur apporter à boire et à manger, et de changer leurs pansements de fortune souillés. Tout en s'acquittant de ces tâches auprès du rédacteur en chef, András apprit le destin d'un autre membre de la même compagnie, si éprouvé par le destin qu'on l'avait surnommé l'oncle Job. Il avait été marié avec une belle femme, ancienne actrice, avec qui il avait eu un enfant. On disait qu'il avait vécu à Paris, où il avait dirigé un grand théâtre au cœur de la cité. Avant la guerre, il avait été contraint de rentrer à Budapest et avait brièvement été directeur de l'Opéra. C'est alors que sa femme était tombée malade et qu'elle était morte. Peu de temps après, lui qui souffrait déjà de la tuberculose avait été envoyé au STO, pour faire un exemple, bien entendu, et on l'avait affecté à la compagnie que le rédacteur avait rejointe lui-même par la suite. À l'automne dernier, on les avait envoyés au poste de la gendarmerie royale hongroise à Staryy Oskol, où ils avaient été interrogés, battus et dépouillés de tous leurs effets personnels. Les gendarmes savaient très bien qui était cet homme, grand nom du théâtre. Ils l'avaient fait mettre debout devant ses camarades et frappé à coups de crosse ; puis ils avaient sorti un télégramme annonçant que le fils de cet homme était mort de la rougeole. Le télégramme avait été envoyé par une tante de l'enfant à un cousin de Szeged ; il avait été intercepté à Budapest et on l'avait fait suivre à Staryy Oskol, apparemment dans le seul but de torturer cet homme. Il les avait suppliés de le tuer, mais ils l'avaient abandonné comme le reste de son bataillon, et le lendemain, ils repartaient tous vers l'est.

— Mais qu'est-ce qu'il est devenu ? demanda András au rédacteur en chef dont il considérait les orbites creuses, les mains posées sur les genoux. Il est mort à Voronej ?

— Hélas, non. Il n'a pas réussi à mourir malgré tous ses efforts. Il se portait volontaire pour dégager les champs de mines, il ne ratait jamais une occasion de monter en première ligne. Il a survécu à tout. La tuberculose elle-même ne l'a pas tué.

— Dans quel état était-il quand vous l'avez laissé ? Quand l'avez-vous vu pour la dernière fois ?

— Il est ici, dans le coin où votre ami est assis.

András lança un coup d'œil par-dessus son épaule. József s'était agenouillé pour donner de l'eau à un homme adossé contre une pile de sacs de grain ; le malade tourna la tête, et sous le masque de la maladie et de l'émaciation, András reconnut Zoltán Novak.

— Je le connais, dit-il au rédacteur en chef.

— Bien sûr, qui ne le connaît pas ? C'était une célébrité.

— Personnellement, je veux dire.

— Allez le saluer, alors, dit le rédacteur en chef qui mit la main sur la poitrine d'András et le poussa vers l'homme d'un geste où transparaissaient imperceptiblement son énergie et sa véhémence passées.

András s'approcha de József et de l'homme calé sur les sacs de grain. Il fit signe à József et le prit à part.

— C'est Zoltán Novak, lui chuchota-t-il.

József plissa le front en regardant l'homme.

— Novak ? Tu es sûr ?

András fit oui de la tête.

— Dieu miséricordieux ! Mais il est moribond.

L'homme leva les yeux vers eux.

— J'arrive, lui dit József.

— À boire, fit Novak dont la voix n'était plus qu'un raclement de gorge.

– Je m'occupe de lui, déclara András.

– Pourquoi ?

– Il me connaît.

– Je ne sais pas pourquoi, je doute que ça le réconforte, répliqua József.

Mais András alla s'agenouiller au chevet de Novak, qui se redressa de quelques centimètres, les yeux clos, la respiration faisant un bruit de crécelle.

– À boire, par ici, répéta-t-il.

András souleva sa gourde et Novak but. Quand il eut fini, il s'éclaircit la gorge et regarda András. Lentement, son expression s'enflamma ; la zone de ses paupières se colora ; il se dressa sur ses coudes.

– Lévi, dit-il en secouant la tête.

Il émit trois toussotements qui ressemblaient à une marque de consternation ou à un rire. Puis l'effort parut l'avoir vidé. Il se radossa aux sacs et ferma les yeux. Il s'écoula un long moment avant qu'il ne reprenne la parole, et les mots lui vinrent alors avec effort.

– Lévi ! Dieu merci, je dois être mort ! Je dois me trouver dans la Géhenne, et vous y êtes avec moi, mort aussi, j'espère.

– Non, nous sommes toujours vivants, et nous sommes en Ukraine.

Novak rouvrit les yeux. Il passait de la douceur dans son regard, une pitié complexe, dont il ne s'excluait pas, mais qui n'était pas centrée sur lui ; elle les englobait tous, András, József, le rédacteur en chef, les autres malades et moribonds, ainsi que les travailleurs qui venaient leur apporter à boire et panser leurs blessures.

– Vous voyez où j'en suis, dit-il. Peut-être trouvez-vous quelque satisfaction à me voir dans cet état.

– Bien sûr que non, Novak-úr. Dites-moi ce que je peux faire pour vous.

– Je ne souhaite qu'une seule chose, et me l'accorder ferait de vous un meurtrier.

Il eut un demi-sourire, et marqua un temps pour reprendre son souffle. Puis il toussa douloureusement et se tourna sur le côté.

— Je veux mourir depuis des mois, mais je suis plus solide que prévu. Quelle chance, hein ? Et je suis trop lâche pour me donner la mort.

— Vous avez faim ? J'ai un peu de pain dans mon sac.

— Vous croyez vraiment que c'est du pain que je veux ?

András détourna le regard.

— L'autre, là-bas, c'est son neveu, non ? Il lui ressemble.

— J'aime à penser qu'elle est beaucoup plus belle que lui.

Novak toussa un rire.

— Là, vous avez raison. (Il secoua la tête, puis :) András Lévi, j'aurais espéré ne jamais vous revoir, après cette visite, à l'Opéra.

— Je peux m'en aller si vous voulez.

Novak secoua la tête de nouveau, et András attendit qu'il en dise davantage. Mais l'effort l'avait épuisé ; il sombra dans un sommeil superficiel, bouche ouverte. András resta à son chevet et le vit respirer avec difficulté. Dehors le blizzard hurlait. András mit sa tête dans ses bras et s'endormit. Quand il se réveilla, il faisait noir dans le grenier à blé. Personne n'avait de bougies, et ceux qui possédaient des torches électriques étaient à court de piles depuis des mois. Le bruit et l'odeur des malades se refermaient sur lui comme une nasse aux mailles serrées. Novak était bien réveillé, maintenant, et il le fixait intensément, sa respiration plus laborieuse encore qu'avant. Chaque fois qu'il inspirait, on aurait dit qu'il construisait un édifice compliqué avec des matériaux impropres et des outils cassés ; chaque fois qu'il expirait, c'était comme si cet édifice précaire autant qu'inesthétique s'effondrait. Il reprit la parole, si bas qu'András dut se pencher pour l'entendre.

– Ça va, à présent, disait-il. Tout va très bien.

Voulait-il rassurer András ou se rassurer lui-même, ou les deux ? Difficile à dire. On aurait presque cru qu'il s'adressait à un absent, tout en gardant les yeux fixés sur András dans le noir.

Bientôt il se tut et se rendormit. András passa la nuit auprès de lui, le regardant dormir par à-coups, et au matin il lui donna sa ration de pain. Novak ne pouvait pas l'avaler tel quel, alors András le réduisit en miettes, qu'il ramollit avec de la neige fondue. Ils demeurèrent ainsi trois jours, Novak entre veille et sommeil, András lui donnant de petites quantités de nourriture et d'eau, jusqu'à ce que, le ciel dégagé et la neige en partie fondue, les hommes de la 79/6 puissent repartir vers la frontière. Lorsque Bálint annonça qu'on se remettrait en route le lendemain, le soulagement d'András se teinta de désarroi. Il demanda à s'entretenir un instant avec le commandant : on ne pouvait pas abandonner les autres à la mort.

– Et comment proposez-vous de les transporter, travailleur ? s'enquit Bálint sévèrement mais sans méchanceté. Nous n'avons pas d'ambulances, nous n'avons pas de quoi fabriquer des brancards, et nous ne pouvons pas rester sur place.

– Nous pourrions improviser quelque chose, mon commandant.

Bálint secoua sa tête hirsute.

– Ces hommes sont mieux sous un toit. Le corps médical arrivera dans quelques jours. Ceux qui sont transportables seront évacués.

– Certains ne tiendront pas jusque-là.

– Dans ce cas, Lévi, ce n'est pas en les traînant dans le froid et la neige qu'on va leur sauver la vie.

– L'un de ces hommes m'a sauvé la vie à Paris quand j'étais étudiant, je ne peux pas l'abandonner.

– Écoutez-moi bien, Lévi, dit Bálint, qui le regardait

de ses grands yeux couleur de terre. J'ai un fils et une fille, au pays. Les autres sont mariés et pères de famille, pour beaucoup. Nous sommes jeunes. Il faut que nous rentrions vivants dans nos foyers. C'est sur ce principe que je fonde mon commandement depuis le début de la retraite. La frontière est encore à une centaine de kilomètres, soit à cinq jours de marche au bas mot. Transporter des malades ralentirait toute la compagnie et pourrait nous être fatal.

— Laissez-moi rester, alors, mon commandant.

— Je n'en ai pas reçu l'ordre.

— Je vous en prie !

— Non ! s'écria Bálint, en colère. Je vous ferai avancer à la pointe du fusil s'il le faut.

Mais il n'y eut pas besoin d'épreuve de force. Zoltán Novak, qui avait eu femme et enfant, lui aussi, et avait dirigé le Sarah-Bernhardt et l'Operaház de Budapest, l'homme que Klára Morgenstern avait aimé onze ans et qu'elle aimait sans doute encore un peu, s'endormit cette nuit-là pour ne plus se réveiller.

# Chapitre 37

# L'évasion

Quand le train atteignit Budapest, les forsythias étaient en fleur. Tout le reste était gris ou tirait sur le jaune-vert ; le long du boulevard de ceinture, quelques arbres présentaient le renflement annonciateur des bourgeons, mais si tôt après la fonte des neiges, la cité était encore nue et trempée. L'année 1943 lui semblait encore irréelle. András avait totalement perdu la notion du temps pendant la dernière phase de son retour. Pourtant, il savait quel jour on était. On était le 25 mars, cela faisait sept mois et trois semaines qu'il avait été expédié en Ukraine. Klára était venue l'attendre à la gare Keleti. Il avait cru s'évanouir en la trouvant sur le quai, un enfant debout à ses côtés – debout ! Son fils, Tamás, en manteau au genou, avec de robustes chaussures de garçonnet. Tamás, qui avait presque dix-huit mois. Tamás, qu'il avait laissé bébé dans les bras de Klára. L'inquiétude avait creusé un pli au front de Klára, mais elle était la même, ses cheveux bruns ramenés en chignon souple sur la nuque, les arêtes bien-aimées de ses clavicules découvertes par l'échancrure de sa robe grise. Elle ne tenta pas de cacher sa détresse au spectacle de la détérioration physique d'András. Elle étouffa un cri et ses yeux s'emplirent de larmes. Il savait de quoi il avait l'air ; il avait l'air d'un homme quasi désincarné. On lui avait rasé la tête pour le débarrasser de ses poux, il flottait dans ses vêtements, ou ce qu'il en restait. Ses mains étaient tordues et gercées, ses joues barrées de trois cicatrices blanches parce qu'il avait été blessé par des éclats de vitre dans une grange. Il sentit Klára le prendre dans ses bras avec d'infinies précautions, comme si elle avait peur de lui faire mal. József n'était pas là pour assister à leurs retrouvailles ; blessé au genou en franchissant la frontière, il se rétablissait à l'hôpital de Debrecen, où l'on soignait son infection des tissus. Il rentrerait d'ici une ou deux semaines. C'était d'une poste proche de l'hôpital qu'András avait prévenu Klára de son retour.

Chéri, chérie. Ils auraient passé la soirée à répéter ces mots en se regardant, en se baisant les mains et en se caressant le visage, sans les protestations de Tamás qui voulait qu'on le prenne dans les bras. András le fit et regarda son visage rond aux sourcils curieux et aux grands yeux expressifs.

– Apa, dit Klára à l'enfant en désignant la poitrine d'András.

Mais l'enfant se détourna en tendant les bras vers sa mère ; il avait peur de cet inconnu.

András se baissa et ouvrit le rabat de son sac. Il y prit une balle de caoutchouc qu'il avait achetée trois fillér à un vendeur ambulant à Debrecen. Elle s'ornait d'une étoile blanche à chaque pôle et d'une ligne verte sur son diamètre. Tamás avança la main, mais András lança la balle en l'air et la rattrapa sur son dos, tour qu'un camarade de classe lui avait montré à Konyár. Puis il reprit la balle sur son dos et la tendit à Tamás, qui ouvrit la bouche pour croasser de rire.

– Encore, dit l'enfant.

C'était le premier mot qu'András l'entendait prononcer. Le tour eut le même succès la deuxième, puis la troisième fois. Enfin, András lui offrit la balle, que Tamás serra contre lui d'un air extatique durant tout le chemin du retour, dans les bras de sa mère. András marchait à leurs côtés, bras passé autour de la taille de Klára. Il n'avait plus cette impression des premiers retours du Munkaszolgálat, cette impression qu'après ce qu'il avait vécu, Budapest n'avait pu connaître une vie ordinaire, que ses tourments physiques et psychiques devaient avoir modifié le reste du monde. À l'incrédulité d'hier avait succédé un engourdissement. Cette inertie lui faisait presque peur. Il y voyait une preuve flagrante qu'il avait vieilli.

Chemin faisant, Klára lui donna des nouvelles de la famille : les tableaux de József avaient été vendus, et l'argent ainsi récolté avait permis à György de se faire soigner à l'hôpital. La mère de Klára, qui avait attrapé une pneumonie pendant l'hiver, était aujourd'hui assez solide pour aller acheter le pain et les légumes au marché, tous les matins. Ilana maîtrisait le hongrois, désormais, et elle déployait des prodiges d'astuce pour économiser sur leurs rations. Elza Hász, qui ne s'était jamais fait cuire un œuf jusque-là, avait appris à préparer les patates au paprika et la soupe au poulet. On avait même des nouvelles d'Elisabet. Elle avait eu un autre enfant, une petite fille. Elle vivait toujours dans la propriété familiale, tandis que Paul servait dans la marine, mais à son retour, ils comptaient bien prendre un appartement plus grand à New York. Du projet d'émigrer aux États-Unis, il n'avait plus été question. D'autres possibilités de fuite étaient parties en fumée de la même façon. Alors qu'ils faisaient une halte à un carrefour, Klára lui souffla que Klein avait été arrêté pour organisation d'émigrations illégales. Il était en prison depuis novembre et attendait son procès. Elle était allée rendre visite à ses grands-parents plusieurs fois, ils ne semblaient manquer de rien. Ils tenaient le coup avec leur petit troupeau de chèvres, dans la vieille fermette de Frangepán köz. Peut-être les autorités les jugeaient-elles trop vieux pour qu'il vaille la peine de les inquiéter. Les noms des clients de Klein, ceux qui avaient émigré, ceux qui étaient en instance de le faire, ou encore simples candidats à l'émigration, étaient cryptés par tout un labyrinthe de codes. Mais Dieu sait combien de temps la police mettrait à se repérer dans le labyrinthe.

– Et tes parents ? s'enquit-elle. Ils vont bien ?

– Ça va. Sauf qu'ils se rongent les sangs pour Mátyás, toujours pas de nouvelles. Ils n'ont pas été ravis non plus de me trouver dans l'état où je suis. Je ne leur ai pas raconté la moitié de ce qui nous est arrivé.

– Tibor a hâte de te voir, poursuivit Klára. Ilana a dû le menacer pour l'empêcher de venir à la gare. Le médecin dit qu'il faut qu'il se repose.

– Comment il va ? Quelle tête il a ?

Klára soupira.

– Il est maigre, épuisé. Il parle peu. Parfois, on dirait qu'il voit des choses épouvantables entre lui et nous. Depuis qu'il est rentré, Ádám passe son temps dans ses bras. Le petit est tellement attaché à lui que c'est tout juste si Ilana réussit à le nourrir.

– Et toi ? (Il lui posa la main sur les cheveux, sur la joue.) Klárika.

Elle leva le menton vers lui et l'embrassa en pleine rue, l'enfant au bras.

– Sans tes lettres, dit-elle, sans tes lettres, je ne sais pas…

– Elles n'ont pas dû être toujours réconfortantes.

Des larmes vinrent aux yeux de Klára.

– J'ai voulu croire que j'avais mal compris pour Mendel. J'ai lu et relu ta lettre en espérant me tromper. Mais c'est bien vrai ?

– Oui, ma chérie, c'est vrai.

– Bientôt tu me raconteras tout, dit-elle en lui prenant la main.

Parvenus devant leur immeuble, il regarda vers la fenêtre de leur chambre – elle y avait mis une jardinière de crocus hâtifs.

– Tu ne sais pas tout, reprit-elle d'un air grave, qui lui fit croire qu'elle lui annonçait une mort. Nous avons un pensionnaire de plus, à la maison. Quelqu'un qui vient de loin.

– *Qui ?*

– Monte et tu verras.

Il entra dans la cour à sa suite, le cœur battant. Il n'était pas sûr de pouvoir s'accommoder d'un invité-surprise. Il avait envie de s'asseoir au bord de la fontaine, au milieu de la cour, et de n'en plus bouger durant quelques jours pour retrouver ses esprits. En montant l'escalier, il aperçut l'éclair des poissons rouges dans les profondeurs vertes.

Ils étaient arrivés à leur porte. Tibor était là, pâle et les traits tirés, les yeux pleins de larmes derrière ses lunettes à monture d'argent. Il prit son frère dans ses bras, et ils s'étreignirent dans le couloir. András respirait l'odeur de son frère, un léger parfum de savon et de sébum, de coton propre ; il n'avait pas envie de bouger ni de parler. Mais Tibor l'entraîna au salon, où attendait le reste de la famille. Il y avait son neveu, Ádám, debout à côté de sa mère ; Ilana, un mouchoir brodé sur les cheveux ; György, un peu vieilli, le poil plus gris ; Elza Hász, austère dans sa blouse de coton ; la mère de Klára, plus menue que jamais, les yeux enfoncés et brillants. Et derrière eux, se levant du canapé, un homme pâle au visage ovale, portant un pull de couleur sombre qui appartenait à András, et serrant un mouchoir dans sa main.

András fut pris d'un vertige. Il s'appuya au dossier du canapé le temps que l'onde le traverse.

Eli Polaner.

– Pas possible, dit András.

Son regard alla de Klára à son frère, puis à Ilana, et se posa de nouveau sur Polaner.

– C'est vrai ? lui demanda-t-il en français.

– Vrai, confirma Polaner, de sa voix familière, qu'il n'avait plus entendue depuis si longtemps.

C'était un conte de fées, version cauchemar ; une histoire tellement sinistre que, malgré tout ce qu'il avait vécu en Ukraine, elle fit découvrir de nouvelles horreurs à András. Il aurait presque préféré ne pas savoir ce que Polaner avait subi depuis qu'on l'avait renvoyé de la Légion étrangère en 1941. Mais il apprit qu'il avait été expédié au camp de concentration de Compiègne, où il avait été battu, affamé et déporté à demi mort à Buchenwald. Là, il avait connu deux ans de travaux forcés et d'esclavage sexuel, son matricule tatoué sur le bras, et cousu sur la poitrine, un triangle rose pointe en bas sur un triangle jaune pointe en haut. Son homosexualité était demeurée secrète jusqu'au jour où l'un de ses camarades, pour avoir un poste de kapo, avait livré toute une liste de noms. Alors, Polaner s'était retrouvé au plus bas de l'échelle du camp, marqué par ce symbole qui le désignait à la vindicte de ses gardiens et tenait ses camarades à distance. On l'affecta aux carrières ; il traînait des sacs de cailloux quatorze heures par jour, et quand il avait fini, il nettoyait les latrines de son baraquement car, lui avait dit l'adjudant, il fallait bien qu'il se mette dans la tête qu'il était moins que de la merde, qu'il était le valet de la merde. Parfois, tard le soir, avec quelques autres, on les introduisait discrètement au quartier des officiers, où ils étaient attachés et violés, d'abord par l'un des officiers, puis par ses secrétaires et son ordonnance.

Un soir, ils avaient été offerts en cadeau-surprise à un dignitaire venu visiter le camp, un inspecteur de haut rang à la direction administrative et économique SS, réputé aimer la compagnie des jeunes gens. Mais les préférences de ce grand personnage n'étaient pas tout à fait celles qu'on croyait. Amateur, pas violeur. Il fit détacher les prisonniers, ordonna qu'on les lave, qu'on leur fasse la barbe et qu'on leur donne des vêtements civils. Ce qu'il voulait, c'était converser avec eux, comme il l'aurait fait dans une soirée. Il les fit asseoir sur les canapés de ses appartements et leur proposa des douceurs, du thé et des petits gâteaux, à eux qui ne mangeaient depuis trois ans que des soupes claires et du pain moisi. Le français de Polaner, ses connaissances en matière d'architecture et d'art contemporain charmèrent l'inspecteur. Il avait d'ailleurs connu feu vom Rath, ayant été une sorte de mentor politique pour lui. À la fin de la soirée, il décidait de prendre immédiatement le jeune homme à son service personnel. Il le fit transférer, l'emmena dans ses appartements, à cent kilomètres de là, dans un autre camp, l'engageant officiellement comme homme à tout faire, chargé d'apporter le charbon, de cirer ses bottes. En réalité, Polaner était en traitement. Il gardait le lit, soigné par les domestiques de l'inspecteur.

Au bout de deux mois, il avait recouvré la santé, et l'inspecteur se livra à une transmutation alchimique sur son identité. Il fit établir de faux papiers attestant qu'Eli Polaner, le jeune juif transféré chez lui, était mort des suites d'une méningite. Puis, il lui obtint toute une série de faux papiers au nom de Teobald Kreizel, membre du parti nazi et secrétaire adjoint à la direction de l'administration et de l'économie. Polaner déguisé en membre de son personnel, ils partirent pour Berlin où l'inspecteur l'installa dans un petit appartement lumineux, sur Behrenstrasse. Il lui laissa cinquante mille Reichsmark en lui promettant de revenir dès que possible et de lui rapporter des livres, des fournitures de dessin, des magazines, des disques et des gâteries trouvées au marché noir, enfin, il n'avait qu'à demander. Tout ce que Polaner demanda, c'était des nouvelles de sa famille, ne sachant plus rien de ses parents ni de ses sœurs depuis qu'il était entré dans la Légion.

L'inspecteur de haut rang revint aussi souvent que possible, en apportant les fournitures promises, les disques et les friandises, mais il tardait à lui donner des nouvelles de sa famille. Polaner attendit, sortant peu, il n'avait qu'une idée en tête : savoir ce qu'il était advenu des siens. Il nourrissait l'espoir qu'ils aient trouvé moyen d'émigrer, et que, contre toute vraisemblance, ils aient pu se fixer dans un pays lointain et pacifique, l'Argentine, l'Australie, l'Amérique. Ou encore que, à défaut, l'inspecteur puisse les tirer de l'enfer où ils étaient peut-être tombés, et réunir ainsi toute la famille dans une ville neutre. Cet espoir n'était pas tout à fait sans fondement, l'inspecteur s'était souvent prévalu de sa situation pour rendre service à ses amants et protégés. Mais justement, pendant les six mois que Polaner vécut sur Behrenstrasse, ces faveurs passées finirent par lui coûter cher. Une série d'irrégularités attira l'attention de ses supérieurs, et il fut mis en examen. Craignant pour sa situation et pour la vie de Polaner, il en conclut que ce dernier devait quitter le pays sur-le-champ. Il s'engagea à lui obtenir un visa qui lui permettrait de se déplacer dans toute la sphère d'influence nazie. Mais que faire, pour autant ? Où aller ? Sans nouvelles de ses parents, quelle destination choisir ?

La même semaine, qui était la première de janvier 1943, les recherches de l'inspecteur aboutirent : ses parents et ses sœurs étaient morts au camp de Płaszow, ses parents en février 1941, ses sœurs huit et dix mois plus tard. Les nazis avaient confisqué la demeure familiale et l'usine textile de Cracovie : il ne restait plus rien.

La nuit où il avait appris la nouvelle, il avait tiré son pistolet de la table de nuit – l'inspecteur tenait à ce qu'il ait de quoi se défendre – et il était sorti sur le balcon en pyjama, malgré les cataractes de vent glacial. Il avait appuyé le canon sur sa tempe et s'était penché par-dessus la rambarde. Au-dessous de lui, la neige faisait une courtepointe, molle, vallonnée, bleutée. Il se voyait tomber dans ce vide immaculé, bientôt recouvert par une couche de neige fraîche. Le pistolet qu'il tenait dans sa main était un Walther P38 à double action d'officier SS, avec une cartouche dans le magasin. Il souleva le percuteur et posa un doigt sur la détente, imaginant comment la balle ferait exploser l'architecture ingénieuse de son crâne. Il allait compter jusqu'à trois et tirer : *eins*, *tsvey*, *dray*. Mais tandis que les chiffres yiddish résonnaient dans sa tête, il eut un éclair de lucidité. S'il se tuait avec ce P38, s'il le faisait parce que les nazis avaient assassiné ses parents et ses sœurs, alors ce seraient les nazis qui l'auraient tué, lui aussi, qui auraient fait taire le yiddish dans sa tête. Ils seraient ainsi parvenus à exterminer toute sa famille. Il retira son doigt, remit la sécurité et éjecta la cartouche du magasin. Ce fut la balle et non lui qui tomba, trois étages plus bas, sur l'édredon de neige.

Le lendemain matin, il décidait de partir pour Budapest dans l'espoir d'y retrouver András. L'inspecteur lui procura les lettres et les papiers dont il aurait besoin pour obtenir un permis de séjour en Hongrie. Il lui fournit même une attestation médicale le dispensant de service militaire pour cause de fragilité pulmonaire chronique. Il lui donna vingt mille Reichsmark et lui réserva un compartiment de train privé. Une fois à Budapest, Polaner alla d'abord à la grande synagogue de Dohány utca, où il trouva un secrétaire d'âge vénérable qui parlait yiddish. Il lui fit comprendre qu'il recherchait un certain András Lévi, et le secrétaire l'envoya à l'Izraelita Hitközség de Budapest, laquelle lui fournit l'adresse d'András, sur Nefelejcs utca. Klára l'avait hébergé, et il était resté. Une semaine plus tôt, il avait effectivement reçu ses papiers officiels hongrois, qu'il tira d'un portefeuille marron comme pour prouver à András que tout était vrai. András déplia le passeport.

*Teobald Kreizel, résident permanent.* La photographie montrait un Polaner plus pâle et plus horrifié encore que le jeune homme présentement assis en face de lui à la cuisine. Le passeport était tout neuf, impeccable, comme celui d'András lorsqu'il était parti pour Paris ; il ne lui manquait que le *Zs* compromettant, celui qui voulait dire *Zsidó*. Le portefeuille contenait aussi une carte du parti nazi portant le spectre de la croix gammée en filigrane, qui déclarait que Teobald Kreizel était membre du parti national-socialiste allemand.

— Ces papiers vont t'être bien utiles, dit András. Ton ami allemand savait ce qu'il faisait.

Polaner se tortilla sur sa chaise.

— Quelle honte, pour un juif, de se travestir en nazi.

— Seigneur, Polaner ! Qui va te reprocher cette protection ? Ça va t'épargner le Munkaszolgálat, d'abord, ce qui n'est pas rien, j'en sais quelque chose.

— Mais tu as servi des années, toi, et si la guerre traîne encore, tu seras rappelé.

— Tu as fait ton temps, et un temps bien pire que le mien.

— La souffrance ne se mesure pas, repartit Polaner.

Mais il y avait des cas où la souffrance se mesurait, András en était sûr. Lui n'avait pas été violé, il n'avait pas perdu son pays ni sa famille. Klára dormait dans la chambre, leur fils à côté d'elle. Tibor et Ilana dormaient dans les bras l'un de l'autre, sur un matelas du séjour. Leurs parents étaient à Debrecen, bien portants. Mátyás était peut-être en vie, quelque part par-delà les frontières. Tandis que Polaner avait tout perdu, tous ceux qu'il aimait. András pensa à ce soir de Rosh Hashana où ils étaient allés dîner ensemble au club étudiant, cinq ans et demi plus tôt. Comme il s'étonnait que la mère de Polaner l'ait laissé repartir à l'École spéciale après son agression, Polaner avait répondu : *Elle n'est jamais ravie de me voir partir, c'est ma mère.* Cette femme qui aimait son fils avait disparu. Son mari avait disparu, leurs filles avaient disparu. Et les jeunes András Lévi et Eli Polaner, qui avaient passé deux ans à discuter pour savoir si la guerre éclaterait ou non, tout en buvant du thé à la Colombe bleue, qui avaient dessiné les plans d'un gymnase en plein cœur du Quartier latin, eux aussi avaient disparu pour laisser place à des hommes étrillés, meurtris. Alors András baissa la tête contre la manche de Polaner et pleura ce qu'on ne leur rendrait jamais plus.

Tout le printemps, ils attendirent des nouvelles de Mátyás. Lorsqu'ils célébrèrent Pessah, la mère d'András tint à mettre son couvert, et lorsqu'ils ouvrirent la porte pour accueillir Élie, c'était lui qu'ils appelaient aussi. Pendant qu'András se trouvait en Ukraine, la vieillesse avait rattrapé ses parents. Son père, qui grisonnait à son départ, blanchissait à présent. Sa mère se voûtait, dans son cardigan devenu trop vaste, elle penchait le col, telle une plante rabougrie. La vue de Tamás ou d'Ádám eux-mêmes ne parvenait plus à lui réjouir le cœur ; ce n'était pas pour ses petits-enfants qu'elle languissait, c'était pour son fils perdu.

Polaner, qui savait ce que c'était d'attendre des nouvelles, taisait son deuil. Il ne parlait jamais de ses parents ni de ses sœurs, comme si faire état de leur perte risquait d'attirer sur la famille d'András la tragédie redoutée. Il refusait qu'on l'accompagne l'après-midi à la synagogue de Dohány utca pour y dire le kaddish. La tradition voulait qu'il le fasse pendant un an. Mais à mesure que les nouvelles parvenaient de Pologne, on sentait que personne n'était plus à l'abri d'un deuil et que la période de deuil se prolongerait indéfiniment désormais. En avril, les juifs du ghetto de Varsovie avaient organisé une résistance armée contre la déportation des soixante mille habitants qui restaient. On n'avait pas donné plus de quelques jours à l'insurrection, mais les combattants du ghetto avaient tenu quatre semaines. Le *Pesti Napló* publiait des photos de femmes en train de jeter des cocktails Molotov sur les tanks allemands, pendant que des Waffen SS et des policiers polonais mettaient le feu aux immeubles. La bataille avait duré jusqu'à la mi-mai et s'était achevée, comme on s'y attendait, par l'évacuation du ghetto, le massacre des combattants juifs et la déportation des survivants. Le lendemain le *Pesti Napló* rapportait qu'un million et demi de juifs polonais avaient déjà péri depuis le début de la guerre, selon les estimations du gouvernement polonais en exil. András qui traduisait à Polaner le moindre article de journal et la moindre émission de radio sur le soulèvement ne put se résoudre à lui traduire ce chiffre, à livrer à son ami cette statistique exorbitante, après toutes ses épreuves. Un million et demi de juifs, hommes, femmes et enfants – comment comprendre un chiffre pareil ? András savait qu'il fallait trois mille personnes pour remplir la grande synagogue de Dohány utca. Pour recevoir un million et demi de fidèles, il faudrait la reproduire – avec ses voûtes, ses dômes, son intérieur mauresque, son balcon, ses rangées de sièges sombres, et son arche d'alliance dorée – en cinq cents exemplaires. Il faudrait ensuite envisager chacune de ces cinq cents synagogues pleine à craquer, envisager chaque homme, chaque femme, chaque enfant, sous ses voûtes comme un être humain unique et irremplaçable, comme Mendel Horovitz ou la Tour d'ivoire, ou encore son frère Mátyás, chacun avec ses désirs et ses angoisses, chacun doté d'un père, d'une mère, d'un lieu de naissance, d'un lit, d'un premier amour, d'une constellation de souvenirs, d'un jardin secret, d'une peau, d'un cœur et d'un cerveau infiniment complexe. Les imaginer ainsi, et puis les imaginer morts, éteints à tout jamais – était-ce concevable ? Il y avait de quoi devenir fou. Lui, András, était toujours vivant, et il y avait des gens qui dépendaient de lui. Il ne pouvait pas se permettre de perdre la tête. Il se força donc à ne plus y penser.

Il s'immergea plutôt dans la tâche de chaque jour. Partager le même appartement, déjà plein quand les hommes étaient au STO, était devenu invivable depuis leur retour. Tibor et Ilana trouvèrent un logement sur le trottoir d'en face, József emménagea avec ses parents et sa grand-mère dans l'immeuble voisin. Polaner resta avec András et Klára, partageant la chambre de Tamás. Il fallait les payer, ces loyers. András retourna travailler comme illustrateur et maquettiste, non plus au *Journal magyar juif*, mais au *Courrier du soir*, ancien employeur de Mendel, où une nouvelle salve de conscriptions avait décimé les rangs des graphistes. Il persuada son rédacteur d'embaucher Polaner avec lui, faisant valoir que, derrière leur collaboration à l'École spéciale d'architecture, c'était lui l'homme de talent. De son côté, Tibor obtint un poste d'assistant chirurgien dans un hôpital militaire qui soignait encore des blessés de Voronej. József, qui n'avait jamais eu à gagner sa vie jusque-là, passa une annonce dans le *Courrier du soir*, et devint peintre en bâtiment, confortablement payé. Klára donnait toujours des cours de danse au studio de Király utca. Peu de parents ayant les moyens de payer plein tarif en ces temps difficiles, elle se contentait de ce qu'ils pouvaient lui donner.

En juillet, pendant que les armées d'Eisenhower bombardaient Rome, Budapest se dressait sur les rives du Danube dans toute sa splendeur estivale ; de ses palais, de ses vieux hôtels particuliers grandioses émanait un air de permanence. Les bombardements soviétiques de septembre 1943 avaient laissé intacts leurs ors et leurs frises ; les raids aériens des Alliés attendus au printemps dernier n'avaient pas eu lieu et les appareils de l'armée Rouge n'étaient pas revenus. À présent, les dahlias ouvraient leurs poings serrés dans le Városliget où

András allait se promener le dimanche avec Tibor, József et Polaner, tout en spéculant sur le temps qu'il faudrait pour que l'Allemagne capitule et que la guerre prenne fin. En Italie, Mussolini était tombé, et le fascisme s'était effondré avec lui. Sur le front de l'Est, les difficultés de l'Allemagne se multipliaient et s'aggravaient ; les assauts de la Wehrmacht contre une place forte soviétique près de Koursk s'étaient soldés par une déroute catastrophique, suivie de peu par les défaites d'Orel et de Kharkov. Tibor lui-même, qui les mettait en garde l'année précédente contre les dangers de prendre ses désirs pour des réalités, exprimait l'espoir que la guerre finisse avant que l'un d'entre eux ne soit rappelé au STO, et qu'on voie bientôt les prisonniers de guerre hongrois rentrer dans leurs foyers.

Les juifs de Hongrie avaient eu de la chance, András en était conscient. Des milliers d'entre eux avaient trouvé la mort au Munkaszolgálat, mais pas un million et demi ; et le reste de la population juive avait survécu sans dommage à la guerre. Certes, des milliers de juifs avaient perdu leur emploi, et presque tous avaient du mal à joindre les deux bouts, mais il demeurait légal pour eux de tenir un commerce, d'être propriétaires de leur appartement, et d'aller à la synagogue dire la prière des morts. Depuis plus d'un an et demi, le Premier ministre Kállay résistait à Hitler qui lui demandait instamment de prendre des mesures draconiennes contre les juifs ; son administration allait même jusqu'à poursuivre en justice les crimes perpétrés au début de la guerre. Il avait fait ouvrir une enquête sur les massacres du Délvidék et s'était juré de châtier les coupables avec toute la sévérité requise. Quant au général Vilmos Nagybaczoni Nagy, avant de quitter le ministère de la Défense, il avait réclamé l'inculpation des cerveaux du marché noir militaire.

Mais András avait été formé à l'école du scepticisme, non seulement par Tibor, mais également par les événements de l'année écoulée. Malgré les nouvelles encourageantes, il ne parvenait pas à se départir d'une terreur instinctive. La suite lui donna raison. Cet automne-là, comme il suivait le procès des officiers compromis dans le marché noir, il comprit que, à supposer qu'ils soient reconnus coupables, ceux-ci n'encourraient qu'une peine de pure forme. Quant à Hitler, dont la Wehrmacht paraissait si vulnérable durant l'été, il avait tout de même arrêté l'offensive alliée sur Rome et sécurisé les frontières au sud de l'Allemagne. En Russie, il continuait de jeter ses troupes contre l'armée Rouge, à croire qu'on ne pouvait l'anéantir.

Et puis, on était toujours sans nouvelles de Mátyás, disparu depuis vingt-deux mois. Comment continuer d'espérer qu'il soit encore en vie ? Et pourtant, Tibor s'obstinait à y croire, leur mère le croyait, et leur père, sans le dire, y croyait de même. Tant qu'un seul d'entre eux y croyait, aucun ne pouvait accéder au maigre réconfort du chagrin.

La dernière affaire de déni de justice de l'année concerna la famille Hász et l'extorsion de fonds qui l'avait quasiment ruinée. Lorsque les paiements mensuels de György se réduisirent à quelques centaines de forint, ses rançonneurs jugèrent que le jeu n'en valait plus la chandelle. L'administration Kállay semblait déterminée à dénoncer la corruption à tous les échelons et dans toutes les branches du gouvernement ; dix-sept membres du ministère de la Justice avaient été mis en examen pour tripotages financiers, et ils craignaient d'être les suivants sur la liste. Le 25 octobre, ils convoquèrent György dans les sous-sols du ministère, à minuit. Ce soir-là, András et Klára allèrent rejoindre Elza, József et la mère de Klára dans le petit séjour sombre de leur appartement, pour attendre son retour. József fumait un paquet de Mirjam à la chaîne ; Elza avait sa boîte à couture auprès d'elle et ravaudait les ravages inédits de la pauvreté sur leurs vêtements. Mme Hász mère lisait à haute voix des textes de Radnóti, ce jeune poète juif que Tibor admirait, et dont on ignorait encore la mort au Munkaszolgálat. À côté d'András, Klára était assise, mains entre les genoux, dans une posture d'accusée. S'il arrivait malheur à son frère, il savait qu'elle s'en tiendrait pour responsable.

À trois heures moins le quart du matin, une clef tourna dans la serrure, c'était György, noir de suie et hors d'haleine, mais sain et sauf. Il retira sa veste et la posa sur le dossier du canapé, lissa sa cravate or pâle, passa la main dans ses cheveux zébrés de gris. Il s'assit près de Klára et but d'un trait le verre d'eau-de-vie de prune que sa femme lui tendait. Puis il le posa sur la table, devant lui, et porta ses regards sur sa sœur.

— C'est fini, lui dit-il en serrant sa main dans la sienne. Tu peux respirer.

— Qu'est-ce qui est fini ? demanda leur mère.

Il y avait eu un autodafé, leur raconta-t-il. Les extorqueurs l'avaient emmené dans son bureau et lui avaient enjoint d'emporter toutes les preuves des relations illégales entre le ministère et la famille Hász – lettres, télégrammes, accusés de réception, actes de vente, reçus en tout genre – puis ils l'avaient contraint à tout jeter dans l'incinérateur de l'immeuble pour interdire tout recours légal contre le ministère de la Justice. En retour, ils avaient établi des papiers au nom de Klára, lui rendant la citoyenneté qu'elle avait perdue dans son jeune temps. Ensuite ils avaient pris le dossier contenant tous les documents relatifs à son crime supposé – les photographies de la scène de crime et des victimes, le témoignage sous serment du violeur révélant l'identité de la jeune fille, les dépositions qui la liaient à l'organisation sioniste Gesher Zahav, les rapports de police concernant sa disparition, et la dénonciation d'Edith Novak – et à leur tour, ils les avaient jetés dans l'incinérateur central de l'immeuble.

— Tu les as vus brûler ces papiers, ces dossiers, ces photos, tout ? demanda Klára.

— Tout, confirma György.

— Qu'est-ce qui te dit qu'ils n'en ont pas gardé des copies ? intervint József. Qu'est-ce qui te dit qu'ils n'en ont pas d'autres ?

— C'est toujours possible, admit György. Mais c'est peu vraisemblable. N'oublions pas que toute preuve pourrait se retourner contre eux. C'est pourquoi ils étaient si pressés de détruire ces papiers.

— Mais que ces preuves puissent se retourner contre eux, ça n'a rien de nouveau ! s'écria József en se levant de sa chaise. Ça ne les a jamais gênés jusqu'ici.

— Ces hommes avaient peur, souligna Hász. Et ils le cachaient très mal. Ils n'ont plus le soutien de l'administration. Ils ont vu dix-sept de leurs collègues être renvoyés, dont certains se trouvent aujourd'hui en prison ou au Munkaszolgálat, et pour moins que ce qu'ils nous ont fait.

— Et tu as tout détruit ? Vraiment tout ? insista József. Tu n'as pas gardé une seule copie de document ? Nous n'avons plus aucun recours ?

György regarda son fils bien en face, avec sévérité.

— Ils me braquaient un pistolet sur la tempe pendant que je vidais les dossiers. J'aimerais te dire que je possède des duplicatas quelque part, mais il était déjà assez risqué de garder ce que j'avais. Et puis de toute façon, c'est fini. Ils ne pourront plus rouvrir le dossier de Klára. J'ai vu de mes yeux les documents brûler.

József se dressait au-dessus de son père, poings serrés. On aurait dit qu'il allait le prendre aux épaules et le secouer. Ses yeux passèrent sur sa grand-mère, sur sa mère, puis se posèrent sur András. Il y avait entre eux une histoire si terrible qu'elle relativisait cet instant d'exaspération. Se regarder l'un l'autre, c'était se souvenir qu'il était précieux de conserver la vie sauve. József se rassit et s'adressa à son père :

– Dieu merci, c'est fini, conclut-il. Dieu merci, ils ne t'ont pas tué.

Cette nuit-là, couchés dans l'obscurité de leur chambre, András et Klára ne dormaient pas ; il la tenait dans ses bras. Combien de fois au cours de ces quatre ans l'avait-il imaginée arrêtée, frappée, incarcérée dans un lieu totalement inaccessible pour lui. Il avait du mal à croire que cette menace omniprésente se soit dissipée. À ses côtés, Klára se taisait, l'œil sec. Il savait combien lui coûtait sa propre libération. Son retour en Hongrie, risque pris dans son intérêt à lui, avait ruiné sa famille. Elle était libre à présent, mais elle n'aurait jamais la liberté de réclamer justice pour elle-même, ou la restitution des sommes extorquées. Son silence n'était pas dirigé contre lui, il le comprenait, mais il les séparait tout de même. Avait-il jamais été proche d'elle comme les gens mariés sont censés l'être ? Sur leurs quarante-huit mois de mariage, il en avait passé douze dans leur foyer. Pour que les séparations ne leur soient pas fatales, ils avaient dû prendre un peu de distance l'un vis-à-vis de l'autre. Chaque fois qu'il rentrait, y compris cette fois-ci, on pouvait toujours craindre qu'il ne soit rappelé. Ils avaient beau faire semblant de l'ignorer, c'était un fait. Et, planant sur leur intimité, lui faisant ombre comme une paire d'ailes noires, les événements en Europe, dont ils redoutaient qu'ils ne se produisent chez eux.

Mais pour l'instant ils étaient ensemble, hors de danger, dans ce lit qu'ils partageaient. Ils étaient vivants, il l'aimait. La tenir à distance aurait été une folie. C'était bien la dernière chose qu'il souhaitait. Il effleura son épaule nue, son visage, il repoussa une mèche de son front et elle se serra contre lui. Par égard pour Polaner qui dormait de l'autre côté de la cloison, avec ses deuils et sa solitude, ils firent l'amour sans bruit, noués à l'intérieur, tendus l'un vers l'autre. Après, András posa la main sur le ventre de Klára, ses doigts suivant les cicatrices familières de ses grossesses. Ils n'avaient pas pris de précautions, quoique ni l'un ni l'autre ne voulût l'imaginer enceinte quand les chars soviétiques franchiraient la frontière hongroise. Comme ils s'assoupissaient peu à peu, il lui décrivit la petite maison qu'il lui construirait sur les bords du Danube après la guerre. Il en avait eu la vision à Angyalföld, la première fois ; une maison de brique blanchie à la chaux, avec un toit de tuiles, un jardin assez grand pour y mettre deux chèvres, un four à pain devant, un patio ombragé, une pergola pour faire courir une treille. Klára finit par s'endormir, mais lui non, il n'était pas bien. Voilà qu'il venait encore de dessiner les plans d'une maison imaginaire, une de plus dans la longue série de celles qu'il lui bâtissait depuis qu'ils étaient ensemble. Il pouvait en feuilleter toute une pile, mentalement, de ces projets fantômes d'une vie qu'ils n'avaient pas vécue, et ne vivraient peut-être jamais.

Le samedi après-midi, par beau temps, András et Klára avaient instauré l'habitude d'aller se promener en tête à tête dans l'île Marguerite, une heure ou deux, pendant que Polaner jouait avec Tamás dans le parc. C'est au cours de ces promenades qu'ils abordaient les sujets dont András n'avait rien pu dire dans ses courtes lettres censurées. Ainsi, les raisons de leur déportation, et le rôle qu'avait pu y jouer *Rail canaille* ; les circonstances entourant la mort de Mendel ; le long affrontement avec József qui s'était ensuivi et les rencontres singulières sur le trajet du retour. Sur le premier sujet, András craignait fort que Klára ne le tienne pour responsable de ce qui s'était passé, et ne lui reproche d'avoir empêché la famille de tenter son échappée. Elle l'avait mis en garde, il ne l'avait pas oublié un seul instant. Mais elle fit tout son possible pour le rassurer : personne ne le blâmait ; s'il s'accusait, c'était parce que au Munkaszolgálat, et avec la guerre, il avait perdu tout recul. Ce voyage en Palestine aurait pu tourner au désastre. Sa déportation les avait peut-être tous sauvés. À présent qu'il était rentré, elle lui était reconnaissante de leur avoir épargné les aléas de ce voyage. Sur le deuxième sujet, elle réagit avec chagrin et désarroi, et András se rappela qu'elle avait elle aussi vu son meilleur ami et allié mourir sous ses yeux, qu'elle avait assisté au meurtre absurde d'un homme qu'elle aimait depuis l'enfance. Quant au troisième sujet, elle dit seulement qu'elle comprenait qu'il avait dû se faire violence pour ne pas sauter à la gorge de József. Mais la période passée en Ukraine auprès d'András avait changé son neveu en profondeur, lui dit-elle. Il n'était plus le même homme depuis son retour, peut-être était-il tout simplement devenu un homme – enfin.

Pour des raisons qu'il aurait eu du mal à nommer, le sujet le plus difficile à aborder pour lui fut la mort de Zoltán Novak. Il s'écoula des mois de samedis après-midi avant qu'il puisse lui dire qu'il avait assisté à ses derniers moments et l'avait enterré de ses propres mains. Elle avait appris la nouvelle de sa mort par les journaux et l'avait pleuré avant le retour d'András. Mais elle pleura de nouveau en écoutant son récit. Elle lui demanda de tout lui raconter, sans rien omettre : comment il avait découvert Novak, ce qu'ils s'étaient dit, comment Novak était mort. Il tâcha de lui présenter les choses en douceur, passant sur les détails pénibles, et quand il eut fini, elle lui fit un aveu à son tour : Novak et elle avaient échangé une douzaine de lettres pendant ses longs mois de service.

Ils venaient de faire halte devant une église francis-caine en ruine, dont les pierres semblaient jaillies de la terre même, dont la rosace avait perdu son vitrail, et les ogives gothiques leur pointe. On était en décembre, mais il faisait très doux pour la saison ; à l'ombre des ruines, un banc pouvait accueillir mari et femme en mal de confession, fussent-ils juifs et seuls confesseurs l'un de l'autre.

– Comment t'a-t-il fait passer ses lettres ?

– Par des officiers en permission.

– Et toi, tu répondais ?

Elle plia son mouchoir mouillé et regarda la rosace vide.

– Il était seul, il avait tout perdu. Il n'avait plus personne. Même son petit garçon était mort.

– Tes lettres ont dû être un réconfort pour lui, dit András avec effort, tout en suivant son regard.

Dans un des lobes de la rosace, un oiseau avait fait son nid. Le nid était abandonné depuis longtemps, et ses rubans d'herbe sèche palpitaient au vent.

– J'essayais de ne pas le bercer de faux espoirs. Il connaissait les limites de mes sentiments pour lui.

András le crut volontiers : l'homme qu'il avait vu au grenier à blé ne se leurrait pas sur l'idée qu'une femme nourrisse un amour secret pour lui. C'était un homme veuf de tout ce qui comptait pour lui, un homme qui avait vu s'écrouler tout ce qu'il avait pu construire dans ce monde.

– Tes lettres ne me rendent pas jaloux, je ne te reproche rien de ce que tu as pu lui écrire. Il a toujours été bon pour toi. Il a été bon pour nous deux.

Elle lui posa la main sur le genou.

– Il n'a jamais regretté ce qu'il a fait pour toi. Il m'a dit qu'il t'avait parlé à l'Operaház et que tu aurais pu te montrer bien plus vindicatif. Il m'a dit qu'à tout prendre, puisque je devais me marier, il était content que ce soit avec toi.

András couvrit sa main de la sienne et leva les yeux vers la rosace et le nid qui frémissait au vent. Il avait vu des dessins d'architecture de cette église : du temps qu'elle était debout ce n'était qu'une église gothique parmi des milliers d'autres, gracieuse dans ses lignes, mais banale. Seule la ruine la rendait extraordinaire. La maçonnerie parfaite du mur du fond y était mise à nu ; les intempéries avaient taillé le mur de façade en escalier et velouté l'arête des pierres. La rosace était plus élégante sans vitrail, ses nervures abrasées par le vent, décolorées par le soleil. Et le nid aux rubans d'herbe était la touche finale, fortuite : ce que l'édifice ne devait pas à la main de l'homme et qui ne lui serait pas retiré. Tel est l'amour, se dit-il. Pour qu'il gagne en complexité, et par là même s'accomplisse, il faut que le temps fasse son œuvre.

Ses moments les plus mélancoliques, cette année-là, furent ceux qu'András passait avec Tibor. Où qu'ils aillent et quoi qu'ils fassent, qu'ils occupent leur table habituelle au café des Artistes, qu'ils flânent dans les allées du Városliget, ou qu'ils s'accoudent à la rambarde du pont Széchenyi pour regarder couler ses eaux ondoyantes, il prenait douloureusement conscience d'être à la merci d'événements qui les dépassaient. Le Danube, qui lui semblait hier le passage secret magique pour quitter la Hongrie, n'était plus qu'un fleuve banal. Klein était en prison, leurs visas expirés, le *Trasnet* un simple nom dans leur mémoire. Auparavant, Tibor lui avait toujours paru doté d'une volonté inexorable. Il avait toujours manifesté un talent surnaturel pour faire advenir l'impossible. Mais leur évasion n'était pas advenue, précisément. Et à présent, ils n'avaient aucun projet clandestin à opposer à leurs angoisses. Tibor lui-même avait changé. Il avait passé trois ans au Munkaszolgálat, et comme András, il en avait appris les dures leçons. Depuis qu'il était rentré du front, on aurait dit qu'il charriait un poids énorme : celui de dizaines de corps, morts et vifs, des malades et des blessés qu'il avait soignés au STO et soignait encore à l'hôpital où il travaillait à Budapest. « On n'a pas pu le sauver », concluait-il souvent quand il racontait ses histoires. C'étaient des hémorragies qu'on n'avait pas pu stopper, la dysenterie qui vidait les hommes de leur substance, la pneumonie qui leur brisait les côtes et les asphyxiait.

Et les corps continuaient de s'accumuler, même à Budapest, si loin des premières lignes. Un soir, Tibor apparut dans les bureaux du *Courrier du soir* pour lui demander s'il accepterait de terminer un peu plus tôt ; un jeune homme dont il s'était occupé venait de mourir quelques heures auparavant, sur la table d'opération, et il avait besoin de boire un coup. András emmena son frère dans un bar qu'ils avaient toujours bien aimé, un bar étroit, aux lumières cuivrées, qui s'appelait La Cloche du tram. Là, devant leurs bières, Tibor lui raconta l'histoire. Le jeune homme avait été blessé quelques mois plus tôt à la bataille de Voronej ; il avait reçu des morceaux de shrapnel dans les deux poumons et respirait très mal depuis. Au cours de l'opération risquée pour lui retirer les fragments, l'artère pulmonaire avait été sectionnée et le jeune homme était mort sur le billard. Tibor se trouvait dans la salle d'attente quand le médecin, un chirurgien talentueux et respecté nommé Keresztes, avait annoncé la nouvelle aux parents. Il s'attendait à ce qu'ils hurlent, qu'ils protestent, qu'ils s'effondrent, mais la mère du jeune homme s'était levée de sa chaise et avait expliqué calmement que son fils ne pouvait pas être mort. Elle avait montré à Keresztes le pull-over qu'elle venait de finir de lui tricoter avec une laine trempée dans un puits de Szentgotthárd où le visage de la Bienheureuse Vierge Marie était apparu trois fois. Elle venait d'arrêter la dernière maille quand le chirurgien était arrivé. Il fallait lui permettre de poser le pull-over sur son fils car il n'était pas mort, mais seulement plongé dans un profond sommeil, sous la bonne garde de la Vierge. Keresztes avait tâché de lui expliquer les circonstances de la mort de son fils et pourquoi il ne pourrait pas revenir à lui, mais alors le père avait menacé de lui couper la gorge avec son propre scalpel s'il n'autorisait pas la mère à faire ce qu'elle voulait. De guerre lasse, le chirurgien les avait escortés au chevet de leur fils, dans une chambre voisine du bloc, et il était parti en laissant Tibor superviser leur visite au jeune mort. La mère avait posé le chandail sur les pansements qui lui emmaillotaient la poitrine, et elle avait commencé à réciter son rosaire. Mais la Vierge Marie n'avait pas ressuscité son fils. Il demeurait inerte, et lorsqu'elle était arrivée au bout de son chapelet, elle avait enfin compris la situation. Son garçon était parti, il était mort à Budapest après avoir survécu à Voronej ; rien ne pourrait plus le ramener. Une infirmière était venue évacuer le corps pour qu'un autre patient puisse prendre sa place, et Tibor lui avait demandé de laisser les parents rester aussi longtemps qu'ils le désiraient au chevet de leur fils. L'infirmière insistait : il fallait libérer la chambre ; le nouveau patient sortirait du bloc dans un quart d'heure. Les parents, comprenant qu'ils n'avaient plus le choix, s'étaient dirigés vers la porte à contrecœur. Sur le seuil, la mère avait mis le chandail dans les mains de Tibor ; il fallait qu'il le prenne, puisqu'il ne servirait plus à son fils.

Tibor ouvrit sa sacoche et en sortit le pull, un pull gris, tricoté serré, d'une main régulière. Il le mit sur ses genoux et lissa la laine du plat de la main.

— Tu sais le pire ? dit-il. C'est que lorsque Keresztes a quitté la chambre, il a levé les yeux au ciel en me regardant, comme pour dire *Quels abrutis, ces fanatiques*, et je suis sûr que la mère l'a vu.

Il posa son menton sur sa main et regarda András avec une expression si douloureuse que la gorge de son frère se noua.

— Le pire, c'est qu'alors toute ma sympathie est allée à Keresztes. Normalement, j'aurais dû vouloir le réduire en bouillie, pour avoir levé les yeux au ciel dans un moment pareil, mais au lieu de ça je me suis dit : Combien de temps ça va durer, cette histoire ? Vivement qu'ils nous débarrassent le plancher.

András ne put que hocher la tête en signe d'assentiment. Il savait que Tibor n'avait pas besoin qu'on lui dise qu'il était un type bien et que dans d'autres circonstances, sa sympathie serait allée aux parents et non pas au chirurgien épuisé. Les deux frères se comprenaient parfaitement, dans leur manière de penser et leur ressenti. L'histoire parlait d'elle-même. Un long silence s'installa entre eux pendant qu'ils buvaient leurs bières. Puis, enfin, Tibor reprit la parole :

– J'ai entendu une bonne nouvelle sur le chemin de l'hôpital. C'est une infirmière qui l'a attrapée à la radio. Les généraux du massacre du Délvidék, Feketehalmy-Czeydner et les autres, vont coucher en prison lundi. Feketehalmy a pris quinze ans, je crois, et les autres presque autant. Reste à espérer qu'ils moisissent sur la paille humide des cachots.

András n'eut pas le cœur de raconter à son frère la fin de cette histoire, qu'il avait entendue juste avant son arrivée à la salle de rédaction. À la veille de purger leur peine, Feketehalmy et les trois autres officiers reconnus coupables des massacres du Délvidék s'étaient enfuis à Vienne, où on les avait vus dîner dans une brasserie célèbre en compagnie de six officiers de la Gestapo. Le correspondant à Vienne du *Courrier du soir* se trouvait assez près d'eux pour observer qu'ils avaient mangé des saucisses de veau au poivron et porté un toast à la santé du Chef suprême du Troisième Reich. Le bruit courait que le Führer lui-même leur avait accordé l'asile politique. Mais Tibor ne l'apprendrait que trop tôt par les journaux. Pour l'heure, autant le laisser goûter cet instant de paix, si le mot était bien choisi.

– À la paille humide des cachots, dit-il en levant son verre.

# Chapitre 38
## L'occupation

En mars 1944, peu de temps après que Klára eut découvert qu'elle était de nouveau enceinte, les journaux annoncèrent qu'Horthy était appelé à Schloss Klessheim pour une conférence avec Hitler. Il emmenait avec lui son nouveau ministre de la Défense, Lajos Csatay, successeur de Vilmos Nagy, et son chef d'état-major, Ferenc Szombathelyi. Le Premier ministre Kállay déclara aux journaux que la nation magyare avait tout lieu d'espérer : la question dont Hitler voulait débattre, en effet, concernait le retrait des troupes hongroises déployées sur le front de l'Est. Tibor pensa que cette péripétie leur ramènerait peut-être enfin Mátyás, quand tout le reste avait échoué.

Le soir de la conférence de Klessheim trouva András et József au Pineapple Club, la cave proche de Vörösmarty tér où Mátyás avait en d'autres temps dansé sur le couvercle d'un piano blanc. Le piano était toujours là, mais au clavier il y avait Berta Türk, une fantaisiste de la vieille école, dont la coiffure serpentine évoquait une Méduse à la Beardsley. József avait reçu des billets pour le spectacle en guise de paiement d'un chantier de peinture. Berta Türk était l'un de ses béguins d'adolescent ; il ne voulait pas manquer l'occasion de la voir et avait tenu à ce qu'András l'accompagne. Il lui avait prêté un habit de soie, ayant revêtu pour sa part un smoking rapporté de Paris cinq ans plus tôt. Il destinait en outre à Mme Türk un bouquet de roses rouges cultivées en serre qui avait dû lui coûter la moitié de ses gains de la semaine. András et lui étaient attablés tout près de la scène et buvaient dans de hauts verres étroits la médecine de l'établissement : un cocktail rhum-coco. Berta lançait ses allusions à double entente de sa voix de miel brut, et ses sourcils se soulevaient comme ceux d'une pin-up de dessin animé. András trouvait sympathique que József, dans son adolescence, se soit épris de cet étrange objet plutôt que d'une beauté froide et muette du septième art. Mais il n'avait guère le cœur à savourer les plaisanteries de Berta : il pensait à Mátyás, et sentait sa présence partout dans la salle ; il battait une mesure jazzy du bout de la semelle, au bar ; il se prélassait sur le couvercle du piano ; il traversait la scène en faisant des claquettes acrobatiques, à la manière de Fred Astaire. À l'entracte, András sortit prendre l'air. La nuit était froide et humide, les rues pleines de gens en quête de distractions. Un trio de jeunes femmes parfumées l'effleura au passage ; leurs talons résonnaient sur l'asphalte, leurs manteaux du soir se balançaient au rythme de leur marche. Sur le trottoir d'en face, on entendait *Bei Mir Bist Du Schön* filtrer par le rideau de velours rouge qui masquait l'entrée du club de jazz. András leva les yeux ; au-dessus de la corniche de l'immeuble, une lune oblongue illuminait le ciel, des filaments de nuage traçant un texte indéchiffrable sur sa face. Elle lui parut proche à la décrocher.

– Vous avez du feu ? lui demanda-t-on.

Il battit des paupières pour revenir sur terre et fit non de la tête. L'homme, un jeune soldat brun en uniforme de l'armée hongroise, alla demander du feu à un autre passant, puis il alluma la cigarette de son ami, et la sienne ensuite.

– C'est vrai, je te dis, répétait l'ami. Si Markus dit qu'on va être occupés, c'est qu'on va l'être.

– Mais il est fasciste, ton cousin, il serait ravi d'être

occupé par les Allemands. N'empêche qu'il dit n'importe quoi. Horthy et Hitler sont en train de négocier en ce moment même.

— Justement, ça n'est qu'une manœuvre de diversion.

Chacun y allait de sa théorie car tout homme qui rentrait vivant du front était fermement convaincu de pouvoir prédire le déroulement de la guerre, dans son ensemble et en détail. Ces théories étaient aussi plausibles – ou aussi peu plausibles – les unes que les autres, et tout théoricien de la guerre amateur était farouchement convaincu qu'il était le seul à comprendre quelque chose à ce chaos. András, Tibor, József et Polaner ne faisaient pas exception. Chacun avait son propre appareil de théories, convaincu que les autres se leurraient cruellement. Mais combien de temps faudrait-il développer des arguments rationnels pour analyser une guerre qui défiait toute rationalité ? songeait András. Et combien de temps faudrait-il avant qu'ils soient tous réduits au silence ? Il était possible que l'Allemagne se prépare à envahir la Hongrie en cette minute même. Tout était possible, absolument tout. Qui sait si Mátyás n'était pas en train de sauter à bas d'un wagon de marchandises en gare de Keleti, pour passer son sac en bandoulière et se diriger vers l'appartement de Nefelejcs utca ?

Dans les vapeurs du rhum-coco, András retrouva le chemin du cabaret et regagna leur table à côté de la scène, où József s'entretenait galamment avec Mme Türk. La dame tirait sa révérence. Elle venait de recevoir un appel urgent, il fallait qu'elle parte. Elle laissa József lui baiser la main, lui glissa une de ses roses derrière l'oreille, et traversa promptement la scène.

— Qu'est-ce que c'était, cet appel urgent ? s'enquit András.

— Aucune idée, répondit József, tout à son euphorie.

Il voulut absolument commander une dernière tournée et proposa de rentrer en taxi. Comme András lui faisait le compte de ce qu'il avait déjà dépensé dans la soirée, il se laissa entraîner jusqu'à l'arrêt du tramway sur Vámház körút, où une foule bruyante attendait déjà.

Le temps passant, tout le monde avait apparemment entendu les mêmes bruits. Des troupes SS, entre cinq cents et mille hommes, seraient arrivées dans une gare proche de la capitale ; elles faisaient route vers l'est et seraient bientôt aux faubourgs de Budapest. De toutes parts, des divisions allemandes, blindées et motorisées, convergeaient sur la Hongrie. Les aéroports de Ferihegy et de Debrecen étaient déjà occupés. Lorsque le tram arriva, la receveuse clama que si un soldat allemand tentait de monter à bord de son véhicule, elle lui cracherait à la figure en l'envoyant se faire faire ce qu'il fallait. Une ovation salace accueillit ces propos. Quelqu'un entonna *Isten, áld meg a Magyart*, et tout le monde se mit à beugler l'hymne national pendant que le tramway roulait sur Vámház körút.

András et József écoutaient en silence. Si les rumeurs se confirmaient, si une occupation allemande se préparait vraiment, le gouvernement Kállay ne passerait pas la nuit, et András imaginait sans peine quel régime le remplacerait. Depuis six ans, il était témoin, comme le reste du monde, de la nature et des effets de l'occupation allemande. Cependant, à quoi rimait une occupation aussi tardive ? L'Allemagne avait pour ainsi dire perdu la guerre. Ce n'était un secret pour personne. Sur tous les fronts, les armées d'Hitler étaient au bord de l'effondrement. Où trouverait-il des troupes d'occupation ? L'armée hongroise n'accepterait pas de gaieté de cœur d'obéir à un commandement allemand. On pourrait fort bien assister à une résistance armée, à un sursaut patriotique. Les généraux du Honvédség ne se soumettraient jamais sans combattre, surtout après toutes les vies hongroises sacrifiées par Hitler sur le front de l'Est.

József et András descendirent à leur arrêt et restèrent

un instant plantés sur le trottoir, regardant à gauche et à droite comme pour détecter les indices annonçant l'arrivée de la Wehrmacht. C'était pourtant un samedi soir comme les autres. Des taxis sillonnaient le boulevard, avec leur cargaison de fêtards, tandis que des hommes et des femmes en tenue de soirée se pressaient sur les trottoirs.

– Il faut y croire d'après toi ? J'annonce la nouvelle à Klára en rentrant ? demanda András.

– Si c'est vrai, l'armée va quand même se battre, je pense.

– C'est ce que je me disais, mais combien de temps tiendra-t-elle ?

József tira son étui à cigarettes et, le trouvant vide, sortit une étroite flasque d'argent de sa poche de poitrine. Il but une longue rasade et la tendit à András.

Ce dernier fit non de la tête.

– J'ai assez bu comme ça, déclara-t-il en prenant le chemin du retour.

Ils empruntèrent Wesselényi utca pour regagner Nefelejcs, et là, sur le seuil de leurs immeubles respectifs, ils se dirent au revoir, la mine sombre, en se promettant de se retrouver le lendemain matin.

Là-haut, dans l'obscurité de l'appartement, Tamás était couché dans le lit de sa mère. Lorsque András se glissa auprès d'eux, l'enfant se retourna, lui logeant ses petites fesses contre l'estomac, et ses pieds tout chauds contre les cuisses. Klára soupira dans son sommeil. András passa un bras autour d'eux, et pendant des heures, incapable de trouver le sommeil, il les écouta respirer.

Le lendemain à sept heures, ils étaient réveillés par des coups frappés à la porte. C'était József, sans manteau ni chapeau, ses manches de chemise tachées de sang. Son père venait d'être arrêté par la Gestapo, et sa grand-mère, qui s'était trouvée mal quelques instants après, s'était cogné la tête contre la grille de la cheminée dans sa chute. Elza était au bord de la crise de nerfs. Il fallait qu'András parte chercher Tibor, quant à lui, il emmenait Klára immédiatement.

Dans la confusion qui suivit, Klára refusa de croire qu'il s'agissait de la Gestapo, József devait faire erreur. Tout en enfilant ses chaussures, András fut bien obligé de lui dire que c'était très possible, puisque la veille, déjà, la rumeur de l'occupation allemande enflammait la ville. Il se précipita chez Tibor, et Klára chez les Hász. Un quart d'heure plus tard, ils étaient tous au chevet de la vieille Mme Hász, qui avait repris connaissance et voulut leur raconter ce qui s'était passé avant sa chute. À six heures et demie du matin, deux gestapistes avaient tiré György du lit sans lui laisser le temps de s'habiller, ils lui avaient hurlé aux oreilles en allemand, pour le pousser dans une voiture blindée et l'emmener. C'est alors qu'elle avait perdu l'équilibre et qu'elle était tombée. Elle porta la main à sa tête, où un rectangle de gaze recouvrait l'ecchymose.

– Pourquoi György ? Pourquoi lui ? Qu'est-ce qu'il a fait ?

Personne ne put lui répondre. Quelques heures après, on apprenait de nouvelles arrestations : un ancien collègue de György à la banque ; le vice-président juif d'une société de Bourse, un écrivain gauchiste en vue, qui avait signé un virulent pamphlet antinazi. Trois des proches conseillers de Miklós Kállay, ainsi qu'un membre libéral du Parlement, Endre Bajcsy-Zsilinszky, qui avait attendu la Gestapo arme au poing et s'était battu avant d'être emporté de vive force. Ce soir-là, József prit le risque d'aller se renseigner à la prison de Margit körút, où l'on détenait les prisonniers politiques. Mais on se borna à lui dire que son père était sous garde allemande et y demeurerait jusqu'à ce qu'on établisse qu'il ne présentait pas de danger pour l'occupant.

Ainsi s'acheva le dimanche. Le lundi, ordre était intimé à tous les citoyens juifs de rapporter – volontairement, disaient les nazis – leurs radios et leurs téléphones à un bureau du ministère de la Défense, sur Szabadság tér. Le mercredi, il était décrété que tout juif propriétaire d'une voiture ou d'une bicyclette devait la revendre à l'État pour usage militaire – revendre était le mot, mais il n'y eut pas d'argent à la clef ; les nazis distribuaient des bons de paiement dont on découvrit bien vite qu'ils n'étaient pas échangeables contre des espèces. Le vendredi, on vit fleurir en ville des affiches notifiant aux juifs que, à partir du 5 avril, ils devraient porter l'étoile jaune. Peu après, le bruit courut que les juifs en vue arrêtés récemment seraient déportés dans des camps de travail en Allemagne. Klára se rendit à la banque pour y retirer ce qui restait de ses économies, dans l'espoir d'offrir un bakchich pour faire sortir György. Mais elle ne put retirer qu'un millier de pengő : tous les avoirs juifs étaient gelés. Le lendemain, un nouvel ordre exigeait que les juifs cèdent tous leurs bijoux et leur or. Klára, sa mère et Elza donnèrent quelques articles sans grande valeur, elles cachèrent leurs alliances et leurs bagues de fiançailles dans une taie d'oreiller, au fond de la huche à farine, et enveloppèrent les autres bijoux dans de petites bourses en velours que József alla porter à la prison pour plaider la libération de son père. Les gardes confisquèrent les bijoux et le jetèrent dans la rue après l'avoir roué de coups.

Le 20 avril, Tibor perdait son poste à l'hôpital. András et Polaner étaient renvoyés du *Courrier du soir*, et on leur signifiait qu'ils ne seraient embauchés par aucun quotidien en ville. József qui n'avait pas de raison sociale et se faisait payer de la main à la main continua de peindre les appartements, mais la clientèle se fit plus rare. La première semaine de mai, des panneaux apparurent dans les vitrines des boutiques et des restaurants, des cafés, des cinémas, ainsi que des bains publics, qui déclaraient les juifs indésirables. András, qui rentrait d'une promenade au parc avec Tamás, s'immobilisa tout net : sur le trottoir d'en face, leur boulangerie de quartier affichait un panneau presque identique à celui qu'il avait vu à Stuttgart, sept ans plus tôt. À ceci près que ce panneau-ci était écrit en hongrois, sa langue maternelle, et qu'il était placardé dans sa rue, la rue qu'il habitait avec femme et enfant. Pris d'une faiblesse, il s'assit sur le trottoir avec Tamás et regarda la boulangerie, en face, avec sa vitrine éclairée. Tout paraissait normal : la jeune boulangère avec sa coiffe blanche, les miches luisantes, les gâteaux sous leur vitrine, les fioritures qui accompagnaient le nom du magasin en lettres dorées. Tamás montra du doigt son gâteau préféré et dit *mákos keksz*. András dut lui répondre qu'il n'y aurait pas de *mákos keksz* aujourd'hui. Tant de choses étaient devenues interdites du jour au lendemain. Le simple fait de se trouver dans la rue était dangereux désormais. Les juifs étaient frappés d'un couvre-feu qui commençait à cinq heures ; ceux qui ne le respectaient pas couraient le risque d'être arrêtés et fusillés. András tira de sa poche la montre de son père, aussi familière à présent qu'une partie de son corps. Cinq heures moins dix. Il se leva et prit son fils dans les bras. Sur le palier, Klára l'attendait avec sa nouvelle conscription à la main.

# Chapitre 39
# Adieu

Cette fois, ils étaient ensemble, András, József et Tibor ; Polaner étant exempté grâce à ses faux papiers et ses certificats médicaux. Les bataillons de travail étaient regroupés ; on venait de créer trois cent soixante-cinq nouvelles compagnies. Comme András, József et Tibor habitaient le même quartier, ils avaient tous trois été affectés à la 55/10. Leur départ évoquait ces funérailles où l'on charge le mort de toutes sortes de denrées à emporter dans l'autre monde. On leur avait donné autant de victuailles qu'ils pouvaient en porter, des vêtements chauds, des couvertures de laine, des cachets de vitamines et des rouleaux de pansements. Dans le paquetage de Tibor, il y avait en outre des médicaments chapardés à l'hôpital où il travaillait. Prévoyant qu'ils seraient rappelés, il ne s'était pas fait scrupule de mettre de côté des flacons de morphine, du fil de suture, des seringues stériles, des ciseaux et des clamps, pour se constituer une trousse d'urgence, en priant Dieu de ne pas avoir à s'en servir.

Klára ne les avait pas accompagnés à la gare. András lui avait dit au revoir chez eux, dans leur chambre de Nefelejcs utca. Les neuf premières semaines de sa grossesse s'étaient déroulées sans anicroche, mais au cours de la dixième, elle avait été prise de violentes nausées qui commençaient à trois heures du matin pour durer jusqu'à midi ou presque. Ce matin-là, elle vomissait depuis des heures ; András était resté auprès d'elle tandis que, penchée sur le siège des toilettes, elle était secouée de spasmes sans plus rien à vomir, au point que son visage ruisselait de larmes. Elle l'avait supplié de retourner se coucher, de dormir un peu pour pouvoir affronter l'épreuve du voyage, mais il n'avait pas voulu ; il ne l'aurait pas quittée pour tout l'or du monde. À six heures, ses forces abandonnèrent Klára. Tremblant d'épuisement, elle pleura, pleura, à s'en rendre aphone. C'était impossible, insoutenable, chuchotait-elle, András était auprès d'elle, indemne, en sécurité, et puis tout à coup, il fallait qu'il reparte vers l'enfer d'où il était revenu au printemps. Il lui était rendu, puis repris. Rendu, repris. Alors que tant de choses qui lui étaient chères lui avaient été reprises, déjà. Il ne se souvenait pas de l'avoir entendue exprimer son angoisse et sa détresse aussi crûment. Même dans les pires moments, à Paris, elle conservait une certaine retenue, un jardin secret, une part essentielle de son être qu'elle avait dû protéger pour survivre aux épreuves de son adolescence, de sa maternité précoce, de sa solitude de jeune femme. Depuis qu'ils étaient mariés, les circonstances exigeaient un certain quant-à-soi. Mais à présent, fragilisée par sa grossesse, à l'heure où András était sur le départ et la Hongrie aux mains des nazis, elle n'avait plus la force de rester sur sa réserve.

Elle pleurait, pleurait, inconsolable, sans se soucier qu'on l'entende. Tout en la berçant dans ses bras, il avait l'impression de la voir le pleurer lui-même, comme s'il était mort et témoin de son chagrin. Il caressait ses cheveux mouillés, et répétait son nom, là, sur le carrelage de la salle de bains, avec ce sentiment étrange qu'ils étaient enfin mariés, comme si tout ce qui s'était passé entre eux auparavant n'était qu'un prélude à ce lien plus profond et plus douloureux. Il embrassait sa tempe, sa pommette, l'ourlet humide de son oreille. Et puis il pleura, lui aussi, parce qu'il la laissait seule face aux événements.

À l'aube, quand il fut l'heure de s'habiller, il l'entraîna dans leur lit et se glissa à ses côtés.

— Je n'y vais pas. Il faudra qu'ils viennent m'arracher à toi.

— Je vais m'en sortir, articula-t-elle. J'aurai ma mère avec moi, et Ilana, et puis Elza et Polaner.

— Dis à mon fils que son père l'aime, dis-le-lui tous les soirs.

Il prit la montre de son père sur la table de nuit et la lui mit dans la main.

— Je veux que tu la lui donnes, l'heure venue.

— Non, répondit-elle. Ne fais pas ça. Tu la lui donneras toi-même.

Elle la lui rendit et lui referma la main dessus. Puis ce fut le matin, et il fallut partir.

De nouveau, les wagons de marchandises. De nouveau, l'obscurité, les hommes tassés les uns contre les autres. József, à côté de lui, inévitable ; Tibor, son frère, avec son odeur aussi familière que leur lit d'enfants. Car en allant vers Debrecen, ils remontaient le temps. András savait exactement par où ils passaient : les collines se dissolvaient pour faire place à la plaine, aux champs, aux fermes. Sauf qu'à présent, les champs, s'ils étaient cultivés, l'étaient par des compagnies du STO puisque les fermiers, comme leurs fils, étaient tous à la guerre. Les patients chevaux se cabraient à la voix de ceux qui les menaient. Les chiens aboyaient à ces inconnus, sans jamais s'habituer à leur odeur. Les femmes les regardaient d'un œil soupçonneux et enfermaient leurs filles à la maison. Maglód, Tápiogyörgy, Ujszász, des villages-rues dont la gare s'ornait de jardinières de géraniums. Plus un seul chrétien en âge de partir à la guerre, plus un seul juif en âge de partir au STO, et bientôt plus un seul civil juif. Déjà, les regroupements et les déportations commençaient, ces déportations auxquelles Horthy avait juré de ne jamais consentir. Le nouveau Premier ministre, Döme Sztójay, faisait ce que les Allemands lui disaient de faire : rassembler les juifs des villages dans des ghettos à l'intérieur des gros bourgs, les compter soigneusement ; en dresser des listes ; leur dire qu'on avait besoin d'eux pour un grand chantier dans l'Est ; faire valoir la promesse de les établir ensuite sur de nouvelles terres, pour une vie meilleure ; leur recommander de n'emporter qu'une valise par personne ; les emmener à la gare ; les charger dans des trains. Tous les jours, des trains partaient vers l'ouest ; ils rentraient vides et on les bourrait de nouveau. Une terreur indicible s'abattait sur ceux qui demeuraient à attendre. Les rares individus, tel Polaner, qui étaient revenus des camps et pouvaient raconter ce qui s'y passait savaient fort bien qu'il n'y aurait pas de terres nouvelles. Ils savaient à quoi servaient ces camps ; ils connaissaient le produit du grand chantier. Ils racontaient leur histoire, on ne les croyait pas.

Pour András, Tibor et József, le voyage jusqu'à Debrecen, qui prenait normalement quatre heures, dura trois jours. Le train s'arrêtait à toutes les petites gares ; parfois, ils entendaient qu'on y accrochait des wagons pour faire monter d'autres travailleurs, car le moteur de la guerre voulait du combustible. Rien à manger ni à boire, sinon ce qu'ils avaient emporté. Pas d'endroit pour se soulager, sinon le bidon au bout du wagon. Longtemps avant d'arriver à Debrecen, András reconnut les embranchements de voies qui caractérisaient l'approche de la gare. Dans la pénombre, les deux frères se regardèrent longuement dans les yeux. András savait que Tibor pensait à leurs parents qui avaient supporté tant de départs, qui avaient déjà perdu un fils et dont les deux autres se dirigeaient une fois de plus vers la zone des combats. Deux semaines plus tôt, Béla et Flóra s'étaient retrouvés enfermés dans le ghetto dont leur immeuble de Simonffy utca faisait partie. Pas le temps, pas moyen de se dire au revoir. Maintenant, András et Tibor étaient en gare de Debrecen, à moins d'un quart d'heure à pied du ghetto, s'ils avaient pu descendre du train et traverser la ville sans se faire abattre.

Le wagon de marchandises resta la nuit sur ses rails. Il faisait trop noir pour déchiffrer le cadran de la montre de son père ; impossible de savoir quelle heure il était, combien d'heures il y avait encore avant l'aube. Impossible de savoir s'ils partiraient ce jour-là ou seraient forcés de demeurer dans l'obscurité puante pendant qu'on accrochait d'autres wagons au train pour charger d'autres hommes à leur bord. Ils s'asseyaient à tour de rôle, s'assoupissaient, se réveillaient. Et puis, dans le silence de la nuit, ils entendirent des pas sur le gravier, devant le wagon. Ce n'étaient pas les pas lourds des gardes, mais des pas plus indécis ; puis on frappa discrètement au flanc du wagon.

– Fredi Paszternak ?
– Geza Mohr ?
– Semyon Kovács ?

Personne ne réagit. Ils étaient tous réveillés, à présent, tous paralysés par la peur. Si ces gens qui cherchaient leurs fils se faisaient prendre, on les tuerait. L'issue ne faisait de doute pour personne.

Au bout d'un moment, les pas s'éloignèrent. D'autres parents s'approchèrent : Rubin Gold ? György Toronyi ? Les noms défilaient régulièrement, on entendait des voix basses et vibrantes qui venaient d'une voiture voisine où quelqu'un avait trouvé celui qu'il cherchait. Et puis, de nouvelles voix. András Lévi ? Tibor Lévi ?

Les deux frères se précipitèrent contre la paroi du wagon et appelèrent leurs parents d'une voix étouffée : anyu, apu. Les diminutifs enfantins. Car András et Tibor régressaient dans cette situation extrême, ce paradoxe de savoir leur mère, leur père, Béla et Flóra, si proches et pourtant inaccessibles. Dans le wagon surpeuplé, les hommes parvinrent à leur faire de la place pour leur laisser un minimum d'intimité.

– Andi, Tibi !

La voix de leur mère, folle de douleur et de soulagement à la fois.

– Mais comment vous avez fait pour arriver ici ? demanda Tibor.

– Votre père a payé un policier, expliqua leur mère. Nous sommes venus sous bonne escorte.

– Vous allez bien, les garçons ?

La voix de leur père, posant une question dont on connaissait déjà la réponse, et qui appelait un pieux mensonge.

– Vous savez où on vous envoie ?

Ils n'en savaient rien.

Il n'y eut guère le temps de parler. Guère de temps pour que Béla et Flóra fassent ce qu'ils étaient venus faire. Un paquet apparut devant les barreaux de l'unique fenêtre, lancé au bout d'une corde à grappin. Il était trop gros pour passer, il fallut le redescendre et en fractionner le contenu. Deux pulls de laine ; deux cache-nez ; des paquets de nourriture bien serrés ; une liasse de deux mille pengő enveloppée dans du papier. Comment avaient-ils économisé une somme pareille ? Comment avaient-ils réussi à la cacher ? Et puis deux paires de grosses chaussures, qu'ils ne purent récupérer car elles ne passaient pas par la fenêtre.

Enfin, la voix de leur père qui récitait la prière des voyageurs.

Flóra et Béla rentrèrent chez eux promptement par les rues obscures, chacun portant une paire de galoches à la main. Derrière eux, main sur leur épaule comme pour les arrêter, venait le policier soudoyé, ancien membre du club d'échecs de Béla. C'était lui qui les avait fait sortir en catimini par une cave qui reliait deux immeubles, le premier dans le ghetto, le second en dehors. D'autres qu'eux s'étaient glissés à l'extérieur de la même manière et ils étaient rentrés sains et saufs ; d'autres encore n'étaient pas revenus, et on n'avait plus jamais entendu parler d'eux. Ils étaient entièrement à la merci du policier avec lequel Béla avait fait quelques parties d'échecs, bu quelques bières. Mais ils n'avaient plus vraiment peur de ce qui pourrait se produire, désormais ; plus vraiment peur d'être livrés à un policier moins compréhensif ; à présent, ils avaient remis à leurs fils les vivres, l'argent, les tricots, ils avaient échangé quelques mots avec eux, ils les avaient bénis. Alors, le reste, quelle importance ? Quel gâchis, s'ils avaient été pris, leurs paquets à la main ! Mais ils avaient eu de la chance. Les rues étaient quasi vides lorsqu'ils avaient quitté le ghetto. Les informateurs de Béla, un contremaître des chemins de fer qu'il connaissait de longue date, et le barman nommé Rudolf, s'étaient montrés fiables. Le train se trouvait là où ils avaient dit, et les gardes du quai en pleine beuverie pour laquelle Rudolf avait fourni la bière. Le barman n'avait pas oublié András, venu dans sa taverne le soir où il s'était disputé avec son père à propos de l'épouse qu'il avait choisie. Quel luxe, se dit Béla le Bienheureux, quel luxe d'avoir eu le temps et l'envie de se disputer entre père et fils. Il avait d'ailleurs admiré la façon dont celui-ci avait défendu son choix. Et puis enfin, c'était lui qui avait raison. Klára était une bonne épouse, tout comme Flóra l'était pour lui. Oui, il était bienheureux, même en ce moment. Flóra était à ses côtés, la main du policier sur son épaule, sa femme, la mère de ses fils, prête à risquer sa vie pour eux en pleine nuit, malgré les protestations de son mari : pas question pour elle de le laisser y aller tout seul.

Enfin, le policier les libéra dans la cour, au-dessus de la cave. Avec une politesse désuète et incongrue, il leur tint ouverte la porte du tunnel menant à leur vie en vase clos. Bientôt, ils regagnèrent leur immeuble et montèrent à leur appartement, où ils se déshabillèrent dans le noir sans un mot. À peine quelques heures de sommeil, et il faudrait vaquer aux tâches de la journée. Une fois couchée, Flóra tira la couverture jusqu'à son menton et laissa échapper un soupir. Il n'y avait rien de plus à dire ni à faire. Leurs garçons, leurs bébés. Les trois petits, comme ils disaient. Les trois petits, à la dérive sur le continent, comme des bateaux sur un bassin. Flóra se retourna et posa la tête sur la poitrine de Béla, et il caressa sa longue chevelure grise.

Pendant quelques semaines, ils partageraient ce même lit, alors que des juifs du Hajdú étaient regroupés à Debrecen. Puis à la fin du mois de juin, un matin que les capucines ouvriraient leurs trompettes dans la véranda et que les chèvres blanches bêleraient dans la cour, ils descendraient l'escalier, une valise par personne, et franchiraient en compagnie de leurs voisins les portes du ghetto ; ils traverseraient les rues familières, jusqu'aux briqueteries Serly, à l'ouest de la ville, où on les entasserait dans un train presque identique à celui qui avait emporté leurs fils on ne savait où. Le train roulerait vers l'ouest, il traverserait des gares ornées de jardinières de géraniums, il roulerait vers l'ouest, il traverserait Budapest. Et puis, il prendrait vers le nord, le nord, le nord encore, et ses portes ne s'ouvriraient qu'à Auschwitz.

Le train qui transportait András, József et Tibor roulait vers l'est et la frontière. Là, dans une ville de Carpato-Ruthénie – dont le nom changerait bientôt deux fois, la première en repassant à la Tchécoslovaquie, et la seconde en étant annexée par l'Union soviétique, ils furent escortés par des gardes armés jusqu'à un camp à trois kilomètres de la Tisza. Ils seraient employés à charger du bois sur des péniches à destination de l'Autriche. On leur attribua un bunker sans fenêtres, cinq rangées de couchettes sur trois niveaux. Dehors, le long du mur, des lavabos à ciel ouvert pour se laver. Ce soir-là, au dîner, ils burent du café qui n'était pas du café, mangèrent une soupe qui n'était pas de la soupe, et reçurent cent grammes de pain qui crissait sous la dent, mais que Tibor leur dit de garder pour le lendemain. On était le 5 juin, la nuit était douce, elle sentait la pluie et l'herbe tendre. Les combats n'avaient pas encore atteint la frontière toute proche. On leur permit de rester dehors après dîner. Un homme qui avait emporté son violon joua des airs tziganes, et un autre chanta. András ne pouvait pas savoir, et aucun d'entre eux ne l'apprendrait avant des mois, que plus tard, cette nuit-là, une flotte alliée atteindrait les côtes normandes, et des milliers de soldats débarqueraient vaillamment sous un déluge de feu. Même s'ils l'avaient su, ils n'auraient pas osé espérer que la libération de la France puisse arracher une compagnie du STO hongrois aux terreurs de l'occupation allemande, ni même empêcher que leur boucle de la Tisza ne soit bombardée pendant qu'ils chargeraient les péniches. Même s'ils avaient eu connaissance du débarquement, ils se seraient bien gardés de préjuger de l'avenir en établissant un lien de cause à effet entre une plage de Vierville-sur-Mer et un camp de travail forcé en Carpato-Ruthénie. Ils étaient conscients de leur situation. Ils savaient qu'ils devaient s'estimer heureux et de quoi. Lorsque András se coucha sur les lattes de bois, cette nuit-là, avec Tibor au-dessus de lui et József au-dessous, il pensa seulement : Aujourd'hui, du moins, nous sommes ensemble. Aujourd'hui nous sommes vivants.

# Chapitre 40

# Cauchemar

Ce qui l'étonnait le plus, en définitive, ce n'était pas l'infiniment grand des chiffres – l'inconcevable : des centaines de milliers de morts pour la seule Hongrie, des millions pour l'Europe –, mais l'infiniment petit de cette vie humaine qui tenait à un cheveu. Il suffisait d'un détail infinitésimal pour faire pencher la balance : les poux, porteurs du typhus, quelques gouttes d'eau au fond d'une gourde, quelques miettes de pain au fond d'une poche.

Le 10 janvier, à l'aube froide et chaotique de l'année 1945, András était couché sur le plancher d'un wagon de marchandises, dans un lazaret hongrois, à quelques kilomètres de la frontière autrichienne. La ville la plus proche était Sopron, célèbre pour son église de la Chèvre. Un vague souvenir d'enfance, un cours d'histoire de l'art, un maître chenu avec une moustache en ailes de colombe, l'image du chancel de pierre derrière lequel Ferdinand III avait été couronné roi de Hongrie. Selon la légende, une chèvre avait exhumé un trésor antique à cet emplacement, lequel y avait été de nouveau enseveli lorsqu'on avait bâti l'église, dédiée à la Vierge Marie. Et c'est ainsi qu'à flanc de colline, sous cette église au clocher noir visible depuis sa couche, un antique trésor était en train de moisir, tandis que, dans ce lazaret, trois mille hommes se mouraient du typhus. András escalada les sommets vertigineux de la fièvre, ses pensées défilèrent devant lui en livrée de carnaval. On lui avait dit que les malades en quarantaine avaient de la chance dans leur malheur car les valides avaient été expédiés de l'autre côté de la frontière autrichienne, dans des camps de travail.

Il avait encore quelques faits en tête et il comptait ces certitudes comme des billes dans un sac, chacune rayée de rouge sang ou de vert océan. Leur boucle de la Tisza avait bel et bien été bombardée. Ça s'était passé un soir de la fin octobre, très doux pour la saison, presque cinq mois après leur arrivée au camp. Il se revoyait terré dans le noir avec Tibor et József, les murs ébranlés par des ondes de choc ; miracle, leur bunker était resté intact. Une casemate voisine s'était effondrée sur ses hommes, faisant trente-trois morts. Six bateliers et une demi-compagnie de soldats hongrois qui bivouaquaient sur les berges avaient été tués. Les travailleurs en guenilles de la 55/10 avaient fui vers l'ouest pour échapper à l'avancée soviétique. Des semaines durant, talonnés par le tonnerre et les brasiers de la guerre, leurs gardes les avaient trimballés de village en village, les faisant coucher dans des cabanes ou des granges, voire en plein champ. À cette époque, la Hongrie était tombée aux mains des Croix fléchées. Les Allemands jugeaient Horthy trop récalcitrant. Sous la pression des Alliés, il avait cessé de déporter les juifs et, le 11 octobre, il avait négocié en secret des accords de paix avec le Kremlin. Quelques jours plus tard, il annonçait l'armistice, mais Hitler le forçait à abdiquer et l'exilait en Allemagne avec toute sa famille. L'armistice était déclaré caduc, Ferenc Szálasi, leader des Croix fléchées, devenait Premier ministre. La nouvelle était parvenue aux travailleurs du STO sous forme d'un nouveau règlement : désormais, ils ne seraient plus traités comme des travailleurs forcés mais comme des prisonniers de guerre.

Ces faits-là, András se les rappelait en détail. Mais

ce qui s'était produit demeurait plus confus dans son esprit. À travers le brouillard de sa fièvre, il tentait désespérément de se souvenir de ce qui était arrivé à Tibor. Il se revoyait, des semaines ou des mois plus tôt, avec lui et József. Il faisait beau, ils fuyaient sur une route, à l'ouest de Trebišov, dans le bruit des tanks et de l'artillerie soviétiques. Ils avaient été séparés de leur compagnie parce que József était tombé malade et ne pouvait plus suivre. Les jeeps allemandes et les voitures blindées les dépassaient en trombe. Le tremblement de terre gagnait du terrain : c'étaient les Russes dans leurs forteresses mobiles scintillantes d'armes. Tout à coup, József s'était trouvé sur la trajectoire d'un blindé allemand. Il avait été projeté dans un fossé, où sa jambe avait décrit un angle – dans sa fièvre, András cherchait un mot – invraisemblable. Invraisemblable, infidèle au réel. Une jambe ne fléchit pas dans ce sens quand elle s'articule à un corps. Lorsque András l'avait rejoint, József avait les yeux ouverts et la respiration haletante, il était dans un curieux état d'exultation, comme si, d'un seul coup d'un seul, les événements venaient de valider une argumentation qu'il développait en vain depuis des années. Tibor s'était penché sur lui, il lui avait posé une main sur la jambe, avec précaution ; et alors, József avait émis un son inoubliable, un hurlement, trois notes suraiguës à fendre la voûte du ciel. Tibor avait reculé en lançant à András un regard de désespoir. Il n'avait plus de morphine, les fournitures médicales mises de côté à Budapest étaient épuisées. Quelques instants plus tard, une camionnette vert olive était apparue, les pavillons de la Wehrmacht autrichienne sur ses pare-chocs, la croix rouge peinte sur ses flancs. András avait arraché leurs brassards jaunes : ils n'étaient plus que trois hommes dans un fossé, sans signes distinctifs. Les médecins militaires autrichiens jugeant qu'ils nécessitaient tous des soins immédiats les avaient chargés dans leur camionnette, et bientôt, ils roulaient sur la route, à tombeau ouvert, sûrement pour fuir les Russes, s'était dit András. Et puis il y avait eu un bruit assourdissant et une déflagration aveuglante. La bâche avait été arrachée, le plancher s'était fait plafond, on avait vu un pneu décrire un arc de cercle sur fond de nuages. Impact, secousse. Silence vibrant. Tout près de lui, József appelle son père – son père ! – à l'aide. Tibor, indemne au milieu des chaumes de maïs, époussette la neige sur ses manches. Lui, András, une folle douleur blanche en train de s'épanouir dans son flanc, est couché dans un sillon du champ, les yeux au ciel, tellement haut, d'un bleu tellement laiteux, qui s'étend au-dessus de lui, infini. Un nuage lui évoque vaguement le Panthéon, avec ses piliers et son dôme. Peu après, ce bleu laiteux, ce dôme sont avalés par les ténèbres.

Quand il avait rouvert les yeux, il était entouré d'une blancheur si éblouissante qu'il s'était cru mort : des murs blancs comme neige, un lit blanc comme neige, des rideaux blancs comme neige, et par la fenêtre, un ciel de neige. Il avait fini par comprendre qu'il se trouvait dans un lit d'hôpital, écrasé sous le poids colossal d'une mince couverture en coton. Un médecin au nom yougoslave, Dobek, lui retirait son pansement pour examiner une blessure crantée de rouge qui allait de sa côte la plus basse jusqu'au-dessus de son nombril. À cette vue, il avait été pris d'une nausée si violente qu'il avait cherché le bassin d'un œil affolé, au prix d'un élancement déchirant. Le docteur l'avait prié de ne pas bouger. András avait compris, quoique cette demande eût été exprimée dans une langue étrangère. Il s'était laissé aller sur le dos et avait sombré dans un sommeil sans rêves. À son réveil, Tibor était assis à son chevet, lunettes intactes, cheveux propres, débarbouillé ; il avait troqué ses hardes de travailleur contre un pyjama en coton. « Tu as été blessé », lui avait-il expliqué. La camionnette avait sauté sur une mine, on avait dû l'opérer d'urgence. La rate était touchée, et l'intestin grêle sectionné au niveau de l'iléon. Mais tout était réparé, il se rétablissait bien. Où étaient-ils ? À Kassa, en Slovaquie, dans l'hôpital catholique Sainte-Élisabeth, aux bons soins des nonnes slovaques. Et József ? Il était dans la salle d'à côté. Avec une jambe en miettes, il avait subi une intervention délicate, mais il se rétablissait, lui aussi.

Ils étaient restés dans cet hôpital slovaque… combien de semaines ? Il se remettait de sa terrible blessure, et József de sa fracture complexe, pendant qu'une guerre faisait rage à leurs portes. Tibor allait et venait. Il aidait les religieuses, les médecins, les assistait durant les opérations, répartissait les nouveaux arrivants selon leurs maux. Il était épuisé, assombri à force de voir des corps ravagés par les balles et les bombes, mais son visage reflétait le calme et la détermination. Il faisait ce qu'on l'avait formé à faire. Les Russes progressaient, avait-il dit à András, lentement mais sûrement. Pourvu que l'hôpital survive à l'assaut final, ils seraient peut-être bientôt sauvés.

Mais alors les nazis étaient arrivés pour débarrasser l'hôpital, pour l'*évacuer*, disaient-ils, mot dont le sens variait d'un individu à l'autre. Dans ce lieu où l'on ne demandait sa religion à personne, où juifs et non-juifs étaient également soignés, on avait isolé les juifs et on les avait parqués dans un couloir. József, handicapé par sa jambe dans le plâtre, s'appuyait sur András et Tibor. On les avait fait marcher jusqu'au train, puis chargés dans un wagon de marchandises, et une fois de plus, ils avaient roulé vers l'inconnu, direction sud-ouest, cette fois, vers la Hongrie.

Pendant près d'une semaine, ils avaient traversé le pays. Tibor tâchait de repérer où ils étaient d'après les cris entendus lorsque le train s'arrêtait, d'après les images qu'il entrevoyait par la minuscule lucarne de la porte verrouillée. Ils étaient à Alsózsolca, puis à Mezökövesd, puis à Hatvan ; ils avaient nourri un instant l'espoir fou qu'on obliquât vers Budapest, mais le train avait poursuivi jusqu'à Vác. Ils avaient longé la frontière près d'Esztergom et suivi un temps le cours du Danube étranglé par les glaces, puis ils avaient traversé Komárom, Győr et Kapuvár, pour atteindre la frontière occidentale. Tibor s'occupait d'eux sans faiblir, ménageant leur convalescence délicate. Chaque fois qu'András vomissait sur le plancher du wagon, il le nettoyait ; et quand József avait besoin de passer à la tinette, il l'accompagnait et l'aidait. Il soignait aussi les autres malades, souvent trop atteints pour mesurer leur chance. Mais il ne pouvait pas faire grand-chose. Rien à manger, rien à boire, pas le moindre pansement propre, pas la moindre dose de médicaments. La nuit, il se couchait auprès d'András pour lui tenir chaud et il lui parlait à l'oreille, comme pour empêcher qu'ils ne perdent la tête l'un et l'autre. *Je vais te raconter une histoire*, lui disait-il, comme s'il s'adressait à son fils, laissé derrière lui. *Il était une fois un homme qui savait parler aux animaux. Alors voilà ce qu'il leur disait. Voilà ce que les animaux répondaient.* Une démangeaison étendue et profonde gagnait chaque centimètre du corps d'András, y compris à l'intérieur de sa blessure : c'était la morsure des poux. Quelques jours plus tard, la fièvre lançait ses premières vrilles en lui.

Le train s'était arrêté ; ils étaient parvenus au bout du pays. De nouveau, on les avait divisés en deux groupes : ceux qui pourraient franchir la frontière, et ceux qui ne le pourraient pas. Les hommes atteints du typhus ne la passeraient pas ; on les mettrait en quarantaine sur place.

– Écoute-moi bien, András, avait dit Tibor au moment de la sélection. Je vais me faire porter malade. Pas question que je passe la frontière. Je vais rester avec vous en quarantaine, tu as compris ?

– Non, Tibor, si tu restes, tu vas forcément tomber malade.

– Et si je continue ?

– Tu as des compétences, ils en ont besoin, ils te laisseront la vie sauve.

– Ils se fichent pas mal de mes compétences. Je vais rester avec toi, et József, et les autres.

– Non, Tibor.

– Si.

Les wagons de marchandises leur tiendraient lieu de baraquements ; on les gara sur les voies de triage, par rangées entières, chacun avec sa cargaison de morts et de moribonds. Tous les jours, on retirait les morts des wagons et on les alignait au-dessous, à même le sol gelé ; impossible de les enterrer à cette époque de l'année. András était allongé sur le plancher du wagon, sa fièvre montait, il lévitait à quelques centimètres au-dessus de ses camarades morts. Il n'avait aucune nouvelle de Klára depuis des mois, et aucun moyen de lui en faire parvenir. Leur second enfant était peut-être déjà né, peut-être pas. Tamás allait sur ses trois ans. Ils avaient peut-être été déportés, peut-être pas. Il était dans l'entre-deux ; entre savoir et ne pas savoir, penser et ne pas penser, et pendant ce temps, son frère faisait de furtifs allers-retours du camp à la ville de Sopron pour y chercher de la nourriture, des médicaments, des nouvelles. Tous les jours, il revenait avec le peu qu'il avait pu glaner. Il s'était attiré la sympathie d'un pharmacien qui lui avait fourni de petites quantités de morphine, et dont la radio captait la BBC. Budapest vivait sous une terrible menace depuis début novembre. Les chars soviétiques approchaient par le sud-ouest. Hitler s'était juré de les stopper, coûte que coûte. Les routes étaient bloquées. La capitale connaissait déjà la famine, il n'y avait plus de combustibles. Tibor se serait bien gardé de transmettre des nouvelles aussi sombres à son frère, mais András l'avait entendu les confier à quelqu'un devant le wagon ; rien n'échappait à son ouïe aiguisée par la fièvre.

Il avait également compris que József et lui étaient mourants. Il entendait répéter les mots *flecktyphus* et *dizentéria*. Un jour, Tibor était rentré du village et les avait retrouvés en train de se partager un bol de haricots. Ils en avaient déjà avalé la moitié. Il les avait grondés en balançant les haricots par la porte du wagon. « Vous êtes fous, ou quoi ? » Pour la dysenterie, rien n'était pire que ces haricots à peine cuits. Les hommes mouraient d'en manger. Seulement voilà, au lazaret, il n'y avait rien d'autre à se mettre sous la dent. Tibor leur donnait l'eau de cuisson, où il trempait parfois des morceaux de pain. Un jour, ce pain s'agrémenta d'une couche de confiture qui sentait vaguement l'essence. Explication : au cours de ses allées et venues, Tibor était tombé sur une maison heurtée par un avion ; il y avait un pot en grès dans la cour, contenant de la confiture. Qu'avait-il fait du pot ? avaient demandé József et András. Comme il était en miettes, Tibor avait transporté la confiture dans la paume de sa main, sur vingt kilomètres.

Alors que József se rétablissait grâce aux vivres que Tibor rapportait, András sombrait dans la fièvre. Le flux le traversait et le vidait. Le squelette de la réalité se délitait, les tissus se détachaient des os.

En permanence, cette odeur fétide : c'était lui.

Froid.

Tibor qui pleure.

Tibor qui dit à quelqu'un – József ? – que la fin est proche pour András.

Tibor, agenouillé à son chevet, qui lui rappelle que c'est aujourd'hui l'anniversaire de Tamás.

Résolution de ne pas mourir ce jour-là, pas le jour de l'anniversaire de son fils.

Surgi du fond de ses entrailles déchirées, un filament d'énergie.

Et puis, le lendemain matin, branle-bas de combat au camp. Haut-parleur. Annonce. Tous ceux qui sont en état de travailler vont être emmenés à Mürzzuschlag, en Autriche. Les soldats fouillent les wagons et traînent les vivants sous l'éclat impitoyable de la lumière froide. Un homme en uniforme nazi traîne András dehors et le jette sur les voies. Où est Tibor ? Où est József ? András gît contre le rail, sa joue en contact avec le métal brûlant, il est trop faible pour bouger. Il regarde le gravier cerclé de givre, les pieds qui s'affairent autour de lui. Tout près, le bruit du métal contre la terre ; des hommes s'activent avec des pelles. Ça dure des heures. Il comprend enfin : on ensevelit les morts. Et lui, il attend d'être enterré. Il est mort, il est passé de l'autre côté. Il ne s'en était pas rendu compte. Il s'étonne de découvrir que c'était si simple. Il n'y a ni mort ni vie, seulement ce cauchemar qui dure, et quand la terre le recouvrira, il ressentira encore ce froid, cette douleur, il suffoquera ainsi à jamais. Peu après, il sent qu'on le prend par les chevilles et les poignets et qu'on le balance dans les airs. Une seconde d'apesanteur, et puis la chute. Le choc, qu'il éprouve dans toutes ses articulations, ses intestins ravagés. Une puanteur. Au-dessous de lui, des corps. Tout autour de lui, des parois de terre nue. Une pelletée de terre en pleine figure. Son goût, vaguement connu dans l'enfance. Il repousse la terre de toutes ses forces, mais il en vient encore et encore. Le fossoyeur, silhouette noire vigoureuse au bord de la fosse, pompe le monticule de terre. Et puis sans raison apparente, il cesse. Un instant plus tard, il a disparu, sa besogne oubliée. Ci-gît András, ni vivant ni mort.

Une nuit dans une fosse béante, la terre pour couverture.

Au matin, quelqu'un le tire de là.

De nouveau, le wagon. Et maintenant.

Maintenant.

Devant lui, un bol de haricots. Il meurt de faim. Mais il bascule le bol et il boit le liquide à petites gorgées. Sitôt le jus avalé, il sent ses boyaux se liquéfier, et puis, sous lui, du chaud.

Le jour vient, le jour tombe. La nuit est là. Quelqu'un – Tibor ? – lui fait couler de l'eau dans la bouche ; il suffoque ; avale. Au matin, il sort du wagon en rampant pour tenter de fuir sa propre odeur. Chose inexplicable, il se sent la tête plus claire. Il s'arrête, se met à genoux et fourre la main dans la poche de son manteau, où il met le pain quand il en a. La poche est pleine d'une poudre de miettes. Il se traîne vers une flaque de neige fondue au soleil. Les miettes dans une main, il prend de l'eau dans l'autre et malaxe une pâte qu'il porte à sa bouche. Il ne le sait pas, mais c'est la première nourriture solide qu'il avale depuis vingt jours.

Quelque temps après, il se réveilla dans le wagon. József Hász, penché sur lui, le pressait de se lever.

– Essaie, disait-il en le soulevant sous les bras.

András s'assit. Il avait l'impression que les vagues noires d'un océan se refermaient sur sa tête. Et puis, miracle, elles s'éloignèrent. Il retrouva l'intérieur familier du wagon. József, agenouillé auprès de lui, lui soutenait le dos à deux mains.

– Il va falloir que tu te mettes debout, maintenant, dit-il.

– Pourquoi ?

– Parce qu'on vient chercher les hommes valides pour former un détachement de travailleurs. Tous ceux qui ne sont pas en état de travailler seront fusillés.

Il savait bien qu'il ne serait pas sélectionné : il pouvait tout juste lever la tête. Alors, il se souvint, de nouveau :

– Et Tibor ?

József secoua la tête.

— Je suis tout seul.

— Où est mon frère, József ? Où est mon frère ?

— Ils ne savent plus où trouver des bras. Tant qu'un homme tient debout, ils le prennent.

— Qui ?

— Les Allemands.

— Ils ont pris Tibor ?

— Je ne sais pas, Andráska, dit József d'une voix qui se brisait. Je ne sais pas où il est. Ça fait des jours que je ne l'ai pas vu.

Devant le wagon, une voix allemande requérait l'attention des hommes.

— Il va falloir marcher, à présent, dit József.

András eut les larmes aux yeux. Mourir maintenant, après tout le reste. Mais József le saisit sous les bras et le hissa sur ses pieds. András s'affaissa contre lui. József tituba et piaula de douleur. Sa jambe écrasée, libérée de son plâtre, n'était sûrement pas complètement ressoudée. Mais il prit András à bras-le-corps, et le mena jusqu'à la porte du wagon, qu'il fit coulisser. Il descendit András par la passerelle et le posa sur la terre froide et nue. Des lames de douleur lui transpercèrent les pieds et les jambes. Dans son flanc, le long de l'incision chirurgicale, une brûlure sourde, orangée.

Un officier nazi se tenait devant une rangée de travailleurs du STO ; il inspectait leurs capotes et leurs pantalons sales et loqueteux, leurs pieds entortillés dans des chiffons. András et József étaient pieds nus.

L'officier se racla la gorge.

— Tous ceux qui veulent travailler, un pas en avant.

Tous les hommes firent un pas en avant. József tira András, dont les genoux cédèrent, et qui tomba à quatre pattes. L'officier s'approcha de lui et s'agenouilla. Il lui posa une main sur la nuque et plongea l'autre dans sa poche. András s'attendait à voir le canon d'un pistolet précédant un éclair et une détonation. À sa grande honte, il sentit sa vessie se relâcher.

L'officier venait de sortir un mouchoir. Il lui épongea le front et l'aida à se remettre debout.

— Je veux travailler, dit András (il était parvenu à le dire en allemand : *Ich möchte arbeiten*).

— Travailler ! répondit l'officier. Tu n'as même plus la force de marcher...

András regarda l'homme en face. Il semblait presque aussi famélique et en loques que les travailleurs eux-mêmes. Impossible de lui donner un âge. Ses joues, affaissées et burinées, étaient couvertes d'une ombre de barbe sans couleur. Une petite cicatrice ovale marquait sa mâchoire. Il la frottait de son pouce tout en observant András d'un air méditatif.

— Un chariot arrive dans quelques minutes, dit-il enfin. On t'emmène.

— Où allons-nous ? demanda András. *Wohin gehen wir ?*

— En Autriche. Dans un camp de travail. Il y a un médecin qui va s'occuper de toi.

Tout dans cette phrase était chargé d'un double sens terrible. L'Autriche, le camp de travail, le médecin qui s'occuperait de lui. András s'appuya sur le bras de József, il se dressa sur ses pieds nus et s'obligea à regarder le nazi dans les yeux. Celui-ci soutint son regard, puis pivota sur ses talons et repartit d'un pas martial entre les rangées de wagons. Épuisé, András dut s'appuyer sur József jusqu'à ce que le chariot arrive. Ils virent l'officier nazi revenir au pas de charge, une paire de galoches à la main. Il aida József et András à monter dans la remorque, puis posa les chaussures sur les genoux d'András.

— Heil Hitler ! fit-il en saluant, comme le chariot s'ébranlait.

Cent fois, ça aurait pu être la fin. Ça aurait pu être la fin quand le chariot arriva au camp de travail et que les hommes furent passés en revue – mais l'inspecteur était un kapo juif, qui prit András et József en pitié et les affecta à une brigade de travail au lieu de les envoyer à l'infirmerie, eux qui pouvaient à peine marcher. Ça aurait pu être la fin de nouveau, le jour où leur groupe de cent hommes n'atteignit pas son quota journalier : ils devaient charger cinquante palettes de briques sur les plateaux des camions, et ils n'en avaient chargé que quarante-neuf. En représailles, les gardes choisirent deux hommes, un chimiste de Budapest aux cheveux gris, et un cordonnier de Kaposvár, et ils les exécutèrent derrière la briqueterie. Ça aurait pu être la fin quand la nourriture vint à manquer au camp, si József et András, qui creusaient une fosse pour les latrines, n'étaient pas tombés sur quatre jarres de terre cuite : une cachette de graisse d'oie, vestige du temps où le camp était une ferme et où la fermière avait pris ses précautions en vue des jours maigres. Ça aurait pu être la fin si les hommes du camp avaient achevé le chantier, qui n'était autre qu'un vaste four crématoire où leurs corps auraient été brûlés après qu'ils auraient été eux-mêmes gazés ou fusillés. Mais ce ne fut pas la fin. Le 1er avril, tandis que les hommes épuisés et affamés attendaient qu'on les conduise de la cour jusqu'à la briqueterie pour faire leur journée, József tapa sur l'épaule d'András en lui désignant une file de véhicules qui fonçaient sur la piste, derrière les barbelés.

– Tu vois ça ? lui dit-il. À mon avis, on ne va pas travailler, aujourd'hui.

András leva les yeux.

– Pourquoi ?

– Regarde.

József montrait du doigt le virage. Des véhicules blindés hongrois et allemands se bousculaient dans la plus grande confusion sur la piste pleine d'ornières. Certains quittaient la chaussée pour doubler, d'autres s'embourbaient profondément ou dérapaient et versaient dans les fossés. Derrière eux, à perte de vue, une file de tanks moins lourds et plus rapides leur fonçaient dessus comme des boulets de canon. C'étaient des T-34 soviétiques – András en avait vu en Ukraine et en Subcarpatie. Voilà qui expliquait que leur contremaître ne soit pas encore là, à sept heures et demie. Les Russes étaient là, enfin, et parmi les Hongrois et les Allemands, c'était le sauve-qui-peut. À ce moment-là, le haut-parleur du camp ordonna à tous les hommes de retourner aux baraquements, de rassembler leurs affaires et de se regrouper devant les portes pour attendre les consignes de redéploiement. Mais József s'assit sur place et croisa les jambes en tailleur.

– Moi je ne bouge pas, dit-il. Je ne vais nulle part. Si les Russes arrivent, je les attends.

Cette déclaration lui valut une ovation ; certains jetèrent leur casquette en l'air. Ils étaient dans la cour du camp et ils regardaient fuir leurs gardes et leurs contremaîtres nazis, certains à pied, d'autres en jeep et en camion. Personne ne faisait attention aux rares travailleurs qui s'étaient rassemblés devant les portes avec leurs effets. Le haut-parleur restait muet ; tous ceux qui auraient pu donner de nouveaux ordres s'étaient enfuis. Certains détenus s'étaient cachés dans les baraquements, mais András, József et beaucoup d'autres grimpèrent sur un coteau pour ne rien perdre de la bataille qui se livrait dans les champs alentour. Un bataillon de tanks allemands avait fait volte-face et affrontait les Soviets, et pendant des heures, les canons aboyèrent et rugirent. Toute la journée et toute la nuit, les hommes observèrent l'armée Rouge, l'encourageant de la voix et du geste. À la nuit, les coups de feu avaient allumé une aurore boréale dans le ciel, vers l'est. Quelque part, derrière cette zone rose pivoine, se trouvait la frontière hongroise, et de l'autre côté de cette frontière, la route de Budapest.

Le lendemain à l'aube, un détachement soviétique prenait possession du camp. Les soldats étaient vêtus de vareuses grises et de pantalons bleus maculés de boue. Leurs bottes étaient miraculeusement intactes, leurs badines et leurs ceintures de cuir luisantes. Ils s'arrêtèrent devant les grilles, et leur capitaine fit une annonce en russe, au porte-voix. Les hommes du camp avaient anticipé cet instant. Ils avaient confectionné des drapeaux blancs avec la toile des sacs à ciment, et les avaient fixés au bout de fines branches de tilleul. Un groupe de prisonniers parlant russe, des Carpatiens de la frontière slovaque, s'approchèrent des Soviets en brandissant bien haut leurs branches. Ridicule ! se disait András. Ces hommes décharnés et hagards, avec leurs drapeaux blancs, comme si on pouvait les confondre avec leurs geôliers ! Les Soviétiques avaient apporté une charretée de pain noir, qu'ils distribuèrent. Ils fracturèrent les cambuses où les officiers se fournissaient, et après avoir bourré leur charrette, signifièrent aux hommes de se servir à volonté. Ces derniers traversèrent les réserves comme s'ils avaient été dans un musée de la vie quotidienne aux temps anciens. Là, sur les étagères, des luxes inconnus depuis des mois : saucisses en boîte, poires en conserve, minces paquets de cigarettes, stocks de piles, savonnettes. Ils en remplirent des carrés de toile et des sacs à ciment, espérant les vendre ou les échanger sur le chemin du retour. Puis les Soviets les menèrent au pas jusqu'à un camp de transit, à trente kilomètres de là, sur la frontière hongroise, où ils passèrent trois semaines dans des baraquements infects et surpeuplés, avant de recevoir des papiers attestant de leur libération, puis d'être effectivement libérés. Ils étaient à deux cent quinze kilomètres de Budapest, avec leurs deux jambes pour tout véhicule.

Ne faisant confiance à personne, ils se déplaçaient de nuit, évitant les derniers fuyards nazis, toujours prêts à tirer sur des juifs, tout comme les libérateurs soviétiques, que l'on disait capables de vous retirer vos papiers et de vous envoyer dans un camp de travail en Sibérie sans la moindre raison. La jambe de József les ralentissait ; au bout d'une dizaine de kilomètres, la douleur l'arrêtait. Des récits d'horreur leur arrivaient par les vallons de Transdanubie : Budapest, bombardée, n'était plus que décombres. Il y avait eu des centaines de milliers de déportés. Un hiver de famine. La partie du cerveau d'András qui avait l'habitude d'émettre vers Klára n'était plus qu'un nœud solide, comme du tissu cicatriciel. Il ne voulait penser qu'à la tâche du moment. Il n'était rivé qu'à sa propre survie. Il ne s'autorisait pas à se rappeler la première semaine de l'année, le brouillard d'horreur bleuâtre qu'avait été janvier 1945. L'incision dans son flanc avait cicatrisé ; elle n'était plus qu'une couture rose froncée ; la rate blessée et l'intestin déchiré avaient repris leur œuvre invisible. Il ne voulait pas penser à ses parents, ni à Mátyás ; il ne voulait pas penser à Tibor, qui avait disparu quelque part, de l'autre côté de la frontière autrichienne. Avec József, il dormait dans des granges en ruine, ou bien il creusait des meules de foin pour s'ensevelir dans leur odeur suave, quitte à être réveillé par des cauchemars où on l'enterrait vivant. La nuit, ils cheminaient dans les broussailles, le long de la grand-route menant à Budapest. Un soir qu'ils s'étaient arrêtés à la porte de service d'un manoir pour troquer des cigarettes et des piles contre des œufs et du pain, la cuisinière leur apprit que les chars russes étaient entrés dans Berlin. S'ils se cachaient dans les buissons de lilas et de seringats, ils pourraient entendre la BBC par la fenêtre ouverte. Et c'est ainsi qu'ils écoutèrent le présentateur décrire les événements qui se déroulaient dans la capitale allemande. Pour András, ce n'était qu'un labyrinthe de voyelles aiguës et de consonnes crépitantes, mais József comprenait l'anglais. Les Russes encerclaient le Reichstag où Hitler s'était barricadé pour l'assaut final, lui traduisit-il. Nul ne savait ce qui se passait à l'intérieur.

Quelques jours plus tard, alors qu'ils dormaient sous une voile moisie dans un hangar à bateaux du lac Balaton, ils furent tirés de leur sommeil par un carillon. À Siófok, village voisin, toutes les cloches sonnaient le tocsin. Ils sortirent précipitamment du hangar et découvrirent un flot de villageois sidérés qui se dirigeaient en procession vers la grand-place. Ils leur emboîtèrent le pas et virent le maire – un aïeul décharné par la guerre, qui flottait dans un uniforme soviétique – monter les marches de l'hôtel de ville pour annoncer que la guerre était finie. Hitler était mort. L'Allemagne venait de signer sa capitulation sans conditions à Reims. L'armistice prendrait effet à minuit.

Dans la foule, une demi-mesure de silence, et puis un rugissement d'allégresse, des chapeaux lancés en l'air. En cet instant, tant pis si la Hongrie avait choisi le camp des vaincus et si sa capitale resplendissante, qui se dressait hier sur les rives du Danube, n'était plus que décombres, tant pis si le pays était tombé aux mains des Soviets, si les gens n'avaient plus rien à manger, tant pis pour les prisonniers qui n'étaient pas encore rentrés, et tant pis pour les morts qui ne reviendraient jamais. La guerre était finie, c'était tout ce qui comptait. András et József s'étreignirent, et ils pleurèrent.

À l'est de Buda, les collines s'étaient couvertes de leurs jeunes feuilles, au mépris des morts et des affligés. Les tilleuls et les platanes en reverdissement leur parurent incongrus, presque obscènes, telles des filles en robe de mousseline à un enterrement. József et lui escaladèrent les rues en ruine qui menaient à l'esplanade du château et, une fois là, ils s'arrêtèrent pour embrasser le panorama en silence. Les beaux ponts sur le Danube, le pont Marguerite, le pont de la Chaîne et le pont Élisabeth, ces ponts qu'András connaissait dans leurs moindres détails, tous jusqu'au dernier, gisaient en miettes, leurs câbles d'acier et leurs piles de béton se fondant dans le courant jaune sable du fleuve. Le palais royal, bombardé, évoquait la forme d'un peigne, le colifichet d'une belle Romaine qu'on aurait exhumé dans les fouilles d'une cité antique. Sur l'autre rive, les hôtels particuliers s'étaient effondrés ; ils semblaient à genoux sur les bords de l'eau, dans une imploration tardive.

Muets de saisissement, évitant de se regarder, András et József dégringolèrent les rues de la vieille ville pour gagner le fleuve sans ponts. Ils savaient qu'il leur fallait traverser, car ce qui les attendait, et dont ils ignoraient tout, se trouvait sur l'autre rive, dans les vestiges de Pest. Près de Ybl Miklós tér, la place qui portait le nom de l'architecte de l'Operaház, ils découvrirent un embarcadère improvisé où des bateliers étaient amarrés en file. Ils payèrent le passage avec leurs six derniers paquets de cigarettes et une douzaine de grosses piles. Le passeur, un jeune gars rubicond en chapeau de paille, leur parut exceptionnellement bien nourri. Comme le bateau se dirigeait vers la berge opposée, András sentit ses poumons labourés par une main d'acier ; son diaphragme se contractait si douloureusement qu'il ne pouvait plus respirer. Frêle esquif faisant eau, l'embarcation descendit vers l'aval, chahutée par le courant, et faillit chavirer deux fois avant de les déposer sur la rive de Pest, tout tremblants, l'estomac à l'envers. Ils prirent pied sur le sable humide, l'eau léchant leurs chaussures. Puis ils grimpèrent les marches de pierre du quai et se retrouvèrent face à un couloir de ruines. Il restait quelques immeubles debout, de part et d'autre de la rue ;

certains conservaient même encore les carrés colorés de leurs mosaïques décoratives, feuilles et fleurs baroques. Mais pour gagner le centre-ville, ils durent traverser un musée de la destruction : des monceaux innombrables de briques, des poutres fendues, des tuiles en miettes, des blocs de béton détachés. On avait évacué les morts depuis longtemps, mais des croix se dressaient à tous les coins de rue. Et pourtant, ici ou là, au mépris du désastre, le quotidien reprenait ses droits : une vitrine propre, derrière laquelle on voyait des brioches classiquement torsadées ; une bicyclette rouge contre un perron ; et là-bas très loin, saugrenue, la cloche du tramway. En avançant encore, ils virent une carcasse d'avion allemand qui traversait le dernier étage d'un immeuble. Une pièce de son aile était tombée dans la rue – depuis des mois, sans doute, à en juger par la rouille qui en ourlait le métal. Un chien qui passait renifla ses arêtes noircies, puis repartit en trottinant.

Ils se dirigeaient tous deux vers Nefelejcs utca et les immeubles où vivait leur famille – celui où József avait pris congé de sa mère et de sa grand-mère, celui où Tibor et Ilana s'étaient installés au retour d'András, celui où András et Klára avaient passé la nuit qui précédait son départ, à genoux sur les carreaux des toilettes. Ils tournèrent dans Thököly út et passèrent devant le marchand de légumes, qui n'avait plus de légumes, et la boutique de bonbons, qui n'avait plus de bonbons. Au carrefour de Nefelejcs utca avec Itsván út s'élevait une montagne de décombres, un crassier de plâtre, de pierres, de bois, de briques et de tuiles. En face, là où habitaient la famille de József ainsi que Tibor et Ilana, il n'y avait plus rien. Pas même des ruines. András écarquillait les yeux, pétrifié.

« C'est là que j'ai perdu la tête », dirait-il plus tard, formule littérale. Sa tête s'était séparée de son corps, on l'avait envoyée bien loin, comme on évacue les enfants en lieu sûr. Son corps ploya les genoux dans la rue. Il aurait voulu déchirer ses vêtements, mais il était incapable du moindre geste. Il refusait d'écouter József, d'envisager que sa femme et son enfant, ou ses enfants, aient pu quitter l'immeuble avant qu'il soit détruit. Il ne voyait plus personne, plus rien, les passants allaient et venaient autour de lui, prostré sur le trottoir.

Il aurait pu demeurer ainsi une heure, deux heures, cinq heures. József s'était assis sur un parpaing retourné, il attendait. András sentait sa présence, filin ténu, filament unique, qui le reliait bien malgré lui à ce qui restait du monde. Il regardait sans les voir les ruines de l'immeuble, les yeux régulièrement balayés par des averses de larmes. Et puis la nébuleuse de ses sens amortis fut traversée par un bruit familier, qu'il finit par identifier : c'était le martèlement léger de petits sabots sur les pavés, le grelot de clochettes jumelles. Le son se rapprocha et, parvenu à sa hauteur, il se tut. András leva les yeux.

C'était la minuscule grand-mère de Klein, avec sa carriole tirée par une chèvre, et repeinte de blanc.

— Oh, mon Dieu, s'exclama-t-elle, stupéfaite. C'est András ? András Lévi ?

Il prit sa main et la baisa.

— Vous vous souvenez de moi ? Dieu soit loué ! Est-ce que vous savez quelque chose sur ma femme ? Klára Lévi ? Vous vous souvenez d'elle, aussi ?

— Montez, dit-elle, je vous emmène chez moi.

La maison de Frangepán köz se dressait dans le silence d'antan, nimbée de poussière en suspension dans la lumière visqueuse de fin d'après-midi. Dans la cour, un quatuor de chevreaux minuscules plongeait le nez dans un seau rempli de miettes de pain. András s'élança dans l'allée de pierre ; la porte était ouverte à la brise. À l'intérieur, sur le canapé où il s'était assis pour attendre Klein, la première fois, reposait sa femme, Klára Lévi ;

elle dormait, elle était vivante. À l'autre bout du canapé, son fils Tamás dormait profondément, bouche ouverte. András tomba à genoux devant eux, comme en prière. Le sommeil colorait la peau de Tamás, il avait le front tout rose, ses yeux roulaient sous ses paupières fermées. Klára paraissait plus lointaine ; elle respirait imperceptiblement ; sous la pellicule blanche translucide de sa peau, la vie palpitait à peine. Son chignon s'était défait, et ses cheveux se répandaient en tresse sur son épaule. Elle repliait le bras sur un bébé endormi dans un molleton blanc, et la main du bébé reposait sur son sein à demi dénudé, ouverte, telle une étoile.

Mon étoile polaire, pensa András. Mon nord fidèle.

Klára frémit légèrement, ouvrit les yeux, regarda le bébé et sourit. Puis, sentant une présence étrangère dans la pièce, elle rabattit instinctivement son corsage sur le carré de peau blanc et humide de son sein.

Elle leva la tête vers András et cligna des paupières, comme s'il était venu d'entre les morts. Elle se frotta les yeux puis regarda de nouveau.

András.

Klára.

Ils gémissaient leurs noms dans cette pièce immémoriale, dans ce tourbillon de poussière illuminé par un soleil venu du fond des âges ; leur petit garçon, leur fils, se réveilla en sursaut et se mit à pleurer, affolé, incapable de faire la différence entre la joie et la peine. Et peut-être qu'en cet instant, joie et peine ne faisaient plus qu'un flot qui envahissait la poitrine et dénouait la gorge. Voilà à quoi j'ai survécu sans toi, voilà ce que nous avons perdu, voilà ce qui reste et avec quoi il nous faudra vivre, désormais. La voix du bébé s'éleva, aiguë et mouillée. Ils étaient réunis, Klára et András et Tamás, et cette petite fille, dont le père ignorait encore le nom.

# Chapitre 41

# Les morts

Klára avait survécu au siège de Budapest dans un foyer pour femmes de Szabadság tér, sous la protection de la Croix-Rouge internationale. Les Alliés s'abstinrent de le bombarder ; les Allemands ne s'y intéressèrent guère : des femmes et des enfants, aucune utilité pour eux. Klára s'y était installée début décembre 1944, quelques semaines après que les Russes avaient atteint les confins de la ville, au sud-est. Déjà, Horthy avait été déposé et les Croix fléchées avaient pris le pouvoir. Soixante-dix mille juifs de la capitale avaient été déportés. Ceux qui avaient échappé à la déportation avaient dû déménager deux fois, la première pour s'installer dans des immeubles frappés de l'étoile jaune, des pâtés de maisons réservés aux seuls juifs à travers la ville ; la seconde pour être parqués dans un ghetto étriqué du VIIe arrondissement, autour de la grande synagogue.

À la première vague de déplacements, Klára, Ilana, les enfants, la mère de Klára et Elza Hász s'étaient trouvés assignés à résidence dans un immeuble de Balzac utca, dans le VIe arrondissement. Polaner les avait suivis. La petite Mme Klein, grand-mère de Miklós Klein, leur avait prêté sa carriole pour déménager leurs affaires. Klára l'avait retrouvée lors d'une dernière visite désespérée à la prison de Margit körút, où l'on croyait György interné ; Mme Klein était venue s'enquérir de Miklós. Elles n'avaient rien appris de plus ni l'une ni l'autre ce jour-là, mais comme elles repartaient ensemble, le long du Danube, elles s'étaient mises à évoquer, pour se distraire de leur angoisse et de leur chagrin, les difficultés pratiques du déménagement à venir. Et le jour fixé pour leur départ, Klára avait été réveillée de bonne heure par des coups à la porte ; c'était la grand-mère de Miklós Klein dans sa jupe paysanne et ses galoches noires ; elle lui annonçait que la carriole et les chèvres les attendaient dans la cour. Klára s'était penchée au balcon, et en effet la carriole était près de la fontaine, où les deux chèvres blanches reniflaient l'eau. Il apparut que la grand-mère de Miklós avait elle-même été assignée à résidence dans un immeuble voisin et qu'elle avait déjà transporté ce que son mari et elle avaient pu sauver de leur petit domaine d'Angyalföld. Sept bêtes les avaient ainsi accompagnés intra-muros, les deux mâles qui tiraient la carriole, deux laitières et trois chevreaux. Klára les verrait cet après-midi, lui dit la grand-mère. Elle les avait cachées dans une remise à calèches, derrière l'immeuble à l'étoile jaune de Csanády utca.

Malgré l'aide de la carriole, ils durent abandonner presque tout ce qu'ils possédaient. Il allait falloir vivre dans une seule pièce, à l'intérieur d'un appartement qui en comptait trois, avec une salle de bains commune. Une famille habitait déjà les lieux, une autre allait les rejoindre. Klára, Ilana, les enfants, et les deux Mmes Hász, ainsi que Polaner qui avait pris son pistolet chargé, avaient tous les sept traversé la ville à pied, parmi des milliers de juifs, hommes, femmes et enfants, qui poussaient leurs affaires dans des brouettes, les transportaient sur leur dos ou en voiture à cheval. Ils mirent quatre heures pour parcourir les deux kilomètres et lorsqu'ils eurent tout monté, ils découvrirent que les trois pièces étaient déjà toutes occupées : au dernier moment, on avait ajouté une quatrième famille. Mais ils n'avaient nulle part ailleurs où aller, il faudrait bien partager. Ainsi commencèrent les cinq mois passés dans l'appartement de Balzac utca. Bientôt, Klára eut l'impression d'avoir toujours couché sur une paillasse à même le sol, entre sa mère et son enfant, d'avoir toujours partagé une salle de bains avec seize autres personnes, d'avoir toujours été réveillée par les pleurs de la femme de son frère. Tous les matins, la grand-mère de Miklós venait leur apporter du lait de chèvre pour les enfants et pour Klára, rappelant à celle-ci qu'il lui fallait prendre des forces pour le bébé qu'elle portait. Mais Klára vivait sa grossesse comme une cruelle ironie du sort, l'envers d'une promesse. Un jour qu'elle faisait la queue pour avoir du pain, elle avait entendu deux vieilles parler d'elle comme si elle n'était pas là, ou comme si elle était sourde. « Regarde-moi cette pauvre juive enceinte. Quelle misère, elle n'a aucun avenir. »

De fait, jour après jour, les perspectives d'avenir rétrécissaient comme peau de chagrin. Ils vivaient dans la terreur d'être déportés. Depuis les villes environnantes leur parvint la nouvelle que des milliers de personnes étaient parties dans des wagons fermés. La capitale elle-même connaissait son lot d'horreurs. Les Croix fléchées s'adonnaient à de fréquents raids dans les immeubles marqués de l'étoile jaune ; les nyilas, les nazis hongrois, volaient les biens des familles et emmenaient des hommes et des femmes qui avaient le seul tort de se trouver là. On eut aussi, parfois, des raisons d'espérer, des raisons de croire que le cauchemar touchait à sa fin. En juillet 1944, Horthy mit un terme à la déportation des juifs hongrois. Ceux de Budapest se crurent sauvés. En ville, il se disait que des pourparlers se tenaient entre la Hongrie et les Alliés, en vue de signer un armistice. Puis, à la mi-octobre, Horthy annonça que la Hongrie avait signé une paix séparée avec les Russes. Durant quelques heures, ce fut une liesse folle dans les rues. Les hommes arrachaient les panneaux marqués d'une étoile jaune sur les portes, et les femmes déchiraient les étoiles cousues aux manteaux de leurs enfants. Mais alors, deux nouvelles terribles les frappèrent successivement : le coup d'État des Croix fléchées, et la nomination de Szálasi au poste de Premier ministre. Les déportations reprirent, à Budapest même, cette fois. Des dizaines de milliers d'hommes et de femmes furent conduits manu militari aux briqueteries d'Óbuda, puis de là en Autriche. Les exactions des Croix fléchées semblaient relever du pur caprice. Une horde de nyilas avait fait une rafle dans l'immeuble en face du leur, et déporté près d'une douzaine d'hommes et de femmes, la plupart trop vieux pour travailler ; Klára s'attendait à les voir surgir d'un moment à l'autre, mais ils n'étaient jamais revenus.

Pendant ce temps, le front se rapprochait sans cesse. Hitler, bien résolu à empêcher les Russes de parvenir jusqu'à Vienne, avait décidé de les retenir le plus long-temps possible à Budapest. À l'approche de l'hiver, les forces hongroises et nazies s'arc-boutaient sur ce que tous savaient être un vain combat. L'étau de l'armée Rouge se resserrait sur la capitale. Toutes les nuits, des raids aériens précipitaient des civils atterrés aux abris. Parfois, Klára avait l'impression de vivre en permanence sous terre, tapie dans le noir. Elle en arrivait presque à espérer la déflagration finale, mille fois vécue en imagination, la secousse, les ténèbres, et après plus rien. Mais un matin, en livrant son lait de chèvre, la grand-mère de Klein apporta avec elle un fétu d'espoir. Plusieurs femmes de son immeuble s'étaient installées dans un foyer de la Croix-Rouge avec leurs enfants ; il était situé en plein centre-ville, sur Szabadság tér. Il fallait que Klára et Ilana s'y rendent au plus tôt, tant qu'il y avait encore de la place. Avec un peu de chance, Klára pourrait y accoucher en bénéficiant de l'assistance médicale que lui procurerait la Croix-Rouge internationale.

Le lendemain on apprenait que les juifs devraient

déménager de nouveau fin novembre, cette fois pour le ghetto du VIIe arrondissement. Il n'y avait donc plus de temps à perdre. L'après-midi même, Klára et Ilana allèrent se renseigner aux bureaux de la Croix-Rouge, dans Vadász utca. La grand-mère de Klein ne s'était pas trompée. Il y avait bien un foyer pour femmes et enfants à l'adresse indiquée. Klára et Ilana reçurent des papiers les autorisant à y emmener leurs enfants dès à présent. Une fois rentrées, elles rassemblèrent le peu d'argent et d'objets de valeur qu'il leur restait, les couches, les vêtements des petits, quelques draps et couvertures. Elles placèrent le tout dans les poussettes des bambins, qu'elles vêtirent de leur manteau le plus chaud. Puis Klára dit au revoir à Elza Hász et à sa mère, sans savoir qu'elle ne les reverrait jamais. Sa mère lui mit son alliance et sa bague de fiançailles dans la main. Elle la regarda droit dans les yeux et lui dit calmement :

– Ne fais pas de sentiment. Troque-les contre du pain s'il le faut.

Elle lui passa les bagues à son doigt et l'embrassa avec sa brusquerie coutumière, comme du temps de l'école. Ensuite de quoi elle rentra mettre dans un sac le peu qu'elle pouvait emporter au ghetto.

Polaner avait proposé d'escorter Klára et Ilana sur les quatorze rues qui les séparaient du foyer. Dans sa poche, le Walther P38 confié par l'officier qui l'avait fait passer en Hongrie, et dans ses bras, Tamás, car ils étaient devenus inséparables durant les turbulences des derniers mois. Quand ils atteignirent le seuil de l'immeuble, dans Perczel Mór utca, Tamás comprit que Polaner s'en allait ; il poussa un tel hurlement que la directrice du foyer proposa à l'ami de coucher sur place : il aiderait femmes et enfants à s'installer. Klára avait donné des cours à sa fille, quelques années plus tôt ; la petite était morte de la scarlatine, mais elle avait compté parmi les élèves préférées de Klára, et la directrice était prête à faire tout son possible pour elle. Polaner, reconnaissant, expliqua que ses faux papiers et sa carte du parti nazi lui permettaient une certaine liberté de mouvement en ville, du moins jusqu'à l'arrivée des Russes. Il pourrait donc se rendre utile aux femmes et aux enfants du foyer. Le lendemain matin, il avait dressé une liste de leurs nombreux besoins. La priorité des priorités, c'était du lait pour les enfants. Son premier cadeau fut donc une demi-douzaine de bêtes, les deux boucs de trait, les deux laitières et deux des trois chevreaux cachés dans la remise, derrière l'immeuble à l'étoile jaune de Csanády utca : la grand-mère de Klein les avait confiés à Polaner avant de partir avec son mari pour le ghetto du VIIe arrondissement, où ils n'emportaient que le dernier chevreau avec eux.

Le foyer de la Croix-Rouge occupait le premier étage de l'immeuble, soit trois bureaux d'une ancienne compagnie d'assurances. Des mères en manteau de fourrure et souliers sur mesure s'asseyaient sur des sièges de bureau ou sur le plancher pour donner le sein à côté de femmes aux jambes entortillées dans du papier journal. Jour et nuit, les pièces bruissaient de leurs propos tendus, de leurs sanglots, et de leurs rires, rares et étouffés. Pour calmer les bébés, elles chantaient des chansons, et pour distraire les bambins, elles improvisaient des jeux et des jouets. On remplissait de petits cailloux des boîtes à pilules pour en faire des hochets, les chiffons sales se changeaient en poupées nattées. Les mères descendaient à tour de rôle laver les couches au rez-de-chaussée, dans la buanderie, seule pièce dotée de l'eau courante. Lorsque les bombes en eurent cassé les carreaux et qu'il se mit à faire si froid que les couches gelaient sur la corde, elles se drapèrent dedans la nuit, pour les sécher à la chaleur de leur corps. Dix fois le jour, elles dégringolaient jusqu'à l'abri ménagé au sous-sol de l'immeuble et s'y terraient pendant que les bombes pleuvaient tout autour.

Polaner s'affairait pour elles, infatigable. Il récupérait des chiffons pour en faire des couches, il retournait dans les appartements qu'elles avaient été forcées de quitter pour leur rapporter des vêtements d'hiver ; la nuit, au mépris du couvre-feu, il allait chercher du fourrage pour les chèvres dans les étables abandonnées, il écumait les monceaux d'ordures accumulés dans les rues. C'est au cours d'une de ses équipées dans le voisinage qu'il découvrit l'hôpital juif clandestin de Zichy Jenő utca, à quelques rues du foyer, où un médecin arménien du nom d'Ara Jerezian avait rassemblé quarante médecins juifs et leurs familles. Le drapeau des Croix fléchées flottait au-dessus de l'entrée, et Jerezian lui-même portait l'uniforme des nyilas. Il avait rendu sa carte du parti, des années plus tôt, pour protester contre les mesures antijuives, mais l'avait reprise en calculant qu'il pourrait travailler secrètement pour les juifs à l'intérieur du parti. Sous couvert d'ouvrir un hôpital pour les blessés des Croix fléchées, il avait réuni ces médecins et leurs familles, et stocké nourriture et médicaments. À présent, dans les appartements surpeuplés transformés en hôpital, tous soignaient les victimes du siège, affreusement blessées. Polaner y amenait les femmes et les enfants malades du foyer, qu'il ramenait à la Croix-Rouge lorsqu'ils allaient mieux. En retour de ces soins, il donnait aux enfants affamés de l'hôpital le peu qui restait de lait de chèvre.

Dans toute la ville, la disette s'installait. Les premières semaines de décembre, le foyer reçut des marmites de soupe, qu'il fallut transporter en charrette depuis une cuisine située de l'autre côté de Szabadságtér. Quand il n'y eut plus de soupe, on mangea des germes de soja et des pommes de terre dans leur eau de cuisson. Puis, seulement du soja. Enfin, il n'y eut plus que le lait des chèvres, elles-mêmes réduites à un régime de famine.

Les femmes du foyer mirent en commun leurs bijoux et les confièrent à Polaner pour qu'il les échange contre de la nourriture. Klára glissa l'alliance et la bague de fiançailles de sa mère dans le sachet, comme les autres. Mais Polaner rentra bredouille. Leurs bijoux n'avaient pas de valeur, parce qu'il n'y avait rien à manger. Même l'eau courante, déjà parcimonieuse, s'était tarie. La neige fondue dans la cour était la seule eau disponible. Les femmes étaient malades de faim et de soif ; leur sein était sec. Au début, les enfants pleuraient, mais quand arriva janvier, ils étaient trop faibles pour protester. L'un après l'autre, ils se taisaient, leur souffle n'était plus qu'un léger palpitement d'ailes, sous leur bréchet. C'est alors que Polaner fit ce que la grand-mère lui avait dit de faire si l'on parvenait aux pires extrémités. Ce gentil fils de fabricant de tissu, ce jeune homme doux comme une colombe, habile au stylo et au tire-ligne, abattit chèvres et chevreaux avec son P38, puis il les livra à une pensionnaire du foyer, femme de boucher, qui sut se servir du couteau militaire qu'il lui tendait.

Une semaine plus tard, le 8 janvier, Klára ressentit les premières douleurs. Ilana l'incita à partir pour l'hôpital de Zichy Jenő utca ; après deux césariennes, elle ne pouvait pas prendre le risque d'accoucher au foyer. Elle se chargerait de Tamás, lui assura-t-elle en l'embrassant, tout irait bien. Klára et Polaner se rendirent à l'hôpital dans le maquis des ruelles enfumées. À mesure que les combats se rapprochaient, des soldats affreusement mutilés engorgeaient les couloirs de l'hôpital ; sur des lits, le long des murs, ils pleuraient, suaient, haletaient ; on glissait sur le sang. Les médecins n'avaient guère le loisir de se consacrer à une femme en bonne santé qui venait d'entrer en travail, quels que soient ses antécédents. Klára et Polaner attendirent donc trois heures dans une cuisine nomade, jusqu'à ce qu'une série de contractions envoie Klára se tordre de douleur à quatre pattes. Alors, Polaner supplia Ara Jerezian lui-même de faire quelque chose. Le médecin conduisit Klára dans son bureau et lui ménagea une paillasse à même le sol. Polaner alla chercher de l'eau, il épongea le front de Klára, changea ses draps trempés. Quand il n'y eut plus de doute que l'enfant se présentait par le siège et qu'il faudrait une césarienne, le docteur emmena Klára dans une salle d'opération improvisée, trois tables de métal uniquement éclairées par des fenêtres en hauteur, et il l'anesthésia à la morphine, tandis que le fidèle Polaner détournait les yeux. À son réveil, elle apprit qu'elle avait eu une fille. Elle la nomma Április, dans l'espoir qu'elle verrait le printemps, et Polaner observa qu'elle ressemblait à son père.

Pendant cinq jours, Klára se rétablit dans le bureau de Jerezian. Quand il trouvait quelque chose à manger dans l'hôpital, Polaner le lui apportait. Il refaisait son pansement, lui rafraîchissait le front avec des linges humides, prenait le bébé lorsqu'elle s'endormait. L'enfant, minuscule à la naissance, gagnait du poids grâce au lait de Klára. Quand enfin ils revinrent tous trois au foyer, ils trouvèrent Tamás muet, les yeux vitreux dans les bras de la directrice. Où était Ilana ? demandèrent-ils. Où était la tante du petit, qui avait promis de s'occuper de lui ? La directrice les regarda un moment sans rien dire, les lèvres tremblantes, puis elle leur raconta.

Ádám Lévi était mort d'une fièvre, le 12 janvier. Folle de douleur, sa mère s'était précipitée dans la rue, où elle avait été tuée par un obus russe.

À Pest, les combats durèrent encore six jours. Les forces russes se rapprochaient du centre-ville ; on aurait dit qu'elles convergeaient sur Szabadság tér ; jour et nuit, l'artillerie ébranlait les murs ; dans l'abri, Klára, tétanisée par la douleur et l'angoisse, se blottissait avec le bébé pendant que Tamás s'accrochait à Polaner. Elle allait mourir sans revoir son mari. S'il était vivant, comment apprendrait-il qu'elle était morte, ainsi que leurs enfants ? Il se pouvait bien qu'il n'apprenne jamais qu'il avait eu une fille. *Quelle misère, elle n'a aucun avenir.* Quel avenir imaginer après un tel présent ? Cette nuit-là, Polaner se risqua au-dehors pour prendre de l'eau à une colonne d'alimentation, sur le trottoir d'en face. Il revint avec des nouvelles : la gare Nyugati était en flammes et les soldats hongrois fuyaient vers les ponts du Danube. La lueur infernale, le long du fleuve, c'étaient des hôtels particuliers qui flambaient. Les flammes s'élançaient à l'assaut du dôme et de la flèche du Parlement. Des civils se ruaient vers les rives, avec leurs enfants, leurs chiens, leurs sacs, mais les ponts étaient sous les bombes. Dans toute la ville, il ne restait plus rien à manger. Klára comprit : il lui faudrait voir ses enfants mourir de faim. Plus tard dans la nuit, lorsqu'elle céda à un sommeil superficiel et angoissé, elle rêva qu'elle leur donnait sa main droite à manger. Elle n'avait pas mal, elle était soulagée à l'idée d'avoir trouvé cette solution ingénieuse.

Le matin, à son réveil, il régnait un calme insolite. Le feu des armes avait fait place à un silence vibrant. De temps à autre, une rafale de fusil déchirait l'air matinal ; depuis la rive gauche du Danube leur parvenait un faible écho des derniers combats. Mais la bataille de Pest était finie. Tous les ponts étaient détruits, les Soviets tenaient la ville. Les derniers officiers nazis avaient été faits prisonniers ou se terraient dans les immeubles où ils forçaient les autres à se terrer naguère. Au foyer de la Croix-Rouge, les femmes attendaient un signal pour agir. Elles étaient affaiblies par la faim et la soif, malades de chagrin. L'immeuble avait résisté aux bombardements de la nuit, mais deux autres bébés étaient morts. Les enfants survivants étaient plus calmes, ce jour-là ; on aurait dit qu'ils savaient que quelque chose avait changé. À midi, les pensionnaires du foyer sortirent sur la place, dans la lumière grise et froide. Ce qu'elles virent semblait tiré des actualités qu'on voyait au cinéma, ou bien d'un rêve. Sur l'ambassade barricadée, le drapeau américain flottait crânement. Sur les marches de l'édifice, deux nyilas gisaient morts, leur uniforme déchiré par les balles au niveau de la poitrine. Au coin de la place, deux membres de la police militaire russe regardaient ébahis le dôme fumant du Parlement. La directrice du foyer traversa la place et se jeta aux genoux des Russes ; ils ne comprirent rien de ce qu'elle leur disait, mais ils lui offrirent leurs gourdes.

Cet après-midi-là, les femmes se mirent en quête d'eau et de nourriture. Klára et Polaner tapissèrent les poussettes des enfants de couvertures et y chargèrent les menus objets qui leur restaient. Dans la poussette vide d'Ádám, ils couchèrent Tamás, qui n'avait absorbé que quelques gouttes du lait de sa mère depuis une semaine, et dans l'autre poussette, la nouveau-née. Klára, épuisée, n'y voyait plus clair et ne tenait pas debout. Ils cheminèrent parmi les décombres de la cité, sans savoir où ils allaient. Ils poussaient leurs landaus entre des débris d'avions, des carcasses de chevaux, des chars allemands qui avaient sauté, des cheminées tombées des toits, des cadavres de soldats, des cadavres de femmes. Au coin de Király utca et Kazinczy utca, ils tombèrent sur un groupe de Russes qui pelletaient des décombres dans la benne d'un camion. Leur chef, officier galonné, les fit stopper et les apostropha en russe. Ils comprirent qu'il voulait voir leurs papiers, mais ceux de Polaner lui vaudraient d'être arrêté ou fusillé ; il répondit donc en hongrois que Klára était sa femme et qu'ils ramenaient leurs enfants chez eux. Longtemps l'officier considéra ce couple aux joues hâves et aux orbites creuses, avec leurs enfants muets au fond des poussettes. Enfin, il fouilla dans sa poche et en sortit la photo d'une femme au visage rond, qui tenait sur ses genoux un bambin aux joues pareillement rebondies. Comme Klára regardait la photo, le soldat alla jusqu'à la cabine du camion et prit un sac de toile. Il le fouilla pour en tirer un sachet aussi ventru que s'il contenait des cailloux, puis il plongea la main dedans et en sortit une poignée de noisettes ratatinées. Il les tendit à Klára. Une seconde poignée revint à Polaner.

Et c'est sur ces deux poignées de noisettes que Klára nourrit deux enfants pendant une semaine.

Comme ils n'avaient nulle part où aller, ils retournèrent au ghetto, libéré par les Russes un peu plus tôt dans la journée. Là, aux portes de la grande synagogue de Dohány utca, ils retrouvèrent la grand-mère de Klein qui tenait dans ses bras le dernier chevreau nourri pendant le siège. Le grand-père, ce petit bonhomme aux yeux vifs, à la chevelure en ailes d'oiseau, était mort d'une attaque la première semaine de janvier. On l'avait mis dans la cour de la synagogue, où il attendait une sépulture avec des centaines d'autres juifs.

« Et ma mère ? avait demandé Klára. Et la femme de mon frère ? »

Alors, de la même voix enrouée par le chagrin, la grand-mère de Klein lui avait appris que sa mère et Elza Hász avaient été fusillées avec quarante autres personnes, dans une cour d'immeuble de Wesselényi utca. Elle dit ces mots, les yeux baissés, en caressant la tête du dernier chevreau du troupeau urbain qui avait sauvé la vie de trente femmes et enfants, sur Szabadság tér.

Dans la cour de la synagogue, sur Bethlen Gábor tér, où les survivants des camps de concentration se faisaient enregistrer dès qu'ils rentraient, ceux qui étaient restés à Budapest les suppliaient de leur donner des nouvelles des absents. Jusqu'au retour d'András, Klára y allait presque tous les jours. Tout en redoutant la réponse, elle s'enquérait sans relâche. Une certaine semaine, elle avait rencontré un homme qui s'était trouvé avec son frère dans un camp en Allemagne ; ils travaillaient dans une usine d'armement. L'homme l'avait emmenée dans le sanctuaire de la synagogue, il s'était assis sur un banc avec elle, il lui avait pris les mains et lui avait dit que son frère était mort. Il avait été fusillé le 31 décembre, avec vingt-cinq autres personnes.

Elle avait accompli la shiva pendant une semaine, à la maison de Frangepán köz ; à sa connaissance, elle était la seule survivante de sa famille, désormais. Et puis, elle était retournée à la synagogue, espérant y obtenir des nouvelles d'András. Mais elle en avait eu d'autres, qu'elle devait lui confier à présent, dit-elle. Une femme de Debrecen était venue à Bethlen Gábor chercher des informations sur ses enfants. Peu de temps avant, elle était elle-même rentrée du camp d'Auschwitz, en Pologne. Elle avait vu les parents d'András sur un quai de chemin de fer, avant d'être elle-même intégrée à un groupe de valides. L'autre groupe, les vieillards, les malades et les enfants trop jeunes pour travailler, on ne les avait jamais revus, on n'en avait plus jamais entendu parler.

En écoutant ces révélations, András tremblait d'une douleur muette et, auprès de lui, József avait le regard vide de ceux qui sont sous le choc. En un seul jour, dans cette singulière maison pleine de photographies des morts, les deux hommes se découvraient orphelins.

Des mois après le retour d'András, ils continuèrent d'aller à la synagogue de Bethlen Gábor tous les jours. En Autriche, en Allemagne, en Ukraine et en Yougoslavie, on exhumait des juifs hongrois ; chaque fois que c'était possible, on les identifiait par leurs papiers ou leur plaque matricule. Il y en avait des milliers. Tous les jours, devant l'entrée de la synagogue, on affichait des listes interminables : Abraham, Almasy, Arany, Banki, Böhm, Braun,

877

Breuer, Budai, Csato, Czitrom, Dániel, Diamant, Einstein, Eisenberger, Engel, Fischer, Goldman, Goldner, Goldstein, Hart, Hauszmann, Heller, Hirsch, Honig, Horovitz, Idesz, János, Jáskiseri, Kemény, Kepecs, Kertész, Klein, Kovács, Langer, Lázár, Lindenfeld, Markovitz, Martón, Nussbaum, Ócsai, Paley, Pollák, Róna, Rosenthal, Roth, Rubiczek, Rubin, Sebestyen, Sebök, Shoenfeld, Steiner, Szanto, Toronyi, Ungar, Vadas, Vámos, Vertes, Vida, Weisz, Wolf, Zeller, Zindler, Zucker.

Alphabet du deuil, catalogue de la douleur. Presque chaque fois qu'ils y allaient, ils voyaient quelqu'un apprendre la mort d'un être cher. Cette nouvelle était parfois reçue en silence, avec, pour seul signe qu'elle avait été entendue, une pâleur autour de la bouche, un tremblement des mains qui serraient le chapeau. D'autres fois c'étaient des cris, des protestations, des pleurs. Ils revenaient jour après jour consulter les listes et, avec le temps, ils oubliaient presque ce qu'ils venaient y chercher ; avec le temps, ils croyaient apprendre par cœur un nouveau kaddish, exclusivement composé de noms.

Puis, un après-midi qu'ils parcouraient les listes, début août, huit heures avant que l'*Enola Gay* ne survole Hiroshima et huit jours avant la fin de la Seconde Guerre mondiale, Klára étouffa un cri et ses épaules se voûtèrent. Dans un premier temps, András se demanda seulement quel parent elle avait encore à perdre. Il ne lui vint pas à l'esprit que sa réaction puisse être liée à lui. Pourtant, inconsciemment, il devinait sans doute ce qui venait de se passer. Lorsqu'il regarda la liste, sa vue se brouilla.

Klára lui avait pris le bras, tremblante.

– Oh, András ! Oh, mon Dieu. Tibor…

Il s'écarta d'elle, ne voulant pas comprendre. Il relut la liste, mais elle n'avait pas de sens. Déjà, les gens se poussaient, ils leur laissaient un peu de place, par respect, comme on le faisait pour ceux qui découvraient leurs morts sur l'affiche. Il s'avança et mit le doigt sur la liste, au niveau où elle passait du K au L. Katz, Adolf. Kóvály, Sarah. László, Béla. Lebowitz, Kati. Lévi, Tibor.

Ça ne pouvait pas être Tibor. Il le dit à haute voix. *Ce n'est pas lui. Ce n'est pas notre Tibor à nous. Pas le nôtre. C'est une erreur.* Il se fraya un chemin dans la foule massée devant la liste, franchit la porte de la synagogue et grimpa les escaliers qui menaient aux bureaux, car il devait y avoir une explication. Il affola la secrétaire en rugissant qu'il voulait voir le responsable ; elle le mena dans une antichambre où elle lui dit d'attendre. C'est là que Klára le retrouva. Elle avait les yeux rouges et il pensa : C'est ridicule. Ce n'est pas notre Tibor. Et dans le bureau du responsable, il s'assit dans un vieux fauteuil de cuir tandis que l'homme feuilletait des enveloppes en papier kraft. Il en tendit une à András ; le nom Lévi était inscrit dessus. Elle contenait une courte note dactylographiée et une plaque militaire en métal, au fermoir tordu. Lorsque András l'ouvrit, il découvrit des papiers intacts : le nom de Tibor, sa date et son lieu de naissance, son poids et sa taille, la couleur de ses yeux, le nom de son commandant, son adresse personnelle, et son numéro matricule au Munkaszolgálat. La note dactylographiée précisait qu'on avait retrouvé la plaque sur le corps de Tibor, dans une fosse commune, à Hidegség, près de la frontière autrichienne. *Vos plaques de chien reviendront peut-être, vous, pas.*

Cette nuit-là, András s'enferma dans la chambre du nouvel appartement qu'ils partageaient avec Polaner. Il s'assit par terre, pleura à gros sanglots, se frappa la tête contre les tomettes rouges et froides. Il ne quitterait jamais cette pièce, décida-t-il. Il y vieillirait, et que la terre consume ses années autour de lui ! Cette nuit-là, Klára et Polaner vinrent le mettre au lit. Il eut très vaguement conscience que Klára lui déboutonnait sa chemise et que Polaner lui en enfilait une propre. Vaguement, comme à travers un voile, il vit Klára se laver le visage et se glisser auprès de lui dans leur lit. Le bras qu'elle lui posa sur la poitrine était vivant et chaud ; dessous, lui était mort. Il était incapable de faire un geste vers elle ou de réagir à ce qu'elle pouvait dire. Il gisait, épuisé, vidé, mais réveillé ; il écouta sa respiration prendre le rythme familier du sommeil. Il voyait Tibor au cours des dernières semaines à Sopron, cauchemar de leur vie ; Tibor allait chercher de quoi manger au village. Tibor renversait le bol de haricots que József et lui se partageaient. Tibor lui baignait le visage avec un linge frais. Tibor le couvrait de son manteau. Tibor marchait pendant vingt kilomètres avec une poignée de confiture de fraises dans la main. Tibor lui rappelait que c'était l'anniversaire de Tamás. Puis il pensa à Tibor du temps de Budapest, ses yeux sombres derrière ses lunettes à monture d'argent. Tibor à Paris, allongé sur son plancher, se mourant d'amour pour Ilana. Tibor lui prenant son sac des mains, gare Nyugati, un matin de septembre, il y avait une éternité. Tibor à l'Opéra, la veille de son départ. Tibor montant un matelas pour lui dans sa petite chambre, sur Hársfa utca. Tibor au lycée, un livre de biologie ouvert devant lui. Tibor, grand jeune homme, le pourchassant dans le verger et le jetant par terre. Tibor le tirant du réservoir un jour qu'il était tombé à l'eau. Tibor penché sur lui, dans la cuisine, pour lui faire boire une cuillerée de lait sucré.

Il se retourna et attira Klára à lui, pour pleurer, pleurer, pleurer dans la nébuleuse moite de sa chevelure.

On fit des funérailles au cimetière juif, en bordure de la ville, et les restes de Tibor, comme ceux de centaines d'autres, retrouvèrent une sépulture – un champ de tombes ouvertes, un millier d'affligés. Ensuite, pour la seconde fois de l'année, András observa la semaine de shiva.

Klára et lui brûlèrent un cierge à la mémoire du mort. Ils mangèrent des œufs durs, restèrent assis par terre en silence et reçurent un flot de visites. Fidèle au rituel, il ne se rasa pas trente jours durant. Il se cachait derrière sa barbe, oubliant de se changer, ne prenant un bain que sur les instances de Klára. Il fallait qu'il travaille ; il savait qu'il ne pouvait pas se permettre de perdre son emploi de démolisseur d'immeubles bombardés. Mais il s'acquittait de ce qu'il avait à faire sans parler aux autres, sans penser aux maisons qu'il détruisait, ni à ceux qui les avaient habitées. De retour chez lui, dans l'appartement de Pozsonyi út, il s'asseyait dans le salon ou dans un coin sombre de la chambre, et prenait parfois un de ses enfants sur ses genoux, caressant les cheveux du bébé, écoutant Tamás lui raconter sa matinée au parc. Il mangeait peu, avait du mal à se concentrer sur un journal, un livre, n'avait pas envie d'aller se promener avec József et Polaner. Tous les jours, il récitait le kaddish. Il avait le sentiment qu'il pourrait vivre ainsi à jamais, faire de son deuil un emploi à temps plein. Klára, que sa maternité avait empêchée de sombrer dans un deuil dévorant pour sa mère, son frère et Elza, le comprenait et le laissait faire. Et Polaner, qui avait connu, lui aussi, un abîme de douleur, savait que cet abîme lui-même avait un fond et qu'András le toucherait bientôt.

Il n'aurait su prévoir quand ni comment. Or, ce fut un dimanche, un mois jour pour jour après les funérailles : András venait de se raser rituellement. Ils étaient assis à la table du petit déjeuner et mangeaient de la bouillie d'orge avec du lait de chèvre. La nourriture continuait d'être rare, et quand le froid s'était abattu, ils s'étaient demandé si, ayant survécu à la guerre, ils succomberaient à ses lendemains. Klára faisait manger sa bouillie à ses enfants. András, qui ne pouvait rien avaler, lui passa la sienne. József et Polaner étaient assis avec le journal entre eux. Polaner le lisait à haute voix : le parti communiste tâchait de recruter un maximum de membres avant les élections générales toutes proches.

On frappa à la porte : ce fut András qui se leva. Il traversa la pièce en serrant son peignoir contre lui, le matin était frisquet ; il ouvrit. Un jeune homme aux joues rouges se tenait sur le seuil, sac au dos. Sa casquette portait les insignes de l'armée soviétique. Il mit la main dans la poche de son pantalon et en tira une lettre.

— Je suis chargé de remettre ceci à András ou Tibor Lévi, dit-il.

— Chargé par qui ? dit András.

Au fond de son engourdissement affectif, il trouvait curieux d'entendre le nom de son frère dans la bouche de ce soldat. Tibor Lévi, comme s'il était encore vivant.

— Par Mátyás Lévi. J'étais prisonnier de guerre avec lui dans un camp.

Et voilà, pensa András. C'est le coup de grâce. Mátyás est mort, et c'est sa dernière lettre. Il se savait si éloigné des sentiments humains, si parfaitement hors d'atteinte de la douleur, de l'espoir, de l'amour, qu'il prit la lettre sans hésitation. Il l'ouvrit sous les yeux du jeune soldat, tandis que les siens guettaient la nouvelle sur son propre visage. C'est ainsi qu'il apprit que son frère Mátyás était vivant, il rentrait mardi.

Durant l'hiver 1942, un mois exactement après avoir été envoyé en Ukraine, Mátyás Lévi avait été fait prisonnier par les Russes ; avec le reste de sa compagnie, il s'était retrouvé dans des mines, en Sibérie. Le camp se situait dans la région de la Kolyma, bordée par l'océan Arctique au nord et la mer d'Okhotsk au sud. Le transsibérien les avait emmenés jusqu'au bout de la ligne, à Vladivostok, et de là, on les avait transportés par mer sur le navire-esclave *Dekabrist*. Le camp comptait deux mille détenus, des Allemands, des Ukrainiens, des Serbes et des Polonais, des Français aux sympathies nazies, mais aussi des prisonniers russes de droit commun, des dissidents politiques, des écrivains, des compositeurs, des artistes en tout genre. Au camp, il avait été frappé à coups de bâton, de pelle, de piolet, il avait été dévoré par les punaises, les mouches, les poux ; il avait failli mourir de froid. Il avait travaillé dix-sept heures par jour par une température de -70 °C, avec une ration de deux cents grammes de pain ; il avait été mis à l'isolement pour désobéissance, il avait cru mourir de la dysenterie ; il avait gagné le respect des gardes et des officiers en peignant de hardies affiches soviétiques pour les murs des baraquements. C'est ainsi qu'il avait été nommé dessinateur d'affiches de propagande et sculpteur sur neige du camp (il avait sculpté des bustes de Lénine et Staline de trois mètres de haut qui dominaient le champ de parade). Il avait appris le russe et offert ses services d'interprète ; on l'avait chargé d'interroger des nazis hongrois, il avait vu des Croix fléchées être jugés, condamnés, exécutés parfois ; certains d'entre eux s'étaient ligués pour l'attaquer et lui avaient brisé les deux jambes. Il avait passé six mois en convalescence à l'infirmerie du camp, pour apprendre un beau matin qu'il avait fini son temps de détention. Et lorsqu'il avait demandé ce qui lui valait ce privilège, on lui avait répondu que la désignation des juifs avait changé. Il était désormais comme ses cinq cent vingt coreligionnaires du camp, non plus un Hongrois juif, mais un juif hongrois ; or, le camp n'avait pas pour mission de détenir les juifs, après ce que les nazis leur avaient fait.

Mais rien de ce qui lui était arrivé pendant ces trois ans au froid ne l'avait préparé à ce qui l'attendait chez lui. Rien ne l'avait préparé à découvrir que, sur l'ensemble des juifs hongrois, quatre cent mille avaient été envoyés en Pologne dans les camps de la mort ; rien ne l'avait préparé à découvrir Budapest en poussière, ses six ponts détruits. Et surtout, rien ne l'avait préparé à apprendre que son père et sa mère, son frère et sa belle-sœur ainsi que son neveu étaient rayés du monde des vivants. Ce fut András qui le lui apprit. Mátyás, qui était aujourd'hui un homme maigre au regard dur et à la petite barbe noire, encaissa la nouvelle sans un son. Sa mâchoire tremblait légèrement, c'était le seul signe qu'il avait compris. Il se leva, lissa ses jambes de pantalon ; on aurait dit qu'il venait de recevoir sa feuille de route et que, l'ayant assimilée, il se préparait à y aller. Et puis, la peau de son visage se tendit, comme si ses muscles venaient d'accuser réception de la nouvelle avec le décalage d'un appel téléphonique lointain. Il tomba à genoux sur le sol, défiguré par la douleur.

– Pas vrai ! cria-t-il en faisant des moulinets avec ses bras, comme pour chasser un vol d'oiseaux agressifs.

C'étaient les nouvelles, pensait András, ces nouvelles impitoyables, elles vous tournoient autour de la tête comme un essaim de corbeaux, dont les ailes ont une odeur de cendres.

Il s'agenouilla auprès de son frère et l'entoura de ses bras, puis il le serra sur sa poitrine pendant qu'il pleurait. Il répétait son nom, comme pour lui rappeler le fait extraordinaire que lui, du moins, Mátyás Lévi, était vivant. Il ne voulait pas le lâcher. Alors, Mátyás s'écarta et jeta un regard circulaire dans cette pièce inconnue. Cette fois, quand ses yeux se posèrent sur András, ils étaient lucides, et pleins de désespoir. *C'est vrai ?* semblait-il demander, tout en ne disant mot. *Dis-moi, honnêtement, c'est vrai ?*

András soutint le regard de Mátyás. Il n'était pas nécessaire de parler ni de faire un geste. Il lui passa de nouveau un bras autour des épaules, l'attira contre lui et le serra fort en le laissant pleurer.

Ce fut lui qui le veilla cette nuit-là, la suivante, et la troisième encore. Ce fut lui qui le poussa à manger, et changea ses draps humides sur le canapé. Et ce faisant, il sentit peu à peu s'éclaircir le brouillard qui l'enveloppait depuis qu'il avait appris la mort de Tibor. Depuis un mois, en effet, il avait presque oublié comment se comporter en homme dans le monde, comment respirer, manger, dormir, parler à autrui. Il s'était laissé glisser, alors même que Klára et les enfants avaient survécu à la guerre et au siège, alors que Polaner était avec lui chaque jour. La troisième nuit après le retour de Mátyás, une fois que celui-ci fut endormi et que Klára et lui se furent retirés dans leur chambre, András prit les mains de sa femme et lui demanda pardon.

— Je n'ai rien à te pardonner, tu le sais bien, lui dit-elle.

— J'avais juré de m'occuper de toi. Je veux redevenir un mari, pour toi.

— Tu n'as jamais cessé de l'être.

Il se pencha pour l'embrasser. Elle était vivante, sa Klára, elle était là, dans ses bras. Nid de mes enfants, berceau de ma joie, songea-t-il en posant sa main sur son ventre. Il la revoyait, un dahlia rouge orangé derrière l'oreille, il se rappelait le contact de sa peau au sortir du bain, et les moments où, en croisant son regard, il devinait qu'elle pensait la même chose que lui. Et, pour la première fois depuis qu'il avait lu le nom de Tibor sur la liste, devant la synagogue, il se dit qu'il lui serait possible de vivre après cette année terrible et qu'à regarder le visage de Klára, dont il connaissait les plans et les courbes plus intimement que ceux de n'importe quel paysage, il éprouverait quelque chose qui ressemblait à la paix. Alors il l'entraîna au lit et il lui fit l'amour comme pour la première fois de sa vie.

## Chapitre 42
# Un nom

C'était un matin froid et bleu de début décembre. Depuis la fenêtre de leur immeuble, dans Pozsonyi út, András voyait une procession d'écoliers qu'on emmenait au parc Szent István, en manteau de lainage gris, cache-nez rouge vif, et chaussures noires qui laissaient les chevrons de leurs semelles sur la neige. Au-delà du parc, le Danube, avenue marbrée, et plus loin encore, la proue blanche de l'île Marguerite, où Tamás et Április allaient se baigner au Palatinus, en été. Un jour qu'ils se promenaient, au printemps, il leur avait appris qu'à une certaine époque, la piscine était interdite aux juifs. Április l'avait fixé en fronçant les sourcils.

— Je ne comprends pas pourquoi les juifs n'auraient pas le droit de nager comme les autres.

— Moi non plus, avait répondu András, en posant la main sur la nuque de la fillette, au niveau du fermoir de sa petite chaîne en or.

Mais Tamás, qui regardait à travers la grille du centre aquatique, mains sur les barreaux peints en vert, s'était tourné vers son père. Il savait ce qui était arrivé à sa famille pendant la guerre, ce qui était arrivé à ses oncles et à ses grands-parents. Il avait accompagné son père à Konyár et à Debrecen pour voir où il habitait enfant et où les parents de son père vivaient ; il avait vu son père mettre un caillou sur le seuil de leur maison, comme on le fait sur une tombe.

– Moi, je vais m'entraîner pour les jeux Olympiques dans cette piscine, et je battrai le record du monde.

– Moi aussi, avait dit Április. Je battrai le record nage libre, et puis de dos crawlé, en plus.

– Je n'en doute pas, avait répondu András.

Cela, c'était avant que l'échappée ne prenne corps, avant que les enfants n'envisagent leur avenir sur l'autre rive de l'océan. Il n'y en avait plus pour longtemps. Il ne restait plus que quelques détails à régler, dont l'affaire qu'András devait conclure au ministère de l'Intérieur ce matin. Tamás aurait voulu aller chercher avec ses parents et son oncle les nouvelles cartes d'identité. La veille, il s'était planté devant son père dans le séjour, bras croisés sur la poitrine, le regard grave. Il avait déjà appris ses leçons pour les deux jours suivants, annonça-t-il. Il ne raterait donc rien en venant avec eux.

– Il faut que tu ailles à l'école, lui dit András, qui se leva de son fauteuil et le prit par l'épaule. Tu ne voudrais pas que tes camarades de classe américains prennent de l'avance sur toi.

– C'est pas ça qui m'inquiète, répondit Tamás. Ça risque pas d'arriver si je manque un seul après-midi, eux ils ont congé le samedi et le dimanche, *toutes les semaines* !

– Je mettrai tes nouveaux papiers sur ton bureau, comme ça, tu les trouveras en rentrant de l'école.

Tamás jeta un coup d'œil à sa mère, assise à son écritoire près de la fenêtre. Elle secoua la tête.

– Tu as entendu ton père.

Avec un haussement d'épaules et un soupir, Tamás déclara que c'était « pas juste », mais il renonça à les convaincre et courut dans sa chambre.

– Comme si j'allais prendre du retard ! lança-t-il en refermant sa porte.

Klára se tourna vers András en réprimant un rire.

– Eh bien, nous avons un adulte chez nous, et depuis

belle lurette. Qu'est-ce qu'il va bien pouvoir faire en Amérique avec des gamins qui mangent des banana split en écoutant du rock and roll ?

– Il mangera des banana split en écoutant du rock and roll, prédit András, qui ne se trompait pas.

András et Mátyás avaient pris leur journée pour se rendre au ministère de l'Intérieur. Ils travaillaient à *La Nation magyare*, journal communiste de seconde zone, dont ils assuraient la direction artistique. Ils s'étaient couchés très tard la veille, étant au jury d'un concours de dessin pour lycéens sur le thème de l'hiver. Le dessin primé représentait une course de patinage, le sport étant un sujet peu susceptible de contrevenir au règlement, qui disqualifiait tout dessin faisant allusion à Noël. Cette fête appartenait en effet à la Hongrie d'hier, officiellement du moins. En réalité, les gens continuaient à la célébrer. Ils y comptaient d'ailleurs bien tous les cinq – András, Klára, Mátyás, et les enfants – car dans quelque temps, à la veille de Noël précisément, ils prendraient le train pour Sopron et parcourraient dix kilomètres à pied dans la neige pour parvenir au point de la frontière autrichienne où ils pourraient passer sans se faire voir. Ils se faufileraient en douce pendant que les gardes-frontières boiraient de la vodka, bien au chaud, en chantant des chants de Noël. Une fois en Autriche, ils iraient en train jusqu'à Vienne, où vivait Polaner depuis qu'il avait lui-même franchi la frontière, au mois de novembre. Et de là, ils rejoindraient Salzbourg puis Marseille. Le 10 janvier, si tout se passait bien, ils embarqueraient sur un transatlantique pour New York, où József Hász leur avait réservé un appartement.

Mais d'abord, il fallait régler la question du changement de nom et des nouvelles cartes d'identité. Ils avaient fait leur demande huit semaines plus tôt, en octobre, mais le processus avait été retardé, comme tout dossier administratif, par la révolution avortée de l'automne qui avait plongé le pays dans une grande confusion. À présent encore, alors qu'elle était jugulée depuis un mois, András avait du mal à croire qu'elle s'était effectivement produite. Que les débats d'un petit groupe d'intellectuels de la capitale, la société Petőfi, aient pu déboucher sur de grandes manifestations étudiantes ; que les étudiants et leurs partisans aient réussi à renverser Ernő Gerő, la marionnette de Moscou, pour installer à sa place le réformiste Imre Nagy au poste de Premier ministre ; qu'ils aient déboulonné la statue de Staline haute de vingt mètres, place des Héros, pour planter des drapeaux hongrois dans ses bottes vides. Les manifestants réclamaient des élections libres, la pluralité des partis, la liberté de la presse. Ils voulaient que la Hongrie sorte du pacte de Varsovie, et surtout, ils voulaient mettre l'armée Rouge dehors. Ils voulaient redevenir hongrois, malgré l'attitude de la Hongrie durant la guerre. Et au début, Khrouchtchev avait fait des concessions. Il avait entériné la nomination de Nagy et avait commencé à rappeler ses troupes d'occupation. En octobre, pendant quelques jours, András avait cru que cette révolution hongroise serait la plus rapide, la plus propre et la plus triomphale des révolutions que l'Europe ait jamais connues. Et puis, un après-midi, Polaner leur avait rapporté des rumeurs : les chars soviétiques se masseraient à la frontière roumaine et à la frontière ruthénienne. Ce soir-là, dans le café de l'Erzsébetváros où András et Polaner venaient écouter des écrivains et des artistes juifs discuter jusque tard dans la nuit, le sujet le plus brûlant concerna la réaction des nations occidentales : allaient-elles soutenir la Hongrie ? Radio Europe Libre en avait conduit plus d'un à penser que oui, mais d'autres soutenaient qu'aucune nation de l'Ouest ne prendrait pas le moindre risque pour un État du bloc soviétique. Les événements donnèrent raison aux cyniques. La France et l'Angleterre, aux prises avec la crise de Suez, ne tournèrent guère leurs regards vers l'Europe centrale. Quant à l'Amérique, monopolisée par son élection présidentielle, elle resta sur la réserve.

Plus de deux mille cinq cents personnes trouvèrent la mort, et dix-neuf mille furent blessées lorsque les tanks et les avions de Khrouchtchev survinrent pour écraser le soulèvement. Imre Nagy s'était caché dans l'ambassade de Yougoslavie et fut arrêté dès qu'il en sortit. En quelques jours, les combats cessèrent. Au cours des semaines suivantes, près de deux cent mille personnes, dont Polaner, passèrent à l'Ouest. Sa photo était parue dans l'un des journaux éphémères créés pendant la quinzaine de la liberté en Hongrie. On le voyait secourir une jeune femme blessée à la jambe, place des Héros. Comme elle militait dans un syndicat étudiant, Polaner s'était vu étiqueter « révolutionnaire ». On racontait qu'au centre de détention de la police secrète, au 60, Andrássy út, on torturait. Peu désireux d'en établir la preuve à titre personnel, il avait décidé de franchir la frontière. Comme les deux cent mille autres réfugiés, il avait eu la grande chance que le conflit éclair ait changé le rideau de fer en passoire. De nombreux gardes-frontières avaient été appelés pour contenir des soulèvements mineurs dans les villages et les villes de l'intérieur du pays. Depuis, ces conflits avaient été matés, eux aussi, mais la frontière demeurait encore perméable. On décida donc que la famille Lévi suivrait Polaner. Depuis combien de temps l'attendaient-ils, leur chance de quitter le pays ? Ils n'avaient pas d'avenir en Hongrie. Ils le savaient déjà avant la révolution, mais c'était encore plus clair aujourd'hui. József Hász, qui était parti pour New York cinq ans plus tôt, s'était acharné à les convaincre qu'ils avaient bien tort de rester. Il leur avait trouvé un appartement et promettait de leur dégotter du travail. Tamás et Április étaient assez grands maintenant pour passer la frontière à pied ; Noël leur fournirait l'ouverture souhaitée. C'est ainsi qu'ils finirent par décider de tenter l'aventure. À mots couverts, ils avaient averti József, Elisabet et Paul. À présent, de l'autre côté de l'océan, Elisabet préparait leur logement, elle le meublait, l'équipait de tout ce dont ils auraient besoin. András s'était interdit de penser à l'appartement lui-même, par superstition. Mais Klára et lui avaient parlé aux enfants du collège et du lycée qui les attendaient, des cinémas aux tours roses éclairées au néon, des magasins aux étalages pleins de fruits du monde entier. Depuis des années, Elisabet leur racontait ces choses dans ses lettres, et elles avaient pris la force d'images de légende.

La perspective de reprendre ses études paraissait à András plus chimérique encore. Mais Polaner et lui s'étaient juré de le faire, et Mátyás s'était joint à eux. Depuis onze ans, épuisés par leur travail quotidien, András et Polaner s'étaient efforcés de ne rien perdre de ce qu'ils avaient appris à l'École spéciale. Ils s'inventaient des exercices, se lançaient des défis sous forme de problèmes conceptuels. Ils avaient même pris quelques cours du soir, mais le caractère maussade de l'architecture soviétique les avait découragés. New York, c'était une autre affaire. Ils ne savaient rien des écoles qui existaient là-bas, mais József leur avait écrit qu'elles étaient nombreuses. Les deux amis avaient scellé leur pacte par quelques verres de tokay, le soir du départ de Polaner.

— On va être des vieux, au milieu de tous ces jeunes, avait dit András. Je nous vois d'ici.

— On n'est pas vieux, on n'a même pas quarante ans.

— Tu te rappelles comme c'était dur ? Je ne suis pas sûr d'avoir encore le mental pour ça.

— Et alors, comment ça va se traduire ? Tu crois que tu vas te mettre à saigner du nez ?

— Sans aucun doute. Et encore, ça ne sera que le début.

— Buvons au début, avait conclu Polaner.

Deux heures plus tard, il disparaissait dans la nuit

incertaine, n'emportant que son sac à dos et le tube de métal vert qui contenait ses dessins.

Aujourd'hui, en ce clair matin de décembre, Klára s'était mise à la fenêtre avec András, suivant son regard vers le parc et le fleuve. Après la guerre, elle avait cessé de donner des cours et s'était tournée vers la chorégraphie. Les Soviets appréciaient qu'elle parle russe et qu'elle ait été formée par un Russe (et tant pis s'il s'agissait d'un Russe blanc qui avait fui Saint-Pétersbourg en 1917). Le Ballet national de Hongrie lui avait offert un poste permanent, et un critique d'art officiel avait fait l'éloge de son travail rugueux et puissant en ces termes : *Klára Lévi est une chorégraphe au style authentiquement soviétique.* Elle, qui mijotait depuis des années de passer aux États-Unis avec sa famille, avait bien ri en lisant le journal dans sa cuisine.

– Il est temps d'y aller si on ne veut pas faire attendre Mátyás, dit-elle.

András lui enfila son manteau gris et lui enroula son écharpe cannelle autour du cou.

– Tu es toujours aussi jolie. À Paris, tu portais un petit chapeau rouge, il faudra que tu en portes un à New York.

– *Toujours* aussi jolie ? Nous en sommes là ? Suis-je si vieille ?

– Hors d'âge. Immémoriale.

Ils retrouvèrent Mátyás dans leur rue, à l'angle de Szent István körút. Il arborait pour la circonstance un œillet rose à la boutonnière, geste qui rappelait le jeune homme qu'il avait été. Les camps de Sibérie l'avaient endurci, affûté ; c'était à présent un homme dont le regard exprimait une combativité farouche. Il ne s'était jamais remis à la danse et n'avait jamais reporté ni haut-de-forme, ni queue-de-pie, ni cravate blanche. La part de son être encline à exprimer la joie par le corps, il en avait subi l'ablation en Sibérie. Tout de même, en ce jour où ils allaient changer de nom, l'œillet rose.

Klára serra le bras d'András comme ils traversaient Perczel Mór utca.

– J'ai pris l'appareil, j'espère que tu es d'humeur photogénique.

– Comme d'habitude, répondit András qui détestait qu'on le photographie.

Mais Mátyás redressa l'œillet à sa boutonnière et prit la pose, adossé à un réverbère.

– Pas maintenant, dit Klára. Quand on aura nos papiers.

Ils arrivèrent au ministère de l'Intérieur, monolithe gris ; András se souvint qu'il avait été édifié sur l'emplacement même du palais d'une courtisane du xviiie siècle. Le palais avait été bombardé en 1944, pendant le siège de Budapest, mais, derrière la petite barrière métallique, il restait un orme, déjà représenté sur les gravures anciennes. András en toucha l'écorce comme pour se porter bonheur. Il essayait d'imaginer la vie dans une ville où il ne croiserait pas de fantômes – humains ou architecturaux – à tous les coins de rue ; où il n'y aurait rien d'autre que l'existant. Puis, ils montèrent les marches du perron et pénétrèrent dans la caverne de verre et de béton. Ils attendirent une heure que le préposé ait visé une interminable série de documents, dont chacun devait être tamponné trois fois et signé par des fonctionnaires nébuleux. Et puis enfin, on appela leur nom – leur ancien nom, une dernière fois – et ils se retrouvèrent en possession de leurs papiers. Nouvelles cartes d'identité, nouvelles cartes de travail et certificats de résidence. Des documents qui ne leur serviraient bientôt plus à rien, espérait András. Mais il leur importait que leur nouveau nom soit enregistré aux archives hongroises, qu'il soit officialisé.

Dehors, le haut ciel bleu avait pris une teinte métallique, et ils furent accueillis par un nuage de neige. Klára courut au bas des marches pour armer l'appareil photo, tandis qu'András et Mátyás tenaient les papiers. András n'aurait pas cru qu'à les voir les larmes lui monteraient aux yeux, et pourtant il pleurait. Il s'était bel et bien réalisé, cet hommage à la mémoire, et ils en porteraient la marque toute leur vie et la transmettraient à leurs enfants et petits-enfants.

– Arrête, dit Mátyás en s'essuyant les yeux d'un revers de manche lui-même. Ça va rien changer.

Il avait raison, bien sûr. Rien ne pourrait changer ce qui s'était passé. Ni le chagrin, ni le temps, ni la mémoire, ni la vengeance. Mais ils pourraient quitter Budapest, et la quitteraient dans quelques semaines. Ils pourraient traverser un océan et vivre dans une ville où Április grandirait sans l'aura de gravité qui entourait son frère, sans ressentir cette tragédie qui planait dans l'air ambiant comme une brune poussière de charbon bitumeux. Et András redeviendrait étudiant, à défaut de redevenir le jeune boursier arrivé à Paris avec sa valise ; il serait l'homme à qui la vie avait appris tout à la fois la beauté et la laideur du monde. Et Klára serait avec lui. Klára qui leur faisait face, cheveux bruns au vent, mains levées, le visage caché derrière l'œil de verre de l'appareil photo. Il passa le bras autour de son frère et dit : « Prêts. » Elle compta jusqu'à trois en anglais, acte audacieux dans l'ombre du ministère de l'Intérieur. Et elle les saisit là, deux hommes sur les marches : András et Mátyás Tibor.

# Épilogue

Au printemps, les après-midi où elle n'avait pas entraînement de football, elle séchait son dernier cours – orchestre – et prenait le 6 vers le nord pour aller voir l'immeuble de son grand-père. Il n'y habitait pas et n'en était pas davantage propriétaire, mais c'était ainsi qu'elle l'appelait dans sa tête. L'édifice de trois étages était perpendiculaire à la rue ; sa façade se composait de petits rectangles de verre sertis d'acier, déportés vers le ciel dans une violente poussée asymétrique. On aurait dit un paravent japonais en train d'exploser. De minces noisetiers poussaient sur le trapèze de terre qui le séparait du trottoir. Au-dessus de la porte, le linteau de marbre annonçait AMOS MUSEUM OF CONTEMPORARY ART, et le nom de son grand-père était gravé dans la pierre d'angle, au-dessus de la mention ARCHITECTE. Le bâtiment abritait une petite collection de peintures, sculptures et photographies qu'elle avait vue mille fois. Il y avait une cafétéria dans la cour centrale, où elle prenait toujours un café noir. À treize ans, elle se considérait à l'orée de la féminité. Elle aimait s'attabler pour écrire à son frère, étudiant à l'université Brown, ou bien à ses amis des colonies de vacances dans les Berkshires. Elle passait là des heures, presque jusqu'au dîner, puis courait attraper l'express, en espérant bien être rentrée avant ses parents.

Ses grands-parents n'habitaient pas en ville. Ils vivaient

dans le nord de l'État, à deux pas de chez son grand-oncle, et à sept ou huit kilomètres de celui qu'elle appelait son oncle, mais qui était en fait un ami de son grand-père. Elle allait parfois les voir, le week-end : trois heures de train qui passaient vite, surtout quand elle avait un coin-fenêtre. Son grand-père possédait une grange transformée en atelier, avec de hautes fenêtres qui laissaient entrer la lumière du nord. Ils y travaillaient encore tous, son grand-père, son grand-oncle et celui qu'elle nommait son oncle, quoiqu'ils aient largement atteint l'âge de la retraite. Ils lui permettaient de s'installer à leurs tables inclinées, de se servir de leurs instruments tachés d'encre. Elle aimait dessiner des entrées d'immeubles obliques, des toits aux lignes brisées, des façades courbes. Ils lui faisaient lire des livres sur les architectes qu'ils avaient connus, Le Corbusier, Pingusson. Ils lui apprenaient le nom latin des voûtes, et puis à se servir du pistolet de dessinateur et du compas à trusquin. Ils lui apprenaient à tracer sans lever le crayon les lettres majuscules dont ils se servaient pour désigner leurs plans.

Ils avaient traversé la guerre. De temps à autre, elle refaisait surface dans leurs propos : *pendant la guerre*, suivaient alors des considérations sur la faim au ventre, le froid, ou les longues périodes pendant lesquelles ils ne s'étaient pas vus. Certes, on lui parlait de la guerre au cours d'histoire : qui était mort, qui tuait qui, comment et pourquoi, mais ses livres ne s'étendaient guère sur le cas de la Hongrie. Elle s'était instruite autrement, en observant sa grand-mère, qui ne jetait jamais les sachets en plastique ni les bocaux en verre, qui avait toujours des bouteilles d'eau chez elle pour parer à toute catastrophe éventuelle, qui réduisait systématiquement de moitié la quantité de beurre et de sucre indiquée dans la recette quand elle faisait des gâteaux, et à qui il arrivait de pleurer, comme ça, sans raison. Et elle s'était instruite auprès de son père, qui n'était qu'un bambin à l'époque, mais qui se souvenait tout de même d'avoir cheminé parmi les ruines avec sa mère.

Il y avait aussi des histoires à la trame plus sombre ; elle n'aurait pas su dire où elle les avait entendues ; à croire qu'elle les avait absorbées par les pores de sa peau, comme un remède ou un poison. Elles racontaient les camps de travail, les hommes contraints à manger des journaux, la maladie transmise par les poux. Sans même qu'elle y pense, ces demi-récits faisaient leur chemin dans sa tête. Quelques semaines plus tôt, elle s'était réveillée d'un cauchemar dans un cri de terreur. Elle se trouvait avec ses parents dans une pièce froide dont les murs étaient noirs. Ils étaient vêtus de pyjamas confectionnés dans des sacs de farine. Dans un coin de la pièce, sa grand-mère pleurait, à genoux sur le béton. Son grand-père était debout devant eux, maigre à faire peur, pas rasé. Un garde allemand sortait de l'ombre et l'obligeait à monter sur une sorte de tapis roulant qui évoquait un carrousel à bagages dans un aéroport. Il lui entravait les chevilles et les poignets, puis allait actionner un levier de bois à côté du tapis roulant. Un réseau d'engrenages, un grincement de rouages, et la machine se mettait en route. Son grand-père tournait et disparaissait dans un rectangle de lumière, derrière lequel on entendait un claquement assourdissant qui signifiait qu'il était mort.

C'est là qu'elle s'était réveillée en hurlant.

Ses parents étaient accourus dans sa chambre. *Qu'est-ce qui se passe ? Qu'est-ce qu'il y a ?*

Ça ne se dit pas.

Aujourd'hui, elle était attablée dans la cour du musée devant son carnet et son café amer, pour la première fois depuis son rêve. L'après-midi était d'un bleu profond, l'angle du soleil lui rappelait les camps de vacances dans les forêts du Nord. Mais elle ne cessait de penser au tapis roulant et au bruit assourdissant. Elle ne pouvait se concentrer sur la lettre qu'elle écrivait à son frère, elle n'arrivait pas à boire son café, ni même à respirer à fond. Elle dut se rappeler que son grand-père n'était pas mort, que sa grand-mère n'était pas morte, que son grand-oncle et l'homme qu'elle nommait son oncle n'étaient pas morts, eux non plus. Que son père lui-même avait survécu, avec sa sœur, sa tante Április, née au milieu de cette tourmente.

Seulement il y avait l'autre grand-oncle, celui qui était mort. Il avait une femme, ainsi qu'un fils qui aurait aujourd'hui le même âge que son père. Ils étaient tous morts pendant la guerre. Ses grands-parents ne parlaient presque jamais d'eux, et quand ils en parlaient, ils baissaient la voix. Tout ce qui restait de cet oncle, c'était une photographie où il avait vingt ans. Il était bel homme, la mâchoire saillante, une chevelure noire abondante ; il portait des lunettes à monture d'argent. Il n'avait pas l'air disposé à mourir. Il paraissait programmé pour devenir un vieillard chenu, comme ses frères.

Sauf qu'il ne restait de lui que cette photo. Et leur nom de famille, en hommage à sa mémoire.

Elle voulait connaître toute l'histoire, à présent. Savoir comment était ce frère, enfant ; s'il était bon élève, ce qu'il voulait faire dans la vie, où il habitait, quelles filles il avait aimées, comment il était mort. Si son frère à elle venait à mourir, elle parlerait de lui à sa petite-fille, sans omettre un détail. À condition que sa petite-fille lui pose des questions.

Peut-être était-ce ça, le problème. Elle n'avait pas demandé. Ou alors, aujourd'hui encore, ils n'avaient pas envie d'en parler. Mais elle leur poserait des questions la prochaine fois qu'elle irait les voir. Il semblait juste qu'ils lui racontent, maintenant. Elle avait treize ans, elle n'était plus une enfant. Elle était assez grande pour savoir.

# Tout cas

Ça aurait pu arriver.
Il fallait que ça arrive.
C'est arrivé avant, après.
Plus près, plus loin.
C'est arrivé ; mais pas à toi.

Tu as survécu parce que tu étais le premier.
Tu as survécu parce que tu étais le dernier.
Parce que seul, parce que les autres.
Parce qu'à gauche, parce qu'à droite.
Parce qu'il pleuvait, parce qu'il faisait soleil.
Parce qu'une ombre est passée.

Par chance il y avait une forêt.
Par chance il n'y avait pas d'arbres.
Par chance, une rampe, un crochet, une poutre, un frein.
Un cadre, un tour, un centimètre, une seconde.
Par chance, il flottait une paille sur l'eau.

Grâce à, c'est ainsi que, malgré, pourtant.
Qu'est-ce qui se serait passé si une jambe, un bras
À un pas, un cheveu de là ?

Alors te voilà, toi ? Tout droit venu de cet instant
suspendu ?
La nasse était serrée, mais toi ? Passé au travers ?

Je n'en reviens pas, je ne peux assez me taire.
Écoute
Comme ton cœur bat vite en moi.

*Wislawa Szymborska*

# Remerciements

Ma gratitude la plus profonde va à tous ceux qui ont aidé à faire aboutir ce roman. Le National Endowment for the Arts, la Colonie MacDowell, la Corporation de Yaddo, la Fondation Rona Jaffe, et le Centre Dorothy et Lewis B. Cullman pour les chercheurs et les écrivains à la New York Public Library, qui m'ont accordé tant de temps et de liberté. Le Museum Memorial de l'Holocauste aux États-Unis, le Mémorial de la Shoah à Paris, la bibliothèque de l'École spéciale d'architecture, le Mémorial de l'Holocauste à Budapest, et le Musée national juif à Budapest, qui m'ont ouvert l'accès à des artefacts et des documents rendant l'histoire tangible. Zsuzsa Toronyi, des Archives juives de Budapest, qui m'a introduite aux journaux du Munkaszolgálat, et Gábor Nagy, qui s'est montré un traducteur subtil et clairvoyant. Le professeur émérite Randolph Braham, du CUNY, qui a écrit de nombreux ouvrages sur l'holocauste hongrois au cours de toute sa carrière de chercheur, voir en particulier *The Politics of Genocide* (La Politique du génocide), ce guide infaillible. Un jour de neige, en février, il est venu répondre à mes questions sur la géographie et la hiérarchie militaire hongroises. L'Institut USC de la Shoah pour l'histoire visuelle et l'éducation, qui m'a procuré des heures et des heures de vidéos d'interviews. Killian O'Sullivan, qui m'a donné des conseils détaillés sur l'architecture. Le professeur Brian Porter de l'université du Michigan, qui m'a fait profiter de ses lumières sur la politique et l'histoire de l'Europe centrale, au $xx^e$ siècle. Kenneth Turan, qui a répondu à mes questions sur le yiddish. Alice Hudson, de la New York Public Library, qui a exhumé des plans de

Paris et de Budapest pendant la guerre. Le professeur Edgar Rosenberg de l'université Cornell, qui m'a fait découvrir *The Day the Holocaust Began ; The Odyssey of Herschel Grynszpan* (Le jour où l'holocauste a commencé ; l'Odyssée d'Herschel Grynszpan), de Gerald Schwab.

Jordan Pavlin, chez Knopf, m'a fait profiter de sa patience jamais en défaut, de ses encouragements et de ses relectures subtiles et minutieuses. Kimberly Witherspoon a soutenu ce projet depuis le début. Sonny Mehta m'a fait le don précieux de sa confiance. Mary Mount a relu le roman d'un point de vue européen. Mon éditrice Kate Norris en a fait bien davantage que ce que le devoir exigeait. Leslie Levine a répondu à toutes mes demandes avec calme et amabilité.

Michael Chabon et Ayelet Waldman ont été des lecteurs – et des amis – d'une générosité éblouissante. Brian Seibert m'a prêté son œil aigu d'éditeur, il m'a conseillée dans le domaine de la danse et m'a rendu un courage parfois vacillant. Daniel Orringer a été une source infatigable d'informations médicales, et Amy Orringer s'est montrée une excellente compagne de voyage, et une lectrice en avant-première hardie et sans préjugés. Carl et Linda Orringer m'ont accordé leur affection, leur soutien et leur foi inébranlable dans le projet. Tom Tibor m'a envoyé ses récits méticuleusement étayés de l'expérience de notre famille. Judy Brodt a partagé avec moi ses souvenirs et sa connaissance de la liturgie juive. Tibor Schenk m'a décrit son expérience de la guerre à Bór, et m'a emmenée sur les sites web relatifs au Munkaszolgálat. Christa Parravani s'est épuisée à m'accompagner pour prendre des photos.

Mais surtout, ce livre doit son existence à mes grands-parents, Andrew et Irene Tibor, ainsi qu'à mon grand-oncle et ma grand-tante, Alfred et Susan Tibor. Recevez ma reconnaissance la plus profonde pour votre patience, votre foi, votre générosité. À mon oncle Alfred, merci d'avoir pris le temps de répondre à mes questions, de me raconter l'histoire de notre famille et de relire le texte avec soin. À ma grand-mère, Anyu, ma reconnaissance la plus vive. Tu as lu, tu as édité ce texte avec un talent de poète, une précision de couturière, la sensibilité d'une mère. Ce regard pénétrant, personne d'autre que toi ne pouvait l'avoir.

Mon mari, Ryan Harty, a lu le roman d'innombrables fois, et il m'a fait profiter de son incomparable clairvoyance éditoriale, de sa compréhension en profondeur des personnages, et de son oreille absolue pour la langue. À toutes les étapes de mon travail, il m'a donné le sentiment qu'il était possible et nécessaire de l'achever. Je ne pourrai jamais assez le remercier.

# Table

**Première partie : Rue des Écoles** ..................... 11

Chapitre 1. Une lettre .............................. 13
Chapitre 2. L'Express de l'Europe de l'Ouest .... 29
Chapitre 3. Le Quartier latin ..................... 43
Chapitre 4. L'École spéciale ...................... 55
Chapitre 5. Le Théâtre Sarah-Bernhardt ............ 81
Chapitre 6. Au travail ............................ 95
Chapitre 7. Un déjeuner ........................... 111
Chapitre 8. La gare d'Orsay ....................... 127
Chapitre 9. Au bois de Vincennes .................. 145
Chapitre 10. Rue de Sévigné ....................... 153
Chapitre 11. Les vacances d'hiver ................. 171

**Deuxième partie : Bris de verre** .................. 195

Chapitre 12. Un piège ............................. 197
Chapitre 13. Le visiteur .......................... 219
Chapitre 14. Une coupe de cheveux ................. 251
Chapitre 15. Aux Tuileries ........................ 257
Chapitre 16. La maison de pierre .................. 273
Chapitre 17. La synagogue de la Victoire .......... 305
Chapitre 18. Au Café bédouin ...................... 317

Chapitre 19. Une ruelle .................................... 327
Chapitre 20. Un homme mort .......................... 349

**Troisième partie : Arrivées et départs** ............ 361

Chapitre 21. Un dîner .................................... 363
Chapitre 22. La *signorina* Di Sabato ............ 373
Chapitre 23. Le gymnase Saint-Germain ............ 403
Chapitre 24. Le paquebot *Île-de-France* ............ 433
Chapitre 25. Au consulat de Hongrie ............ 453

**Quatrième partie : Le pont invisible** ............ 471

Chapitre 26. En Subcarpatie .......................... 473
Chapitre 27. *L'Oie des neiges* ...................... 499
Chapitre 28. La permission ............................ 515
Chapitre 29. Au camp de Bánhida .................. 543
Chapitre 30. Barna et le général ...................... 593
Chapitre 31. Tamás Lévi ................................ 617
Chapitre 32. Szentendre .................................. 651
Chapitre 33. Passage à l'Est ............................ 685

**Cinquième partie : Par le feu** ...................... 717

Chapitre 34. Turka ........................................ 719
Chapitre 35. *Les Tatars en Hongrie* ................ 755
Chapitre 36. Un feu dans la neige .................. 775
Chapitre 37. L'évasion .................................. 799
Chapitre 38. L'occupation .............................. 825
Chapitre 39. Adieu ........................................ 833

Chapitre 40. Cauchemar ............................................. 843
Chapitre 41. Les morts .............................................. 865
Chapitre 42. Un nom ................................................ 887

*Épilogue* .................................................................. 897
*Tout cas* ................................................................... 901
*Remerciements* ........................................................ 903

RÉALISATION : NORD COMPO À VILLENEUVE-D'ASCQ
IMPRESSION : CPI FRANCE
DÉPÔT LÉGAL : JUIN 2014. N° 117544-2 (2020630)
IMPRIMÉ EN FRANCE